中华经典名著

全本全注全译丛书

张启成 徐达 等◎译注

文选 一

中華書局

图书在版编目(CIP)数据

文选/张启成等译注. —北京:中华书局,2019.7
(中华经典名著全本全注全译丛书)
ISBN 978-7-101-13933-4

Ⅰ.文…　Ⅱ.张…　Ⅲ.①中国文学-古典文学-作品综合集②《文选》-注释③《文选》-译文　Ⅳ.I212.01

中国版本图书馆 CIP 数据核字(2019)第 125257 号

书　　名　文　选(全六册)
译 注 者　张启成　徐　达 等
丛 书 名　中华经典名著全本全注全译丛书
责任编辑　刘胜利　周　旻　宋凤娣　刘树林　张彩梅　王守青
　　　　　舒　琴　胡香玉　熊瑞敏
出版发行　中华书局
　　　　　(北京市丰台区太平桥西里 38 号　100073)
　　　　　http://www.zhbc.com.cn
　　　　　E-mail:zhbc@zhbc.com.cn
印　　刷　北京市白帆印务有限公司
版　　次　2019 年 7 月北京第 1 版
　　　　　2019 年 7 月北京第 1 次印刷
规　　格　开本/880×1230 毫米　1/32
　　　　　印张 137⅞　字数 3100 千字
印　　数　1-8000 册
国际书号　ISBN 978-7-101-13933-4
定　　价　316.00 元

总　目

第一册

第二册

第三册

第四册

第五册

第六册

目　录

第一册

出版说明

《文选》是我国现存最早的一部总集，由南朝梁武帝萧衍之子昭明太子萧统（501—531）主持编纂而成，故也称《昭明文选》。汉魏以来，文集日繁，学者阅读不易，于是集录精华的文学选本应运而生，西晋挚虞编纂的《文章流别集》是最早的一种，可惜其书早佚。《文选》沿袭《文章流别集》分体编纂的传统，收录了上起周代，下至南朝梁代的各类作品七百多篇，按体裁分为赋、诗等三十八类（一说三十九类），其中赋、诗又按题材分为若干小类，各类之中大略以作者年代先后为序。从作品时代来说，除屈原、宋玉、李斯等人的作品外，《文选》选录的主要是汉、魏、晋及南朝宋、齐、梁各代的作品；从思想内容来说，《文选》中既有关于政治教化的作品，也有大量日常生活中的写景抒情之作；从艺术形式来说，《文选》中多有骈偶之作，选文注重文采，以"事出于沉思，义归乎翰藻"（萧统《文选序》）为主要艺术标准。可以说，《文选》集中了汉魏六朝文学的主要成果，具有很大的代表性，其中不少作品都是靠《文选》收录才得以流传至今。

《文选》编成之后，由于内容丰富，选录精审，成为后人学习汉魏六朝文学的主要读物，对中国古代文学的发展产生了深远的影响。唐代大诗人李白曾"前后三拟《文选》"（段成式《酉阳杂俎·语资》），杜甫也在《宗武生日》一诗中要求儿子"精熟《文选》理"（仇兆鳌《杜诗详注》卷十七），宋人陆游《老学庵笔记》中记载了“《文选》烂，秀才半”的俗语，清人张之洞在《书目答问》所附《国朝著述诸家姓名略》中列清代“文选学家”十五人，并说“国朝汉学、小学、骈文家皆深选学”，由此数例，即可见《文选》影响之深远。

历代注释研究《文选》的著作很多，形成了一门专门的文选学。其中两种最为重要的注本是完成于唐高宗时期的李善注《文选》和完成于唐玄宗时期的吕延济等五臣注《文选》，后来将这两种注本合编，则称为《六臣注文选》。不过，对于今天的普通读者来说，直接阅读《文选》古注本仍有一定困难，因此中华书局特别推出《中华经典名著全本全注全译丛书·文选》，以便更多的读者能够阅读这部重要的总集。

本书是在贵州人民出版社 1994 年出版之《文选全译》的基础上，按本套丛书体例要求全面修订而成的。原文以中华书局 1977 年影印之胡克家重刊宋尤袤本李善注《文选》为底本，同时参校《六臣注文选》等版本及作家别集和总集，尽量吸收前贤时彦的校勘成果。一般不出校勘记，必要时在注释中说明校改依据及异文。全书中避讳字、异体字及明显的刊刻误字则径改。

作者第一次出现时做详细介绍，后文重复出现时则注明参见某卷作者介绍。各篇题下设置题解，解释篇题含义，介绍写作背景，概述文章大意，间亦辑录有关评论。像《古诗十九首》这种一题多篇者，则将各篇的题解置于首句的注释中。

本书采取分段注译的方式，据文意对原文做了分段，注释和翻译置于各段之后，以免注释和翻译离原文太远，不便阅读。对原文中难读难懂的字词做了注音释义，对原文涉及的语源典故、典章制度等也做了注释。注释中对李善注及五臣注多有吸收，李善注以底本为准，五臣注以中华书局 1987 年影印之《六臣注文选》为准。翻译方面以直译为主，诗赋的翻译为保持韵文的特点，也努力译为韵文。

为方便读者阅读和检索，我们重新编制了目录，并编制了著者、篇名两个索引，置于书末。

本书由贵州大学张启成、徐达教授主编，参与撰稿的作者分别为（按姓氏笔画排列）：

王晓卫　曲　沐　宋秀丽　张亚新　张启成　陈宗琳　房开江
骆礼刚　顾绍炯　徐　达　徐之明　梅桐生　熊永谦　熊竹沅

限于学识水平，我们的工作中难免有错误，敬请读者方家不吝赐教！

中华书局编辑部
2019年6月

前　言

梁代萧统编纂的《文选》，是我国现存最早、影响最深广的一部总集。《文选》所选作品，上起周代，下迄南朝梁代，约八百年，时间跨度颇长；共选作品七百余篇，有辞赋、诗歌、各体文章等，体裁样式众多。其中除屈原、宋玉、李斯等少数作家外，绝大多数是汉、魏、晋以及南朝宋、齐、梁各代的作家作品。自东汉到南北朝，骈体文学盛行，《文选》所选作品，大多数属于骈体。《文选》编成以后，由于其内容丰富，选录精审，长期以来受到人们的重视，流行广泛，成为人们学习汉魏六朝文学、学习骈文的主要读物。注释、研究《文选》的人也不少，产生了若干有分量的注释本。人们把关于《文选》的研究称为“选学”。在中国古典文学领域，关于一个作家、一部书的研究，被称为“某某学”，这在过去是不多见的。

一　编者和体例

《文选》是由萧统和他门下的文士共同编纂的。

萧统(501—531)，字德施，南兰陵(今江苏常州)人。梁武帝萧衍长子。被立为皇太子，不及继帝位而卒，谥曰“昭明”，后世称为“昭明太子”。《梁书》(卷八)、《南史》(卷五十三)均立有萧统传。据史书记载，萧统为太子时，生活较为俭朴，较能关心人民疾苦。普通年间，梁军北伐，京城米价昂贵时，自己损衣减膳。“每霖雨积雪，遣腹心左右，周行闾巷，视贫困家，有流离道路，密加振赐”(《梁书》本传)。大通二年(530)春，他上疏谏止征发吴郡、吴兴、义兴三郡民丁开凿河道的工役。他帮助武帝断狱，也相当宽厚。萧统早年通习儒家经典，在《七契》末段，他借文中人物的话，主张君人应该尊用儒学之士，躬行节俭，“行仁义之明明”，可见他接受了儒家仁政爱民的思想。

萧统喜欢文学，重视有文学才能的人士。史称他“引纳才学之士，赏爱无倦。恒自讨论篇籍，或与学士商榷古今，闲则继以文章著述，率以为常。于时东宫有书几三万卷，名才并集，文学之盛，晋宋以来，未之有也”(《梁书》本传)。在萧统门下的知名文学之士，有王锡、张缵、陆倕、张率、谢举、王规、王筠、刘孝绰、到洽、张缅、殷芸、徐勉等人。《文心雕龙》作者刘勰，亦曾为东宫通事舍人，受到萧统的礼遇。

当时一般贵族和上层阶级人士，很爱好女伎声乐的享受(主要是听乐府清商曲中的“吴声歌曲”和“西曲歌”)，萧统却不爱。《梁书》本传记载，他“性爱山水，于玄圃穿筑，更立亭馆，与朝士名素者游其中。尝泛舟后池，番禺侯轨盛称此中宜奏女乐，太子不答，咏左思《招隐诗》曰：‘何必丝与竹，山水有清音。’侯惭而止。出宫二十余年，不畜声乐。少时敕赐太乐女妓一部，略非所好”。这种比较高雅的生活情趣，在他的《与何胤书》《答晋安王书》《七契》等文中都有所流露。这种情趣使他在文学上爱好典雅的文章而不喜欢浮艳的作品。

萧统著述颇多，除今存《昭明太子文集》(已非原本，有残缺)和《文选》三十卷外，尚编有《正序》十卷、《古今诗苑英华》二十卷，今均不传。《文选》的编纂，多得力于萧统门下的文人学士。日本僧人空海《文镜秘府论·南·集论》引唐元兢《古今诗人秀句后序》有曰：“梁昭明太子萧统与刘孝绰等撰集《文选》。”刘孝绰是萧统很器重、亲信的文人，当是参与编纂《文选》的一位主要人物(参考曹道衡、沈玉成《有关文选编纂中几个问题的拟测》一文，收入《昭明文选研究论文集》，吉林文史出版社

1988年6月出版)。《文选》不录存者之文,书中录有陆倕文二篇,陆倕卒于普通七年(526),故一般研究者认为,《文选》的纂成,当在普通七年到萧统死前的四年左右的时间内。

《文选》所选周至梁代的作品,共分三十八类,它们是:赋、诗、骚、七、诏、册、令、教、文(策文)、表、上书、启、弹事、笺、奏记、书、移、檄、对问、设论、辞、序、颂、赞、符命、史论、史述赞、论、连珠、箴、铭、诔、哀、碑文、墓志、行状、吊文、祭文。分类颇为繁多,大致可以归纳为辞赋、诗歌、各体骈散文(绝大多数是骈文)三大部分。辞赋部分包括赋、骚、七、辞等类,其他除诗外,都属各体骈散文。各体骈散文所以类别很多,是由于它们用途各不相同。魏晋南北朝时代,文学发展,文体日趋繁富,故在总集、诗文评中的分类也往往繁密。《文心雕龙》上半部论述各种文体,在篇目中提到的文体即有三十三类,大多数和《文选》相同。《文选》所选赋、诗两类作品特别多,又按题材分设项目,如赋分为京都、郊祀、耕藉、畋猎、纪行等十五项,诗分为补亡、述德、劝励、献诗、公宴、祖饯等二十三项,作者共一百三十人(无名氏不计)。从数量讲,计辞赋九十余篇,诗歌四百余篇,骈散文二百余篇,共七百余篇。诗歌中一题数篇的较多,如果一题以一篇计,则为五百余篇。同一类或同一项中的作品,则按作者的时代先后排列。

汉魏以后,文学日趋发展,作家作品繁富,出现了大量个别作家的别集。为了读者学习的方便,编选各家精粹的作品成选本(古时称为总集),已成为迫切的需要,于是总集应运而兴。西晋时有挚虞编集各体文章,成《文章流别集》四十一卷,被后世认为是总集的滥觞,惜已亡佚。其后编总集者颇多,有汇编各体文章的,也有专收一体的(如赋或诗)。这类总集据《隋书·经籍志》记载,数量颇多,今存者只有萧统《文选》和徐陵的《玉台新咏》。《文选》以其内容之丰富,选录之精审,经历了时间的磨炼而流传至今,不是偶然的。萧统本人知识广博,具有良好的文学修养;他门下有一批优秀文人帮助选择纂辑;东宫藏书丰富,有大量可资取材的对象:这些是《文选》取得成功的主要条件。挚虞的《文章流别集》已经亡佚,但据配合《文章流别集》的《文章流别论》残存的片段,可知其书也是分体编选的。我国古代的各体文章,各自有其体制、风格、特征和写作方面的基本规格要求。《文心雕龙》书中自《明诗》至《书记》二十篇,就是分别论述各体文章的特征、源流和写作要求的,受到《文章流别论》的影响。按体裁编选作品,把同一体裁的作品集中在一起,对于读者进行比较欣赏,学习规仿,都是很方便和有裨益的。《文选》在后代广泛流行,成为人们学习写作辞赋、诗歌、骈文的重要范本,分体编选也是一个原因。《文选》以后,一些编选各体文章的重要总集,大抵也是分体编选,如《文苑英华》《唐文粹》以至《古文辞类纂》,都是如此。

南朝人所谓文,广义的泛指诗、赋和各体文章,狭义的仅指有韵之文。《文选》所谓文,取的是广义。南朝目录书把集部或称为"文翰"(王俭《七志》),或称为"文集"(阮孝绪《七录》),可见广义之文,大抵是指集部书中收录的诗、赋和各体文章。

《文选》是一部总集。按照当时的总集体例,是编录各家别集(个人文集)中的单篇文章。这就是《文选》选录作品的范围。《隋书·经籍志》解释总集的特点说:

> 总集者,以建安之后,辞赋转繁,众家之集,日以滋广。晋代挚虞,苦览者之劳倦,于是采摘孔翠,芟剪繁芜,自诗赋下,各为条贯,合而编之,谓为《流别》。是后文集总钞,作者继轨,属辞之士,以为覃奥而取则焉。

它指出汉末以来,文学日趋发展,作家作品众多,别集繁富,读者难以通读。挚虞从各家别集中采择英华,分体编纂,合成《文章流别集》。此后仿效《文章流别集》的总集遂纷纷出现,为学习写作文章的人们当作范本。《文选》就是两晋到南北朝时期总集中最为优秀并被保存流传至今的一部。

把图书分为经、史、子、集四大部类的分类法,在南朝已经形成。一般说来，经、史、子三部的图书都是专门性的著作，自成体系，与集部书的由单篇合成者不同。经、史、子部当然也分篇章，具有相对的独立性，但毕竟与集部中文章各自独立、不相联系者不同。《文选》继承《文章流别集》的体例，选录别集中的作品，即萧统《文选序》所谓篇章、篇翰、篇什，不选经、史、子三部之文，对此，《文选序》分别作了一些说明。

《文选序》解释不选经部之文的理由道："若夫姬公之籍，孔父之书，与日月俱悬，鬼神争奥，孝敬之准式，人伦之师友，岂可重以芟夷，加之剪截？"意思是经书经过圣人周公、孔子的编订，地位崇高，不可随便剪截选取。从实际情况看，经书固然大部分都是学术著作，缺少文学性，但其中也不乏文采斐然的作品。《诗经》是古代的诗歌集子，不用说是文学作品。南朝文人大抵认为《诗经》、楚辞是诗、赋的两大源头。沈约《宋书·谢灵运传论》指出后代许多诗赋，"莫不同祖风、骚"。刘勰《文心雕龙》的《辨骚》《定势》篇，锺嵘《诗品》均有类似看法。《易传》中的《文言》《系辞》，颇多骈偶语句，《文心雕龙·丽辞》加以赞美，认为是俪偶文之祖。再如《左传》一书中，也不乏《文选序》所赞美的贤人、谋夫的美辞辩说，像《烛之武退秦师》《王孙满对楚子》《吕相绝秦》等节都是其例。因为格于体例，上述《诗经》《易传》《左传》的富于文采的篇章，《文选》都没有收。萧统对经书是很尊重的。《文选》选诗，一开始就选了晋代束皙《补亡诗》六首，相传《诗经》中《南陔》《白华》等六诗，有其义而亡其辞，束皙为此作了六首《补亡诗》。各体文章的"序"一类中，《文选》还选了相传为卜商所作的《毛诗序》、孔安国所作的《尚书序》，和杜预的《春秋左氏传序》。三篇序文文辞都较质朴，不尚藻采，《文选》都加收录，可能是为了弥补不录经书文章的缺憾吧。

《文选序》接着说明不选子书的理由是："老庄之作，管孟之流，盖以立意为宗，不以能文为本。"说《老子》《庄子》等子书以发表主张为宗旨，不注重文采，但不能因此说萧统认为子书一概缺乏文采。实际上《文选》也选了个别子书中的篇章。贾谊《过秦论》，原为贾谊《新书》中的一篇，曹丕《典论·论文》是其所著《典论》中的一篇，二者都属子书。《过秦论》辞藻富丽，排偶句多，开了八代论说文重文采的先河，成为后代文人学习的范本。陆机《辩亡论》、干宝《晋纪总论》都是学《过秦论》的。左思《咏史诗》有“著论准《过秦》”之句。范晔在《狱中与诸甥侄书》中自诩其所著《后汉书》的序、论，“笔势纵放”，“其中合者往往不减《过秦》篇”。看来晋代、南朝文人已把《过秦论》当做模范的单篇论文学习规仿，它影响深远，《文选》自不能不选。

《文选序》接着又指出，典籍中还载有不少贤人、忠臣的献纳谏诤之辞，谋夫、辩士的策划辩论之说，如田巴、鲁仲连、郦食其、张良、陈平等的言论，“语流千载”，往往富有文采。它们多数见于史部（如《战国策》《史记》《汉书》），也有见于经部的（如上举《左传》的《烛之武退秦师》等），也有见于子部的（如《汉书·艺文志》记有苏秦《苏子》、张仪《张子》）。这些言辞虽有文采，但毕竟不是单篇之文，所以没有采录。今考《文选》的“上书”类，所选李斯《上书秦始皇》、邹阳《上书吴王》、司马相如《上书谏猎》、枚乘《上书谏吴王》等篇，其性质亦属贤人、谋夫等的辩说，因它们不仅见于史乘，而且还以单篇文章流传，故遂被《文选》收录。

《文选序》还指出，记事、系年的史书，重在“褒贬是非，纪别异同”，和重视文采的篇翰不同，所以不选。但史书中的一部分赞、论、序、述，富有辞采、文华，“事出于沉思，义归乎翰藻”，故特别破例收入。这就是收在《文选》“史论”“史述赞”两类中的《汉书》《晋纪》《后汉书》《宋书》中的十多篇文章。南朝文人对这类史文十分重视，如《宋书》由沈约领衔，出于众手，但《谢灵运传论》则由沈约本人精心撰写。考《隋书·经籍志》史部正史类，有范晔《后汉书赞论》四卷，把赞、论从《后汉书》全书中摘录出来单独成书，目的当是便于读者的学习揣摩。《隋志》又载有范晔《汉书赞》十八卷，今已佚。范晔对其《后汉书》的序论十分自负，已见上文。

上面分析说明《文选》选录文章的范围是集部中的单篇文章，萧统也承认经、史、子部书中有具有文采的部分,或因出自圣人之手不能选,或因不是单篇文章,不予选录。破例收录的只有子部的个别篇章,史部的少数议论文字;它们大抵富有文采,为当时文人所普遍重视,有的已被摘出单行,所以作为特例加以选录。后代总集有多选经、史、子部的章节的,如清曾国藩的《经史百家杂钞》,那是后来总集的内容体例有所发展变化了。

二 选录标准

本节谈《文选》的选录标准。关于这个问题,除掉看《文选序》和《文选》选文情况外,还宜注意萧统其他文章中的有关言论。

萧统受儒家思想影响颇深,因此在作品的思想内容方面,他颇重视政治教化内容及其功能作用。《文选序》论诗三百篇有曰:"《诗序》云:诗有六义焉,一曰风,二曰赋,三曰比,四曰兴,五曰雅,六曰颂。"又曰:"诗者,志之所之也,情动于中而形于言。《关雎》《麟趾》,正始之道著;桑间濮上,亡国之音表;故风雅之道,粲然可观。"由此可见他接受了先秦、汉代儒者从政教立场对诗三百篇的解释。论屈原,赞美他"含忠履洁","深思远虑",能向楚王进逆耳之言。论汉赋,赞美扬雄《长杨赋》《羽猎赋》含有"戒畋游"的规讽寓意。可见《文选序》对文学的政治教化功能特别是讽谕内容相当重视。萧统在《答晋安王书》中说:"况观六籍,杂玩文史,见孝友忠贞之迹,睹治乱骄奢之事,足以自慰,足以自言。人师益友,森然在目。嘉言诚至,无俟旁求。"说明他在阅读文史时最关心的是孝友忠贞的封建伦常道德和国家的治乱兴亡,这种思想和上述《文选序》的内容是相通的。

从《文选》选文看,《文选》选赋,前面列京都、郊祀、耕藉、畋猎诸项题材,都与帝皇活动及其环境有关,这些作品歌颂了皇朝的声威和最高统治者的功业、气派,篇末往往规劝帝王注意节约,修明政治,其内容有歌颂也有讽谕。班固《两都赋序》称汉赋"或以抒下情而通讽谕,或以宣上德而尽忠孝”，“抑亦《雅》《颂》之亚也”。此种特色在上列诸项赋中最为突出。看来萧统是同意班固对汉赋的评价的。于楚骚，《文选》选了屈原《离骚》《九章·涉江》《卜居》《渔父》、宋玉《招魂》等系念君国的篇章。诗歌部分前面补亡、述德、劝励、献诗诸项题材，所选束晳《补亡诗》、谢灵运《述祖德诗》、韦孟《讽谏诗》、曹植《责躬诗》《应诏诗》、潘岳《关中诗》等篇，其内容都与忠君孝亲有关。在各体骈散文中，前面的诏、册、令、教、策文等类，都是统治者发布意旨的公文。在接着的表、上书两类中，也有一些篇章，如诸葛亮《出师表》、刘琨《劝进表》、李斯《上书秦始皇》等和国家大事密切相关。再看论说文。史论、史述赞两类选文，大抵与国家大事、高级臣僚相关。论中的《过秦论》《四子讲德论》《王命论》《六代论》《辩亡论》《五等诸侯论》等，均与政治教化、皇朝命运攸关。由此可见，《文选》选文，注意政治教化内容的篇章，不但数量相当多，而且在排列方面往往放在显要的位置上。

另一方面，萧统也重视日常生活中写景抒情之作。他在《答湘东王求文集及诗苑英华书》中，说到自己从小爱好文学，碰到四时气候变化，感物兴怀，常有吟咏，“或夏条可结，倦於邑而属词；冬云千里，睹纷霏而兴咏”。又遇亲人朋友分离聚会，也常命笔写作，“手为心使”，“墨以亲露”，“并命连篇”。说明他对于这类抒写日常情景、用以陶冶性灵的作品也颇为喜爱，并在这方面多有创作。此类作品，体裁大致为诗、小赋、书信，魏晋以来逐渐发展，南朝更盛，成为文人们吟咏情性的主要方式。《毛诗序》说“吟咏情性，以风其上”，要求把抒情和政治结合起来；南朝文人谈及吟咏情性，则常指抒写个人日常生活中的感受和情趣，大抵和政治教化无关。这是当时文学趋向独立、自觉的一个重要标志。

这类作品，《文选》的确选得颇多，如赋类中的游览、物色、哀伤、音乐等项，诗类中的招隐、游览、赠答、行旅、杂诗等项，以及各体文的笺、书、诔、哀、吊文、祭文等类中，都有不少。此类作品，《文心雕龙》《诗品》也往往给予好评。如《文心雕龙》赞美曹丕、曹植、王粲、徐幹等人的诗歌云："并怜风月，狎池苑，述恩荣，叙酣宴，慷慨以任气，磊落以使才。"(《明诗》)又分别赞美汉司马迁、杨恽、扬雄、孔融，魏阮瑀、应璩，晋嵇康、赵至等人的书札，如曰："杨恽之酬会宗，子云之答刘歆，志气盘桓，各含殊采。"(《书记》)《诗品》所评论的一些著名诗人，大多数篇章属于此类。原来，用诗赋来抒写个人的日常情怀，已是魏晋以后文学创作的普遍风气。

由上可见，在思想内容的选录标准方面，萧统既承袭传统的儒家标准，重视政治教化内容及其功能；又吸取魏晋以来文学发展的新的现象和成果，重视选录抒写个人日常情怀的作品，其选录面还是相当宽广的。

在艺术上，萧统主张文质兼顾，要求文质彬彬。他在《答湘东王求文集及诗苑英华书》中说："夫文典则累野，丽亦伤浮。能丽而不浮，典而不野，文质彬彬，有君子之致。吾尝欲为之，但恨未逮耳。"刘孝绰《昭明太子文集序》称赞萧统的文章"典而不野，远而不放，丽而不淫，约而不俭"，可见这确是萧统在创作上所追求的。文质彬彬，本是孔子提出来的(见《论语·雍也》)，后代论文者常常予以承袭发挥。南朝文论中文和质在大多数场合指作品的语言风貌，文指藻饰，质指质朴(重质的作品一般也重内容)。太文则伤于淫丽，太质则伤于朴野。文质彬彬，则不偏于淫丽或朴野。《文心雕龙》论文风，主张"斟酌乎质文之间"(《通变》)，主张风骨(与质相通)与采相结(见《风骨》)，《诗品》也主张"干之以风力(即风骨)，润之以丹采"，并赞美曹植诗"骨气奇高，词采华茂，情兼雅怨，体被文质"，都体现了主张文质彬彬的意思。

南朝文人非常重视文采，它主要表现在作品语言的辞藻、骈偶、音韵、用典诸方面，也就是语言的形态色泽和声律音节之美。辞藻、骈偶、用典为形态色泽之美，诉诸视觉；音韵为声律音节之美，诉诸听觉。它们都是骈体文学的语言要素。《文选》选文也很重视文采。以诗歌为例，南朝文人往往最推重曹植、陆机、谢灵运三位诗人，因为其作品辞藻富美，骈偶句多，音调较和谐，用典也不少。《诗品序》认为曹植、陆机、谢灵运三人是建安、太康、元嘉三个时代最杰出的诗人。《文选》选三人的诗也最多，计曹植二十五首，陆机五十二首，谢灵运四十首，在其他诸家之上(只有江淹选三十一首是例外)。反过来看，曹操诗风古直，《诗品》列在下品，《文选》选其诗仅二首。应璩《百一诗》颇为著名，但质朴少文，《文选》仅选一首。晋代玄言诗缺乏文采，淡乎寡味，故不入选。陶潜诗在当时一般文人看来，也嫌质直，《诗品》列在中品。萧统对陶诗颇为欣赏，所作《陶渊明集序》对陶诗评价甚高。《文选》选陶诗八首，算是不少了，但比起上面曹、陆、谢诸人来，数量还是瞠乎其后。这里明显表现出南朝文人以骈体文学语言美作标尺来衡量作品艺术性的严重局限。

上文提到，《文选》不选史部之书，但破例选录了若干史书中的赞论篇章。其理由是："若其赞论之综缉辞采，序述之错比文华，事出于沉思，义归乎翰藻，故与夫篇什，杂而集之。"认为史书中的一部分赞、论、序、述，具有辞采、文华，能沉思翰藻，故把它们选入《文选》。辞采、文华、翰藻，意思差不多，均指骈体文学语言的文采，即辞藻、对偶、音韵、用典等要素。事指史实事例，义指评论观点。史书中的赞、论、序、述篇章，往往约举史事，发表评论。"事出"二句互文见义，意为这类篇章不论叙事评议，都通过作者深沉的思考(构思)，用美丽的骈文语言表现出来(参考拙作《文选选录作品的范围和标准》一文，载《复旦学报》社会科学版1988年第6期；日本清水凯夫《昭明太子文选序考》一文，译文收入其所著《六朝文学论文集》，重庆出版社1989年10月出版)。这段话也鲜明地反映了萧统选文的艺术标准。"事出"二句，虽然说的是选取史书中赞、论、序、述的根据和艺术标准，但对《文选》全书选篇标准，具有普遍意义。我们不妨说，不论叙事、议论、抒情、写景、状物等内容，都要通过深沉的思考，用美丽的语言表现出来，这就是《文选》选文的主要艺术标准。按照我们今天的看法，史书中的一些人物传记，人物形象鲜明，事件情节曲折，富有文学价值；但在南朝文人看来，这类传记篇章，乃是记事之笔，缺乏沉思翰藻即骈文文采之美，因而不具有多大文学价值，不能与某些赞、论、序、述相比。这里又一次表现了他们艺术标准的局限。

萧统很重视文采，还表现在他对近现代即齐梁文学的重视上。刘勰、锺嵘两人对近代文学颇有不满之辞。《文心雕龙》对宋齐文学较少具体评论，说刘宋文风“讹而新”（《通变》），对山水文学有褒有贬（见《物色》《明诗》）。《诗品》反对永明声病说，把谢朓、沈约均列入中品。萧统对近现代文学比较重视，谢灵运、颜延之、谢朓、沈约、江淹等人的作品均选得较多。南朝作品在文采、技巧方面更趋华美、细致，刘勰、锺嵘不赞成新变太甚，故多批评，萧统则认为踵事增华，变本加厉，是文学发展的必然现象（见《文选序》），所以于近现代选篇颇多。

萧统一方面重视文采，另一方面又反对华艳。他主张文风应“丽而不浮，典而不野”，要求典雅而不浮艳。当时，为宫体诗先导的追求轻绮的诗风已经初露端倪，沈约、谢朓均有咏美人、咏物的诗，《文选》一篇也未入选。浮艳与俚俗二者往往伴随在一起。六朝乐府清商曲辞中的“吴声歌曲”“西曲歌”，多咏男女之情，浮艳俚俗兼而有之，《文选》均未选录。南朝七言诗有颇大发展，鲍照的《拟行路难》等作尤为杰出。从正统观点看来，七言诗显得俚俗，傅玄《拟四愁诗序》曾说七言诗“体小而俗”。《文选》选七言诗甚少，仅取张衡《四愁诗》、曹丕《燕歌行》，不选以后的七言诗；鲍照诗仅取五言不取七言。刘宋诗人汤惠休，在当时颇为著名。江淹《杂体诗》曾有拟惠休的诗，可见其地位。其诗受“吴声歌曲”影响，诗风比较浮艳俚俗，《诗品》评为“淫靡”，《文选》也未加选录。反之，颜延之、任昉的作品（任昉尤长骈文），典雅庄重，又富文采，《文选》选篇颇多。由此可见，《文选》固然重视近现代文学，但也有鉴别取舍，所取者为雅丽之作，所舍者为浮艳俚俗之篇，泾渭还是很分明的。如果拿《玉台新咏》来比较，《文选》崇尚典雅的标准就显得更加清楚。

《玉台新咏》收录了大量宫体诗及其先导之作，风格大多数属浮艳。其卷九专收七言歌行一类；卷十专收五言古体绝句，包括“吴声歌曲”“西曲歌”和不少文人受“吴声”“西曲”影响的小诗。这些作品都比较浮艳俚俗，《文选》均未入选。这是很能说明问题的。《玉台新咏》选萧纲诗甚多，还选了萧衍、萧纶、萧绎、萧纪诗各若干首，萧统诗一首不选，这也是发人深思的。今人骆鸿凯有曰：

> 昭明芟次七代，荟萃群言，择其文之尤典雅者勒为一书，用以切劘时趋，标指先正。迹其所录，高文典册十之七，清辞秀句十之五，纤靡之音，百不得一。以故班、张、潘、陆、颜、谢之文，班班在列，而齐、梁有名文士若吴均、柳恽之流，概从刊落。崇雅黜靡，昭然可见。（《文选学》第二章《义例》）

这一评价基本上是中肯的。

三 选文价值

《文选》所选作品，以汉、魏、晋、宋、齐、梁各朝作品为主，它集中了这一段时期文人文学的主要成果，具有很大的代表性。

从辞赋看，汉晋著名的大赋，从枚乘的《七发》、司马相如的《子虚赋》《上林赋》以至左思的《三都赋》，都入选了。这些大赋的文学价值，人们可以有不同的评价，但它们代表了辞赋创作（特别是汉赋）的一个重要方面，则是无庸置疑的。《文选》还选了许多抒情状物的小赋，从贾谊《鹏鸟赋》、司马相如的《长门赋》，中经建安、太康等时期，直至南朝鲍照的《芜城赋》、江淹的《恨赋》《别赋》等，名篇佳作，络绎不绝。还值得一提的是，宋玉的一些赋作，如《风赋》《高唐赋》《神女赋》等，《楚辞章句》均未收录，也赖《文选》得以保存和流传。从诗歌看，这时期主要是五言诗发展时期。从汉代无名氏《古诗》开始，《文选》对各阶段名家的五言诗，都选了不少，其中包括了曹植、王粲、刘桢、阮籍、陆机、潘岳、左思、张协、郭璞、陶潜、谢灵运、颜延之、鲍照、江淹、谢朓、沈约等人，从中可以比较完整地看出此时期文人五言诗的发展历程和主要成果。有的作家,尽管所选篇章很少,但也选了他们的代表作品,如刘琨、谢混、殷仲文等。《文选》还选了若干四言诗和少量七言诗,大抵也是比较优秀之作。再看各体文章,虽兼有骈散文,但以语言华美的骈文为主。选文大抵是抒情文、论说文,均选录了历代富有代表性的作品。如果拿《文心雕龙》《诗品》两书的评论来和《文选》的选篇相比较,可以看到《文心雕龙》所评述的诗赋和各体文章中富有代表性的名篇佳作,《文选》大部分都入选了。《诗品》评价高和较高的诗人,《文选》选录其篇什也较多。通过这种比较,也可以看出《文选》所选作品具有很大的代表性。范文澜在其《中国通史简编》中评述《文选》时曾说:“《文选》取文,上起周代,下迄梁朝,七八百年间,各种重要文体和它们的变化,大致具备,固然好的文章未必全得入选,但入选的文章却都经过严格的衡量。可以说,萧统以前,文章的英华,基本上总结在《文选》一书里。”这一估价是相当有理的。

《文选》对汉魏以迄齐梁文学,的确有一部分有价值的篇章未能入选。比较突出的例子是,汉乐府中有不少优秀的民间诗歌,其中如《陌上桑》《孤儿行》《焦仲卿妻》等,形象鲜明,语言生动,但《文选》均未入选。在萧统看来,这类诗篇俚俗不雅,缺乏骈体文学的语言之美。“吴声”“西曲”歌词,在他看来就更是等而下之了。不少文人如陈琳、徐幹、傅玄等若干受民歌影响显著的优秀篇章,因此也未获入选。此外,由于《文选》编集于梁代,南北朝末期尚有少数重要作家作品,如庾信的诗、赋、骈文,徐陵的骈文,还来不及收录。尽管如此,《文选》仍然是选录汉魏六朝时期文学作品最重要的一部总集,是我们今天阅读、研究该时期文学的一部要籍。

《文选》所选作品,大多数在思想内容和艺术形式上具有价值和特色,标志着该时期文学创作新的发展和创造。

《文选》中所选部分作品,涉及并批评了当时较重大的政治、社会现象，具有较强的现实意义。诗歌如王粲《七哀诗》歌咏了汉末的大动乱和人民的苦难，阮籍《咏怀诗》讥刺了魏晋之际上层社会的虚伪腐败，左思《咏史诗》抨击了贵族门阀制度的不合理。这些诗篇还都表现了有才能之士在不良环境中的失意和悲哀。骈散文如潘岳《马汧督诔》对抗敌将领的歌颂，干宝《晋纪总论》对于西晋时代政治、社会腐败现象的评述，范晔《后汉书·宦者传论》对危害东汉政治的宦官的批判等，都是其例。但这类内容在《文选》选篇中毕竟只占少数。《文选》中还有相当数量的作品，涉及当时的政治现实，如一部分大赋，各体文章中的诏、册、令、教、文、表、弹事、檄、颂、符命等各类选篇，虽然在不同程度上具有文采，但内容大抵直接为封建统治者歌功颂德或传达政治意图，今天看来较少积极的思想意义。

《文选》中的大多数作品，是人们在日常生活中的抒情、写景、状物之作，表现了广泛的生活情景。例如辞赋部分的纪行、游览、物色、鸟兽、志、哀伤、音乐、情等项中的篇章，其中绝大多数属于此种篇章。它们抒情委婉深挚，写景状物细致巧妙，在艺术表现上达到很高的境界，与五言诗均属该时期文学创作的重要业绩。诗歌部分更为大家所熟悉。其中如祖饯、赠答两项篇章，着重表现亲戚朋友间的深挚情谊；游览、行旅两项篇章，着重描绘山水风景和旅途感受；咏史、咏怀两项篇章，着重表现对现实生活的感慨和对历史人物的评述；杂诗一项，则是抒情写景兼重。这几项诗歌，构成了汉魏六朝文人五言诗的主要部分。各体骈散文部分也有不少抒情写景的佳作。特别值得重视的是"书"类。通过书信这一样式，作者痛快地倾吐了自己的情怀，加上动人的文采，使文章具有浓厚的抒情诗味道。这类作品，较早的有司马迁《报任少卿书》、杨恽《报孙会宗书》。至曹魏而盛，曹丕、曹植、应璩、嵇康等都有佳篇，其发展与文人五言诗的发展可说同一步调。以后佳作历代不绝，丘迟《与陈伯之书》就是其中的佼佼者。（南朝此类佳作，《文选》未选或不及选者尚有不少，可参看许梿《六朝文絜》。）此外，在表、笺、诔、祭文等类中,也有少数抒情佳作。

总的说来,上述以抒情、写景、状物为重点的作品,在辞赋、诗歌中数量均达一半以上,在骈散文中也有相当数量。它们是文学性很强、富有艺术感染力的作品,可以说是魏晋南北朝时期文学的主流。我们知道,在魏晋南北朝时代,儒家传统思想较汉代大为衰落,对文学的约束力也明显削弱。当时许多文人不再强调文学要为封建政治和教化服务,而重视表现个人日常生活中的见闻、感受和情意,因而涌现出大量抒情、写景、状物的作品。它们显示了文学不再像过去时代那样常常依附于政治和儒学,走上了独立发展的道路,标志着文学创造进入自觉的时代。对于形成中国文学发展史上这一重要现象的许多作品,自应给予充分的注意和估价。

自东汉以来,骈体文学逐步发展,中经魏、晋、宋、齐、梁、陈、隋,后世称为“八代文学”,即骈体文学盛行的时代。在这段时期内,除各体文章外,辞赋、诗歌也重视骈偶。辞赋由古赋发展为骈赋;诗歌也大量运用骈句,曹植、陆机、谢灵运诸人之诗所以评价特高,骈偶成分多是一个重要因素。骈体文学除要求文句的对偶外,还重视辞藻华美、音韵和谐,有一部分文人还很重视用典精密。一般说来,骈体文学的艺术美,从其覆盖面之广来说,首先表现在骈偶、辞藻、音韵、用典等语言因素方面,也就是《文选序》所说的“翰藻”。它对于各种体裁、样式的诗、赋、文章都是适用的。对于以抒情写景或状物为主的作品,则还要看感情表现的深挚和外界风景、事物描写的具体生动等,其覆盖面就比较小。至于人物形象的描写,在当时大抵不受文人的重视,所以像《史记》《汉书》及汉乐府民歌中的不少优秀叙事篇章,就没有得到应有的肯定。

对于骈体文学,过去有很不相同的评价。骈文家认为骈文讲究对偶、音韵等文采,才具有文学美,朴实的古文不具有文学美。古文家则讥讽骈文矫揉造作,好像俳优唱戏,违反自然。这都是一偏之论。由于中国语言单音节的特征,作品中很早就出现了对偶句,至八代而极盛;

对字音的轻重抑扬(四声区别),也很早受到注意,至齐梁就形成永明声律论。文学创作是语言的艺术,恰当地运用骈偶,能够加强作品的对称美;注意音韵和谐、辞藻富丽,能够加强语言的声、色之美。用典是一种重要修辞手段,它可说大抵是一种特殊的比喻方式,适当运用,也能增强作品的表现能力。因此,对于大量运用这些语言因素,我们应当进行具体的分析和估价,不应当笼统地加以否定或盲目抬高。中国古代文学,在内容和形式上都是丰富多彩的。骈体诗文和辞赋,是构成丰富多彩现象的一个重要方面,应当对它们作出客观的实事求是的分析和估价。历代骈体诗文和辞赋,的确存在着许多庸俗的、片面追求形式美的作品,但也包含着一定数量的优秀或比较优秀的作品。《文选》所选的骈体诗文,就有许多是优秀或比较优秀的;有的即使不那么好,但在当时创作界具有代表性,对后代发生影响,也应作为值得注意的文学史现象来加以探讨。

南朝两大文学批评著作《文心雕龙》和《诗品》,均产生于齐梁之际,和《文选》基本上属于同一时代。三书所评论或采录的文学作品,均以汉魏下迄南朝为重点。刘勰、锺嵘和萧统的文学观点也比较接近。他们都主张文质并重,既重视骈体文学的语言文采;又重视文风的典雅,反对浮靡。由于批评标准的接近,他们所赞美、肯定的作家作品,颇多相同或相通之处。把《文心雕龙》《诗品》两书和《文选》参照起来阅读,可以收相得益彰之效。

《文选》对后代产生了深远的影响。由于它收录了汉魏以迄南朝文人文学的大量富有代表性的作品,因此一直成为后人学习这段时期作家作品特别是骈体文学的范本。唐宋古文运动兴起后,骈文在文坛失去了过去的统治地位;但人们在日常应用文章中仍然大量使用骈体,以显示才学和文采,加上科举考试要考律赋、试帖诗、八股文一类,注重对偶、排比,所以骈文在社会上仍然保持相当势力,《文选》也长期为文人所重视和研读。清代骈文复兴,更出现了不少著名的骈文家和《文选》

学家。“五四”时期，有的提倡新文学的人，提出打倒“桐城谬种、选学妖孽”的口号，意思是当时旧文学的代表，一是宗奉桐城派的古文派，一是学习《文选》的骈文派。从此也可以看出《文选》的深远影响。“五四”时期提出的打倒旧文学的任务已经成为历史，今天，我们需要运用批判继承的原则来对待《文选》。

《文选》历代注本很多。唐高宗时李善所完成的《文选注》是现存最早也是最重要的注本。李善注吸收了前此《文选》注释的研究成果，着重注明词语来源和典故出处，引书近一千七百种，内容赡博，考核审慎。《文选》原为三十卷，李善注由于分量很大，析为六十卷。稍后唐玄宗时代，吕延济、刘良、张铣、吕向、李周翰五人又作新注，世称《五臣注文选》。五臣注内容简陋且多谬误，不及李善注远甚；但在疏通文义方面，也有可补李善注不足之处，宋代有人把李善注、五臣注合刻为一书，称《六臣注文选》。清代，写作骈文和研究《文选》的人都不少。清代学者重视钻研文字、音韵、训诂之学，用以治《文选》，收获不小，比较重要的著作有朱珔《文选集释》、梁章钜《文选旁证》、胡绍煐《文选笺证》等。现代学者高步瀛有《文选李注义疏》，内容最为详博，可惜全书只完成了小部分。《文选》所选辞赋和骈体诗文，使用的词汇异常丰富，有许多生僻字，运用典故又多，对今天读者来说，显得难度尤大。为了适应今日广大读者的需要，择要吸收旧注作新注，同时加上白话翻译，是十分必要和有益的。

王运熙

1992年8月

序

昭明太子

【题解】

昭明太子萧统，梁武帝萧衍长子，齐中兴元年(501)九月生于襄阳(今属湖北)。天监元年(502)十一月立为皇太子。萧统生而聪叡，三岁受《孝经》《论语》，五岁遍读“五经”，悉能讽诵。《梁书·昭明太子传》载其“读书数行并下，过目皆忆。每游宴祖道，赋诗至十数韵。或命作剧韵赋之，皆属思便成，无所点易”。萧统生性宽和容众，喜愠不形于色。引纳才学之士，赏爱无倦。恒自讨论篇籍，或与学士商榷古今，闲则继以文章著述，率以为常。中大通三年(531)三月寝疾，四月乙巳薨，年三十一。谥曰昭明。所著《文集》二十卷，又撰古今典诰文言为《正序》十卷，五言诗之善者为《文章英华》二十卷，皆亡佚。独存《文选》三十卷。

《文选》，因昭明太子编纂，故又称《昭明文选》，据明朝杨慎《升庵外集》卷五十二称：梁昭明太子萧统，聚文士刘孝威、庾肩吾、徐防、江伯操、孔敬通、惠子悦、徐陵、王囿、孔烁、鲍至十人，谓之高斋十学士，集《文选》。收赋、诗、骚、七、诏、册、令、教、文、表、上书、启、弹事、笺、奏记、书、移、檄、对问、设论、辞、序、颂、赞、符命、史论、史述赞、论、连珠、箴、铭、诔、哀、碑文、墓志、行状、吊文、祭文等三十八种文体，上起先秦，下迄齐梁，汇成一编，是我国现存最早的文学总集，凡三十卷，自序称选文以“事出于沉思，义归乎翰藻”为标准，故不选经、史、子之文。唐显庆中李善作注，剖而为六十卷；开元六年(718)吕延祚复集吕延济、刘良、张铣、吕向、李周翰五人共为之注，称“五臣注”。南宋以后，两本合刻，称六臣注文选。李善注本有清胡克家重刻宋淳熙尤袤本，甚为流行。

本篇序文着重阐明两点：一论述文学性质，认为事物由简单而繁复，文章由质朴趋藻饰是其必然规律。二辨析文章体制，文章制作日繁，文体的辨析也越趋精细。这是符合六朝人的文学观点的。

式观元始①，眇觌玄风②，冬穴夏巢之时，茹毛饮血之世③，世质民淳，斯文未作。逮乎伏羲氏之王天下也④，始画八卦，造书契⑤，以代结绳之政⑥，由是文籍生焉。《易》曰：“观乎天文⑦，以察时变；观乎人文⑧，以化成天下。”文之时义远矣哉⑨！若夫椎轮为大辂之始⑩，大辂宁有椎轮之质⑪？增冰为积水所成⑫，积水曾微增冰之凛⑬，何哉？盖踵其事而增华⑭，变其本而加厉⑮；物既有之，文亦宜然；随时变改，难可详悉。

【注释】

①式：语气词，无实义。元始：太初，开始。

②眇觌(dí)：远观。觌，见，相见。玄风：远古时候之风气。玄，幽远。

③“冬穴”二句：《礼记·礼运》曰：“昔者先王未有宫室，冬则居营窟，夏则居橧巢，未有火化。食草木之实，鸟兽之肉，饮其血，茹其毛。”茹，食。

④王(wàng)：称王天下。

⑤书契：文字。《经典释文》曰：“书者，文字；契者，刻木而书其侧。故曰书契也。”

⑥结绳之政:《周易·系辞》曰:“上古结绳而治,后世圣人易之以书契。”

⑦天文:指日月星辰。

⑧人文:指诗书礼乐。

⑨时义:意义。

⑩椎轮:即椎车。原始之车,用锥形圆木为轮,无车辐,故曰椎轮。

⑪大辂:古时天子祭天时所乘之车。宁有:岂有。质:朴。

⑫增冰为积水所成:《荀子·劝学》:“冰,水为之而寒于水。”增,即层。

⑬微:无。

⑭踵其事而增华:谓由椎轮到大辂,大辂华饰而椎轮素朴。踵,继轨。

⑮变其本而加厉:谓水结成冰,改变形状,然而更冷于水。

【译文】

追忆太初时候,遥看远古风气,冬天穴居洞窟,夏季巢处树枝,饮食则连毛带血、活剥生吞,当此之时,世风质朴,民性淳厚,文章之事尚未诞生。到了伏羲氏称王天下,开始画八卦,造文字,代替以往的结绳记事,由此文章之事也就渐渐产生了。《周易》说:“观察天文,可以了解时序的变化;观察人文,可以以教化来统一天下。”可见文章的意义是非常远大的啊!原始的车子是现今皇家高级车乘的发端,皇家车乘难道还保持着原始车子的粗糙质朴?冰凌是由积水而生成,积水就没有冰凌那样凛冽寒冷,为什么?就是因为事物发展越来越趋于漂亮,事物发展现代比古代进步;一般事物已然如此,文章之事也当然符合这个规律;随时代发展而不断变化,就不易一一说清楚了。

尝试论之曰:《诗序》云:“诗有六义焉,一曰风,二曰赋,三曰比,四曰兴,五曰雅,六曰颂。”至于今之作者,异乎古昔，古诗之体，今则全取赋名[①]。荀、宋表之于前[②]，贾、马继之于末[③]。自兹以降，源流寔繁。述邑居则有“凭虚”“亡是”之作[④]，戒畋游则有《长杨》《羽猎》之制[⑤]。若其纪一事，咏一物，风云草木之兴，鱼虫禽兽之流，推而广之，不可胜载矣。

【注释】

①“至于今之作者”几句：意谓古者赋为诗之一体，今则赋单独为体。刘良注：“言今之述作者，诗赋殊体，不同古诗。随志立名者也。”班固云：“赋者，古诗之流也。”

②荀、宋：荀卿、宋玉。表：标明。

③贾、马：贾谊、司马相如。按，《文选》于赋外另立骚体，故不言屈原。

④述邑居则有“凭虚”“亡是”之作：张衡《西京赋》托于凭虚公子，司马相如《上林赋》托于亡是公。《西京赋》首句云“有凭虚公子者……”《上林赋》首句云“亡是公听然而笑……”二人均为作者虚拟之人名，实无此二人。邑，都邑，城市。居，住。

⑤戒畋（tián）游则有《长杨》《羽猎》之制：扬雄作《长杨赋》《羽猎赋》以戒畋猎。畋，猎。

【译文】

试着来论述一番：《毛诗序》说：“诗有六体：一是风，二是赋，三是比，四是兴，五是雅，六是颂。”至于现今写文章的人，不同于从前，赋，从前只是诗的一种表现手法，现在竟成为一种独立的文体。荀子、宋玉标志于前，贾谊、司马相如继迹于后。从此以后，源流纷繁。讲城市都邑的，有张衡的《西京赋》、司马相如的《上林赋》，儆诫狩猎的有扬雄的《长杨赋》和《羽猎赋》。还有专纪一桩事情，咏一件事物的，风云草木之赋的兴起，鱼虫禽兽之赋的出现，由此推而广之，就数不胜数了。

又楚人屈原，含忠履洁，君匪从流，臣进逆耳，深思远虑，遂放湘南，耿介之意既伤[①]，壹郁之怀靡愬[②]；临渊有怀沙之志[③]，吟泽有憔悴之容[④]。骚人之文，自兹而作。

【注释】

①耿介：忠烈。

②壹郁：压抑，忧郁。

③临渊有怀沙之志：《怀沙》为屈原所作《九章》之一，为他沉湘江前之绝命词。

④吟泽有憔悴之容：语本《楚辞·渔父》："屈原既放，游于江潭，行吟泽畔；颜色憔悴，形容枯槁。"

【译文】

还有楚人屈原，胸怀忠心，行为高洁，君王不能从善如流，臣下所进忠言偏以为逆耳之听，这样一个有深谋远虑的人，被流放到湘南，忠烈之心已受挫伤，抑郁之志赴诉无门，面临深渊赋《怀沙》明志以身殉国；行吟泽畔，颜色憔悴，形容枯槁。骚人的作品，就从此开创为一体。

诗者，盖志之所之也，情动于中而形于言[①]。《关雎》《麟趾》[②]，正始之道著[③]；桑间濮上，亡国之音表[④]；故风雅之道，粲然可观[⑤]。自炎汉中叶，厥涂渐异：退傅有《在邹》之作[⑥]，降将著"河梁"之篇[⑦]；四言五言，区以别矣。又少则三字，多则九言[⑧]，各体互兴，分镳并驱。颂者，所以游扬德业，褒赞成功；吉甫有"穆若"之谈[⑨]，季子有"至矣"之叹[⑩]。舒布为诗[⑪]，既言如彼[⑫]；总成为颂[⑬]，又亦若此[⑭]。次则箴兴于补阙[⑮]，戒出于弼匡[⑯]，论则析理精微[⑰]，铭则序事清润[⑱]，美终则诔发[⑲]，图像则赞兴[⑳]。又：诏诰教令之流[㉑]，表奏笺记之列[22]，书誓符檄之品[23]，吊祭悲哀之作[24]，答客指事之制[25]，三言八字之文[26]，篇辞引序[27]，碑碣志状[28]，众制锋起，源流间出。譬陶匏异器[29]，并为入耳之娱；黼黻不同[30]，俱为悦目之玩。作者之致，盖云备矣。

【注释】

①"诗者"几句：《毛诗序》曰："诗者，志之所之也，在心为志，发言为诗。情动于中而形于言。"

②《关雎》《麟趾》：《毛诗序》曰："《关雎》《麟趾》之化，王者之风，故系之周公。"

③正始之道：正其初始之大道。著：彰明。

④"桑间"二句：《礼记·乐记》："桑间濮上之音，亡国之音也。"郑玄注："濮水之上，地有桑间者，亡国之音于此之水出也。昔殷纣使师延作靡靡之乐，已而自沉于濮水，后师涓过焉，夜闻而写之，为晋平公鼓之，是之谓也。"桑间濮上遂为靡靡之音之代称。

⑤粲然：明白貌。

⑥退傅有《在邹》之作：退傅，指韦孟。韦孟为楚元王傅，历元王子夷王以及孙王戊。事迹见《汉书·韦贤传》。韦孟因戊荒淫无道，作《讽谏》诗。后遂去位，徙家于邹，作《在邹》之诗。按，《文选》第十九卷收录韦孟《讽谏》诗一首。《文心雕龙·明诗》曰："汉初四言，韦孟首唱。"

⑦降将著"河梁"之篇：降将，谓降匈奴之李陵。"河梁"之篇，指李陵与苏武诗，其中第三首有"携手上河梁"之句，为五言体。按，刘勰《文心雕龙·明诗》曰："至成帝品录，三百余篇。朝章国采，亦云周备。而辞人遗翰，莫见五言。所以李陵、班婕妤见疑于后代也。"昭明不疑苏李诗为后人伪托，故以为是最早之五言诗。

⑧"又少则"二句：《诗经·周南·关雎》孔疏曰："诗之见句，少不减

二，即‘祈父’‘肇禋’之类也。三字者，‘绥万邦’‘娄丰年’之类也。四字者，‘关关雎鸠’‘窈窕淑女’之类也。五字者，‘谁谓雀无角，何以穿我屋’之类也。六字者，‘昔者先王受命，有如召公之臣’之类也。七字者，‘如彼筑室于道谋’‘尚之以琼华乎而’之类也。八字者，‘十月蟋蟀入我床下’‘我不敢效我友自逸’是也。其外更不见九字十字者。”九言诗，最早之作者为魏高贵乡公曹髦，见《文章缘起》，有目无诗。现存作品有宋谢庄《明堂歌》中《白帝》一首。

⑨吉甫有“穆若”之谈：《诗经·大雅·烝民》为尹吉甫所作，诗中有“吉甫作诵，穆如清风”之句。按，尹吉甫为周宣王时重臣，姓兮，名甲，也称兮伯吉父。宣王中兴，曾率师北伐猃狁。相传作有《诗经·大雅》中《崧高》《烝民》《韩奕》《江汉》等篇，以美宣王。

⑩季子有“至矣”之叹：春秋时吴公子季札聘于鲁，观乐，为之歌《颂》，曰：“至矣哉……盛德之所同也。”事见《春秋左传·襄公二十九年》。

⑪舒布：张设。

⑫如彼：指古诗之颂。

⑬总：括。

⑭若此：指今颂赞之颂。颂本六义之一，今于诗外自成一体。亦犹赋本六义之一，今则别诗为赋。

⑮次则箴兴于补阙：李周翰注：“箴所以攻疾防患，亦犹针石之针，以疗疾也。”《文心雕龙·铭箴》曰：“箴者，所以攻疾防患，喻针石也。”

⑯戒出于弼匡：李周翰注：“戒，警。弼，辅。匡，正也。”

⑰论则析理精微：刘良注：“析，分也。谓论之体也。”陆机《文赋》曰：“论精微而朗畅”。

⑱铭则序事清润：刘良注：“铭则述其功美，使可称名也。”陆机《文

赋》曰:“铭博约而温润。”

⑲美终则诔发:吕延济注:“诔,累也,有功业而终者,累其功而记之。”

⑳图像则赞兴:吕延济注:“若有德者,后世图画其形,为文以赞美也。”《释名·释典艺》曰:“称人之美曰赞。赞,纂也,纂集其美而叙之也。”

㉑诏诰教令:吕向注:“诏者,照也。照人之暗,使见事宜。诰者,告也,告谕令晓。教者,效也,言上为下效。令,领也。领之使不相干犯。”

㉒表奏笺记:吕向注:“表者,思于内以表于外。奏,进也。笺,表饰也。记之言志也。”

㉓书誓符檄:张铣注:“书者,如也。序言如意曰书。诸侯约信曰誓。符,孚也。征召防伪,事资中孚。檄者,皦也。喻彼令皦然明白。”《文心雕龙·祝盟》曰:“在昔三王,诅盟不及,时有要誓,结言而退。”

㉔吊祭悲哀:张铣注:“吊,问也,祭,祀也。悲,盖伤痛之文也。哀者,亦爱念之辞。”

㉕答客:指假借答复别人问难,用以抒写情怀的一种文体,如东方朔《答客难》、扬雄《解嘲》、班固《答宾戏》诸篇。指事:即《文选》中的“七”体。如枚乘《七发》之类,指说七件事以启发楚太子。

㉖三言八字:吕延济注:“三言,谓汉武《秋风辞》。八字,谓魏文帝乐府诗。”高步瀛《文选李注义疏》曰:“济注非是……三言、八言,当如何焯说。”又曰:“姚范《援鹑堂笔记》卷三十七引何氏又云:少则三字,多则九言,本挚氏之论也。有三言、四言、五言、六言、七言、八言、九言。古诗率以四字为体,而时以一句二句杂在四言之间。后世演之,遂以为篇也。后复云:三言八字之文,则元嘉以后,取裁颜氏者也。”

㉗篇辞引序：吕延济注："篇，犹偏也。偏述一章之事。辞，犹思也。寄辞以遣思。序，舒也。舒其物理。"

㉘碑碣志状：吕延济注："碑，披也。披载其功美也。碣，杰也，亦碑类。志，记其年代。状，摹其德行。"

㉙陶匏(páo)：乐器名。陶，即埙，土制的乐器。匏，即笙。

㉚黼黻(fǔ fú)：古时礼服上的绣文，白与黑相间曰黼，黑与青相间曰黻。此喻文章的藻彩。

【译文】

诗，就是情志之所至，人的感情激荡于胸中而形成为语言。从《关雎》到《麟趾》，以端正初始之大道著称；桑间濮上，则表明是亡国之音；所以风雅之道是分辨得明明白白的。自从西汉中叶，诗歌的发展起了点变化：韦孟有《在邹》之作，李陵著"河梁"之篇；四言诗、五言诗有了明确的区别了。还有，最少的三个字，最多的九个字，各种诗体，纷纷兴起，分道扬镳，各自发展。颂，是褒扬功德勋业、歌颂成功的一种文体；尹吉甫有《烝民》之作，吴公子季札有"至矣哉"的赞叹。舒布胸怀而为诗，既如吉甫所言，总体概括而为颂，又若季札之所云。其次，箴的兴起在于纠正过错，戒的出现是为了匡正时弊，论要求分析道理精确细致，铭必须叙述事情清楚温和，有功者逝世就作诔赞美他，有德者作古就图其像而赞之。还有诏诰教令之类体裁，表奏笺记这些文体，书誓符檄之篇，吊祭悲哀之作，答客七体等作品，三言八言等文字，篇辞引序，碑碣志状，体裁纷繁，品种间出。就像乐器中的陶笙，刺绣中的黼黻，虽然各不相同，但同样可以达到赏心悦目的目的。文章的体裁，大致已完备了。

余监抚余闲①，居多暇日。历观文囿，泛览辞林，未尝不心游目想，移晷忘倦②。自姬汉以来③，眇焉悠邈④，时更七代⑤，数逾千祀⑥。词人才子，则名溢于缥囊⑦；飞文染翰，则卷盈乎缃帙[8]。自非略其芜秽，集其清英，盖欲兼功，太半难矣[9]！若夫姬公之籍[10]，孔父之书[11]，与日月俱悬，鬼神争奥，孝敬之准式，人伦之师友，岂可重以芟夷[12]，加之剪截？老庄之作，管孟之流，盖以立意为宗，不以能文为本[13]，今之所撰，又以略诸。若贤人之美辞，忠臣之抗直，谋夫之话，辨士之端，冰释泉涌[14]，金相玉振[15]。所谓坐狙丘，议稷下[16]，仲连之却秦军[17]，食其之下齐国[18]，留侯之发八难[19]，曲逆之吐六奇[20]，盖乃事美一时，语流千载，概见坟籍[21]，旁出子史，若斯之流，又亦繁博，虽传之简牍，而事异篇章，今之所集，亦所不取。至于记事之史，系年之书，所以褒贬是非，纪别异同，方之篇翰，亦已不同。若其赞论之综缉辞采，序述之错比文华，事出于沉思，义归乎翰藻[22]，故与夫篇什，杂而集之。远自周室，迄于圣代，都为三十卷，名曰《文选》云耳。

【注释】

①余：昭明自谓。监抚：监国，抚军。《春秋左传·闵公二年》中里克曰："冢子君行则守，有守则从。从曰抚军，守曰监国，古之制也。"

②晷(guǐ)：日影。

③姬汉：周汉。姬，周姓。

④眇焉悠邈：形容悠远。

⑤七代：指自周至梁共七代，即周、秦、汉、魏、晋、宋、齐。

⑥逾：过。千祀：千年。

⑦缥(piǎo)囊：淡青色丝帛制成之书囊。

⑧缃帙：包在书卷外之浅黄色封套。

⑨"自非"几句：吕延济注："芜秽，喻恶也。清英，喻善也。兼，倍

也。言文章之多，若不去恶留善，虽欲倍加其功，太半亦不能遍览，安能尽乎？”

⑩姬公之籍：泛指儒家经典。姬公，周公姬旦。

⑪孔父：孔子。鲁哀公为孔子作诔，称孔子为尼父。见《史记·孔子世家》。

⑫重（zhòng）：甚。芟（shān）夷：剪除。

⑬“老庄”几句：谓不选子书。

⑭冰释泉涌：冰释而化水，泉涌而成流。

⑮金相玉振：《诗经·大雅·棫朴》曰：“金玉其相。”毛传曰：“相，质也。”《孟子·万章》曰：“金声而玉振之也。”赵岐注：“振，扬也。”

⑯“所谓坐狙丘”二句：李周翰注：“狙丘、稷下皆齐地之丘山也。田巴置馆于稷下，以延游谈之士。”

⑰仲连之却秦军：据《战国策·赵策》载，为鲁仲连游说秦将辛垣衍，使其退兵五十里。

⑱食其之下齐国：楚汉相争，汉派郦食其往说齐王田广，下齐七十余城。事见《史记·郦生陆贾列传》。

⑲留侯：张良封留侯。他曾发八难，劝高祖不可封六国后代。事见《史记·留侯世家》。

⑳曲逆：陈平封曲逆侯。陈平佐高祖，曾六出奇计。事见《史记·陈丞相世家》。

㉑概：梗概，大略。

㉒“事出于”二句：上句之“事”，承上文“序述”而言，下句之“义”，承上文“赞论”而言。意谓史传中之“赞论”和“序述”部分，也有沉思与翰藻，故可作为文学作品选录。沉思，指深刻的艺术构思。翰藻，指表现于作品中之美丽辞藻。

【译文】

我在从事军政工作之余，平时颇多闲暇之日。观看历代文章，流览词章林府，经常沉思遐想，时光流逝而不知倦意。自从周汉以来，幽远渺茫，朝代更换了七次，时间跨越了千年。其间词人才子，不计其数；诗赋文章，汗牛充栋。要不是删粗取精，纵然加倍努力，也不能遍览尽阅。至于周公的典籍，孔子的论述，光辉如同日月，深奥一似神灵，是忠君孝亲的典范，人类社会的师表，岂能妄加删削，擅作剪裁呢？老子、庄子的作品，管子、孟子等子书，大抵以立意为其宗旨，不是以能文为其根本，现在编纂《文选》，也就省而不录了。还有贤达之士的赞美文词，忠臣的抗行直谏，谋士的话语，说客的辩论，犹如水流泉涌，金玉其声。所谓坐于狙丘而议于稷下，鲁仲连却退秦军，郦食其往说齐王，张良提出八难而不立六国之后，陈平曾出六计而辅佐汉室兴旺，这些都事美一时而语传千古，见诸文籍，别载子史，像这些，都很繁复博杂，虽然也见诸书籍，然而毕竟不同于文学作品，现在编纂《文选》也不选。至于纪事系年的史书，只是用来褒贬是非，纪述好坏，与文学相比，也就大不相同了。至于赞论之组织文采，序述之排比英华，情事经过深刻的构思，文义体现于华丽的辞藻，像这样的作品，杂取而搜集在一起。远起周朝，迄于当代，共有三十卷，名之曰《文选》。

凡次文之体，各以汇聚。诗赋体既不一，又以类分；类分之中，各以时代相次①。

【注释】

①“凡次文”几句：此附言分体类之例，自赋至祭文凡三十七，而文分隶其中。所谓各以汇聚也。赋自京都至情，凡十五类。诗自补亡至杂拟，凡二十三类。所谓又以类分也。而每类之中，文之先后，以时代为次。诗之各类中，先后间有错见者，李善皆订其失。汇，类。

【译文】

文章的编排,各以体裁为归类。诗赋文体既然不同,其中又以类分;每类之中,又以时代先后为次序。

卷第一·赋甲

京都上

班孟坚

班固(32—92),字孟坚,扶风安陵(今陕西咸阳)人。东汉史学家和文学家。幼年聪慧好学,十六岁入太学,博览群书,治学不为章句,通晓大义而已。二十三岁时,继续撰写其父班彪未完遗稿《史记后传》,被人以私改国史告密,被捕入狱。其弟班超上书力辩,明帝阅其著作初稿,十分赞许,立予释放,并拜为兰台令史,转迁为郎,典校秘书。后奉旨完成其父遗著,历二十余年,修成《汉书》,为世所重,奉为“史家之圭臬”。他又是东汉前期最著名的辞赋家,作有《两都赋》《答宾戏》《幽通赋》等。晚年因窦宪谋反事被株连免官,又被仇家洛阳令种兢借机捕系,死于狱中。

两都赋序一首

【题解】

西汉王朝建立后,在我国封建社会第一次出现了统一而长期稳定的中央政权。经过汉初七十年间的休养生息,到武帝时进入鼎盛时期。经济实力雄厚,物资空前富饶,涌现了二十多个新兴大城市。特别是首都长安(今陕西西安),更加雄伟壮丽,规模比当时欧洲著名的罗马还大三倍多,不仅是全国政治、经济、文化中心,也是全世界罕见的大都市。本赋描绘了长安雄伟的山川、富饶的田园、壮丽的宫室、盛大的田猎;结构宏伟,气势磅礴,内容充实,语言典丽,是最早描绘大城市艺术形象的名篇。

两都指西都长安与东都洛阳(今属河南)。前者为西汉京都,后者为东汉京都。班固写《两都赋》的创作思想是对西都的繁华游乐暗含讽意,对东都的仁德礼法明予颂扬。但由于他是一位严格的现实主义作家,对西都的描写虽也暗讽了帝王贵族的奢侈逸乐、迷信神仙等消极现象,但更主要的是反映了西汉首都繁荣富裕的现实,表现了封建社会上升时期蓬勃兴旺的景象,使人读后意气风发,精神振奋。

或曰①:"赋者,古诗之流也②。"昔成康没而颂声寝③,王泽竭而诗不作④。大汉初定,日不暇给⑤。至于武宣之世⑥,乃崇礼官⑦,考文章⑧,内设金马石渠之署⑨,外兴乐府协律之事⑩,以兴废继绝⑪,润色鸿业⑫。是以众庶悦豫⑬,福应尤盛⑭。白麟、赤雁、芝房、宝鼎之歌⑮,荐于郊庙⑯,神雀、五凤、甘露、黄龙之瑞⑰,以为年纪。故言语侍从之臣⑱,若司马相如、虞丘寿王、东方朔、枚皋、王褒、刘向之属⑲,朝夕论思,日月献纳⑳;而公卿大臣御史大夫倪宽、太常孔臧、太中大夫董仲舒、宗正刘德、太子太傅萧望之等㉑,时时间作㉒。或以抒下情而通讽谕,或以宣上德而尽忠孝,雍容揄扬㉓,著于后嗣㉔,抑亦《雅》《颂》之亚也㉕。故孝成之世㉖,论而录之,盖奏御者千有余篇。而后大汉之文章,炳焉与三代同风㉗。

【注释】

①或:有的人。

②流:流变。此指变体。一说,支流,流派。

③成康:指周代极盛时期。成,周成王,武王之子,名诵。康,周康王,成王之子,名钊。相传成康之世,制礼作乐,重视教化,刑措不用,逾四十年。颂:指《诗经》的颂诗。寝:停息。

④王泽:帝王的恩泽。《孟子·离娄》曰:“王者之迹息而诗亡。”

⑤日不暇给:指汉初忙于解决百姓生活困难,恢复发展生产,来不及倡导礼乐文教。

⑥武宣之世:西汉鼎盛时期。武,武帝刘彻,景帝子。他雄才大略,对内发展生产,兴办学校;对外清除边患,开拓疆土,创西汉军事、政治、经济、文化全面发展局面。宣,宣帝刘询,武帝曾孙。他励精图治,任用贤能,体恤民情,轻徭薄赋,对西汉之继续发展起了重要作用。

⑦礼官:掌礼仪之官。

⑧文章:这里指礼乐法度。

⑨金马:即金马门。《后汉书·马援传》:“孝武皇帝时,善相马者东门京,铸作铜马法献之,有诏立马于鲁班门外,则更名鲁班门曰金马门。”后遂沿用为官署的代称。石渠:即石渠阁,汉宫中藏书之处。

⑩乐府:此指汉代主管音乐的官署。协律:汉置协律都尉、协律校尉、协律郎,为掌管音乐的官员,简称协律。一说,校正音乐律吕,使之和谐。

⑪兴废继绝:振兴继承成康之后业已废止的礼乐法度。

⑫润色鸿业:以礼乐文教,弘扬立国安邦的伟大事业。润色,使有光彩。

⑬悦豫:喜悦,欣愉。豫,悦乐。

⑭福应：吉祥的征兆。

⑮白麟、赤雁、芝房、宝鼎：都是汉武帝时所出现的“福应”。李善注引《汉书·武帝纪》曰：“行幸雍，获白麟，作《白麟》之歌。又曰：行幸东海，获赤雁，作《朱雁》之歌。又曰：甘泉宫内产芝，九茎连叶，作《芝房歌》。又曰：得宝鼎后土祠旁，作《宝鼎》之歌。”

⑯荐：进献。效庙：设于郊外的宗庙。

⑰神雀、五凤、甘露、黄龙：都是汉宣帝时所出现的“祥瑞”。李善注：“《汉书·宣纪》曰：神雀元年。应劭曰：前年神雀集长乐宫，故改年也。又曰：五凤元年。应劭曰：先者，凤皇五至，因以改元。又甘露元年。诏曰：乃者凤皇至，甘露降，故以名元年。又曰：黄龙元年。应劭曰：先是黄龙见新丰，因以改元焉。”

⑱言语：文辞。这里指文学著作。

⑲司马相如：西汉著名辞赋家。虞丘寿王：《汉书》本传作“吾丘寿王”。字子赣，从董仲舒受《春秋》，高材明辨。武帝时拜东郡都尉，后为光禄大夫侍中。《汉书·艺文志》有吾丘寿王赋十五篇，今皆不传。按，“虞”“吾”古通用。东方朔：字曼倩，武帝时为郎。著述甚丰，有《答客难》《非有先生论》等名篇。枚皋：字少儒，枚乘之子，武帝时为郎。善为辞赋，才思敏捷。《汉书·艺文志》载他有赋一百二十篇，今多不传。王褒：字子渊，宣帝时待诏。与扬雄并称“渊云”。有《甘泉赋》《洞箫赋》等名篇。刘向：字子政。高祖弟楚元王刘交四世孙。汉成帝时任光禄大夫，校阅经传诸子诗赋等书籍，写成《别录》一书，为我国最早的分类目录。另外著有《新序》《说苑》《列女传》《洪范五行传论》等书。

⑳献纳：此指向皇帝进献著作。

㉑御史大夫：汉代官名。地位仅次于丞相。主管弹劾、纠察以及掌管图书秘籍。与丞相（大司徒）、太尉（大司马）合称三公。成帝时曾改御史大夫为大司空。倪宽：李善注引《汉书》曰：“倪宽修

《尚书》,以郡选,诣博士孔安国,射策为掌固,迁侍御史。”太常:官名。秦置奉常,汉时改称太常。为九卿之一,掌宗庙礼仪,兼掌选试博士。孔臧:李善注引《孔臧集》曰:“臧,仲尼之后。少以才博知名。稍迁御史大夫,辞曰:‘臣代以经学为家,乞为太常,专修家业。’武帝遂用之。”武帝元朔二年(前127)拜太常,五年(前124)坐事免。《汉书·艺文志》载孔臧有赋二十篇。太中大夫:汉代官名。掌议论。董仲舒:少时攻读《春秋》,三年不窥园。曾任博士、江都相和胶西王相。著有《春秋繁露》。主张罢黜百家,独尊儒术。为武帝所采纳,设五经博士,以五经取士,开此后两千余年以儒学为正统的先声。宗正:官名。秦置,汉沿之。掌管王室亲族的事务。刘德:字路叔,少修黄老术,有智略,汉武帝谓之为千里驹。昭帝初为宗正,迁太中大夫,后参与拥立汉宣帝,封阳城侯。太子太傅:为西汉时辅导太子的官名。萧望之:字长倩。以射策甲科为郎,宣帝时累官至御史大夫,左迁太子太傅,授太子(元帝)经。为汉代著名经学家。

㉒间作:抽空创作。

㉓雍容:温文和缓。指“抒下情而通讽谕”这类作品的文风。揄(yú)扬:启发宣扬。指“宣上德而尽忠孝”这类作品的文风。

㉔著:昭著,显示。

㉕抑:用于句首,无实义。亚:次。

㉖孝成:汉成帝刘骜,字太孙,元帝子。徐天麟《西汉会要》中叙述他“以书颇散亡,使谒者陈农求遗书于天下。诏光禄大夫刘向校经传诸子诗赋,步兵校尉任宏校兵书,太史令尹咸校术数,侍医李柱国校方技。每一书已,向辄条其篇目,撮其指意,录而奏之”。

㉗炳:光辉显耀。三代:指夏商周。

【译文】

有人说道："赋是古诗的变体。"当成康之盛世已成过去，颂扬的歌声即随之停止；先王的恩泽既已竭尽，赞美的诗章也随之消逝。大汉初年忙于百姓生计，其他事业均无暇顾及。直到武帝、宣帝鼎盛时期，才开始崇尚礼乐考核文章。宫内修金马门召词臣著述，建石渠阁把秘书珍藏，宫外还设立乐府机关，将协律作乐之事承当，从而振兴礼乐教化，对大汉的丰功伟业予以弘扬。于是广大百姓心情欢畅，各种瑞物呈示吉祥。白麟、赤雁、芝房、宝鼎纷纷出现，据以作歌并进献祖先；神雀、五凤、甘露、黄龙不断降临，据此瑞物而改变纪年。所以凭借文学以侍从君王之臣，如司马相如、虞丘寿王、东方朔、枚乘、王褒、刘向等等，朝朝暮暮议论创作构思缀文，计日计月把作品进献朝廷；而公卿大臣如御史大夫倪宽、太常孔臧、太中大夫董仲舒、宗正刘德、太子太傅萧望之等人，则用从政余闲作赋进呈。有的抒发臣民衷情而通讽喻之意，有的宣扬君父恩德而尽忠孝之心，从容和婉地阐发宣扬，使大汉的业绩在后世昭传，这些词赋的价值与《雅》《颂》相去不远。汉成帝时加以评论并录目汇编，总计进奏御览的作品已千有余篇。从此大汉的文章和一般朝代显然不同，它光辉灿烂与夏商周三代是同样文风。

且夫道有夷隆①，学有粗密②，因时而建德者，不以远近易则③。故皋陶歌虞④，奚斯颂鲁⑤，同见采于孔氏，列于《诗》《书》，其义一也。稽之上古则如彼⑥，考之汉室又如此。斯事虽细，然先臣之旧式⑦，国家之遗美⑧，不可阙也⑨。臣窃见海内清平，朝廷无事，京师修宫室，浚城隍⑩，起苑囿⑪，以备制度；西土耆老⑫，咸怀怨思，冀上之眷顾，而盛称长安旧制，有陋雒邑之议⑬。故臣作《两都赋》，以极众人之所眩曜⑭，折以今之法度⑮。其词曰：

【注释】

①道：思想，学说。夷隆：衰落与兴盛。

②学：学问，知识。粗密：粗疏和细密。

③远近：此指古今。则：此指论文的原则。

④皋陶（yáo）歌虞：皋陶，传说为舜之臣，掌管刑狱之事。他曾作歌颂扬虞舜。

⑤奚斯：春秋时鲁国公子，名鱼，字奚斯。曾奉鲁僖公之命重修姜嫄之庙，新庙成，作《闷宫》之诗以颂僖公功德，收于《诗经·鲁颂》中。

⑥稽：考核。

⑦旧式：指先代创立的模式。

⑧遗美：指前汉留下的美政。

⑨阙：同“缺”。

⑩浚（jùn）：挖深，疏通。城隍：城池。隍，无水之城池。

⑪苑囿：种植林木畜养禽兽之处，多为帝王及贵族游玩和打猎的风景园林。

⑫耆（qí）：古称六十岁为耆。此指老。

⑬雒邑：即洛邑，今洛阳（今属河南）。汉光武建都洛阳，自以为汉为火德，忌水，改洛阳为雒阳。三国魏自以为土德，土得水而柔，去隹加水，仍为“洛”字。

⑭极：极言，尽量述说。眩曜（xuàn yào）：光彩夺目之状。

⑮折以今之法度：以当今东都之礼仪制度使西都耆老折服。折，折服。此指使折服。

【译文】

道术有时衰落有时兴盛，学问有的粗疏有的精深，顺应时势建德立言的哲人，不以古今不同而改变论文的标准。所以皋陶颂舜之歌文辞粗疏，奚斯颂鲁之诗内容详尽，同样为孔子采纳编入《诗经》或《书经》，因为它们在润色鸿业上意义相等。检验上古既有皋陶歌舜、奚斯颂鲁，考查前汉又有长卿等人歌颂汉武。创作辞赋虽属细小之事，但先代词臣的榜样、本朝相传的美政必须予以继承。我见天下太平朝廷无事，东都正在兴修宫室疏浚城池，并且扩建苑囿以完善首都的体制；西都的故老心怀怨思，不但盼望君王怀念原来的京师，而且盛赞长安旧有的体制，议论中流露出鄙薄洛阳的意思。由于上述缘故，我才创作《两都赋》，尽量叙述西都故老所炫耀的事物，再以东都现行的法度使他们折服。其词为：

西都赋一首

有西都宾问于东都主人曰："盖闻皇汉之初经营也①，尝有意乎都河洛矣②，辍而弗康③，寔用西迁④，作我上都⑤。主人闻其故而睹其制乎？"主人曰："未也。愿宾摅怀旧之蓄念⑥，发思古之幽情，博我以皇道⑦，弘我以汉京。"宾曰："唯唯。"

【注释】

①皇：大。

②河洛：黄河与洛水。也指这两条河之间的地区。这里指洛阳（今属河南）。

③辍：中止。弗康：不安。康，安。

④寔（shí）用：因此。寔，通"是"，这，此。

⑤作：兴建，造作。上都：首都。此指长安（今陕西西安）。高步瀛《文选李注义疏》曰："李贤曰：高祖五年，娄敬说上都关中。上疑之。左右大臣皆山东人，多劝都洛阳。此为有意都河洛矣。张良曰：洛阳其中小不过数百里，四面受敌，非用武之国。关中金

城千里，天府之国也。于是上即日西都关中。此为辍而弗康。”

⑥摅（shū）：抒发。

⑦皇道：大道。

【译文】

有一位长安的客人，向洛阳主人发问：“听说汉初营建首都，曾有意选择河洛之滨，后来认为此地定都并不安宁，因此决定西迁，以长安作为汉京。主人是否了解迁都的故事？是否见过长安的体制？”主人道：“没有啊。希望客人吐露怀旧的素心，抒发思古之幽情，阐发高祖定都的道理以扩充我的知识，叙述长安的情况以增长我的见闻。”客人道：“好的，好的。”

“汉之西都，在于雍州①，寔曰长安。左据函谷二崤之阻②，表以太华终南之山③；右界褒斜陇首之险④，带以洪河泾渭之川。众流之隈⑤，汧涌其西⑥。华实之毛⑦，则九州之上腴焉⑧；防御之阻，则天地之隩区焉⑨。是故横被六合⑩，三成帝畿⑪。周以龙兴，秦以虎视；及至大汉受命而都之也，仰悟东井之精⑫，俯协河图之灵⑬，奉春建策⑭，留侯演成⑮，天人合应⑯，以发皇明⑰，乃眷西顾，寔惟作京⑱。

【注释】

①雍州：古九州之一。《尔雅·释地》：“河西曰雍州。”河指今山西、陕西间的黄河。

②函谷：即函谷关。在今河南灵宝。因关在谷中，深险如函得名。崤：即崤山。在河南西部。分东、西两崤，延伸于黄河、洛河间。阻：险阻。

③表：标志。太华：即西岳华山。在陕西渭南。因其西南有少华

山，故又称太华山。终南：即终南山。在陕西西安南，又称南山。

④褒斜：即褒斜谷。在陕西西南。南口称褒谷，北口称斜谷，全长四百七十里。褒斜道是汉以后往来秦岭南北的要道。陇首：即陇山。为陕甘要隘。

⑤隈（wēi）：水流弯曲之处。

⑥汧（qiān）：水名。渭河支流，今名千河。源出甘肃六盘山南麓，流经陕西陇县、千阳，注入渭河。

⑦毛：草木。

⑧九州：古分中国为九州。起于春秋、战国时代。《尚书·禹贡》：九州为冀、兖、青、徐、扬、荆、豫、梁、雍。

⑨隩（ào）：指四方之土可定居者。

⑩六合：四方上下为六合。

⑪三成帝畿：李善注："谓周秦汉也。"

⑫东井：星名。即井宿。《汉书·高帝纪》载，汉元年（前206）十月，五星聚于东井。古代星象家认为这是刘邦即帝位的征兆。精：指聚于东井之五星。

⑬河图：《周易·系辞》："河出图，洛出书，圣人则之。"图，汉郑玄以为是帝王圣者受命之瑞。灵：灵瑞，祥瑞。

⑭奉春：即奉春君。《汉书·高帝纪》载，高祖将都雒阳（今河南洛阳），戍卒娄敬劝入关。上问张良，张良因劝上都长安（今陕西西安）。上从之，遂拜娄敬为奉春君。

⑮演：演绎引申。

⑯天人：李善注："天，谓五星也；人，谓娄敬也。"

⑰皇：此指汉高祖刘邦。

⑱寔惟：是以，因此。作京：建为京城。

【译文】

"汉朝西都，位于雍州，名叫长安。左据雄伟险峻的函谷和崤山，以及成为一方标志的太华与终南山；右与褒谷、斜谷、龙首山相毗连，绕着黄河、泾水、渭水等河川。众河曲折蜿蜒，汧水涌流西面。这儿的植物花果繁茂，有九州最膏腴的良田；这儿的防御固若金汤，是最宜于定居的地点。由于此地广连各方，定都于此有三朝帝王。周朝凭此而如龙飞腾，秦朝凭此而虎视东方；及至大汉受命将都长安的时分，仰视上天有五星相聚于东井，悟到那是汉主入秦的吉征，俯察大地有灵图出现于河滨，知道那是汉受天命的福应，娄敬提出建都长安的良策，张良阐释其议正确的原因，天命与人意相应和，启发了皇帝的圣明，于是眷顾关西，把长安定作京城。

“于是睎秦岭[1]，睋北阜[2]，挟沣灞[3]，据龙首[4]。图皇基于亿载，度宏规而大起[5]。肇自高而终平[6]，世增饰以崇丽；历十二之延祚[7]，故穷泰而极侈[8]。建金城而万雉[9]，呀周池而成渊[10]。披三条之广路[11]，立十二之通门[12]。内则街衢洞达[13]，闾阎且千[14]；九市开场[15]，货别隧分[16]。人不得顾，车不得旋[17]；阗城溢郭[18]，旁流百廛[19]。红尘四合，烟云相连。于是既庶且富[20]，娱乐无疆。都人士女，殊异乎五方[21]。游士拟于公侯，列肆侈于姬姜[22]。乡曲豪举[23]，游侠之雄，节慕原尝[24]，名亚春陵[25]，连交合众[26]，骋骛乎其中[27]。若乃观其四郊，浮游近县，则南望杜霸[28]，北眺五陵[29]；名都对郭，邑居相承。英俊之域，绂冕所兴[30]，冠盖如云[31]，七相五公[32]，与乎州郡之豪杰，五都之货殖[33]，三选七迁[34]，充奉陵邑[35]。盖以强干弱枝[36]，隆上都而观万国也[37]。

【注释】

①睎(xī):望。秦岭:此指长安城(今陕西西安)南的终南山。

②睋(é):视。北阜:长安城北之山。

③沣(fēng):即沣水。源出陕西秦岭山中,经西安西北入渭水。灞:即灞水。源出秦岭北麓,经西安东,过灞桥入渭水。

④龙首:高步瀛《文选李注义疏》:“《山海经》曰:华山之阳,龙首之山也。”

⑤宏规:指修建西都的宏伟规划。

⑥肇(zhào):开始。高:指汉高祖。平:指汉平帝。

⑦十二之延祚(zuò):十二代连续相承的皇位。即高祖、惠帝、吕后、文帝、景帝、武帝、昭帝、宣帝、元帝、成帝、哀帝、平帝。祚,皇位。

⑧穷泰:极端骄恣。泰,此指骄恣。

⑨金城:形容城墙之坚固,犹如金属铸成。雉:城墙长三丈高一丈为一雉。

⑩呀:李善注引《字林》:“呀,大空貌。”

⑪披:开辟。三条:三达之路,即丁字形道路。

⑫十二之通门:天子所居的京都设十二座城门,是象征十二个时辰都可以平安通行之意。

⑬衢(qú):四通八达的道路。洞达:畅通。

⑭闾阎:里巷。闾,原指里门。阎,原指巷门(即里中门)。

⑮九市:李善注引《汉宫阙疏》曰:“长安立九市,其六市在道西,三市在道东。”

⑯隧:此指市场中的道路。

⑰“人不得顾”二句:形容行人车马过分拥挤,以致人不能回顾,车不能旋转。

⑱阗(tián):充满。

⑲廛(chán):古代城市平民的住宅区。

⑳庶:众多。

㉑五方:东、西、南、北、中。此指各处。

㉒列肆:市场上成列的店铺。此指店铺中的售货妇女。姬姜:相传黄帝姓姬,炎帝姓姜,后来周王室姓姬,齐国主姓姜,姬姜两姓常通婚,故以之为贵族妇女之美称。

㉓乡曲:乡里。亦指穷乡僻壤。因偏处一隅,故称“乡曲”。豪举:才智过人的人。《淮南子·泰族训》:“故智过万人者谓之英,千人者谓之俊,百人者谓之豪,十人者谓之杰。”

㉔节:气节,节操。原:指平原君赵胜。战国时赵国贵族,惠文王之弟,曾三任赵相。相传有食客数千人。尝:指孟尝君田文。战国时齐国贵族,曾任齐相。有食客数千人。

㉕亚:仅次。春:指春申君黄歇。曾任楚相,有食客数千人。陵:指信陵君魏无忌。战国时魏国贵族。曾窃符救赵,解秦军之围。亦有食客数千人。

㉖连交:联络交结。

㉗骋骛:四处奔驰。

㉘杜:指杜陵。汉宣帝葬于此。霸:指霸陵。汉文帝葬于此。

㉙五陵:汉高帝葬长陵,惠帝葬安陵,景帝葬阳陵,武帝葬茂陵,昭帝葬平陵,统称五陵,皆在长安之北。

㉚绂冕(fú miǎn):古时的礼服。此喻高官显爵。

㉛冠盖:此代指官宦。冠,指礼帽。盖,指车盖。

㉜七相五公:李善注:“《汉书》曰:韦贤为丞相,徙平陵;车千秋为丞相,徙长陵;黄霸为丞相,徙平陵;平当为丞相,徙平陵;魏相为丞相,徙平陵。公,御史大夫、将军通称也。《汉书》曰:张汤为御史大夫,徙杜陵;杜周为御史大夫,徙茂陵;萧望之为前将军,徙杜陵;冯奉世为右将军,徙杜陵;史丹为大将军,徙杜陵。然其余不

在七相之数者，并以罪国除故也。”

㉝五都：指洛阳（今属河南）、邯郸（今属河北）、成都（今属四川）、宛（今河南南阳）、临淄（今山东淄博）。货殖：经商。此指商人。

㉞三选：选“七相五公”“州郡之豪杰”“五都之货殖”三等人。七迁：迁往七陵。即长陵、安陵、霸陵、阳陵、茂陵、平陵、杜陵。

㉟充奉：充任供奉祭祀之职。陵邑：皇陵所在之地。

㊱强干弱枝：意为加强中央王朝力量，削弱诸侯地方势力。干，喻中央王朝。枝，喻诸侯地区。

㊲隆：尊崇。观：示人，给人看。

【译文】

“眺望终南，遥视北山，挟带沣灞二水，依傍龙首之山。希图帝王基业能够绵延亿载，拟定宏伟蓝图而大举兴建。始于高祖终于平帝，历代增修日益壮丽；经过十二位帝王不断努力，因而繁华已极奢侈无比。建筑金城雉堞上万，疏浚城池注水成渊。三达的道路既平且宽，十二座通门无比庄严。城内街衢通达，里弄近千；九个市场一齐开业，不同的货店列于不同的路边。拥挤的人潮难以回顾，密集的车流不能回旋；行人充满市区，溢出城郭，流入成百上千的商店。滚滚的红尘四处弥漫，轻扬的烟霭连接云天。人口众多、社会富裕超过已往任何时光，百姓的欢乐程度实在是不可限量。京城的男男女女，不同于其他地方。游士衣着可比富贵公侯，商女服饰胜过贵族姑娘。乡里的豪强英俊，游侠首领，气节接近于平原君和孟尝君，名望仅次于春申君和信陵君，他们广泛交游，联合徒众，经常在京城往来驰骋。如果观察长安四郊，漫游附近县城，则南望杜霸，北眺五陵；名都城郭相对，甲第楼阁相邻。那是英雄俊杰所居之区域，达官显贵所建之城镇，高冠华盖，往来如云；原来朝廷遴选国家的七相五公、州郡的豪杰英俊、五都的富裕商人，将此三等家庭迁于汉家七陵，担当供奉皇陵的重任。大概是以此加强中央，削弱地方，壮大京都，把国家威力显示于万邦。

“封畿之内[①]，厥土千里；逴跞诸夏[②]，兼其所有。其阳则崇山隐天，幽林穹谷，陆海珍藏，蓝田美玉[③]。商洛缘其隈[④]，鄠杜滨其足[⑤]，源泉灌注，陂池交属[⑥]。竹林果园，芳草甘木，郊野之富，号为近蜀。其阴则冠以九嵕[⑦]，陪以甘泉[⑧]，乃有灵宫起乎其中[⑨]。秦汉之所极观，渊云之所颂叹[⑩]，于是乎存焉。下有郑白之沃[⑪]，衣食之源。提封五万[⑫]，疆埸绮分[⑬]。沟塍刻镂[⑭]，原隰龙鳞[⑮]。决渠降雨，荷插成云[⑯]。五谷垂颖[⑰]，桑麻铺棻[⑱]。东郊则有通沟大漕[⑲]，溃渭洞河[⑳]，泛舟山东[㉑]，控引淮湖，与海通波。西郊则有上囿禁苑，林麓薮泽[㉒]，陂池连乎蜀汉[㉓]，缭以周墙，四百余里，离宫别馆，三十六所。神池灵沼[㉔]，往往而在。其中乃有九真之麟[㉕]，大宛之马[㉖]，黄支之犀[㉗]，条支之鸟[㉘]。逾昆仑，越巨海，殊方异类，至于三万里。

【注释】

①封畿(jī)：古代皇宫所在的千里地面。后多指京城管辖的地区。

②逴跞(chuō luò)：超越。诸夏：周王室分封的诸侯国。此指西汉各个藩国。

③蓝田：山名。在陕西蓝田东，产美玉，又名玉山。

④商：商县(今陕西商洛)。在长安(今陕西西安)东南，丹江上源。洛：洛南县(今属陕西)。在长安东南，洛河上游。缘：沿。隈：水曲。

⑤鄠(hù)：鄠县。汉县名。故地在今陕西西安鄠邑区，渭河下游。杜：杜阳。汉县名。故地在今陕西麟游西北，漆水河下游。

⑥陂(bēi)：池塘。

⑦九嵕(zōng)：山名。在陕西礼泉。有九峰高耸。

⑧甘泉：山名。在陕西淳化西北。

⑨灵宫：指甘泉山上之甘泉宫。秦始皇二十七年（前220）作甘泉前殿，汉武帝时增广之，建通天、高光、迎风诸殿。

⑩渊云之所颂叹：李善注："《汉书》曰：王子渊为《甘泉颂》。又曰：杨子云奏《甘泉赋》。"

⑪郑白：郑渠与白渠。郑渠，战国时韩国水工郑国为秦所凿。引泾水东注洛河，长达三百余里，灌田四万余顷。今已湮废。白渠，汉武帝用中大夫白公建议，分泾水东南流，注入渭水，长达二百里，灌田四千五百余顷。

⑫提封：通共，举其总数而言。

⑬疆埸（yì）：田界。绮分：纵横交错如罗绮上的花纹一样纷繁。绮，有花纹的丝织品。分，一作"纷"，纷繁。

⑭沟塍（chéng）：田畦，田间界路。

⑮原隰（xí）：高平之地称原，低湿之地称隰。

⑯插：通"锸（chā）"，起土的工具，似铁锹。

⑰颖：谷穗。

⑱铺：布。棻：通"纷"，茂盛貌。

⑲通沟：畅通的人工沟渠。大漕：宽深的运输航道。

⑳溃渭：达到渭水。溃，达到。

㉑山东：此指崤山或华山以东地区。

㉒林麓：有树林的山脚。薮（sǒu）泽：泛指沼泽地区。

㉓陂池（pō tuó）：倾斜的地形。池，同"陁"，斜坡。蜀汉：蜀郡和汉中郡。

㉔神池：李善注引《三秦记》曰："昆明池中有神池，通白鹿原。"灵沼：美好的池沼。灵，好。

㉕九真：郡名。郡治胥浦县（今越南清化）。

㉖大宛：古西域国名。在中亚费尔干纳盆地。辖七十余城。以产

汗血马著名。

㉗黄支:古国名。《汉书·平帝纪》:“(元始)二年春,黄支国献犀牛。”应劭注:“黄支在日南之南,去京师三万里。”

㉘条支:古西域国名。当在今伊拉克境内。

【译文】

“首都直辖地区,约有方圆千里;超过华夏各诸侯国,兼具他们共有的物产。其南则密林深谷,崇山遮天,陆海珍藏,难以计算,美好玉石,产于蓝田。在丹、洛两河的水湾有商县和洛县,在渭、漆两河的下游有鄠县和杜县,清泉汩汩奔流,池塘纵横相连。竹林果园,芳草佳树,郊野之富,接近西蜀。北边有九嵕、甘泉两座名山,并有灵宫耸立在甘泉山巅。在秦汉两代最为壮观,王褒和扬雄都曾经作赋颂赞,到如今还保存于宫殿中间。下有郑渠、白渠所灌溉的沃田,那是广大百姓衣食的源泉。共有肥田沃土五万顷,田界纵横似丝织品上花纹一样纷繁。沟塍缭绕则如刻镂在大地上的图案,平原和低地的田畴块块相连,又好像巨龙身上的密密鳞片。开渠灌溉田土如降喜雨,举锸治水人群如涌祥云。五谷结籽垂下穗颖,桑林麻田繁荣茂盛。东郊有人工漕渠,通向渭水、黄河;泛舟可达崤山以东,还可控引淮水、湖泊;更与东海辗转相接,连通巨浪洪波。西郊则是上林禁苑,山林沼泽连绵不断,倾斜逶迤连于蜀郡和汉中郡,缭绕围墙四百多里,中有三十六所离宫别馆。神池灵沼,星罗棋布。珍奇的麒麟来自九真,名贵的骏马进于大宛,黄支国送来了犀牛,条支国把大鸟贡献。有的跨越昆仑高峰,有的横渡大海狂澜。还有一些远方异物,竟跋涉了几万里远。

“其宫室也,体象乎天地①,经纬乎阴阳②。据坤灵之正位③,仿太紫之圆方④。树中天之华阙⑤,丰冠山之朱堂⑥。因瑰材而究奇⑦,抗应龙之虹梁⑧。列棼橑以布翼⑨,荷栋桴而高骧⑩。雕玉瑱以居楹⑪,裁金璧以饰珰⑫。发五色之渥彩[13]，光焰朗以景彰[14]。于是左墄右平[15]，重轩三阶[16]，闺房周通[17]，门闼洞开[18]。列钟虡于中庭[19]，立金人于端闱[20]。仍增崖而衡阈[21]，临峻路而启扉[22]。徇以离宫别寝[23]，承以崇台闲馆[24]，焕若列宿，紫宫是环。清凉宣温，神仙长年，金华玉堂，白虎麒麟[25]，区宇若兹[26]，不可殚论。增盘崔嵬[27]，登降炤烂[28]，殊形诡制[29]，每各异观。乘茵步辇[30]，惟所息宴[31]。

【注释】

①体：体制。象：取象。天地：宫室一般上圆下方，圆取象于天，方取象于地。

②经纬：此指宫室建筑的结构。织物的直线叫"经"，横线叫"纬"。阴阳：指日月运行的规律，包括日光的向背，气候的冷暖，光线的明暗，四季的变化等等。

③坤灵：地神。此指地域。正位：中正的位置。

④太紫：太微星座和紫微星座。太微星座呈方形，古人认为是天帝的南宫。紫微星座呈圆形，古人认为是天帝的正宫。帝王因仿星象而建立宫殿。

⑤华阙：古代宫门旁所立之壮丽的双阙。此指未央宫东面的苍龙阙与北面的玄武阙。

⑥冠山之朱堂：宫建于龙首山上，如山之冠。朱堂，指未央宫。

⑦瑰材：珍奇的建筑材料。究奇：穷尽宫殿的奇丽。

⑧抗：高。应龙：有翼的龙。

⑨棼(fén)：楼阁的栋。橑(liáo)：屋椽。

⑩栋：正梁。桴：二梁。高骧：高举。

⑪瑱(tián)：通"磌"，柱脚石。居楹：使楹柱立于其上。楹，柱。

⑫裁金璧：裁制黄金而成璧形。珰(dāng)：即瓦当。屋檐顶端的盖

瓦头，俗叫“猫头”。

⑬渥(wò)彩：润泽的色彩。

⑭焖(yàn)：火苗。景(yǐng)：日光。

⑮左墄(cè)右平：右边行车，故为平阶；左边行人，故为台阶。墄，台阶。

⑯轩：栏杆。一说指楼板。三阶：多段的台阶。三，约数，非实指。

⑰闺房：小室，内房。周通：四通。

⑱闼(tà)：此指宫中小门。

⑲钟虡(jù)：挂钟的架子。

⑳金人：铜人。端闱(wéi)：正门。《史记·秦始皇本纪》：“大收天下兵，聚之咸阳，销以为钟鐻，金人十二，重各千石，置廷宫中。”

㉑仍：因，以，就。增崖：层层高耸的山崖。增，通“层”。衡阈(yù)：门槛。

㉒峻路：大路。峻，大。

㉓徇：围绕。离宫别寝：正式宫殿之外的行宫，以备帝王巡幸游息。

㉔承：连接。崇台：高台。闲馆：安静的馆阁。闲，安静。一说闲，大。

㉕“清凉宣温”几句：指清凉殿、宣室殿、中温室殿、金华殿、太玉堂殿、中白虎殿、麒麟殿，都是未央宫中殿名。神仙，神仙殿，是长乐宫中殿名。

㉖区宇：此指京畿名胜。

㉗增盘：重叠盘曲。崔嵬(wéi)：高貌。

㉘登降：上下，高低。炤(zhào)烂：光辉灿烂。

㉙殊形：罕见的形状。诡制：奇异的体制。

㉚乘茵步辇(niǎn)：皇后、婕妤乘辇，余皆以茵，四人舆以行。茵，车上坐席。后引申为“舆车”。乘者坐其上，四人抬其四角而行。步辇，以辇代步。辇，人力推挽之车。

㉛息宴:安息。

【译文】

“西都的宫室殿堂,体制取象于天地,结构取法于阴阳。据于区域之正位,仿紫微星座而为圆、太微星座而为方。华美的双阙矗立于半天之上,红色的未央宫殿屹立在龙首山冈。用瑰异的材料构建奇巧的式样,横架着形如飞龙、曲如长虹的殿梁。椽桷排列整齐、飞檐如鸟翼舒张,荷重的栋桴如骏马般气势高昂。雕美玉为础石而承接殿柱,裁黄金为璧形而装饰瓦珰。殿堂焕发润泽的五彩灿烂辉煌,那彩色的光焰像日光一般明亮。左边是人走的台阶,右边是车行的平阶,栏杆重重,台阶层层,闺房周通,门闼洞开。竖钟架在庭院中,立金人在正门外。就层崖修成门槛,对大路把正门敞开。围绕着的离宫别殿,连接着的崇台宏馆,它们像群星一样璀璨,把未央宫环绕在中间。清凉、宣温、神仙、长年、金华、玉堂、白虎、麒麟,都是富丽豪华的宫殿,区域内像这种壮丽的屋宇,不可能将它们全部说完。有的重叠盘曲,崔嵬屹立,有的高低上下,光辉富丽;有的形态特殊,构造奇异,各自显现不同的外观。让帝后乘舆坐辇,四处游历;所到之处,皆可安息。

“后宫则有掖庭椒房①,后妃之室,合欢增城,安处常宁,茝若椒风,披香发越,兰林蕙草,鸳鸾飞翔之列②。昭阳特盛③,隆乎孝成④。屋不呈材,墙不露形,裛以藻绣⑤,络以纶连⑥。随侯明月⑦,错落其间。金釭衔璧⑧,是为列钱⑨。翡翠火齐⑩,流耀含英⑪。悬黎垂棘,夜光在焉⑫。于是玄墀钔砌⑬,玉阶彤庭。碝碱彩致⑭,琳珉青荧⑮。珊瑚碧树⑯,周阿而生⑰。红罗飒缅⑱,绮组缤纷⑲。精曜华烛⑳,俯仰如神。后宫之号,十有四位㉑。窈窕繁华㉒,更盛迭贵㉓。处乎斯列者㉔,盖以百数。

【注释】

①掖(yè)庭:宫中房舍,妃嫔居住之处。椒房:汉皇后所居的宫殿,以椒和泥涂壁,取温、香、多子之义。

②"合欢增城"几句:合欢、增城与安处、常宁、茝若、椒风、披香、发越、兰林、蕙草、鸳鸾、飞翔,皆为汉宫殿之名。

③昭阳:汉成帝皇后赵飞燕所居之殿。特盛:此指特别豪华。

④隆:盛,丰。

⑤裛(yì):缠绕。藻绣:宫墙上光彩绚丽的装饰品。

⑥纶连:用彩色丝带编连而成的网络,用以装饰宫墙。

⑦随侯明月:珠名。李善注引高诱注曰:"随侯,汉中国姬姓诸侯也。随侯见大蛇伤断,以药傅而涂之。后蛇于夜中衔大珠以报之,因曰随侯之珠。盖明月珠也。"

⑧金釭(gāng):宫室壁带上的环形饰物,用黄金制成的叫金釭。衔璧:衔着璧玉。

⑨列钱:李善注:"言金釭衔璧,行列似钱也。"

⑩翡翠:此指美石,也称硬玉。以全为碧绿而透明者为最珍贵,可作装饰品。火齐:玫瑰珠。

⑪流耀:流光,闪烁光辉。含英:含有光泽。

⑫悬黎垂棘:与下句"夜光"皆珍珠美玉之名。

⑬墀(chí):宫殿之地。一说殿上台阶。釦(kòu)砌:以金玉嵌饰的门槛。釦,以金或玉嵌饰器物。砌,门槛。

⑭碝碱(ruǎn qì):如玉之美石。彩致:光彩而致密。

⑮琳珉(mín):玉名。

⑯珊瑚:热带海洋中的腔肠动物,骨骼相连,形如树枝,故又名珊瑚树。碧树:用青色美石所雕之树。

⑰周阿:宫殿四周的曲处。

⑱飒纚(xǐ):长袖飘拂之状。

⑲绮组：细绫制的带子。组，带。

⑳精曜：精光闪耀。华烛：光彩映射。此指人的美丽丰姿。

㉑十有四位：十四等。汉宫中妃嫔的爵位共分十四等，名称有昭仪、倢伃、姪娥、傛华、美人、八子、充依、七子、良人、长使、少使、五官、顺常、无涓等。昭仪之官阶俸禄与丞相等，婕妤与上卿等。

㉒窈窕：美好貌。繁华：华丽。

㉓迭：代。

㉔斯列：指十四等爵位。

【译文】

“后宫则有掖庭、椒房，是后妃居住的地方，合欢、增成、安处、常宁、茝若、椒风、披香、发越、兰林、蕙草，以及鸳鸾与飞翔，这些殿阁都住着妃嫔媵嫱。昭阳宫特别华丽，它增修于成帝时期。屋宇不露栋梁，四壁不现原墙，锦绣缭绕其外，彩饰网络于上。随侯宝珠像明月，错落其间熠熠发光。壁带上的金釭衔着璧玉，好似金钱排列成行。翡翠玉和玫瑰珠含辉流光，悬黎、垂棘和夜光之璧也在此闪亮。以髹漆涂的殿堂地面，以金玉嵌的宫殿门槛，以白玉砌的阶沿，以红石铺的庭院。杂以碝磩等彩石纹理致密，琳珉等美玉青翠晶莹。还有名贵的珊瑚枝和碧玉般的石雕树，栩栩如生地植于中庭四周转角处。身着红罗衣裙的宫廷美人，长袖飘拂，绮带缤纷。精光闪耀，容华映人，俯仰举止，飘逸如神。后宫爵号，十有四级。各级女官，姣好华丽，一个更比一个高贵，有爵号的数以百计。

“左右庭中，朝堂百寮之位①。萧曹魏邴②，谋谟乎其上③。佐命则垂统④，辅翼则成化⑤。流大汉之恺悌⑥，荡亡秦之毒螫⑦。故令斯人扬乐和之声⑧，作画一之歌⑨。功德著乎祖宗⑩，膏泽洽乎黎庶⑪。又有天禄石渠⑫，典籍之府，命夫惇诲故老[13]，名儒师傅[14]，讲论乎六艺[15]，稽合乎同异[16]。又有承明金马[17]，著作之庭，大雅宏达[18]，于兹为群[19]。元元本本[20]，殚见洽闻[21]；启发篇章[22]，校理秘文[23]。周以钩陈之位[24]，卫以严更之署[25]，总礼官之甲科[26]，群百郡之廉孝[27]。虎贲赘衣[28]，阉尹阍寺[29]，陛戟百重[30]，各有典司[31]。

【注释】

①百寮：百官。寮，同“僚”。

②萧：萧何。辅佐刘邦建立汉王朝，论功第一，为丞相，封酂侯。曹：曹参。佐刘邦灭项羽，封平阳侯，后继萧何为相。魏：魏相。宣帝时为丞相，封高平侯。邴：邴吉。曾为廷尉监。救过皇曾孙（宣帝）。后建议立宣帝，封博阳侯，任丞相。

③谋谟（mó）：谋划。

④垂统：使政权稳固地传于后代。

⑤成化：完成以教化治民的任务。

⑥恺悌（kǎi tì）：和乐简易。此指汉代政策的宽简便民。恺，乐。悌，易。

⑦毒螫（shì）：毒害。此指秦朝政令的苛酷虐民。

⑧乐和：音乐和谐。

⑨画一之歌：李善注引《汉书》曰：“萧何薨，曹参代之。百姓歌之曰：萧何为法，较若画一。曹参代之，守而勿失。载其清静，人以宁一。”画一，公平，明白。

⑩著：显示，宣扬。

⑪膏泽：恩惠，恩德。洽：沾润。黎庶：百姓。

⑫天禄：李善注引《三辅故事》曰：“天禄阁在大殿北，以阁秘书。”

⑬惇（dūn）诲：殷勤教导。故老：元勋老臣。

⑭师傅:太师与太傅。太师为古代三公之一。师、傅均有教诲天子敬德修业之职。

⑮六艺:指《诗》《书》《易》《礼》《乐》《春秋》。

⑯稽合:考核。

⑰承明:指承明庐。在石渠阁外,为词臣待诏之处。

⑱大雅:才德高尚之人。宏达:知识渊博通达之士。

⑲兹:此指承明庐、金马门。

⑳元元本本:李善注:"元元本本,谓得其元本也。"元本,此指学术的根本精神、文章的根本意旨。

㉑殚:尽。洽:广博。

㉒篇章:此指文章典籍。

㉓校理:考校整理。秘文:秘藏的文献。

㉔钩陈:星名。在紫微垣内。常以之指称后宫,帝王常居之处。《晋书·天文志》:"钩陈六星,皆在紫宫中……钩陈,后宫也,大帝之正妃也,大帝之常居也。"

㉕严更之署:督行夜鼓的郎官所居之署。

㉖总:集中。礼官:掌礼仪之官。甲科:即射策甲科。射策为汉代取士的考试科目之名。由主试者出试题,写在简策上,分甲乙科,应试者随意取答,主试者按题目难易和答案优劣而定甲乙。中甲科者可入仕。

㉗群:群集。廉孝:即孝廉。原为汉代选举官吏的两种科目。廉,指廉洁之士。孝,指孝子。汉武帝元光元年(前134),令郡国举孝、廉各一人。后来合称孝廉。

㉘虎贲(bēn):官名。掌管帝王出入仪卫之事,汉设有虎贲中郎将、虎贲郎。赘衣:官名。掌管皇宫服御,为天子近臣。

㉙阉尹:宦官首领。阍(hūn)寺:掌管开关宫门的宦官。

㉚陛戟:在宫殿台阶执戟守卫的武士。陛,宫殿台阶。

㉛典司：所负的职责。

【译文】

“左右庭中，是百官执事之处。萧何、曹参、魏相、邴吉等人，在那里出善策筹良谋。他们辅佐君王能够长传国统，他们协助施政能使教化成功。传布大汉的仁惠，涤荡亡秦之余毒。因此臣僚作和谐之乐，百姓唱画一之歌。其功德可以昭告于祖宗先人，其仁惠能够遍施于黎民百姓。又有两座楼阁名天禄、石渠，珍藏着无数典籍秘书，并令元老旧臣及名儒师傅，讲解儒家的六艺，考核经传的同异。又有承明庐和金马门，是词臣著作之庭，才德高尚之士，学问渊博之人，在这里结队成群。他们对学术能够穷源溯本，他们的知识博见广闻；能够透辟地阐发典籍，能够精确地校理秘文。后宫是帝王常居之处，周围有值夜护卫的官署，礼官总管考核全国的甲科举子，选拔州郡的廉孝之士，还有虎贲、赘衣、阉尹、阍寺，以及陛戟的武士，每人都各有专职。

“周庐千列[1]，徼道绮错[2]。辇路经营[3]，修除飞阁[4]。自未央而连桂宫[5]，北弥明光而亘长乐[6]；凌隥道而超西墉[7]，掍建章而连外属[8]。设璧门之凤阙[9]，上觚稜而栖金爵[10]。内则别风之嶕峣[11]，眇丽巧而耸擢[12]。张千门而立万户，顺阴阳以开阖[13]。尔乃正殿崔嵬，层构厥高[14]，临乎未央。经骀荡而出馺娑[15]，洞枍诣以与天梁[16]。上反宇以盖戴[17]，激日景而纳光[18]。神明郁其特起[19]，遂偃蹇而上跻[20]，轶云雨于太半[21]，虹霓回带于棼楣[22]。虽轻迅与僄狡[23]，犹愕眙而不能阶[24]。攀井幹而未半[25]，目眴转而意迷[26]。舍棂槛而却倚[27]，若颠坠而复稽[28]。魂恍恍以失度[29]，巡回涂而下低[30]。既惩惧于登望，降周流以彷徨[31]。步甬道以萦纡[32]，又杳窱而不见阳[33]。排飞闼而上出[34]，若游目于天表[35]，似无依而洋洋[36]。

【注释】

①周庐：官员值班或卫士宿卫时的住处，设于宫廷四周。

②徼(jiào)道：卫士巡察时的道路。徼，巡察。绮错：道路纵横交错，如罗绮上的花纹。

③辇(niǎn)路：宫中大道，为天子车驾常经之路。经营：周旋往来。

④修：长。除：此指登楼的台阶。飞阁：架空建筑的阁道，俗称天桥。《三辅黄图·汉宫》："帝于未央宫营造日广，以城中为小，乃于宫西跨城池作飞阁，通建章宫，构辇道以上下。"

⑤未央：即未央宫。故址在今陕西西安。高祖七年（前200）萧何主持建造，倚龙首山建前殿，立东阙、北阙、武库、太仓等。周围二十八里。桂宫：武帝所营造，周围十余里，在未央宫北面。

⑥弥：终止。明光：明光宫。武帝时建造。一在北宫，太初四年（前101）秋建，南与长乐宫相连。一在甘泉宫，为武帝求仙而建。此指前者。亘(gèn)：横贯，相连。长乐：长乐宫。故址在今陕西西安。周围二十里，内有长信、长秋诸殿，汉初为朝会之所，其后为太后所居。

⑦隥(dèng)道：阁道。西墉(yōng)：西城墙。

⑧掍(hùn)：混同。建章：建章宫。武帝太初元年（前104）建，周二十余里，在未央宫西，故址在今陕西西安。外属：正宫外的附属建筑。

⑨凤阙：李善注引《汉书》曰："建章宫，其东则凤阙，高二十余丈，其南有璧门之属。"

⑩觚稜(gū léng)：檐角的瓦脊隆起处。金爵：即金雀，铜铸的凤凰。爵，通"雀"。

⑪别风：李善注："《三辅故事》曰：建章宫东有折风阙。《关中记》曰：折风，一名别风。"嶕峣(jiāo yáo)：高耸貌。

⑫眇(miǎo)：辽远。此指高。耸擢(zhuó)：高耸挺立。

⑬阴阳:此指暮与朝。

⑭层构:层层构建。指建章宫中的重楼叠阁。

⑮骀(dài)荡:舒缓荡漾之貌。建章宫中有骀荡宫。《三辅黄图·建章宫》言殿名由来:"骀荡宫,春时景物骀荡满宫中也。"馺娑(sà suǒ):马行轻快之貌。建章宫中有馺娑宫,意为乘快马方能遍行殿中,极言宫之广大。

⑯洞:穿过。枍(yì)诣:佳木名。即檍树,建章宫中有枍诣宫,因宫中檍树茂盛,故以之为名。天梁:建章宫有天梁宫,因宫中梁高如天,故名。

⑰反宇:屋沿上仰起的瓦头。盖戴:复盖。

⑱激日景:宫殿绚丽,反射日光。景,日光。纳光:阳光下照,纳入宫中。

⑲神明:神明台。在建章宫中,高五十余丈,台上立有铜人,手举承露铜盘,以接仙露。郁:繁盛,壮观。特起:突起。

⑳偃蹇(yǎn jiǎn):高貌。跻(jī):升。

㉑轶(yì):超越。太半:大半。言神明台的大部分都超越云雨之上。

㉒回带:萦绕。楣:梁。

㉓僄(piào)狡:轻疾勇猛。

㉔愕眙(chì):惊视。阶:升,登。

㉕井幹(hán):井上围栏。建章宫中有井幹楼,高五十余丈,与神明台的阁道相连接。

㉖眴(xuàn)转:眼目昏眩。

㉗棂(líng)槛:楼阁上的栏杆。却倚:退回向后靠。

㉘颠坠:头朝下坠落。稽:停留,停止。

㉙怳怳(huǎng):心神恍惚貌。失度:失去常态。

㉚回涂:回路。涂,同"途"。下低:下行到低处。

㉛周流:周行各地。

㉜甬道：两旁有墙的驰道或通道。一说，即阁道。高楼之间凌空架设的通道。萦纡：曲折回环。

㉝杳窱(yǎo tiǎo)：同“窈窕”，幽深的样子。

㉞飞闼(tà)：高楼上面的门。

㉟游目：放眼观望。天表：天外。

㊱无依而洋洋：失去依靠，空虚渺茫之貌。

【译文】

“值勤的庐舍多达千座，巡行的道路纵横交错。宽阔的辇路循环往复，修长的楼阶上登阁道。未央宫有阁道连接桂宫，经过长乐宫北抵明光宫；西越城墙还通建章宫，并与其附属建筑壁门、凤阙相勾通。凤阙的檐角上还铸有金光闪烁的铜凤。别风阙矗立在建章宫旁边，那精美巧妙的结构上凌云烟。建章宫的门户成千上万，随着晦明寒暖而时开时关。它的正殿崔嵬宏壮，层层楼台崇高昂扬，凌驾在未央宫殿之上。它附近有四座大殿，经骀荡可到馺娑，过枍诣就抵天梁。屋檐盖着那金饰的瓦珰晶莹闪光，它与日光交相辉映使殿内充满光亮。神明台巍然崛起，崇高的楼顶升入天际，超越了半空中的云雨，它的栋梁上萦绕着虹霓。即使是轻捷勇敢的健儿，也会惊愕呆视而不敢上去。登井幹楼还未及一半，就眼目昏眩心意迷乱，忙离开栏杆靠身向后，像下坠一半又中途得救。心神恍惚失去常度，循着回路下到低处。既害怕登楼去眺望，就下去周游而徜徉。散步于迂回的甬道，那儿幽静深暗不见太阳。推开高楼之门而向上眺望，若放眼于云天之外，失去依托而空虚渺茫。

“前唐中而后太液①，览沧海之汤汤②。扬波涛于碣石③，激神岳之嶈嶈④。滥瀛洲与方壶⑤，蓬莱起乎中央⑥。于是灵草冬荣⑦，神木丛生。岩峻崷崒⑧，金石峥嵘⑨。抗仙掌以承露⑩，擢双立之金茎⑪。轶埃堨之混浊⑫，鲜颢气之清英[13]。骋文成之丕诞[14]，驰五利之所刑[15]。庶松乔之群类[16]，时游从乎斯庭[17]。实列仙之攸馆[18]，非吾人之所宁[19]。

【注释】

①唐中、太液：均为建章宫附近人工湖之名。李善注引《汉书》曰："建章宫，其西则有唐中数十里。其北沼太液池，渐台高二十余丈，名曰太液，池中有蓬莱、方丈、瀛洲、台梁，象海中仙山。"

②沧海：指太液池。汤汤(shāng)：池水浩荡波翻浪涌之状。

③碣石：此指太液池畔之山崖。

④神岳：此指池畔之碣石。嵻嵻(qiāng)：波涛冲激山崖之声。

⑤滥：泛滥，浸漫。方壶：即方丈。

⑥中央：指蓬莱山处于瀛洲与方壶山的中间。

⑦灵草：与下句"神木"均指不死药。冬荣：冬天也茂盛。一说，冬天也开花。

⑧岩：高峻的山。峭崒(qiú zú)：高峻之状。

⑨金石：此指仙山上藏有金矿的石峰。峥嵘：高峻。

⑩抗：高举。仙掌：《汉书·郊祀志》："(孝武)其后又作柏梁、铜柱、承露仙人掌之属矣。"

⑪擢：矗立。双立之金茎：据《三辅黄图·台榭》载，武帝元鼎二年(前115)春建柏梁台，有铜柱、承露仙人掌之类。后柏梁台毁于火灾，武帝于太初元年(前104)造建章宫，在神明台立铜柱，高二十丈，大七围，上有仙人掌承甘露。武帝以露和玉屑饮之，以求长生。

⑫轶：超越。埸(ài)：尘埃。

⑬颢(hào)气：洁白清新之气。清英：精华。此指颢气所凝之甘露。

⑭骋：驰骋，施展，运用。文成：《汉书·郊祀志》："齐人少翁以方见上……乃拜少翁为文成将军。"丕诞：最大的荒诞。丕，大。

⑮驰:义同“骋”。五利:李善注引《汉书》曰:“乐成侯登上书言栾大,大悦。曰:‘臣之师有不死之药可得,仙人可致。’乃拜大为五利将军。”刑:法,法术。此指方术。

⑯庶:几乎,大概。松乔:指赤松子、王子乔两位仙人。《列仙传》:“赤松子者,神农时雨师也。服水玉以教神农。”《列仙传》:“王子乔者,周灵王太子晋也……道士浮邱公接以上嵩高山。”

⑰斯庭:指建章宫廷。

⑱攸馆:所住。攸,所。馆,居住。

⑲宁:安居。

【译文】

俯瞰前面的唐中池和后面的太液池,清波像沧海一样浩浩荡荡。碣石的悬崖白浪翻卷,神山的脚下涛声轰响。湖水浸漫瀛洲与方丈,蓬莱位于两山的中央。灵草经冬犹荣,神树遍山丛生。巉岩与险峰高峻,藏金的石山峥嵘。一双铜柱高入云层,上有高举仙掌承接甘露的铜人。甘露高过人间的埃尘,它是洁白清新空气的精英。少翁的谎言得到信任,栾大的方术能够实行。大概只有赤松子、王子乔一类仙人,能够时常从游于此庭。这儿实际是群仙所居之馆阁,绝非我们所能够侧身。

“尔乃盛娱游之壮观①,奋泰武乎上囿②。因兹以威戎夸狄,耀威灵而讲武事③。命荆州使起鸟④,诏梁野而驱兽⑤。毛群内阗⑥,飞羽上覆⑦,接翼侧足⑧,集禁林而屯聚⑨。水衡虞人⑩,修其营表⑪。种别群分⑫,部曲有署⑬。罘网连纮⑭,笼山络野。列卒周匝⑮,星罗云布。于是乘銮舆⑯,备法驾⑰,帅群臣,披飞廉⑱,入苑门,遂绕酆鄗⑲,历上兰⑳。六师发逐,百兽骇殚㉑。震震爚爚㉒,雷奔电激。草木涂地,山渊反覆㉓。蹂躏其十二三,乃拗怒而少息㉔。尔乃期门佽飞㉕,

列刃攒锻[26]，要趹追踪[27]。鸟惊触丝[28]，兽骇值锋。机不虚掎[29]，弦不再控[30]，矢不单杀，中必叠双。飑飑纷纷[31]，矰缴相缠[32]。风毛雨血[33]，洒野蔽天[34]。平原赤，勇士厉[35]。猿狖失木[36]，豺狼慑窜。尔乃移师趋险，并蹈潜秽[37]。穷虎奔突[38]，狂兕触蹶[39]。许少施巧[40]，秦成力折[41]。掎僄狡[42]，扼猛噬[43]，脱角挫脰[44]，徒搏独杀[45]。挟师豹[46]，拖熊螭[47]，曳犀牦[48]，顿象罴[49]。超洞壑，越峻崖，蹶崭岩[50]，巨石隤[51]，松柏仆，丛林摧。草木无余，禽兽殄夷[52]。

【注释】

①盛：使隆盛，使达最高程度。

②奋：奋力，致力。泰武：大显武力。泰，大。上囿：此指上林苑。

③耀威灵：显耀威风。讲武事：讲习军事。

④荆州：汉武帝所置十三刺史部之一。主要辖区约为今之湖南、湖北两省。此指荆州百姓。

⑤梁野：此指梁州乡野的农民。梁，古代九州之一。东界华山，南至长江，北为雍州，西无可考。古代荆梁一带以多鸟兽著称。

⑥毛群：指兽群。内阗：充满上林苑内。

⑦飞羽：指鸟类。

⑧接翼侧足：极言鸟类密集、兽群拥挤。

⑨禁林：帝王的苑囿。此指上林苑。

⑩水衡：官名。汉武帝元鼎二年(前115)置水衡都尉、水衡丞，管理上林苑。虞人：管理山泽之官。

⑪营表：虞人在田猎的原野，除草立标，以定出猎部队的位置。

⑫种别群分：按车卒、骑卒、步卒分别列队，各就各位。

⑬部曲：古代兵队编制。《后汉书·百官志》："其领军皆有部曲：大

将军营五部，部校尉一人……部下有曲，曲有军候一人。”有署：有专责。署，布置，职责。

⑭罘(fú)网：捕兽的网。纮(hóng)：网索。

⑮周匝(zā)：周围。

⑯銮舆：帝王所用的车驾。此指代帝王。

⑰法驾：帝王的车驾，为六马所拉之车。

⑱披：开。飞廉：传说中的神鸟。身似鹿，头如雀，有角而蛇尾，斑纹如豹。武帝于元封二年(前109)在长安(今陕西西安)建飞廉馆，因馆上铸飞廉铜像，故名。

⑲酆(fēng)：酆邑，古地名。周文王都于此。在今陕西西安。鄗(hào)：同“镐”，周武王的国都，故址在今陕西西安。

⑳上兰：指上林苑中上兰观。

㉑殚：通“惮”。

㉒震震：指马蹄奔腾、车轮滚动之声如雷霆震震。爚爚(yuè)：指刀锋箭镞之光如电光闪耀。

㉓反覆：形容山川剧烈摇动之状。

㉔拗(yù)怒：抑制愤怒。拗，抑制，遏止。

㉕期门：官名。汉武帝建元三年(前138)置，掌执兵器出入护卫。武帝好微行，与北地良家子能骑射者期诸殿门，故有期门之号。平帝元始元年(1)更名虎贲郎。佽(cì)飞：原为古勇士名，汉武帝以之作为官名，主管弋射。

㉖镄鍭(cuán hóu)：集中弓箭手同时发射。镄，通“攒”，集中。鍭，箭名。用于近距离射击的箭。此代善射的人。

㉗要趹(jué)：截杀飞奔的野兽。要，阻截。趹，疾奔。

㉘丝：指捕鸟的罗网。

㉙机：弩机。弓弩上的发射装置。此指弓。掎(jǐ)：发射。

㉚控：引，拉。

㉛飑飑(pò):众多貌。

㉜矰缴(zēng zhuó):尾部系有丝绳的短箭,又称弋,用于射鸟。矰,短箭。缴,生丝绳。相缠:丝绳互相绞缠,极言射出矰缴之多。

㉝风毛雨血:飘毛降血。风、雨皆用为动词。

㉞洒野:降血如雨,洒遍原野。蔽天:毛随风飘,遮蔽天空。极言射杀飞禽之多。

㉟厉:振奋。

㊱猿狖(yòu):泛指各类猿猴。失木:失于木,从树林中消失。指躲藏在丛林深处。

㊲潜秽:幽深的榛莽。潜,深。秽,榛莽丛生之处。

㊳穷虎:走投无路之虎。

㊴兕:似牛。蹶:踢,跳。一说,颠仆,倒下。

㊵许少:古代敏捷之人。

㊶秦成:古代勇士。力折:以武力制止。

㊷掎(jǐ):拖住。僄(piào)狡:指轻疾凶狡之兽。

㊸扼(è):捉持,掐住。猛噬(shì):食人畜之猛兽。

㊹脱角:将兽角扳掉。挫脰(dòu):把兽颈折断。脰,颈项。

㊺徒搏:徒手与猛兽搏斗。

㊻挟:拖曳。师:同“狮”。

㊼螭(chī):猛兽。

㊽牦:牦牛。体矮身健,毛长色多黑,产于西南边远地区。

㊾顿:捉住。罴(pí):熊的一种,猛憨有力,毛棕褐色,能爬树、游水。

㊿蹶:颠仆,倒塌。崭岩:高峻的山石。

(51)隤(tuí):坠落。

(52)殄(tiǎn)夷:灭尽。

【译文】

"为了展示游乐之壮观，炫耀武力于上林。借以示威于戎狄，既显神威又练兵。命荆州百姓逐起禽鸟，令梁野农民驱逐野兽。群兽充满林苑，飞禽翳盖云天，鸟翼相接，兽足相连，集于禁林中，聚于草莽间。水衡、虞人，除草立标；军种队列，按标部署。各个部曲，各有任务。网罗连接，布满山野。士卒排列成行，遍布四周山冈，队伍罗列很稠密，像星罗棋布一样。于是天子乘坐专车，率领百官，驰出飞廉门，进入上林苑，绕过鄠县、镐县，经历上兰之观。六军发起追击，百兽惊骇乱窜。战车奔驰如雷声轰响，骏马穿过似闪电掠光。草木倒扑，山渊翻覆。十分之二三的禽兽或被捕获，或被击毙，进攻的广大士卒才控制盛怒，稍事休息。于是期门、佽飞一类勇士，又开始大展雄风，一齐举起兵刃，共同拉开雕弓。截杀狂奔之猛兽，追踪逃匿之狡兽。鸟惊飞而自投罗网，兽骇极而误触刀锋。机弩从未白发，弓弦决不虚控，羽箭也不单杀，一发必定双中。空中飞着纷纷弋箭，箭尾的丝绳互相绞缠。羽毛随风飘飞，鲜血洒如雨点，血雨落遍绿野，鸟毛遮蔽蓝天。兽血已染红平原，勇士却愈加勇敢。猿猴躲进深林，豺狼四处逃窜。挥师直奔险地，进入幽林深棘。困虎慌奔乱突，狂兕怒抵猛踢。许少般的快手施展巧技，秦成般的勇士运用神力。将狡兽拖住，把猛兽生擒，扳掉角，拧断颈，徒手搏击，使巨兽毙命。挟着狮豹，拖着熊螭，拽着犀牦，捉住象罴。跨过深壑，越过峻岭；峻岩倒塌，巨石坍崩；压倒松柏，摧毁丛林。草木不存，禽兽杀尽。

"于是天子乃登属玉之馆①，历长杨之榭②。览山川之体势，观三军之杀获。原野萧条，目极四裔③，禽相镇压④，兽相枕藉⑤。然后收禽会众，论功赐胙⑥。陈轻骑以行炰⑦，腾酒车以斟酌⑧。割鲜野食，举烽命釂⑨。飨赐毕⑩，劳逸齐⑪，大辂鸣銮⑫,容与徘徊⑬。集乎豫章之宇⑭,临乎昆明之池⑮。左牵牛而右织女⑯,似云汉之无涯。茂树荫蔚⑰,芳草被堤。兰茝发色⑱,晔晔猗猗⑲,若摛锦布绣⑳,烛耀乎其陂㉑。鸟则玄鹤白鹭㉒,黄鹄䴔䴖㉓,鸧鸹鸨鶂㉔,凫鹥鸿雁㉕,朝发河海,夕宿江汉,沉浮往来,云集雾散。于是后宫乘辁辂㉖,登龙舟。张凤盖㉗,建华旗;袪黼帷㉘,镜清流;靡微风㉙,澹淡浮㉚。棹女讴㉛,《鼓吹》震㉜,声激越,謍厉天㉝,鸟群翔,鱼窥渊。招白鹇㉞,下双鹄;揄文竿㉟,出比目㊱,抚鸿罿㊲,御矰缴㊳。方舟并骛㊴,俯仰极乐㊵。遂乃风举云摇,浮游溥览㊶。

【注释】

①属玉之馆:因馆上铸有属玉,故以之为名。属玉,水鸟,似鸭而大,长颈赤目,紫绀色。

②长杨:宫名。上林苑中有长杨宫。榭:在台上盖的高屋。

③四裔:四方最边远的地区。

④镇压:堆叠积压。

⑤枕藉:纵横相枕而卧。枕,枕头。藉,草垫。

⑥胙(zuò):祭肉。

⑦行炰(páo):分送烤肉。

⑧腾:疾行,奔驰。

⑨釂(jiào):指饮酒尽。

⑩飨(xiǎng)赐:犒赏,赐赏。

⑪劳逸齐:有辛劳之猎,也有逸乐之游。

⑫大辂:指天子之车。銮:车上铜铃。车行铃响,声如鸾鸣,故也书为“鸾”。

⑬容与:从容舒缓貌。

⑭豫章：上林苑有豫章观。宇：指屋宇之下。

⑮昆明之池：汉武帝欲通身毒，为昆明、越巂所阻。乃仿昆明滇池，于长安（今陕西西安）近郊穿地作昆明池，以习水战。池周围四十里，广三百三十二顷，宋以后湮没。

⑯牵牛、织女：昆明池中有二石人，为牵牛、织女。

⑰荫蔚：林木茂盛貌。

⑱兰茝（zhǐ）：兰草与白茝。两种香草。茝，也作“芷”。发色：光色焕发。

⑲晔晔（yè）猗猗（yī）：明盛美茂貌。

⑳摛（chī）锦：舒展锦绣。摛，舒展。

㉑烛耀：照耀。陂（bēi）：此指昆明池。

㉒玄鹤：黑鹤。

㉓黄鹄（hú）：天鹅。鵁：传说中的鸟。群居而朋飞，其毛如雌雉。鹳（guàn）：水鸟。

㉔鸧鸹（cāng guā）：鸟名。大如鹤，青苍色或灰色。鸨（bǎo）：似雁而大。常群栖于草原地带，足强健善奔驰。鶂（yì）：即鹢，古籍中鸟名。像鹭鸶，能高飞。

㉕凫（fú）：野鸭。鹥（yī）：鸥的别名。鸿雁：即雁。古人以为大者为鸿，小者为雁。

㉖后宫：指随行的嫔妃。栈辂（zhàn lù）：卧车。

㉗凤盖：饰凤的伞盖。

㉘袪（qū）：同“祛”，除去，取下。此指张开。黼（fǔ）帷：有黑白相间花纹的帷帐。

㉙靡（mǐ）：随。

㉚澹（dàn）淡：随风飘浮貌。

㉛棹（zhào）女：船家女。棹，长桨。讴（ōu）：歌唱。

㉜《鼓吹》：乐曲名。出自北方民歌，以为军中之乐。乐器为鼓钲箫

笳。后进入宫廷,大宴群臣及天子出游常用之。

㉝訇(hōng):指声音大。

㉞招:引。白鹇(xián):弓弩名。

㉟揄(yú):引,拉。文竿:竿以翠羽为文饰。

㊱比目:李善注引《尔雅》曰:“东方有比目鱼焉,不比不行。其名谓之鲽。”

㊲抚:按,持。鸿罿(chōng):捕鸟大网。

㊳御:掌握。

㊴方舟:并两船。骛:疾进。

㊵俯仰:俯仰之间。指时间短暂。

㊶溥(pǔ):普遍。

【译文】

“于是天子登上属玉之馆,经历长杨之榭。观览山川之形胜,视察三军之收获。原野萧条,一片空虚。放开目力,向四边望去,只见鸟体遍地堆积,兽躯互相枕藉。然后收集猎物,会合将卒,评论功绩,赏赐祭肉。成队的骑兵把烤肉分送,奔驰的车辆把美酒供应。切割鲜肉,在野外进食;点燃烽火,把美酒饮尽。飨宴完毕,有劳有逸。天子乘銮舆,缓缓向前驱。集合于豫章屋宇,面对着昆明之池。池上的左右雕像,是牵牛和织女;池中波涛浩渺,似银河没有边际。茂林荫翳,芳草披堤,兰草白茝,光艳茂密,好像舒展锦绣,照耀着昆明池水。飞鸟有玄鹤白鹭,黄鹄䴔鹳,鸧鸹鸨鶂,凫鹥鸿雁,它们朝发于河海,暮宿于江汉;在水上浮游,在空中往还;像云一样集中,似雾一般消散。于是妃嫔女官,乘卧车,登龙船。凤盖高举,彩旗招展;张开帷幕,照影清流;船随微风,逍遥漂浮。船女歌唱,《鼓吹》相伴;声音激越,响彻云天;鸟群在空中翱翔,游鱼潜窥于深渊。美人们拉开白鹇之弓,射下对对天鹅;举起有花纹的钓竿,钓比目鱼出清波。撒下捕鱼的网罗,射出系丝绳的飞缴。双舟并进,分浪推波;俯仰之间,极度欢乐。于是风飘云摇,浮游遍览。

“前乘秦岭[①],后越九嵕,东薄河华[②],西涉岐雍[③]。宫馆所历,百有余区[④]。行所朝夕[⑤],储不改供[⑥]。礼上下而接山川[⑦],究休祐之所用[⑧]。采游童之欢谣[⑨],第从臣之嘉颂[⑩]。于斯之时,都都相望,邑邑相属[⑪]。国藉十世之基[⑫],家承百年之业[⑬]。士食旧德之名氏[⑭],农服先畴之畎亩[⑮],商循族世之所鬻[⑯],工用高曾之规矩[⑰]。粲乎隐隐[⑱],各得其所。

【注释】

①乘:登,上。

②薄:至。河华:黄河与华山。华山在陕西东部,属秦岭东段。古称西岳,有莲花、落雁、朝阳、玉女、五云等峰,为游览胜地。

③涉:到达。岐:岐山。在陕西岐山县东北。雍:雍水。源出陕西凤翔西北,经扶风、武功等注入渭河。

④百有余区:百余所。

⑤行所:行在,帝王所到之处。

⑥储不改供:意为所历之宫馆,均有丰富的物资储备,故帝妃臣僚的生活所需都由各宫馆供应,不改用其他供应方式。储,储备。不改,不变更。供,供应。

⑦礼:封祭。上下:天地。

⑧究:穷尽。休祐:美善福祐。休,美善。所用:所需。

⑨欢谣:欢唱的歌谣。

⑩第:品评次第。李善注引《汉书》曰:“宣帝颇好儒术,王褒与张子乔等并待诏,所幸宫馆,辄为歌颂,第其高下,以差赐帛也。”

⑪相属(zhǔ):相连。

⑫国:指各藩国。藉:凭借。

⑬家:指有采邑的卿大夫之家。

⑭旧德：先代的功德。名氏：汉代久入仕者，常以所任之官职作为姓氏，故姓氏常代表这些人的名位。

⑮服：从事。此指耕作。先畴：先辈。畎(quǎn)亩：田地。畎，田地中间的沟。

⑯循：遵守。族世：一个家族的世世代代。所鬻(yù)：所卖之货。

⑰高曾：高祖和曾祖。此指祖辈。规矩：画圆和画方的工具。此泛指工具。

⑱粲(càn)：光辉灿烂。隐隐：兴盛貌。

【译文】

“先登秦岭峰，后越九嵕山，东临黄河太华，西过岐山雍水。前后所经，百有余馆。行在朝朝暮暮，供应无比丰厚。敬礼天地祭祀山川，竭尽求福之所需用。采集各地的童谣，品评词臣之赞颂。于此之时，都都相望，邑邑相连。藩国奠十世之基，世家承百年之业。士人享祖辈之名位，农夫耕先人之土地，商人经营世代销售的货物，匠人使用祖宗遗留的工具。国家繁荣兴盛，百姓各得其宜。

“若臣者，徒观迹于旧墟①，闻之乎故老，十分而未得其一端，故不能遍举也。”

【注释】

①旧墟：旧城。此指长安(今陕西西安)。

【译文】

“我见到的只是长安的陈迹，听到的只是故老的记叙，十分未得其一，因此不能遍举。”

东都赋一首

【题解】

《东都赋》通过光武和明帝之政绩，盛赞东汉的典章制度：兴礼乐，尚法制，崇俭朴，抑奢侈；文教大兴，德化大成。使百姓弃末返本，背伪归真，从而内抚诸夏，外绥百蛮。总结了汉代立国兴邦之基，长治久安之源。惟赋中天人感应思想较浓厚，是其局限。

《西都赋》与《东都赋》虽分两篇，实为一赋。前者通过西都之繁荣富裕反映汉代经济文化建设之高度成就，后者通过东都之法度教化以反映汉代政治思想建设之重大成果。作者创作思想虽说是前抑后扬，但其艺术效果却是相辅相成，使两赋如珠联璧合，各呈异彩，共同为上升期中封建王朝的京都勾绘了崭新的艺术形象。刘勰在《文心雕龙·诠赋》中说："孟坚《两都》，明绚以雅赡。"这些评论，都准确道出两赋高度的思想艺术价值。

东都主人喟然而叹曰①："痛乎风俗之移人也②。子实秦人，矜夸馆室，保界河山③，信识昭襄④，而知始皇矣⑤，乌睹大汉之云为乎⑥！夫大汉之开元也⑦，奋布衣以登皇位⑧，由数期而创万代⑨，盖六籍所不能谈⑩，前圣靡得言焉⑪。当此之时，功有横而当天⑫，讨有逆而顺民⑬。故娄敬度势而献其说⑭，萧公权宜而拓其制⑮。时岂泰而安之哉⑯？计不得以已也⑰。吾子曾不是睹⑱，顾曜后嗣之末造⑲，不亦暗乎⑳？今将语子以建武之治㉑，永平之事㉒，监于太清㉓，以变子之惑志㉔。

【注释】

①喟(kuì)然:叹息貌。

②痛:甚,极。

③保界:仗恃,依仗。

④信识:的确了解。昭襄:秦昭襄王。在位五十六年。对各诸侯国实行远交近攻策略,曾以白起为将,大破诸侯之师。

⑤始皇:秦始皇。前期兼并六雄,统一中国,废封建,置郡县,车同轨,书同文,功绩彪炳;后期骄恣暴戾,焚书坑儒,急征暴敛,滥杀无辜,成为暴君。

⑥乌:哪里,怎么。云为:说的做的。此指成就。

⑦开元:开始。

⑧奋:奋起。布衣:平民。

⑨数期(jī):数年。期,一周年。

⑩六籍:六经。

⑪靡:未,没有。

⑫功:当为"攻"。有横:专横,横暴。有,词首助词,无实义。当天:合天意。当,合乎,适应。

⑬有逆:叛逆。顺民:顺民心。

⑭度势:揣测形势。

⑮权宜:根据客观形势而采取相应的策略。拓:开创。其制:此指未央宫的规模体制。《汉书·高帝纪》载,萧何修未央宫。上见其壮丽,甚怒。何曰:"天下方未定,故可因以就宫室。且夫天子以四海为家,非令壮丽亡以重威,且亡令后世有以加也。"上说。

⑯泰:奢侈。

⑰不得以已:不得已。指建都长安(今陕西西安)、修建未央宫,都是由于形势的需要,不得不这样做。

⑱曾:竟。不是睹:"不睹是"的倒置。

⑲曜(yào):炫耀。

⑳暗:愚暗。

㉑建武:东汉光武帝刘秀的年号(25—56)。治:此指治理。

㉒永平:东汉孝明帝刘庄的年号(58—75)。事:此指政绩。

㉓监:观察。太清:天道,自然。此指顺应天道,适应自然而治,为政质朴平易,以德化民。

㉔惑志:糊涂观念。志,心志。此指观念。

【译文】

东都主人喟然长叹,说道:"风俗多么影响人们的观念。先生确属秦地之人,只知道炫耀壮丽的宫殿,仗恃险固的河山,虽然理解昭襄与始皇,但先生哪里知道大汉的成就光辉灿烂!大汉王朝之开始创建,高祖由平民登上金銮宝殿,经过多年苦战创立了巩固的政权,这是六经所未能记载,前圣所不曾言传。当此之时,高祖进攻横暴的秦王而应天命,讨伐叛乱反逆以顺民心。娄敬衡量时局而建议定都长安,萧何根据形势而兴建壮丽宫殿。这难道是出于奢侈享乐的欲念?全都是形势所需而不得不然。先生非但认识不到这一点,反把后代求仙、奢侈等事炫耀夸赞,岂不是显得过分愚暗?现在,我告诉先生建武时期的政治,永平年间之政事,使先生知道为政应顺应天道而适应自然,以改变先生的糊涂观念。

"往者王莽作逆[①],汉祚中缺[②],天人致诛[③],六合相灭[④]。于时之乱,生人几亡,鬼神泯绝[⑤];壑无完柩[⑥],郛罔遗室[⑦],原野厌人之肉[⑧],川谷流人之血。秦项之灾[⑨],犹不克半[⑩],书契以来[⑪],未之或纪[⑫]。故下人号而上诉[⑬],上帝怀而降监[⑭],乃致命乎圣皇[⑮]。于是圣皇乃握乾符[⑯],阐坤珍[⑰],披皇图[⑱],稽帝文[⑲];赫然发愤[⑳],应若兴云[㉑],霆击昆阳[㉒],凭怒雷震[23]。遂超大河，跨北岳[24]，立号高邑[25]，建都河洛。绍百王之荒屯[26]，因造化之荡涤[27]；体元立制[28]，继天而作。系唐统[29]，接汉绪[30]，茂育群生，恢复疆宇。勋兼乎在昔[31]，事勤乎三五[32]。岂特方轨并迹[33]，纷纶后辟[34]，治近古之所务，蹈一圣之险易云尔哉[35]？

【注释】

①王莽：西汉元帝王皇后之侄。元帝孙平帝嗣位时仅九岁，王皇后以太皇太后临朝，委政于王莽，号安汉公，莽专政擅权，弑平帝，立孺子婴为帝。后篡位自立，改国号为新，后为农民起义军所杀。作逆：指王莽叛汉篡位。

②汉祚（zuò）：汉朝的帝位。中缺：中断。

③致诛：进行诛戮。

④六合：上下四方，即天下。相灭：共同消灭。

⑤鬼神泯绝：高步瀛《文选李注义疏》："李贤曰：人者，神之主。生人既亡，故鬼神亦绝也。"泯绝，灭尽。

⑥壑无完柩：此句言大量死者均委尸沟壑，无法置棺殓葬。完柩，完整的棺柩。柩，装有尸体的棺材。

⑦郛（fú）：城郭，外城。罔：无。

⑧厌人之肉：铺满人的尸体。厌，满。

⑨秦项之灾：秦王、项羽所造成的灾难。秦并六国，杀伤惨重，仅长平一战，就坑赵降卒四十万之众。项羽和刘邦争天下，杀伤也不少。

⑩不克半：不及一半。克，能，及。

⑪书契：文字。《经典释文》："书者，文字。契者，刻木而书其侧，故曰书契也。"

⑫未之或纪：即“未或纪之”。没有记载过。

⑬下人：平民。

⑭怀：同情，怜悯。降监：向下观察。监，观察。

⑮致命：传送命令。圣皇：此指光武帝刘秀。

⑯乾符：天降的符瑞。高步瀛认为指河图。

⑰坤珍：地上出现的符瑞。李贤认为指洛书。汉儒认为洛书即《洪范》，为帝王受天命之符瑞。

⑱披：翻开。皇图：李贤认为与下句之“帝文”都是附会经义以占验术数的图谶纬书中之文。

⑲稽：考察。

⑳赫然发愤：勃然发怒。

㉑应：指响应的百姓。兴云：涌现的云层。

㉒昆阳：古地名。在今河南叶县，因在昆水之北得名，新莽地皇四年(23)，刘秀在此以三千兵力歼灭王莽十万大军，创历史上以少胜多的光辉战例。

㉓凭怒：盛怒。凭，盛。

㉔北岳：恒山。

㉕高邑：汉代地名。原名鄗。故地在今河北柏乡北，光武帝即位于此。

㉖绍：继续。荒屯：即“荒顿”。荒废之意。

㉗造化：天地，自然。此指天意。荡涤：此指清除弊政。

㉘体元：谓体法天地之德。元为我国古代哲学概念，指天地万物的本原。《春秋繁露·重政》：“故元者为万物之本。”以其为生物之始，天地之德莫先于此。

㉙系：继承。唐统：唐尧的传统。

㉚汉绪：大汉之功绩。绪，功绩。

㉛在昔：此指前汉有作为的一些君王。

㉜三五：三皇五帝。均为传说远古的部落酋长。三皇，一说为天皇、地皇、人皇。五帝，一说为黄帝、颛顼、帝喾、尧、舜。

㉝方轨：并车前进。方，并。轨，车辙。此指车。

㉞纷纶：混杂。后辟(bì)：后世国君。辟，国君。

㉟蹈：蹈袭。险易：喻治乱。此指治盛世与乱世之法。

【译文】

“往昔王莽作乱篡汉，大汉皇统因而中断，天意人心皆欲诛灭，天下百姓共歼国贼。当时战乱连接，生民几乎死尽，鬼神都将泯绝；沟壑白骨累累全无棺椁收殓，城郭房屋荡然只余断瓦残砖，尸体铺满郊原，鲜血流于谷川。秦、项所造灾祸，未能及此一半，自有文字以来，从未载此大难。下民哭诉上天，天帝视察人间，传命于圣皇光武。圣皇手持天降之祥符，阐释地现之瑞物，披览皇图，考察帝书；勃然起兵，应者如云，昆阳以少胜众，声势有如雷霆。于是横渡大河，跨越北岳，立帝号于高邑，建京都于河洛。继续历代荒废了的事业，根据天意而涤荡弊政；以天地之德为法式创立制度，继承上天意旨而付诸实行。远承唐尧的传统，近接前汉的丰功，使一切生灵繁衍滋长，让四方疆域归于一统。光武帝的功勋已经盖过前代明主，他的事迹已经超过三皇五帝。难道能说他仅仅只与近代圣君并驾齐驱？只与近代明主一样把国务治理？难道能说他只是蹈袭个别圣君的安邦大计？

“且夫建武之元，天地革命；四海之内，更造夫妇，肇有父子[①]，君臣初建，人伦寔始，斯乃伏羲氏之所以基皇德也[②]。分州土，立市朝，作舟舆，造器械[③]，斯乃轩辕氏之所以开帝功也[④]。龚行天罚[⑤]，应天顺人，斯乃汤武之所以昭王业也[⑥]。迁都改邑，有殷宗中兴之则焉[⑦]；即土之中[⑧]，有周成隆平之制焉[⑨]。不阶尺土一人之柄[⑩]，同符乎高祖[⑪]；克己复礼[12]，以奉终始[13]，允恭乎孝文[14]；宪章稽古[15]，封岱勒成[16]，仪炳乎世宗[17]。案六经而校德[18]，眇古昔而论功[19]。仁圣之事既该[20]，而帝王之道备矣。

【注释】

①肇(zhào)：开始。

②基皇德：皇帝功德的基础。

③器：指礼乐之器。械：指刀矛剑戟等兵器。

④轩辕氏：即黄帝。居于轩辕之丘，故名。曾战胜炎帝、蚩尤，诸侯尊为天子。开帝功：开创帝王功业。

⑤龚：通“恭”。天罚：上天惩罚。

⑥汤武：指商汤王和周武王，商汤王讨伐无道的夏桀，灭夏建商，都于亳(今河南商丘)。周武王讨伐暴虐的商纣王，灭商建周，都于镐(今陕西西安)。昭：显示。

⑦殷宗中兴：殷之祖宗盘庚，率百姓自奄(今山东曲阜)迁于殷(今河南安阳小屯村)。使商由衰而复兴。

⑧即土之中：居大地之正中。指洛阳(今属河南)的位置。

⑨周成：周成王。隆平：升平。

⑩阶：因，靠。尺土：尺寸之封地。一人之柄：统治一人之权柄。

⑪同符乎高祖：此句言光武帝以布衣而为天子与高祖同，若符之相合。符，为古代朝廷用作凭证的信物，以竹、木或金属为之，上书文字，剖分为二，各执其一，使用时以两片相合为验，称为同符。

⑫克己复礼：克制个人的欲望以恢复周礼。此指光武帝节约朴素，体恤民情的作风。

⑬奉：奉行。终始：从始至终。

⑭允：的确，真实。孝文：汉文帝刘恒。自奉俭约，为政清静，重农耕，轻徭役，免租税十二年，民力得以恢复，经济发展迅速。与景

帝养民政策被后人并称为“文景之治”。

⑮宪章:此指效法前代典章法度。稽古:考察古代善政。

⑯封岱:在泰山筑土为坛,祭祀天帝。岱,泰山。勒成:将记叙事业成功的铭文刻于石碑上。勒,雕刻。

⑰炳:光辉显耀。世宗:汉武帝。

⑱案六经:遵照六经所说。校德:考核德行。

⑲眇古昔:细察古代圣君贤臣。论功:评论功绩。

⑳仁圣:仁义圣明。该:具备。

【译文】

“在光武帝建武初年,天下革命而重新改变;四海之内,夫妇之道重造,父子之礼始全,君臣之义初建,人伦从此开了新篇,像伏羲氏一样把皇德的基础铺垫。划分州土城池,建立邑镇集市,制作舟船车舆,制造器械用具,这就是轩辕氏所以开创皇业的措施。恭谨地代替上帝惩罚叛逆,适应天命而顺从人意,这乃是商汤、周武弘扬帝业的义举。迁都改邑,有殷王盘庚中兴的准则为据;建都中土,有西周成王隆盛的楷模可依。不凭分封之地与世袭之权,光武与高祖同受符命于上天;克己复礼而始终遵行,光武与文帝同样地恭肃而谨严;效古法据古礼,刻石碑封泰山,光武与汉武同样礼仪光灿。遵六经而与古帝比较德义,观往昔而与先贤论列功绩。仁圣之事既周全,帝王之道也完备。

“至乎永平之际①,重熙而累洽②,盛三雍之上仪③,修衮龙之法服④。铺鸿藻⑤,信景铄⑥,扬世庙⑦,正雅乐⑧,人神之和允洽,群臣之序既肃。乃动大辂⑨,遵皇衢⑩,省方巡狩⑪,躬览万国之有无⑫,考声教之所被⑬,散皇明以烛幽⑭。然后增周旧⑮,修洛邑,扇巍巍⑯,显翼翼⑰,光汉京于诸夏,总八方而为之极⑱。于是皇城之内,宫室光明,阙庭神丽,奢不可逾，俭不能侈[19]。外则因原野以作苑，填流泉而为沼[20]，发蘋藻以潜鱼[21]，丰圃草以毓兽[22]，制同乎梁邹[23]，谊合乎灵囿[24]。

【注释】

①永平：汉明帝刘庄年号(58—75)。明帝为光武帝子，在位十八年，法令分明，断狱得情，故建武、永平之政，为东汉之首。又重儒学，尊师重教，为世所称。

②重熙：愈加光明。熙，光明。累洽：愈加和谐。洽，和谐，协调。

③盛：使……隆重。三雍：辟雍、明堂、灵台，合称三雍宫。为封建帝王举行祭祀、典礼的场所。上仪：重大之礼仪。

④衮(gǔn)龙：古代帝王所着之绣龙的礼服。法服：礼法规定的标准服。

⑤铺：铺陈。鸿藻：体制宏伟、内容丰富的文章。

⑥信：通“伸”，此为伸张、发扬之意。景铄(shuò)：大美。景，大。铄，美。

⑦扬：传扬，颂扬。世庙：世祖庙。因汉明帝为光武帝起庙号，故曰“扬世庙”。

⑧雅乐：用于宗庙朝会的正乐。

⑨大辂(lù)：天子之车。

⑩皇衢：天子车驾往来之正道。

⑪省(xǐng)方：天子观察四方，了解民情，以便施政设教。巡狩：古代皇帝五年一巡狩，视察诸侯所守的地方。《孟子·梁惠王》：“天子适诸侯曰巡狩。巡狩者，巡所守也。”

⑫有无：李善注：“谓风俗善恶也。”

⑬所被：所到达之处。

⑭皇明：帝王的英明。烛幽：照耀幽暗之处。

⑮周旧：周代京城旧的体制规模。

⑯扇：弘扬。巍巍：崇高的雄姿。

⑰翼翼：壮伟的气势。

⑱极：中正，准则，标准。此指标志。

⑲侈：过分。

⑳填：王引之认为当为“慎”。慎，通“顺”，意为疏通。

㉑潜：藏。

㉒圃草：广大而茂盛之草。圃，博大，广大。毓（yù）：同“育”。

㉓梁邹：天子田猎之处。

㉔谊：同“义”，意义。灵囿：天子畜养禽兽之处。灵，言其神圣。

【译文】

“至于明帝永平之际，则愈加光明愈加和谐，于三雍宫举行隆重典礼，明帝将绣龙的礼服穿着。铺叙宏伟的文章，发扬光辉的美德，传颂世祖的庙号，端正庙堂之雅乐，人神之关系的确和谐，群臣之序列又很肃穆。于是车驾出动，沿着康庄的皇衢，巡视四方，考核守牧，观览万邦的民风习俗，考察教化之普及程度；广布帝王的神明，照亮幽远的区域。然后扩充周代京城的旧制，增修洛阳的宫室，弘扬巍峨的雄姿，显现壮伟的气势，向藩国显耀汉京的光彩，让它成为统领八方的标志。于是皇城之内，宫室光明，城阙门庭，壮丽神圣，豪华处不越法度，俭朴处也不过分。皇城之外，就原野而建苑囿，疏流泉而为沼湖，蘋藻繁盛以藏鱼，圃草丰茂而育兽，体制同于梁邹，意义合乎灵囿。

“若乃顺时节而蒐狩①，简车徒以讲武②，则必临之以《王制》③，考之以《风》《雅》④。历《驺虞》，览《驷驖》⑤，嘉《车攻》，采《吉日》⑥，礼官整仪，乘舆乃出。于是发鲸鱼⑦，铿华钟⑧，登玉辂⑨，乘时龙⑩，凤盖棽丽⑪，和銮玲珑⑫，天官景从⑬，寝威盛容⑭。山灵护野⑮，属御方神⑯，雨师泛洒⑰，风伯清尘[18]。千乘雷起，万骑纷纭，元戎竟野[19]，戈铤彗云[20]，羽旄扫霓，旌旗拂天。焱焱炎炎[21]，扬光飞文，吐焰生风[22]，欱野歕山[23]。日月为之夺明，丘陵为之摇震。遂集乎中囿，陈师按屯[24]。骈部曲[25]，列校队[26]，勒三军[27]，誓将帅[28]。然后举烽伐鼓，申令三驱[29]，輶车霆激[30]，骁骑电骛[31]。由基发射[32]，范氏施御[33]，弦不睼禽，辔不诡遇[34]。飞者未及翔，走者未及去。指顾倏忽，获车已实。乐不极盘[35]，杀不尽物。马蹶余足[36]，士怒未渫[37]。先驱复路[38]，属车案节[39]。于是荐三牺[40]，效五牲[41]，礼神祇[42]，怀百灵[43]。

【注释】

①蒐(sōu)：春猎为蒐，即搜选不孕之兽而击之。狩：冬猎为狩，即围守猎取之意。

②简：检阅。车徒：战车与士卒。

③临：处理。《王制》：此指《礼记·王制》中有关田猎的规定。《礼记·王制》："天子诸侯无事，则岁三田……田不以礼，曰暴天物。"

④《风》《雅》：此指《风》《雅》中有关田猎的诗篇。如《国风》中的《驺虞》《驷驖》，《小雅》中的《车攻》《吉日》。

⑤"历《驺虞》"二句：阅《驺虞》诗，体会仁兽驺虞好生之德，在田猎时不滥杀生物，有选择的猎取。观《驷驖》诗，学习秦襄公重视田猎，最先列为政事之一。李善注："《毛诗序》曰：《驺虞》，蒐田以时，仁如驺虞也。又曰：《驷驖》，美襄公也。始命，有田狩之事。"

⑥"嘉《车攻》"二句：赞美并学习周宣王按照古代礼法从事田猎。李善注："《车攻》，宣王复会诸侯于东都，因田猎而选车徒焉。又曰：《吉日》，美宣王也，能慎微接下，无不自尽，以奉其上焉。"

⑦鲸鱼:此指鲸鱼形之钟杵。李善注引薛综《西京赋》注曰:“海中有大鱼曰鲸,海边又有兽名蒲牢。蒲牢素畏鲸,鲸鱼击,蒲牢辄大鸣,凡钟欲令声大者,故作蒲牢于上。所以撞之者为鲸鱼。”

⑧华钟:铸有装饰性花纹之钟。

⑨玉辂(lù):以美玉为饰的天子之车。

⑩时龙:何焯《义门读书记》曰:“《后汉书》注云:马八尺以上为龙。《月令》:春驾苍龙。各随四时之色,故曰时也。”

⑪棽(shēn)丽:绵密披覆貌。一说,盛貌。《后汉书·班彪传》附班固《东都赋》作“飒洒”,飘动之意。当以后者为是。

⑫和銮:挂在车衡和车轼上的铜铃。玲珑:车铃声。

⑬天官:百官小吏。景:同“影”。

⑭寝威:寝息兵威。盛容:隆盛礼容。

⑮山灵:山神。

⑯属御:属车之御者。御,驾车的人。方神:四方之神。

⑰雨师:掌降雨之神。泛洒:遍洒。

⑱风伯:风神。

⑲元戎:巨型战车。

⑳铤:铁柄短矛。彗:扫帚。此用为动词“扫”。

㉑焱焱(yàn):火花。炎炎:火光。

㉒焔(yàn):火苗。

㉓欱(hē)野:吸入山野之气。欱,吮进,吸进。歕(pēn)山:喷出山野之气。歕,同“喷”。吹气。

㉔按屯:停兵驻守。

㉕骈:并列。部曲:古代军队编制:大将军辖五部,部下有曲。

㉖校队:古代军队的编制单位。校,汉武帝设八校,每校少者七百人,多者一千二百人。队,古代百人为一队。

㉗勒:此指统率。三军:指步军、骑军、车军。

㉘誓：此指告诫。

㉙三驱：三面驱禽，让开一路。即网开三面，以示好生之德。一说，古之田猎，一为祭祀祖先，二为进御宾客，三为充君庖厨。

㉚輶(yóu)车：轻车。霆激：如迅雷激震。

㉛电骛(wù)：电驰，如闪电般迅速。

㉜由基：养由基。春秋时楚国大夫，善射，能百步穿杨，曾与人试射，一发穿七层甲叶。

㉝范氏：古代善御者。

㉞"弦不睼(tiàn)禽"二句：拉弓者不射击迎面飞来的禽鸟，驾车者不射击侧面过去的禽兽。其意为这种射击似"诛降"，不合田猎之礼，必须当禽兽逃离时，从后射之方合于礼。睼，正视。诡遇，李善注："刘熙曰：横而射之曰诡遇。"

㉟极盘：尽乐。极，尽，最高限度。盘，快乐。

㊱踠(wǎn)：屈，曲。马足有余力未全部发挥。

㊲渫(xiè)：止息，消散。

㊳先驱：先行之车马，为天子车驾清路。

㊴属车：天子扈从之车。案节：按辔缓行。

㊵荐：进献。三牺：祭天、地、宗庙三者之牺。

㊶效：呈献。五牲：古代指麋、鹿、麏、狼、兔。

㊷礼：祭礼。神祇(qí)：天神与地神。

㊸怀百灵：邀请敬礼各种神灵。怀，怀柔，招徕安抚。此指邀请敬礼。

【译文】

"如果顺应时节而猎禽兽，检阅车卒而习武事，则必定按照《礼记》中的《王制》，参考《风》《雅》中有关田猎的诗。观《驺虞》，阅《驷驖》，赞《车攻》，择《吉日》，礼官整饬威仪，车驾方才出去。于是举起鲸鱼形的钟杵冲撞，铸有篆文的华钟发出巨响，登上玉饰的宝车，乘坐六匹骏马所拉的猎车,绣凤的伞盖随风飘动,行进的车马銮铃叮咚,百官小吏如影一般跟从,寝息兵威而隆盛礼容。山林之神在原野护卫,四方之神驾车跟随,雨师遍洒道路,风伯清除尘灰。千辆兵车起动如雷,上万骑卒你进我随,巨型战车在郊野布满,长戈短矛遮蔽了云天,羽旄上扫霓虹,旌旗拂过苍穹。刀矛挥动只觉火花闪亮,旗帜飘荡但见多彩飞扬,刀枪耀空如喷吐光焰,车马奔过似长风翻卷,山岳和着平野,清气随着回旋。日月因而暗淡,丘陵为之震撼。于是苑囿的中央,集中了全部兵将。部曲相并陈,校队列成行,布置了三军,告诫了将领。然后举起烽火,战鼓轰鸣,宣布田猎按三驱的原则进行,轻车如迅雷激震,骁骑如闪电穿云。由基般的射手弯弓搭箭,范氏般的驭手驾车疾行,不射杀迎面逃来的惊惶之兽,不射杀侧面飞过的恐惧之禽。朝前逃的鸟刚起飞就中箭坠落,朝前奔的兽未跑远就受伤难行。指手顾盼之间,获车已经满盈。寻欢而不极乐,猎物而不杀尽。骏马尚有余力,士卒锐气犹存。先驱已上归途,属车缓缓随行。于是向天地宗庙把三牺进呈,还献上麋鹿等五牲,不但敬礼天神地祇,而且招徕各种神灵。

"觐明堂[①],临辟雍,扬缉熙[②],宣皇风[③]。登灵台,考休征[④],俯仰乎乾坤[⑤],参象乎圣躬[⑥]。目中夏而布德[⑦],瞰四裔而抗稜[⑧]。西荡河源[⑨],东澹海漘[⑩],北动幽崖[⑪],南耀朱垠[⑫]。殊方别区,界绝而不邻[⑬],自孝武之所不征,孝宣之所未臣,莫不陆讋水栗[⑭],奔走而来宾。遂绥哀牢[⑮],开永昌[⑯]。春王三朝[⑰],会同汉京[⑱]。是日也,天子受四海之图籍[⑲],膺万国之贡珍[⑳],内抚诸夏[㉑],外绥百蛮[㉒]。尔乃盛礼兴乐,供帐置乎云龙之庭[㉓],陈百寮而赞群后[㉔],究皇仪而展帝容[㉕]。于是庭实千品[㉖],旨酒万钟[㉗],列金罍[㉘],班玉觞[㉙],嘉珍御[㉚],太牢飨[㉛]。尔乃食举《雍》彻[㉜],太师奏乐[㉝]。陈金石[㉞],布丝竹[㉟],

钟鼓铿铛[36]，管弦烨煜[37]。抗五声[38]，极六律[39]，歌《九功》[40]，舞《八佾》[41]，《韶》《武》备[42]，泰古毕[43]；四夷间奏[44]，德广所及，《僸佅》《兜离》[45]，罔不具集。万乐备，百礼暨[46]，皇欢浃[47]，群臣醉，降烟煴[48]，调元气[49]。然后撞钟告罢，百寮遂退。

【注释】

①觐(jìn)：诸侯秋朝天子之称。

②缉熙：光明貌。

③皇风：帝王之风范。

④休征：吉利的征兆。

⑤俯仰乎乾坤：《周易·系辞》："古者庖牺氏之王天下也，仰则观象于天，俯则观法于地。"乾坤，天地。

⑥参象：即参比乾坤之象，思与合德。圣躬：皇帝自身。

⑦中夏：此指中国。

⑧四裔：四方边远之地。抗稜：传布神威。

⑨荡：动。河源：黄河发源处。

⑩澹：此指触动。海漘(chún)：海滨。

⑪幽崖：指极北之地。

⑫朱垠(yín)：指南方。

⑬界绝：边界绝离，不相连接。

⑭陆詟(zhé)水栗：形容四方畏惧之状。

⑮绥：安抚。哀牢：古代西南少数民族之名。明帝永平十二年(69)臣服于汉。

⑯开永昌：李善注引《东观汉记》曰："以益州徼外哀牢王率众慕化，地旷远，置永昌郡也。"

⑰三朝(zhāo)：正月初一为岁、月、日之始，故称三朝。

⑱会同：古代诸侯朝见天子的通称。

⑲图籍：地图与户籍。

⑳膺：接受。

㉑诸夏：各诸侯国。

㉒百蛮：各少数民族。

㉓供帐：供设帷帐。云龙：云龙门。

㉔赞：引导。群后：各诸侯国之王。

㉕究：尽。皇仪：朝见皇帝的仪式。

㉖庭实：皇帝宴请群臣之食物充满云龙门内之庭。

㉗旨酒：美酒。旨，味美。

㉘金罍(léi)：酒器。

㉙班：引。玉觞(shāng)：玉杯。

㉚嘉珍：美味佳肴。御：享用。

㉛太牢：盛牲的食器叫牢，大的叫太牢。太牢盛牛、羊、豕三牲。因此也把宴会或祭祀时的三牲称太牢。飨(xiǎng)：犒劳，赏赐。

㉜食举《雍》彻：进食时奏乐，食毕用《雍》乐。彻，撤除。

㉝太师：乐师。

㉞金石：钟磬之类乐器。

㉟丝竹：琴瑟箫笙之类乐器。

㊱铿锵(kēng hóng)：钟鼓声。

㊲烨煜(yè yù)：光辉闪烁。描写声乐的热烈奔放。属于通感。

㊳抗：高举，高昂。五声：宫、商、角、徵、羽。

㊴极：尽，全。六律：古代乐律有阳律、阴律各六，合为十二律。阳六曰“律”，为黄钟、太蔟、姑洗、蕤宾、夷则、无射；阴六曰“吕”，为大吕、夹钟、仲吕、林钟、南吕、应钟。合称律吕。

㊵《九功》：九功包括六府三事之功，合称九功。此指赞颂六府三事之功的歌曲。《尚书·大禹谟》：“九功惟叙。”孔疏：“养民者使水、火、金、木、土、谷此六事惟当修治之；正身之德，利民之用，厚

民之生，此三事惟当谐和之。”

㊶《八佾（yì）》：古代天子舞乐。

㊷《韶》：传说为舜所制乐曲。《武》：武王克商的颂曲。《论语·八佾》：“子谓《韶》，尽美矣，又尽善也；谓《武》，尽美矣，未尽善也。”

㊸泰古毕：指上古之乐全部演奏。

㊹间奏：交替演奏。

㊺《僸佅（jìn mài）》《兜离》：四方少数民族乐曲之名。

㊻暨：至，到。

㊼浃（jiā）：融洽，和洽。

㊽烟熅（yūn）：古代指天地间阴阳二气交互作用的状态。

㊾元气：此指精神，生气。

【译文】

“接见诸侯于明堂，宣布政教于辟雍，发扬光明之盛德，显示圣君之仁风。登上高入云端的灵台，考察天降瑞物的吉兆，仰观上天又俯察大地，反思皇德是否与天地合一。观览中国而广布仁德，眺望四边而远扬神威。西荡黄河源头，东震大海之滨，北动幽深山崖，南耀朱红之境。直到异域殊方，边界隔绝而不相邻之邦；武帝所不曾征讨，宣帝所未能归降，无不既畏又敬，水陆兼程，奔赴中国而俯首称臣。于是哀牢倾服，永昌归顺。春天诸侯朝觐，一齐会同洛京。这一天，明帝接受四海所呈之版图户籍，受纳万国所贡的异宝奇珍，内安华夏诸侯，外抚蛮邦夷民。继而盛陈礼乐之器，供帐于云龙之庭，百官引各藩王入宫，先行朝觐的礼仪，后瞻君主的圣容。宫廷满陈佳肴千种，美酒万钟，金罍列成队，玉杯排成行，将美味尽用，把三牲遍赏。进餐设乐，食毕伴以《雍》之乐，乐师指挥演奏的进行。陈列编钟编磬，布置琴瑟箫笙，钟鼓之声庄重悠永，管弦之声激越热情。五声高奏，六律弹尽，《九功》的歌声嘹亮入云，《八佾》的舞姿高雅动人；《韶乐》《武乐》尽奏，太古之曲毕陈；四夷之乐穿插其间，因大汉声威影响遥远，《僸佅》《兜离》等曲也来此助欢。万种音乐齐备，行完百种礼仪，皇帝欢愉，群臣沉醉，此时天降烟煴，调和人间元气。然后撞钟宣告礼毕，百官方才谢恩退去。

“于是圣上睹万方之欢娱①，又沐浴于膏泽②，惧其侈心之将萌，而怠于东作也③。乃申旧章，下明诏，命有司，班宪度，昭节俭，示太素④。去后宫之丽饰，损乘舆之服御⑤；抑工商之淫业⑥，兴农桑之盛务；遂令海内弃末而反本⑦，背伪而归真⑧。女修织纴⑨，男务耕耘；器用陶匏⑩，服尚素玄⑪；耻纤靡而不服⑫，贱奇丽而弗珍，捐金于山⑬，沉珠于渊。于是百姓涤瑕荡秽⑭，而镜至清⑮，形神寂漠⑯，耳目弗营⑰，嗜欲之源灭，廉耻之心生。莫不优游而自得⑱，玉润而金声⑲。是以四海之内，学校如林，庠序盈门⑳，献酬交错㉑，俎豆莘莘㉒，下舞上歌㉓，蹈德咏仁。登降饫宴之礼既毕㉔，因相与嗟叹玄德㉕。谠言弘说㉖，咸含和而吐气㉗，颂曰：盛哉乎斯世㉘！

【注释】

①圣上：指汉明帝。

②膏泽：指圣上恩惠。

③东作：指耕种。

④太素：朴素。

⑤乘舆：此指天子。

⑥淫业：末业。

⑦末：指手工业、商业。本：指农业生产。

⑧伪：指奢侈豪华。真：指纯正朴素。

⑨纴(rèn)：织机。

⑩陶匏(páo):瓦器和葫芦。此指简朴的器皿。

⑪素玄:白黑两色。此指朴素的衣着。

⑫纤靡(mǐ):精致华丽的服饰。

⑬捐:抛弃。

⑭涤瑕(xiá):洗除污点。瑕,玉上瑕疵。喻过错。

⑮镜:借鉴。至清:同“太清”。天道,自然。

⑯形神:肉体和精神。寂漠:涤除私欲、俗虑后的宁静而澹泊的精神境界。

⑰弗营:不沉溺。

⑱优游而自得:清操自守、自得其乐之态。

⑲玉润金声:形容品德之高尚,如金似玉。

⑳庠序:古代学校名称。周代叫庠,殷代叫序。此指学员。

㉑献酬:饮宴时敬酒与酬酒。

㉒俎(zǔ)豆:祭祀时的两种礼器。俎,置肉之几。豆,盛脯之器。莘莘(shēn):众多貌。

㉓下舞上歌:师尊歌于堂上,学子舞于堂下。

㉔登降:尊卑。饫(yù)宴:此指宴饮之礼。不脱鞋升堂入席称为饫。脱鞋上座称为宴。

㉕嗟叹:赞叹。玄德:自然而质朴之品德。一说潜蓄不著于外之品德。《尚书·舜典》:“玄德升闻,乃命以位。”孔传:“玄谓幽潜,潜行道德。”

㉖谠(dǎng)言:善言。弘说:宏论。

㉗含和:内含中和之德。吐气:吐纳天地元气。

㉘斯世:指汉明帝永平之世。

【译文】

“君王见万方如此欢乐,享受着上天赐予的恩泽,唯恐奢侈之心萌生,而怠慢于田间劳作。于是重申旧有的制度,下达圣明的诏书,命令有关的臣僚，把具体的章程宣布，崇尚节俭，表彰朴素。摒除后宫的奢侈装饰，减少乘舆的车服用物；贬抑工商之末业，振兴农桑之要务；于是天下百姓弃工商而重农耕，背虚伪而归真诚。妇女精于织纴，男子专于耕耘；采用陶罐、葫芦等质朴器皿，选择颜色素淡的俭朴衣裙；轻视精美的衣裳而不穿着，鄙弃奇丽的饰品而不以为珍；弃金于山，沉珠于渊。于是百姓涤净污秽观念，取法于天道自然；形神保持澹泊宁静，耳目不为外物沾染，嗜欲之根源去净，廉耻之思想产生。万民之心情优游乐业，自得自尊；万民之品德如玉之润，似金之声。因此，四海之内学校如林，青年学子济济盈门。进献酬答之礼仪往来交错，俎豆之类的礼器陈列繁多，堂下的学子起舞，堂上的师尊咏歌，舞蹈颂扬帝功，歌声赞美仁德。尊卑饮宴之礼已毕，赞叹美德具备的皇帝。各人发表良言宏议，内怀中和之德，吐纳天地元气，最后齐声颂扬：多么伟大啊，这圣明的时期！

"今论者但知诵虞夏之《书》[1]，咏殷周之《诗》[2]，讲羲文之《易》[3]，论孔氏之《春秋》[4]，罕能精古今之清浊[5]，究汉德之所由[6]。唯子颇识旧典[7]，又徒驰骋乎末流[8]，温故知新已难，而知德者鲜矣[9]。且夫僻界西戎[10]，险阻四塞[11]，修其防御[12]，孰与处乎土中[13]，平夷洞达[14]，万方辐凑[15]？秦岭九嵕[16]，泾渭之川[17]，曷若四渎五岳[18]，带河溯洛[19]，图书之渊[20]？建章甘泉，馆御列仙[21]，孰与灵台明堂，统和天人[22]？太液昆明，鸟兽之囿，曷若辟雍海流[23]，道德之富？游侠逾侈[24]，犯义侵礼，孰与同履法度，翼翼济济也[25]？子徒习秦阿房之造天[26]，而不知京洛之有制也；识函谷之可关，而不知王者之无外也[27]。"

【注释】

①虞夏之《书》:指《尚书》中的《虞书》和《夏书》,据《十三经注疏》载,《虞书》包括《尧典》《舜典》《大禹谟》《皋陶谟》《益稷》五篇。《夏书》包括《禹贡》《甘誓》《五子之歌》《胤征》四篇。其中《舜典》《大禹谟》《益稷》《五子之歌》《胤征》五篇,经后人考证为东晋梅赜伪作。

②殷周之《诗》:指《诗经》。

③羲文之《易》:相传伏羲氏始画八卦,周文王被殷纣王囚于羑里时,据八卦演绎而为《易》。原有《连山》《归藏》《周易》三种,今仅存《周易》,为古代占卜之书。属儒家经典之一。羲,指伏羲氏。文,指周文王。

④《春秋》:为我国最早的编年体史书,相传为孔子据鲁史修订。起自鲁隐公元年(前722),迄于鲁哀公十四年(前481)。为儒家经典之一。

⑤精:精研。清浊:清时浊世。此指二者间的演变。

⑥究:考究。

⑦旧典:过去的典章制度。此指西都的体制与风尚。

⑧末流:末代的风俗。此指奢靡风习。

⑨鲜:少。

⑩界:连接,毗邻。西戎:古代西北少数民族的总称。

⑪四塞:四方都是关塞,即有山关之国。

⑫修:修建,构筑。

⑬土中:大地中正之位置。

⑭平夷:平坦。洞达:通达。

⑮辐凑:像车轮的辐条凑集于车轮中心的毂一样。

⑯秦岭九嵕:终南山和九嵕山。

⑰泾渭:泾河和渭河。

⑱四渎(dú):指长江、黄河、淮河、济水。《尔雅·释水》:"江、河、淮、济为四渎。四渎者,发源注海者也。"说这四条河从发源地起,单独注入大海。五岳:指东岳泰山,南岳衡山,西岳华山,北岳恒山,中岳嵩山。

⑲带河:挟带黄河。溯(sù)洛:上溯洛水。

⑳图书:河图与洛书。

㉑馆御:留住,接待。

㉒统和:统一协和。

㉓辟雍海流:辟雍宫四周环水,既象征教化传布如水畅流,又象征道德之富,有如四海。

㉔逾侈:过分放纵。侈,放纵。

㉕翼翼:恭貌。济济:威仪貌。

㉖造天:到天,无比崇高。

㉗无外:赞东都以德化天下之民,远胜凭函谷之险仅守一隅之地。

【译文】

"如今论者只知诵虞夏之《书》,咏殷周之《诗》,讲伏羲、文王之《易》,论孔氏之《春秋》,很少能通古今之演变,探汉德之渊源。先生对过时的旧章陈典颇有钻研,对往日的奢侈风习又很迷恋,温故知新已属不易,想知当今盛德就更为困难。况且长安与西戎相连,位置偏处西部,四面关塞险阻,借以作为防御,怎比得上东都,居于大地中部,平旷通达,万方归服,有如车轮辐条,都集中于车毂?西都依傍秦岭、九嵕之山,挟带泾水、渭水之川,怎比得上东都四河贯穿,五岳岿然,河图、洛书之瑞,都在水中呈现?西都的建章、甘泉,接纳众神列仙,怎比得上东都的灵台、明堂,是宣扬教化之宫,统和天人之殿?西都的太液、昆明之池沼,畜养鸟兽之囿苑,怎比得上东都之辟雍,环水既深且宽,象征道德之富,如四海无边?西都之游侠逾法越纪,犯礼侵义,怎比得上东都之人同遵国家法纪,都有谦恭容仪?先生只知道阿房宫高耸入云,哪里知道东都的制度无比昌明；先生只知道函谷关可以封锁，哪里知道王道的威力无往不胜！”

主人之辞未终，西都宾矍然失容[①]，逡巡降阶[②]，惵然意下[③]，捧手欲辞[④]。主人曰：“复位。今将授子以五篇之诗。”宾既卒业[⑤]，乃称曰：“美哉乎斯诗！义正乎杨雄[⑥]，事实乎相如，匪唯主人之好学，盖乃遭遇乎斯时也[⑦]。小子狂简[⑧]，不知所裁[⑨]，既闻正道[⑩]，请终身而诵之。”

【注释】

①矍(jué)然：惊视貌。一说，惶恐的样子。

②逡(qūn)巡：后退，欲进不进，迟疑不决貌。

③惵(dié)然：犹恐惧。意下：情绪低落。

④捧手：拱手。表示敬意。

⑤卒业：卒读，学完。

⑥杨雄：即“扬雄”，与下句中相如均为辞赋之高者，故假以言。

⑦斯时：指明帝时的太平盛世。

⑧狂简：指志大而于事疏略。《论语·公冶长》：“吾党之小子狂简，斐然成章，不知所以裁之。”

⑨裁：裁制。此指节制。

⑩正道：指五首诗中的思想内容。

【译文】

东都主人的话尚未说完，西都宾客惶恐得变了容颜，他退席下了阶沿，情绪异常低沉，拱手告辞欲还。主人说道：“请回来坐下。我将告诉你颂诗五篇。”宾客既已听完，不禁连声称赞：“多美好啊，这些诗篇！意义比扬雄之赋更正，内容比相如之赋更真，不仅是由于主人有丰富学问，更主要的还是时代的真实反映。小子志虽大而才鲁钝，不知浅深，既闻诗中所言的正道，定将把它吟诵一生。”

其诗曰：

明堂诗

於昭明堂[①]！明堂孔阳[②]。圣皇宗祀[③]，穆穆煌煌[④]。上帝宴飨[⑤]，五位时序[⑥]。谁其配之[⑦]？世祖光武[⑧]。普天率土[⑨]，各以其职[⑩]。猗欤缉熙[⑪]，允怀多福[⑫]。

【注释】

①於(wū)：於乎。叹词。昭：光明。

②孔：很，非常。阳：光明，光亮。

③宗祀：祭祖。

④穆穆煌煌：庄重肃穆，光辉灿烂。

⑤上帝：天帝太一。宴飨：神灵享用祭品。飨，通“享”。

⑥五位：五方之神，即苍帝灵威仰，赤帝赤熛怒，黄帝含枢纽，白帝白招拒，黑帝汁光纪。皆为天帝之辅佐神。时序：依其序就位。时，通“是”。

⑦谁其配之：李善注引《东观汉记》曰：“明帝宗祀五帝于明堂，光武皇帝配之。”

⑧世祖：光武帝之庙号。

⑨普天：遍天之下。率土：为“率土之滨”的省语，意为四海之内。率，循，沿。

⑩各以其职：各尽其职。

⑪猗(yī)欤：叹词。缉熙：光明。

⑫允：真实，的确。怀：来到。

【译文】

其诗曰：

啊！光辉的明堂，是多么明朗。圣皇祭祀祖先，礼仪庄严辉煌。上帝亲临宴会，五神依次就位。有谁可以作陪？世祖光武皇帝。天下所有诸侯，各尽自己职守。啊，盛德无比光明，必致无限幸福。

辟雍诗

乃流辟雍①，辟雍汤汤②。圣皇莅止③，造舟为梁④。皤皤国老⑤，乃父乃兄。抑抑威仪⑥，孝友光明⑦。於赫太上⑧！示我汉行⑨。洪化惟神⑩，永观厥成⑪。

【注释】

①乃：语助词，无实义。

②辟雍汤汤：辟雍宫周围的流水波涛激荡之貌。

③莅止：到来停息。

④造舟为梁：连接舟船为桥梁。

⑤皤皤(pó)：老人貌。国老：古代告老退职的卿大夫。

⑥抑抑：谦诚恭谨之貌。

⑦孝友：李善注引《尔雅》曰："善事父母为孝，善事兄弟为友。"

⑧於(wū)：於乎，叹词。赫：显耀。太上：天子。

⑨汉行：大汉的德行。

⑩洪化惟神：宏德化民，其功如神。

⑪厥：其。成：完成，成功。

【译文】

辟雍环绕清流，碧波滚滚滔滔。圣皇亲临雍宫，连接舟船成桥。国老德高望重，有如慈父长兄。圣皇仪容谦诚，孝友之心光明。啊！显赫光耀的圣君，大汉道德的典型。德化万民如神，将见大功告成。

灵台诗

乃经灵台①，灵台既崇。帝勤时登②，爰考休征③。三光宣精④，五行布序⑤。习习祥风⑥，祁祁甘雨⑦。百谷蓁蓁⑧，庶草蕃庑⑨。屡惟丰年⑩，於皇乐胥⑪！

【注释】

①经：经营，营造。

②帝：指汉明帝。

③爰：语助词。休征：吉祥的征兆。休，美好，吉祥。

④三光：日、月、星。宣精：放光。宣，放，发。精，光。

⑤五行：金、木、水、火、土。古人以为宇宙万物均由这五种元素构成。序：序列。

⑥习习：轻拂貌。祥风：温煦的和风。

⑦祁祁：舒缓貌。甘雨：及时雨。

⑧蓁蓁（zhēn）：茂盛貌。

⑨庶草：百草。蕃庑（wú）：草木茂盛貌。

⑩屡：屡次，多次。惟：语助词。

⑪乐胥：欢乐。胥，语助词。

【译文】

灵台既已建成，楼台崇高入云。明帝经常登临，考察瑞物吉征。日月星辰明丽，五行井然有序。轻拂的祥风和煦，飘着舒缓的甘雨。田畴的百谷繁荣，郊原的众草茂盛。连年都获得丰收啊，圣皇是多么欢欣！

宝鼎诗

岳修贡兮川效珍[①]，吐金景兮歊浮云[②]。宝鼎见兮色纷缊[③]，焕其炳兮被龙文[④]。登祖庙兮享圣神[⑤]，昭灵德兮弥亿年[⑥]。

【注释】

①修：治理，产生。贡：进贡之物。效：献上。

②金景：金色的光辉。歊（xiāo）：升腾。

③宝鼎：《东观汉记·显宗孝明皇帝》："（永平）六年，庐江太守献宝鼎，出王雒山。"见：同"现"。纷缊（yùn）：此指色彩纷繁。

④焕：焕发。炳：光辉灿烂。被：遍布。龙文：龙形文彩。

⑤祖庙：世祖光武帝之庙。享：献祭品使享用。圣神：天地之神。

⑥昭：显示。灵德：神灵之德。弥：满，终。

【译文】

山岳产出贡品啊，河水献出奇珍；山川放射金光啊，升起朵朵祥云。王雒山发现宝鼎啊，色彩纷繁而交映；焕发灿烂的光辉啊，布满美妙的龙文。进奉宗庙殿堂啊，献于祖先神灵；显示先皇灵德啊，亿年永播清芬。

白雉诗

启灵篇兮披瑞图[①]，获白雉兮效素乌[②]。嘉祥阜兮集皇都[③]，发皓羽兮奋翘英[④]。容洁朗兮於纯精[⑤]，彰皇德兮侔周成[⑥]。永延长兮膺天庆[⑦]！

【注释】

①启：翻开。灵篇：即瑞图。披：披览。

②白雉：李善注引范晔《后汉书》曰："永平十年，白雉所在出焉。"

效：进献。素乌：即白雉。

③嘉祥：瑞物，即白雉。阜：盛多。

④翘英：为押韵而将定语后置，应为“英翘”。白玉般的鸟尾。翘，尾。英，白玉。

⑤洁朗：洁白明朗。纯精：写鸟羽纯白，无一丝杂色。

⑥彰：显示。侔(móu)：比配，相等。周成：周成王。

⑦膺：得到，蒙受。天庆：天降之福荫。李善注引《河图》曰：“谋道吉，谋德吉，能行此大吉，受天之庆也。”

【译文】

翻开灵篇啊观看皇图，获取白雉啊献上素乌。不少祥瑞啊集于京城，展翅翘尾啊白如玉英。颜色光洁啊而且晶莹，显示皇德啊可配周成。千年万载啊受天之福荫！

京都上

张平子

张平子(78—139),名衡,东汉著名的天文学家、哲学家、数学家、发明家及文学家。他虽才高于世,却无骄尚之情,性淡静。因天道微昧,多次拒绝征聘。至安帝特征拜郎中,迁为太史令。潜研阴阳变化,妙尽璇机之正。造浑天仪,著《灵宪》以释天象。至顺帝阳嘉元年(132),复造候风地动仪,成为当时世界上最科学、最精确的测震仪。崔瑗称道说:“数术穷天地,制作侔造化。”

张衡的文学创作也十分卓著。据载有诗、赋、铭等,凡三十二篇。在文学发展史上,他是一位承前启后的大家。其诗歌存者寥寥,但其《同声歌》对后世颇有影响,《四愁诗》对七言诗的形成有重大作用。张衡赋作,虽是模拟《子虚》《两都》,但他扬长避短,自有特点,对现实的针对性更强烈,更具有讽谏性。《应间》《思玄》《归田》三篇,拓展了赋的表现内容。尤其《归田赋》不仅是情景结合的第一篇小赋,而且开了骈赋的先河。

西京赋一首

【题解】

本文是《二京赋》的上篇。张衡创作《二京赋》的时间,据《后汉书·

张衡传》说，是在“永元中”，即张衡约二十岁时。那时张衡游学在京师洛阳（今属河南）。班固已经著了《两都赋》，张衡为何再著《二京赋》？其动因和目的是：“时天下承平日久，自王侯以下，莫不逾侈，衡乃拟班固《两都》，作《二京赋》，因以讽谏。”张衡于十七岁时，就到都邑访师求学。先到长安（今陕西西安），登山临水，考察民俗，凭观名胜古迹，尤其对古都的宫阙规模、市井制度、货财聚散、人事优劣等等，都进行了深入了解。两年后转到京师洛阳，一住五六年之久。这次游学，不仅使张衡大大增长了学识，同时积累了许多新鲜的文学素材，并从古今对比中强烈地激发了他的创作动机，从此开始《二京赋》的创作酝酿。相传“十年乃成”，有可能是三十而立之作。孙文青《张衡年谱》认为作于107年。

有凭虚公子者①，心奓体忲②，雅好博古③，学乎旧史氏④，是以多识前代之载⑤。言于安处先生⑥，曰：“夫人在阳时则舒⑦，在阴时则惨⑧，此牵乎天者也⑨。处沃土则逸⑩，处瘠土则劳⑪，此系乎地者也。惨则鲜于欢⑫，劳则褊于惠⑬，能违之者寡矣⑭。小必有之⑮，大亦宜然⑯。故帝者因天地以致化⑰，兆人承上教以成俗⑱。化俗之本⑲，有与推移⑳，何以核诸㉑？秦据雍而强㉒，周即豫而弱㉓，高祖都西而泰，光武处东而约，政之兴衰，恒由此作㉔。先生独不见西京之事欤㉕？请为吾子陈之㉖：

【注释】

①凭虚公子：赋中拟设人物，犹《子虚赋》之子虚。薛综注：“凭，依托也。虚，无也。言无有此公子也。”

②奓（chǐ）：李善注：“《声类》曰：侈字也。”体忲：薛综注：“体安骄泰也。”泰，过。

③雅：素。

④旧史氏：即主管图典的太史之官。

⑤载：事。

⑥安处先生：薛综注："安处，犹乌处，若言何处，亦谓无此先生也。"

⑦阳时：谓春夏。舒：舒展，舒畅。

⑧阴时：谓秋冬。惨：忧戚。

⑨牵：即关系着。

⑩沃土：丰饶的土地。逸：闲逸。此指其好逸恶劳。

⑪瘠土：指瘦瘠之地。

⑫鲜(xiǎn)：少。

⑬褊(biǎn)：少。惠：爱。

⑭违：易。

⑮小必有之：言庶民必然因土地沃瘠不同而产生劳逸不同的情况。

⑯大亦宜然：薛综注："大谓王者。"李善注："王者亦因险易而强弱异也。"

⑰因天地以致化：言王者必欲顺阳时，居沃土，欢逸其人，使下承而化之。致化，施行教化。

⑱承上教以成俗：言庶民承受帝王之教令，以养成奢泰之俗。

⑲本：根本。指上文的"天地"状况。

⑳有与推移：即化之本，与沃瘠相随逐推移。推移，犹变化。此言法随化而变。

㉑核：检验，考核。诸：语气词，犹"之乎"。

㉒秦据雍：李善注："按雍州，厥土惟黄壤，厥田惟上上，是沃土也，故云秦据雍而强，高祖都西而泰。"

㉓周：指东周。豫：即豫州。

㉔恒由此作：经常由此产生。此，指土地之沃瘠。

㉕西京之事：指长安盛日。

㉖吾子:李善注引郑玄《礼记》注曰:“吾子,相亲之辞也。”

【译文】

有位名叫凭虚公子的人,心志甚为奢侈,体貌安闲骄逸,素好博知古事,广学太史之记,因此了解史实颇多。他对安处先生说:“人在春夏之时舒畅,而在秋冬之季忧戚,这与天气变化紧密相关。居住肥沃之地,人就恶劳好逸;住在贫瘠地区,人就勤劳朴实,这与地利不同联系紧密。忧戚则少有欢乐,勤劳则不能博施,能够改变此种情况的人,实在很少的。庶民百姓如此,天子帝王无异。因此当了帝王的人,必须顺应天时地利,以行政令教化之宜;百姓接受天子教化,从而养成良好风气。转化民风民俗之根本,在与自然条件相一致,用什么可以检验它呢?秦据雍州之地而强盛,周迁豫州之地而衰落,汉高建都长安而成奢泰,光武东迁洛邑而行俭约,国之兴盛与衰败,经常由此而起。先生独不见西京之盛况吗?请让我为您细细陈说其事:

“汉氏初都,在渭之涘[①]。秦里其朔[②],寔为咸阳[③]。左有崤函重险[④],桃林之塞[⑤]。缀以二华[⑥],巨灵赑屃[⑦],高掌远蹠[⑧],以流河曲,厥迹犹存。右有陇坻之隘[⑨],隔阂华戎[⑩],岐梁汧雍[⑪],陈宝鸣鸡在焉[⑫]。于前则终南太一[⑬],隆崛崔崒[⑭],隐辚郁律[⑮],连冈乎嶓冢[⑯]。抱杜含鄠[⑰],欱沣吐镐[⑱],爰有蓝田珍玉[⑲],是之自出[⑳]。于后则高陵平原[㉑],据渭踞泾[㉒],澶漫靡迤[㉓],作镇于近。其远则九嵕甘泉[㉔],涸阴沍寒[㉕],日北至而含冻,此焉清暑[㉖]。尔乃广衍沃野[㉗],厥田上上[㉘],寔惟地之奥区神皋[㉙]。昔者大帝说秦缪公而觐之[㉚],飨以钧天广乐[㉛],帝有醉焉,乃为金策[㉜],锡用此土[㉝],而翦诸鹑首[㉞]。是时也[㉟],并为强国者有六[㊱],然而四海同宅西秦[㊲],岂不诡哉[㊳]!

【注释】

①涘(sì):涯。

②里:居。朔:北。

③寔(shí):同“实”,是。咸阳:地名。故城名渭城(今属陕西)。

④左:指东面。崤(xiáo):山名。在今河南洛宁西北,有南北二山对峙,中间凹下若函,故名函谷。

⑤桃林:薛综注:“崤及函谷关、桃林,皆在长安东。”

⑥缀:即连接。二华:据《山海经·西山经》:太华之西八十里为小华之山。据《水经注·渭水》:华阴县(今陕西华阴)有华山,西南有小华山。小华山即少华山。

⑦巨灵:河神。巨,大。赑屃(bì xì):作力之貌。

⑧高掌远蹠(zhí):古神话说:太华、少华二山,本为一山,黄河流过那里,被其所挡,弯曲而流。河神用手将其上擘开为两半,用脚踹裂其下,中分为二,河水从中通过。手足留在山上的迹印,至今犹存。掌,以掌擘开。蹠,践,以脚踢开。

⑨陇坻(dǐ):在今陕西陇县至甘肃平凉一带。山势险峻,为甘陕要隘。

⑩隔阂(hé):阻塞,隔绝。华戎:指华夏、西戎。

⑪岐:山名。薛综注:“《说文》曰:岐山在长安西,美阳县界。山有两岐,因以名焉。”梁:山名。李善注引《汉书》曰:“右扶风好畤县有梁山。”汧(qiān):李善注:“汧山在扶风汧县西。”雍:山名。在陕西凤翔,雍水出焉。

⑫陈宝鸣鸡:《史记·封禅书》曰:“秦文公获若石云,于陈仓北坂城祠之,其神或岁不至,或岁数来,来也常以夜,光辉若流星,从东南来集于祠城。则若雄鸡,其声殷云,野鸡夜雊。以一牢祠,命曰陈宝。”陈宝,地名。在今陕西宝鸡。

⑬终南:薛综注:“终南太一二名也。”太一:高步瀛《文选李注义疏》

曰:“胡氏《锥指》亦以为二山。引《水经·渭水中》篇注云:‘太一山亦曰太白山,在武功县南,去长安二百里,不知其高几何。俗云武功太白,去天三百。’杜彦达曰:‘太白山南连武功山,于诸山最为秀杰。冬夏积雪,望之皓然。’”

⑭隆崛:谓山高隆突出。崔崒(zú):高大险峻貌。

⑮隐辚郁律:不平之貌。

⑯冈:山脊。嶓(bō)冢:山名。高步瀛《文选李注义疏》曰:“《清统志》曰:‘甘肃秦州,嶓冢山在州西南六十里。’按,秦州,今为天水县。”

⑰抱、含:谓终南、太一含裹之。杜、鄠:地名。杜陵、鄠县。现均属陕西西安。

⑱欱(hē):饮,喝。沣、镐:二水名。沣河源于秦岭山中,北流至陕西西安北,入灞河,注入渭河。镐水源出南山谷中,经故长安城(今陕西西安)南,注入昆明池。复北流为镐池,又北入沣河。镐,一作“滈”。

⑲爰有:即有。爰,语首助词。蓝田:山名。渭河平原之南,秦岭北麓,有蓝田山,产美玉,故称玉山。

⑳是之自出:谓玉出自蓝田之中。

㉑高陵:即高丘。

㉒据渭:依托于渭河。据,依。渭河由西向东,是横贯长安(今陕西西安)的最大河流。踞泾:凭倚泾水。泾水源出六盘山东麓,东南流,至陕西高陵境入于渭河。

㉓澶漫:地势广大。靡迤:连续不断貌。

㉔九嵕(zōng):山名。在陕西礼泉东北,有九峰高耸,故名。甘泉:山名。在陕西淳化西北,秦汉时建离宫于上,谓之甘泉宫。

㉕涸阴:凝聚阴寒。沍(hù):闭寒。谓严寒封冻。

㉖清暑:犹言去暑、避暑。

㉗广衍：广大绵延貌。

㉘厥田上上：其田为上等之上。

㉙寔(shí)：是。地之奥区：犹言内地，腹地。神皋：即神明享受聚集之地。

㉚大帝：薛综注："天也。"秦缪公：即秦穆公，春秋时秦国之君，为春秋五霸之一。觐(jìn)：会见。

㉛飨(xiǎng)：以酒食款待人。钧天广乐：指天上之乐。钧天，天之中央，天帝所居之所。广乐，谓广大之乐。

㉜金策：即金书。

㉝锡：赐给。

㉞翦：尽。鹑首：星次名。井星与柳星，属朱雀七星。古代根据天上星宿的位置来划分地面相应之区域，称为分野。《汉书·地理志》曰："自井十度至柳三度，谓之鹑首之次，秦之分也。"

㉟是时：指秦穆公之时。

㊱强国者有六：指山东六国：韩、魏、燕、赵、齐、楚。

㊲宅：居。

㊳诡：异。

【译文】

"汉朝始建都城在渭水之滨。秦都居其北面，这是咸阳旧京。东有崤、函重险和桃林要塞。连接着太华、少华二山，巨灵河神奋臂使力，高处一掌擘为两半，远远一脚踢破山麓，以使河水通流其间，巨灵所留掌印足迹，至今仍然明晰可见。西有陇坻险隘，隔绝华夏西戎，岐梁汧雍诸山，陈宝鸡鸣地点，都在陇山东面。前有太一终南，高耸特起绝险，堆垄参差不平，山冈与嶓冢相连。怀抱杜陵，包含鄠县，啜饮沣流，吐水镐川，又有蓝田珍玉，产于蓝田之山。后有平原丘陵，依凭渭河与泾水，陵原广博延展，成为国之近镇。远有九嵕甘泉，聚阴而藏严寒，到了夏至之时，仍有冻冰酷寒，此乃避暑佳处。那有广大绵延之沃野，其土地都为最上等级，实在是天下之腹地，神灵群集之界区。传说天帝喜悦秦穆公，穆公梦游帝乡获见。并赐钧天广乐盛宴。天帝情欢畅饮而醉，于是为作金书策简；赐他享用下土世祚，尽有鹑首分野河山。在那时，并为天下之强国者，有韩、魏、赵、齐、楚、燕，然而均为嬴秦所并，如此结局岂不怪哉？

“自我高祖之始入也，五纬相汁[1]，以旅于东井[2]。娄敬委辂[3]，斡非其议[4]，天启其心[5]，人基之谋[6]。及帝图时[7]，意亦有虑乎神祇[8]，宜其可定[9]，以为天邑[10]。岂伊不虔思于天衢[11]？岂伊不怀归于枌榆[12]？天命不滔[13]，畴敢以渝[14]。于是量径轮，考广袤[15]，经城洫[16]，营郭郛[17]，取殊裁于八都[18]，岂启度于往旧[19]！乃览秦制，跨周法[20]，狭百堵之侧陋[21]，增九筵之迫胁[22]。正紫宫于未央[23]，表峣阙于阊阖[24]。疏龙首以抗殿[25]，状巍峨以岌嶪[26]。亘雄虹之长梁[27]，结棼橑以相接[28]。蒂倒茄于藻井[29]，披红葩之狎猎[30]。饰华榱与璧珰[31]，流景曜之铧晔[32]。雕楹玉碣[33]，绣栭云楣[34]。三阶重轩[35]，镂槛文榥[36]。右平左城[37]，青琐丹墀[38]。刊层平堂[39]，设切厓隒[40]。坻崿鳞眴[41]，栈齴巉崄[42]。襄岸夷涂[43]，修路陖险。重门袭固[44]，奸宄是防[45]。仰福帝居[46]，阳曜阴藏[47]。洪钟万钧[48]，猛虡趪趪[49]。负笋业而余怒[50]，乃奋翅而腾骧。朝堂承东[51]，温调延北[52]。西有玉台[53]，联以昆德[54]，嵯峨崨嶫[55]，罔识所则[56]。若夫长年神仙，宣室玉堂[57]；麒麟朱鸟，龙兴含章[58]，譬众星之环极[59]，叛赫戏以辉煌[60]。正殿路寝[61]，用朝群辟[62]。大夏耽耽[63]，九户开辟[64]。嘉木树庭，芳草如积。高门有闶[65]，列坐金狄[66]。

【注释】

①五纬相汁(xié):《周礼·大宗伯》贾公彦疏曰:“五纬即五星。东方岁星,南方荧惑,西方太白,北方辰星,中央镇星。言纬者,二十八宿随天左转为经,五星右旋为纬。”汁,和谐。

②东井:星名。即井宿,为南方七宿之一。李善注引《汉书》曰:“汉元年十月,五星聚于东井,沛公至灞上。又曰:此高祖受命之符。”应劭曰:“东井,秦之分野。五星所在,其下当有圣人以义取天下。”

③娄敬:即刘敬,曾建议刘邦入都关中。有功,赐姓刘。后封关内侯。委:放弃。辂:此处指所挽之车。

④斡(gān):正。指以其议非而正之。非:否定,非难。议:指群臣争言不如都周事。

⑤天启:谓上天的启示。指五星聚于东井,当以秦地为都事。

⑥惎(jì):此为启发、教导之义。

⑦帝图时:谓汉高帝考虑建都之时。

⑧意亦:犹“抑亦”,或者。神祇(qí):指天神地祇。此指天的启示。

⑨宜:度。指度其可安定之地,以为天邑。

⑩天邑:此指帝都。

⑪伊:惟。发语词。虔:敬。天衢:即天路。喻通显之地洛阳(今属河南)。

⑫怀:思。枌榆:白榆。指丰之榆社。《汉书·郊祀志》曰:“高祖祷丰枌榆社。”颜师古注:“以此树为社神,因立名也。”

⑬滔:疑惑。

⑭畴:谁。渝:变更。

⑮“于是量径轮”二句:薛综注:“南北为径,东西为广。”高步瀛《文选李注义疏》曰:“窃思径其中也,轮其外也。广言横也,袤言直也。凡物圆则有径轮,方则有广袤,此注似犹未允。”

⑯洫：城池。

⑰郛（fú）：城外大郭。

⑱殊裁：殊异之体制。八都：八方。

⑲启：薛综注："开也。言采取八方异制，以为宫室之巧，非复遵往日之故法也。"

⑳跨：薛综注："越也。因秦制故曰览，比周胜故曰跨之也。"

㉑百堵：言其筑室高大。古代一丈为板，五板为堵。板宽二尺，累高五板为一丈。侧陋：卑矮简陋。

㉒九筵：周时明堂之高度。筵，九尺。

㉓紫宫：即紫微宫。未央：未央宫一名紫微宫。未央为总称，紫宫是其中别名。

㉔表：标立。言宫外标立阙。峣（yào）：高远貌。阙：宫门前的高台楼观，左右各一相对峙。阊阖（chāng hé）：此指未央宫正门。

㉕疏：梳理。龙首：山名。高步瀛《文选李注义疏》："原注云：山长六十里，头入渭水，尾达樊川。秦时有黑龙从南山出，饮渭水，其行道因成土山。疏山为台殿，不假板筑，高出长安城。"抗：举。

㉖巍峨及岌嶪（jí yè）：均高峻貌。

㉗亘：横贯。虹：薛综注："谓殿梁皆径度朱画，五色如蝃蝀。"

㉘棼橑（fén liáo）：棼，复屋栋。橑，椽。

㉙蒂倒茄于藻井：薛综注："以其茎倒殖于藻井，其华下向，反披。"蒂，瓜果之蒂。茄，通"荷"，荷茎。藻井，天花板。

㉚狎猎：重接貌。

㉛华榱：指文彩之椽。璧珰：彩饰榱头。

㉜景曜：谓光影闪曜。韡晔（wěi yè）：色彩非常鲜明。

㉝楹：柱子。碣（xì）：柱石。

㉞栭（ér）：斗栱。楣：即二梁。

㉟三阶：谓南面为阶之数。轩：有窗之长廊。

㊱槛(jiàn):栏杆。槐(pí):屋连锦。

㊲墄(cè):台阶。

㊳青琐:谓宫门上镂刻图文,涂以青色。丹墀(chí):红色的石阶。

㊴刊:削。层:重,叠起。堂:高。

㊵设切:即"设砌",安置、垒砌基石。厓隒(yá yǎn):皆指堂基之边缘。

㊶坻堮(chí è):殿基或阶除隆起。鳞眴(xún):即"嶙峋",节级貌。

㊷栈齴(yǎn):皆高貌。巉崄(chán xiǎn):峻高峭险貌。

㊸襄岸:高岸。襄,高。夷涂:坦途。夷,平。涂,同"途"。

㊹重门:指多重门禁。袭固:犹言加固。

㊺奸宄(guǐ):泛指为非作歹之徒。

㊻仰福:薛综注:"帝居,谓太微宫,五帝所居。福犹同也。"

㊼阳曜阴藏:薛综注:"太微宫阳时则见,阴时则藏。"曜,指闪现。

㊽洪钟:大钟。万钧:言大钟乃重三十万斤。三十斤曰钧。

㊾猛虡(jù):悬挂钟磬的架子,其状如鸟兽之形。趪趪(huáng):武猛作力貌。

㊿负:背负其钟。筍:悬钟架子。业:大木板。余怒:与下句中"奋翅""腾骧"皆写负板乘虡筍的飞兽情状。

51朝堂:殿名。承东:序列于宫之东面。

52温调:殿名。延北:陈列于未央之北。

53玉台:观名。

54昆德:殿名。在未央殿西。

55嵯峨:高峻貌。崨嶫:即"捷业",亦指高峻貌。

56罔识所则:不能名其所法则。识,认识,了解。所则,取法于什么。

57"若夫长年"二句:长年、神仙、宣室、玉堂,皆为殿名。

58"麒麟朱鸟"二句:皆为殿名。

⑲环极：谓环绕北极。指宫观台榭楼阁之周于正殿，如众星之绕北极。极，指中宫正殿。

⑳瓶：明亮。赫戏：炎盛貌。

㉑正殿：汉时天子听政之所。路寝：薛综注："周曰路寝，汉曰正殿。"

㉒群辟：谓众侯公卿大夫士。

㉓大夏：正殿其名大夏。耽耽(dān)：谓宫室深邃之貌。

㉔九户：高步瀛《文选李注义疏》："窃疑九户自是大夏殿之户……非必准周路寝，明堂之制也。"开辟：谓开凿九户。

㉕高门：汉宫殿名。闶(kàng)：高大之貌。

㉖金狄：金人。《史记·秦始皇本纪》曰："收天下兵，聚之咸阳，销以为钟镰，金人十二，重各千石，置廷宫中。"狄，指夷狄。

【译文】

自我汉高皇帝始入关中之时，五星呈瑞，排列十分和谐，互相循序运行，共聚秦之分野。娄敬委弃挽车，非难建都洛阳邑，纵言秦都天府，建都大有其利。上天以五纬开导高祖之心，人臣以正义启发高祖之谋，及至高祖决策所都之时，也曾虑及天地神灵旨意，择其可安天下之地而都之。难道不想居于四会五达之地？难道不思归往枌榆之社的故里？而是天命不容怀疑，谁敢轻易背离！于是，丈量四周方圆，考察纵横长度，挖掘护城之河，营建外城大郭，选用八方之异制，岂止考循于往古！便参照秦朝之体制，超越周王室之规模，以周宣百堵之室为狭窄仄陋，嫌九筵明堂迫胁而增拓。建紫宫于未央之正中，标立高阙于宫门阊阖。平整龙首之山，营构高高宫殿，其状甚是巍峨，岌嶫高峻触天。长梁横亘如虹蜺，椽栋相连而承接。天花板上绿荷倒垂，红花反披重接相依。椽桷瓦珰彩绘玉饰，流光闪耀鲜艳明丽。楹柱尽都雕彩，柱石全用玉璧，所有斗栱横梁，藻绘如织云气。南面砌垒三阶，阶上长廊逶迤，雕镂栏杆，彩文檐相。殿阶之右平而倾斜，殿阶之左砌有阶齿。宫门青文连琐，阶梯涂以丹漆。削平隆突之土，垒砌殿阶边际。殿阶节级而高起，阶齿有序而重叠。高岸平途，修长险峻。宫门重重加固，防范奸人盗贼。上可比之于天宫，晴日现而阴日藏。洪钟万钧之重，悬于猛虡之上。筍兽负板托钟架，万钧在身怒气壮，犹张双翼欲奋举，腾越驰骋自翱翔。朝堂大殿继列于东面，温调之殿陈列在北沿。西有玉台高观，昆德与之相连。形势嵯峨高峻，不能名其取则。至于长年、神仙、宣室、玉堂、麒麟、朱鸟、龙兴、含章诸殿，犹如众星之绕北极，未央之宫围在其间，焕然光彩绚丽，闪耀辉煌灿烂。正殿中之路寝，用以召见群臣。大夏之殿深邃，洞开九户之门。嘉木植于庭中，芳草如积绿茵。高门之殿空旷，列坐十二金人。

内有常侍谒者①，奉命当御②。兰台金马③，递宿迭居④。次有天禄石渠⑤，校文之处。重以虎威章沟⑥，严更之署⑦。徼道外周⑧，千庐内附⑨。卫尉八屯⑩，警夜巡昼。植铩悬猷⑪，用戒不虞⑫。

【注释】

①常侍：即中常侍，随侍皇帝。东汉改用宦官，从入内宫，侍从左右，掌管文书诏令。谒者：亦名中谒者，始置于春秋战国之时，汉制郎中令属官有谒者，少府属官亦有中书谒者令后改称中谒者令。

②奉命当御：按序进其职能。

③兰台：本为西汉时宫廷藏书之所，设御史中丞掌管，后置兰台令史，掌管书奏。金马：《史记·滑稽列传》曰：“金马门者，宦者署门也。门傍有铜马，故谓之金马门。”

④递：迭，更。

⑤天禄石渠：皆为藏书阁名。

⑥虎威章沟：皆为更署名。即周巡宫室者值班住宿之署。

⑦严更：古代巡更戒夜为严更。巡更时捶一鼓为一严，捶二鼓为再严。

⑧徼(jiào)道：巡逻的道路。徼，巡察，巡逻。

⑨庐：吏士值警住屋。内附：附着于宫室。

⑩卫尉：主管宫门警卫的官长。八屯：指八支警卫部队。薛综注："于四方四角，立八屯士。"吕延济注："屯，营也。八营谓长水、中垒、屯骑、虎贲、越骑、步兵、射声、胡骑。"

⑪植：树立。铩(shā)：兵器名。即后世之长矛。瞂：当作"瞂(fá)"，指盾。

⑫不虞：不曾预料到的事。虞，意料。

【译文】

正殿大夏之内，设有常侍谒者，奉命充其御用，随时听候驱使。外有兰台、金马，递相宿居当值。次有天禄、石渠，校勘典籍之处。又有虎威、章沟，捶鼓巡更之署。巡警之路环绕宫外，无数警所各宫内附。卫尉主管八屯士卒，戒夜巡昼是其公务。竖起支支长矛，悬挂张张盾牌，日夜戒备不懈，严防出现的意外。

后宫则昭阳飞翔[①]，增成合欢，兰林披香，凤皇鸳鸾[②]。群窈窕之华丽[③]，嗟内顾之所观[④]。故其馆室次舍[⑤]，采饰纤缛[⑥]。裹以藻绣[⑦]，文以朱绿[⑧]。翡翠火齐[⑨]，络以美玉。流悬黎之夜光[⑩]，缀随珠以为烛[⑪]。金戺玉阶[⑫]，彤庭辉辉[⑬]。珊瑚琳碧[⑭]，瓀珉璘彬[⑮]。珍物罗生，焕若昆仑[⑯]。虽厥裁之不广，侈靡逾乎至尊[⑰]。于是钩陈之外[⑱]，阁道穹隆[⑲]。属长乐与明光[⑳]，径北通乎桂宫[㉑]。命般尔之巧匠[㉒]，尽变态乎其中[23]。后宫不移[24]，乐不徙悬。门卫供帐[25]，官以物辨[26]。恣意所幸[27]，下辇成燕[28]。穷年忘归[29]，犹弗能遍。瑰异日新[30]，殚所未见[31]。

【注释】

①后宫：又名后庭、内宫。妃嫔居所。昭阳：后宫名号。汉成帝时，赵飞燕女弟为昭仪住此。飞翔：殿名。

②“增成合欢”几句：皆为宫殿名。增成，为班婕妤居舍。

③窈窕之华丽：指后宫妃嫔尽为窈窕华丽之女子。

④嗟：叹词。内顾：回望内官。

⑤馆室次舍：谓闲馆、宫室。次为宿卫所在，舍为休沐之所。

⑥纤（xiān）：细。缛（rù）：彩饰。

⑦裛（yì）：缠。

⑧文：饰。

⑨翡翠：美石，也称硬玉。以碧绿而透明者最为珍贵。火齐：玫瑰珠。

⑩悬黎：美玉名。

⑪缀：连结。随珠：大珠之名。即“隋侯之珠”。《淮南子·览冥训》“隋侯之珠”高诱注：‘隋侯，汉东之国，姬姓诸侯也。隋侯见大蛇伤断，以药傅之，后蛇于江中衔大珠以报之。因曰隋侯之珠，盖明月珠也。”

⑫戺（shì）：堂前阶石的两端。

⑬彤庭：以朱红漆宫中庭，称彤庭。辉辉：赤色貌。即红光满庭。

⑭珊瑚：热带海洋中腔肠动物骨架。其形如树，名曰珊瑚树，可作装饰品。琳碧：两种玉石之名。琳，美玉。碧，石之青美者。

⑮瓀珉（ruán mín）：均指次于玉的石头。璘彬：有玉光色杂的石头。

⑯“珍物”二句：薛综注：“珍美之物，罗列布见，焕焉如昆仑之所

生者。”

⑰“虽厥”二句:薛综注:“谓其裁制,虽事事狭小于至尊,然其靡丽之好,乃过之也。”裁,规划,安排。指后宫彩饰、布置之物,并不广取诸物。侈靡,奢侈靡丽。

⑱钩陈:本为星名。因居于紫微垣中,故取喻后宫。

⑲阁道:即复道。于楼阁之间以木架起之通道。穹隆:长曲貌。

⑳属(zhǔ):连接。长乐:宫名。明光:宫名。

㉑径北:径直往北。桂宫:在长乐宫之北。

㉒般:与“班”通,即鲁班。尔:王尔。亦巧人也,不知其为何时人。

㉓变态:奇巧。

㉔后宫不移:此言皇帝无论游幸到何处宫殿,都有众多的妃嫔、百官、乐伎、庖人供其所需,无须迁动后宫的一切。

㉕门卫:指卫尉八屯之守。供帐:供具帷帐。

㉖官以物辨:谓皇帝所需之物,都设专职官员备办。

㉗幸:旧称皇帝亲临曰幸。

㉘辇(niǎn):本谓人拉之车,后专指帝王所坐之车。成燕:成为饮燕舞乐之场。

㉙穷年:终年。

㉚瑰异:瑰玮奇异。

㉛殚:尽。

【译文】

后宫之殿,则有昭阳、飞翔,增成、合欢,兰林、披香,凤皇、鸳鸾。嫔妃成群,窈窕华艳,回目内顾,令人惊叹。所以,那里的闲馆宫殿,宿卫之所,休沐之处,彩饰精致繁缛。藻绣环绕,华彩红绿。翡翠玫瑰,美玉缭束。悬黎之玉,夜光烁烁;隋侯之珠,相缀为烛。黄金砌为扶栏,白玉垒成台阶。中庭涂用丹漆,朱辉相映煌哉。珊瑚琳碧,瓀珉璘彬,如此珍稀之物,触处罗列而生,光华四射,烂若昆仑。虽然后宫诸殿之规格,并不十分宽广宏大，但其奢侈靡丽，却超过皇家。并在钩陈宫外，架起复道如虹，连属长乐与明光，直通北面之桂宫。指令鲁班、王尔之类巧匠，尽量使其形态变化无穷。后宫不须移动，乐器不必搬迁，门庭护卫，供具张设，但凡天子所需之物，都有专职官员备办。皇帝尽可恣意游幸，下了玉辇即可饮燕。终年乐以忘归，诸宫犹不能遍。瑰丽奇异之物，日日变易更换；尽是新备之奇，皆为见所未见。

惟帝王之神丽[1]，惧尊卑之不殊[2]。虽斯宇之既坦[3]，心犹凭而未摅[4]。思比象于紫微[5]，恨阿房之不可庐[6]。覛往昔之遗馆[7]，获林光于秦余[8]。处甘泉之爽垲[9]，乃隆崇而弘敷[10]。既新作于迎风[11]，增露寒与储胥。托乔基于山冈[12]，直墆霓以高居[13]。通天訬以竦峙[14]，径百常而茎擢[15]。上辩华以交纷[16]，下刻陗其若削[17]。翔鹍仰而不逮[18]，况青鸟与黄雀[19]！伏棂槛而俯听[20]，闻雷霆之相激[21]。柏梁既灾[22]，越巫陈方[23]。建章是经[24]，用厌火祥[25]。营宇之制[26]，事兼未央[27]。圜阙竦以造天[28]，若双碣之相望[29]。凤骞翥于甍标[30]，咸溯风而欲翔[31]。阊阖之内[32]，别风嶕峣[33]。何工巧之瑰玮[34]，交绮豁以疏寮[35]。干云雾而上达[36]，状亭亭以苕苕[37]。神明崛其特起[38]，井幹叠而百增[39]。跱游极于浮柱[40]，结重栾以相承[41]。累层构而遂隮[42]，望北辰而高兴[43]。消雰埃于中宸[44]，集重阳之清瀓[45]。瞰宛虹之长鬐[46]，察云师之所凭[47]。上飞闼而仰眺[48]，正睹瑶光与玉绳[49]。将乍往而未半[50]，怵悼栗而怂兢[51]。非都卢之轻趫[52]，孰能超而究升[53]？驳娑骀荡[54]，焘奡桔桀[55]。枍诣承光[56]，睽罛庨豁[57]。增桴重棼[58]，锷锷列列[59]。反宇业业[60]，飞檐𤅣𤅣[61]。流景内照[62]，引曜日月[63]。

【注释】

①神丽:神奇瑰丽。

②尊卑:指天子与臣下。殊:不同,区别。

③斯宇:这些宫室。坦:大。

④凭:懑。摅(shū):舒畅。

⑤比象:比照。紫微:即紫微宫,以北极星为首的紫微垣星区。

⑥阿房:秦之皇宫。庐:房屋。此指居住。

⑦覛(mì):视。

⑧林光:秦离宫名。为胡亥所建。

⑨甘泉:山名。在云阳县(今陕西泾阳)。爽垲(kǎi):指高朗之地多干燥。爽,明。垲,燥。

⑩隆崇:崇高。弘敷:延伸。

⑪迎风:与下文中"露寒""储胥"皆为馆名。

⑫托:依托。乔:高。

⑬墆(dì)霓:高貌。

⑭通天:薛综注:"台名。武帝元封二年作。《汉书旧仪》云:高三十丈,望见长安城。"眇(miǎo):高。竦峙(sǒng zhì):耸立。

⑮径:度。指量其高度。百常:极言其台之高。常,古时长度单位。茎擢:谓其特出或挺秀貌。茎,特。擢,独出貌。

⑯辩(bān)华:五臣本"辩"作"瓣",音"葩(bā)"。刘良注:"瓣华交纷,言文采交错也。"辩,古"斑"字。

⑰刻陗:谓刻令险陗,如削成。陗,同"峭"。

⑱鹍(kūn):大鸟。仰而不逮:谓上飞而不能到达。

⑲青鸟与黄雀:皆小鸟之属。

⑳伏:凭。棂槛:栏杆。俯:薛综注:"言台之高,于上低头听雷声乃在下。"

㉑激:言雷霆之声阻遏相激。

㉒柏梁：即柏梁台。据《汉书·武帝纪》：元鼎二年(前115)春，起柏梁台。太初元年(前104)十一月乙酉，柏梁台灾。

㉓越巫陈方：《汉书·郊祀志》曰："以柏梁灾故……勇之乃曰：'粤俗，有火灾，复起屋，必以大，用胜服之。'于是作建章宫。"越，通"粤"，江浙粤闽，古为越族之地，史称"百越"。巫，以沟通人神关系为职业的人。陈方，陈述避灾之法。

㉔建章：宫名。《汉书·郊祀志》曰："度为千门万户，前殿度高未央。其东则凤阙，高二十余丈。其西则商中，数十里虎圈。其北治大池，渐台高二十余丈，名曰泰液……其南有玉堂璧门大鸟之属。立神明台、井幹楼，高五十丈，辇道相属焉。"经：营建。

㉕厌(yā)：镇压，抑制。火祥：火灾。祥，通指吉凶。此用吉而表凶意。

㉖营宇：营造建章宫。制：体制，规模。

㉗事：指建章宫的修建。兼：倍。

㉘圜阙：即圆阙。高步瀛《文选李注义疏》："《寰宇记》卷二十五引《三辅旧事》云：建章宫周回数里，殿东别起凤阙，高二十余丈。又于东门北起圆阙，高二十五丈，上有铜凤皇。"造：至。

㉙碣(jié)：圆形石柱。

㉚凤：指圆阙上的铜凤凰。骞翥(qiān zhù)：飞举貌。甍(méng)标：指屋脊顶端。

㉛溯(sù)：向。

㉜阊阖(chāng hé)：本谓天门曰阊阖，帝王宫殿法天，故皇宫正门也叫阊阖。

㉝别风：宫阙名。嶕峣(jiāo yáo)：高耸貌。

㉞瑰玮：奇好。

㉟绮：有花纹的丝织品。豁：空明貌。疏：刻穿之。寮(liáo)：小窗。

㊱干：触犯。

㊲亭亭：挺立貌。苕苕：高远貌。

㊳神明：台名。高步瀛《文选李注义疏》曰："《三辅黄图》：神明台在建章宫中，上有九室，今人谓之九子台，即实非也。又曰：台高五十余丈，皆作悬阁、辇道相属。"崛：突出。

㊴井幹（hán）：楼名。增：通"层"，重。

㊵跱（zhì）：置。游极：游梁，屋上承桷之檩。浮柱：托檩的短柱。

㊶栾：即浮柱托檩的曲拳。

㊷层构：谓一层一层的屋宇。跻（jī）：升上。

㊸北辰：北极星。高兴：谓高高建起楼台。

㊹雰（fēn）：此指尘雾。宸（chén）：本指屋宇。此指楼台中宇处。

㊺重阳：指青霄天际。薛综注："上为清阳，又为阳，故曰重阳。"瀓："澄"之本字，清而静，清朗。

㊻瞰：视。宛虹：屈曲之虹。鬐（qí）：此指虹如鱼之长脊。

㊼云师：指毕星。凭：依。

㊽飞闼（tà）：指神明台最上面的小旁室。

㊾瑶光与玉绳：皆北斗七星中的星名。北斗七星的第七颗叫瑶光。

㊿乍（zhà）：突然。往：指登上高台。

51怵：恐。悼：伤。栗：忧戚。怂兢：惊恐戒慎貌。

52都卢：古国名。李善注引《汉书》曰："自合浦南，有都卢国。"趫（qiáo）：善缘木之士。

53究升：谓究极而上。

54馺（sà）娑骀（dài）荡：皆汉宫殿名。

55焘奡（ào）桔桀：均指高峙之貌。

56枍诣承光：均建章宫殿名。

57睽罛庨豁（kuí gū xiāo huò）：深空之貌。

58橧：通"增"，重。桴（fú）：栋桴，指二梁，即正梁之外的副梁。棼：指正梁之外复梁，即檩子。

⑲锷锷(è)列列：皆高貌。

⑳反宇：谓上翘的屋檐。业业：高大之貌。

㉑巘巘(niè)：高貌。

㉒流景：流动的光影。景，古"影"字。

㉓引曜：接引反宇上的流光，曜于宇内。

【译文】

只有帝王宫室，才有如此神丽，后宫竟然如此，恐尊卑之无别。这些殿宇虽然高大宽敞，可是群丽心犹悒郁不畅。她们比象于紫微，感恨未住于阿房。寻觅过去遗留之别馆，乃得亡秦所余之林光。它位于高燥的甘泉山上，因此更显得崇高而宽广。既已新建迎风之馆，而又增添露寒与储胥。都把殿基高高扎在山顶，馆阁挺立雄踞在山冈上。通天之台高诋竦峙，度其上下而有百常。其上文彩交错纷然，其下峭壁如使刀削。善翔的鹍鸡仰飞尚不可到，何况那篱间的青鸟与黄雀！凭栏杆而俯听，闻雷霆之激响。柏梁遭受火灾，越巫进献奇方。建章于是营建，用以压服火殃。因此宏扩建章规模，两倍大于汉宫未央。宫门圆阙高竦，直挺挺而参天，犹若两座高碣，相对峙而互望。高高屋脊之上，雕凤头举翼张，尽迎风而展翅，似借势而翱翔。正门阊阖之内，别风之阙耸立。构建之工多么精巧瑰玮，小窗雕镂空灵文饰绮丽。此门阙指达太空干云雾，亭亭竦峙之状雄伟至极。神明之台特立崛起，井幹之楼重叠百层。游梁托于短柱之上，重栾结柱而并相承。层层累构而上升，楼台高筑向北辰。尘埃扬其中宇而消散，上集重阳之气而清澄。鸟瞰宛虹如长鱼之鬐，观察天际云师之依凭。登上台顶小楼而仰望，恰好看清瑶光与玉绳。登楼缘上未得半，惊恐战栗而戒慎。若无都卢人之轻矫，谁能超然穷至其顶？又有驳娑、骀荡，枍诣、承光，四殿并峙，深邃空旷。重梁叠栋，如崖高张。飞檐反宇，高大雄壮。接引日月流光，折射内照辉煌。

天梁之宫[1],寔开高闱[2]。旗不脱扃[3],结驷方蕲[4]。轹辐轻骛[5],容于一扉[6]。长廊广庑[7],途阁云蔓[8]。闬庭诡异[9],门千户万。重闺幽闼[10],转相逾延[11]。望窈窱以径廷[12],眇不知其所返[13]。既乃珍台蹇产以极壮[14],墱道逦倚以正东[15]。似阆风之遐坂[16],横西洫而绝金墉[17]。城尉不弛柝[18],而内外潜通[19]。前开唐中[20],弥望广潒[21]。顾临太液[22],沧池漭沆[23]。渐台立于中央[24],赫昈昈以弘敞[25]。清渊洋洋[26],神山峨峨[27],列瀛洲与方丈,夹蓬莱而骈罗[28]。上林岑以垒嶵[29],下崭岩以嵒龉[30]。长风激于别隯[31],起洪涛而扬波。浸石菌于重涯[32],濯灵芝以朱柯[33]。海若游于玄渚[34],鲸鱼失流而蹉跎[35]。于是采少君之端信[36],庶栾大之贞固[37]。立修茎之仙掌[38],承云表之清露[39]。屑琼蕊以朝飧[40],必性命之可度[41]。美往昔之松乔[42],要羡门乎天路[43]。想升龙于鼎湖[44],岂时俗之足慕[45]?若历世而长存,何遽营乎陵墓[46]?

【注释】

①天梁:宫名。

②闱(wéi):薛综注:"宫中之门谓之闱。此言特高大。"

③旗:以熊虎图案为饰之旗。扃(jiōng):本指门闩,借言关闭。此谓固定旗杆之栓。因天梁之宫门高,不须脱扃解旗,即可进出。

④结驷:结驾驷马。驷,四马所驾之车。方:并。蕲(qí):指马胸部的靳环。

⑤轹(lì):搏击或刮擦器物使有声音曰轹。辐(fú):轮中连接轨与轮圈的直木条。轻骛:轻矫奔驰。

⑥扉:户扇。

⑦庑(wǔ):堂下周围的走廊、廊屋。

⑧阁:即阁道。

⑨闬(hàn):垣。诡异:奇异。

⑩闺:内室。闼:宫中小门。

⑪转相逾延:言互相周通。逾延,谓四周相通相连。

⑫窅窱(yǎo tiǎo):同"窈窕",深邃貌。径廷:过往度越。

⑬眇:渺茫不清。

⑭珍台:台名。蹇产:崇高。一作"屈曲"。

⑮墱(dèng)道:阁道。逦倚:薛综注:"一高一下,一屈一直也。"

⑯阆(làng)风:昆仑山名。相传为神仙居所。遐坂:长坂,长坡。

⑰洫:城池。绝:度。金墉:犹言西城墙。金,五行之一,以代西方。

⑱城尉:守城校尉。弛(chí):同"弛",松弛,废弛。柝(tuò):警夜所敲的梆或锣。

⑲潜通:暗通。

⑳唐中:池名。高步瀛《文选李注义疏》:"《汉书》曰:建章宫,其西则有唐中数十里,其北沼太液池。"

㉑弥望:望之极目。广潒:广大无涯貌。潒,同"荡",荡漾。

㉒顾临:居上视下。太液:即太液池,在建章宫北。

㉓沧池:即苍池,谓青水之池。漭沆(mǎng hàng):宽大貌。

㉔渐台:台名。在太液池中,高二十余丈。

㉕昈昈(hù):光彩盛。弘敞:高大宽敞。

㉖清渊:池名。建章宫北有清渊海。洋洋:盛大。

㉗神山:指太液池中建造的三座假山,用以象征海中的瀛洲、蓬莱,方丈三神山。峨峨:高大貌。

㉘骈罗:并列。

㉙林岑:峻貌。垒嶵(zuì):犹"嶵嵬",高峻貌。

㉚崭岩:险峻貌。嵒嵎(yán yǔ):山岩不齐若齿貌。

㉛长风：犹言大风。激：急疾，猛烈。隝：同“岛”。

㉜浸：浸泡，湮没。石菌：海中神山神草名。重涯：池边。

㉝灵芝：亦海中神山神草名。朱柯：指芝草茎赤色。

㉞海若：海神名。玄渚：深渚。

㉟蹉跎：颠踬难行。

㊱少君：即李少君。汉景帝时深泽候舍人。主方术，相传能使物却老不死。端：正直。信：诚实。

㊲栾大：武帝时方士。贞固：固守正道。贞，正。固，固守。

㊳修茎：高长的铜柱。仙掌：托承露盘的仙人之掌。

㊴云表：指云外，犹言天外。

㊵屑琼蕊(ruǐ)：将琼玉的花蕊研成粉末。飧：当作“餐”。

㊶度：超越人死之限。

㊷松乔：赤松子与王子乔。王子乔，周灵王太子晋。人道浮丘公接以上嵩山。赤松子，神农时雨师。服水玉以教神农。

㊸要：请。羡门：古仙人。

㊹升龙于鼎湖：谓黄帝骑龙从鼎湖升天。《史记·封禅书》：“黄帝采首山铜，铸鼎于荆山下。鼎既成，有龙垂胡髯下迎黄帝。黄帝上骑，群臣后宫从上者七十余人。龙乃上去……故后世因名其处曰鼎湖。”

㊺时俗：此谓世俗人间。

㊻遽(jù)：急，骤然。

【译文】

天梁之宫，高门洞开。车过旌旗不偃，驷马并驾往来。击辐催马矫健疾驰，一扉之宽容车无隘。长廊兼有广庑，阁道如云延蔓。垣墙庭院奇异，门户千千万万。室幽幽门重重，辗转而通连。朝着幽深之室度越，迷惑而不知其所返。珍台既崇高又极壮观，阁道高低曲直而向东延。好似昆仑之上阆风长坡，横跨西城河而越西城郭。守城校尉不懈巡更击柝，城内与城外默然自警觉。台前开辟唐中之池，极目望去辽阔浩荡。临视台后太液之池，沧浪之水漭漭荡漾。渐台耸立于太液中央，光彩赫然弘伟敞亮。清渊海水其势洋洋，三座神山巍峨高大，瀛洲与方丈分列两旁，蓬莱骈罗在其中央。其上崔嵬而险峻，其下参差如齿状。长风鼓浪激于别岛，涌起洪涛而扬其波。淹没池边石菌仙草，洗濯灵芝红色茎柯。海神在深水间浮游，大鲸失水倍受蹉跎。于是采纳少君却老之言，完全以为正直可信；渴望栾大致仙之举，乃坚守正道而不诬。立起高高的铜柱，犹如仙人之巨掌；临空托举大铜盘，承接云表之清露。将玉花研成粉末，作为朝餐而服用；如此养怡其身，性命必超常度。赞美往昔赤松与王乔，约会羡门于云际天路。想黄帝在鼎湖乘龙升天，这人间难道还值得羡慕？如果能历经世代而长存，何必匆匆忙忙营造坟墓？

徒观其城郭之制，则旁开三门，参涂夷庭①，方轨十二②，街衢相经③。廛里端直④，甍宇齐平⑤。北阙甲第⑥，当道直启⑦。程巧致功⑧，期不陁陊⑨。木衣绨锦⑩，土被朱紫⑪。武库禁兵⑫，设在蘭锜⑬。匪石匪董⑭，畴能宅此？

【注释】

①参（sān）途：三条道路。言城郭每面开三门，一门通三道。参，同“叁”，大写的“三”字。涂，同“途”。夷庭：平坦端直。夷，平。庭，正。

②方轨十二：旁三门，门三道，道四车。即一门三道并行十二车。方轨，并行车辆。轨，车辙。此指车辆。

③相经：街衢相经纬。

④廛（chán）里：指民居市宅区域。

⑤甍（méng）：屋脊。宇：屋檐。

⑥北阙：指宫之北面门楼。甲第：上好的宅第。甲，第一。第，馆。

⑦当道直启：谓甲第正门对着大道而开。

⑧程巧：选择巧匠。程，比量。致：尽。

⑨期：期望。陁（yǐ）：倾斜。陊（duò）：崩塌，坠落。

⑩木衣：谓构造屋宇的梁柱、椽桷、窗棂、板壁等木质构件，皆以彩画为衣饰。绨（tí）锦：比喻“木”上的文彩。绨，比绸厚实而粗糙的纺织品。锦，纹缯。

⑪被：披上或覆盖之意。

⑫禁兵：谓禁中所用的兵器。

⑬设：置。蘭锜（yí）：盛装兵器的器物。蘭，通“阑”，兵器架。

⑭匪：通“非”。石：谓石显。《汉书·佞幸传》载，石显，字君房。少坐法腐刑，为黄门中尚书。元帝被疾，不亲政事。事无大小，因显白决。董：指董贤。《汉书·佞幸传》载，董贤，字圣卿，哀帝悦其仪貌，拜为黄门郎，诏将作大匠为贤起大第北阙下，土木之功穷极技巧，柱槛衣以绨锦，武库禁兵尽在董氏。

【译文】

只见那城郭的建制，每一面都开着三道大门，三条道路平坦端直，四面之路都可并驾而行，街道纵横，相纬相经。民区市宅端直划一，屋脊房檐高下平整。城北那些头等宅第，面临大街直开其门。选择巧匠尽其功技，期其永远都不倾覆。彩绘的木构如穿锦绣，涂漆的土建如披朱紫。武库贮藏着禁卫兵器，全都置于架上或袋里。若不是石显与董贤之辈，有谁能居住在这般宅第？

尔乃廓开九市①，通阛带阓②。旗亭五重③，俯察百隧④。周制大胥⑤，今也惟尉⑥。瑰货方至⑦，鸟集鳞萃⑧。鬻者兼赢⑨，求者不匮⑩。尔乃商贾百族⑪，裨贩夫妇⑫。鬻良杂苦⑬，蚩眩边鄙⑭。何必昬于作劳⑮，邪赢优而足恃⑯？彼肆人之男女[17]，丽美奢乎许史[18]。

【注释】

①廓：大。九市：长安立九市，其六市在道西，三市在道东。

②阛(huán)：指市场周围构筑环绕。阓(huì)：市场之门。

③旗亭：市楼。即楼在集市之中，立旗于上以为标志。

④隧：街衢道路。此指货物按隧分列。

⑤大胥：官名。即胥师。胥，有才智之称。

⑥尉：汉代管理市场物价的官吏。

⑦瑰货：奇货。方：四方。

⑧鸟集鳞萃：薛综注："奇宝有如鸟之集，鳞之萃也。"鳞，鱼类。

⑨鬻(yù)：卖。兼：倍。赢：利。

⑩求者：指购物者。匮：乏。

⑪商贾(gǔ)：行曰商，止曰贾。百族：百姓。

⑫裨(bì)贩：薛综注："买贱卖贵，以自裨益。"裨，增益。

⑬良：善。此指好物。苦(gǔ)：不好之物。

⑭蚩(chī)：悖惑。眩：乱。鄙：边邑。

⑮昬(mǐn)：勉力，尽力。

⑯邪：伪。

⑰彼肆人：指长安的商贾及贩夫贩妇。

⑱奢：胜。许：指汉宣帝许皇后家。李善注引《汉书》曰："孝宣许皇后，元帝母。帝封外祖父广汉为平恩侯。"后又封广汉两弟为博望侯、乐成侯。史：指汉宣帝祖母史良娣家。据《汉书·外戚传》载，宣帝祖母史良娣其兄恭，当宣帝立时已死，于是其长子高为乐陵侯，次子为将陵侯，三子为平台侯，高子丹封武阳侯，侯者凡四人。高至大司马车骑将军，丹至左将军。

【译文】

于是城内开辟九处集市，围墙环通而市门相连。五层市楼之上立起旗幡，站在楼端可察百物货摊。周代之制于市设大胥，而今通呼长丞都尉官。珍奇百货从四方并至，如鸟之集树鱼之会潭。卖货的人成倍赢利，求购的人接连不断。于是各种各样的行商坐贾，贱买贵卖的贩夫贩妇。卖时尚好货掺杂恶物，迷惑欺负边民之纯朴。何必勤勤恳恳去作劳？赖欺假之利足以致富。货摊上那些男男女女，华美胜过许史两大户。

若夫翁伯浊质①，张里之家②；击钟鼎食③，连骑相过④。东京公侯⑤，壮何能加⑥？都邑游侠⑦，张赵之伦⑧；齐志无忌⑨，拟迹田文⑩。轻死重气，结党连群，寔蕃有徒⑪，其从如云⑫。茂陵之原⑬，阳陵之朱⑭，趑悍虓豁⑮，如虎如狐⑯。睚眦虿芥⑰，尸僵路隅。丞相欲以赎子罪⑱，阳石污而公孙诛⑲。若其五县游丽辩论之士⑳，街谈巷议，弹射臧否㉑；剖析毫厘㉒，擘肌分理㉓。所好生毛羽㉔，所恶成创痏㉕。

【注释】

①翁伯：汉时富商。《汉书·货殖传》："翁伯以贩脂而倾县邑。"浊：浊氏。《汉书·货殖传》："浊氏以胃脯而连骑。"质：质氏。《汉书·货殖传》："质氏以洒削而鼎食。"颜师古注："洒，濯也。削，谓刀剑室也。谓人有刀剑，削故恶者，主为洒刷之，去其垢秽，更饰令新也。"

②张里：人名。《汉书·货殖传》曰："张里以马医而击钟，皆越法矣，然常循守事业，积累赢利，渐有所起。"

③击钟鼎食：富豪之家，吃饭时鸣钟列鼎，示其奢侈排场。钟，古代

乐器。鼎,古代炊具,三足两耳。

④连骑:谓其车骑相连成队。相过:相互过访、探望。

⑤东京:指东汉京都洛阳(今属河南)。

⑥壮:强盛,气派甚大。加:超过。

⑦都邑:泛指城市。此指长安(今陕西西安)。游侠:指轻生重义、勇于济人之困、打抱不平的人。

⑧张赵:指长安宿豪大猾张禁与赵放。

⑨齐志:谓其心志等同于魏公子。无忌:指魏公子无忌,魏昭王少子,安釐王异母弟。封信陵君。

⑩拟迹:犹言模拟田文的为人。田文:战国时齐威王少子,封孟尝君,招致食客数千人。

⑪蕃:众多。徒:众。

⑫如云:言其随从者盛多。

⑬茂陵:汉武帝葬地,为西汉五陵之一,在今陕西兴平东北。原:指原涉。《汉书·游侠传》曰:"原涉字巨先……性略似郭解,外温仁谦逊,而内隐好杀,睚眦于尘中,触死者甚多。"

⑭阳陵:西汉五陵之一,在今陕西高陵西南,景帝陵墓在此。朱:指朱安世。京师大侠。

⑮趫(qiáo)悍:轻捷勇猛。虓(xiāo)豁:威猛纵放。

⑯貙(chū):似貍的一种野兽。

⑰睚眦(yá zì):发怒时瞪大眼睛。眦,眼角。虿芥:蒂芥,刺鲠。虿,通"蒂"。

⑱丞相:指公孙贺。欲以赎子罪:欲以朱安世赎其儿子之罪。《汉书·公孙贺传》载,武帝时,公孙贺为丞相,其子敬声为太仆,因擅用北军钱千九百万,事发下狱。当是时,正诏捕阳陵大侠朱安世,而未能得。贺自请逐捕朱安世以赎子敬声之罪。上许之。后果得安世。安世得知公孙贺欲以己赎子罪,遂在狱中上书,告

敬声与武帝女阳石公主私通，并使巫人诅祝武帝。因此公孙父子俱死狱中。

⑲阳石：即阳石公主。污：指其名声污秽。

⑳五县：谓长陵、安陵、阳陵、茂陵、平陵。分别为高帝、惠帝、景帝、武帝、昭帝陵墓所在地，均置为县。游丽：遍游旅行。丽，旅行。

㉑弹（tán）射：用语言指责别人。臧否（zāng pǐ）：褒贬别人。

㉒毫厘：比喻细小。

㉓擘（bò）：剖开。理：腠理。肌肉间的空隙。

㉔所好（hào）：喜爱的人。生毛羽：比喻无端粉饰。

㉕所恶：厌恶的人。创痏（chuāng wěi）：创伤造成的疤痕。

【译文】

至于翁伯、浊、质之家，马医张里之门，鸣钟列鼎而食，车马结队访问。就是东都公侯，豪壮岂可比伦？还有西京游侠刺客，如张禁与赵放诸人，其志向要与魏公子等同，其行事拟迹于孟尝君。他们轻死而重义气，好结党派相连成群，其徒属实在甚为众多，其附从如密集之层云。茂陵县有原巨先，阳陵县有朱安世，行动轻捷而威猛，豁勇如虎亦如虓。他们怀恨于蒂芥之事，就将有抛野卧路之尸。公孙丞相想得很美，欲捕游侠以赎子罪，朱安世系狱即上书，告发敬声私通之罪；石阳公主虽然受污累，公孙父子却同命西归。再如五县游旅论辩之士，他们大街谈说小巷私议，指责时政褒贬大小官吏，剖析事情细至毫厘，分析问题深入肌理。对于所爱者无尽粉饰，对于所恶者则惩留疮痍。

郊甸之内①，乡邑殷赈②。五都货殖③，既迁既引。商旅联槅④，隐隐展展⑤。冠带交错⑥，方辕接轸⑦。封畿千里⑧，统以京尹⑨。郡国宫馆⑩，百四十五⑪。右极盩厔⑫，并卷酆鄠⑬。左暨河华⑭，遂至虢土⑮。上林禁苑⑯，跨谷弥阜⑰。东至鼎湖[18]，邪界细柳[19]。掩长杨而联五柞[20]，绕黄山而款牛首[21]。缭垣绵联[22]，四百余里。植物斯生[23]，动物斯止[24]。众鸟翩翻[25]，群兽骈骙[26]。散似惊波[27]，聚以京峙[28]。伯益不能名[29]，隶首不能纪[30]。林麓之饶[31]，于何不有？木则枞栝棕楠[32]，梓棫楩枫[33]。嘉卉灌丛[34]，蔚若邓林[35]。郁蓊薆薱[36]，樕爽櫹槮[37]。吐葩扬荣，布叶垂阴。草则葴莎菅蒯[38]，薇蕨荔苀[39]。王刍莔台[40]，戎葵怀羊[41]。苯䔿蓬茸[42]，弥皋被冈[43]。筱簜敷衍[44]，编町成篁[45]。山谷原隰[46]，泱漭无疆[47]。

【注释】

①郊：古代五十里为近郊，百里为远郊。甸：远郊之外，离城二百里。

②殷赈（zhèn）：富饶。

③五都：据《汉书·食货志》，五都指洛阳（今属河南）、邯郸（今属河南）、临淄（今山东淄博）、宛（今河南南阳）、成都（今属四川）五大城市。洛阳称中，余四都各用东西南北为称。货殖：《论语·先进》曰："赐不受命，而货殖焉。"皇侃疏："财物曰货，种艺曰殖。"

④槅（gé）：指牛马拉车时，架在脖子上的器具。

⑤隐隐展展：薛综注："重车声也。"

⑥冠带：即高冠博带。古时宦者皆垂绅插笏，因称士大夫为搢绅。交错：谓商贾与搢绅官吏互相往来。

⑦方辕：指车驾相并。辕，本指前两辕杆。此指车子。轸（zhěn）：车后横木。此借以言车。

⑧封：疆界。畿（jī）：京都辖区之地。千里：指京都管辖的范围。

⑨统：总领。京尹：李善注引《汉书》曰："内史，周官，武帝更名京兆尹。"京兆尹是京都地区的最高长官。

⑩郡国宫馆:在诸郡国的离宫别馆。

⑪百四十五:言离宫别馆之数。

⑫极:终点。盩厔(zhōu zhì):县名。今作“周至”,属陕西。汉武帝时属右扶风。

⑬并卷:并包。卷,有收藏、断绝二义。酆鄠(fēng hù):指酆县与鄠县。今均属陕西西安。

⑭暨(jì):及,到达。河:黄河。华:华山。

⑮虢(guó):古国名。在今河南荥阳一带。

⑯上林:汉苑名。

⑰跨:越。弥:覆蔽。

⑱鼎湖:宫名。在陕西蓝田。

⑲邪界:斜界。细柳:观名。薛综注:“在长安西北。”

⑳长杨:宫名。在周厔东南,本秦旧宫,至汉修饰之,以备行幸。宫中有垂杨数亩,因为宫名。五柞(zuò):宫名。汉之离宫。宫中有五柞树,因以为名。

㉑黄山:宫名。《汉书·地理志》:右扶风槐里县有黄山宫。款:至。牛首:山名。

㉒亘:有连接、绵延之义。绵联:即“联绵”。

㉓斯生:在上林苑中生长。

㉔斯止:在上林苑中居止。

㉕翩翻:飞翔轻矫之貌。

㉖駓騃(pī sì):言兽奋迅貌。

㉗散似惊波:薛综注:“言禽兽散走之时,如水惊风而扬波。”

㉘京:高地。峙(zhì):水中有土曰峙。

㉙伯益:据传为舜时十二牧之一。舜封派他为虞官,主管山林泽薮,草木鸟兽,多识鸟兽之名。

㉚隶首:黄帝史。纪:通“记”,计算,记载。

㉛林麓：谓树木丛生的山脚。

㉜枞：树名。薛综注："松叶柏身也。"栝(kuò)：桧树。薛综注："柏叶松身。"

㉝梓：梓木，叶似桐而稍小。干高大，木质最好。棫(yù)：柞树。楩(pián)：黄楩木。

㉞灌丛：与下句"蔚若"，皆盛貌。

㉟邓林：神话中树林。此处借为比喻，以言上林苑林木之繁茂。《山海经·海外北经》曰："(夸父)弃其杖，化为邓林。"

㊱郁：茂。蓊(wěng)：繁茂。薆薱(ài duì)：木盛貌。

㊲橚(sù)爽：木之高大。櫹椮(xiāo sēn)：高大貌。

㊳葴(zhēn)：马蓝。莎(suō)：青莎草，根名香附子。菅(jiān)：多年生草本植物，又称菅茅。蒯(kuǎi)：草名。茅属。

㊴薇：野菜，生于水边。即今之野豌豆。蔛：江东谓之旱蒲。苀(háng)：草名。叶似蒲，丛生，当为"蔛"之属。

㊵王刍(chú)：即菉，俗名菉蓐草。叶似竹而细薄，茎亦圆小。即今淡竹叶。莔(méng)：贝母。根如小贝，圆而白华，叶似韭。台：《尔雅》作"苔"。

㊶戎葵：即蜀葵，又名戎葵。花似木槿而光华夺目，有红、紫、青、白、赤诸色。怀羊：一种香草。

㊷苯蓴(běn zǔn)：草茂盛貌。逢茸：蓊茸。

㊸弥：覆。皋：水边地。

㊹筱(xiǎo)簜：谓小竹与大竹。敷衍：布蔓。

㊺町(tǐng)：田界。成篁(huáng)：成为竹林。

㊻原隰(xí)：广平低湿之地。

㊼泱漭：无边无际。

【译文】

京郊二百里内，乡邑丰饶富盛。五都商业繁荣，货物运出引进。商旅车马联轭，重载展展隐隐。阔商官吏交相往来，并辕接轸而驰骋。京都所辖地方千里，总领之官名曰京兆尹。设在郡国的离宫别馆，共计有一百四十五处。右边以周至为其终极，并且包括邑县鄠与鄠。左边直达黄河与华山，延伸到古虢国之领土。专供天子游猎的上林禁苑，跨越川谷而掩取许多陵阜。东至蓝田鼎湖，西北取界细柳。掩翳长杨之宫，连接别馆五柞，围绕槐里之黄山，延至甘泉之牛首。缭绕连蔓，四百余里。植物在此生长，动物在此栖止。众鸟翩翩翻飞，群兽驰走随意。散开犹如卷动的波浪，聚拢好似高岛之隆起。多识鸟兽的伯益不能尽知其名，善于计算的隶首无法准确统计。苑中之物，什么没有出产？木有枞栝棕楠，梓柞楩枫。嘉木丛生，茂若邓林。蓊郁繁盛，高大竦挺。吐荣扬花，布叶垂阴。草有葴莎菅蒯，薇蕨荔芫。王刍莔台，戎葵怀羊。畅茂蓊茸，覆被高冈。小竹大竹，敷蔓四方；连田接地，成竹成篁。从山谷到原隰，林森森而无疆。

乃有昆明灵沼①，黑水玄阯②。周以金堤③，树以柳杞④。豫章珍馆⑤，揭焉中峙⑥。牵牛立其左⑦，织女处其右。日月于是乎出入，象扶桑与濛汜⑧。其中则有鼋鼍巨鳖⑨，鳣鲤鲔鲖⑩；鲔鲵鲿鲨⑪，修额短项；大口折鼻⑫，诡类殊种。鸟则鹔鷞鸹鸨⑬，驾鹅鸿鶤⑭；上春候来⑮，季秋就温⑯。南翔衡阳⑰，北栖雁门⑱。奋隼归凫⑲，沸卉軿訇⑳。众形殊声，不可胜论。

【注释】

①昆明灵沼：昆明池中有灵沼。李善注引《汉书》曰："武帝穿昆明池。"臣瓒注："昆明国，有滇池……今欲伐之，故作昆明池象之，以飞水战。"

②黑水玄阯：李善注："谓昆明灵沼之水沚也。水色黑，故曰玄阯也。"阯，通"沚"，小渚。

③金堤：形容堤之坚。

④杞：楩木。

⑤豫章：本木名。此为观名。上林苑有豫章观。

⑥揭：高举。中峙：在池中耸峙。

⑦牵牛：与下句"织女"本二星名。此指昆明池中有二石人，乃牵牛、织女像。

⑧扶桑：神树。日之所出处。蒙汜（sì）：神池名。《楚辞·天问》："出自汤谷，次于濛汜。"濛，亦作"蒙"，神话中水名。汜，水涯。

⑨鼋（yuán）：大鳖。鼍（tuó）：扬子鳄。鳖（biē）：甲鱼，俗名团鱼。

⑩鳣（zhān）：大鱼，无甲鳞，肉黄色，大者二三丈，江东呼黄鱼。鱮（xù）：鲢鱼。鲖（tóng）：即玄鳢。

⑪鲔（wěi）：鲟鱼和鳇鱼的古称。鲵（ní）：又叫人鱼，其音如婴儿。鲿（cháng）：一名黄颊鱼。魦：似鱼而小，体圆而有黑点，常张口吹沙。

⑫折鼻：其鼻如象鼻，可上下弯曲。

⑬鹔鷞（sù shuāng）：鸟名。其形似雁。鸹鸨（guā bǎo）：鸟名。

⑭驾（gē）鹅：野鹅。鸿：鸿雁。鹍（kūn）：即鹍鸡。

⑮上春：指农历正月。候：季候。

⑯季秋：指农历九月。就温：到温暖的地方去。

⑰衡阳：在湖南，有回雁峰。

⑱雁门：高步瀛《文选李注义疏》："然此赋雁门，当指雁门山。《北山经》郭注曰：'雁门山，即北陵西隃，雁之所出，因以名云。'"

⑲隼（sǔn）：鹰类猛鸟。凫（fú）：野鸭。

⑳沸卉軿訇（pēng hōng）：薛综注："奋迅声也。"

【译文】

又有昆明神池，黑水浙渍玄阯。周围砌有坚堤，堤上栽满柳杞。豫章珍丽之馆，高高耸峙池里。牵牛石像玉立其左，织女雕塑处于右壁。日月从池中升起降落，就像起落于扶桑与濛汜。池里则有鼋鼍巨鳖，鳣鲤鲔鲖，鲔鲵鲿鲨，或长额短项，或大口鼻弓，形态奇异，各殊其种。鸟有鹔鷞鸹鸨，野鹅鸿鹍，开春按时北来，秋末南去就温。南飞至于衡阳，北翔栖止雁门。群集鹰隼，归去野凫，盛疾奋速，軿訇有声。形状各不相同，叫嚷各异其鸣，诡质怪章，不胜其论。

于是孟冬作阴①，寒风肃杀②；雨雪飘飘③，冰霜惨烈④。百卉具零，刚虫搏挚⑤。尔乃振天维⑥，衍地络⑦；荡川渎⑧，簸林薄⑨；鸟毕骇⑩，兽咸作⑪。草伏木栖⑫，寓居穴托⑬。起彼集此⑭，霍绎纷泊⑮。在彼灵囿之中⑯，前后无有垠锷⑰。虞人掌焉⑱，为之营域⑲。焚莱平场⑳，柞木翦棘㉑。结罝百里㉒，迒杜蹊塞㉓。麀鹿麌麌㉔，骈田逼仄㉕。

【注释】

①作阴：谓始作阴。

②肃杀：谓寒气酷烈。

③雨雪：下雪。

④惨烈：即酷烈。

⑤刚虫：指鹰豺。搏挚：谓搏而挚之。

⑥振：整理。天维：薛综注："维，网也。络网也。谓其大如天地矣。"

⑦衍：张布。

⑧荡：动。渎(dú)：沟渠。

⑨簸(bǒ):扬。此指驱兽。林薄:草木丛生。

⑩毕:全。骇:惊走。

⑪咸:尽。作:与“骇”互文,犹言奔走。

⑫草伏木栖:薛综注:“谓禽兽惊走,得草则伏,遇木则栖,非其常处。”

⑬寓居穴托:此指禽兽惊走的穷迫之状。

⑭起彼集此:言受惊鸟兽,由彼飞起,来集于此。

⑮霍绎纷泊:飞走貌。

⑯灵囿:《诗经·大雅·灵台》毛传曰:“囿,所以域养禽兽也。天子百里,诸侯四十里。灵囿,言灵道行于囿也。”

⑰垠锷(yín è):边际。锷,通“崿”,山崖。

⑱虞人:古时掌管山泽之官。

⑲营域:此谓治猎场之域界。营,治。域,界。

⑳莱:草。

㉑柞木:斫木。柞,本木名。与“槎”音相近,故假借为“槎”,斫。翦:剪除。棘:丛生的小枣树。泛指有刺的草木。

㉒结罝(jū):挂好网。罝,网。

㉓远(háng):道。杜:堵绝。蹊:径。

㉔麀(yōu):牝鹿,俗呼母鹿。麌麌(yǔ):众多。

㉕骈田逼仄:聚会之意。骈田,聚。田,与“阗”通,布集。逼仄,迫近、密集貌。

【译文】

到了孟冬时令,阴气勃兴,寒风飒飒,杀气浸淫;大雪飘飘霏霏,冰霜惨烈难任。草木全都凋落,鹰犬搏挚兽禽。于是整理遮天之网,张开盖地之络;震动川渠,簸扬林薄;鸟受惊骇,兽起奔波。鸟兽草丛之中埋伏,树林之内藏躲,到处寻求寄居,洞穴最利托身。在彼受惊而逃,来此群集避祸;鸟飞而兽走,相杂而纷泊。在那广阔的上林苑里,前后左右无垠而无边。虞官主管苑事,营域划界备猎。焚其草莱,平整场地;砍掉丛杂,剪除荆棘。张挂百里之网,蹊道通通塞闭。群鹿密密麻麻,相聚十分拥挤。

天子乃驾雕轸①,六骏驳②,戴翠帽③,倚金较④。璿弁玉缨⑤,遗光倏爚⑥。建玄弋⑦,树招摇⑧;栖鸣鸢⑨,曳云梢⑩。弧旌枉矢⑪,虹旃蜺旄⑫。华盖承辰⑬,天毕前驱⑭。千乘雷动⑮,万骑龙趋⑯。属车之簉⑰,载猃獥猕⑱。匪唯玩好⑲,乃有秘书⑳。小说九百㉑,本自虞初㉒。从容之求,寔俟寔储㉓。

【注释】

①雕轸:雕绘的车后横木,借以指车。

②六骏驳:薛综注:"天子驾六马。驳,白马而黑画为文,如虎者。"

③翠帽:翠羽为车盖。

④倚:靠着。金较(jué):以黄金饰较。较,车厢两侧横木上曲如两角之木钩,其形如龙,饰之以金。

⑤璿弁(xuán biàn):美玉装饰的马络头。璿,美玉。弁,帽子。此指马冠。缨:套在马脖间的皮带。

⑥遗光:光彩四射。儵爚(shū yuè):光闪貌。

⑦玄弋:亦称"玄戈",星名。在北斗勺端,天枪与招摇之间。此指画玄弋星于旗,树之而前驱。

⑧招摇:星名。在玄戈星之南。此指画有招摇星的旗帜。

⑨鸢(yuān):鸱鹰。谓画鸢之形于旗上,缀于中央,似鸟栖止。

⑩曳(yè):摇曳,飘荡。云梢:谓旌旗之旒,飞如云。

⑪弧旌:绘有弧星图案的军旗,以像天讨。弧,星名。弧星如张弧搭箭之形,故名焉。枉矢:亦星名。状如流星,蛇行有毛目,为妖

星。此指绘此星于旗上。

⑫虹旃(zhān):绘有彩虹的旗。旃,曲柄旗。蜺(ní)旄:绘有雌虹的旗,杆头以旄牛尾为饰。

⑬华盖:星名。薛综注:"华盖星覆北斗,王者法而作之。"故帝王以华盖名其车上伞盖。辰:北极星。

⑭天毕:星名。形似毕网而故名。此指载毕网之车负网之士。

⑮乘(shèng):车辆。雷动:如雷迅疾与轰鸣,以写声势雄壮。

⑯龙趋:如龙行之声势浩大。

⑰属车:皇帝的侍从车辆。簉(zào):即副车。

⑱猃獥獢(xiǎn xiē xiāo):《诗经·秦风·驷驖》毛传曰:"比畋犬也。长喙曰猃,短喙曰獥獢。"

⑲玩好:玩赏与爱好。

⑳秘书:指图谶方术之书。

㉑小说九百:薛综注:"医巫厌祝之术。凡有九百四十三篇,言九百,举大数也。"

㉒虞初:人名。武帝时以方士侍郎,乘马,衣黄衣,号黄衣使者。

㉓寔(shí):是。俟(sì):等待。储:具。

【译文】

天子驾起雕绘华美之车,六匹骏马装成食虎之駮,头顶翠羽所饰的车盖,身靠黄金点缀的车较。璇玉饰其马冠,美玉饰其鞅靽,六骏迅疾,光彩闪耀。前驱车上立起玄戈星旗,又建招摇星旗以像天帝;另有鸣鸢栖止之旗,飘带如云摇曳。弧星引箭之旗,以像天讨来此;枉矢妖星之旗,以像降妖之师;曲柄旃旗绣彩虹,旄尾饰旗画雌蜺。天子车盖承着北斗,天毕负网而为前驱。千辆战车如雷起动,万匹战马似龙腾趋。侍从为副之车上,载着猎犬猃猲骄。所携并非赏玩之物,多有神仙方术秘书。小说之言九百余篇,最早之文来自虞初。从容访求四处收集,是为等待君问而备储。

于是蚩尤秉钺[①],奋鬣被般[②]。禁御不若[③],以知神奸[④]。螭魅魍魉[⑤],莫能逢旃[⑥]。陈虎旅于飞廉[⑦],正垒壁乎上兰[⑧]。结部曲[⑨],整行伍[⑩];燎京薪[⑪],骇雷鼓[⑫];纵猎徒[⑬],赴长莽[⑭]。迾卒清候[⑮],武士赫怒[⑯]。缇衣韎韐[⑰],睢盱拔扈[⑱]。光炎烛天庭[⑲],嚣声震海浦[⑳]。河渭为之波荡[㉑],吴岳为之陁堵[㉒]。百禽惨遽[㉓],骙瞿奔触[㉔],丧精亡魂,失归忘趋。投轮关辐[㉕],不邀自遇[㉖]。飞罕潚箾[㉗],流镝擂爆[㉘]。矢不虚舍[㉙],铤不苟跃[㉚]。当足见蹍[㉛],值轮被轹[㉜]。僵禽毙兽[㉝],烂若碛砾[㉞]。但观罝罗之所羂结[㉟],竿殳之所揘毕[㊱]。叉蔟之所搀捔[㊲],徒搏之所撞挞。白日未及移其晷[㊳],已狝其什七八[㊴]。

【注释】

①蚩尤:古代九黎之君。李善注引《山海经》曰:“蚩尤作兵伐黄帝。”《史记·五帝本纪·集解》皇览曰:“黄帝与蚩尤战于涿鹿之野。”秉:持。钺(yuè):斧。

②鬣(liè):此指须发。般:虎皮。

③禁御:禁止和防御。不若:不顺利,不吉利。

④神奸:谓鬼神作怪为害之情。

⑤螭魅魍魉(chī mèi wǎng liǎng):指各种作怪的神鬼。螭,同“魑”,山神,兽形。魅,物之妖精。魍魉,山川之精物。

⑥旃(zhān):为“之焉”合音。

⑦虎旅:武勇的军队。此指禁军。飞廉:传说中的神禽名。汉武帝时以之名馆。在馆上铸飞廉铜像,故名飞廉馆。

⑧正:整饬。垒壁:本为星名,古人以为天师之营垒。此指禁军营垒。上兰:观名。在上林苑。

⑨结:集结。部曲:军队编制单位。李善注:“司马彪《续汉书》曰:

大将军营五部，部有校尉一人。部下有曲，曲有军候一人。”

⑩行伍：古代军队编制。二十五人为行，五人为伍。

⑪京薪：堆积很高的薪柴。

⑫骇：同“骇”，雷击鼓。

⑬纵：放。猎徒：行猎士卒。

⑭长莽：谓深而且远的草莽。

⑮迾(liè)卒：担任清道警戒的士卒。迾，此指天子车驾出时，清道禁行。清候：清道候望。

⑯赫怒：赫然而怒。

⑰缇(tí)衣：武士服装。缇，桔黄色。韎韐(mò gé)：古代祭服的蔽膝，赤黄色，为士所服。

⑱睢盱(huī xū)：睁眼仰视貌。拔扈：骄矜威武貌。拔，通“跋”。

⑲烛：照。天庭：即天廷，星垣名。在太微左右垣之间，太微在其中，并有五帝座。此指天的高空处。

⑳嚣声：谓欢愉之声。海浦：四渎之口。

㉑波荡：摇荡。

㉒吴岳：二山名。陁(duò)：同“陀”，崩塌。堵：坏。

㉓惨遽(líng jù)：惊恐仓皇之状。

㉔骙(kuí)瞿：走貌。奔触：奔逃冲撞。

㉕投轮：言其在奔突中，自行撞到车轮上。关辐：谓有的禽兽惊恐之极，见缝隙就钻，因此头被卡在轮辐之间拔不出来。

㉖不邀：不须邀逐。邀，截击。

㉗罕：网。潚箾(sù shuò)：谓禽兽着网的情状。

㉘擫擈(pò bó)：鸟兽中箭时发出的声音。

㉙舍：虚放。

㉚铤：铁把短矛。

㉛见蹍(niǎn)：被践踩。

㉜值:与上文“当”对文,亦为遇着,正当。轹(lì):被车辗着。

㉝僵:倒地不能动弹。

㉞烂:不整貌。碛砾(qì lì):薛综注:“谓所获禽鸟,烂然如聚细石也。”

㉟罝(jū)罗:捕捉鸟兽的网。羂(juàn)结:以绳索套住鸟兽。羂,缢。结,缚。

㊱殳(shū):薛综注:“杖也。八稜,长丈二而无刃。或以木为之,或以竹为之。”揘(huáng)毕:撞击。

㊲叉簇(cù):古时刺物之具。搀捔(zhuó):贯刺而取之。

㊳晷(guǐ):日影。

㊴狝(xiǎn):杀。

【译文】

于是蚩尤般的武士手把铁钺,须发奋举身披虎文之服。由制止与防御之不顺,以知鬼神作怪而为奸。魑魅魍魉等山精水怪,无一能与之相遇交战。在飞廉馆将虎旅排练,在上兰观把垒壁修缮。集结部队,整顿行伍,燃起高高的柴薪,擂击轰轰的鸣鼓;纵放捕猎的士卒,奔赴广阔的林莽。警卒清道等候,武士赫然作怒。下系赤黄蔽膝,上着桔黄缇服,双目炯炯圆瞪,威严武壮跋扈。篝火光焰照亮天庭,欢嚣之声响彻海浦。河渭二水为之摇荡,吴岳两山为之崩塌。鸟兽惊恐仓皇,疾走奔逃触突,一一丧精忘魂,不知何处有路。身体猛撞车轮,头入辐间卡住。无须围追堵截,禽兽自找车触。张网罗物脚扑朔,流矢中的声咇哱。箭不凭虚而放,矛不等闲而撮。当足者即遭践踩,值轮者则被蹍过。禽僵仆,兽命毙,横堆竖放,积如碎石。只见罗网之所缚绊,竿杖之所扑击,叉矛之所刺杀,徒手之所撞搣。太阳尚未移动其影,已获禽兽十之八七。

若夫游鷮高翚[①],绝阬逾斥[②]。毚兔联猭[③],陵峦超壑[④]。

比诸东郭[5]，莫之能获。乃有迅羽轻足[6]，寻景追括[7]。鸟不暇举[8]，兽不得发[9]。青骹挚于韝下[10]，韩卢噬于绁末[11]。及其猛毅髬髵[12]，隅目高匡[13]。威慑兕虎[14]，莫之敢伉[15]。乃使中黄之士[16]，育获之俦，朱鬘鬣髽[17]，植发如竿；袒裼戟手[18]，奎踽盘桓[19]。鼻赤象[20]，圈巨狿[21]；摣狒猬[22]，批窳狻[23]。揩枳落[24]，突棘藩[25]。梗林为之靡拉[26]，朴丛为之摧残[27]。轻锐僄狡[28]，趫捷之徒[29]，赴洞穴，探封狐[30]；陵重巘[31]，猎昆駼[32]；杪木末[33]，擭獑猢[34]；超殊榛[35]，摕飞鼯[36]。是时后宫嬖人[37]，昭仪之伦[38]，常亚于乘舆[39]。慕贾氏之如皋[40]，乐《北风》之同车[41]。盘于游畋[42]，其乐只且[43]。

【注释】

①游鷮（jiāo）：游荡的野雉。翚（huī）：大飞貌。

②阬：池泽。斥：泽。

③毚（chán）兔：狡兔。猭（chuàn）：疾走。

④陵：登上。

⑤比：比方。东郭：指东郭逡，善跑的兔子。《战国策·齐策》曰："齐欲伐魏，淳于髡谓齐王曰：'韩子卢者，天下之疾犬也。东郭逡者，海内之狡兔也。韩子卢逐东郭逡，环山者三，腾山者五，兔极于前，犬废于后。'"

⑥迅羽轻足：指捕猎用的鹰和犬。

⑦括：指箭后末端扣弦处。此指飞箭。

⑧举：飞起。

⑨发：受惊骇而出逃。

⑩青骹（qiāo）：指青胫之鹰，最善捕猎。骹，指胫骨与足间细处。挚：击。韝（gōu）：以皮革缝制的臂套，打猎时猎鹰站立其上。

⑪韩卢：即韩国卢。一种犬，毛黑色。噬(shì)：咬。绁(xiè)：以绳牵系着。

⑫髬髵(pī ér)：怒兽奋鬣貌。

⑬隅目高匡：皆谓猛兽作怒可畏貌。隅目，指目成角形。高匡，深瞳子。

⑭兕(sì)：犀牛类兽名。

⑮伉：匹敌。

⑯中黄：与下句"育""获"皆古代勇士之名。育，夏育。获，乌获。

⑰朱鬕(mà)：以红带饰发。此指以红带束额。鬕髽(jì zhuā)：古人的两种发式。露髻曰鬕，以麻杂为髽。

⑱袒裼(tǎn xī)：肉袒。戟手：徒手屈肘如戟形。

⑲奎踽(jǔ)：张开两脚走路。

⑳鼻赤象：谓顿其鼻而执之。

㉑圈巨狿：谓圈关巨狿之兽。圈，李善注引《说文解字》曰："圈，畜闲也。"巨狿，大兽，长百寻。

㉒摣(zhā)：抓住。狒：兽身人面，身有毛，披发，迅走食人。一名枭羊。猬：刺猬。

㉓批(zǐ)：捉住。窳(yǔ)：薛综注："类貙虎，亦食人。"狻(suān)：狻猊。一曰狮子。

㉔揩(kāi)：摩擦，冲突。枳(zhǐ)：果树名。似桔而小，多刺。落：篱。

㉕突：触。棘：一种长刺的树。藩：篱。

㉖梗林：有刺的草木之林。靡拉：毁折。

㉗朴：枹木。摧残：薛综注："皆摲碎毁折也。"

㉘轻锐：轻捷精锐。僄(piào)狡：轻疾勇猛。

㉙趫捷：犹矫捷。

㉚封狐：大狐。

㉛巘(yǎn)：指山之上大下小者。

㉜昆駼(tú)：兽名。薛综注："如马，歧蹄，善登高。言能升重巘之岭，而猎取昆駼之兽。"

㉝杪(miǎo)：掠。

㉞擭(wò)：捕取。獑(chán)猢：类似于猿之兽。黑身，白腰若带，善超坂绝岩。

㉟超：越。

㊱揥(dì)：捎取。飞鼯(wú)：状如小狐，肉翅，能飞且乳。

㊲嬖(bì)：天子宠爱的人。

㊳昭仪：后宫女官名。昭仪位视丞相。

㊴乘舆：天子所乘车。

㊵贾氏之如皋：事见《春秋左传·昭公二十八年》："昔贾大夫恶，娶妻而美，三年不言不笑，御以如皋，射雉获之，其妻始笑而言。"借以说明后宫嬖人慕与天子同游。

㊶《北风》：古诗篇名。同车：《诗经·邶风·北风》曰："惠而好我，携手同车。"赋取"同车"之义，表明宫女乐与天子同游。

㊷盘：乐。游畋：游猎。《尚书·无逸》曰："文王不敢盘于游田。"此赋反用其意。

㊸其乐只且：语出《诗经·王风·君子阳阳》："君子阳阳，左执簧，右招我由房，其乐只且。"只且，语末助词，无实义。

【译文】

至于那些游荡野雉，或奋翅高飞，或横绝大泽，或逾过小池。狡兔拼命逃跑，登上山岭冈峦，跨过沟壑深涧，可与善跑的东郭逡相比，简直无法能够将它遮掩。于是有那迅飞的猎鹰，轻捷的猎犬，可以追上日影，可以追及飞箭；使鸟儿无暇举翼，使野兽不遑逃窜；即被青腿猎鹰捕执于所站的臂套之下，或被轻迅韩卢咬死在牵系的套索前面。等到野兽发威剽悍，奋鬣竖毛，张目怒视，威慑虎兕，不敢与之相敌之时，乃使中黄、夏育、乌获一类的勇力之士，红带束其额，或直露其髻，或杂以麻杂，发植如竿，肉袒其臂，屈肘如戟，张开两脚，回旋步履。绳穿赤象之鼻，圈盛蝘蜓巨兽，揪住狒狒刺猬，活捉猰貐雄狮。擦坏围篱枳丛，冲破荆棘藩篱。多刺的草木为之碎毁，枹木丛林为之残夷。那些轻锐勇猛、矫健迅疾之士，深入洞穴之中，探察捉拿大狐；登上重峦叠嶂。猎取善攀昆駼；爬上高高树杪，抓获珍稀獑猢；跃上特立大榛，捎取肉翅飞鼯。当此之时，后宫宠幸嬖女，昭仪婕妤之伦，常常紧随天子出行。她们羡慕贾大夫如皋射雉之乐妻，欣喜《北风》诗“携手同车”之宠幸。盘于田猎之事，其乐发狂于心。

于是鸟兽殚[①]，目观穷。迁延邪睨[②]，集乎长杨之宫。息行夫[③]，展车马[④]。收禽举胔[⑤]，数课众寡[⑥]。置互摆牲[⑦]，颁赐获卤[⑧]。割鲜野飨[⑨]，犒勤赏功[⑩]。五军六师[⑪]，千列百重。酒车酌醴[⑫]，方驾授饔[⑬]。升觞举燧[⑭]，既釂鸣钟[⑮]。膳夫驰骑[⑯]，察贰廉空[⑰]。炙炰夥[⑱]，清酤敥[⑲]；皇恩溥[⑳]，洪德施；徒御悦[㉑]，士忘罢[㉒]。

【注释】

①殚(dān)：尽。

②迁延：退还。睨：视。

③息：使休息。行夫：指调去捕猎的士卒。

④展车马：陈列车马，即收车马而陈之。展，陈。

⑤胔(zì)：死的禽兽。

⑥数(shǔ)：查点，统计。课：考查。

⑦置互：安置挂肉的架子。互，屠家悬格肉之格，即榹架。摆牲：擘开牲。摆，分开。

⑧颁：分赏。获卤：指行夫们活捉的禽兽。卤，通“虏”。

⑨割鲜：烹割禽兽。野飨：飨食士众于广野中。

⑩犒（kào）勤赏功：劳勤苦，赏有功。犒，以酒食等物慰劳。

⑪五军：即五营。六师：即六军。

⑫酒车酌醴：指“野飨”，五军六师的酒肴皆用车子装着运去散给大家。酌醴，把酒醴分酌给士卒。

⑬方驾：并驾。饔（yōng）：熟食。指饭菜。

⑭升觞举燧：谓行酒举烽火以告众。升，进。觞，酒杯。燧，火。

⑮釂（jiào）：饮酒尽。

⑯膳夫：宰夫。掌宫中饮食。

⑰察贰廉空：察看“授饔”是否有重复或缺遗。察、廉，视。贰，兼重。

⑱炙（zhì）：烧烤食物。炰（páo）：同“炮”，烧制。夥（huǒ）：《史记·陈涉世家》曰：“楚人谓多为夥。”

⑲清酤（gū）：美酒。敍（zhī）：多。

⑳溥（pǔ）：广大，普遍。

㉑徒御：指拉车的与赶马的。

㉒罢（pí）：疲劳。

【译文】

于是鸟兽已尽，所见已穷。乃后退而左右察看，都集中于长杨之宫。暂息士卒，陈列车马。会集死禽活兽，查点统计多寡。置木架以分解死牲，将活物分赏大家。割取鲜肉就地宴飨，犒劳辛苦而赏有功。五营六军将士，列成千行百重。酒车逐排斟酒，香肉双车并送。燃举烽火以行酒，饮尽干杯则鸣钟。膳夫之官驰马巡视，察看是否漏菜授重。炙炮的野味数量甚多，佳酿的美酒尽兴而喝；皇上的恩泽普降，天子的大德广博；挽车御马的个个喜悦，捕猎的士卒人人快乐。

巾车命驾[①]，回旆右移[②]。相羊乎五柞之馆[③]，旋憩乎昆明之池[④]。登豫章，简矰红[⑤]；蒲且发[⑥]，弋高鸿[⑦]；挂白鹄[⑧]，联飞龙[⑨]。磻不特絓[⑩]，往必加双[⑪]。于是命舟牧[⑫]，为水嬉[⑬]。浮鷁首[⑭]，翳云芝[⑮]；重翟葆[⑯]，建羽旗[⑰]；齐栧女[⑱]，纵棹歌[⑲]；发引和[⑳]，校鸣葭[㉑]；奏《淮南》[㉒]，度《阳阿》[㉓]；感河冯[㉔]，怀湘娥[㉕]；惊蝄蜽[㉖]，惮蛟蛇[㉗]，然后钓魴鳢[㉘]，䌰鰋鲉[㉙]；摭紫贝[㉚]，搏耆龟[㉛]；搤水豹[㉜]，馽潜牛[㉝]。泽虞是滥[㉞]，何有春秋！擿漻澥[㉟]，搜川渎；布九罭[㊱]，设罜䍡[㊲]；摷昆鲕[㊳]，殄水族[㊴]；蘧藕拔[㊵]，蜃蛤剥[㊶]。逞欲畋魰[㊷]，效获麑麇[㊸]。摎蓼浶浪[㊹]，干池涤薮[㊺]。上无逸飞[㊻]，下无遗走[㊼]。擭胎拾卵[㊽]，蚳蝝尽取[㊾]。取乐今日，遑恤我后[㊿]！

【注释】

①巾车：官名。指主管巾车的人。

②回旆(pèi)：回转旆旗。右移：谓右转将旋。

③相羊：流连徘徊之意。

④旋憩：还息。谓返回昆明池休息。

⑤简：省视。矰(zēng)红：系有红丝的矢。

⑥蒲且(jū)：楚人，善射。发：引弓发矢。

⑦弋(yì)：射。

⑧挂：薛综注："矢丝挂鸟上也。"白鹄(hú)：天鹅。

⑨联：联同中箭。龙：即野鸡。与鸿鹄水鸟皆昆明池所有。

⑩磻(bō)：在弋矢系丝的末端胶连着石块。特：独。絓(guà)：命中之意。

⑪往：谓磻矢射出。

⑫舟牧：主舟之官。

⑬水嬉：即竞渡表演。嬉，戏。

⑭鹢（yì）首：画鹢鸟之首于船首，故名。实谓鹢首之船。

⑮翳（yì）：覆。指画芝草及云气以为船覆饰。

⑯重翟葆：垂吊野鸡尾毛为车盖之饰。

⑰建羽旗：即用鸟羽装饰旌旗。

⑱齐：使之整齐、协调。栧（yì）女：即举桨划船的女子。

⑲纵：放声歌唱。棹歌：谓鼓棹而歌。棹，楫，桨。

⑳发引和：即一人唱，众人和。发，指领唱者。和，指随唱诸人。

㉑校：调校其音。葭（jiā）：乐器名。即笳。

㉒奏《淮南》：演奏《淮南》之曲。

㉓度（duó）：按曲而歌。《阳阿》：楚之乐曲名。

㉔河冯（píng）：指河伯冯夷。

㉕湘娥：尧之二女娥皇、女英，随舜不及，堕湘水之中，因为湘夫人。

㉖蝄蜽（wǎng liǎng）：水神。

㉗惮（dàn）：骇怖。蛟：龙类。

㉘鲂（fáng）：赤尾鱼。鳢（lǐ）：即鲖鱼。

㉙缅（sǎ）：渔网。薛综注："网如箕形。狭后广前。"鰋鲉（yǎn yóu）：指鲇鱼、鲉鱼。

㉚摭（zhí）：拾取。紫贝：贝之一种，壳有"赤电黑云"之色者，称为紫贝。

㉛搏：捕捉。耆龟：老龟。

㉜搤（è）：掐住。水豹：形似豹之水兽。

㉝馽（zhí）：绊住。潜牛：一名沈牛，角类水牛。

㉞泽虞：主管水泽的官。滥：此谓不分时间季节，随时滥网乱捕。

㉟擿（zhāi）：搜索。漻澥（liáo xiè）：小水，水溪。

㊱九罭（yù）：渔网。

㊲罜麗（zhǔ lù）：小网。

㊳樔(chāo):取。昆鲕(ér):此指小鱼苗。

㊴殄(tiǎn):尽取,灭绝。水族:水中生长的动物。

㊵蘧(qú):芙蕖。又泛指茭白。

㊶蜃蛤(shèn gé):皆为河蚌。

㊷逞:极。畋:猎。敂(yú):捕鱼。

㊸效获:功效收获。麑麇(ní yǎo):幼鹿,幼麋。

㊹摎蓼(jiǎo lǎo):惊扰貌。浶(láo)浪:惊扰貌。

㊺干池:放干池塘。涤薮:扫荡泽薮。

㊻上:空中。逸飞:逃脱之鸟。

㊼下:指地上、水中。遗走:逃亡之兽。

㊽擭(wò)胎拾卵:兽之仔,鸟之蛋,通通取尽。擭,捕取。

㊾蚳(chí):蚁子。可以为醢,可食。蝝(yuán):蠡子。

㊿遑:暇。恤(xù):忧虑,顾惜。

【译文】

掌车之官传令起驾,旌旗右移引队回返。逍遥于五柞之馆,还憩于昆明池岸。登临豫章之台,省视缴红劲箭;选拔蒲且之妙手,仰中高飞之鸿雁;带丝之矢穿挂白鹄,并飞野鸡同箭相连。磻矢常不独中,一发双鸟必穿。又命主舟之官,组织水上表演。于是荡起鹢首为像之舟,图云画芝覆蔽船身;垂悬雉尾饰其葆盖,立起羽旗迎风舒卷;划桨女子之动作整齐,放声高唱船家之山歌;一人引唱众人齐和,调校鸣笳以作伴乐;奏罢《淮南》之曲,再吹楚调《阳阿》。河伯冯夷为之感动,娥皇女英情思大作;蜩螨为之吃惊,蛟蛇为之哆嗦;然后,垂钓鲂鳢,网捞鰋鲉;摭拾紫贝,捕捉老龟;抓住水豹,套获潜牛。湖泽之官乱网滥捕,哪分什么冬夏春秋!寻遍小溪小沟,周索长川浍渎;撒布细孔之网,张设密织渔网;捞尽鱼子鱼苗,灭绝水生之物;拔掉芙蓉菱藕,剥离蛤蚌之壳。恣情打猎捕鱼,获致鹿儿麋羔。水生陆长倍受惊扰,放干池沼涤荡泽薮。天上无有幸逃之鸟,地下不存脱祸之兽。以至剥胎摸蛋,尽取蚁蝗虫幼。

只图取乐眼前,无暇虑及而后。

既定且宁①,焉知倾陁②?大驾幸乎平乐③,张甲乙而袭翠被④。攒珍宝之玩好⑤,纷瑰丽以奓靡⑥。临迥望谣之广场⑦,程角觝之妙戏⑧。乌获扛鼎⑨,都卢寻橦⑩。冲狭燕濯⑪,胸突铦锋⑫。跳丸剑之挥霍⑬,走索上而相逢⑭。华岳峨峨⑮,冈峦参差;神木灵草⑯,朱实离离⑰。总会仙倡⑱,戏豹舞罴⑲;白虎鼓瑟⑳,苍龙吹篪㉑。女娥坐而长歌㉒,声清畅而蜲蛇㉓。洪涯立而指麾㉔,被毛羽之襳襹㉕。度曲未终㉖,云起雪飞;初若飘飘㉗,后遂霏霏㉘。复陆重阁㉙,转石成雷㉚;礔砺激而增响㉛,磅磕象乎天威㉜。

【注释】

①定:指其地位稳定。宁:指社会安宁。

②陁(duò):崩塌。

③大驾:天子车驾。平乐:馆名。

④张:张设。甲乙:帐之分类。袭:服。

⑤攒(cuán):紧聚,凑在一起。玩好:谓赏玩嗜好之物品。

⑥纷:杂糅。瑰丽:奇美。奓(shē)靡:奢侈靡费。奓,为"奢"之籀文。一说为"侈"。

⑦迥(jiǒng)望:宽坦。

⑧程:衡量。角觝:相互角力的一种技艺。角,角材。觝,相抵触。

⑨乌获:秦武王有力士乌获、孟说,皆至大官。

⑩都卢:国名。李善注引《汉书》曰:"武帝享四夷之客,作巴俞都卢。"高步瀛《文选李注义疏》:"胡绍煐曰:武帝作巴渝都卢,谓作巴渝之舞,都卢之戏也。"寻橦(chuáng):汉代杂技名。缘竿演

技,叫做寻橦。橦,木杆。

⑪冲狭:百戏杂技之一种,犹今之穿刀圈。燕濯:亦为杂技一种。薛综注:"以盘水置前,坐其后,踊身张手跳前,以足偶节,逾水,复却坐如燕之浴也。"

⑫铦(xiān):锐利。此指插在草环上的刀锋。

⑬跳丸剑;杂技名。跳丸击剑。或抛舞弹丸与短剑。挥霍:指丸剑之形。

⑭走索:跳弄丸剑时脚踩绳索,行于空中。

⑮华岳:华山为西岳。峨峨:高大貌。

⑯神木:薛综注:"松柏灵寿之属。"灵草:芝英。

⑰离离:植物果实下垂的样子。

⑱总会:会集。仙倡:装扮成神仙的杂技艺人。

⑲豹、罴(pí):与下句"龙""虎"皆指兽形假头。

⑳鼓瑟:奏瑟。瑟,类似于琴,通常十二弦。

㉑篪(chí):古代管乐器。以竹为之,长尺四寸,横吹之。

㉒女娥:指娥皇、女英。

㉓清畅:清扬奔放。委蛇(wēi yí):谓其声音回旋曲折,起伏婉转。

㉔洪涯:薛综注:"三皇射伎人。"郭璞《游仙诗》之六曰:"姮娥扬妙音,洪崖颔其颐。"指麾:同"指挥"。

㉕被毛羽之襳襹(shēn shī):羽衣轻扬貌。此谓表演者穿着轻扬的毛羽之衣,装成古时的洪崖作指挥。

㉖度(duó)曲:即按曲谱歌唱。

㉗飘飘:雪下貌。

㉘霏霏(fēi):纷飞貌。

㉙复陆:复道。

㉚转石成雷:薛综注:"于上转石,以象雷声。"

㉛礔砺:"霹雳"之异体。此谓迅猛的雷声。激:急疾,猛烈。

㉜磅礚(kē):薛综注:"雷霆之音。如天之威怒也。"

【译文】

天下既已稳定安宁,哪知日后还有倾毁?大驾游幸平乐之馆,设甲乙之帐被羽翠。攒聚珍宝玩好之物,缤纷奇丽奢侈华美。亲临宽阔坦荡之广场,考核角力竞技之妙戏。有乌获扛鼎,都卢缘竿;冲跃刀圈,胸突锋尖;飞燕浴水,踊身跳盘;抛丸耍剑,起落纷然;舞絙走索,相错绳间。垒起华山巍峨,冈峦参差错落;上有神木灵草,垂吊彤彤硕果。会集神仙倡优,表演戏豹舞罴;白虎为之鼓瑟,苍龙为之吹篪。女英娥皇放歌,其声清畅飘逸。洪涯站着指挥,身披轻扬羽衣。歌曲尚未终了,乃使云起雪飞;开始飘飘扬扬,后则密密霏霏。复道重阁之上,转石发响如雷;霹雳声急增响,磅礚象征天威。

巨兽百寻①,是为曼延②。神山崔巍,欻从背见③。熊虎升而拿攫④,猿狖超而高援⑤。怪兽陆梁⑥,大雀踆踆⑦。白象行孕⑧,垂鼻辚囷⑨。海鳞变而成龙⑩,状蜿蜿以蝹蝹⑪。含利颬颬⑫,化为仙车。骊驾四鹿⑬,芝盖九葩⑭。蟾蜍与龟⑮,水人弄蛇⑯。奇幻倏忽,易貌分形⑰。吞刀吐火,云雾杳冥⑱。画地成川⑲,流渭通泾。东海黄公⑳,赤刀粤祝㉑。冀厌白虎㉒,卒不能救㉓;挟邪作蛊㉔,于是不售㉕。尔乃建戏车㉖,树修旃㉗。侲僮程材㉘,上下翩翻㉙。突倒投而跟絓㉚,譬陨绝而复联㉛。百马同辔,骋足并驰㉜;橦末之伎,态不可弥㉝。弯弓射乎西羌㉞,又顾发乎鲜卑㉟。

【注释】

①寻:八尺曰寻。

②曼延:巨兽名。亦作"漫衍",西汉百戏之一种。

③欻(xū):忽然。背见:言崔嵬的神山,忽然从曼延的背上显现出来。

④拿攫(jué):即搏斗。

⑤狖(yòu):长尾猿。

⑥陆梁:跳跃而走之状。

⑦大雀:即大鸟。踆踆(qūn):行走貌。

⑧行孕:薛综注:“行且乳。”孕,有长养意,喂乳,抚养。

⑨辚囷(qūn):屈曲之貌。囷,回曲。

⑩海鳞:大海鱼。成龙:薛综注:“初作大鱼从东方来,当观前而变作龙。”

⑪蜿蜿:屈曲蜿蜒貌。蝹蝹(yūn):龙行貌。

⑫含利:兽名。薛综注:“性吐金,故曰含利。”颬颬(xiā):吐气貌。指含利跳跃漱水,作雾障日之状。

⑬骊驾:罗列,骈驾。四鹿:因是仙车,故驾用四鹿。

⑭芝盖:以芝为车盖。九葩:即车盖上有多种华彩。

⑮蟾蜍(chán chú):俗名癞蛤蟆。古人以为长寿灵物,与龟齐观。

⑯水人:薛综注:“俚儿,能禁固弄蛇也。”

⑰易貌:变化容貌。分形:即分身。吕延济注:“谓幻人能分一身作数人。”

⑱杳冥:幽暗。因兴云作雾之故。

⑲画地成川:李善注引《西京杂记》曰:“东海黄公,坐成山河。又曰:淮南王好方士,方士画地成河。”高步瀛《文选李注义疏》:“余萧客曰:《汉武故事》:未央宫中设角抵戏,三百里内观其云雨雷电,无异于真。画地为川,聚石成山。”

⑳东海:泛指东面海边。黄公:古代幻术者。李善注引《西京杂记》曰:“东海人黄公少时能幻,制蛇御虎。常佩赤金刀,及衰老,饮酒过度。有白虎见于东海,黄公以赤刀往压之,术不行,遂为虎

所食。”

㉑粤祝：即用越人咒法降伏猛虎。祝，通“呪”，即“咒”。此谓角抵戏中的一个项目，演员装扮为黄公，持赤刀，以越人祝法压虎于观前。

㉒厌(yā)：压制，抑制。

㉓卒不能救：谓黄公的法术不灵，不能压制白虎，遂为虎所杀，终不能救。

㉔挟邪：身藏邪术。蛊(gǔ)：用咒诅等办法加害于人。此为蛊道。以毒药药人，令人不自知者，此为蛊毒。

㉕不售：不行。薛综注：“售，犹行也。谓怀挟不正道者，于是时不得行也。”

㉖戏车：表演杂技所用之车。

㉗旃：旗杆。

㉘侲：薛综注：“侲之言善，善童，幼子也。”程：见。材：技能。

㉙翩翻：飞翔貌。言戏僮形。

㉚突倒投：突然倒投，身如将坠。跟絓：足跟反挂旗杆上，若已绝而复连。絓，通“挂”。

㉛陨绝：坠落。联：连接。

㉜“百马同辔”二句：均为描写在旗杆上的表演动作。

㉝“橦末之伎”二句：此言侲僮在旗杆顶端的表演技术，其情态变巧之多，不可极尽。弥，极。

㉞弯弓：挽弓。西羌：居住在我国西境的羌族。此谓假作羌人以射之。

㉟鲜卑：民族名。《晋书·慕容廆传》曰：“（鲜卑）其先有熊氏之苗裔，世居北夷，邑于紫蒙之野，号曰东胡……秦汉之际为匈奴所败，分保鲜卑山，因以为号。”汉时羌与鲜卑族人与汉不和，常有攻伐，故杂技表演“皆于橦上作之”以射。

【译文】

又现巨兽长达百寻，其名像其形谓之曼延。而有神山崔嵬高大，忽然之间从背涌现。熊虎竞登而相搏斗，猿猴腾越争相高攀。怪兽种种往来闲逛，大鸟觅食步履蹒跚。庞然白象行且喂奶，垂下长鼻自由舒卷。大鱼瞬间化为巨龙，行动起伏其状蜿蜒。含利之兽漱水作雾，倏忽之间变为仙车。并驾四只仙鹿作马，灵芝车盖华彩闪闪，装作蟾蜍大龟共舞，善水俚儿捉蛇把玩。奇异变幻实在迅速，须臾之间貌改体分。吞下尖刀吐出烈焰，兴云作雾幽昧晦冥。手指划地立即成川，滔滔之水流渭达泾。有人装成东海黄公，手持赤刀口念越咒。企图镇压凶猛白虎，咒语不灵终难自救；身藏邪术作蛊害人，骗人把戏无处出售。于是造起耍戏之车，立起长长的旗杆。幼僮展其才艺技能，上上下下自如翩翻。突然倒身脚跟挂竿，好像坠落而又复连。忽如百马同辔相牵，尽力奔走而并驱驰；竿头技巧更是高超，情态变幻没有穷极。一面挽弓射击西羌，而又回头向鲜卑发箭。

于是众变尽，心酲醉[①]；盘乐极，怅怀萃[②]。阴戒期门[③]，微行要屈[④]。降尊就卑，怀玺藏绂[⑤]。便旋闾阎[⑥]，周观郊遂[⑦]。若神龙之变化[⑧]，章后皇之为贵[⑨]。然后历掖庭[⑩]，适欢馆[⑪]；捐衰色[⑫]，从嬿婉[⑬]。促中堂之狭坐[⑭]，羽觞行而无筭[⑮]。秘舞更奏[⑯]，妙材骋伎[⑰]。妖蛊艳夫夏姬[⑱]，美声畅于虞氏[⑲]。始徐进而羸形[⑳]，似不任乎罗绮[㉑]。嚼清商而却转[㉒]，增婵蜎以此豸[㉓]。纷纵体而迅赴[㉔]，若惊鹤之群罢[㉕]。振朱屣于盘樽[㉖]，奋长袖之飒纚[㉗]。要绍修态[㉘]，丽服扬菁[㉙]。睚藐流眄[㉚]，一顾倾城[㉛]。展季桑门[㉜]，谁能不营[㉝]？列爵十四[㉞]，竞媚取荣[㉟]；盛衰无常，唯爱所丁[㊱]。卫后兴于鬒发[㊲]，飞燕宠于体轻[㊳]。尔乃逞志究欲[㊴]，穷身极娱[㊵]。鉴戒《唐》

诗[41]:“他人是媮[42]。”自君作故[43],何礼之拘? 增昭仪于婕妤[44],贤既公而又侯[45]。许赵氏以无上[46],思致董于有虞[47]。王闳争于坐侧,汉载安而不渝[48]。

【注释】

①酲醉:过瘾。酲,饱。

②萃:至。

③阴戒:暗作警戒。期门:相约于殿门。《汉书·东方朔传》曰:“(武帝常于)八九月中,与侍中常侍武骑及待诏陇西北地良家子能骑射者,期诸殿门,故有期门之号。自此始,微行以夜漏下十刻乃出。”故后名掌执兵出入护卫之官为期门。

④微行:即微服出行。要屈:李善注:“至尊同乎卑贱也。”

⑤怀玺(xǐ):把皇印揣起来。藏绂(fú):即把皇印藏起来。绂,系印的丝带,借以代印。

⑥便旋:徘徊。闾:里中门。阎:里门。也泛指乡里。

⑦郊遂:泛指郊野之地。

⑧神龙:龙为四灵之一,属灵物,故称神龙。借喻皇帝。变化:薛综注:“龙出则升天,潜则泥蟠。故云变化章明也。”此指天子龙袍堂坐,又能微服藏玺而出,如龙之变化。

⑨章:彰显。后皇:指皇帝。天子称后或元后。

⑩掖庭:宫中房舍,妃嫔居住的地方。

⑪适:往。欢馆:指皇帝欢欣而幸之馆。

⑫捐:弃。衰色:指容颜衰败的妃嫔。

⑬嫵婉:美好之貌。

⑭促:迫近。中堂:堂中央。狭坐:挤坐。

⑮羽觞:形如雀鸟的酒杯。杯体如雀,两耳如两翼。无筭:无数次。筭,同“算”。

⑯秘舞：薛综注："言希见为奇也。"更奏：顺次进献表演。更，更迭。奏，进。

⑰妙材：技艺很好的人。骋伎：尽力发挥其伎艺。

⑱妖蛊：即妖冶，姿容美好貌。艳：美好。此有胜过之意。夏姬：郑穆公女，陈大夫御叔妻。

⑲畅：条畅，流畅。虞氏：李善注引《七略》曰："汉兴，善歌者鲁人虞公，发声动梁上尘。"此言其声之弘亮。

⑳羸(léi)形：纤瘦柔弱之形体。

㉑任：胜任。罗绮：指罗绮之衣服。其质轻软。

㉒嚼(jué)：咬字吐音。清商：即清商曲。却转：却退转身。

㉓婵蜎：谓形体美好。此豸(zhì)：姿态艳冶。

㉔纵：耸动腾跃。赴：迅疾地按其节奏互相穿越。此乃群舞动作。

㉕罢：归。

㉖振：抛起。屣(xǐ)：鞋子。盘樽：即杯盘。

㉗奋长袖：张扬两袖。飒缅(lǐ)：长貌。缅，有连续不断之意。

㉘要绍：女子体态娇媚。修态：善为娇媚之态。

㉙扬菁(jīng)：显现出鲜美的华采。菁，华英。

㉚眳(míng)：眉睫之间。藐：视容美好。流眄(miǎn)：流观。

㉛倾城：语出李延年歌："北方有佳人，绝世而独立，一顾倾人城，再顾倾人国。"后以"倾城""倾国"形容绝世美女。

㉜展季：即春秋时鲁僖公大夫，姓展，名禽，字季，以柳下为食邑，故称柳下季。谥曰惠，又称柳下惠。桑门：沙门。

㉝营：惑。此言受骋伎者的妙技所迷惑。

㉞列爵：颁列的爵位。

㉟竞媚取荣：后宫之人，争着献媚，取其荣宠。

㊱丁：言当意于宠爱之事。

㊲卫后：指汉武帝卫皇后，字子夫。鬒(zhěn)发：黑发。

㊳飞燕:即孝成皇后赵飞燕。《汉书·孝成班倢伃传》曰:“孝成赵皇后,本长安宫人……属阳阿公主,学歌舞,号曰飞燕。成帝尝微行出,过阳阿公主,作乐。上见飞燕而悦之,召入宫,大幸。有女弟复召入,俱为倢伃,贵倾后宫。”

㊴逞志:快其心意。逞,快。究欲:穷极私欲。

㊵穷身极娱:终身尽情欢乐。

㊶鉴戒:引他事以为警戒。《唐》诗:指《诗经·唐风·山有枢》。薛综注:“唐诗刺晋僖公不能及时以自娱乐。曰:‘子有衣裳,弗曳弗娄。宛其死矣,他人是媮。’言今日之不极意恣娇,亦如此也。”从全诗看,明显劝告贵族们活一天就要享乐一天,不要吝惜财物,否则死后,全归别人。

㊷媮:通“偷”,取。

㊸作故:此指由君之所作开始,则为古事。

㊹昭仪:汉时后宫女爵名。婕好:一作“倢伃”,汉时宫女称号。加封婕好为昭仪,指赵飞燕妹与傅倢伃事。《汉书·孝成班倢伃传》曰:“上见飞燕而悦之,召入宫,大幸。有女弟复召入,俱为倢伃,贵倾后宫……后月余,乃立倢伃为皇后……后宠少衰,而弟绝幸为昭仪。”又曰:“元帝既重傅倢伃,及冯倢伃亦幸,生中山孝王,上欲殊之于后宫,以二人皆有子为王,上尚在,未得称太后,乃更号曰昭仪,赐以印绶,在倢伃上。昭其仪,尊之也。”

㊺贤:即董贤。据《汉书·董贤传》载,哀帝立,贤随太子,官为郎。为人美丽自喜,哀帝望见,说其仪貌,拜为黄门郎。由是始幸,宠爱日甚,旬月间赏赐累万,贵震朝廷,封贤为高安侯,以贤代丁明为大司马卫将军。贤年二十二,为三公,常给事中领尚书。

㊻赵氏:指赵飞燕。《汉书·孝成班倢伃传》载,许美人御幸孝成皇帝,有身,其十月中宫乳(产子)。(赵)昭仪谓成帝曰:“常给我言从中宫来。即从中宫来,许美人儿何从生中?许氏竟当复立

邪?”怼,以手自捣,以头击壁户柱,从床上自投地,啼泣不肯食。帝亦不食。昭仪曰:“陛下常自言:约不负女,今美人有子,竟负约,谓何?”帝曰:“约以赵氏故,不立许氏,使天下无出赵氏上者,毋忧也。”

㊼思致董于有虞:《汉书·董贤传》载,上宠董贤,置酒麒麟殿,上有酒所,从容视贤笑曰:“吾欲法尧禅舜,何如?”闳进曰:“天下乃高皇帝天下,非陛之有也。陛下承宗庙,当传子孙于亡穷。统业至重,天子无戏言。”上默然不说。是知汉哀帝欲使董贤为虞舜,以当天命。

㊽载:年代。此谓汉之世运。渝:改变。

【译文】

于是各种变幻已尽,天子观众满心陶醉;盘游之乐到了极点,怅惘之情死灰复燃。邀约护卫同好等等,微行出宫若贱所为。放弃尊位屈就卑微,将其皇印深深藏匿。遍观近郊远遂之物,往来乡间里巷之内。变化犹如神龙无已,彰明天子龙德高贵。然后历经妃嫔掖庭,前往皇帝欣欢之馆;捐弃华落色衰之女,追逐芳龄美容嫣婉。拥在中堂促迫而坐,鸟形酒樽举次难算。稀见之舞挨次进献,妙材骋伎精彩表演。妖冶之女美胜夏姬,歌声远比虞公弘婉。始时徐徐趋进,其体柔弱纤纤;仿佛难于自持,不任绮罗衣衫。口吐清商之曲,欲步将身逆转,更添妖姿媚态,实在富于冶艳。纷纷纵体轻举,赴节迅疾矫健,宛如惊鸿飞起,成群相随而还。振起红底丝履,舞于杯盘之间,挥举长长双袖,不断滚动舒卷。体态娇媚,善于打扮,衣服鲜丽,华彩灿烂。眉清目秀,流眄勾男,一顾倾城,绝世之妍。即使洁士展禽,或者佛门僧人,谁不受之迷惑?谁不为之动情?后宫列爵十有四等,竞相献媚获取宠幸,盛衰贵贱不会永恒,唯有帝爱必须当心。卫皇后获宠于发美,赵飞燕得爱于体轻。于是逞其心意,穷其欲情,终其一生,尽其娱兴。以《唐风》诗意为鉴戒,避免死后财物改姓。从君所为开始,当以法度相循,何必拘泥古礼，厚其古而薄今？只要皇帝宠爱，婕妤增号昭仪，董贤位卑为郎，封侯居公要职。孝成皇帝偏爱飞燕，约许天下无出赵氏，孝哀皇帝独宠董贤，欲将天下拱手与之。王闳于旁极力争谏，汉之国柄方安未易。

高祖创业，继体承基①。暂劳永逸②，无为而治③；耽乐是从④，何虑何思⑤！多历年所⑥，二百余期⑦。徒以地沃野丰⑧，百物殷阜⑨；岩险周固⑩，衿带易守⑪。得之者强，据之者久。流长则难竭，柢深则难朽⑫。故奢泰肆情⑬，馨烈弥茂⑭。

【注释】

①继体：继位。承基：承继基业。

②暂劳永逸：犹言“一劳永逸”。

③无为而治：《论语·卫灵公》曰：“无为而治者，其舜也与？”借言高祖建业之后，继体之君无须烦民，安稳守成，治理天下即可。

④耽乐：沉溺于游乐。从（zòng）：同“纵”，放纵。

⑤何虑何思：《周易·系辞》曰：“子曰：‘天下何思何虑？天下同归而殊涂，一致而百虑，天下何思何虑？’”韩康伯注云：“夫少则得，多则惑。涂虽殊，其归则同；虑虽百，其致不二。苟识其要，不在博求，一以贯之，不虑而尽矣。”借言继体之君，除放纵耽乐之外，别无思虑。

⑥年所：年数。所，次，数。

⑦二百余期：西汉从高祖建国至王莽篡汉，共历二百一十四年。期，一周年为一匝。也为期年。

⑧徒：只。沃：肥。

⑨殷：盛。阜：大。

⑩岩险周固：薛综注："谓左崤函，右陇坻，前终南，后高陵。"

⑪衿带：指衣襟和腰带。喻西京所占地势之关键和重要，易守而难攻。

⑫柢(dǐ)：本指树根。此喻根基。

⑬奢泰：奢靡太过。肆情：放肆其情欲。

⑭馨烈：馨香的事业。弥茂：益盛。

【译文】

高祖创建帝业，继体相袭承基。可谓一劳永逸，无为天下亦治；因之放纵耽乐，有何可虑可思！汉世相传多久，二百一十有四。只因土地肥沃，广野富饶，百物盛产，殷实大好；崤函险隘，周匝坚固；如衿如带，易守不负。得之者强盛，据有者久住。水源长远难枯竭，根柢深厚不腐朽。因之尽管奢靡纵情，流芳之事仍然多有。

鄙生生乎三百之外①，传闻于未闻之者②。曾仿佛其若梦③，未一隅之能睹④。此何与于殷人屡迁⑤，前八而后五⑥。居相圮耿⑦，不常厥土。盘庚作诰⑧，帅人以苦⑨。方今圣上，同天号于帝皇⑩，掩四海而为家⑪。富有之业，莫我大也。徒恨不能以靡丽为国华⑫，独俭啬以龌龊⑬，忘《蟋蟀》之谓何⑭。岂欲之而不能⑮，将能之而不欲欤⑯？蒙窃惑焉⑰，愿闻所以辩之之说也⑱。

【注释】

①鄙生：公子自谓，谦辞。即凭虚公子谦称。犹今言"鄙人"。三百：薛综注："自高祖以下，至作赋时也。"《后汉书·张衡传》称永元中作《二京赋》，十年乃成。从汉高祖元年(前206)至后汉和帝永元十七(105)，即元兴元年(105)，凡三百一十一年。以整数

言，故曰“三百”。

②未闻：前所未闻。者（dǔ）：李善注明古音，为与下面睹、五、土、苦等为韵。

③曾：尚，还。

④一隅：一角。喻所见狭小。

⑤此何与于殷人屡迁：意为欲迁都洛阳，何如殷之屡迁。与，如。

⑥前八：从契至成汤，传十四世，凡八迁都。《尚书序》曰：“自契至成汤八迁。”后五：此谓自成汤至盘庚间，五迁其都。《尚书序》曰：“盘庚五迁。”

⑦相：古地名。在今河南内黄。圮（pǐ）：毁坏。耿：古地名。在今河南温县。

⑧盘庚：殷商君主。《史记·殷本纪》曰：“帝盘庚之时，殷已都河北。盘庚渡河南，复居成汤之故居，乃五迁，无定处。殷民咨胥皆怨，不欲徙。盘庚乃告谕诸侯大臣……遂涉河南，治亳。行汤之政，然后百姓由宁，殷道复兴……作《盘庚》三篇。”诰：古时上对下进行训诫、勉励的文告。

⑨帅：率领。苦：世乱之苦。

⑩同天号：谓与天同号。

⑪掩：覆。犹言包括。

⑫靡丽：奢华。国华：为国之光荣。

⑬俭啬：节俭吝啬。龌龊（wò chuò）：李周翰注：“但恨不能靡丽华国，独为节爱以自小也。”

⑭《蟋蟀》：《诗经·唐风》中篇名。其诗句曰：“今我不乐，日月其迈。”谓今天我不及时享乐，光阴就将迅速过去。诗序以为刺俭不中礼。

⑮之：往。往就西京之奢华。

⑯不欲：不想离开东都。

⑰蒙窃惑焉：薛综注：“言我不解，何故反去西都，从东京，置奢逸，即俭啬也。”

⑱辩：通“辨”，明辨。说：分别解说。

【译文】

鄙人生于大汉开国三百年后，过去未曾听说之事多有传闻。至今我还仿佛仍在梦中，竟连一隅实况也未亲省。离开东都而归西京，何异盘庚迁回亳城，先是契至成汤八次迁都，后来又五徙乃至于盘庚。河亶甲从隞迁居相地，其子祖乙又迁都于耿，邢邑遭乱而被毁坏，不能永保其地为京。盘庚作诰劝民迁都，因受乱苦率众离耿。当今圣上，与天同号而称皇，囊括四海为家邦。十分富足的宏伟基业，无一可比我汉室之壮。但恨不能以此奢丽，而使国家得以荣光，偏以节俭吝惜小器度，竟将《唐风·蟋蟀》旨意忘。岂是想至奢丽而不能？还是能至却又不再想？我深感有点疑惑而不解，倾听明辨的解释是我希望。

卷第三·赋乙

京都中

张平子

见卷第二《西京赋》作者介绍。

东京赋一首

【题解】

此赋接《西京赋》而作，思想艺术都有鲜明的特色。作者以假设的凭虚公子之所论为否定对象，从正面加以铺陈描述，以阐明自己的思想见解。作品一开始即写到周室衰微和秦的竞奢与暴政，然后集中描述汉朝创业之艰，历数高、文、武、宣四帝的卓绝功业，尤其对光武剪除王莽、建都洛阳、承续皇统，倍加称颂，其中明显地表现出作者的政治理想和对社会现实的态度：提倡仁政，反对暴虐；主张君主要"克己复礼"，宽厚待民；防止声色物欲，要坚持勤勉俭朴。作者提出"所贵惟贤，所宝惟谷"，切莫"剿民以偷乐，忘民怨之为仇"，"水所以载舟，亦所以覆舟"，这些深刻的议论，无疑是对当权者的严重警告，也表现出作者对当时社会的深刻忧患意识。

作为大赋，对洛阳宫室的建筑，如宫殿、苑囿、城池、道路，以及郊祀、亲耕、射猎、驱鬼的描述,也极尽铺张扬厉之能事,对了解汉代礼仪和习俗,不无帮助。赋作语句清新,颇富文采。

安处先生于是似不能言[①],怃然有间[②],乃莞尔而笑曰[③]:"若客所谓末学肤受[④],贵耳而贱目者也。苟有胸而无心[⑤],不能节之以礼[⑥],宜其陋今而荣古矣[⑦]。由余以西戎孤臣[⑧],而悝缪公于宫室[⑨],如之何其以温故知新[⑩],研核是非[⑪],近于此惑。

【注释】

①安处先生于是似不能言:安处先生听了凭虚公子所讲西京的豪华,认为是违礼失道的,所以沉默不语。安处先生,作者假托的人名。

②怃(wǔ)然:失意不乐之貌。有间(jiàn):顷刻之间。间,顷刻,须臾。

③莞(wǎn)尔:薛综注:"舒张面目之貌也。"即微笑的样子。

④末学肤受:指学问不求根本,浅尝即止,仅及皮毛。薛综注:"末学,谓不经根本;肤受,谓皮肤之不经于心胸。"

⑤苟:犹"诚"。

⑥不能节之以礼:《论语·学而》:"不以礼节之。"节,节制。

⑦陋今而荣古:即厚古薄今之意。

⑧由余:春秋时晋人,流亡至西戎,为戎王贤相。出使至秦国以观秦之强弱,秦穆公请他参观宫室积聚,他讲西戎国君考虑到百姓的劳苦,不做这种劳民伤财的事。秦穆公听了以后十分惭愧。孤臣:薛综注:"谓孤陋之臣也。"

⑨悝(kuī):嘲谑。缪公:即秦穆公。

⑩温故知新:《论语·为政》:“温故而知新,可以为师矣。”

⑪研核:研究考核。

【译文】

安处先生此时好像不能言语,表现出不高兴的样子,过了片刻,才微笑着说:“你就是所谓见解肤浅,只相信耳闻不重视亲眼所见的人啊。实在是只凭想象并不加思考,不以礼仪的标准加以衡量,这就势必菲薄现实而崇尚往古。春秋时的由余是西戎一个孤陋寡闻的臣子,出使秦国时尚知嘲讽秦穆公修建宫室的奢华,为什么像你这样一位本应温故知新,考察明断是非的公子,却是如此不明事理。

“周姬之末[①],不能厥政,政用多僻[②]。始于宫邻[③],卒于金虎[④]。嬴氏搏翼[⑤],择肉西邑[⑥]。是时也,七雄并争,竞相高以奢丽。楚筑章华于前[⑦],赵建丛台于后[⑧]。秦政利觜长距[⑨],终得擅场[⑩]。思专其侈,以莫己若[⑪]。乃构阿房、起甘泉[⑫],结云阁、冠南山[⑬]。征税尽,人力殚。然后收以太半之赋[⑭],威以参夷之刑[⑮]。其遇民也,若薙氏之芟草[⑯],既蕴崇之[⑰],又行火焉。恀恀黔首[⑱],岂徒跼高天、蹐厚地而已哉[⑲]?乃救死于其颈。驱以就役,唯力是视[⑳]。百姓弗能忍,是用息肩于大汉[㉑],而欣戴高祖[㉒]。

【注释】

①周姬之末:姬是周朝国君之姓。末,指西周末世之王,即周厉王、周幽王。周朝的弊政从厉、幽二王开始。

②僻:偏,邪。

③宫邻:指周幽王宠爱褒姒,终至亡周之事。薛综注:“邻,近也。谓幽王近于宫室,惑于褒姒,卒有祸败也。”

④金虎:指秦。《淮南子·天文训》:"西方,金也……其神为太白,其兽白虎。"秦在西方,故以金虎指秦。一说指小人。

⑤嬴氏:秦王嬴姓,指秦国。搏翼:即傅翼,增添羽翼。薛综注:"《周书》曰:'无为虎搏翼,将飞入邑,择人而食也。'搏翼,谓著翼也。"搏,通"傅"。

⑥择肉:吞并,扫平之意。

⑦章华:台名。春秋楚灵王所建。故址在华容,今湖北监利境内。

⑧丛台:台名。战国赵武灵王所建。故址在今河北邯郸城内。

⑨秦政:秦始皇,秦庄襄王子,名政。利觜(zuǐ):尖锐的鸟喙。觜,同"嘴",鸟喙,移以称人。距:鸡爪。《春秋左传·昭公二十五年》:"季(平子)、郈(昭伯)之鸡斗,季氏介其鸡,郈氏为之金距。"后专指雄鸡足后突出如趾之尖骨。

⑩擅场:以斗鸡场作为比喻,强者胜弱者,专据一场。《说文解字》:"擅,专也。"

⑪以莫已若:没有能比得过自己的。薛综注:"莫,无也。若,如也。言始皇所以思专擅其奢侈者,以天下之君无如于我也。"

⑫阿房:阿房宫。薛综注引《三辅故事》:"秦始皇上林苑中作离宫别观一百四十六所,不足以为大会群臣。二世胡亥起阿房殿,东西三里,南北三百步,下可建五丈旗,在山之阿,故号阿房也。"甘泉:宫名。《三辅黄图·汉宫》:"甘泉宫,一曰云阳宫。"

⑬结:连。云阁:阁名。薛综注引《三辅故事》:"秦二世胡亥起云阁,欲与山齐。"故称云阁。冠:覆。南山:终南山,秦岭主峰之一,在长安南。吕延济注:"起观于南山巅也。"

⑭收以太半之赋:《汉书·伍被传》:"(秦)作阿房之宫,收太半之赋。"太半,韦昭注:"凡数三分有二为太半。"

⑮参夷之刑:指诛灭三族。《汉书·刑法志》:"秦用商鞅,连相坐之法,造参夷之诛。"参,即三。

⑯薙(tì)氏：掌管山泽除草的官。《周礼·薙氏》："薙氏掌杀草。"芟(shān)：除草。

⑰蕴祟：积聚。

⑱惵惵(dié)：同"喋喋"，恐惧貌。黔首：百姓。薛综注："《史记》曰秦皇更名民曰'黔首'，谓黑头无知也。"

⑲跼(jú)高天、蹐(jí)厚地：指窘迫，无处容身。跼，屈曲不伸。蹐，局促。

⑳唯力是视：意指榨干百姓劳力。

㉑息肩：卸去负担。

㉒高祖：汉高祖刘邦。

【译文】

"西周末年，厉、幽二王，昏庸暴虐，不能认真治理国家，国家政事出现许多邪僻歪风。开始宠信奸佞，沉溺女色，到最后岐周故地终于被秦占有。秦国雄踞西方，逐渐强盛，如虎添翼，吞并各诸侯领地。这时，七个强盛的国家并立争斗，互相竞争攀比，建造高大而华丽的宫殿。楚国最先建造章华台，接着赵国就修筑丛台，秦始皇利嘴长爪，终得独占天下。他想专享奢侈荣华，使天下都不如自己。于是修筑阿房宫，起造甘泉殿，宫殿连接高耸的云阁，云阁之高超过终南山之山巅。天下赋税征收已尽，百姓劳力也已耗竭。再用诛灭三族的酷刑威逼，收取过量的赋税。秦始皇对待百姓，就像除草官除草那样，先将它们堆积起来，然后一把火烧掉。战战兢兢的平民百姓，不仅饥寒交迫、无处安身，还得日夜担心被杀头。秦始皇驱赶百姓去服劳役，把他们的劳力全部榨干。百姓无法忍受秦的暴政，想休养生息于大汉王朝，因而欣然拥戴高祖皇帝。

"高祖膺箓受图①，顺天行诛②，杖朱旗而建大号③。所推必亡④，所存必固。扫项军于垓下⑤，绁子婴于轵涂⑥。因秦宫室[7],据其府库[8]。作洛之制[9],我则未暇[10]。是以西匠营宫[11],目翫阿房[12],规摹逾溢[13],不度不臧[14]。损之又损之[15],然尚过于周堂[16]。观者狭而谓之陋,帝已讥其泰而弗康[17]。

【注释】

①膺箓受图:指帝王亲受图箓,应运而兴。膺箓,薛综注:“谓当五胜之箓。”五胜指金木水火土五行相胜,言高祖当以火德王。箓,符命之书。受图,薛综注:“受图,卯金刀之语。”《汉书·王莽传》:“夫刘(劉)之为字,卯金刀也。”指当时阴阳家预言刘姓当接受天命的图书记载。

②顺天行诛:指汉高祖顺应天命斩蛇起事。《汉书·高帝纪》记载有大蛇当道,高祖拔剑斩蛇,蛇分为二,道开。“后人来至蛇所,有一老妪夜哭。人问妪何哭,妪曰:‘人杀吾子。’人曰:‘妪子何为见杀?’妪曰:‘吾子,白帝子也,化为蛇,当道,今者赤帝子斩之,故哭。’人乃以妪为不诚,欲苦之,妪因忽不见。”以此,刘邦以赤帝子自命。

③朱旗:《汉书·高帝纪》记载高祖于沛起事,杀牛羊以血涂旗鼓,“帜皆赤,由所杀蛇白帝子,杀者赤帝子故也”。大号:指名号。此指汉王号。

④推:伐,攻。

⑤项军:指项羽的军队。垓(gāi)下:地名。在今安徽灵璧东南。《汉书·高帝纪》:汉王“围羽垓下,羽夜闻汉军四面皆楚歌,知尽得楚地,羽与数百骑走,是以兵大败。灌婴追斩羽东城”。

⑥绁(xiè):绑缚。子婴:秦始皇长子扶苏之子。据《史记·高祖本纪》,赵高杀二世,立子婴,子婴杀赵高,去帝号,称王六十四日,刘邦兵至霸上,“秦王子婴素车白马,系颈以组,封皇帝玺符节,降轵道旁”。轵(zhǐ)涂:即轵道,亭名。在今陕西西安东北。

⑦因:仍。

⑧据:就。府库:《礼记·曲礼》郑玄注:“府,谓宝藏货贿之处也。库,谓车马兵甲之处也。”

⑨作洛:周建都于镐京,成王时,周公以洛阳作为东都,后世称为作洛。此指另建新都。

⑩我:指汉高祖。

⑪西匠:指秦国旧工匠。

⑫翫(wàn):习惯。

⑬规摹:指制度程式。逾:超过。

⑭度:法度。臧:完善。

⑮损:减。

⑯周堂:指周代宫室。

⑰泰:奢华。康:安。

【译文】

“高祖承受符命应运而兴,顺从天意斩蛇起义,举起朱红色的旗帜,建立大汉名号。所要讨伐的一定使其灭亡,所要保护的一定让它牢固。在垓下一战扫荡了项羽的军队,在轵道亭旁秦王子婴自缚投降。汉初沿用秦国宫殿,占据旧时府库。至于另建新都,我大汉初期尚无暇顾及。因用秦国工匠营造宫殿,工匠习惯于阿房宫那种豪华样式,所以长安宫室的建筑都超过规模,不合法度也不完美。尽管高祖对宫室建造减之又减,可是还是超过周朝宫殿的规模。观者以为狭小而简陋,但高祖还是嫌它过于豪华而不安。

“且高既受命建家①,造我区夏矣②。文又躬自菲薄③,治致升平之德。武有大启土宇④,纪禅肃然之功⑤。宣重威以抚和戎狄⑥,呼韩来享⑦。咸用纪宗存主⑧,飨祀不辍⑨,铭勋彝器⑩,历世弥光⑪。今舍纯懿⑫,而论爽德⑬,以《春秋》所讳而为美谈[14]，宜无嫌于往初[15]，故蔽善而扬恶，祇吾子之不知言也[16]。

【注释】

①高：汉高祖。建家：建立国家。

②区夏：诸夏之地，指中国。

③文：汉文帝。菲薄：俭约。《汉书·文帝纪》："欲作露台，召匠计之，直百金。上曰：'百金，中人十家之产也。吾奉先帝宫室，常恐羞之，何以台为？'"所以汉代文、景之治，称为太平盛世。

④武：汉武帝。大启土宇：开拓疆域。

⑤纪禅肃然：指汉武帝封禅事。在泰山祭天，又至肃然山祭地。纪，记。禅，即封禅。古代帝王祭天地的大典。在泰山上筑土为坛，报天之功，称封；在泰山下的某山上辟场祭地，报地之德，称禅。肃然，山名。在今山东莱芜。《汉书·郊祀志》："丙辰，禅泰山下阯东北肃然山，如祭后土礼。"

⑥宣：汉宣帝。抚：安。戎狄：古代泛指我国西部和北部少数部族。

⑦呼韩：即匈奴呼韩邪单于。享：献。《汉书·宣帝纪》载，甘露二年(前52)冬十二月，"匈奴呼韩邪单于款五原塞，愿奉国珍朝"。

⑧纪宗存主：李周翰注："高皇帝为太祖庙，文皇帝为太宗庙，武皇帝为代宗庙，宣皇帝为中宗庙。此四庙代代不迁毁其主。"即这几位皇帝全用纪宗，称"宗"的皇帝其神主长期保存不迁毁，不断享受祭祀。

⑨飨：通"享"，享受。

⑩铭勋彝器：《春秋左传·襄公十九年》："夫大伐小，取其所得以作彝器，铭其功烈，以示子孙。"铭，勒，镌刻。勋，功勋，业绩。彝器，古代宗庙之青铜祭器，如钟、鼎、尊、俎之类。

⑪历：经。弥：益。

⑫纯懿:高尚完美的德行。纯,大。懿,美。

⑬爽德:失德。

⑭《春秋》所讳:《春秋公羊传·闵公元年》:"《春秋》为尊者讳,为亲者讳,为贤者讳。"此不言君过,是为尊者讳。讳,隐讳。

⑮宜:义。嫌:憎恶,怨恨。往初:此指西汉。

⑯衹(zhǐ):仅仅,只是。衹与"适""是""禔""疷"等字音近,常相通假;又与"秖""祇"等字形近,古籍中常多混用。此应作"衹",只是义。

【译文】

"且说高祖皇帝接受天命缔造国家,统一我华夏。文帝又身体力行,俭约勤勉,治理天下,升平繁华。武帝有开拓疆域,登泰山祭天、在肃然山祭地,建汉家封禅之功。宣帝对西戎北狄恩威并加,呼韩邪单于朝贡进献皇家。这几位帝王全用纪宗长期保存神主,享用庙祀永远不断,其功勋铭刻在青铜祭器上,经历世代愈远,其功勋愈放光芒。如今公子舍弃四帝纯美之德不谈,而谈论过失,《春秋》所避讳的谈君之恶,今公子却以为美谈,应该说公子对西汉并不反感,之所以如此蔽善而扬恶,是公子不懂立言之道啊。

"必以肆奢为贤①,则是黄帝合宫②,有虞总期③,固不如夏癸之瑶台④,殷辛之琼室也⑤。汤武谁革而用师哉⑥?盍亦览东京之事以自寤乎⑦?且天子有道,守在海外⑧。守位以仁⑨,不恃隘害⑩。苟民志之不谅⑪,何云岩险与襟带⑫!秦负阻于二关⑬,卒开项而受沛⑭。彼偏据而规小⑮,岂如宅中而图大⑯。

【注释】

①肆奢:过于奢侈。肆,放。

②黄帝:少典之子,姓公孙,居轩辕之丘,故号轩辕氏。又居姬水,因改姓姬。国于有熊,故亦称有熊氏。败炎帝、杀蚩尤,诸侯尊为天子。合宫:黄帝宫室。薛综注:“谓黄帝明堂,以草盖之,名曰合宫。”

③有虞:虞舜,古帝名。姚姓,有虞氏,名重华。尧命摄政三十年,天下大治,受禅继尧位,在位四十八年。总期:虞舜宫室。薛综注:“舜之明堂,以草盖之,名曰总章。”高步瀛《文选李注义疏》曰:“总章、总期之义,皆同合宫。以各礼总于此表章,故名总章。以各礼总于此期会,故名总期。字异而义则同也。”

④夏癸:即夏桀。相传夏代最后一个君王,名履癸,荒淫暴虐,成汤起兵伐桀,被俘,流死南巢。瑶台:夏桀的宫室。

⑤殷辛:商朝传至盘庚,迁都殷(今河南安阳小屯村),后来或殷商互举,或殷商连称。辛,即纣王,商代最后一位君主,帝乙之子,名受,号帝辛,史称纣王。为周武王所灭。琼室:纣王的宫室。李善注引《汲冢古文》:“夏桀作倾宫瑶台,殚百姓之财。殷纣作琼室,立玉门也。”

⑥汤武:商汤和周武王。《周易·革》:“汤、武革命,顺乎天而应乎人。”谁革而用师:高步瀛《文选李注义疏》曰:“《释文》‘革’本作‘亟’。是‘亟’与‘革’通也。谁,何也。言何必亟亟于用师也。”

⑦盍:何不。事:指行事。

⑧“且天子”二句:《淮南子·泰族训》:“故天子得道,守在四夷。天子失道,守在诸侯。”道,指仁义。守,守卫疆土。《尚书·舜典》“岁二月,东巡守”,孔传:“诸侯为天子守土,故称守。”海外,指边远之地。

⑨守位以仁:《周易·系辞》“何以守仁,曰仁”,《周易集解》引宋衷

曰:“守位,当得士大夫、公、侯,有其仁贤,兼济天下。”仁,指仁人,即有才德的人。

⑩恃:依赖,凭借。隘害:险要的关隘、地形。隘,险。

⑪谅:信。

⑫襟带:指山川屏障环绕,如襟如带。比喻地势险要。

⑬负:恃。二关:指函谷关和武关。

⑭开项:指项羽打开函谷关而入咸阳。项,项羽。受沛:汉刘邦攻破武关,而入咸阳。沛,刘邦。刘邦起兵于沛,众拥立为沛公。

⑮彼:指秦。据:依。

⑯宅中而图大:指得地势之利,居中便于控制四方。

【译文】

“如果一定要以过分奢华为美善,那么黄帝的合宫、虞舜的总期,都是以草盖起来的,当然不及夏桀的瑶台和殷纣王的琼室了,但为什么商汤和周武王要兴师讨伐夏桀和纣王呢?公子何不观察一下东京的实际情况,使自己心中有所觉悟呢?况且天子以仁义治天下,四海之外的诸侯都会为他守卫疆土。君主地位的巩固,必须依靠德才贤良的人,不依赖险要的地形和关隘。如果民心不服还谈得上什么‘岩险周固,襟带易守’!秦国依靠函谷关和武关的险阻,最后还是被项羽和沛公攻破了。秦国偏据关西,规模狭小,怎及东都洛阳居国之中,便于控制四方?

“昔先王之经邑也①,掩观九隩②,靡地不营③。土圭测景④,不缩不盈⑤。总风雨之所交,然后以建王城⑥。审曲面势⑦,溯洛背河⑧,左伊右瀍⑨,西阻九阿⑩,东门于旋⑪。盟津达其后⑫,太谷通其前⑬。回行道乎伊阙⑭,邪径捷乎轘辕⑮。

【注释】

①先王：指周成王。邑：洛邑。

②掩观：遍观。掩，遍及，尽。九隩（ào）：九州以内。隩，可以定居的地方。

③营：度，丈量。

④土圭：古代用以测日影、正四时和测度土地的器具。《周礼·大司徒》："以土圭之法，测土深，正日景，以求地中。"

⑤缩：短。盈：长。

⑥"总风雨"二句：薛综注："四时之所交，风雨之所会，阴阳之所和，乃建王国也。"总，括。王城，帝王的都城，指周代东都洛邑。故址在今河南洛阳西。周公摄政五年，成王在镐京，使召公营建洛邑，谓之王城，是为东都。

⑦审曲面势：审察地形曲直及阴阳面背之势。薛综注："审，度也。谓审察地形曲直之势，而建王都。"

⑧溯（sù）：向。洛：洛水。源出陕西北部，流经河南洛阳，汇伊水，入黄河。河：指黄河。

⑨伊：伊水。流经洛阳。瀍（chán）：瀍水。源出河南西北谷城山，经洛阳城东入洛水。

⑩阻：险。九阿（ē）：长坂名。即九曲阪。《水经·洛水》"又东北出散关南"注云："洛水东，迳九曲南，其地十里，有坡九曲。"阿，曲。

⑪东门于旋：东有旋门。薛综注："在成皋西南十数里。阪形周屈，故曰于旋。"高步瀛《文选李注义疏》引朱珔曰："《水经·河水》注云：河水东迳旋门坂北，今成皋西大阪，升陟此阪，而东趋成皋。"曹大家《东征赋》"望河洛之交流，看成皋之旋门"即此。《读史方舆纪要》谓成皋城、虎牢关，皆在开封府汜水县，县有旋门关。

⑫盟津：地名。即孟津。在洛阳北。相传周武王伐纣与八百诸侯会盟于此，故又名盟津。

⑬太谷：地名。即大谷，又称大谷口。高步瀛《文选李注义疏》引《读史方舆纪要》曰："大谷在河南府东南五十里，亦曰大谷口。灵帝时八关之一也。"在今河南洛阳南。

⑭伊阙：地名。在今洛阳南，即春秋周阙塞。《水经注·伊水》："伊水又北入伊阙。昔大禹疏以通水，两山相对，望之若阙。伊水历其间，北流，故谓之伊阙矣。《春秋》之阙塞也。"即今之龙门石窟处。

⑮轘(huán)辕：山名。关口名。在今河南偃师东南。山路险阻，凡十二曲，循环往还，故称轘辕。

【译文】

"从前周成王经营洛邑，遍观九州，无一处不被察看。用土圭在此测量日影，不短也不长。察看到四时风雨在此交会，然后决定在此建造王城。审察地形高低曲直、左右面背之形势，就可以看到，它面向洛水，背靠黄河；伊水在左，瀍水在右；西有九曲长坂之险，东有旋门关隘；后与孟津相接，前与大谷相通。蜿蜒的大道通达伊阙，倾斜的山径经过轘辕关口。

"大室作镇[①]，揭以熊耳[②]。底柱辍流[③]，镡以大岯[④]。温液汤泉[⑤]，黑丹石缁[⑥]。王鲔岫居[⑦]，能鳖三趾[⑧]。宓妃攸馆[⑨]，神用挺纪[⑩]。龙图授羲[⑪]，龟书畀姒[⑫]。召伯相宅[⑬]，卜惟洛食[⑭]。周公初基[⑮]，其绳则直[⑯]。苌弘魏舒[⑰]，是廓是极[⑱]。经途九轨[⑲]，城隅九雉[⑳]。度堂以筵，度室以几[㉑]。京邑翼翼[㉒]，四方所视。汉初弗之宅，故宗绪中圮[㉓]。巨猾间舋[㉔]，窃弄神器[㉕]。历载三六[㉖]，偷安天位[㉗]。于时蒸民[㉘]，罔敢或贰[㉙]，其取威也重矣[㉚]！

【注释】

①大室：亦称太室，中岳嵩山的别名。在今河南登封北。镇：一方的主山。《尚书·尧典》“封十有二山”，孔传：“每州之名山殊大者，以为其州之镇。”

②揭：标志。薛综注：“揭，犹表也。”熊耳：山名。即熊耳山。在河南洛水与伊水之间。

③底柱：即今河南三门峡市黄河急流中的三门山。亦作“砥柱”。辍：止。

④镡(xín)：剑柄末端的突起部分。大岯(pī)：山名。一作“大伾”。在今河南浚县西南。

⑤温液：汤泉流出的水。汤泉：即温泉。薛综注：“(温泉)在河南梁县界中也。”

⑥黑丹：石墨。石缁(zī)：即缁石，一种黑石。为押韵而倒置。

⑦王鲔(wěi)：大鲔鱼。岫：山洞。

⑧能鳖：传说中的一种三足鳖。李善注：“《尔雅》曰：‘鳖三足曰能。’”一说“能”字为“熊”，高步瀛《文选李注义疏》曰：“《说文》及《字林》皆云：能，熊属，足似鹿。”

⑨宓(fú)妃：传说洛水女神名。《楚辞·九叹·愍命》“迎宓妃于伊洛”，王逸注：“宓妃，神女，盖伊、洛水之精也。”《史记·司马相如列传·索隐》引如淳注：“宓妃，伏羲女，溺死洛水，遂为洛水之神。”攸馆：居住之所。攸，所。

⑩神用挺纪：薛综注：“成王迁九鼎于洛邑，卜年七百，卜世三十。后皆如其言，故云神所挺纪，谓告年纪之处也。”

⑪龙图授羲：薛综注引《尚书传》：“伏羲氏王天下，龙马出河，遂则其文，以画八卦，谓之河图。”龙图，即河图。传说由龙马从黄河中负出，因称龙图。

⑫龟书畀(bì)姒：薛综注引《尚书传》：“天与禹，洛出书。谓神龟负

文而出,列于背。”龟书,即洛书。畀,赐。姒,此指禹。禹,姒姓。

⑬召伯:即召公,姬姓,名奭。周的支族,周武王之臣。封地在召,故称召公或召伯。

⑭卜惟洛食:意谓占卜在洛阳建都吉利。《尚书·洛诰》:“我乃卜涧水东、瀍水西,惟洛食;我又卜瀍水东,亦惟洛食。”孔传:“卜必先墨画龟,然后灼之,兆顺食墨。”食,谓吉兆。

⑮周公:姬姓,名旦,周文王之子。辅助武王伐纣,封于鲁。武王死后,成王年幼,周公摄政。七年,建成周洛邑。初基:指初造洛邑。基,开始。

⑯其绳则直:薛综注:“周公绳度之,合于制度。”绳,指建筑施工用的绳尺。

⑰苌弘:春秋周敬王大夫。魏舒:春秋晋顷公大夫。二人曾一起主持重修周的王城。

⑱廓:规。极:致。

⑲经:南北为经。途:大道。九轨:指大道宽度可同时容九辆车子并行。九,言其多,表示大道的宽阔。轨,车辙。

⑳城隅:城楼。因位于城角、城曲处,故称为城隅。九雉:极言城墙之高大。雉,计算城墙面积的单位。长三丈、高一丈为一雉。

㉑“度堂”二句:度,度量长短的标准。堂,明堂。筵,垫底的竹席。薛综注:“筵,席也,长九尺。几,俎也,长七尺。”

㉒京邑:大邑,指洛阳。翼翼:庄严雄伟的样子。

㉓宗绪:宗庙之统。绪,统。圮(pǐ):断绝。

㉔巨滑:大恶人。此指王莽。王莽为元帝皇后之侄,平帝幼,以莽为大司马,号安国公。平帝死,立孺子婴为帝,自称“摄皇帝”。三年后代立称帝,改国号曰新。后为义军所杀。间:候。舋(xìn):隙。

㉕神器:指帝位。

㉖三六：十八年。指从王莽居摄称“摄皇帝”算起，至其被杀，篡位共十八年。

㉗天位：帝位。

㉘蒸民：同“烝民”，众民百姓。

㉙罔：无。

㉚威：畏。重：多。

【译文】

“嵩山巍巍为主山，高高熊耳山是标志。底柱山挡住黄河水流，大坯山耸立像宝剑插入天际。温泉流出温热的泉水，山陵含有各种黑色丹石。大鲔鱼穴居在山洞里，还有三只足的能鳖。这里有神女宓妃居住的馆舍，神所预告朝代的年限。传说龙马从黄河出来将河图授给伏羲，神龟从洛水出来将背上天书赐给夏禹。召公察看地形以建帝都，占卜之后唯有洛阳最吉利。周公开始营建洛邑，用绳尺度量一切依照礼制。苌弘魏舒来主持重修王城，规模宏大达到极致。南北大道无比宽阔，高大的城楼巍巍耸立。设计明堂用九尺竹席，度量宫室用七尺俎几。洛阳大邑庄严雄伟，四面八方都很关注称意。汉初不在这里建都，所以宗庙统绪中途断绝。大恶人王莽趁着汉室微弱的空子，窃居帝位。历时一十八年，苟且偷安享受皇帝宝座。这时的黎民百姓，不敢对他怀有反抗之心，因为非常畏惧他的威势。

“我世祖忿之[①]，乃龙飞白水[②]，凤翔参墟[③]。授钺四七[④]，共工是除[⑤]。欃枪旬始[⑥]，群凶靡余。区宇乂宁[⑦]，思和求中[⑧]。睿哲玄览[⑨]，都兹洛宫。曰止曰时[⑩]，昭明有融[⑪]。既光厥武[⑫]，仁洽道丰[⑬]。登岱勒封[⑭]，与黄比崇[⑮]。

【注释】

①世祖：汉光武帝刘秀。更始三年(28)即帝位，定都洛阳，是为东汉。

②龙飞：比喻皇帝的兴起或即位。《周易·乾》“飞龙在天，利见大人”，孔疏：“若圣人有龙德，飞腾而居天位。”白水：地名。刘秀生于南阳白水乡(今河南南阳)，谶称白水真人。

③凤翔：薛综注：“龙飞凤翔，以喻圣人之兴也。”参墟：指河北。河北为参宿分野。参，参宿，星座名。在西方。高步瀛《文选李注义疏》曰：参为晋星，光武诛王郎于邯郸，邯郸春秋时属晋。“参墟，谓晋也。”“赵本晋地，故借用之耳。”

④授钺：授给斧钺，象征权力。斧钺，兵器名。四七：指云台二十八将。即刘秀麾下助其统一天下的功劳最大、能力最强的二十八位将领。

⑤共工：古代传说中的天神。《淮南子·天文训》：“昔者共工与颛顼争为帝，怒而触不周之山，天柱折，地维绝。”此处以共工喻王莽。

⑥欃(chán)枪：彗星的别名。旬始：本为星名。此处作为妖孽的象征。

⑦区宇：疆土境域。区，指疆域。宇，指上下四方。乂(yì)宁：安宁。

⑧思和求中：薛综注：“言海内既已乂安，思求阴阳之和，天地之中而居之。”

⑨睿哲：圣明，用为对皇帝的敬辞。玄览：深察。《老子》十章“涤除玄览”，河上公注：“心居玄冥之处，览知万事，故谓之玄览。”

⑩止：定居。时：通“跱”，止息，停止。

⑪昭明：显明，光明。融：长。

⑫既光厥武：薛综注：“止戈曰武。《谥法》曰：‘功格天下曰光，克定祸乱曰武。’”

⑬仁洽道丰：薛综注："言仁义之道大丰盛也。"洽，合。丰，盛。

⑭岱：泰山。勒：镌刻功名于石。封：封泰山，即在泰山上筑土为坛祭天，报天之功，为封。

⑮黄：指黄帝。崇：尊。

【译文】

"我世祖光武皇帝愤恨王莽的篡逆，于是率众起义于白水乡如天龙飞腾，诛伐王郎于河北如凤凰翱翔。授斧钺于二十八将，王莽之类恶人才被歼除。灾星妖孽一扫光，作乱群凶无遗存。海内既已安定，天子就想在阴阳调和之处，国家中心之地定都。皇帝圣明洞察一切，决定在洛阳城建立国都。皇帝在洛阳建都居住，必有光明大德永远昌盛。既已大功告成，平定祸乱，仁义之道遍天下，于是东登泰山祭天，刻石纪功，举行封禅大礼，可与黄帝比其尊崇。

"逮至显宗①，六合殷昌②。乃新崇德，遂作德阳③。启南端之特闱④，立应门之将将⑤。昭仁惠于崇贤⑥，抗义声于金商⑦。飞云龙于春路⑧，屯神虎于秋方⑨。建象魏之两观⑩，旌六典之旧章⑪。其内则含德、章台、天禄、宣明、温饬、迎春、寿安、永宁⑫，飞阁神行⑬，莫我能形⑭。濯龙芳林⑮，九谷八溪⑯。芙蓉覆水⑰，秋兰被涯⑱。渚戏跃鱼⑲，渊游龟蠵⑳。永安离宫㉑，修竹冬青㉒。阴池幽流㉓，玄泉洌清㉔。鹎鶋秋栖㉕，鹘鸼春鸣㉖。雎鸠丽黄㉗，关关嘤嘤㉘。

【注释】

①逮：及。显宗：汉明帝。

②六合：上下与四方，共六个方面为六合，泛指天下。殷：盛。

③"乃新崇德"二句：新，翻新。崇德、德阳，皆洛阳宫中殿名。崇德

殿在南宫，光武时本有，故曰新；德阳殿在北宫，明帝始立，故曰作。

④启：开。南端：端门。薛综注："端门，南方正门。"李善注引《洛阳宫舍记》："洛阳有端门。"闱：宫中之门。

⑤应门：中门。《诗经·大雅·绵》"应门将将"，毛传："王之正门曰应门。"将将：严正之貌。

⑥崇贤：为南宫崇德殿之东门。薛综注："东方为木，主仁，如春以生万物，昭天子仁惠之德。"

⑦金商：为南宫崇德殿之西门。薛综注："西为金，主义，音为商，若秋气之杀万物，抗天子德义之声。"

⑧云龙：北宫德阳殿东门称云龙门。薛综注："飞，飞龙也。《易》曰'云从龙'，为木兽。"春路：东方道。

⑨屯：陈。神虎：北宫德阳殿西门称神虎门。秋方：西方。

⑩象魏之两观：象魏为宫廷外的阙门。古代宫廷门外有二台，上作楼观，上圆下方，两观双植。门在两旁，中央阙然为道，为悬示教令之处，谓之象魏。

⑪旌：表明。六典：《周礼·太宰》曰：太宰掌建邦之六典，一曰治典，二曰教典，三曰礼典，四曰政典，五曰刑典，六曰事典。典，为国家制度，法则，即国之大法。旧章：旧时的典章制度。

⑫含德、章台、天禄、宣明、温饬、迎春、寿安、永宁：皆殿阁名。

⑬飞阁神行：宫殿之间阁道相连，凌空高架，故曰飞。看不到飞阁中之人往来行走，故曰神行。

⑭形：形状。

⑮濯（zhuó）龙：池名。薛综注："《洛阳图经》曰：濯龙，池名。故歌曰：'濯龙望如海，河桥渡似雷。'"芳林：宫苑名。三国时改为华林园。

⑯九谷、八溪：皆养鱼池名。

⑰芙蓉：荷花。

⑱秋兰：香草名。生水边，秋季开花。

⑲渚：水边。

⑳蠵(xī)：一种大龟。

㉑永安：宫名。高步瀛《文选李注义疏》曰："《洛阳宫殿名》曰：永安宫周回六百九十八丈，故基在洛阳故城中。"离宫：古代帝王于正式宫殿之外，别筑宫室，以便随时游处，谓之离宫，表示与正式宫殿分离之意。

㉒修：长。

㉓幽流：伏沟，从地下流通于河。

㉔玄泉：幽深的泉水。玄，黑色。洌：清澄貌。

㉕鹎鶋(bēi jū)：鸟名。又名鸦鸟、鹎鸟。小而多群，腹下白色。

㉖鹘鸼(gǔ zhōu)：鸟名。似山鹊而小，短尾，青黑色，多声。一说即斑鸠。

㉗雎鸠：水鸟。又名王鸠，俗名鱼鹰。丽黄：即黄鹂，又名仓庚。

㉘关关嘤嘤：象声词，鸟鸣声。

【译文】

"到了汉明帝的时候，天下四方都十分太平昌盛。于是翻新南宫崇德殿，又建造北宫德阳殿。开辟南方之正大门，新建立的中门严正堂皇。南宫崇贤东门显示出天子仁惠之德，南宫金商西门高标出君主德义的声望。北宫云龙东门飞架在通往东方的大道上，北宫神虎西门坐落在向西的方向。在宫廷前面兴建阙门两观，中间高悬古时的六典表明国家法令条章。宫内含德、章台、天禄、宣明、温饬、迎春、寿安、永宁八座宫殿，富丽堂皇。高阁凌空飞架，宫人往来其中如神仙穿行，无法描述那些形状。宫墙内有濯龙池、芳林园，以及九谷、八溪养鱼池塘。荷花覆盖着水面，兰草长遍池塘岸旁。水边鱼儿嬉戏跳跃，深水处有大龟鳖在游荡。北宫东北的永安离宫，丛丛翠竹冬夏常青，繁茂生长。阴池的水在地下流淌，泉水幽深，澄澈清凉。秋天鹎鶋栖息枝头，春天鹖鴠声声啼叫忙。还有那水上雎鸠，枝上黄鹂，关关嘤嘤，宛转歌唱。

于南则前殿灵台[1]，龢驩安福[2]。謻门曲榭[3]，邪阻城洫[4]。奇树珍果，钩盾所职[5]。西登少华[6]，亭候修敕[7]。九龙之内[8]，寔曰嘉德[9]。西南其户[10]，匪雕匪刻。我后好约[11]，乃宴斯息[12]。于东则洪池清蘌[13]，渌水澹澹。内阜川禽[14]，外丰葭菼[15]。献鳖蜃与龟鱼[16]，供蜗蠯与菱芡[17]。其西则有平乐都场[18]，示远之观。龙雀蟠蜿[19]，天马半汉[20]。瑰异谲诡[21]，灿烂炳焕[22]。奢未及侈，俭而不陋。规遵王度[23]，动中得趣[24]。于是观礼，礼举仪具[25]。

【注释】

①前殿：路寝。灵台：殿名。五臣本作“云台”，高步瀛《文选李注义疏》曰：“此南宫云台也。灵台别在下文。‘灵’但传写误耳。”

②龢驩、安福：皆宫殿名。龢，古“和”字。驩，古“欢”字。

③謻（yí）门：即宣阳门，门内有宣阳冰室。榭：台有木曰榭。

④阻：依。洫（xù）：护城河。

⑤钩盾：官署名。掌管苑囿果树的官吏。

⑥少华：指西园中的小山。

⑦亭候：本指边境上监视敌情的岗亭。此指少华山上之候馆楼，可以登临眺望。修敕：翻修整理。

⑧九龙：薛综注：“本周时殿名也。门上有三铜柱，柱有三龙相纠绕，故曰九龙。”

⑨寔：通“实”，是。嘉德：殿名。在九龙门内。

⑩西南其户：指殿舍门户之多，或西或南。

⑪我后：指汉明帝。后，指君主。

⑫宴：安。息：止。

⑬洪池：池名。在洛阳城东，亦作“鸿池”。籞(yǔ)：禁苑，周围有篱落，禁人往来。一说为养鸟处，犹苑之蓄兽，池之蓄鱼。

⑭阜：多。川禽：鳖蜃之类水生动物。

⑮丰：饶。葭菼(jiā tǎn)：芦荻之类。

⑯蜃(shèn)：大蛤。《国语·晋语》韦昭注：“小曰蛤，大曰蜃。”

⑰蜗：螺。蠯(pí)：蚌。菱：菱角。芡：水生植物，又名鸡头，乌头。

⑱平乐：台观名。即平乐观。都场：大场地。都，指聚会。薛综注：“为大场于上，以作乐，使远观之，谓之平乐，在城西也。”

⑲龙雀：传说中的神鸟，即飞廉。《汉书·武帝纪》“长安飞廉馆”应劭注：“飞廉，神禽，能致风气者也。”晋灼注：“身似鹿，头如爵，有角而蛇尾，文如豹文。”高步瀛《文选李注义疏》曰：“明帝永平五年，至长安迎取飞廉并铜马，置上西门外(平乐观)。”蟠蜿：盘曲貌。

⑳天马：即铜马。半汉：一说为半霄汉之意，形容铜马之高与天马行空之势。一说为纵驰之意。

㉑瑰异：奇异。谲(jué)诡：怪诞，变幻。

㉒灿烂炳焕：洁白鲜明之貌。

㉓规：摹。遵：循。王度：先王之法度。

㉔动中得趣(qū)：指举动合乎礼制。得，通“德”。趣，与……相应。

㉕礼举仪具：礼仪具备。

【译文】

南面有路寝，南宫云台、龢驩、安福三座大殿，宣阳门上有木榭曲折回环，下有护城沟河依墙蜿蜒。园中奇树珍果，有掌管苑囿果树的钩盾所管。登上西园少华山，山上候馆楼已修缮，可登高望远。从庄严的九龙门进去，里面是嘉德大殿。殿舍门户众多，不雕不刻，正是古朴礼制的体现。我皇明帝崇尚俭约，就在这里安居止息。至于东面，有洪池禁苑，池中碧波荡漾。水中鱼鳖繁多，池边长满了芦苇荻草。这里可以进献龟蛤和鱼鳖，以及螺蚌和菱角、鸡头等物品。西面有平乐观大广场，在场上作乐，使远处之人都可以观看。平乐观中设有从长安迎来的神鸟飞廉，以及铜马铸像。飞廉有飞旋盘曲之态，铜马如天马行空之势。奇异怪诞，形象生动，鲜明灿烂。整个建筑，豪华而不靡费，俭朴而不粗陋。遵照先王的法度规矩，举动都合于礼的要求。在这里观赏典礼，礼法齐全礼仪也很完备。

“经始勿亟①，成之不日②。犹谓为之者劳，居之者逸。慕唐虞之茅茨③，思夏后之卑室④。乃营三宫⑤，布教颁常⑥。复庙重屋⑦，八达九房⑧。规天矩地⑨，授时顺乡⑩。造舟清池⑪，惟水泱泱⑫。左制辟雍⑬，右立灵台⑭。因进距衰，表贤简能⑮。冯相观祲⑯，祈褫禳灾⑰。

【注释】

①经始：开始经营宫室。亟：急。

②成之不日：即不日成之。薛综注：“言不用一日即成之。”一说即不限期日建成。

③唐虞：唐尧、虞舜。茅茨：茅草屋顶。《韩非子·五蠹》：“尧之王天下也，茅茨不剪，采椽不斫。”

④夏后：夏禹。卑室：低陋的宫室。

⑤三宫：即明堂、辟雍、灵台，亦称三雍宫。为古代帝王举行祭祀、典礼的场所。《后汉书·光武帝纪》：中元元年(56)，初起明堂、灵台、辟雍。

⑥布教：布行教化。颁常：颁布旧章。常，旧章，旧典。

⑦复庙重屋:指明堂的栋梁屋檐和屋顶都有两重。

⑧八达九房:指明堂有九室,室有八窗。《后汉书·光武帝纪》注引《礼图》曰:"建武三十一年作明堂,上员下方,十二堂法日辰,九室法九州。室八窗,八九七十二,法一时之王,室有十二户,法阴阳之数。"

⑨规天矩地:指明堂上圆下方,圆者象天,方者象地。

⑩授时顺乡:指随着四时不同季节,在明堂的不同方向的室屋发布政令。乡,方。

⑪造舟:连船为桥,即今之谓浮桥。《诗经·大雅·大明》:"造舟为梁,不显其光。"

⑫泱泱:池水深广的样子。

⑬辟雍:古代学官。

⑭灵台:观测天象之所。

⑮"因进距衰"二句:李善注引《尸子》曰:"治国有四术:一曰忠爱,二曰无私,三曰用贤,四曰简能。"因进距衰,指举用贤能,拒斥不贤。进,善。距,通"拒"。衰,老。简能,择能。

⑯冯相:即冯相氏,古代官名。掌天文。《周礼·冯相氏》郑注:"冯,乘也;相,视也。世登高台,以视天文之次序。"祲(jìn):古代所谓阴阳二气相侵所形成的不祥之气。

⑰祈:求。褫(sī):福。禳:除。

【译文】

"开始修建宫室,施工从容不慌不急,建成之时不限时日。这样天子还认为修建的人劳苦,居住在宫室的人安逸。仰慕唐尧虞舜的茅屋,思念夏禹的陋室。于是营造明堂、辟雍和灵台三座宫殿,施行教化、颁布旧典常礼。明堂双重栋檐和双重屋宇,堂有九室,室有八窗。上圆象天而下方法地,天子随不同时令在不同方向发布政令。在清水池上架起浮桥,池水清澈深广。左边设置辟雍学宫教授子弟,右边建立灵台以观天象。举用德行良善者，屏退失德不才之人；表彰推荐贤良，选拔有能之才。冯相善于观察不祥之兆，向上天祈求福佑免除灾殃。

“于是孟春元日[①]，群后旁戾[②]。百僚师师[③]，于斯胥洎[④]。藩国奉聘[⑤]，要荒来质[⑥]。具惟帝臣[⑦]，献琛执贽[⑧]。当觐乎殿下者[⑨]，盖数万以二[⑩]。尔乃九宾重[⑪]，胪人列[⑫]。崇牙张[⑬]，镛鼓设[⑭]。郎将司阶[⑮]，虎戟交铩[⑯]。龙辂充庭[⑰]，云旗拂霓[⑱]。

【注释】

①孟春元日：正月初一。

②群后：公卿诸侯。旁戾：一起到来。旁，并，一齐。戾，至，到达。

③百僚：百官。师师：互相师法。《尚书·皋陶谟》“百僚师师”，孔疏：“百官各师其师，转相教诲。”

④胥：相。洎（jì）：及，到达。

⑤藩国：诸侯国。古代帝王以之藩屏王室，故称藩国。奉聘：指奉聘令进宫朝见。

⑥要荒：古代称离王城以外极远的地方。要，要服。相传距王畿一千五百里至二千里为要服。荒，荒服。相传距王畿二千里至二千五百里为荒服。服，指服事天子。质：送人质表示臣服。

⑦具：俱。

⑧献：贡。琛：珍宝。执贽：古代礼制，宾主相见时要赠送礼物。执，持。贽，所赠礼品。

⑨觐（jìn）：朝见君主或朝拜圣地。

⑩数万以二：朝觐者数以万计，在殿下分为两行。

⑪九宾：古代朝会大典设九宾。九宾说法不一。一说九个接待客

人的人。李善注引《周礼》九仪郑玄注为公、侯、伯、子、男、孤、卿、大夫、士。

⑫胪(lú)人:即鸿胪,掌朝贺时司仪及传令之职。薛综注:“言鸿胪所主羌胡之人,皆罗列于朝廷也。”

⑬崇牙:悬钟木架上端所刻的锯齿装饰。

⑭镛:大钟。

⑮郎将:官名。即虎贲中郎将,侍卫之职。或执戟,或执铩,夹阶相对而立。

⑯交铩(shā):交刃。铩,有刃之兵器,长刃矛。

⑰龙辂(lù):天子乘坐的车马。马八尺为龙。辂,天子之车。

⑱云旗:指旗上画有熊虎图文的旗帜。薛综注:“谓熊虎为旗,为高至云,故曰云旗也。”

【译文】

“到正月初一那天,公卿诸侯从四方而至。百官相互师法,在这里一起向天子朝贺。诸侯国都奉聘令来朝,边远的属国也送来人质。都作为皇帝的臣子,进献贡品及珍贵宝物。那些觐见的人数以万计,他们在殿下分成两行朝拜。九位傧相站立于宫廷一侧,大鸿胪及其属吏排列于宫廷另一侧。木架上高挂着悬钟,大殿上陈设着钟鼓。虎贲中郎将执戟守在两阶,戟锋交架庄严威武。龙辂车马停满庭前,绣着熊虎的旗帜当空招展。

“夏正三朝①,庭燎晢晢②。撞洪钟,伐灵鼓③,旁震八鄙④,軯磕隐訇⑤,若疾霆转雷⑥,而激迅风也⑦。是时称警跸已⑧,下雕辇于东厢⑨。冠通天⑩,佩玉玺⑪,纡皇组⑫,要干将⑬,负斧扆⑭,次席纷纯⑮。左右玉几⑯,而南面以听矣。

【注释】

①夏正三朝(zhāo):夏历正月初一。夏正,夏历正月的省称。三朝,正月一日,是一年的岁、月、日的开始,故曰三朝。

②庭燎:庭中照明的火炬。《周礼·司炬氏》:“凡邦之大事,共坟烛庭燎。”晢晢(zhé):大光明。

③伐:击。灵鼓:六面鼓。

④八鄙:八方边远之地。

⑤軯(pēng)磕(kē)隐訇(hōng):形容钟鼓之声。

⑥霆:霹雳。

⑦迅风:疾风。

⑧警跸:古时帝王出入称警跸。左右侍卫为警,止人清道为跸,以戒止行人。

⑨雕辇:装有雕饰的车辇。辇,皇帝乘坐的人挽车。

⑩通天:即通天冠。皇帝之冠。始于秦,终于明,唯元不用。

⑪玉玺:天子之印。

⑫纡:缠绕。皇组:即组绶。皇,大。组,组绶。古代皇帝、诸侯、大夫、士佩玉为饰,系玉的丝带称组绶。

⑬要:同“腰”。干将:宝剑名。《吴越春秋·阖闾内传》记载,春秋时吴人干将与莫邪,铸有二剑,锋利无比,一名干将,一名莫邪,为雄雌二剑,献给吴王阖闾。

⑭负:背向。斧扆(yǐ):古代帝王朝廷所用一种绣有斧形图案的屏风。《逸周书·明堂解》:“天子之位,负斧扆南面立。”

⑮次席:竹席的一种。纷纯:以编织物为边。

⑯玉几:可供扶倚的玉饰小案,古代帝王之用具。

【译文】

“夏历正月初一那天,宫廷大殿上火炬熊熊明亮耀眼。撞动架上洪钟,敲响六面大鼓,声音震动四面八方。轰轰隆隆,像声声霹雳、阵阵雷鸣，又像激雷闪电刮起呼啸大风。这时，天子接受朝拜已毕，在东房步下雕饰御辇。头戴通天冠，身佩天子玉玺，前后系着大绶带，腰间佩着干将宝剑，背靠着绣有斧形图案的屏风，设坐在编有花边的竹席上。左右是玉饰小案，坐北面南听取大臣的奏章。

“然后百辟乃入①，司仪辨等②。尊卑以班③，璧羔皮帛之贽既奠④，天子乃以三揖之礼礼之⑤。穆穆焉，皇皇焉，济济焉，将将焉⑥，信天下之壮观也⑦。乃羡公侯卿士⑧，登自东除⑨，访万机⑩，询朝政⑪，勤恤民隐⑫，而除民眚⑬。人或不得其所，若己纳之于隍⑭。荷天下之重任，匪怠皇以宁静⑮。发京仓⑯，散禁财⑰，赉皇寮⑱，逮舆台⑲。命膳夫以大飨⑳，饔饩浃乎家陪㉑。春醴惟醇㉒，燔炙芬芬㉓。君臣欢康㉔，具醉熏熏㉕。千品万官㉖，已事而踆㉗。勤屡省，懋乾乾㉘。清风协于玄德㉙，淳化通于自然㉚。宪先灵而齐轨㉛，必三思以顾愆㉜。招有道于侧陋㉝，开敢谏之直言。聘丘园之耿絜㉞，旅束帛之戋戋㉟。上下通情㊱，式宴且盘㊲。

【注释】

①百辟：指诸侯。辟，即君。

②司仪：官名。主管接待宾客之礼仪。辨等：分别等级。

③班：位次。

④羔：小羊。皮帛：束帛。外面以虎豹皮为之装饰。奠：放置。李善注：“《周礼》曰：‘子执谷璧，孤执皮帛，卿执羔，大夫执雁，士雉，各有次第。’”

⑤三揖之礼：《周礼·司仪》“（王）土揖庶姓，时揖异姓，天揖同姓”，郑注：“庶姓，无亲者也。土揖，推手小下之也。异姓，昏姻也。

时揖，平推手也。天揖，推手小举之。”

⑥“穆穆焉”几句：《礼记·曲礼》：“天子穆穆，诸侯皇皇，大夫济济，士跄跄。”穆穆，威仪多盛的样子。皇皇，庄重宏大的样子。济济，徐行而有节奏的样子。将将，容貌舒扬的样子。亦作“跄跄”。

⑦信：诚。

⑧羡：延，引进。

⑨登自东除：薛综注：“谓命之上殿也。天子从中阶，诸侯从东西阶。”登，进。除，台阶。

⑩万机：指帝王日常纷繁的政务。也作“万几”。机，微。

⑪询：谋。

⑫恤：忧虑。民隐：人民的痛苦。

⑬眚(shěng)：病苦。

⑭隍：城下无水的壕沟。

⑮怠：懈。皇：暇。

⑯发：开。京仓：大粮仓。

⑰禁财：官禁所储藏的财物。

⑱赉(lài)：赐。皇寮：百官。

⑲逮：及。舆台：古代分人为十等，舆为六等，台为第十等。此泛指奴役之人。《春秋左传·昭公七年》：“人有十等……皂臣舆，舆臣隶，隶臣僚，僚臣仆，仆臣台。”

⑳膳夫：官名。掌天子及后妃饮食。大飨(xiǎng)：大张筵宴。

㉑饔(yōng)饩(xì)：熟肉曰饔，生牲曰饩。浃(jiā)：遍及。家陪：指诸侯公卿的家臣、陪臣。

㉒春醴：春酒。醇：酒味浓厚。

㉓燔(fán)炙：烤肉。芬芬：香气很盛。

㉔欢康：欢乐。康，乐。

㉕熏熏:和悦的样子。

㉖千品万官:众多官员。

㉗已:止。踆(qūn):退还。

㉘懋(mào):勉励。乾乾:自强不息之貌。

㉙清风:清惠的风化。协:同。玄德:天德,一种自然无为的素质。《老子》十章:“生而不有,为而不恃,长而不宰,是谓玄德。”

㉚淳化:淳厚的教化。自然:天然。薛综注:“自然,通神明也。”

㉛宪:效法。先灵:先圣之神灵,指尧舜。齐轨:指与先圣同轨迹。轨,迹。

㉜愆:过失。

㉝侧陋:有才德而居于卑微地位的人。

㉞丘园:山丘园圃,朴素自然之处。指隐居之地。耿絜:贞洁清白。耿,薛综注:“清也。”

㉟旅:陈。束帛:古代招贤所用的聘礼。帛五匹为束。《周礼·大宗伯》“孤执皮帛”,贾公彦疏:“束者十端,每端丈八尺,皆两端合卷,总为五匹,故云束帛也。”戋戋:委积貌。

㊱上下:指君臣。

㊲式:用。盘:乐。

【译文】

“这时诸侯百官入见天子,司仪官区别等级。按品位高低分列班次,各将璧玉、羔羊、束帛等礼物陈列上来,天子起身以三揖之礼还礼。这气氛多么威严啊,多么庄重啊,徐徐而有节,从容而舒畅,实在是天下最壮观的景象。于是,天子请公侯卿士,从东西两阶进入大殿,咨询大臣对各种国家政务、宫廷朝政的意见和建议,勉励臣子要体恤民间疾苦,要解除百姓病痛。只要有人没有得到妥善安置,就要当成像是自己将他推入深沟一样。天子担负着治理天下的重任,不敢稍有懈怠,或贪图安逸。打开国家大粮仓,散发宫禁储藏的财物,上赐百官,下及差役。

命令宫廷掌管饮食之官大张筵宴，生熟食品普遍赏及王侯家臣。春酒味道芳醇，烤肉散发着香气。君臣一片欢乐，一片和悦。众官员朝见已毕，都要返回封地或官府。天子告诫他们要经常自我省察，要勤勉职守、自强奋进。天子那清惠的风化同于天德，淳厚的教化通于神明。效法古代圣贤遗轨治理国家，遇事必须三思以检点和避免过失。从地位卑微的人当中招举有道之士而用，广开言路使臣民敢于直言批评朝政得失。聘请在山林田园隐居的耿介贞洁之士，陈列的聘请礼品如山堆积。君情通于下，下情达于上，所以君臣饮宴欢乐无比。

“及将祀天郊，报地功①，祈福乎上玄②，思所以为虔。肃肃之仪尽③，穆穆之礼殚④。然后以献精诚，奉禋祀⑤，曰允矣天子者也⑥！乃整法服⑦，正冕带⑧，珩紞纮綖⑨，玉笄綦会⑩。火龙黼黻⑪，藻絇鞶厉⑫。结飞云之袷辂⑬，树翠羽之高盖。建辰旒之太常⑭，纷焱悠以容裔⑮。六玄虬之弈弈⑯，齐腾骧而沛艾⑰。

【注释】

①“及将”二句：将，欲。祀天郊，报地功，祭祀天地。《白虎通》曰：“祭天必在郊何，天体至清，故祭必于郊，取其清洁也。”李善注：“《周礼》：以正月上辛，郊祀。告于上帝，祭天而郊，以报去年土地之功。”

②祈：求。上玄：上天。

③肃肃：恭敬。

④殚：尽。

⑤禋(yīn)祀：对天神的祭祀。以祭神的牲体和玉帛置于柴上，燃柴烟气上升，表示告于上天。

⑥允：诚信。

⑦法服：礼法规定的标准礼服。

⑧冕：即平天冠，天子礼冠。长一尺六寸，广八寸，前圆后方，以珠玉饰之。举行郊祀、宗祀时则冠之。带：指冕冠两侧装饰有采缯大带。

⑨珩（héng）紞（dǎn）纮（hóng）綖（yán）：都是冠冕上的装饰。珩，是冠冕上的玉饰，也称"衡"。紞，冠冕上用以系瑱的丝绳。纮，冠冕上系于颔下的带子。綖，冠冕上的装饰。

⑩玉笄：玉簪。綦（qí）：王冠皮弁上的玉饰，皮弁之缝中，每贯结五采玉十二，以为饰，谓之綦。会：皮弁之缝中。

⑪火龙黼黻（fǔ fú）：指衣服上绘绣有龙火等花纹。

⑫藻繂（lǜ）：用来垫玉的韦带。繂，为组，绳索。鞶（pán）厉：衣服上下垂的绶带。

⑬袷（jiá）辂：皇帝出行时的副车。车上竖着翠羽，为盖如云飞。后世称为羽盖车。

⑭辰旒（liú）之太常：指皇帝前后画有日、月、星，垂有十二旒的旌旗。辰，指日、月、星。旗上垂十二旒，名为太常。

⑮焱（yàn）悠：飘舞的样子。指风吹动旌旗，纷纭繁乱，如火花之飞舞。容裔：旌旗起伏动摇的样子，像水波动摇。

⑯六玄虬：六匹黑马。古时天子出行驾六马。弈弈：高大盛美的样子。弈，通"奕"。

⑰腾骧（xiāng）：奔跃，超越。沛艾：马疾行时昂首摇动的样子。

【译文】

"及至要举行郊外祭祀天地大典，天子向上苍祈求赐福，想着怎样对上帝尽其忠敬。庄重严肃，态度毕恭毕敬，威仪肃穆，礼数全已尽到。对上帝献上一片赤诚，也献上祭祀牺牲，诚信啊！真是天帝之子啊！然后重整礼服，端正冠带，冠冕上珩、紞、纮、綖各种装饰华丽无比，各种美玉从玉簪上一直垂下来。礼服上绣着龙火的花纹，并飘着长长的绶带。皇帝辇后羽盖车上翠羽高高地树立，像片片飞云联结覆盖在皇帝上空。前后仪仗举着绘有日月星图案的旗帜，旗上都垂着十二旒饰。微风吹动旌旗，纷纭繁乱，如同火花飞起。旌旗起伏飘动，又如水波激起涟漪。六匹黑马驾车，高大而庄重。奔跃跨越，昂首阔步，直趋向前。

“龙辀华轙①，金錽镂钖②。方釳左纛③，钩膺玉瓖④。銮声哕哕⑤，和铃鉠鉠⑥。重轮贰辖⑦，疏毂飞軨⑧。羽盖威蕤⑨，葩瑵曲茎⑩。顺时服而设副⑪，咸龙旂而繁缨⑫。立戈迤戛⑬，农舆辂木⑭。属车九九⑮，乘轩并毂⑯。琱弩重旃⑰，朱旄青屋⑱。奉引既毕⑲，先辂乃发。鸾旗皮轩⑳，通帛绮旆㉑。云罕九斿㉒，阘戟轇輵㉓。髶髦被绣㉔，虎夫戴鹖㉕。驸承华之蒲梢㉖，飞流苏之骚杀㉗。总轻武于后陈㉘，奏严鼓之嘈囐㉙。戎士介而扬挥㉚，戴金钲而建黄钺㉛。清道案列㉜，天行星陈㉝。肃肃习习㉞，隐隐辚辚㉟。殿未出乎城阙㊱，旆已反乎郊畛㊲。

【注释】

①龙辀(zhōu)：刻有龙头的车辕。辀，车辕。华轙(yǐ)：彩绘的辔环。轙，缰绳穿过的环。

②金錽(wàn)镂钖(yáng)：都是马头饰物。李善注引蔡雍曰：“金錽，马冠，高广各五寸，上如玉华形，在马髦前。镂，雕饰也。当颅，刻金为之。”

③方釳(xì)：《说文解字》：“乘舆马头上防釳，插以翟尾，铁翮，象角，所以防网罗，釳去之。”左纛(dào)：薛综注：“左纛以旄牛尾，大如斗，置骓马头上，以乱马目，不令相见也。”

④钩膺:马胸带。玉瓖(xiāng):马带上的玉饰。

⑤銮:车衡上悬挂的金铃。哕哕(huì):和鸣声。

⑥和铃:车轼上悬挂的金铃。铁铁(yāng):形容铃声。象声词。

⑦重轮贰辖:双重车毂与车辖。辖,固定车轮与车轴的位置,插入轴端的销钉。

⑧疏毂(gǔ):指镂有花纹的车毂。疏,镂,雕刻。飞軨(líng):车轴两头的装饰物。薛综注引蔡雍曰:“飞軨,以缇油,广八尺,长柱地,画左青龙、右白虎,系轴头,取两边饰。”

⑨羽盖:以翠羽为饰的车盖。威蕤:羽毛纷披的样子。

⑩葩瑵(zhǎo)曲茎:车上伞盖的茎是弯曲的,茎端有花形装饰物。

⑪时服:即五时之服。古代随时节不同而改穿用不同颜色的服饰。此指车服。高步瀛《文选李注义疏》曰:“林茂春曰:汉制:五时变服。《礼仪志》:立春,京师百官衣青。立夏,衣赤。先立秋十八日,衣黄。立秋,衣白。立冬,衣皂。”设副:按照五时之服色,各随其车,车各一色,以为副车。

⑫龙旂:画交龙图纹的旗,古代王侯作仪卫用。繁(pán)缨:王侯所用的马腹带装饰。繁,马腹带。缨,马鞅。

⑬戈:古代兵器,称句子戟。戟内无刃谓之戈。戛(jiá):长矛。

⑭农舆:耕作用的车。辂木:即木辂,皇帝亲耕时乘的车,为押韵而倒置。薛综注:“言耕稼于藉田,乘马无饰,故称木。”

⑮属车:指副车。九九:八十一乘。

⑯轩:一种有辐曲辕的车,为卿大夫所乘。并毂:指车分几行并进。

⑰珮(fú)弩:李善注:“徐广《车服志》曰:‘轻车,置弩于轼上,载以属车,然置弩于珮曰珮弩。’”珮,车上装弩的皮箧。旃(zhān):赤色曲柄的旗。

⑱朱旄(máo):赤色的旄牛尾。青屋:青色里子的车盖。

⑲奉引:引导车驾。

⑳鸾旗:天子车上的旗,赤色,编以羽毛,上绣鸾鸟。《汉书·贾捐之传》"鸾旗在前,属车在后",颜师古注:"鸾旗,编以羽毛,列系橦旁,载于车上,大驾出,则陈于道而先行。"皮轩:虎皮装饰的车。

㉑通帛:赤色曲柄的旗,即旜。天子车上所用。绛旆(qiàn pèi):红旗。绛,草名。染物为赤色。引申为颜色名。

㉒云罕、九斿(liú):皆旌旗别名。天子出行时作为先导。罕,亦作"罕"。斿,亦作"旒"。

㉓阘(xī)戟:杂乱的样子。轇轕(jiāo gé):纵横参差的样子。

㉔髶髦(róng máo):披发前驱的武士。

㉕虎夫:即虎士,勇士。戴鹖(hé):即将鹖鸟羽毛插在冠上。薛综注:"鹖,鹥鸟也,斗至死乃止。令武士戴之,取猛也。"

㉖驸:副马。承华:皇家马厩。蒲梢:骏马名。《史记·乐书》:"后伐大宛,得千里马,马名蒲梢。"也作"蒲稍"。

㉗流苏:以五彩毛错杂在一起制成的穗状马饰。骚杀:下垂的样子。

㉘轻武:轻车。古代战车。

㉙严鼓:急促的鼓声。嘈囐(cáo zá):喧闹的鼓声。

㉚戎:兵。士:士卒。介:甲。挥:通"徽",旗,幡,作为标识。

㉛金钲(zhēng):金属乐器,军中用代号令。黄钺(yuè):以黄金为饰之钺,天子所用。《尚书·牧誓》:"王左杖黄钺,右秉白旄以麾。"后世作为帝王的仪仗。钺,本是古代兵器,用以砍杀。

㉜清道:皇帝出行时,禁止行人以清道。案列:定行列。

㉝天行星陈:薛综注:"言天子行如上天之星行,罗列有次。"

㉞习习:行走的样子。

㉟隐隐:众多貌。辚辚:车声。

㊱殿:队伍的尾部。

㊲旆:前队的旌旗。郊畛(zhěn):郊界。

【译文】

“车辕上刻着龙头，缕环上涂着彩绘，马额上悬挂着各种金属装饰物。马头上装饰着雉尾和旄牛尾，马的胸带上饰着玉瓖。车衡上铃铛和鸣，车轼上和铃丁当。双重的车毂和双重的车辖，车毂上刻着花纹，车轴两头系着彩绸。翠羽车盖羽毛纷披，伞盖曲柄上端饰着朵朵金花。车服颜色按照时节而不同，旌旗绘着交龙，马腹带饰着垂缨。车上立着戟，插着长矛，天子乘着质朴的农车到藉田亲耕。随同的车驾八十一乘，卿大夫的车也随后列队并行。车上皮箧装着弓弩，赤旗林立，旗上挂着的旄尾一片猩红，车上是青色里子的车盖。引导车驾的次序已排定，先行车这才出发。插着鸾旗、饰着虎皮的车开路先导，曲柄的红色大旗迎风招展。云罕、九斿各种旌旗，纷繁杂乱，纵横参差。披散头发、身穿绣衣的武士前驱，头上插着鹖尾的猛士守在两旁。取皇厩之蒲梢骏马作为副马，马额前垂着五彩饰物鲜艳明亮。轻车排列在后队，急促喧闹的鼓声阵阵敲响。士卒甲胄旗幡耀眼，带着金钲军乐器，举着金灿灿的斧钺。清好道路，定好行列，天子出行队伍如同天上星辰纷繁罗列。一片庄严肃穆，习习行进，旌旗隐隐，车声辚辚。后队车马还没出城，前队旌旗已迂回到城郊。

“盛夏后之致美①，爰敬恭于明神②。尔乃孤竹之管③，云和之瑟④，雷鼓鼝鼝⑤，六变既毕⑥。冠华秉翟⑦，列舞八佾⑧。元祀惟称⑨，群望咸秩⑩。飏槱燎之炎炀⑪，致高烟乎太一⑫。神歆馨而顾德⑬，祚灵主以元吉⑭。

【注释】

①盛：嘉。夏后：夏禹。

②爰：语首助词。明神：古代对神的尊称。

③孤竹：殷商古国名。在今河北卢龙西。

④云和：李善注："云和，山名也，出美木，用为瑟，其声清亮。"

⑤雷鼓：八面鼓。鼝鼝（yuān）：鼓声多而远。

⑥六变：薛综注："凡乐六变为一成，则更奏。"李善注引《周礼》曰："雷鼓路鼗奏之，若乐六变：一变川泽之神见，二变山林之神见，三变丘陵之神见，四变坟衍之神见，五变地神见，六变天神见。"

⑦冠华：舞人头戴的一种华冠。薛综注："以铁作之，上阔下狭，以翟雉尾饰之。"高步瀛《文选李注义疏》引蔡邕《独断》曰："建华冠以铁为柱，卷贯大珠九枚。"秉翟：舞人手执野鸡尾。

⑧八佾（yì）：古代天子专用的舞乐，有八列，列八人，共六十四人。佾，舞列。

⑨元祀：大的祭祀。指祭天地。元，大。称：举行。

⑩群望：指山川之神的祭祀。薛综注："既举群岳众神望以祭祀也。"

⑪飏：飞扬。槱（yǒu）燎：祭神时聚薪焚烧。槱，聚。炎炀（yàng）：火焰很盛。炀，火炽猛烈。

⑫太一：天神之最尊贵者。也作泰一。

⑬歆馨：接受祭祀。歆，飨。顾德：眷念天子之德。

⑭祚：报，降福。灵主：明主，圣主。元吉：大福，大吉利。

【译文】

"盛赞夏禹致美于鬼神，恭敬地祈福于上天神明。吹起孤竹国出的管箫，奏起云和山之木制作的琴瑟。敲起八面大鼓，鼓声咚咚震天响，乐奏六变一成奏完，群神已经全现。接着舞人头戴华冠，手执雉尾，排成天子专用的八佾舞队舞蹈。祭祀天地的大典已经开始举行，群岳众神都依次受到祭祀。祭祀时聚柴焚烧，火焰飘扬，高高的烟气一直上升到至尊天府。神明享用着馨香的祭品，感激眷念着天子和群臣的恭敬之德，将大吉大福赐给人间贤明的君主。

"然后宗上帝于明堂[①],推光武以作配[②]。辩方位而正则[③],五精帅而来摧[④]。尊赤氏之朱光[⑤],四灵懋而允怀[⑥]。于是春秋改节,四时迭代[⑦]。蒸蒸之心[⑧],感物曾思[⑨],躬追养于庙祧[⑩],奉蒸尝与禴祠[⑪]。物牲辩省[⑫],设其楅衡[⑬]。毛炰豚胉[⑭],亦有和羹[⑮]。涤濯静嘉[⑯],礼仪孔明[⑰]。万舞奕奕[⑱],钟鼓喤喤[⑲]。灵祖皇考[⑳],来顾来飨[㉑]。神具醉止[㉒],降福穰穰[㉓]。

【注释】

①宗:尊。上帝:天帝。薛综注:"上帝,太微中五帝也。"五帝说法不一,纬书说为天上五方之帝:东方青帝,名灵威仰;南方赤帝,名赤熛怒;中央黄帝,名含枢纽;西方白帝,名白招拒;北方黑帝,名汁光纪。

②光武:东汉光武帝。配:配享。薛综注:"《(后)汉书》曰:'明帝宗祀五帝于明堂,光武皇帝配之。'"

③辩:别。方位:四方中央之位。则:法。

④五精:五方星的神,五方星即五帝的标识。帅:循。摧:至。

⑤赤氏:即南方赤帝。朱光:表示火德。古代方士有"五德"之说,以帝王受命正值五行的火运,即称为火德。刘邦称赤帝子,故汉为火德所统,所以独尊赤帝赤熛怒。

⑥四灵:五帝中除赤帝之外其他四帝。懋:喜悦。允怀:满意,安怀。怀,安。

⑦迭代:更相代替,轮换。迭,更。代,谢。

⑧蒸蒸:孝敬。

⑨感物曾思:薛综注:"即春韭卵,夏麦鱼,秋黍肫,冬稻雁。孝子感此新物,则思祭先祖也。"感物,感受四季之物。

⑩追养:追感养育之恩。祧(tiāo):远祖庙。

⑪蒸、尝、禴(yuè)、祠:四时之祭的名称。《诗经·小雅·天保》"禴祠烝尝,于公先王",毛传:"春曰祠,夏曰禴,秋曰尝,冬曰烝。"蒸,同"烝"。

⑫物牲:祭祀时用的牲畜祭物。辩省:普遍省视察看。辩,通"遍"。

⑬楅(bī)衡:绑在牛角上以防触人的横木。一说楅设于牛角,衡设于牛鼻。《周礼·封人》"凡祭祀,饰其牛牲,设其楅衡",注:"楅设于角,衡设于鼻,如椵状也。"

⑭毛炰(páo)豚胉(pò):李善注:"豚胉去其毛而炰之,以备八珍。"炰,同"炮",烧烤。豚胉,猪肋肉。

⑮和羹:用不同调味制作的汤羹。

⑯涤濯:洗涤祭器。静:洁。嘉:善。

⑰孔明:鲜明。孔,甚。

⑱万舞:用于宗庙祭祀的舞。《诗经·邶风·简兮》"简兮简兮,方将万舞",毛传:"以干羽为万舞,用之宗庙山川。"孔疏:"万,舞名也。谓之万者……以万者舞之总名,干戚与羽籥皆是,故云以干羽为万舞。"古代分文舞与武舞,文舞手执羽旄,武舞手执干戚。两种舞都用于祭祀。一说只用干戚舞。奕奕:盛大的样子。

⑲喤喤:钟鼓声。

⑳灵祖:先祖之神灵。皇考:对亡父的尊称。

㉑来顾来飨:指先祖神灵,顾怜子孙,来享其祭祀物品。

㉒神:先帝之神灵。具:俱。止:已。

㉓穰穰(rǎng):丰盛众多。

【译文】

"然后尊崇天上五帝在明堂受祭,以光武皇帝配享。分别四方中央的位置而正法则,五帝相连而来到明堂。独尊代表火德的赤帝,其他四帝亦觉安然允当。这样春去秋来,四季交替代谢。天子一片孝敬之心,看到一年四季所产物品，就会想到以此祭祀先帝，天子亲临宗庙祭祀以追念先祖养育之恩，一年四季奉行祭祀不断。对祭祀用的牲畜物品都要普遍省视察看，将两只牛角紧紧绑上楅衡。将小猪肋肉去毛烧烤，制成八珍，调和各种滋味做成汤羹。将祭器洗得干干净净，祭祀礼仪都很鲜明。跳起万舞，盛大庄重，钟声铿锵，鼓声咚咚。先帝与父皇的神灵，顾念子孙前来享用祭品。众神都已沉醉满意，为人间子孙降下很多福禄吉祥。

“及至农祥晨正①，土膏脉起②。乘銮辂而驾苍龙③，介驭间以剡耜④。躬三推于天田⑤，修帝籍之千亩⑥。供禘郊之粢盛⑦，必致思乎勤己。兆民劝于疆埸⑧，感懋力以耘耔⑨。

【注释】

①农祥：星名。即房星。《国语·周语》“月之所在辰马，农祥也”，注：“祥，犹象也。房星晨正而农事起焉，故谓之农祥。”后亦指农时。晨正：房星正月初早晨出现在正南方，指立春之日。《国语·周语》“农祥晨正，日月底于天庙，土乃脉发”，注曰：“晨正，谓立春之日，晨中于午也。农事之候，故曰农祥。”

②土膏：土地的膏泽、肥力。脉：理。

③銮辂：皇帝乘坐的车。苍龙：青色的马。

④介：与皇帝同在一车上的甲士，起保卫作用。驭间：指将农具置于甲士和御者中间。剡耜（yǎn sì）：锐利的金属农具。

⑤三推：古代帝王为了表示劝农，每年举行一次亲耕藉田之礼，掌犁推行往还三度，称三推。历代王朝，天子皆有亲耕三推仪式。《礼记·月令》孟春之月：“乃择元辰，天子亲载耒耜……帅三公、

九卿、诸侯、大夫，躬耕帝藉。天子三推，三公五推，卿、诸侯九推。”天田：本是星名，后也指皇帝亲耕之田。

⑥帝籍：也作“帝藉”。古代皇帝亲耕的藉田。实际上平时是征用民力耕作。藉田所出供宗庙祭祀之用。籍，通“藉”。千亩：周制，天子藉田有千亩，诸侯百亩。

⑦禘（dì）郊：祭天于国都之南郊。禘，祭天。粢盛（zī chéng）：祭品。指盛在祭器内的黍稷。

⑧兆民：万民。极言民数之多。《礼记·内则》“降德于众兆民”，郑注：“万亿曰兆。天子曰兆民，诸侯曰万民。”疆埸：田界。此处泛指农田。

⑨懋：勉励。耘耔（zǐ）：除草培土。

【译文】

“到房星正月初早晨出现在正南方的立春时节，土地脉理开始润泽。天子乘坐着銮舆，驾着青马，甲士和御者中间放着锐利的农具，来到藉田举行亲耕之礼。天子亲自推犁往还三度，修整皇帝千亩藉田。藉田谷物以供祭祀天地，向神灵表达自己没有忘记劳苦勤俭。劝化万民勤劳农事，都受感化不懈地致力于农田耕耘。

“春日载阳①，合射辟雍②。设业设虡③，宫悬金镛④。鼖鼓路鼗⑤，树羽幢幢⑥。于是备物⑦，物有其容⑧。伯夷起而相仪⑨，后夔坐而为工⑩。张大侯⑪，制五正⑫，设三乏⑬，厞司旌⑭。并夹既设⑮，储乎广庭⑯。

【注释】

①载阳：阳光温暖。载，则。

②合射辟雍：指阳春三月天子与诸侯合射于辟雍宫，以行礼教。

射,古代六艺之一。《礼记·射义》:"古者天子以射选诸侯、卿、大夫、士。射者,男子之事也。"

③设:施。业:古时乐器架上装饰用的大板,刻如锯齿状,用以悬挂钟、鼓、磬等。虡(jù):悬挂编钟编磬的木架,横木曰簨(sǔn),直木曰虡。

④宫悬:古时钟磬等乐器悬挂于架上,悬挂的形式根据身份地位而不同,帝王悬挂四面,象征宫室四面的墙壁,故名宫悬。宫悬为天子之礼。镛:大钟。

⑤鼖(fén)鼓:大鼓。《周礼·鼓人》"以鼖鼓鼓军事",郑注:"大鼓谓之鼖。鼖鼓,长八尺。"也作"贲鼓"。路鼗(táo):鼓名。《周礼·大司乐》"路鼓,路鼗",郑注:"(郑司农云)灵鼓灵鼗四面,路鼓路鼗两面……(郑玄谓)灵鼓灵鼗六面,路鼓路鼗四面。"疏:"皆祭祀之鼓。"也作"路鞉"。

⑥幢幢:形容羽饰的繁盛。

⑦备物:礼仪物品全已齐备。

⑧容:仪容,法度。

⑨伯夷:尧、舜时明礼仪之官。相:赞礼。

⑩后夔(kuí):薛综注:"舜臣,掌乐之官。"工:乐工。

⑪侯:箭靶。

⑫五正:李善注:"《周礼》曰:'王射三侯五正。'郑司农曰:'王张五采之侯,即五正之侯也。谓天子五正,诸侯三正,大夫、士二正。以布画取五方正色于大侯之上也。'"

⑬三乏:指三个御矢的器具,以皮革制成,作为掩护报靶人的设施。

⑭厞(fěi):遮蔽。司旌:指以举动旌旗的方法报靶的人。

⑮并夹:将箭靶上的箭矢钳取下来的工具。箭靶高,必须用并夹取矢。

⑯储乎广庭:指张设于辟雍宫中广大的庭院,以待天子。储,待。

【译文】

"阳光温暖的春天,天子和诸侯在辟雍学宫举行大射以行礼教。安置好刻有锯齿的大板和木架,木架上四面悬挂着大钟。鼓架上挂着大鼓和四面鼓,架子上装饰着丛丛羽毛。各种礼仪物品都已齐备,这些物品都有一定仪容和法度。伯夷起身赞礼司仪,后夔坐下指挥乐工。张挂起巨大箭靶,将靶心画上五种颜色,设置三个防御箭矢的器具,以掩护举旗报靶的司旌。钳箭头的并夹已安好,靶场设置在广阔的大庭以等待天子亲临。

"于是皇舆夙驾①,窜于东阶②。以须消启明③,扫朝霞,登天光于扶桑④,天子乃抚玉辂⑤,时乘六龙⑥。发鲸鱼⑦,铿华钟⑧,大丙弭节⑨,风后陪乘⑩,摄提运衡⑪,徐至于射宫。礼事展,乐物具,《王夏》阕⑫,《驺虞》奏⑬。决拾既次⑭,雕弓斯彀⑮。达余萌于暮春⑯,昭诚心以远喻⑰。进明德而崇业⑱,涤饕餮之贪欲⑲。仁风衍而外流⑳,谊方激而遐骛㉑。日月会于龙狵㉒,恤民事之劳疚㉓。因休力以息勤㉔,致欢忻于春酒㉕。执銮刀以袒割㉖,奉觞豆于国叟㉗。降至尊以训恭,送迎拜乎三寿㉘。敬慎威仪㉙,示民不偷㉚。

【注释】

①皇舆:皇帝乘的车。夙驾:早起驾车出行。

②窜(chái):停车。

③须:俟。消:不见。启明:启明星。

④天光:日光。扶桑:神木名。传说日出其下。《淮南子·天文训》:"日出于旸谷,浴于咸池,拂于扶桑,是谓晨明。"

⑤抚:据。玉辂:玉饰的车。

⑥时乘六龙：李善注："《周易》曰：'时乘六龙'，此谓各随其时而乘之。"

⑦发：举。鲸鱼：撞钟之杵，因刻着鲸鱼形，故名。

⑧铿：犹击。华钟：钟上镌刻有篆字图文，故名华钟。

⑨大丙：传说仙人名。善御车。《淮南子·原道训》："昔者冯夷、大丙之御也，乘云车，入云霓，游微雾，骛恍忽……虽有轻车良马，劲策利锻，不能与之争先。"弭节：缓行。

⑩风后：相传为黄帝相。《史记·五帝本纪》"举风后、力牧、常先、大鸿以治民"，《集解》引郑玄曰："风后，黄帝三公也。"

⑪摄提运衡：此指皇帝的车像摄提星随玉衡运转一样行进。摄提，星名。属亢宿，共六星。位于大角星两侧，左三星曰左摄提，右三星曰右摄提。衡，星名。即玉衡，北斗第五星。第五至第七星称斗柄。斗柄有时也称玉衡。

⑫《王夏》：乐章名。王者出入时初奏之乐。《周礼·大司乐》："大祭祀……王出入，则令奏《王夏》。"阕：曲终。

⑬《驺虞》：乐名。王者行射礼时奏《驺虞》。

⑭决拾：射时戴在手臂上的器具。薛综注："决，以象骨著右手巨指，所以钩弦也。拾，韝捍著左臂也。"次：指手指相比有次序。

⑮雕弓：装饰刻有花纹的弓。《荀子·大略》曰："天子雕弓，诸侯彤弓，大夫黑弓，礼也。"彀(gòu)：张弓。

⑯达余萌：古人认为天子的行为影响自然界，使春天余下的幼芽都能出土。《礼记·月令》曰：季春"句者(曲生)毕出，萌者尽达"。萌者尽达，即幼芽都能出土。

⑰昭诚心以远喻：李善注："《白虎通》曰：天子所以亲射何？助阳气，达万物也。名之为侯者何？明诸侯不朝者，则当射之。然则射者，帝诚心远喻于下也。"昭，明。诚心，指天子之诚心。远喻，晓喻影响深远。

⑱明德：完美的德性。崇：犹兴。业：指射业，射礼。

⑲涤：荡去，除去。饕餮（tāo tiè）：贪婪残毒的恶人。

⑳仁风：指皇帝仁德恩泽之风。衍：遍布。

㉑谊：义。方：道。激：感。遐：远。骛：驰。

㉒龙猇（zhuó）：星名。东方苍龙七宿中的龙尾。日月会于龙尾，即夏历十月。《国语·楚语》"日月会于龙猇"，注曰："猇，龙尾也。谓周十二月、夏十月，日月合辰于尾上。《月令》：孟冬，日在尾。"

㉓劳疚：劳病。疚，病。

㉔休力：使劳动者得以休息。息勤：歇止，停止勤劳。

㉕春酒：冬天酿造，春天成熟，故名春酒。

㉖銮刀：柄端饰有金铃的刀。袒割：古代敬老、养老之礼，天子解上衣，露左臂，亲自执刀切割牲口。《礼记·乐记》："食三老、五更于大学，天子袒而割牲，执酱而馈。"

㉗觞（shāng）豆：饮食器具。觞酒豆肉的简称，泛指酒肉饮食。《礼记·坊记》："觞酒豆肉，让而受恶，民犹犯齿。"国叟：即国老。

㉘三寿：即三老。古代老人高寿分上中下三等。《春秋左传·昭公三年》杜注："上寿，中寿，下寿皆八十以上。"李善注引《养生经》："上寿百二十，中寿百年，下寿八十。"后称三老为三寿。古代有天子敬养三老五更之制。

㉙威仪：庄严的容貌举止。《春秋左传·襄公三十一年》："有威而可畏，谓之威；有仪而可象，谓之仪。"

㉚偷：偷薄，不厚道。

【译文】

"这时皇舆清晨出发，车辇早已停在东阶之下。天子只待启明星消失，朝霞散开，日上扶桑，这才登上玉辂，乘六马皇舆出行。举起鲸鱼形的大槌，敲响刻着篆字的华钟，由仙人大丙驾车缓缓而行，黄帝臣子风后陪天子同乘，就像摄提星随着北斗玉衡慢慢运转一样，徐徐来到举行射礼的辟雍学宫。大射的礼仪开始进行，乐器都已摆好符合规定。乐队奏完《王夏》乐章，接着又奏起《驺虞》之乐。天子右手大指戴上象骨，左臂套上韝捍，手指已钩好弓弦，此时已拉开雕弓准备射靶。天子亲射，射箭发舒阳气，使暮春所有的幼芽都能出土生长，显示出天子的诚心并晓喻天下。举行射礼而能选进具有完美德性的人，也会清除贪婪凶恶之徒的欲望。天子仁德之风流布于四方，道义的感化远及各地。孟冬十月，当日月会于苍龙座龙尾时，天子就对百姓一年的辛劳进行抚恤工作。使终年勤劳的人都得以休息，共饮春酒以使大家欢乐。天子袒露左臂亲自操刀宰割，将酒肉敬奉给国中老人。天子降尊，恭恭敬敬，以礼迎送乡间三老寿星。恭敬谨慎的容貌举止，告诫百姓也要淳朴厚道。

"我有嘉宾①，其乐愉愉②。声教布濩③，盈溢天区④。文德既昭⑤，武节是宣⑥。三农之隙⑦，曜威中原⑧。岁惟仲冬，大阅西园⑨。虞人掌焉⑩，先期戒事⑪。悉率百禽⑫，鸠诸灵囿⑬。兽之所同⑭，是谓告备。

【注释】

①嘉宾：指三老五更等贵客。

②愉愉：和悦的样子。

③声教：声威和教化。布濩（hù）：散布。

④天区：薛综注："天区，谓四方上下也。"

⑤文德：指以礼乐教化治理国家，常对"武功"而言。

⑥武节：武德，武道。宣：发。

⑦三农：指春、夏、秋三个农时。隙：空闲。

⑧曜威：指治兵、练武。中原：平原，原野。

⑨大阅：对军队大检阅。西园：上林苑。

⑩虞人：古代掌管山泽苑圃以及田猎的官吏。

⑪先期戒事：指到了冬季，事先令苑圃群吏修理准备好田猎的工具。戒，犹告。

⑫悉：尽。率：敛。

⑬鸠：聚。灵囿：天子打猎的苑林。

⑭同：薛综注："亦聚也。"

【译文】

"有三老五更的贵客，在一起相聚其乐也融融。天子的声威教化广被天下，充满了四方各个地方。文德既已显著，武道也得以发扬。春、夏、秋三个农时勤劳耕作，空闲的时间在原野练兵习武。到一年的仲冬季节，天子在上林苑检阅兵马队伍。虞人掌管山泽苑圃，事先告诫园吏修理准备好天子射猎的工具。将鸟兽都驱赶在一起，集中在皇家的灵囿里。鸟兽都已合聚灵囿，报告天子一切都准备就绪。

"乃御小戎①，抚轻轩②。中畋四牡③，既佶且闲④。戈矛若林，牙旗缤纷⑤。迄上林⑥，结徒营⑦。次和树表⑧，司铎授钲⑨。坐作进退⑩，节以军声⑪。三令五申⑫，示戮斩牲⑬。陈师鞠旅⑭，教达禁成⑮。火列具举⑯，武士星敷⑰。鹅鹳鱼丽⑱，箕张翼舒⑲。轨尘掩远⑳，匪疾匪徐㉑。驭不诡遇㉒，射不翦毛㉓。升献六禽㉔，时膳四膏㉕。马足未极㉖，舆徒不劳㉗。成礼三殴㉘，解罘放麟㉙。不穷乐以训俭㉚，不殚物以昭仁㉛。慕天乙之弛罟㉜，因教祝以怀民㉝。仪姬伯之渭阳㉞，失熊罴而获人㉟。泽浸昆虫㊱，威振八宇㊲。好乐无荒㊳，允文允武㊴。薄狩于敖㊵，既璅璅焉㊶。岐阳之蒐㊷，又何足数？

【注释】

①小戎：古代兵车的一种。

②抚：据。轻轩：轻捷的车。

③中畋(tián)：田猎时居中之车。

④佶：健壮。闲：通“娴”，熟练。

⑤牙旗：大将的旌旗。古代天子出行建大旗，旗杆上以象牙装饰，故名牙旗。

⑥迄：至。上林：即西园上林苑。

⑦结：止。徒：众。营：域。宿营地。

⑧和：军营正门。《孙子兵法·军争》“交和而舍”，曹操注军门为和门，两军相对为交和。树表：即立两旌旗表示军门，亦称门表。李善注：“《周礼》曰：‘大阅，虞人为表，以旌为左右和门。’”

⑨司铎：《周礼·大司马》：“群司马振铎，车徒皆作。”司，指司马。钲：古代乐器名。亦名丁宁。形似钟而狭长，有长柄，用时口朝上，以槌敲击。行军时用以节止步伐。《诗经·小雅·采芑》“方叔率止，钲人伐鼓”，毛传：“钲以静之，鼓以动之。”

⑩坐作进退：坐与起、行与止。《周礼·大司马》：“以教坐作进退疾徐疏数之节。”

⑪节：节奏。薛综注：“言声中进退，取钟鼓旌之节。”

⑫三令五申：再三告诫。李善注引《尹文子》：“将战，有司读诰誓，三令五申，既毕，然后即敌。”

⑬示戮斩牲：薛综注：“有不用命者，斩之若牲也。”李善注引《周礼》：“大阅，斩牲以徇阵，曰：不用令者斩之。”

⑭陈师鞠旅：即列队誓师。鞠，告诫，誓告。《诗经·小雅·采芑》“陈师鞠旅”，郑笺：“此言将战之日，陈列其师旅，誓告之也。”

⑮教达：指三令五申。

⑯火列：举火把者的行列。《诗经·郑风·大叔于田》“火烈具举”，

郑笺："列人持火俱举，言众同心。"

⑰敷：遍布。

⑱鹅、鹳、鱼丽：皆战阵名。

⑲箕张翼舒：亦阵形之变化。箕，苍龙七宿中的箕宿。由四星组成，形如簸箕，口大，故曰箕张。翼，南方朱鸟七宿中的翼宿，为朱鸟之翼，由二十二星组成，为鸟舒展双翅之形，故曰翼舒。

⑳轨尘掩远(háng)：车轮扬起的尘土正好掩盖着车辙。远，迹。

㉑匪：同"非"，不。

㉒诡遇：指打猎时不按礼法规定而横射禽兽。

㉓射不翦毛：古代田猎时射击鸟兽都有一定规定，分上杀、中杀、下杀。《诗经·小雅·车攻》朱熹曰："古者田猎获禽，面伤不献，践毛不献，不成禽不献。"翦毛，即破坏损害了鸟兽的羽毛。

㉔升献：进献。升，进。六禽：雁、鹑、鷃、雉、鸠、鸽。

㉕四膏：薛综注："四膏者，《礼记》曰：牛膏香，犬膏臊，鸡膏腥，羊膏膻。"膏，油脂。

㉖极：尽。

㉗舆徒：车徒，车卒。李善注："韦昭《汉书》注曰：'舆，车士也。'"

㉘三殴：即三驱。殴，同"驱"。三驱说法不一。《春秋穀梁传·桓公四年》："四时之田用三焉……一为干豆，二为宾客，三为充君之庖。"又，三驱即三面驱禽，让开一路，即网开一面，表示好生之德。

㉙罘(fú)：网。麟：薛综注："大鹿曰麟。"《说文解字》："麟，大牝鹿也。"

㉚穷：极。训：教。

㉛殚：尽。物：指禽兽。昭仁：显扬仁德。

㉜天乙之弛罟(gǔ)：指成汤让田猎者将网罗去掉三面，不要捕尽鸟兽。《吕氏春秋·异用》："汤见祝网者，置四面，其祝曰：'从天坠者，从地出者，从四方来者，皆离吾网。'汤曰：'嘻，尽之矣。非桀

其孰为此也?'汤收其三面,置其一面,更教祝曰:'昔蛛蝥作网罟,今之人学纾,欲左者左,欲右者右,欲高者高,欲下者下,吾取其犯命者。'汉南之国闻之曰:'汤之德及禽兽矣!'四十国归之。"天乙,成汤。弛,废。

㉝祝:掌管祠庙中祭祀的人。怀:来。

㉞仪:则,效法。姬伯之渭阳:指周文王访姜子牙于渭水之阳。姬伯,周文王姬昌,曾为西伯侯。

㉟失熊罴而获人:指周文王出猎时未获得野兽,而得到了贤臣姜尚。《史记·齐太公世家》:"太公望吕尚者,东海上人……以渔钓奸周西伯。西伯将出猎,卜之,曰:所获非龙非彲,非虎非罴,所获霸王之辅。于是周西伯猎,果遇太公于渭之阳,与语大说……载与俱归。"

㊱泽:恩泽,德泽。浸:润。昆虫:小虫。李善注:"《毛诗序》曰:'文王德及鸟兽昆虫焉。'"

㊲八宇:八方区宇。

㊳无荒:指不好荒淫之乐。

㊴允文允武:薛综注:"信与文王武王等其功德也。"允,确实。文,指周文王。武,指周武王。一说指文事和武功兼备。

㊵薄狩于敖:指周宣王在敖地举行狩猎之礼。薄,发语助词。敖,郑地。今河南荥阳。

㊶璅璅(suǒ):细小不足道。璅,同"琐"。

㊷岐阳之蒐(sōu):指周成王在岐山之阳举行狩猎之礼。《春秋左传·昭公四年》"成有岐阳之蒐",杜预注:"周成王归自奄,大蒐于岐山之阳。"岐阳,今陕西岐山县治。蒐,即大蒐,古代军队每五年进行一次大检阅,称大蒐。大检阅时即以狩猎练兵。《周礼·大司马》:"中冬,教大阅……遂以狩田。"

【译文】

"于是驾起小战车先行,轻捷的车子也已起动。中间的田猎车驾着四匹雄马,既雄健又能熟练地驰骋。狩猎队伍戈矛林立,军中大旗飘扬挥动。队伍到达城西上林苑,停止下来集中一起临时宿营。虞人将营地建军门,左右立两旌旗为门表,司马振铎传击金钲以停止前行。军士站立坐下前进后退,都服从军中旌旗和军乐的节奏号令。在军前三令五申告诫士兵服从命令,以斩杀牲畜向不服从军令者示众。列好阵容誓师狩猎,军纪下达军法禁令已成。一队队士兵齐举火把,武士散开如星罗棋布。摆开鹅阵、鹳阵、鱼丽阵,战阵如箕张口如鸟展开双翼。车轮碾起的尘土掩盖着车辙,战马不快不慢地奔腾。驾车射猎而不横射禽兽,射击鸟兽而不伤害皮毛。进献上六种飞禽,时新膳食用牛、羊、犬、鸡。战马未耗尽气力,车卒也不很疲劳。三种进献礼品的猎物都已获得,解下罗网放走大鹿等禽兽。提倡节俭而不穷奢极欲,表现天子仁德对禽兽不赶尽杀绝。仰慕成汤网开三面之德,教导庙祝德及禽兽因使远国之民前来归顺。效法西伯姬昌在渭水之阳求贤之举,出猎时未获野兽却得到了贤臣。贤王的恩德泽及鸟兽昆虫,令人崇敬的威势声望振动四面八方。爱好娱乐而不荒淫,确实文事与武功兼备与文王武王一样。从前周宣王在敖地举行狩礼,规模小得微不足道。周成王在岐山之阳狩猎阅军,规模也小得不能与此相比。

"尔乃卒岁大傩[①],殴除群厉[②]。方相秉钺[③],巫觋操茢[④],侲子万童[⑤],丹首玄制[⑥]。桃弧棘矢[⑦],所发无臬[⑧],飞砾雨散[⑨],刚瘅必毙[⑩]。煌火驰而星流[⑪],逐赤疫于四裔[⑫]。然后凌天池[⑬],绝飞梁[⑭],捎魑魅[⑮],斫獝狂[⑯],斩蜲蛇[⑰],脑方良[⑱],囚耕父于清泠[⑲],溺女魃于神潢[⑳]。残夔魖与罔像[㉑],殪野仲而歼游光[㉒]。八灵为之震慴[㉓],况魃蜮与毕方[㉔]。度朔作梗,守以郁垒,神荼副焉,对操索苇,目察区陬,司执遗鬼[25]。京室密清[26],罔有不韪[27]。

【注释】

①卒:终。大傩(nuó):年终驱鬼的一种仪式。

②殴:同“驱”。厉:恶鬼。

③方相:古代驱疫辟邪之神像。

④巫觋(xí):男女巫的合称。女巫曰巫,男巫曰觋。《荀子·正论》“出户而巫觋有事”,注曰:“女曰巫,男曰觋。有事,祓除不祥。”茢(liè):笤帚。古代迷信认为用笤帚可扫除不祥。《礼记·檀弓》:“君临臣丧,以巫、祝、桃、茢、执戈,恶之也。”郑注:“茢,萑苕,可扫不祥。”

⑤侲(zhèn)子:幼童。《后汉书·礼仪志》:“先腊一日,大傩,谓之逐疫。其仪,选中黄门子弟年十岁以上,十二以下,百二十人为侲子。皆赤帻皂制,执大鼗。”注曰:“侲之言善。善童幼子也。”亦作“振子”。万童:可能是跳舞的童子,或者侲子跳舞。高步瀛《文选李注义疏》曰:“《尔雅·释诂》曰:万,大也。侲取于善,岂万取于大欤?又《左传·隐公五年》杜注曰:‘万,舞。’抑逐疫时有歌舞,而曰万童欤?”

⑥丹首:即头戴赤帻,红色头巾。玄制:身穿黑色衣服。

⑦桃弧棘矢:桃木制的弓,棘枝做的箭。古人迷信,以为桃木可以驱鬼,以此用以避邪。

⑧臬(niè):射箭的靶子。

⑨砾:小石子。

⑩刚瘅(dǎn):恶鬼。吕向注:“瘅,鬼也。言投石如雨,刚坚之鬼皆死也。”

⑪煌火:明亮的火把。驰:竞。星流:薛综注:“星流,谓群鬼竞走,

煌煌然如火光之与星流也。”李善注引《续汉书》:“傩持火炬,送疫出端门外,驺骑传炬出宫,五营骑士传火,弃洛水中。星流,言疾也。”李说为是。

⑫赤疫:薛综注:“疫鬼恶者也。”四裔:四方极远的地方。

⑬凌:升。天池:寓言幻想中的南海。《庄子·逍遥游》:“南冥者,天池也。”

⑭飞梁:天桥。《后汉书·礼仪志》注引《东京赋》注:“逐鬼投洛水中,仍上天池,绝其桥梁,使不复度还。”

⑮捎:杀。魑魅:传说中的山神、鬼怪。

⑯斫(zhuó):斩。獝(xù)狂:恶鬼名。

⑰蝼(wēi)蛇:寓言中的大蛇、泥鳅等怪物。《庄子·达生》:“委蛇,其大如毂,其长如辕,紫衣而朱冠。”委蛇,即蝼蛇。

⑱脑:击破其头颅,脑浆溢出。薛综注:“陷其头也。”方良:传说中的山精鬼怪名,食死人脑。亦作“罔两”“魍魉”“罔阆”。

⑲耕父:主干旱之神。《山海经·中山经》:“神耕父处之,常游清泠之渊,出入有光,见则其国为败。”清泠:水名。薛综注:“在南阳西鄂山上。”

⑳女魃(bá):神话中的旱神。《山海经·大荒北经》:“有人衣青衣,名曰黄帝女魃。蚩尤作兵伐黄帝……请风伯雨师从大风雨。黄帝乃下天女曰魃,雨止。遂杀蚩尤。”神潢:薛综注:“神潢,亦水名,未知所在。”高步瀛《文选李注义疏》认为也在南阳,曰:“今据《续汉志》南阳郡蔡侯国注云:有松子亭,下有神陂……《南都赋》云:松子神陂,上云耕父扬光于清泠之渊。此赋亦清泠、神潢并言。清泠水在南阳,则神潢亦在南阳,即神陂矣。”

㉑残:犹杀。夔:薛综注:“木石之怪,如龙有角,鳞甲光如日月,见则其邑大旱。”魖(xū):传说中使人耗财的鬼。罔像:传说中的水怪。《国语·鲁语》:“木石之怪曰夔,蝄蜽。水之怪曰龙,罔象。”

㉒殪(yì):杀死。野仲、游光:皆恶鬼名。薛综注:"野仲、游光,恶鬼也。兄弟八人,常在人间作怪害。"

㉓八灵:《楚辞·九叹·远逝》王逸注:"八灵,八方之神也。"慑:恐惧。

㉔魃(qí):小儿鬼。蜮:水中鬼怪,含沙射人,使人发病。毕方:火灾之怪。《山海经·西山经》:"章莪之山……有鸟焉,其状如鹤,一足,赤文青质而白喙,名曰毕方,其名自叫也。见则其邑有讹火。"

㉕"度朔作梗"几句:指用桃木雕成神荼、郁垒的形状以驱避恶鬼。《风俗通义·祀典》:"《黄帝书》曰:'上古之时,有(神)荼与郁垒昆弟二人,性能执鬼,度朔山上立桃树下,简阅百鬼,无道理,妄为人祸害,荼与郁垒缚以苇索,执以食虎。'于是县官常以腊除夕,饰桃人,垂苇茭,画虎于门,皆追效于前事,冀以卫凶也。"高步瀛《文选李注义疏》曰:"《学林》曰:今人正月旦,以桃木为版,书神荼郁垒于版,而置于门,谓之桃符,即桃梗也……桃梗即木偶人也。谓之梗者,削桃为人形,以其粗有人形,大略而已,故谓之梗……《东京赋》言度朔作梗者,言以度朔山桃木为符梗也。"度朔,神话传说中的山名。作梗,梗即桃梗。索苇,用以缚鬼的草绳。区陬(zōu),角落。司,主。遗鬼,逃亡之鬼。

㉖京室:王室。密:静。清:洁。

㉗罔:无。韪(wěi):善。

【译文】

"至于年终举行大傩,驱除那些恶鬼。方相氏手执斧钺,男巫和女巫操起笤帚,一百二十名驱鬼童子跳着万舞,头上戴着红头巾,身上穿着黑衣服。桃木弓棘枝箭,向四面八方射击,小石子像雨一样飞散,刚坚的恶鬼全都毙命。明亮的火把如流星般飞驰,将赤疫恶鬼驱逐在四海之外。然后登上天池,截断桥梁,使众鬼无路返回原处,杀死山泽的鬼怪,砍杀凶恶的獝狂鬼,斩断蝼蛇身躯,砸烂方良脑袋,将旱神耕父囚禁在清泠渊，将妖怪女魃溺死在神潢。杀死夔魖罔象，击毙野仲和游光。八方的精怪都震慑恐惧，何况那种小儿鬼与毕方。用东海度朔山上的桃木作符梗木偶避邪，门前有神荼郁垒守护，郁垒神荼一正一副，二人手执缚鬼的绳索，睁大眼睛仔细观察各个角落，搜寻捉拿那些逃窜的鬼怪妖魔。从此京城宫廷王室安宁洁净，再没有妖怪和厉鬼作恶。

“于是阴阳交和①，庶物时育②。卜征考祥③，终然允淑④。乘舆巡乎岱岳⑤，劝稼穑于原陆⑥。同衡律而壹轨量⑦，齐急舒于寒燠⑧。省幽明以黜陟⑨，乃反旆而回复⑩。望先帝之旧墟⑪，慨长思而怀古⑫。俟阊风而西遐⑬，致恭祀乎高祖⑭。既春游以发生⑮，启诸蛰于潜户⑯。度秋豫以收成⑰，观丰年之多稌⑱。嘉田畯之匪懈⑲，行致赉于九扈⑳。

【注释】

①交和：和合。

②庶物：众物，万物。

③卜征：古时皇帝五年一巡，巡行时先占卜看是否吉祥，五年五卜，皆吉乃行。征，巡行，巡狩。

④终然：自始至终。允：语气助词。淑：善。

⑤乘舆：指天子。岱岳：东岳泰山。

⑥稼穑：种谷曰稼，收获曰穑，泛指农业劳动。原陆：原野，田野。

⑦衡：古代测量物体重量的器具。如天平、称等。律：法则。轨：法度。

⑧急舒：缓急。寒燠：冷暖。燠，暖。薛综注：“寒燠，犹苦乐。”

⑨幽明：指善恶、贤愚。黜陟：进退人才，使有功者进，无功者退。降官曰黜，升官曰陟。

⑩反旆：出师归来。旆，军前大旗。因称凯旋归来曰反旆。

⑪旧墟：故城。指长安。

⑫古：薛综注："谓前汉初也。"

⑬俟：待。阊风：秋风。即阊阖风。秋分阊阖风至。西遐：远去西方。指去长安。

⑭致恭祀乎高祖：指祭祀高祖庙。李善注引《东观汉记》："永明（当为永平）二年十月，幸长安，祠高庙。"

⑮春游：薛综注："谓仲春巡行岱岳，是时蛰虫皆开户，帝乃东巡，助宣气也。"发生：萌发，滋长。《尔雅·释天》："春为发生，夏为长赢，秋为收成，冬为安宁。"

⑯蛰（zhé）：冬眠的虫。

⑰秋豫：古代天子于秋季收获时巡行视察农事。豫，巡游。

⑱稌（tú）：稻。

⑲田畯：田官，主管农事的官吏。

⑳赉（lài）：赏赐。九扈（hù）：传说少皞时主管农事的官名。《春秋左传·昭公十七年》"九扈为九农正"，杜注："扈有九种也……以九扈为九农之号，各随其宜以教民事。"

【译文】

"于是阴阳交和融会，万物应时令而生长繁育。皇帝巡行时先占卜是否吉祥，结果自始至终都很吉利。天子乘舆东巡泰山，一路到田野劝勉农夫勤于农事。统一度量衡并统一法度，使天下人都能贫富苦乐均衡一样。深入考察官吏的昏庸与明智，分别予以黜退和提升，然后才反旆凯旋归来。遥望先帝长安旧城，慨叹缅怀高祖开国功绩。待到秋风吹起的时候西去长安，到高祖庙前进行恭敬虔诚的祭祀。天子在仲春出行视察农事则万物萌生，使冬眠的蛰虫都爬出洞户。到秋季收获时视察农事，喜看丰收之年稻黍堆满各家各户。嘉奖田官管理农事勤劳不懈，庆祝丰收赏赐农正和农夫。

“左瞰旸谷[①]，右睨玄圃[②]，眇天末以远期[③]，规万世而大摹[④]。且归来以释劳[⑤]，膺多福以安悆[⑥]。总集瑞命[⑦]，备致嘉祥[⑧]。圉林氏之驺虞[⑨]，扰泽马与腾黄[⑩]。鸣女床之鸾鸟[⑪]，舞丹穴之凤皇[⑫]。植华平于春圃[⑬]，丰朱草于中唐[⑭]。惠风广被[⑮]，泽洎幽荒[⑯]。北燮丁令[⑰]，南谐越裳[⑱]。西包大秦[⑲]，东过乐浪[⑳]。重舌之人九译[㉑]，佥稽首而来王[㉒]。

【注释】

①瞰：望。旸谷：日出之处。《尚书·尧典》“分命羲仲宅嵎夷，曰旸谷”，孔传：“日出于谷而天下明，故称旸谷。”

②睨：视。玄圃：相传昆仑山顶，有金台五所，玉楼十二，为仙人所居。《水经注·河水》：“昆仑之山三级……。二曰玄圃，一名阆风……是为太帝之居。”

③眇(miǎo)：远看。天末：天边。指极远的地方。

④规：谋划。大摹：大法。

⑤释劳：解除疲劳。

⑥膺：受。福：降福，保佑。安悆(yù)：安宁。

⑦总：会。集：聚。瑞：祥瑞，吉祥之兆。

⑧嘉祥：祥瑞。

⑨圉(yǔ)：本指养马之处。此为驯养，动词。林氏：神话中的林氏国。驺虞：神兽名。《山海经·海内北经》：“林氏国有珍兽，大若虎，五采毕具，尾长于身，其名驺吾，乘之日行千里。”驺吾即驺虞。

⑩扰：驯养。泽马：吉瑞的神马。《孝经援神契》：“(王者)德至山陵，则泽出神马。”腾黄：神马，又名吉光、吉良、吉量。《山海经·海内北经》：“有文马，缟身朱鬣，目若黄金，名曰吉量，乘之寿

千岁。”

⑪女床:山名。相传在陕西华阴西六百里。《山海经·西山经》:“西南三百里,曰女床之山……有鸟焉,其状如翟而五采文,名曰鸾鸟,见则天下安宁。”

⑫丹穴:山名。《山海经·南山经》:“丹穴之山……有鸟焉,其状如鸡,五采而文,名曰凤皇,首文曰德,翼文曰义,背文曰礼,膺文曰仁,腹文曰信。是鸟也,饮食自然,自歌自舞,见则天下安宁。”凤皇:即凤凰。

⑬华平:传说中的瑞草。也作“花平”。薛综注:“华平,瑞木也。天下平,其华则平,有不平处,其华则向其方倾。”李善注引《孝经援神契》:“德至于地,则华平盛也。”春圃:春天的园地。

⑭朱草:瑞草。李善注:“《鹖冠子》曰:‘圣王之德,下及万灵,则朱草生。’《抱朴子》曰:‘朱草长三尺,枝叶皆赤,茎似珊瑚也。’”中唐:大门至厅堂的路。

⑮惠风:和风。比喻仁爱、恩惠。

⑯泽:指皇帝恩泽。洎(jì):及,到达。幽荒:边远之地,九州之外。指四夷。

⑰爕(xiè):和。丁令:国名。也作“丁零”“丁灵”。汉时为匈奴属国,游牧于我国北部和西部广大地区。

⑱越裳:古代南海国名。相传周公辅成王,制礼作乐,越裳氏以三象重译而献白雉。

⑲大秦:古国名。古代罗马帝国。

⑳乐浪:东部郡名。汉武帝元封三年(前108)置。治所在朝鲜县(今朝鲜平壤大同江南岸土城洞,一说即今平壤)。

㉑重舌:指通晓外族语言能口译的人。九译:多次辗转翻译。薛综注:“重舌,谓晓夷狄语者。九译,九度译言,始至中国者也。”

㉒佥:皆。稽首:古时所行跪拜礼,称稽首。来王:古时诸侯定期来

京朝见天子,叫来王。

【译文】

“左面望着日出的旸谷,右面看到西方的玄圃,遥望天际想着长远的未来,规划出万世有效的治国宏图。西行归来解除士卒劳顿,接受神灵安康多福的福佑。汇聚了各种瑞兆符命,出现许多喜庆之祥。马厩驯养着林氏国的义兽驺虞,也驯养出神马泽马和腾黄。女床山上鸾鸟引颈鸣叫,丹穴山上凤凰展翅起舞飞翔。春天园地里种植出华平瑞木,宫廷路侧有吉祥的朱草丰茂生长。皇帝仁爱之风吹遍各地,恩惠之德泽及四面八方。北边与丁令国和睦,南边与越裳国友好交往。西边包容大秦国,东边疆土超过乐浪。通晓外族语言的人多次辗转翻译,远方各国都臣服前来叩拜君王。

“是以论其迁邑易京①,则同规乎殷盘②。改奢即俭,则合美乎《斯干》③。登封降禅④,则齐德乎黄轩⑤。为无为,事无事⑥,永有民,以孔安⑦。遵节俭,尚素朴,思仲尼之克己⑧,履老氏之常足⑨。将使心不乱其所在,目不见其可欲⑩。贱犀象⑪,简珠玉⑫,藏金于山,抵璧于谷⑬。翡翠不裂⑭,玳瑁不蔟⑮。所贵惟贤,所宝惟谷⑯。民去末而反本⑰,咸怀忠而抱悫⑱。于斯之时,海内同悦,曰:吁,汉帝之德,侯其祎而⑲!

【注释】

①京:京师。

②规:法。殷盘:指殷商君主盘庚,汤九世孙祖丁之子。继兄阳甲即位。时王室衰乱,盘庚率众自奄(今山东曲阜)迁都于殷(今河南安阳),使商复兴。

③《斯干》:《诗经·小雅》之篇名。歌颂周宣王缩减宫室的美政。薛综注:"今汉光武改西京奢华而就俭约,合《斯干》之美。"

④登封降禅:薛综注:"登,谓上泰山封土。降,谓下禅梁父也。"

⑤黄轩:黄帝轩辕。薛综注:"言光武登上泰山,下禅梁父,则与黄帝轩辕齐其功德。"

⑥"为无为"二句:儒家提倡以德政感化人民,不施行刑法的无为而治。《论语·卫灵公》:"无为而治者,其舜也与。"道家也提倡顺应自然,顺民之自然,不以强求。《老子》六十三章:"为无为,事无事。"五十七章:"我无为而民自化,我无事而民自富。"

⑦孔:甚。

⑧仲尼:孔子。克己:克己约身。己,私欲。《论语·颜渊》:"子曰:'克己复礼为仁。一日克己复礼,天下归仁焉'。"马融注:"克己,约身。"

⑨老氏:老子。常足:《老子》四十六章:"祸莫大于不知足……故知足之足,常足矣。"

⑩"将使心"二句:《老子》三章:"不见可欲,使心不乱。"可欲,引起欲望的事物。

⑪犀象:犀角、象牙等宝贵之物。

⑫简:捐弃,剔除。

⑬抵(zhǐ):投掷。高步瀛《文选李注义疏》曰:"抵,投也,与掷训同。"

⑭翡翠不裂:指不折断拔取翡翠羽毛以作装饰。翡翠,鸟名。

⑮玳瑁(dài mào):形状如龟的一种爬行动物,产于热带海中,甲壳名贵,可作装饰品。不蔟(chuò):不用鱼叉捕取。蔟,同"簎(cè)",叉取,刺破。

⑯所宝惟谷:李善注引《范子计然》:"五谷者,万人之命,国之重宝。"

⑰去末而反本：薛综注："诈伪为末，忠信为本。"高步瀛《文选李注义疏》曰："本，谓农，末，谓工商。"两说均可通。

⑱悫(què)：朴实，谨慎。

⑲傒其祎而：张铣注："傒，惟也。而，语助辞。"薛综注："祎，美也。"《尔雅·释诂》："祎，美也。"故"祎"字误，应作"祎(yī)"。

【译文】

"所以论起迁移国都改换京师之事，则与殷王盘庚的做法一样。如今光武皇帝改变西京的奢华而就东京的俭朴，合乎《斯干》歌颂周宣王美政的榜样。上登泰山封土祭天，下至梁父行禅祭地，光武皇帝功德可与黄帝轩辕相仿。以无为为功，以无事为业，永远拥有民心，永保太平安康。遵奉节俭，提倡朴素，想到孔子克己复礼的教诲，履行老子知足常足的思想。使心志不会因为声色美物所惑乱，对那些容易引起欲望的事物目不见，心不想。贱视犀角象牙，抛弃珍珠美玉，将黄金埋在深山，将璧玉丢进峡谷。不折取翡翠的羽毛作为装饰，也不用鱼叉捕取玳瑁以为珍器。所贵重的唯有能治国安民的贤才，所宝贵的唯有养育万民的粮食。百姓弃工商末事以农为本，全都心怀忠信而朴实谨慎。当此之时，天下万民同乐，齐声欢呼：啊，大汉天子的仁德，实在完美啊！

"盖蓂荚为难莳也[①]，故旷世而不觌[②]。惟我后能殖之[③]，以至和平，方将数诸朝阶[④]。然则道胡不怀[⑤]，化胡不柔[⑥]？声与风翔[⑦]，泽从云游[⑧]。万物我赖[⑨]，亦又何求。德宇天覆[⑩]，辉烈光烛。狭三王之趢趗[⑪]，轶五帝之长驱[⑫]。踵二皇之遐武[⑬]，谁谓驾迟而不能属[⑭]？东京之懿未罄[⑮]，值余有犬马之疾[⑯]，不能究其精详[⑰]，故粗为宾言其梗概如此。

【注释】

①蓂荚(míng jiá):古代传说中的瑞草名。一名历荚。相传尧时有草夹阶而生,随月而死。每月朔日生一荚,至月半则生十五荚。至十六日后,日落一荚,至月晦而尽。若月小则余一荚,厌而不落,以是占日月之数。莳(shì):移植,栽培。

②旷世:绝世,举世。觌(dí):见。

③后:指皇帝。殖:种植。

④方:且。数:指数知蓂荚之荚数以计日月。

⑤胡:何。怀:来。

⑥化:教化。柔:安,顺。

⑦声:声教。

⑧泽:恩泽。

⑨万物我赖:指万物皆依赖皇帝恩泽。我赖,赖我。

⑩宇:犹“盖”。

⑪狭:陋。三王:指夏禹、商汤、周文王或周武王。趢趗(lù cù):局面很小的样子。

⑫轶(yì):超过。五帝:传说中上古时五个皇帝:黄帝、颛顼、帝喾、尧、舜。见《史记·五帝本纪》。长驱:远驰。

⑬踵:继。二皇:指伏羲、神农。遐:远。武:足迹。踵武,比喻继承前人的事业。

⑭属:逮,赶上。

⑮懿:美。罄:尽。

⑯犬马之疾:谦辞。指身体有病。

⑰究:探求。详:审。

【译文】

“报时蓂荚瑞草很难栽培,所以旷世而不一见。只有我朝皇帝能种植,显示着太平盛世,生长在宫廷庭院之中,且得以计日并数知月份大小。像这样仁义之德怎能不使人归顺,教化怎能不使人和顺?声教号令随风而远行,恩泽从云而传播。世间万物都依靠我皇恩泽,除此之外还有什么可以要求的呢?皇帝恩德如同天宇覆盖一切,如同日月的光辉照耀远近。以三王礼法的规模为狭小,要超过五帝之仁德而向前迈进。继承二皇上古以来业绩,谁敢说今天步伐缓慢而赶不上他们呢?东京之美未能说尽,赶上我身体不适,不能精细地详加描述,所以只能如此粗略地为客人讲个大致梗概。

“若乃流遁忘反①,放心不觉②,乐而无节,后离其戚③。一言几于丧国④,我未之学也。且夫挈瓶之智,守不假器⑤,况纂帝业而轻天位⑥。瞻仰二祖⑦,厥庸孔肆⑧。常翘翘以危惧⑨,若乘奔而无辔⑩。白龙鱼服,见困豫且⑪。虽万乘之无惧⑫,犹怵惕于一夫⑬。终日不离其辎重⑭,独微行其焉如⑮。夫君人者,黈纩塞耳⑯,车中不内顾⑰。佩以制容⑱,銮以节涂⑲。行不变玉,驾不乱步⑳。却走马以粪车㉑,何惜騕褭与飞兔㉒。方其用财取物㉓,常畏生类之殄也㉔。赋政任役㉕,常畏人力之尽也。取之以道,用之以时㉖。山无槎枿㉗,畋不麑胎㉘。草木蕃庑㉙,鸟兽阜滋㉚。民忘其劳,乐输其财㉛。百姓同于饶衍㉜,上下共其雍熙㉝。洪恩素蓄,民心固结。执谊顾主㉞,夫怀贞节㉟。

【注释】

①流遁忘反:指沉迷游乐之事。遁,逸。

②放心:放纵之心。

③离:同“罹”,遭受。戚:忧祸。

④一言:一句话,一番话。此处指《西京赋》中凭虚公子所说的只管

目前享乐的一番话。几：近。

⑤“且夫挈瓶”二句：《春秋左传·昭公七年》：“虽有挈瓶之知，守不假器，礼也。”谓虽有以瓶汲水的知识，亦要谨守其汲器，不借给别人。

⑥纂：继承。轻天位：薛综注：“今如公子言，皆淫心放意之事，此乃轻居天王之尊位，而禅于董贤。”

⑦二祖：指汉高祖刘邦、世祖光武帝刘秀。

⑧庸：功劳。孔：甚。肆：勤苦。

⑨翘翘：高而危险的样子。

⑩若乘奔而无辔：薛综注：“言居天子之位，常若奔马而无辔，履冰而负重也。”辔，马缰。

⑪“白龙”二句：《说苑·正谏》：“吴王欲从民饮酒，伍子胥谏曰：‘不可。昔白龙下清泠之渊，化为鱼，渔者豫且（jū）射中其目……白龙不化，豫且不射。今君弃万乘之位，而从布衣之士饮酒，臣恐其有豫且之患。’”此处用以指责凭虚公子“阳戒期门，微行要屈”的话。

⑫万乘：指天子，大国之君主。

⑬怵（chù）惕于一夫：薛综注：“昔秦始皇东游，为张良所击，中其副车。汉高祖于柏人亭，殆为贯高所中。”怵惕，恐惧，警惕。一夫，一人。

⑭终日不离其辎重：《老子》二十六章：“圣人终日行，不离辎重。”辎重，为行军带的粮食、装备等物资。此处比喻帝王要时刻把权力握在手中。

⑮微行：不使人知其尊贵身份，便装秘密出行民间。焉：安。如：往。

⑯黈纩（tǒu kuàng）：黄绵。古之冕制，以黄绵大如丸，悬于冕之两旁，遮住两耳，以示不听无益之言。

⑰内顾：回头看。薛综注："内顾，谓不外视臣下之私也。"《论语·乡党》"车中不内顾"，包咸曰："车中不内顾者，前视不过衡轭，傍视不过犄毂。"

⑱佩：玉佩。制容：节制行步时的容仪。

⑲銮：车上装饰的鸾铃。节涂：节制车马行走的步伐。涂，道路。

⑳"行不"二句：指佩的制容与銮的节行如此。薛综注："行合容，则玉声应。马步齐，则銮和响，并谓君之礼法。"刘良注："行缓急得中，则玉声不变；马步整齐，銮声乃和。"

㉑却：退。走马：善走的马。粪车：农事用的车。薛综注："《老子》曰：'天下无道，戎马生于郊。天下有道，却走马以粪。'河上公曰：'粪者，粪田也。兵甲不用，却走马以务农田。'"

㉒骙袅(yǎo niǎo)、飞兔：皆骏马名。《淮南子·齐俗训》："夫待骙袅、飞兔而驾之，则世莫乘车。"

㉓方：当，在。介词。

㉔生类：指世上各种生物。殄：尽，灭。

㉕赋政：征兵。政，通"征"。

㉖"取之"二句：《诗经·小雅·鱼丽》毛传："太平而后微物众多，取之有时，用之有道。"指不任意用财取物。

㉗槎枿(chá niè)：树木砍后的再生枝。斜砍曰槎，砍伐后复生者曰枿。

㉘麇(yǎo)：麋鹿幼子。胎：兽胎。

㉙蕃庑：滋长茂盛。也作"蕃芜"。

㉚阜滋：繁盛。

㉛"民忘其劳"二句：百姓不辞劳苦，乐于交纳赋税。薛综注："言民不以力役为劳苦，不以财赋为损费。故文王有子来之人，武帝时卜式入钱以助官也。"

㉜饶衍：丰饶，富庶。

㉝雍熙：和乐的样子。

㉞执谊：坚持正义。谊，通“义”。顾：顾念。

㉟夫：薛综注：“夫，犹人人也。”

【译文】

“要是像您所说的可以沉迷于游逸，放纵不自觉悟，淫乐而无节制，其后必定遭受祸患。一言可以使人亡国的话，我未曾学过。有的人只有提瓶汲水的小智术，尚能谨守汲瓶不轻易借给别人，何况是继承帝王大业，怎能轻易地听信放纵淫逸之言，而丢失王位呢？瞻望缅怀汉高祖和世祖，他们都是艰苦创业。经常战战兢兢，像站在高而危险的地方，像乘坐奔驰的车马而无操纵的缰辔。传说白龙化为水中游鱼，因而被渔人豫且射中眼睛。虽说万乘之君本是无所畏惧，但还得担心提防一夫作难。帝王要时刻不离开他的皇位，单独微服出行，要他往哪里去呢？作为一国之君，正应该黄绵塞耳，不听无益谗言，车中内顾不管臣下私事。身上带着佩玉，用以节制行容仪态，车上装有銮铃使车马行路富有节奏。步子不紧不慢合于帝王仪容，则玉声不变；马步整齐，则车上銮铃和鸣。天下太平，将战马退下来用在耕田运粪的农事上，即使騕褭和飞兔等良马也不为可惜。当要用材取物的时候，经常考虑唯恐将各类生物灭绝。征兵服役的时候，经常担心是否将百姓人力用尽。所以古代贤王总是取之有道，用之有时。山林中没有乱砍滥伐的断枝残芽，在野外狩猎对幼小的野兽也不捕杀。以致草木生长茂盛，鸟兽大量繁殖。人民对于国事不辞劳苦，都很愉快地交纳赋税。百姓与朝廷共同富裕，上下和悦，一片欢乐。高祖以来，积洪恩，施广惠，以致民心统一团结。遵守礼义，眷念汉室君主隆恩，人人怀着忠贞的德操。

“忿奸慝之干命①，怨皇统之见替②。玄谋设而阴行③，合二九而成谲④。登圣皇于天阶⑤，章汉祚之有秩⑥。若此，故王业可乐焉⑦。

【注释】

①奸慝:奸诈,邪恶。干命:干犯天命。

②皇统:指汉朝皇位。替:废。

③玄谋:阴谋。高步瀛《文选李注义疏》曰:"《说文》曰:'玄,幽深也'。幽深之谋,犹云阴谋。"阴行:指窃取王位。

④合二九:指王莽篡位十八年。谲:变化。

⑤圣皇:指汉光武皇帝。天阶:帝位。

⑥章:明。汉祚:汉朝皇位。秩:常。

⑦王业:帝王基业。

【译文】

"可恨奸人王莽干犯天命,让人为汉朝皇权被废替而痛心。王莽依靠阴谋窃取王位,共是十八年造成汉朝的巨大变化。圣明的光武皇帝登上帝位,才使汉室皇权得以正常继续。由于这样,大汉帝王的基业又能发展,这是使人高兴的啊。

"今公子苟好剿民以偷乐[①],忘民怨之为仇也。好殚物以穷宠[②],忽下叛而生忧也[③]。夫水所以载舟,亦所以覆舟[④]。坚冰作于履霜[⑤],寻木起于蘖栽[⑥]。昧旦丕显,后世犹怠[⑦]。况初制于甚泰,服者焉能改裁[⑧]?故相如壮上林之观,扬雄骋羽猎之辞,虽系以'隤墙填堑'[⑨],乱以'收罝解罘'[⑩],卒无补于风规[⑪],祇以昭其愆尤[⑫]。臣济奓以陵君[⑬],忘经国之长基[⑭]。故函谷击柝于东[⑮],西朝颠覆而莫持[⑯]。凡人心是所学,体安所习[⑰]。鲍肆不知其臭[⑱],翫其所以先入[⑲]。《咸池》不齐度于蛙咬,而众听或疑[⑳]。能不惑者,其唯子野乎[㉑]?"

【注释】

①剿(jiǎo):劳。偷乐:苟且寻乐。

②穷宠:穷极骄逸之乐。宠,骄。

③忽:忽略,忽视。

④“夫水”二句:《孔子家语·五仪解》:“夫君者舟也,庶人者水也。水所以载舟,亦所以覆舟。”

⑤坚冰作于履霜:指事情皆从微末开始显著。《周易·坤》:“履霜坚冰至。”意谓行于霜上而知严寒冰冻将至。作,兴起。

⑥寻木:指高大的树木。《山海经·海外北经》:“寻木长千里。”蘖(niè)栽:初种的树苗。

⑦“昧旦丕显”二句:语出《春秋左传·昭公三年》:“昧旦丕显,后世犹怠。”薛综注:“谓起行大明之道,后世子孙犹尚懈怠。”昧旦,天未全明之时。昧,早。丕显,大明。

⑧“况初制”二句:薛综注:“譬如为人裁衣,始制之洪大,服者得而衣之,何能更小之乎?”况,比方。裁,制。

⑨系以“陨(tuí)墙填堑(qiàn)”:司马相如作《上林赋》,结尾部分有:“乃命有司……陨墙填堑,使山泽之人得至焉。”系,文章结尾之词。陨墙,推倒围墙。陨,同“颓”,使倒塌。填堑,填平壕沟。

⑩乱以“收罝(jū)解罘(fú)”:扬雄《羽猎赋》最后结尾曰:“放雉兔、收罝罘,麋鹿刍荛,与百姓共之。”乱,文章结尾之词。罝、罘皆为捕兽网,捕兔用。

⑪风规:教化成规。亦谓讽谏规劝。

⑫祇(zhǐ):薛综注:“祇,适也。”古籍中“祇”“衹”“秖”等字通用。今皆读 zhǐ。愆尤:过失。

⑬济奓(chǐ):过度奢侈。薛综注:“济谓度也。度于奢侈,谓谮也。”奓,同“侈”。陵:逾,超过。

⑭经国:治理国家。长基:长久基业。

⑮函谷:关名。在今河南新安东北。柝(tuò):巡夜击以报警的木梆子。

⑯西朝颠覆:指西汉政权被推翻。

⑰"凡人"二句:薛综注:"所习,为心所好。爱者即学。"《商君书·更法》:"夫常人安于故习,学者溺于所闻。"

⑱鲍肆不知其臭:《孔子家语·六本》:"与善人居,如入芝兰之室,久而不闻其香,即与之化矣。与不善人居,如入鲍鱼之肆,久而不闻其臭,亦与之化矣。"鲍肆,出售鲍鱼的商店。鲍鱼,即盐渍鱼,其气味腥臭。

⑲翫(wàn):习惯于。先入:薛综注:"言久处其俗也。"

⑳"《咸池》"二句:薛综注:"言《咸池》之音,本不与蛙咬同,而众听者乃有疑惑。"《咸池》,古乐名。相传为尧乐。《礼记·乐记》曰:"《咸池》,备矣。"孔疏说是黄帝之乐,尧增修沿用。蛙咬,同"哇咬",不合礼乐的俗乐。

㉑子野:即师旷。春秋晋乐师。字子野,生而目盲,善辨声乐。薛综注:"以喻安处先生也。言西京奢泰肆情,不依礼度。东京俭约,依礼行事,众人观之,谓是其一。唯安处先生得知其旨也。"

【译文】

"如今公子所言只想劳苦百姓以图眼前的欢乐,不知人民会怨恨而把自己当成仇人。如果只喜欢刮尽民财以骄奢淫逸,忽视下民会背叛自己,就会造成莫大祸患。水可以将船载托起来,也可以使船倾覆沉没。坚厚的冰层是从脚下的薄霜积累起来的,参天大树是从小树苗慢慢长大的。先帝未明即起以务光明大业,后世子孙尚且懈怠。譬如开始裁制的衣服过于宽大,穿衣服的人又怎能将其改裁?所以司马相如《上林赋》描写上林苑的奇观,扬雄《羽猎赋》以铺张的辞藻描绘狩猎的宏阔场面,虽然《上林赋》结尾提到'隤墙填堑',《羽猎赋》结尾说到'收罝解罘',但最终无补于教化规范,却恰恰表现出他们的过失。作为臣子如果以过度奢侈靡费凌驾于君主之上，就会忘记治国安民的根本大计。所以京师以东函谷关的守兵正在击柝报警，西汉政权已被王莽颠覆无法维持。大凡人的心性总是认为自己学的是对的，人的身体总是安于习俗。常在咸鱼商店的人嗅不到腥臭，原因是习惯于长久所处的环境。上古圣王之乐《咸池》与蛙咬淫靡之曲，本是不同法度的两种音乐，然而听众不能分辨，对合礼之乐反而表示怀疑。能够分辨清楚不受迷惑的，大概只有师旷一人了。”

客既醉于大道，饱于文义①。劝德畏戒②，喜惧交争③，罔然若酲④，朝罢夕倦，夺气褫魄之为者⑤，忘其所以为谈，失其所以为夸。良久乃言曰：“鄙哉予乎！习非而遂迷也⑥。幸见指南于吾子⑦。若仆所闻，华而不实。先生之言，信而有征⑧。鄙夫寡识⑨，而今而后，乃知大汉之德馨⑩，咸在于此。昔常恨‘三坟’‘五典’既泯⑪，仰不睹炎帝帝魁之美⑫。得闻先生之余论⑬，则大庭氏何以尚兹⑭。走虽不敏⑮，庶斯达矣⑯。”

【注释】

①“客既醉”二句：薛综注：“客斥公子，谓闻东京文义之道，若醉饱焉。”张铣注：“得道义之味。”大道，指安处先生所说的这些大道理。文义，文章内容含义。

②劝德畏戒：薛综注：“劝德，谓公子见先生说东京礼法，自劝勉行其道德。又畏惧先生之戒也。”

③喜惧交争：高步瀛《文选李注义疏》曰：“闻东京之礼法而劝德，故喜。闻西京之危亡而畏戒，故惧……两者心战……心战者，即此赋交争之义。”

④罔然：失意的样子。酲：醉后昏迷。

⑤“朝罢夕倦”二句：薛综注：“朝罢夕倦，晓夜不卧，惘然如神夺其精气，又若魂魄亡离其身。”朝罢夕倦，从早到晚感到疲倦。罢，疲劳，疲倦。褫，夺。

⑥习非而遂迷：薛综注：“自鄙其迷惑，所学者非正也。”《法言·寡见》：“多闻见而识乎邪道者，迷识也。”

⑦指南：比喻指导或指导者。薛综注：“言己之惑，不知南北。今先生指以示我，我则足以三隅反也。”

⑧征：验。

⑨鄙夫：鄙陋浅薄的人。此处用作谦辞。

⑩馨：远闻的香气。

⑪三坟、五典：传说中我国最古的书。三坟，三皇之书。伪孔安国《尚书序》：“伏羲、神农、黄帝之书，谓之三坟。”五典，五帝之书。泯：灭。

⑫炎帝、帝魁：薛综注：“炎帝，神农后也。帝魁，神农名。并古之君号也。”一说为一人。《潜夫论·五德志》曰：“赤帝魁隗，身号炎帝，世号神农。”高步瀛《文选李注义疏》曰：“窃以此赋之帝魁，当为神农后之帝魁。下文大庭氏即神农。帝魁为帝临魁。炎帝亦神农之后……即《五帝本纪》炎帝欲侵陵诸侯者也。此举古帝王，故称其美，不必以文害义。”

⑬余：丰富。

⑭大庭氏：薛综注：“大庭，古国名。”高步瀛《文选李注义疏》曰：“《礼记·月令》郑注曰：‘炎帝，大庭氏也。’……此赋之意，似与《春秋说》同指神农氏而言也。”尚：高。兹：此。

⑮走：奴仆。公子自谦之辞。薛综注：“走，公子自称走使之人，如今言仆矣。”

⑯庶：庶几，差不多。

【译文】

客人听了这番话，已经沉醉在安处先生所说的大道理之中，饱尝了这些话的精深含义。一方面为先生所说的东京礼法所劝勉鼓舞，另一方面又为先生所告诫的西京奢侈不合礼教而畏惧。一喜一惧在胸中斗争十分激烈，茫茫然像喝醉了酒似的整天感到疲倦，又像被夺去精气那样失魂落魄，忘记了自己为什么要那么说，不知道为什么要那么夸饰。停了好久才说道："我这个人是多么浅陋啊！所学者非正道，因此受这般迷惑。今天荣幸地得到先生指教，使我在迷途中明确了方向。像我所闻见的西京之事，都是虚华而非实录。先生所说的，有根有据，真实可靠。我这个鄙陋浅薄之人见识不广，从今以后，才知大汉美善的德政，全在这里。从前常常痛惜'三坟''五典'这些古籍已经泯灭，只有仰慕而看不到炎帝和帝魁的美德。现在得闻先生这篇宏论，就知道大庭神农氏何以如此受到尊崇。仆虽愚钝未通晓大道，经先生之言差不多已经通晓了。"

京都中

张平子

见卷第二《西京赋》作者介绍。

南都赋一首

【题解】

南阳为汉代名城。不仅物产富饶,在政治军事上的地位也很重要。汉皇室远祖刘累在夏代就迁此定居,子孙繁衍。王莽篡位,刘秀以此为根据地而首举义旗,中兴后定此为南都。

张衡是南阳人,对当地情况极为熟悉,故能以细致笔触描绘南都的壮丽山川与富庶资源,歌颂刘邦创业、刘秀中兴之丰功伟绩,不仅是汉代兴旺时期的赞美诗,也是作者美好故乡的抒情曲。李周翰说此赋是张衡晚年为桓帝欲废南阳的都城地位而作,显然是错误的,因为张衡逝世于顺帝永和四年(139),未活到桓帝时(147—167)。从赋的思想感情来看,应是张衡早期作品,成赋当在《二京赋》之前。

全赋先写风物,作铺垫;后写人事,寓主旨。在章法上颇具匠心,不仅为《二京赋》之滥觞,对后世同类之作影响亦深。何焯评此赋道:"全是表彰其地，见设都之由。前半写地，后半写人，极有作法。太冲《三都赋》，大段祖此。”

於显乐都[1]，既丽且康[2]。陪京之南[3]，居汉之阳[4]。割周楚之丰壤[5]，跨荆豫而为疆[6]。体爽垲以闲敞[7]，纷郁郁其难详[8]。尔其地势，则武阙关其西[9]，桐柏揭其东[10]；流沧浪而为隍[11]，廓方城而为墉[12]；汤谷涌其后[13]，淯水荡其胸[14]；推淮引湍[15]，三方是通[16]。

【注释】

①於(wū)：於乎，叹词。显：此指显耀。乐都：指南阳。

②康：安，乐。

③京：指东都洛阳。

④汉之阳：汉水北面。

⑤周楚：指今陕西、湖北一带。

⑥荆：汉武帝所置十三刺史部之一。辖境约当今湖北、湖南两省及河南、贵州、广东、广西的一部。豫：豫州。古九州之一。《尔雅·释地》：“河南曰豫州。”

⑦爽垲(kǎi)：高朗干燥。爽，明。垲，燥。闲敞：宽广。

⑧纷：繁多。郁郁：美盛貌。

⑨武阙：武阙山。关其西：成为西方之关塞险隘。

⑩桐柏：桐柏山。揭：表，外。此指屏障。

⑪沧浪：水名。《尚书·禹贡》：“嶓冢导漾，东流为汉，又东为沧浪之水。”隍：城池无水曰隍。此指护城河。

⑫方城：山名。在今河南叶县南、方城东北，西连伏牛山脉。墉(yōng)：城墙。

⑬汤谷:水名。李善注引盛弘之《荆州记》:"南阳郡城北有紫山,紫山东有一水,无所会通,冬夏常温,因名汤谷。"

⑭淯(yù):水名。即今河南白河,为汉江支流。《水经注·淯水》:"淯水出弘农卢氏县攻离山,东南过南阳西鄂县西北,又东过宛县南。"胸:指前面。

⑮推淮:指淮水自此而去。引湍(zhuān):指湍水自彼而来。湍,水名。在今河南境内。

⑯三方是通:张铣注:"三方,谓南有淯水,西有沧浪,北有汤谷,通水东流。"

【译文】

啊!光辉的南阳,美丽又安康。位于京城南方,汉水之阳。据有周、楚的沃壤,跨于荆豫之边疆。地势高朗干燥而且宽广,各种美好之处难说周详。它的地势,武阙山是西边的关塞,桐柏山是东方的屏障;沧浪水是宽深的护城河,方城山是天然的高城墙;汤谷在城后涌流,淯水在城前激荡;送去淮河滚滚碧波,引来湍河滔滔白浪,东方西方和南方,三方都顺利通航。

其宝利珍怪①,则金彩玉璞②,随珠夜光③;铜锡铅锴④,赭垩流黄⑤;绿碧紫英⑥,青雘丹粟⑦;太一余粮,中黄玨玉⑧。松子神陂⑨,赤灵解角⑩。耕父扬光于清泠之渊⑪,游女弄珠于汉皋之曲⑫。

【注释】

①珍怪:珍贵稀奇之物。

②金彩玉璞:即金之光辉、未雕琢之璞玉。李善注:"彩,金之彩也;璞,玉之未理者。"

③随珠：随侯之珠。古代著名的宝珠。

④锴（kǎi）：好铁。

⑤赭（zhě）：红土。垩（è）：白土。流黄：即硫黄。李善注引《博物志》："雄黄似石流黄。"

⑥绿碧紫英：碧玉、紫石英之类的玉石。

⑦青雘（huò）：赤石脂之类。古代以之为好颜料。丹粟：红色细沙。

⑧"太一"二句：太一、余粮、中黄、珏（jué）玉，皆石质或玉质药物之名。

⑨松子：亭名。神陂：神奇的水池。一说，奇特的堤。

⑩赤灵：李善注："赤龙也。"解角：李善注："脱角也。"即新角形成后蜕下旧角。

⑪耕父扬光于清泠之渊：《山海经·中山经》记有丰山之神耕父，常游清泠之渊，出入有光。耕父，古代传说中的神。清泠，水名。在南阳西鄂山上。

⑫游女弄珠于汉皋（gāo）之曲：李善注引《韩诗外传》："郑交甫将南适楚，遵彼汉皋台下，乃遇二女，佩两珠，大如荆鸡之卵。"游女，汉水之女神。汉皋，汉水岸边。曲，河湾。此指河湾曲折幽静之处。

【译文】

这里多宝产、富珍藏，有黄金泛彩璞玉发亮，随侯之珠黑夜闪光；铜锡铅锴，赭垩流黄；玩好有绿碧、紫英，颜料有青雘、丹粟；太一、余粮可入药，还有中黄与珏玉。松子亭畔有神塘，赤龙蜕角在池旁。仙人耕父动有光，清泠之渊常来去。汉水女神佩宝珠，游于江岸幽静处。

其山则崆峣嶱嵑①，嵣㟐嶚刺②；岝崿嶵嵬③，嵚巇屹㠑④。幽谷嶜岑⑤，夏含霜雪。或岧嶙而缅连⑥，或豁尔而中绝⑦。鞠巍巍其隐天⑧，俯而观乎云霓。若夫天封大狐⑨，列仙之陬[10]，上平衍而旷荡[11]，下蒙笼而崎岖[12]；坂坻巀嶭而成甗[13]，谿壑错缪而盘纡[14]；芝房菌蠢生其隈[15]，玉膏滵溢流其隅[16]；昆仑无以奓，阆风不能逾[17]。

【注释】

①崆峣(kōng yáng)：山势崇高险峻之貌。嵑嵑(kě kě)：山势高峻。

②嵣㟐(dàng mǎng)：李善注引《字书》："山石广大之貌。"嶚剌(liáo là)：山高而曲折。

③岝峉(zuò è)：山峰参差不齐之貌。峉，同"峇(è)"，山高大貌。嶊嵬(zuì wéi)：李善注："《说文》曰：嶊嵬，山石崔巍，高而不平也。"

④嵚巇(qīn xī)：李善注："山相对而危险之貌也。"屹㠔(yì yà)：山脉中断貌。

⑤嶜岑(jīn yín)：高峻峭拔之貌。嶜，同"㟧(jīn)"。

⑥峮嶙(jūn lín)：山山相连。缅(lí)连：山势连绵不断貌。

⑦豁尔：陡然断开。

⑧鞠：高。隐天：遮蔽天空。

⑨天封、大狐：皆山名。

⑩陬(zōu)：角落。

⑪平衍而旷荡：平坦辽阔。

⑫蒙笼：草木茂盛貌。崎岖：地势或道路高低不平。

⑬坂坻(bǎn chí)：坡岸。巀嶭(jié niè)：高峻貌。甗(yǎn)：古代炊器，青铜或陶制，上可蒸下可煮。

⑭错缪(miù)：杂乱貌。盘纡(yū)：屈曲。

⑮芝房：灵芝。因灵芝头部有小隔，如同分开的房间，故称芝房。菌蠢：灵芝短小臃肿，故名菌蠢。隈(wēi)：角落。

⑯玉膏：《山海经·西山经》："密山……丹水出焉……其中多白玉，是有玉膏。"滵(mì)溢：流动貌。

⑰“昆仑”二句：昆仑、阆(làng)风，均山名。奓(chǐ)：通“侈”，大。

【译文】

山势崇高而险峻，陡峭而曲折；山峦参差不齐，高峰相对矗立，遍布悬崖绝壁。谷深更显峰峻，盛夏犹含霜雪。或者峰峰相连，或者陡然中断。峭壁拔地而起，高峰遮蔽云天；登临山巅俯瞰，云霓都在下边。天封山与大狐山，山隅山隙住神仙，高原平坦又旷远，低地倾斜草含烟；悬崖陡壁既高又险，山形如甑下窄上宽，溪壑杂乱曲折回环；崖畔岸角长灵芝，潺湲流水泻玉泉；巍巍昆仑难比大，巉巉阆风难比险。

其木则柽松楔椶[1]，槾柏杻橿[2]，枫柙栌枥[3]，帝女之桑[4]，楈枒栟榈[5]，柍柘檍檀[6]。结根竦本[7]，垂条婵媛[8]；布绿叶之萋萋[9]，敷华蕊之蓑蓑[10]。玄云合而重阴，谷风起而增哀。攒立丛骈[11]，青冥盱瞑[12]。杳蔼蓊郁于谷底[13]，森蓴蓴而刺天[14]。虎豹黄熊游其下，彀玃猱挺戏其巅[15]；鸾鹫鹓雏翔其上[16]，腾猿飞蠝栖其间[17]。其竹则簟笼箽篾[18]，篆簳箛篷[19]。缘延坻阪[20]，澶漫陆离[21]；阿那蓊茸[22]，风靡云披[23]。

【注释】

①柽(chēng)：木名。即河柳。楔(xiē)：樱桃。椶(jì)：木名。似松而有刺。

②槾(wàn)：荆木。杻(niǔ)：木名。檍树。橿(jiāng)：木名。质坚硬，古代用作车轮。

③柙(jiǎ)：木名。一种香木。栌(lú)：木名。一名黄栌。枥(lì)：同“栎”，木名。

④帝女之桑：桑树。《山海经·中山经》：“宣山……其上有桑焉，大五十尺，其枝四衢，其叶大尺余，赤理、黄华、青柎，名帝女之桑。”

⑤楈枒(xū yē):椰子树。栟榈(bīng lǘ):棕树。

⑥柍(yǎng)、柘(zhè)、檍(yì)、檀:皆树名。

⑦结根:根相盘结。竦本:树干挺直向上。

⑧婵媛:树枝密集,互相牵连貌。

⑨萋萋:茂盛的样子。

⑩敷:布。蓑蓑(suī):下垂貌。

⑪攒(cuán)立丛骈:林木丛集之状。

⑫青冥盰瞑(qiān míng):浓荫幽暗之状。

⑬杳蔼(yǎo ǎi):林木幽深貌。蓊郁(wěng yù):林木茂盛貌。

⑭蕈蕈(zǔn):树木茂盛崇高貌。

⑮縠(hù):兽名。李善注:"《说文》曰:縠类犬,腰以上黄,以下黑。"玃(jué):大猴。猱(náo):一种善攀缘的猿。一说即猕猴。猚(tíng):兽名。猿类。

⑯鸾鷟(luán yuè):凤之别名。鹓雏(yuān chú):传说中与鸾凤同类的鸟。

⑰蝠(lěi):飞鼠。

⑱箠(zhōng)笼:李善注引戴凯之《竹谱》:"箠笼,竹名也。伶伦吹以为律。"箽(jīn):竹的一种。李善注:"竹箽皮白如霜,大者宜为篙。"篾(miè):桃枝竹。

⑲筿(xiǎo):李善注:"筿出鲁郡山,堪为笙。"簳(gǎn):小竹。箛箠(gū chuí):两种竹名。

⑳缘延:散布貌。坻(chí):水中之高地或小洲。坂(bǎn):山坡。

㉑澶(dàn)漫:散布貌。陆离:参差错综貌。

㉒阿那:同"婀娜",柔善貌。蓊茸(wěng róng):竹林茂密貌。

㉓风靡云披:形容风吹竹林,枝叶倾伏飘摇之状。

【译文】

佳木有柽松楔櫻,櫻柏杻橿,枫柙栌枥,帝女之桑,椰树棕榈,柍柘檍檀。根固干挺，高入云端，枝条下垂，交驻牵连；绿叶茂密，繁花垂悬。黑云凝聚色黯淡，山风刁刁增伤感。林木密集，浓荫幽暗。植根谷底则深杳蓊郁，长于峰顶则刺破青天。虎豹黄熊游树下，彀玃猱蜓戏山巅；鸾鹫鹓雏翔林上，腾猿飞鼠栖林间。翠竹则有篷笼篁篾，篆斡篞篕。散布沙洲坡地，竹梢参差不齐；婀娜多姿，枝青叶密，阵阵清风吹过，好似绿云披靡。

尔其川渎则滍澧葯溍①，发源岩穴，潜匼洞出②，没滑瀎潏③。布濩漫汗④，漭沆洋溢⑤。总括趋欱⑥，箭驰风疾。流湍投濈⑦，砏汃輣轧⑧。长输远逝，漻淚淢汩⑨。其水虫则有蠳龟鸣蛇⑩，潜龙伏螭⑪，鲟鳣鳎鳙⑫，鼋鼍鲛鳙⑬；巨蚌函珠⑭，驳瑕委蛇⑮。

【注释】

①川渎（dú）：河川。滍（zhì）：水名。即今河南鲁山叶县境内的沙河。澧（lǐ）：澧水，在河南境内。葯（yào）：古水名。李善注："《字书》曰：葯水出泚阳。"溍（jìn）：水名。在今湖北枣阳境。

②潜匼（kè）：水自山旁之洞穴流出。匼，山旁洞穴。

③没滑瀎潏（miè yù）：河水急流之貌。

④布濩（hù）：散布。漫汗：广大之貌。

⑤漭沆（mǎng hàng）：水面宽广貌。

⑥总括趋欱（hē）：众水急流入海，有如被海一齐喝下。李善注："言江海欲受诸水，故总括而趋之。"欱，吮吸。

⑦湍（tuān）：水疾流。濈（jí）：水向外流出。

⑧砏汃輣轧（pīn pà péng yà）：波浪互相冲撞激荡的声音。

⑨漻淚淢汩（liáo lì yù gǔ）：皆水急流貌。

⑩蠳(yīng)龟:龟的一种。鸣蛇:《山海经·中山经》:“鲜水……多鸣蛇,其状如蛇而四翼,其音如磬。见则其邑大旱。”

⑪螭(chī):无角之龙。又《说文解字》:“螭,若龙而黄。”

⑫鲟(xún):即鲟鱼。鳣(zhān):即鲤鱼。鰅(yú):背有文采之鱼。鳙(yōng):李善注:“鳙,似鲢而黑。”

⑬鼋(yuán):生于河中,背甲近圆形,暗绿色,散生小瘤。亦称绿团鱼。俗称癞头鼋。鼍(tuó):亦称扬子鳄,俗称猪婆龙。穴居池沼底部,以鱼、蛙、小虫为食,皮可张鼓。鲛(jiāo):海鲨。鳞(xī):大鱼。

⑭函:包含。

⑮驳瑕(bó xiā):大虾。瑕,通“虾”。委蛇(wēi yí):同“逶迤”。此指很长。

【译文】

河川有滍、澧、潕、涢,发源岩穴中,流出大山洞,奔腾而汹涌。然后逐渐漫延,水面加宽。众流汇合入大海,快如疾风或飞箭。飞湍溢出堤坎,波涛声震两岸。水势一泻千里,沿途流急浪卷。水中有蠳龟鸣蛇,潜龙伏螭,鲟鳣鰅鳙,鼋鼍鲛鳞;巨蚌含珍珠,大虾长无比。

于其陂泽①,则有钳卢玉池②,赭阳东陂③,贮水渟洿④,亘望无涯⑤。其草则藨苎薠莞⑥,蒋蒲蒹葭⑦,藻茆菱芡⑧,芙蓉含华⑨,从风发荣⑩,斐披芬葩⑪。其鸟则有鸳鸯鹄鹥⑫,鸿鸨驾鹅⑬,鸫鸮鹔鹴⑭,鹔鹴鶂鸬⑮,嘤嘤和鸣⑯,澹淡随波⑰。其水则开窦洒流⑱,浸彼稻田。沟浍脉连⑲,堤塍相輑⑳。朝云不兴,而潢潦独臻㉑。决渫则暵㉒,为溉为陆㉓。冬稌夏穱㉔,随时代熟㉕。

【注释】

①陂(bēi)泽:池塘。

②钳卢、玉池:池沼名。

③赭(zhě)阳、东陂(pí):池沼名。

④渟洿(tíng wū):停滞不流之浊水。渟,水聚集不流。洿,《说文解字》:"浊水不流也。"

⑤亘望:极目远眺。

⑥藨(biāo):草名。可编席。苎(zhù):即苎麻。薠(fán):李善注:"薠,青薠。似莎而大。"莞(guān):李善注:"莞,小蒲也。"

⑦蔣(jiāng):茭白。蒲:草名。即香蒲。蒹(jiān):荻。葭(jiā):芦苇。

⑧藻:隐花植物的一大类,无根、茎、叶等部分的区别。种类较多。一说,水草的总称。茆(mǎo):即莼菜,又名胡葵,叶椭圆,浮生水面,可做羹汤。菱:菱角。芡(qiàn):水生植物名。又名鸡头,种子名芡实,供食用或药用。

⑨芙蓉:荷花。含华:含苞。

⑩发荣:开花。

⑪斐(fěi)披:色彩错杂。芬葩(pā):花香。

⑫鹄(hú):天鹅。鹥(yī):水鸟,即鸥。

⑬鸿:大雁。鸨(bǎo):比雁略大,背有黄褐色及黑色斑纹,不善飞而健走。驾鹅(jià é):野鸭。

⑭鶡(jié):水鸟名。凫属。鹢(yì):水鸟名。即鹚。形如鹭而大。羽色苍白,善高飞。一说即鹳。鷿(pì):野凫。鹈(tí):鹞鹰。

⑮鹔鹴(sù shuāng):水鸟,雁的一种。鹍(kūn):即鹍鸡。似鹤,黄白色。鸬(lú):鸬鹚,水鸟名。

⑯嘤嘤(yīng):鸟合鸣声。

⑰澹(dàn)淡:飘浮貌。

⑱窦：孔穴。洒流：分流。

⑲沟浍(kuài)：田间排水之沟渠。

⑳堤塍(chéng)：堤坝和田间界路。辖(qūn)：相连貌。

㉑潢(huáng)：积水池。潦(lǎo)：积水。一说路上的流水。

㉒决渫(xiè)：同"决泄"，排水。暵(hàn)：干枯。

㉓为溉：种水田。为陆：种旱田。

㉔稌(tú)：稻。穱(zhuō)：麦。

㉕代熟：交替成熟。代，交替。

【译文】

池塘有钳卢、玉池，赭阳、东陂，池水平静似不流，极目远望无边际。池中草花，应接不暇，藨苎蘋莞，蒋蒲蒹葭，藻茆菱芡，芙蓉含葩；迎风怒放，艳丽芬芳。水鸟则有鸳鸯鹄鹭，鸿鸨驾鹅，鷞鸨鹔鹄，鹔鹈鶋鸬，嘤嘤和鸣叫不休，随风飘荡水上游。水利则见开沟引泉，灌溉稻田。田间水渠，互相通连；堤坝田坎，接续不断。即使久不下雨，池水也常注满。放干田水成沃土，水田又可变旱田。冬季稻子夏季麦，交替成熟于田间。

其原野则有桑漆麻苎，菽麦稷黍[①]，百谷蕃庑[②]，翼翼与与[③]。若其园圃则有蓼蕺蘘荷[④]，藷蔗姜䕤[⑤]，菥蓂芋瓜[⑥]；乃有樱梅山柿，侯桃梨栗[⑦]；梬枣若留[⑧]，穰橙邓橘[⑨]。其香草则有薜荔蕙若[⑩]，薇芜荪苌[⑪]，晻暖蓊蔚[⑫]，含芬吐芳。

【注释】

①菽：大豆。稷黍(jì shǔ)：谷类农作物。

②蕃庑(fán wú)：繁茂。

③翼翼与与：繁茂貌。

④蓼(liǎo):植物名。味辛,又名辛菜。古代作调味品。蕺(jí):野菜,又名鱼腥草。蘘(ráng)荷:多年生草本植物,花大,白色或淡黄色,根入药。

⑤藷蔗(zhū zhè):甘蔗。䕩(fán):小蒜。

⑥菥蓂(xī mì):荠菜的一种。大的为菥蓂,小的为荠菜。

⑦偨桃:山桃。

⑧梬(yǐng)枣:又名软枣。树似柿而叶长,结实小而长形。若留:石榴。

⑨穰(rǎng)橙邓橘:穰县之橙与邓县之橘。穰、邓皆县名,汉属南阳郡(今属河南)。

⑩薜荔(bì lì)、蕙、若:皆香草。

⑪薇芜:香草名。即蘼芜。荪(sūn):香草名。即荃。苌(cháng):苌楚。即羊桃,又名猕猴桃。

⑫晻暧(yǎn ài):草木幽深阴暗貌。蓊蔚:茂密繁盛。

【译文】

其原野有桑漆麻苎,豆麦稷黍,百谷繁茂,蓊蓊郁郁。南都园圃则有蓼蕺蘘荷,甘蔗姜蒜,菥蓂芋瓜;樱梅山柿,山桃梨栗;梬枣石榴,穰橙邓橘。南都香草多种多样:薜荔蕙若,薇芜荪苌,草木幽深阴暗,繁花含芬吐芳。

若其厨膳[①],则有华芗重秬[②],滍皋香粳[③],归雁鸣鵽[④],黄稻鲜鱼,以为芍药[⑤]。酸甜滋味,百种千名。春卵夏笋[⑥],秋韭冬菁[⑦]。苏茶紫姜[⑧],拂彻膻腥[⑨]。酒则九酝甘醴[⑩],十旬兼清,醪敷径寸[⑪],浮蚁若蓱[⑫],其甘不爽[⑬],醉而不酲[⑭]。

【注释】

①厨膳：饮食。

②华芗(xiāng)：乡村名。重秬(chóng jù)：带皮的黑黍。重，皮与黍米的合称。秬，黑黍。

③滍(zhì)：滍水。在今河南境内。皋(gāo)：水边高地。粳(jīng)：稻的一种，米不带黏性。

④鵽(duò)：鵽鸠。李善注引郭璞曰："鵽大如鸽，群飞，出北方沙漠。"

⑤芍药：调和五味之总称。一说，把酸咸等五味调和在一起，中加芍药制成酱，供调味用。古人认为芍药能协调五脏。

⑥卵：卵蒜，又称小蒜。

⑦菁(jīng)：韭菜之花。一说，即蔓菁。

⑧苏：紫苏，又名桂荏。菽(shā)：即茱萸。

⑨拂彻：除去。

⑩九酝：美酒名。

⑪醪(láo)敷径寸：浊酒面上散布一层泡沫。醪，浊酒。

⑫浮蚁：浮于酒面的泡沫。蓱(píng)：同"苹"，浮萍。

⑬爽：伤败。《老子》十二章："五味令人口爽。"《淮南子·精神训》："五味乱口，使口爽伤。"

⑭酲(chéng)：酒醒后所感觉的困惫如病的状态。

【译文】

南都食物异常美好：华芗产的带皮黑黍，滍水出的香美粳稻；大雁与鵽鸠，黄米与鲜鱼，调味的芍药。酸甜滋味，百种千名。春季的小蒜，夏季的竹笋，秋季的韭菜，冬季的蔓菁。紫苏、茱萸和紫姜，能够除膻又去腥。还有美酒九酝，十旬就可纯清，米酒浑浊，浮沫如萍，甜不伤口，醉不病人。

及其纠宗绥族[1]，禴祠蒸尝[2]，以速远朋[3]，嘉宾是将[4]。揖让而升[5]，宴于兰堂。珍羞琅玕[6]，充溢圆方[7]。琢雕狎猎[8]，金银琳琅[9]。侍者蛊媚[10]，巾㡤鲜明[11]，被服杂错，履蹑华英[12]，儇才齐敏[13]，受爵传觞[14]。献酬既交[15]，率礼无违[16]。弹琴擫籥[17]，流风徘徊[18]。清角发徵[19]，听者增哀。客赋"醉言归"[20]，主称"露未晞"[21]。接欢宴于日夜，终恺乐之令仪[22]。

【注释】

①纠宗绥族：将散居之族人聚集在一地，并使之安居。纠，集聚。绥，安居。

②禴(yuè)祠蒸尝：古代宗庙四时祭祀之名。春祀称祠，夏祀称禴，秋祀称尝，冬祀称蒸。

③速：召。

④将(qiāng)：请。

⑤升：指登堂。

⑥珍羞：珍贵食品。琅玕(láng gān)：美玉。

⑦圆方：指圆形或方形的精美器皿。

⑧琢雕狎猎：指在食器上镂空雕琢的重叠的图象。狎猎，重接层叠貌。

⑨琳琅：精美的玉石。吕向注："雕琢金银琳琅以为器。"

⑩蛊(gǔ)媚：妩媚。

⑪巾㡤(gōu)：衣裳。巾，指綦巾，女服。㡤，上衣。

⑫履蹑(niè)：此指鞋袜。一说，脚步。华英：光耀。

⑬儇(xuān)：轻捷灵便貌。齐敏：敏捷灵活。

⑭受爵传觞(shāng)：递杯传盏。受，同"授"。爵、觞，均古代酒器。

⑮献酬：宴集时互相敬酒劝饮。

⑯率礼：遵循礼节规定。率，循。

⑰拱籥（yè yuè）：用手指按籥。拱，用手指按捺。籥，乐器。《周礼·籥师》郑注："籥，舞者所吹也。"似笛而短小，三孔。

⑱流风：音乐声随风飘扬。徘徊：乐声回旋荡漾。

⑲清角发徵（zhǐ）：言既吹清角之声，又发清徵之音。角、徵，都是抒发哀情的乐音。

⑳客赋"醉言归"：客人朗诵《诗经·大雅·有驳》中"鼓咽咽，醉言归"的诗句。意即已醉酒，欲辞归。

㉑主称"露未晞"：主人朗诵《诗经·小雅·湛露》中的"湛湛露斯，匪阳不晞"的诗句。意为太阳未出，露水未干，时间还早。表示挽留。

㉒恺（kǎi）乐：欢乐。令仪：美好的仪态。朱熹《诗集传》："令仪，言醉而不丧其威仪也。"

【译文】

团结安定宗族，四时祭祀先祖，邀约远方友人，迎来众多嘉宾。揖让而登兰堂，宾主开怀畅饮。美味佳肴珍如玉，充满餐盘极丰盛。食器精雕细镂，席上满目琳琅。侍女都妩媚，华服还艳装，衣饰呈异彩，绣履生辉光，机灵又敏捷，递盏并传觞。互相劝美酒，彼此皆谦让，恪守宴饮礼，分寸极相当。弹琴伴吹籥，丝竹音回荡。角、徵声凄清，听众皆感伤。客吟"醉言归"，主答"露未晞"。宴饮虽达旦，狂欢不失礼。

于是暮春之禊[①]，元巳之辰[②]，方轨齐轸[③]，祓于阳濒[④]。朱帷连网[⑤]，曜野映云[⑥]。男女姣服[⑦]，骆驿缤纷[⑧]；致饰程蛊[⑨]，偠绍便娟[⑩]；微眺流睇[⑪]，蛾眉连卷[⑫]。于是齐僮唱兮列赵女[⑬]，坐南歌兮起郑舞[⑭]，白鹤飞兮茧曳绪[⑮]。修袖缭绕而满庭[⑯]，罗袜蹑蹀而容与[⑰]。翩绵绵其若绝[⑱]，眩将坠而复举[19]。翘遥迁延[20]，躄躠蹁跹[21]。结《九秋》之增伤[22]，怨《西荆》之折盘[23]。弹筝吹笙，更为新声。寡妇悲吟，鹍鸡哀鸣。坐者凄欷[24]，荡魂伤精[25]。

【注释】

①禊(xì)：古代民间风俗，每年三月上旬巳日在水边洗濯，消除不详。

②元巳：也叫上巳。农历三月第一个巳日，后定三月初三为上巳节。辰：辰时，即上午7至9时。

③方轨齐轸(zhěn)：两车并排前进。方、齐，并排。轸，古代车后横木。此代车。

④袚(fú)：古代祈福去邪的仪式。阳濒：流水北岸。

⑤连网：五臣本作"连纲"。谓张"朱帷"之大绳相连。以五臣为是。

⑥曜(yào)：光耀。

⑦姣服：美丽的服装。

⑧骆驿缤纷：往来众多貌。骆驿，同"络绎"。

⑨致饰：显示美饰。程蛊：呈现媚态。程，通"呈"。蛊，妩媚。又，于光华注："女惑男谓之蛊。"

⑩偠(yǎo)绍：丰姿美好貌。便(pián)娟：轻盈美丽貌。一说回旋飞舞的样子。

⑪流睇(dì)：转目斜视。

⑫连卷：弯曲貌。

⑬齐僮：此指齐国的歌僮。赵女：此指赵国的舞女。

⑭南歌：楚国歌曲。郑舞：郑国舞蹈。

⑮白鹤飞：形容舞姿如白鹤翩飞。茧曳绪：形容歌声如蚕茧抽丝，袅袅不断。绪，丝头。

⑯修袖缭绕：长袖飘拂回环。

⑰蹑蹀(niè dié):碎步行进。容与:行动从容舒缓。

⑱绵绵:长而不绝。

⑲眩(xuàn):眼花。

⑳翘遥:轻举貌。迁延:后退貌。

㉑蹩躠(bié xiè):舞时盘旋而行貌。蹁跹(piān xiān):旋转的舞蹈。

㉒《九秋》:李善注:"古乐府有《历九秋妾薄相行》。歌辞曰:'齐讴楚舞纷纷,歌声上彻青云。'"

㉓《西荆》:楚舞。折盘:舞姿转折盘旋。

㉔凄欷(xī):凄楚悲泣。

㉕伤精:伤神。

【译文】

暮春三月上巳节,清晨水边来修禊,车马并排齐行进,祛邪求福在水滨。红帷朱幔连接成片,照亮原野映红云天。红男绿女穿戴一新,络绎不绝彩色缤纷;精心修饰流露媚情,丰姿美好体态轻盈;顾盼秋波转,秀眉细又弯。于是齐僮清唱赵姬舞,唱南歌又舞郑曲,舞似白鹤翩跹,歌如茧丝不断。长袖飘拂堂前,步履轻灵舒缓。修长舞袖似断似连,时上时下令人目眩。广袖轻举,舞姿回旋。《九秋》之歌增人伤感,《西荆》之舞使人幽怨。弹筝吹笙,更奏新声。寡妇悲吟,鹍鸡哀鸣。闻者凄怆,销魂伤神。

于是群士放逐[①],驰乎沙场[②]。騄骥齐镳[③],黄间机张[④]。足逸惊飙[⑤],镞析毫芒[⑥]。俯贯鲂屿[⑦],仰落双鸧[⑧],鱼不及窜,鸟不暇翔。尔乃抚轻舟兮浮清池,乱北渚兮揭南涯[⑨]。汰瀺灂兮船容裔[⑩],阳侯浇兮掩凫鹥[⑪]。追水豹兮鞭蝄蜽[⑫],惮夔龙兮怖蛟螭[⑬]。于是日将逮昏[⑭],乐者未荒[⑮],收骥命驾[⑯],分背回塘[⑰]。车雷震而风厉[⑱],马鹿超而龙骧[⑲]。夕暮言归,其乐难忘。此乃游观之好，耳目之娱，未睹其美者，焉足称举[20]。

【注释】

①放逐：放辔驰逐。

②沙场：平沙旷原。

③騄骥(lù jì)：骏马之名。齐镳(biāo)：并辔齐驰。镳，马嚼子。

④黄间：弩名。机：机牙。古代弓弩的发动机关。

⑤足逸：逸足，捷足。飙(biāo)：疾风。

⑥镞(zú)析毫芒：箭头射破极小目标。盛赞箭术高超。

⑦鲂(fáng)、鱮(xù)：皆鱼名。

⑧鸧(cāng)：鸧鸹，大如鹤。

⑨乱：横渡。《诗经·大雅·公刘》"涉渭为乱"，孔疏："水以流为顺，横度则绝其流，故为乱。"渚(zhǔ)：水边。揭：褰衣涉水。涯(yá)：水边。

⑩汰(tài)：水波。瀺灂(chán zhuó)：小水声。容裔(yì)：船航行时随波起伏貌。

⑪阳侯：水神，能作大风浪。此指巨浪。浇：漩涡。回旋之水。凫鹥：野鸭与鸥鸟。

⑫水豹：水中之兽，状如豹。蝄蜽(wǎng liǎng)：古代传说中的精怪名。《国语·鲁语》："木石之怪曰夔、蝄蜽。"

⑬夔(kuí)龙、蛟螭(chī)：皆传说中的水兽名。

⑭逮：及，至。

⑮荒：迷惑，沉溺。

⑯命驾：命人驾车。

⑰分背回塘：离堤而归。塘，堤。

⑱雷震：此形容车辆之多，行动时声如雷震。风厉：风疾。此形容马驰之快，奔驰时如疾风过境。

⑲马鹿超：马速超越鹿。李善注："《韩子》曰：'马如鹿者千金。'"龙骧（xiāng）：马首高昂如龙。骧，马首高昂。

⑳称举：称道。

【译文】

男士约友结伴，纵马平沙郊原。骏马并辔齐驱，同时弯弓搭箭。马足快如惊风，箭去百发百中。俯身射穿游鱼，仰射鸟落云空，鱼儿不及游窜，鸟儿不及飞遁。然后驾轻舟啊泛清流，横渡北渚啊涉南岸之沙洲。水声潺湲啊游船起伏，风浪骤起啊淹没鹭凫。涛追水豹啊浪打蝈蛃，夔龙害怕啊蛟螭恐慌。这时已将黄昏，游览不应过分，收敛欢欣，命驾回城。车声如雷快如风，骏马昂首疾如龙。薄暮到达门庭，乐事仍记在心。这只是游观的风景，仅供人们悦目怡情，并非南都最美之所在，不是我们赞颂歌咏的重心。

夫南阳者，真所谓汉之旧都者也。远世则刘后甘厥龙醢，视鲁县而来迁①。奉先帝而追孝，立唐祀乎尧山②。固灵根于夏叶③，终三代而始蕃④，非纯德之宏图⑤，孰能揆而处旃⑥。

【注释】

①"远世"二句：据《春秋左传·昭公二十九年》记载，刘累学习养龙之术于豢龙氏。学成后以此事奉夏王孔甲，后来一条雌龙死了，刘累暗自把它制成龙肉酱献给夏王，夏王吃后又向刘累要，刘累因无龙制酱而害怕，就迁居鲁县。《汉书·地理志》说，南阳郡鲁阳县就是刘累迁居处。当时认为刘累即汉家先祖。远世，汉人之远祖。龙醢（hǎi），龙肉酱。

②"奉先帝"二句：此指南阳郡鲁县在西山立尧祠之事。先帝，指

尧。据《汉书·高帝纪赞》载，刘累为尧之后裔，而为刘邦之先祖，故尧为汉家先帝。追孝，追行孝道。尧山，即鲁县的西山。《水经注·滍水》载："鲁县立尧祠于西山，谓之尧山。"

③灵根：此指汉家的本根。夏叶：夏代。

④三代：指夏、商、周。始蕃：开始繁衍昌盛。

⑤纯德：大德。纯，大。

⑥揆：度，考虑。旃（zhān）：之，此。

【译文】

南阳啊，的确可以称为汉的故都。远祖刘累因"龙醢"之故，迁到南阳的鲁县居住。承继先帝遗德表达深心追念，立唐尧的祠堂于南阳尧山。汉代根基在夏代就已经奠立，经历三代进一步兴旺发展。如果没有宏图盛德，怎能考虑在此可兴汉家伟业？

近则考侯思故，匪居匪宁。秽长沙之无乐，历江湘而北征①。曜朱光于白水②，会九世而飞荣③。察兹邦之神伟④，启天心而寤灵⑤。

【注释】

①"近则"几句：据《东观汉记》载，考侯刘仁因封地春陵地势低下潮湿，难以久居，上书汉元帝，愿迁往南阳守祖先坟墓。元帝同意，考侯于是北迁南阳。考侯，春陵侯刘仁，谥曰"考"。秽长沙，认为长沙荒芜。秽，荒芜。

②朱光：火光。此代火德。汉自称在五行中属火德。白水：指南阳白水乡。考侯迁来后定居于此。

③九世：光武帝刘秀为汉高祖九世孙，曾随父刘钦居南阳。飞荣：指刘秀灭王莽，中兴汉代。荣，光荣。

④神伟：神奇。伟，《说文解字》："奇也。"

⑤天心:上天之心。寤灵:领悟神灵之意。寤,领悟。

【译文】

近祖考侯刘仁思念故乡,在封地不能安居。因长沙低湿而又荒凉,经历江湘北归南阳。白水乡火德之光辉煌闪耀,高祖九世孙光武帝光复汉室重现荣光。他观察到南阳神奇非常,领悟天心神意立此地为陪都。

于其宫室则有园庐旧宅①,隆崇崔嵬②。御房穆以华丽③,连阁焕其相徽④。圣皇之所逍遥⑤,灵祇之所保绥⑥。章陵郁以青葱⑦,清庙肃以微微⑧,皇祖歆而降福⑨,弥万祀而无衰⑩。帝王臧其擅美⑪,咏南音以顾怀⑫。

【注释】

①园庐:田园与房屋。

②隆崇:宏伟而崇高。崔嵬(wéi):巍然耸立貌。

③御房:此指刘秀的旧居。李善注:"帝旧房也。"穆:壮美。

④连阁:有阁道相连的楼阁。焕:光辉。相徽:都美。相,俱,都。指御房、连阁等。徽,美。

⑤圣皇:指光武帝刘秀。所逍遥:安闲自得的住所。光武帝出生于南阳,起义前一直在此生活。

⑥灵祇(qí):天神与地神。保绥:保护其安定。绥,安定。

⑦章陵:《东观汉记》载,光武帝建武(25—56)年间,改春陵为章陵,曾来此祭祀祖宗园庙。

⑧微微:李善注:"幽静貌。"

⑨皇祖:指汉高祖刘邦。歆(xīn):神灵享受祭品之香气。

⑩弥万祀:到达万年。《尔雅·释言》:"弥,终也。"祀,年。

⑪帝王:指光武帝。臧:赞扬。擅美:独具之美。

⑫咏南音:唱南方歌曲。顾怀:指光武帝过帝陵时观览景物,怀念往事。

【译文】

南都的宫室是光武帝的旧居,高大雄伟,备极壮丽。楼阁相连,光辉瑰奇。圣皇曾在此逍遥宁居,神灵保佑其平安无虞。章陵草木茂盛,清庙肃穆幽静。高祖受祭降福,汉家万世长存。光武爱南都独具此神圣之美,为表达对它的怀念曾唱出南方的歌声。

且其君子,弘懿明睿①,允恭温良②,容止可则③,出言有章④,进退屈伸,与时抑扬⑤。方今天地之睢剌⑥,帝乱其政⑦,豺虎肆虐⑧,真人革命之秋也⑨。尔其则有谋臣武将⑩,皆能攫戾执猛⑪,破坚摧刚⑫。排捷陷扃⑬,蹴蹈咸阳⑭。高祖阶其涂⑮,光武揽其英⑯。是以关门反距⑰,汉德久长。及其去危乘安⑱,视人用迁⑲。周召之俦⑳,据鼎足焉㉑,以庀王职㉒。缙绅之伦㉓,经纶训典㉔,赋纳以言㉕。是以朝无阙政㉖,风烈昭宣也㉗。于是乎鲵齿眉寿鲐背之叟㉘,皤皤然被黄发者㉙,喟然相与歌曰:“望翠华兮葳蕤㉚,建太常兮裶裶㉛。驷飞龙兮骙骙㉜,振和鸾兮京师㉝。总万乘兮徘徊㉞,按平路兮来归㉟。”

【注释】

①弘懿(yì):大德。懿,美德。明睿(ruì):聪明睿智。睿,智慧。

②允恭温良:的确谦恭、温和、善良。

③容止可则:仪容举止可为榜样。

④出言有章:说话可作规章。

⑤与时抑扬:随着形势变化采用不同对策。

⑥方今:过去与现在。李善注:“方,向也。谓高祖之时。”又注:“今,时辞也。谓光武。”睢剌(suī là):乖剌。喻祸乱。李善注:“谓秦二叶也。”

⑦帝:汉高祖刘邦。乱:治理。《尔雅·释诂》:“乱,治也。”

⑧豺虎:喻王莽。肆虐:疯狂残害百姓。

⑨真人:指光武帝。《后汉书·光武帝纪》:“王莽篡位,忌恶刘氏,以钱文有‘金刀’,故改为‘货泉’。或以‘货泉’字文为‘白水真人’。”按,“泉”字,上“白”下“水”,“货”字“亻”为“人”,旁类“真”。光武兴起于白水乡,因时称光武为白水真人。革命:实行变革以应天命。古代认为,奉天之命,始能为君,朝代更替是应天之命,故称革命。

⑩其:他们。指汉高祖刘邦与汉光武帝刘秀。

⑪攫戾(jué lì):与凶暴之敌相搏。攫,搏。戾,暴戾。执猛:擒捉凶猛之敌。

⑫破坚摧刚:攻破坚固的堡垒,击败顽强的敌军。

⑬排揵(jiàn)陷扃(jiōng):破城斩关。揵、扃:李善注:“《说文》曰:揵,距门也。又曰:扃,外闭之关也。”

⑭蹴蹈:践踏。蹴,踏。蹈,踩。

⑮高祖阶其涂:指高祖刘邦因南阳之道而取得成功。阶,李善注:“因也。”其,指南阳。涂,道路。《汉书·高帝纪》载,七月,沛公攻宛城,“南阳守齮降,封为殷侯……引兵西,无不下者”,“八月,沛公攻武关,入秦”。可见南阳归顺,为刘邦入秦关键。

⑯光武揽其英:指光武因为总揽南阳英雄,而能中兴汉室。故李善注引《东观汉记》曰:“邓禹、吴汉,并南阳人。”

⑰关门反距:西汉凭函谷关控制关东,东汉凭函谷关控制关西。反距,反方向的控制。距,通“拒”,拒守。此作控制解。

⑱去危乘安:指平定天下后。李善注:“谓太平也。”

⑲视人用迁：视臣僚之特长而任用提拔。又，李善注："谓观人所安而设教。"又，于光华注："视人心所安而迁都也。"

⑳周召（shào）：周公旦、召公奭。

㉑鼎足：此指辅佐帝王掌握国家最高权力的三公。周为太师、太傅、太保。汉为大司马、大司徒、大司空。《汉书·董贤传》："夫三公，鼎足之辅也。"

㉒庀（pǐ）：治理。

㉓缙绅（jìn shēn）：古代高级官吏的装束。此用为官宦的代称。缙，插笏于带。绅，垂长带。

㉔经纶训典：整理垂训后世的经典。

㉕赋纳以言：进献良言。

㉖阙政：弊政。

㉗风烈：风尚功业。烈，功业，业绩。昭宣：汉昭帝、汉宣帝。在他们统治时期，武帝后期一度衰退的西汉国力重又兴盛，有人称之为"昭宣中兴"。

㉘鲵（ní）齿：再生之齿。指高寿之人。眉寿：古人认为眉长者必高寿。鲐（tái）背：指老人。

㉙皤皤（pó）：白首貌。黄发：指老人。

㉚翠华：翠鸟羽毛所饰的旗。葳蕤（wēi ruí）：色彩鲜明貌。

㉛太常：帝王仪仗队中的日月旗。裶裶（fēi）：旗长貌。

㉜驷（sì）飞龙：四马之车如飞龙迅疾。骙骙（kuí）：马健壮貌。

㉝和鸾：和谐的车铃声。

㉞乘：一车四马为一乘。

㉟来归：南阳为光武旧居，故南巡于此曰来归。

【译文】

作为君子，不仅有美德而且很聪明，谦恭温和善良是其真性，仪态可为众人榜样，言论可作国家规章，不论他是进退屈伸，都随着形势变化采用不同对策。当年天下不宁，高祖理顺其政；近世豺虎虐民，光武应天革命。各有谋臣武将，能够克敌制胜，破坚摧刚。陷城斩关，进占咸阳。高祖因选走南阳之道而破秦成功，光武因总揽南阳英杰而中兴汉邦。高祖凭借函谷关控制东方，光武凭借函谷关控制西方；共同使汉家基业绵延久长。消灭王莽，建都洛阳，使用臣僚，避短扬长。对于有周、召德才的贤臣，使据三公之位，以辅弼君王。对于士大夫之流，使其编纂经典，贡献意见。因而朝廷没有缺漏，政风政绩比美昭、宣二帝。于是耆老作歌颂赞："光武帝的仪仗啊灿烂辉煌，日月之旗啊又宽又长。四马之车啊疾如飞龙，铃声响遍啊京城四方。率领万骑啊安然行进，沿着大路啊来到南阳。"

岂不思天子南巡之辞者哉？遂作颂曰："皇祖止焉①，光武起焉。据彼河洛，统四海焉。本枝百世②，位天子焉。永世克孝③，怀桑梓焉④。真人南巡⑤，睹旧里焉。"

【注释】

①皇祖止焉：指汉高祖所创帝业因王莽篡位而中断。止，中断，中止。

②本枝：原指树木的根干与枝叶。引申为嫡系子孙和旁支子孙的合称。

③克孝：指能尽孝怀旧。克，能。

④桑梓：故乡。此指南都。

⑤真人：指光武。

【译文】

怎能没有思念天子南巡之歌呢？我于是作颂道："高祖的帝业中止啊，光武帝于是中兴。定都于洛京啊，恩加四海之滨。子孙百代啊，继为天子。永存孝敬啊，怀念旧根。更望君王南巡啊，重见南都故城。"

左太冲

左思(约250—305),字太冲,临淄(今属山东)人。西晋时期的诗人和赋家。他出身寒门,自幼勤奋好学,后其妹左芬被选入宫,遂迁居洛阳。为秘书郎,得以博览群书。为作《三都赋》,他广集资料,深入调查。构思写作时,“门庭藩溷,皆著笔纸,遇得一句,即便疏之”。十年赋成。名人皇甫谧、张载、刘逵、卫权等为之作序和注释,于是东都豪贵之家竞相传写,洛阳为之纸贵。

左思因出身寒微,受门阀制度的限制,一生终于下僚,但在文学上成就很高。他的《咏史》诗笔力矫健,情调高亢,气势充沛,《诗品》称之为“左思风力”,当是“建安风骨”的继承和发展。刘勰赞扬“左思奇才,业深覃思,尽锐于《三都》,拔萃于《咏史》”。有《左太冲集》,宋时亡佚。今存《白发赋》《三都赋》,以及《齐都赋》数句和诗十四首。

三都赋序一首

【题解】

左思在这篇序文中,阐述了文学作品必须真实可信的观点。他创作《三都赋》时,对“其山川城邑,则稽之地图;其鸟兽草木,则验之方志;风谣歌舞,各附其俗”,这样严格要求素材的准确与细节的真实,使《三都赋》的地方色彩鲜明,认识价值提高,加以内容宏博,词语工丽,因而获得不少读者的喜爱。

但他反对文学作品中的夸饰,贬之为“侈言无验,虽丽非经”。而在文学作品中,对现实本质予以夸张描写,正是表现艺术真实必不可少的手法。刘勰在《文心雕龙·夸饰》中说:“自天地以降,豫入声貌,文辞所被，夸饰恒存，虽《诗》《书》雅言，风格训世，事必宜广，文亦过焉。是以言峻则嵩高极天，论狭则河不容舠……辞虽已甚，其义无害也。”清人孙月峰进一步指出《三都赋》也免不了夸饰，说：“《吴都》‘巨鳌’‘大鹏’，《魏都》‘迁善’‘罔匽’，恐亦属虚夸。要之，赋不厌侈言。”这些评论是很中肯的。

盖《诗》有六义焉[1]，其二曰赋。扬雄曰：“诗人之赋丽以则[2]。”班固曰：“赋者，古诗之流也[3]。”先王采焉，以观土风[4]。见“绿竹猗猗”，则知卫地淇澳之产[5]，见“在其版屋”[6]，则知秦野西戎之宅[7]。故能居然而辨八方。然相如赋《上林》，而引“卢橘夏熟”[8]；扬雄赋《甘泉》，而陈“玉树青葱”[9]；班固赋《西都》，而叹以“出比目”[10]；张衡赋《西京》，而述以游海若[11]。假称珍怪，以为润色。若斯之类，匪啻于兹[12]。考之果木，则生非其壤；校之神物，则出非其所。于辞则易为藻饰[13]，于义则虚而无征[14]。且夫玉卮无当[15]，虽宝非用；侈言无验[16]，虽丽非经[17]。而论者莫不诋讦其研精[18]，作者大氐举为宪章[19]，积习生常[20]，有自来矣[21]。余既思摹《二京》而赋《三都》，其山川城邑，则稽之地图[22]；其鸟兽草木，则验之方志[23]；风谣歌舞[24]，各附其俗[25]；魁梧长者[26]，莫非其旧。何则？发言为诗者，咏其所志也[27]；升高能赋者[28]，颂其所见也。美物者贵依其本，赞事者宜本其实。匪本匪实，览者奚信？且夫任土作贡，《虞书》所著[29]；辨物居方，《周易》所慎[30]。聊举其一隅，摄其体统[31]，归诸诂训焉[32]。

【注释】

①六义:《诗大序》说诗有六义。指风、雅、颂、赋、比、兴。孔疏曰:“风、雅、颂者,诗篇之异体;赋、比、兴者,诗文之异辞耳。大小不同而得并为六义者,赋、比、兴是诗之所用,风、雅、颂是诗之成形。用彼三事,成此三事,是故同称为义。”

②丽以则:语言华丽而思想内容合于雅正的准则。

③流:指变体。

④土风:风土人情。

⑤“见‘绿竹猗猗(yī)’”二句:《诗经·卫风·淇奥》有“瞻彼淇奥,绿竹猗猗”之句。猗猗,茂盛美好之状。淇,淇水。在今河南北部。古为黄河支流,源出淇山。《诗经·卫风》多处咏及淇水。澳,水湾。

⑥在其版屋:《诗经·秦风·小戎》有“在其板屋,乱我心曲”之句。版屋,四周打土墙盖成的房屋。版,筑土墙之法。以两板相夹,倒土于两板之间,然后筑实,即成土墙。

⑦秦野西戎之宅:秦国西部羌人的住宅。春秋时秦国西部为羌人住地,羌人多住版屋。

⑧卢橘夏熟:为司马相如《上林赋》中之句。

⑨玉树青葱:为扬雄《甘泉赋》中之句。

⑩出比目:为班固《西都赋》中之句。

⑪海若:海神。

⑫匪啻(chì):不止。兹:此。

⑬藻饰:用辞藻装饰。藻,华美词句。

⑭无征:无证据。

⑮卮(zhī):酒杯。无当:无底。

⑯侈言:夸张的语言。

⑰非经:此指不合常理。

⑱莫不诋讦(dǐ jié)其研精：姚鼐认为“不”字为衍文。高步瀛疑为本作“莫敢诋其研精”，与后句为对文。

⑲宪章：模式，典范。

⑳积习生常：习惯成为自然。

㉑有自来矣：由来已久了。

㉒稽：考察。

㉓验：验证。方志：地方志。志，记。

㉔风谣：民歌。

㉕附其俗：符合民间实况。

㉖魁梧长者：杰出的人物。

㉗“发言为诗”二句：《毛诗序》：“诗者志之所之也。在心为志，发言为诗。”所志，志向。

㉘升高能赋：登高能赋诗，咏其所见。毛传：“升高能赋……可以为大夫。”

㉙“且夫任土作贡”二句：《尚书·禹贡·序》：“禹别九州，随山浚川，任土作贡。”任土作贡，根据土地的出产、地质的肥瘠，定其贡赋的品种和数量。按，《禹贡》是《尚书·夏书》中的一篇，并不是《虞书》中的篇章。今文《尚书》中的《虞书》有《尧典》《皋陶谟》两篇，后发现古文《尚书》，又增《舜典》《大禹谟》《益稷》三篇。

㉚“辨物居方”二句：《周易·未济》：“君子以慎辨物居方。”辨物居方，根据地区，辨别物类。《周易》，我国古代占卜之书，含有丰富的哲学思想。为儒家经典之一。

㉛摄：抓住。体统：纲要。

㉜诂训：故训。古代经典著作中的训示。诂，通“故”。

【译文】

《诗经》有六义，第二义叫“赋”。扬雄说：“古代诗人所作之赋，辞藻既华美富丽，思想内容又合乎雅正的准则。”班固说：“赋，是古诗的变体。”古代君王采集地方歌谣，是为了从中考察各地方的风土人情。看了“绿竹猗猗”的诗句，就知道卫国的淇水岸边盛产绿竹；见了“在其版屋”的诗句，就了解秦国西部羌人居住版屋的习俗。因此足不出户，就能通过读诗了解各地的不同情况。然而司马相如作《上林赋》，竟写了“卢橘夏熟”；扬雄作《甘泉赋》，竟写了“玉树青葱”；班固作《西都赋》，竟写了宫妃垂钓时为钓出比目鱼而惊叹；张衡作《西京赋》，竟写了与海神交游。作者假借珍怪，以为夸饰。这类描述，不胜枚举。考察赋中所写果木，有的不能生长于该地；考究赋中所写神物，有的不曾存在于该处。从遣词来说，信手拈取辞藻作为装饰是容易的，从表意来说，这些词语所表现的内容是没有根据的。无底之玉杯，质地虽珍贵但毫无用处；浮夸的语言，辞藻虽美但不合常理。而评论者不批判他们专门追求形式之精美，辞赋家甚至以之作为创作的典范。习惯成为自然，文坛上这种流弊由来已久了。我想模仿《二京赋》而作《三都赋》，赋中所写的山川城市，都用地图来核对；赋中所写的鸟兽草木，都用地方志来验证；民谣及土风舞，都与当地风俗相符合；赋中所叙的杰出人物，无一不是当地名流。为什么要这样？因为诗是表达作者志向的；登高而赋，是颂扬他亲眼所见的事物。赞美外物，贵在从其本来面目出发；赞美人事，应当符合其实际情况。不合本来面目，脱离实际情况，读者谁会相信呢？况且按土地所产而纳贡是《虞书》所载，据地方特点而别物是《周易》所重。姑举个别事例以指出过去文坛的流弊，提醒作赋者应抓住不能虚而无征这个总纲，以古代典籍中的意见作为创作的指导思想。

蜀都赋一首

【题解】

西汉时期，除京都长安外，成都与洛阳、南阳、邯郸、临淄并称为全国五大都市，不仅山川险峻，物资富饶，工商业也特别发达。到三国时，又经过几百年的发展，更加繁荣兴旺。昭烈帝刘备于章武元年(221)建都于此，成为蜀国政治、经济和文化的中心。

左思写此赋时，有意识地学习前人塑造大都市艺术形象的经验，故语言工丽，内容宏博，似《两都赋》；在章法上先写自然，后叙人事，又似《二京赋》。特别是全赋精选了蜀山、蜀水、蜀人、蜀事中最有代表性的材料，地方色彩浓厚，材料真实可信，在学习前人经验的基础上有所创新。但从磅礴雄伟的气势、发扬蹈厉的精神来看，与汉代京都赋相去甚远。正如清代于光华所说："其味态尽浓，第骨力未强。"于氏认为左思的才力不如班、张，恐不尽然，因魏晋形势远不如两汉鼎盛时期，左思之赋自然不可能具有汉大赋那种蓬勃昂扬、意气风发的时代精神。

有西蜀公子者①，言于东吴王孙，曰："盖闻天以日月为纲②，地以四海为纪。九土星分③，万国错跱④。崤函有帝皇之宅⑤，河洛为王者之里⑥。吾子岂亦曾闻蜀都之事欤？请为左右扬榷而陈之⑦。

【注释】

①西蜀公子：与下句"东吴王孙"都是假设人物。

②盖闻：据我所闻。盖，发语词，无义。纲：纲纪，准则。

③九土：九州。

④错跱(zhì)：杂列。

⑤崤函：崤山和函谷关。崤函以西就是关中地区，西周、秦、西汉皆建都于此。

⑥河洛：黄河及洛水流域，东周、东汉和西晋建都之处。里：居。

⑦左右：对于对方的尊称。表示不敢直称其人，托左右转告，以示敬重。扬榷(què)：陈述大概。李善注引许慎《淮南子》注："扬

榷，粗略也。”

【译文】

有一位蜀国的公子，向吴国的王孙这样讲：“听说天空的主体是太阳和月亮，地上的主体是周围的海洋。九州依星宿而定分野，万国罗列于大地之上。崤、函以内有皇帝之宅，河、洛之滨是王者之乡。先生听说过蜀国的都城吗？我愿意向您陈述大概情况。

“夫蜀都者[①]，盖兆基于上世[②]，开国于中古[③]。廓灵关以为门[④]，包玉垒而为宇[⑤]。带二江之双流[⑥]，抗峨眉之重阻[⑦]。水陆所凑[⑧]，兼六合而交会焉[⑨]。丰蔚所盛[⑩]，茂八区而菴蔼焉[⑪]。于前则跨蹑犍牂[⑫]，枕輢交趾[⑬]，经途所亘[⑭]，五千余里。山阜相属[⑮]，含谿怀谷[⑯]，冈峦纠纷[⑰]，触石吐云[⑱]。郁葐蒕以翠微[⑲]，崛巍巍以峨峨[⑳]。干青霄而秀出[㉑]，舒丹气而为霞[㉒]。龙池瀥瀑溃其隈[㉓]，漏江伏流溃其阿[㉔]。汩若汤谷之扬涛[㉕]，沛若濛汜之涌波[㉖]。于是乎邛竹缘岭[㉗]，菌桂临崖[㉘]，旁挺龙目[㉙]，侧生荔枝。布绿叶之萋萋[㉚]，结朱实之离离[㉛]。迎隆冬而不凋[㉜]，常晔晔以猗猗[㉝]。孔翠群翔[㉞]，犀象竞驰；白雉朝雊[㉟]，猩猩夜啼；金马骋光而绝景[㊱]，碧鸡倏忽而曜仪[㊲]。火井沉荧于幽泉[㊳]，高焰飞煽于天垂[㊴]。其间则有虎珀丹青[㊵]，江珠瑕英[㊶]；金沙银砾[㊷]，符采彪炳[㊸]，晖丽灼烁[㊹]。

【注释】

①蜀都：成都，为蜀国首都。

②兆基于上世：从上古时代已开始奠定基础。据刘渊林注引扬雄

《蜀王本纪》，蜀王之先祖名蚕丛、鱼凫、开明，从蚕丛到开明约三万四千年，为上古时期。兆，开始。

③开国：建都。秦惠王讨灭蜀王，封公子通为蜀侯。惠王二十七年（前311），命张若、张仪筑成都城，其后置蜀郡，以李冰为守。开国即指此。中古：此指战国秦惠王在位时期。

④廓：使……广大。灵关：山名。在成都西南。

⑤包：包围。玉垒：山名。在成都西北。宇：屋边。此指边墙。

⑥带：环绕。二江：指岷江。江水出岷山，分为内江和外江，经成都南向东流。因流经成都，故曰带。

⑦抗：高举。峨眉：峨眉山。重阻：崇山峻岭，重重险阻。

⑧凑：从四面八方会集一处。

⑨兼六合而交会：形容成都为水陆交通之枢纽。六合，四方上下。此指四面八方。

⑩丰蔚：此指富饶的物产。

⑪八区：八方。菴（yǎn）蔼：茂盛貌。

⑫于前：指蜀都的南部各地。因离中原较远，故称“前”。蹑（niè）：蹑迹追踪。犍牂（qián zāng）：犍为、牂柯，蜀地的两个郡名。

⑬犄（yǐ）：依靠。交趾：本指五岭以南一带地方。汉代设交州，首府在广信，即今广西苍梧。

⑭亘（gèn）：延长，连绵。

⑮阜（fù）：大山。相属：相连。

⑯含谿怀谷：包含着溪流、山谷。

⑰纠纷：错杂。

⑱触石吐云：山中水蒸气与石壁接触而生云霓。古人认为云气出自山穴。《春秋元命苞》：“山者气之苞含，所以含精藏云，故触石而出。”

⑲蒶蒀（fén yūn）：或作“纷缊”。烟气浓郁聚积之貌。翠微：山中云

气轻飘的样子。

⑳崛：突起。巍巍以峨峨：山势高峻貌。

㉑秀出：秀丽峭拔。

㉒舒：散发。丹气：红色烟霭。

㉓龙池：池名。在四川宜宾西南。瀥瀑（xuè pù）：水沸之声。濆（fén）：水激流貌。隈（wēi）：山弯曲之处。

㉔漏江：江名。在今云南通海境。刘渊林注："漏江在建宁，有水道，伏流数里复出，故曰漏江。"溃：冲破。阿：山弯曲之处。

㉕汩（hú）：与下文"沛"都是水流通畅峻急的样子。汤谷：神话中日出之处。

㉖濛汜（sì）：神话中日落之处。

㉗邛（qióng）竹：邛崃山出产的竹子，实心而稀节，可以做手杖。

㉘菌桂：一种药用植物。刘渊林注引《神农本草经》："菌桂出交阯，圆如竹，为众药通使。"

㉙龙目：即龙眼。桂圆的别名。

㉚萋萋：形容草叶茂盛。

㉛朱实：红色果实。离离：错落垂挂貌。

㉜隆冬：严冬。

㉝晔晔（yè）：光彩貌。

㉞孔：孔雀。翠：翡翠鸟。

㉟雉（zhì）：野鸡。雊（gòu）：野鸡的叫声。

㊱金马：和下文的"碧鸡"，都是西南地方传说中的神物。骋光：形容奔驰得和光的速度一样。绝景（yǐng）：不留下影子。景，同"影"。

㊲倏（shū）忽：飞快。曜（yào）仪：显出闪光的形状。曜，光耀。此指闪光。

㊳火井：指蜀地独有的盐井。刘渊林注："蜀郡有火井，在临邛县西

南。火井，盐井也。欲出其火，先以家火投之。须臾许，隆隆如雷声，焰出通天，光辉十里。”沉荧(yíng)：沉浸着火光。荧，小火光。

㊴爓(yàn)：火焰。熵：炽。天垂：天际。

㊵虎珀：即琥珀。丹青：朱丹、石青两种颜料。

㊶江珠：《博物志》：“琥珀，一名江珠。”瑕英：一种美玉。

㊷金沙银砾(lì)：金银矿屑杂于沙砾中，淘洗可得。金沙江以此得名。砾，粗沙。

㊸符采：宝珠的光彩。彪(biāo)炳：光彩炫耀。

㊹晖丽灼烁(zhuó shuò)：辉煌灿烂貌。

【译文】

“那蜀国的首都，上古时期就奠定了基础，建立城市开始于中古。把灵关作为它的大门，将玉垒山作为它的屋宇。围绕着岷江的滔滔流水，屹立着峨眉的重重险阻。水陆交通便利，是通往各地的交通中枢。盛产各种物资，比任何地区都更为富足。南面控制了犍为、牂柯两郡土地，连接遥远的交趾地区；道路绵延逶迤，长达五千多里。崇山峻岭连绵不断，怀抱无数深谷巨谿。高冈峰峦错杂罗列，山岚触石化为云霓。郁积的烟雾轻轻飞飘，矗立的山峰无比崇高。峰顶刺破云彩巍然屹立空中，山岫赤气蒸腾化为霞光万道。龙池的激流涌出了山湾，漏江的潜流喷出于山坳。水流迅速好似汤谷的急浪，水势浩渺有如濛汜的狂涛。邛竹生满了崇山峻岭，菌桂长遍了悬崖绝壁；龙眼在一旁挺立，荔枝侧生于一壁。青枝绿叶长得繁盛，艳红果实结得茂密。常绿树在深冬也不凋谢，一直是光灿繁荣富有生机。孔雀与翠鸟群起飞翔，犀牛和野象竞相驰驱；白色的野鸡在早晨鸣叫，山中的猩猩在夜间悲啼；迅速远驰的是神奇的金马，倏忽出现的是闪光的碧鸡。火井深处，蕴含着无尽的能量，火焰飞腾，光辉照亮了天际。这儿有名贵的琥珀和朱砂、石青，还有罕见的江珠与瑕英美玉；在江流的泥沙里，有金沙和银砾；珍宝光彩闪烁，辉煌而且绚丽。

“于后则却背华容[1]，北指昆仑[2]，缘以剑阁[3]，阻以石门[4]。流汉汤汤[5]，惊浪雷奔，望之天回[6]，即之云昏[7]。水物殊品[8]，鳞介异族[9]。或藏蛟螭[10]，或隐碧玉[11]。嘉鱼出于丙穴[12]，良木攒于褒谷[13]。其树则有木兰梫桂[14]，杞櫹椅桐[15]，棕枒楔枞[16]；楩楠幽蔼于谷底[17]，松柏蓊郁于山峰[18]。擢修干[19]，竦长条[20]；扇飞云，拂轻霄。羲和假道于峻歧[21]，阳乌回翼乎高标[22]。巢居栖翔[23]，聿兼邓林[24]。穴宅奇兽，窠宿异禽；熊罴咆其阳[25]，雕鹗鴪其阴[26]；猿狖腾希而竞捷[27]，虎豹长啸而永吟[28]。

【注释】

①于后：指蜀郡北部地方。古人常以南为前，北为后。却背：背靠。华容：水名。在今四川江油之北。

②昆仑：山名。

③剑阁：在今四川剑阁东北大剑山、小剑山之间，是军事戍守要地，以险要著称。

④石门：山名。在今陕西勉县东北。

⑤汤汤(shāng)：水势浩瀚貌。

⑥望之天回：远望江水浩瀚，惊涛奔腾，觉得天空也回旋动荡。

⑦即之云昏：近看水花飞溅，水气迷蒙，好似云雾昏暗。

⑧水物殊品：水中物产种类不同。

⑨鳞：鱼类。介：龟、蚌之类。

⑩蛟：古代传说中的动物。一说，穿山甲之类，常随山洪流出，古人误以为能发水。螭：传说中的无角之龙。

⑪碧玉：水中所产之美玉。

⑫嘉鱼：一种状似鳟鱼的鱼，是当地特产。丙穴：刘渊林注："丙穴在汉中沔阳县北，有鱼穴二所，常以三月取之。丙，地名也。"又，高步瀛《文选李注义疏》引胡绍煐曰："《御览》卷五十四引《周地图》：'顺政郡丙穴，以其口向丙，因以为名，沮水经穴间而过，或谓之大丙水。每春三月上旬，复有鱼长八九寸，或二三日联绵从穴出跃，相传名为嘉鱼。'"

⑬攒：聚集。褒谷：川陕交界处的山谷，南口名褒谷，北口名斜谷。谷中出产优质木材。

⑭木兰：一种常绿树，果如小柿，味甘可食。梫(qǐn)桂：木桂。

⑮杞(qǐ)：杞柳。橚(xiāo)：一种落叶乔木。椅(yī)：一种可作细木料的乔木。

⑯棕枒(yē)：即棕榈。楔(xiē)：有刺的松。枞(cōng)：松类。

⑰楩(qián)：黄鞭木。南方大木，质地坚密，为建筑良材。幽蔼：深密貌。

⑱蓊郁：茂盛貌。

⑲擢(zhuó)：挺出。修干：长的树身。

⑳竦(sǒng)：高耸。

㉑羲和：神话中为太阳驾车的神，因此成为太阳的代称。峻岐：指高树的枝杈。

㉒阳乌：神话中住在太阳里的三足乌，也是太阳的代称。高标：高山顶峰。

㉓巢居：代禽鸟。栖翔：或停或飞。

㉔聿(yù)：发语词，与"此"字略同。兼邓林：指禽鸟飞栖皆在林中。

㉕罴(pí)：熊类，亦称人熊。阳：山的南面。

㉖雕、鹗(è)：皆为鹰类。鸩(yù)：飞得迅速。阴：山的北面。

㉗狖(yòu)：黑猿。腾希：在空处纵跳。希，空处。

㉘永吟：长声叫。

【译文】

“北面靠着华容水滨，直抵昆仑，边沿有雄关剑阁，屹立着险塞石门。汉水浩浩荡荡，惊涛响如雷霆，远望像天旋地转，近观见云雾深沉。水生动物品种不一，鳞族介类无法估计。有的深潭潜伏蛟龙，有的砂砾藏有碧玉。美味的嘉鱼出产于丙穴河中，优质的木材丛生在褒斜谷里。树木品种既有木兰梫桂、杞櫹椅桐，还有棕榈楔枞；楩楠木茂密地生于谷底，松柏树蓊郁地长在高峰。巨干挺立，长条高耸；扇走了流云，动荡于高空。太阳神碰着树枝也只有改道前进，三足乌遇到高山也只有绕路飞行。无数雀鸟栖息飞翔，数目之多倍于邓林。山洞卧着特异的野兽，鸟巢宿着珍奇的飞禽；熊罴在山南咆哮，雕鹗在山北飞腾；猿猴在空旷处竞相跳跃，虎豹在尽情地呼啸长吟。

“于东则左绵巴中[①]，百濮所充[②]。外负铜梁于宕渠[③]，内函要害于膏腴[④]。其中则有巴菽巴戟[⑤]，灵寿桃枝[⑥]；樊以蒩圃[⑦]，滨以盐池。蜦蛦山栖[⑧]，鼋龟水处[⑨]。潜龙蟠于沮泽[⑩]，应鸣鼓而兴雨[⑪]。丹沙赩炽出其坂[⑫]，蜜房郁毓被其阜[⑬]。山图采而得道[⑭]，赤斧服而不朽。若乃刚悍生其方[⑮]，风谣尚其武[⑯]，奋之则賨旅[⑰]，玩之则渝舞[⑱]。锐气剽于中叶[⑲]，跻容世于乐府[⑳]。

【注释】

①于东：在蜀东地带。左：东边。绵：连。

②濮：巴中少数民族，细分起来不止一种，所以称为百濮。

③铜梁：山名。在今重庆合川南。又有小铜梁山，在今重庆铜梁境内。宕（dàng）渠：汉郡名。即今重庆合川、四川南充等地。

④函：包含。要害：险要地方。膏腴(yú)：肥沃富饶之地。

⑤巴菽：植物名。巴豆。可入药。巴戟：草名。即巴戟天。可入药。

⑥灵寿：木名。桃枝：竹类。都可以做手杖。

⑦樊：藩篱。葙(zǔ)圃：菜园。葙，吕向注："草名。根可食，故种之于圃，以为藩篱。"刘渊林注："葙，草名也。亦名土茄，叶覆地而生，根可食。人饥则以继粮。"

⑧蛸蛦(piē yí)：山鸡类的野禽。也是巴地的特产。

⑨鼋(yuán)：亦称绿团鱼，俗称癞头鼋。

⑩潜龙：潜在水中的龙。沮(jū)泽：沼泽。

⑪应鸣鼓而兴雨：传说巴东有个沼泽，中有神龙，听到鸣鼓就会下雨。

⑫赩(xì)炽：深红色，红得像火一样。

⑬郁毓(yù)：丰盛貌。阜：山地。

⑭山图：与下句之"赤斧"都是古代传说中的仙人。

⑮若乃：相当于"至于"。悍：勇猛。

⑯尚：崇尚。

⑰賨(cóng)旅：賨人所编的军队。汉高祖从汉中出发，与项羽争天下，曾经得过他们的援助。賨，巴地的一种少数民族。《风俗通义·佚文》："巴有賨人，剽勇。高帝为汉王时，阆中人范目说高祖募取賨人，定三秦，封目为阆中慈凫乡侯，并复除目所发賨人卢、朴、沓、鄂、度、夕、袭七姓，不供租赋。"

⑱渝舞：渝水两岸的土风舞。李善注："阆中有渝水，賨人左右居，锐气喜舞。高祖乐其猛锐，数观其舞，后令乐府习之。"

⑲剽(piào)：轻捷。中叶：指西汉鼎盛时期。

⑳跻(jiǎo)容：勇武貌。此形容舞姿。乐府：汉朝主管音乐舞蹈的机关。

【译文】

“东边的巴中郡绵延宽广，是百濮民族聚居的地方。靠外的宕渠郡中有铜梁山岗，靠内的肥沃土地有险要屏障。巴豆和巴戟在这里出产，灵寿树、桃枝竹也长得茁壮；蒩草菜园像藩篱长在四周，盐池如涌泉分布在近旁。山鸡在岭上安然栖息，鼋龟在水中自由徜徉。在沼泽深处还有神龙蟠居，只要听到鼓声它就使大雨下降。红色的丹砂出产于山坡，野蜂把蜜糖酿满了山岗。山图采食以后得道成仙，赤斧吞服以后永不死亡。至于那里的民风则勇敢刚强，连歌谣的风格也英武豪壮；当年在战斗中，賨旅猛不可挡，而今在娱乐时，渝舞激情奔放。那骁勇的锐气著称于西汉中叶，那刚健的歌舞最终为乐府取仿。

“于西则右挟岷山①，涌渎发川②。陪以白狼，夷歌成章③。坰野草昧④，林麓黝倏⑤。交让所植⑥，蹲鸱所伏⑦；百药灌丛⑧，寒卉冬馥⑨。异类众夥⑩，于何不育⑪？其中则有青珠黄环，碧砮芒消⑫。或丰绿荑⑬，或蕃丹椒⑭。蘪芜布濩于中阿⑮，风连莚蔓于兰皋⑯。红葩紫饰⑰，柯叶渐苞⑱；敷蕊葳蕤⑲，落英飘飖⑳。神农是尝㉑，卢跗是料㉒；芳追气邪㉓，味蠲疠痟㉔。

【注释】

①于西：指蜀地西部。右挟岷山：岷江发源于岷山，在蜀地之西，故曰右挟。右，指西边。

②渎（dú）：河川。

③“陪以白狼”二句：白狼是蜀西的一种少数民族。汉明帝时，他们用自己的语言写成三首诗，歌颂大汉功德。

④坰（jiōng）：郊野。草昧：草木幽深繁茂。

⑤麓：山脚。黝倏（yǒu shū）：幽暗。

⑥交让：一种生在岷山上的树木。据说总是两株对生，一株枯另一株就活，每年互换一次，既不同时枯，也不同时活，所以名交让。

⑦蹲鸱（chī）：大芋。也是岷山下的特产。

⑧百药：各种各类的药用植物。灌丛：灌木丛生。

⑨寒卉：耐寒的植物。卉，草的总称。冬馥：冬天散出香气。

⑩众夥（huǒ）：繁多。夥，众多。

⑪于何不育：有什么东西不能生长。

⑫“其中则有”二句：青珠、黄环、碧砮（nǔ）、芒消，皆中药名。芒消，即芒硝。

⑬丰：与下文之“蕃”皆指长得茂盛。绿荑（tí）：即辛夷，俗称木笔。

⑭丹椒：红的花椒。

⑮蘪（mí）芜：香草名。即蘼芜。又名江离，即芎䓖苗。布濩（huò）：分布。中阿：山坳。

⑯风连：中药中的黄连。莚蔓：藤蔓牵缠。兰皋：生兰草的水滨。

⑰葩：花。紫饰：紫色果实。指蜀椒。蜀椒实如圆豆，皮紫红色。

⑱柯：枝。渐（jiān）苞：茂盛。

⑲敷：散布。蕊（ruǐ）：未开之花，即花苞。一说即花蕊。葳蕤（ruí）：花叶繁茂下垂之貌。

⑳落英：落花。

㉑神农：传说中的上古帝王。曾尝百草，辨药性。

㉒卢跗：即扁鹊、俞跗。扁鹊是战国时名医。原名秦越人，渤海郡鄚人，家于卢国，又名卢医。遍游各地行医，医名甚著，秦太医令李醯自知不如，派人将他刺杀。俞跗是传说黄帝时的良医，医病不用汤药，只给病人割皮解肌，洗涤内脏。料：作动词，制药剂。

㉓追：驱除。气邪：人所触犯的不正之气。

㉔蠲（juān）：免除。疠（lì）：传染病。痟（xiāo）：消渴病。即糖尿病。

【译文】

“在西面则有巍峨的岷山，漫长的岷江从这里发源。淳朴的白狼族人居住在两岸，曾谱写出夷歌来颂扬东汉。郊野的草木高深茂密，山里有丛林幽深阴暗。交让树在这儿成长，大芋头是此地特产；各种药材滋生在灌木丛中，耐寒的花卉吐香于寒冷的冬天。这里的植物多种多样，没有什么不能在这儿成长。这里既有青珠、黄环，又产碧砮、芒硝。有些地方盛长鲜嫩的绿荑，有的地方繁殖艳丽的丹椒。芬芳的蘼芜布满了山坳，黄连漫生于长兰草的平郊。红花丛中有紫色的果实，绿叶底下掩映密集的枝条；未开的花苞繁茂下垂，凋谢的花片随风飞飘。神农曾尝过这里的百草，扁鹊、俞跗曾用来配制药料；药香能够把邪气驱除，药味能够把重病治好。

“其封域之内①，则有原隰坟衍②，通望弥博③。演以潜沫④，浸以绵雒⑤。沟洫脉散⑥，疆里绮错⑦；黍稷油油⑧，粳稻莫莫⑨。指渠口以为云门⑩，洒滮池而为陆泽⑪。虽星毕之滂沱⑫，尚未齐其膏液⑬。

【注释】

①封域之内：全境之内。

②原：平原。隰(xí)：低湿的土地。坟：水边的土地。衍：平坦而肥美的土地。上述四类都是良田。

③通望弥博：一望无边，宽广。

④演：水在地下潜流。潜、沫：两水名。皆流经蜀郡。二水均有一段潜流，故曰演。沫水，即今大渡河。

⑤绵、雒：二水名。绵水在今四川绵竹，雒水在今陕西商州，皆经蜀郡。

⑥沟洫(xù):沟渠。脉散:形容沟渠散布,像身上的血管。

⑦疆里绮错:田畴像锦绮上的花纹般错杂排列。疆里,田畴。里,通"理"。

⑧黍:黄米。稷:高粱。油油:茂盛貌。

⑨粳(jīng)稻:此泛指水稻。莫莫:茂密貌。莫,通"漠",广大。

⑩渠口:指秦代李冰所修的都江堰。云门:比喻渠水如甘霖,而渠口则如兴云作雨之门。

⑪洒:分流,灌溉。滮(biāo)池:古代关中地区的蓄水池。这里引用来指蜀地的水利工程。陆泽:旱地上的水源。此指人工湖。

⑫星毕之滂沱:古代传说,月亮运行接近毕星时,就会下大雨。星毕,毕星。滂沱,形容大雨如注之貌。

⑬尚未齐其膏液:意谓即使下了极大的雨,也比不上这些水利事业所浸灌的多。

【译文】

"在全境之内,有盆地和平原,它们土地肥沃一望无边。潜水、沫水暗流地下,绵水、雒水浸润良田。沟渠分布好像人身上的血管,田畴罗列好像锦缎上的图案;小米高粱好似密林,粳稻长得更加茂盛。都江堰像兴云作雨的天门,人工湖使大地更为润泽。即使那能够普降大雨的毕星,也难比遍地兴建的水利工程。

"尔乃邑居隐赈[①],夹江傍山,栋宇相望,桑梓接连[②]。家有盐泉之井,户有橘柚之园。其园则有林檎枇杷,橙柿梬楟[③],榹桃函列[④],梅李罗生[⑤]。百果甲宅[⑥],异色同荣[⑦]。朱樱春熟,素柰夏成[⑧]。若乃大火流[⑨],凉风厉[⑩],白露凝,微霜结,紫梨津润[⑪],榛栗罅发[⑫],蒲陶乱溃[⑬],若榴竞裂[⑭],甘至自零[⑮],芬芬酷烈[⑯]。其园则有蒟蒻茱萸[⑰],瓜畴芋区[⑱],甘蔗辛姜,阳苡阴敷[19];日往菲薇[20],月来扶疏[21]。任土所丽[22],众献而储[23]。

【注释】

①隐赈:充实繁荣。

②桑梓:桑树和梓树。

③梬梈(yǐng tíng):梨类水果。

④榹(sī)桃:山桃。函列:树木成行。

⑤罗生:排列生长。

⑥甲宅:同"甲坼",即开花。

⑦异色同荣:百花齐放。

⑧素柰(nài):白柰,水果名。与林檎一类二种,树与果实都像林檎,但比林擒大。俗名花红,也叫沙果。

⑨大火流:秋季已到。《诗经·豳风·七月》:"七月流火。"大火,心宿。流,移动。心宿下移,表示秋季已到。

⑩厉:凛冽。

⑪津润:滋润。

⑫榛(zhēn):榛子。罅(xià)发:指榛栗皮因成熟而裂开。罅,裂开。

⑬蒲陶:即葡萄。溃:成熟而溃烂。

⑭若榴:即石榴。

⑮甘至自零:甜到极点时已熟透,自己从树上掉下。零,零落。

⑯酷烈:浓厚。

⑰蒟蒻(jǔ ruò):蜀地特产的一种。芋类植物,地下茎成球状。茱萸(zhū yú):椒类香料,有浓烈香味。

⑱畴:田土的疆界。

⑲阳苡(xū):被阳光温暖。苡,通"煦",和煦,温暖。阴敷:树荫覆盖。姜喜阴,蔗喜阳。

⑳日往菲薇：一天天慢慢滋长。菲薇，形容缓慢生长的叠韵词。

㉑月来扶疏：一月左右，枝条就很长了。扶疏，枝条分布貌。

㉒任土所丽：任其土地所生。丽，附着。此指生长。

㉓众献：献出果品的种类、数量都多。

【译文】

“各处都有稠密的人烟，夹着江岸，依傍山峦，屋宇相望，桑梓接连。家家都有生产食盐的井泉，户户都有长着橘柚的果园。园中还有林檎枇杷，橙柿梬楟，山桃成行，梅李丛生。各种果树开放鲜花，五彩缤纷无比繁荣。红色的樱桃春天就成熟，白色的柰果夏季可尝新。等到秋季到来，寒风凛冽，白露晶莹，青霜凝结，紫梨甜美，榛栗裂开，葡萄熟透，石榴破裂，甜极自然掉落，香味非常浓烈。菜圃中则有特产蒟蒻和香料茱萸，瓜果成片，芋头连畦，甘蔗喜阳则让阳光照耀，辛姜喜阴就遮以浓荫；一天天缓缓地滋长，一月月枝条长又密。这些物品都出产于本地，群众贡献得多，储备非常富裕。

“其沃瀛①，则有攒蒋丛蒲，绿菱红莲，杂以蕴藻，糅以蘋蘩②。总茎柅柅③，裛叶蓁蓁④，蕡实时味⑤，王公羞焉⑥。其中则有鸿俦鹄侣⑦，鹙鹭鹈鹕⑧。晨凫旦至⑨，候雁衔芦⑩。木落南翔，冰泮北徂⑪；云飞水宿，弄亢清渠⑫。其深则有白鼋命鳖⑬，玄獭上祭⑭；鳣鲔鳟鲂，鮷鳢魦鲿⑮，差鳞次色⑯，锦质报章⑰，跃涛戏濑⑱，中流相忘⑲。

【注释】

①瀛：沼泽。

②“则有攒（cuán）蒋”几句：蒋、蒲、菱、莲、蕴、藻、蘋、蘩，都是水生植物。攒，聚集。糅，掺杂。

③总：丛聚。柅柅(nǐ)：茂盛貌。

④裛(yì)：包起来。蓁蓁(zhēn)：茂盛貌。

⑤蕡(fén)实：果实。时味：时鲜的蔬菜。

⑥羞：食品。

⑦鸿：大雁。俦(chóu)：伴侣。鹄：天鹅。因鸿、鹄群飞群栖，故加"俦""侣"二字于其后。

⑧鹭鹭：鹭鸶。鹈鹕：一种吃鱼的水鸟。

⑨晨凫(fú)：野鸭。凫常于早晨飞翔，所以称晨凫。

⑩候雁衔芦：雁飞时，口中衔一根芦苇，防止遇到罗网。《淮南子·修务训》："夫雁顺风以爱气力，衔芦而翔以备矰弋。"

⑪冰泮(pàn)：解冻。此指春初时候。泮，融解。

⑫弄亢：鸣叫。亢，鸟喉。原文为"哢吭"，高步瀛《文选李注义疏》曰："《尔雅》'亢不加口'，'哢'亦当作'弄'。"今据改。

⑬白鼋命鳖：古代传说，鼋叫起来，鳖会响应。命，呼叫。

⑭玄獭(tǎ)上祭：古代传说獭在吃鱼以前要献祭。獭，食鱼兽。玄，黑色。獭皆黑色。

⑮"鳣(zhān)鲔(wěi)"二句：鳣、鲔、鳟、鲂(fáng)、鮷(tí)、鳢(lǐ)、鲨(shā)、鲿(cháng)，都是鲜美的大鱼。

⑯差(cī)鳞次色：指鱼群按鳞色依次排列。差次，依次排比。

⑰报章：纺织品上的花纹。

⑱戏濑(lài)：在急流中戏游。濑，湍急之水。

⑲中流相忘：形容鱼在水中自在游行，好像彼此都不相理睬，自得其乐。相忘，典出《庄子·大宗师》："泉涸，鱼相与处于陆，相呴以湿，相濡以沫，不如相忘于江湖。"

【译文】

"在那肥沃的沼泽中间，则丛生着蒋蒲和绿菱红莲，还杂生着蕴藻及蘋蘩。茎儿是那么密集，叶儿是那么茂盛。这些果实与蔬菜，王公都用来作食品。泽中还有成群的鸿鹄，以及鹭鸶和䴔䴖。野鸭常于早上来到这里，群雁飞时各衔一根芦苇。叶落时向南飞来，冰化时向北飞去；它们在云中翱翔、水边住宿，经常鸣叫于澄清的水渠。在水深之处白鼋在呼唤着甲鱼，黑色的水獭在向河神献祭；那鳣、鲔、鳟、鲂、鳑、鳢、鲨、鲿等鲜美大鱼，它们依鳞色而按次排比，那锦缎似的鳞上花纹非常美丽，在波涛中跳跃，在浅滩上游戏，轻快地游来游去，好像把一切忘记。

“于是乎金城石郭①，兼匝中区②，既丽且崇③，实号成都。辟二九之通门④，画方轨之广涂⑤。营新宫于爽垲⑥，拟承明而起庐⑦。结阳城之延阁⑧，飞观榭乎云中⑨。开高轩以临山⑩，列绮窗而瞰江⑪。内则议殿爵堂⑫，武义、虎威、宣化之闼，崇礼之闱⑬；华阙双邈⑭，重门洞开⑮；金铺交映⑯，玉题相晖⑰。外则轨躅八达⑱，里闬对出⑲；比屋连甍⑳，千庑万室㉑。亦有甲第㉒，当衢向术㉓，坛宇显敞㉔，高门纳驷㉕，庭扣钟磬㉖，堂抚琴瑟；匪葛匪姜㉗，畴能是恤㉘？

【注释】

①金城石郭：形容城郭之坚固。郭，外城。

②匝(zā)：周遭，包围。

③崇：高峻。

④二九：十八。据刘渊林注，汉武帝元鼎二年(前115)，始建成都十八门。

⑤画：端直如画。方轨：两车并行。

⑥爽垲(kǎi)：地势高朗干燥。爽，明朗。垲，高而干燥。

⑦承明：西汉长安宫内文人学士待诏的地方。

⑧阳城：城门之名。延阁：接连不断的建筑物。如栈道、长廊。一说，附属于主体建筑的阁室。

⑨观、榭：都是古代以高度见称的建筑物。

⑩轩：台观前可以展望的部分。

⑪绮窗：雕刻花纹的窗。古代的窗是镂空的，一般雕刻极细密的花纹，可以节制阳光，流通空气。瞰(kàn)：俯视。

⑫议殿：议论政事的殿。爵堂：封官拜爵之堂。

⑬"武义"二句：武义、虎威、宣化、崇礼，都是门的名字。闼、闱，都是宫内的门。

⑭邀：这里作高耸解。

⑮洞开：敞开。

⑯金铺：古时铜制的门环衬片。每门都是同样的金铺，所以互相辉映。

⑰玉题：椽头上的玉饰。

⑱轨躅(zhuó)：车及人马之行迹。此指道路。轨，车迹。躅，足迹。

⑲闬(hàn)：里巷的门。对出：相对而开。

⑳比屋连甍(méng)：房屋相连，屋脊相接。甍，屋脊，屋栋。

㉑庑(wǔ)：大屋。

㉒甲第：高级住宅。

㉓衢、术：大街。

㉔坛：堂。宇：院。

㉕高门纳驷：甲第之门高大，可容四马拉车出入。

㉖扣：同"叩"，敲打。

㉗葛：指诸葛亮。姜：指姜维。

㉘畴：谁。恤(xù)：安。

【译文】

"那坚固的内城和外城，重重地围绕着市区中心，不仅壮丽而且高峻，成都就是它的美名。城郭开十八座大门，交通大道能够使双车并行。在高敞之处修筑起新的宫室，其式样仿照西汉的承明宫。在名为阳城的门边构建了长廊与栈道，崇高的宫观和台榭好像在云中飞腾。宫观檐下的平台面对着青翠的山岗，雕镂花纹的窗户可俯瞰浩荡的锦江。宫内有会议殿和封官堂，宫门如武义、虎威、宣化、崇礼多么雄壮；一对华表高高耸立，重重宫门一齐开放；门上的金铺互相辉映，玉饰的椽头晶莹闪光。宫外的道路通往四面八方，里巷的屋门成对成双；密密的屋脊紧紧相连，大屋和小屋成千上万。更有甲级府第，当着大街修建；内有轩敞的厅堂庭院，外面的大门又高又宽；庭院内时时敲响钟磬，厅堂上常常弹奏琴弦；除了诸葛亮、姜维这类功臣，谁能够安处于这样的华屋深院。

“亚以少城[1]，接乎其西。市廛所会[2]，万商之渊[3]。列隧百重[4]，罗肆巨千[5]。贿货山积[6]，纤丽星繁[7]。都人士女[8]，袨服靓妆[9]。贾贸墆鬻，舛错纵横[10]。异物崛诡[11]，奇于八方[12]。布有橦华[13]，面有桄榔[14]；邛杖传节于大夏之邑[15]，蒟酱流味于番禺之乡[16]。舆辇杂沓[17]，冠带混并[18]。累毂叠迹[19]，叛衍相倾[20]。喧哗鼎沸[21]，则哤聒宇宙[22]；嚣尘张天[23]，则埃壒曜灵[24]。阛阓之里[25]，伎巧之家[26]，百室离房[27]，机杼相和。贝锦斐成[28]，濯色江波[29]，黄润比筒，籝金所过[30]。

【注释】

①亚：其次。少城：成都内的小城。在西区，古时为商业集中地。

②市廛（chán）：市街。

③渊：渊海。此指各种货物的集中地。

④隧：有店铺的街道。

⑤巨千:无数千。

⑥贿货山积:指货物堆积如山。贿货,商品,货物。

⑦纤丽:精巧美丽。星繁:形容品种很多。

⑧都人士女:都城内的男女。

⑨袨(xuàn)服:盛装。靓(jìng)妆:装扮光艳华丽。靓,鲜明貌。

⑩"贾(gǔ)贸"二句:意谓有买的,有卖的,五花八门,忙忙碌碌。贾贸,以有易无。墆鬻(zhì yù),囤积居奇。舛(chuǎn),违反。

⑪崛诡:奇怪。

⑫奇于八方:各处珍奇货物超过四面八方。

⑬橦(tóng):木棉。

⑭桄榔(guāng láng):热带树。树干中有红粉如面,可以吃。

⑮邛杖传节:邛竹节稀,是其特点,故言传节。大夏:古代西域国名。据《汉书·张骞传》载,张骞在大夏,见到蜀地所产邛竹杖。

⑯蒟(jǔ)酱:用蒟子做的酱。是蜀地土产。蒟,植物名。果实名蒟子,熟时色正青,可作酱。蒟与上文蒟蒻是两物。番禺:即今广东的广州。

⑰舆辇:车轿。杂沓:纷纷来去。

⑱冠带:帽子和腰间的博带。指士族和官员。

⑲累毂叠迹:一辆接着一辆。形容车多。

⑳叛衍:稠密。相倾:彼此争路不让。

㉑鼎沸:锅中烧开水的滚响声。形容乱腾腾的样子。

㉒哤聒(máng guā)宇宙:嘈杂声震动宇宙。哤聒,嘈杂声。

㉓嚣尘:市人喧嚣扬起的尘埃。张天:漫天。

㉔埃壒(ài)曜灵:尘埃遮蔽了太阳。壒,尘土。这里活用为动词,遮蔽。

㉕阛阓(huán huì):市区。后常用来指市区的街道或店铺。阛,市区的墙。阓,市区的门。

㉖伎巧之家：此指织锦作坊。伎巧，技术，技艺。

㉗离房：不同样的房屋。离，异，不同样。

㉘贝锦：织有贝形花纹的锦。斐（fěi）：文采。

㉙濯色江波：成都的江水据说最宜于濯锦，可使锦色格外鲜明。

㉚"黄润"二句：意谓筒中黄润布价值高贵，需要黄金来交易。黄润比筒，指筒中黄润细布。筒中、黄润都是古代名贵布名。籯（yíng），装金子的箱子。

【译文】

"其次谈到成都内的小城，它是蜀都西面的一部分。是市场的集中处所，是繁荣的商业中心。上百条街道在这儿纵横，几千家商店在这里经营。各种货物堆积成山，精美的商品多如繁星。城中的男子和女郎，人人都是华服盛装。从事买卖囤积，显得忙碌异常。各种珍奇物品，超过四面八方。木棉花织的细布颜色鲜，桄榔树提的面粉味道香；邛杖运到大夏国中，蒟酱传到番禺城乡。路上车轿来往穿行，达官贵人混杂难分。有时车马涌如流水，密集拥挤夺路前进。那乱腾腾的喧哗之声，使整个宇宙都不得安宁；飞扬的尘土弥漫太空，遮没了光辉夺目的日影。街巷店铺，巧匠家庭，无数不同的房屋中间，发出同样的机杼之声。织成了有花纹的灿烂蜀锦，在锦江濯洗之后颜色更加鲜明。名贵的筒中黄润细布，要购买必须用整箱的黄金。

"侈侈隆富①，卓郑埒名②。公擅山川③，货殖私庭④，藏镪巨万⑤，𫓧摫兼呈⑥，亦以财雄，翕习边城⑦。三蜀之豪⑧，时来时往，养交都邑⑨，结俦附党⑩，剧谈戏论⑪，扼腕抵掌⑫，出则连骑，归从百两⑬。若其旧俗⑭，终冬始春⑮，吉日良辰⑯，置酒高堂，以御嘉宾⑰。金罍中坐⑱，肴槅四陈⑲，觞以清醥⑳，鲜以紫鳞㉑。羽爵执竞㉒，丝竹乃发㉓，巴姬弹弦，汉女击节[24]。起《西音》于促柱，歌《江上》之飙厉[25]。纡长袖而屡舞[26]，翩跹跹以裔裔[27]。合樽促席[28]，引满相罚[29]，乐饮今夕，一醉累月[30]。

【注释】

①侈侈(chǐ)：过分奢侈。一说盛多貌。隆富：巨富。

②卓、郑：卓氏与郑氏皆汉初蜀中著名富豪，各自拥有矿山和千百名奴隶，垄断平民的生计。埒(liè)名：齐名。埒，相等。

③公擅山川：公然擅自占有山川。

④货殖：囤积货物，经营生利。即指经商。

⑤镪(qiǎng)：铜钱。

⑥铍(pī)：裁竹木做器料。摫(guī)：裁衣料做衣服。《方言》："铍，摫，裁也。梁益之间，裁木为器曰铍。裂帛为衣曰摫。"兼呈：皆有常课。指卓、郑富豪对于从事小手工业、小本经营者皆按定量收取成品。呈，通"程"，定量。

⑦翕(xī)习：轰动一时。一说，极盛貌。

⑧三蜀：蜀郡、广汉、犍为等三郡。

⑨养交：结交。

⑩结俦附党：成群结党。

⑪剧谈戏论：高谈阔论。

⑫扼腕：握腕。表示激怒、振奋或惋惜。抵掌：拍手。表示欢乐。

⑬两：车辆。两，同"辆"。

⑭旧俗：指富商豪门平素的生活习惯。

⑮终冬始春：岁尾年头。

⑯吉日良辰：好日子。

⑰御：款待，奉进。《礼记·曲礼》"御食于君"，郑注："劝侑曰御。"

⑱罍(léi)：盛酒的器皿。古时饮酒用大的酒器盛酒，放在中央，然

后用杯勺舀来喝。

⑲肴槅(hé):肉类、菜类食品和果类食品。槅,通“核”,有核的果子。四陈:陈列在四方。

⑳觞(shāng):酒杯。这里作动词敬酒解。醥(piǎo):清酒,美酒。

㉑鲜:作动词,尝新。紫鳞:指鱼。

㉒羽爵:刻上禽兽花纹的酒杯。执竞:举杯争相欢饮。

㉓丝竹:弦管乐器。

㉔“巴姬”二句:巴姬、汉女,指蜀地的女乐。击节,打拍子。

㉕“起《西音》”二句:《西音》《江上》,都是乐曲的名称。促柱,急弦。飙(liáo)厉,同“嘹唳”。形容歌声嘹亮。

㉖纡(yū)长袖:舞女起舞时绣带飘拂曲折之状。纡,曲折。

㉗翩:轻捷貌。跹跹:回翔貌。裔裔:疾舞时流动美丽之状。

㉘合樽促席:众人围坐席上,随心适意而不拘形迹。樽,盛酒器。泛指杯盏。

㉙引满:斟满酒杯而饮。

㉚累月:几个月。

【译文】

“奢侈豪华的蜀中富人,卓氏、郑氏都同样有名。公然占有国家的山川,作他们私人发财的资本,积累的钱财数以亿计,还定量收取成品勒索平民,他们是那样富有资财,名气轰动了边城。三蜀内的富豪时常来往,结交官吏,营私结党,高谈阔论,感情奔放,出去跟着成队的骑从,归来随着上百的车辆。至于他们的生活习惯,从春季直到冬天,每逢佳节美日,都置酒于高堂中间,与贵客们进行饮宴。盛酒的金罍置于座中,佳肴与水果四方布满,饮的美酒很清冽,尝的鲜鱼极新鲜。当宾客不停地举杯痛饮,宴席间又响起管弦声音,弹琴的是巴郡的美女,击节的为汉中的佳人。《西音》旋律快如急雨,《江上》歌声嘹亮入云。飘扬的长袖曼舞不停,翩跹的舞姿流丽轻盈。酒杯相碰座位移近,斟满美酒罚客痛饮，要在今宵尽情欢乐，哪怕醉后连月不醒。

“若夫王孙之属①，郤公之伦②，从禽于外③，巷无居人④。并乘骥子，俱服鱼文⑤；玄黄异校⑥，结驷缤纷⑦。西逾金堤⑧，东越玉津⑨；朔别期晦⑩，匪日匪旬⑪。蹴蹈蒙笼⑫，涉蹠寥廓⑬，鹰犬倏眒⑭，罻罗络幕⑮。毛群陆离⑯，羽族纷泊⑰，翕响挥霍⑱，中网林薄⑲。屠麖麋⑳，翦旄麈㉑，带文蛇㉒，跨雕虎㉓。志未骋㉔，时欲晚；追轻翼，赴绝远；出彭门之阙㉕，驰九折之坂㉖；经三峡之峥嵘，蹑五屼之蹇浐㉗。戟食铁之兽㉘，射噬毒之鹿㉙，皛貙氓于葽草㉚，弹言鸟于森木㉛；拔象齿，戾犀角㉜；鸟铩翮㉝，兽废足。

【注释】

①王孙：指卓王孙。卓文君的父亲。

②郤(xì)公：蜀地的一个富豪。

③从(zòng)禽：打猎。从，同“纵”。

④巷无居人：街巷中的人都去看打猎，故空寂无人。

⑤“并乘”二句：骥子、鱼文，都是骏马的名称。一说鱼文是箭袋。服，驾车。

⑥玄黄：指黑色和黄色的马。校：队伍。

⑦结驷：四马并拉一车。缤纷：众多貌。

⑧金堤：即都江堰。在成都之西。

⑨玉津：即璧玉津。在犍为郡东北，成都之东。金堤、玉津两处，都是游猎之处。

⑩朔别期晦：每月初一离家出猎，月底才是归期。朔，初一。晦，月底。

⑪匪日匪旬：不能以一天或十天来计算行猎时间。因长途行猎，要以一月为期。

⑫蒙笼：指草木茂盛。

⑬涉躐（liè）寥廓：奔驰于空旷的原野。躐，足迹所经。寥廓，指空旷原野。

⑭倏眒（shūn shēn）：飞奔貌。眒，疾速貌。

⑮罻（wèi）罗络幕：布置捕捉鸟兽的网罗。罻罗，鸟兽网。罻，小网。络幕，施张布置貌。

⑯毛群陆离：指野兽四散奔逃。毛群，指兽类。陆离，分散。

⑰羽族：鸟类。纷泊：飞扑。

⑱翕（xī）响挥霍：顷刻之间。一说，沸腾纷乱貌。

⑲林薄：森林草地之间。薄，野草丛生之地。

⑳麖（jīng）、麋（mí）：都是鹿类动物。

㉑翦：斩杀。旄（máo）：旄牛。麈（zhǔ）：鹿类动物。其尾可作拂尘。

㉒带：系束，捆缚。文蛇：有花纹的蛇。

㉓跨：骑，乘。此指制服。雕：斑纹。

㉔骋：此指满足，尽兴。

㉕彭门：地名。在岷山下，因谷口两峰对峙如门，故称。

㉖九折之坂：九折坂在今四川邛崃山。

㉗五屼（wù）：山名。在今四川犍为南。蹇浐（jiǎn chǎn）：曲折崎岖貌。

㉘戟：刺。食铁之兽：指貊（mò）。据刘渊林注引魏完《南中志》所记：这是一种吃铁的怪兽，全身黑毛，仅胸部白色。形状像熊，但比熊小。产于建宁郡。

㉙噬（shì）毒之鹿：刘渊林注引魏完《南中志》中所记的神鹿。有两头，能吃毒草。出云南郡。

㉚皛（pāi）：同“拍”，击杀。貙（qū）氓：又称貙人。李善注据《博物

志》载，是一种能变为老虎的怪兽。萋(yāo)：草茂盛貌。

㉛言鸟：鹦鹉一类能作人言的鸟。

㉜戾：通“捩”，折断。

㉝铩(shā)翮：毁去羽茎。

【译文】

“那卓王孙一样的富商，或者是郤公那样的豪侠，他们在外纵情打猎，万人空巷观看随行。猎队乘坐矫健的骏马，不是骥子就叫鱼文；黑马和黄马分别编排，浩荡的骑队颜色缤纷。猎区的西面超过金堤，猎区的东面越过玉津；一去就是一月以上，绝不仅是一天一旬。在茂盛的草木中前行，在空旷的原野里驰骋。鹰犬发现目标即疾速紧追，设置大小网罗以捕捉走兽飞禽。野兽四散奔逃，群鸟飞扑逃命。仅在顷刻之间，落网于丛草密林。斩杀麖和麋，刺死旄与麈，捆住有花纹的蛇，制服长斑纹的虎。射猎尚未尽兴，时间已经黄昏；又把轻快的飞鸟追赶，奔向那极遥远的山川；冲出彭门的山谷口，驰过邛崃的九折坂；经历三峡的险峻山峦，跨过五屼的崎岖地段。把能吃钢铁的怪兽刺死，把能噬毒草的异鹿射翻；可变猛虎的貙䝙被击毙在丰草里，能说人话的言鸟被弹死在密林间；大象的长牙被拔下，犀牛的锐角被截断；使高飞的鸷鸟折了羽翼，使飞奔的猛兽断了脚杆。

“殆而朅来[1]，相与第如滇池[2]，集于江洲[3]。试水客[4]，舣轻舟[5]，娉江婓[6]，与神游。罨翡翠[7]，钓鰋鲉[8]，下高鹄[9]，出潜虬[10]。吹洞箫，发棹讴[11]，感鲟鱼[12]，动阳侯[13]。腾波沸涌，珠贝泛浮，若云汉含星，而光耀洪流。将飨獠者[14]，张帟幕[15]，会平原[16]；酌清酤[17]，割芳鲜[18]；饮御酣[19]，宾旅旋[20]。车马雷骇[21]，轰轰阗阗[22]，若风流雨散，漫乎数百里间[23]。

【注释】

①殆而：至于。殆，通“逮”，及。朅（qiè）来：去来。偏义于来。

②第：且。如：赴。滇池：在今云南昆明，古时云南属蜀。

③江洲：刘渊林注：“在巴郡。”即今重庆。昆明、重庆相距很远，这不过是泛指东西遨游的意思。

④试：作。水客：水上旅行的人。

⑤舣（yǐ）：船只泊岸待行。

⑥娉（pìn）：通“聘”，订婚，访求。江婓（fēi）：江上神女。刘渊林注：“江婓二女，游于江滨，逢郑交甫。挑之，不知其神女也。遂解佩与之。交甫悦，受佩而去，数十步，空怀无佩，女亦不见。语在《列仙传》。”婓，同“妃”。

⑦罨（yǎn）：网，捕取。翡翠：即翠鸟。

⑧鰋（yǎn）：鲇鱼。鲉（yóu）：笠子鱼。

⑨下高鹄：射下高空的天鹅。

⑩出潜虬（qíu）：捕出深水中的小龙。虬，传说中有角的小龙。

⑪棹（zhào）讴：渔歌。

⑫感鲟鱼：据《淮南子》所载传说，鲟鱼爱听音乐，所以能为洞箫、渔歌所感染而被引诱。

⑬阳侯：古代传说中的波涛之神。

⑭獠（liáo）者：猎人。

⑮帟（yì）：小而平顶的帐幕。

⑯会平原：指在平原上举行宴会。此时已离水登陆，故宴会于平原以飨行猎者。

⑰酤：酒。

⑱芳鲜：美味新鲜的鱼肉。

⑲饮御酣：酒醉饭饱。御，服用。

⑳旋：回。

㉑雷骇：形容车马之声，如惊雷震响。

㉒轰轰阗阗（tián）：象声词，象车马行进之声。

㉓漫：传散。指车马声的传播。

【译文】

“至于朋友到来，相邀去游滇池，又同到江洲游玩。试作水上的旅客，登上轻快的兰舟，访问美丽的江妃，与她一同去遨游。捕捉住美丽的飞禽翡翠，钓起了美味的游鱼鳗鲉，还射下了高空中的天鹅，又把深水中的小龙捕捉。吹起洞箫，唱起渔歌，使得鲟鱼也游来倾听，使得水神也感动应和。浪涛翻腾沸涌，浮起珍珠贝壳，好像银河里的万点明星，晶光照亮了浩荡的清波。于是与打猎的人一同欢宴，张开了平顶的帐幕，欢会在这广阔的平原；斟满的美酒甘淳清冽，烹调的鱼肉味美新鲜；等到酒醉饭饱，猎队一同回还。车马动如雷鸣，响声轰轰阗阗，好像风吹雨散，传播数百里远。

“斯盖宅土之所安乐[①]，观听之所踊跃也[②]。焉独三川，为世朝市[③]？若乃卓荦奇谲[④]，倜傥罔已[⑤]，一经神怪[⑥]，一纬人理。远则岷山之精，上为井络[⑦]，天帝运期而会昌，景福肸蚃而兴作[⑧]。碧出苌弘之血[⑨]，鸟生杜宇之魄[⑩]。妄变化而非常，羌见伟于畴昔[⑪]。近则江汉炳灵[⑫]，世载其英[⑬]。蔚若相如[⑭]，皭若君平[⑮]，王褒韡晔而秀发[⑯]，扬雄含章而挺生[⑰]。幽思绚《道德》[⑱]，摛藻掞天庭[⑲]。考四海而为隽[⑳]，当中叶而擅名[㉑]。是故游谈者以为誉，造作者以为程也[㉒]。至乎临谷为塞[㉓]，因山为障，峻岨塍埒长城[㉔]，豁险吞若巨防[㉕]。一人守隘[㉖]，万夫莫向[㉗]。公孙跃马而称帝[㉘]，刘宗下辇而自王[㉙]。由此言之，天下孰尚[㉚]？故虽兼诸夏之富有，犹未若兹都之无量也。”

【注释】

①斯盖宅土之所安乐：意谓此地是定居者的乐土。宅土，居处。

②观听之所踊跃：外地人见了或听到之后，也向往这个地方。

③“焉独三川”二句：意谓蜀都为政治经济的中心，也是争名夺利之处，不亚于三川。三川，古郡名。即今河南洛阳一带。因是黄河、洛水、伊水三川相交之地，故名。朝市，朝廷和市集。《战国策·秦策》：“争名者于朝，争利者于市。今三川、周室，天下之市朝也。”

④卓荦(luò)：特异。奇谲(jué)：奇异。

⑤倜傥(tì tǎng)：洒脱不拘。这里作不寻常解。罔：无。

⑥一：此作“有的”解。经：与下句之“纬”都是“系”“依凭”之意。

⑦井络：井星。古代传说，天上的井星，是岷山的精灵变的。

⑧“天帝”二句：意谓天帝使这儿机运昌盛，大福普降，故使好人好事不断产生。会昌，会当兴盛隆昌。运、会，机运际会。景福，大福。肸(xī)飨，应为“肸蚃”，分布，散布。引申为繁多。

⑨碧出苌弘之血：《庄子·外物》：“苌弘死于蜀，藏其血，三年而化为碧。”苌弘，周敬王大夫。碧，青绿似玉之美石。

⑩鸟生杜宇之魄：《蜀记》载，古代蜀帝姓杜名宇，号望帝，杜宇死后化为子规鸟。子规、杜宇、杜鹃皆为同一种鸟。

⑪羌：发语词。见伟于畴昔：为过去人们所盛传。

⑫炳灵：就是钟灵，说江山的灵气赋在人身。炳，明。

⑬世载其英：世世代代都有英才载入史册。

⑭蔚：富于文采貌。相如：指司马相如。

⑮皭(jiào)：洁白纯净。此指品质高洁。君平：指严遵，字君平。在成都市卖卜，得百钱，足自给，便收摊归，研读《老子》。著《道德指归论》。

⑯王褒(bāo)：汉代文学家，字子渊。著有《九怀》《洞箫赋》等。韡

晔(wěi yè):光明美盛貌。此指文采焕发。秀发:出类拔萃。

⑰含章:富有文采。挺生:超群出众。

⑱幽思:深远的思维。绚(xuàn):光辉灿烂。《道德》:指老子《道德经》。扬雄仿效《道德经》而作《太玄》,可与《道德经》相辉映。

⑲摛(chī):铺陈。藻:辞藻。掞(shàn):舒展。这里作感动解。天庭:指皇帝。

⑳考:比。隽:通"俊",杰出。

㉑中叶:指汉朝中叶。

㉒程:典型。

㉓塞:关隘。

㉔峻岨(jū)塍(chéng)埒(liè)长城:意谓与蜀地险峻山岗相比,长城好似界路和矮墙。峻岨,险峻山岗。岨,带土的石山。塍,田间的界路。埒,矮墙。特指马场周围的矮墙。

㉕豁险吞若巨防:意为深险的山谷可以包含巨大的关塞。极言山谷之深广。豁,深貌。吞,包含。防,堤岸。比喻关塞。

㉖隘:关隘。

㉗莫向:不能进。

㉘公孙:指公孙述。王莽时,在蜀自立为帝。

㉙刘宗:指刘备。因刘备为汉宗室,故称。

㉚孰尚:何处能比过它。

【译文】

"这里不仅是本地人安居的乐土,而且也是外乡人向往的地方。实属政治经济的中心,并不亚于久负盛名的三川。至于那些稀奇古怪卓异非凡的传闻,可以说是无穷无尽。神怪与人理,交错相纵横。往远古说,传说岷山的精灵,变为天上的井星,天帝使这儿机运昌盛,降下洪福才使得人杰地灵。苌弘的血液化为碧玉,杜宇的灵魂变为珍禽。这些非常奇异的变化,曾经为古人所盛称。往近代说,江汉的灵气赋予人身，世代都产生杰出的才人。才华横溢有相如，品格清高有严遵，王褒的文章富有才情而文采焕发，扬雄的作品辞章典雅而风格俊挺。他们的作品有的思想幽深，可以与《道德经》前后辉映；有的辞藻富丽，流入宫中得到君王的好评。他们在四海之内堪称卓越的英俊，在汉朝中叶独享崇高的名声。因此游谈的人常赞扬他们的事迹，写作的人都以他们的作品为典型。至于面临深谷修筑关塞，依据高峰作为屏障，比起这些高峻的山岗，长城只算田坎和矮墙，深险而大的峡谷，可以包含巨大的关防。一人守关隘，万人攻不上。公孙述跃马而称帝，刘玄德下车就为王。从这些事实来评论，天下有何处比得上？即使拥有几个中原的财富，也不如这儿的宝藏无限量。”

卷第五·赋丙

京都下

左太冲

见卷第四《三都赋序》作者介绍。

吴都赋一首

【题解】

《吴都赋》上承《蜀都赋》，下为《魏都赋》张本，规模宏大，气势恢宏。赋首先颂扬吴国悠久的历史，至德克让为立国之道；接着铺陈吴都繁荣富庶的广阔背景，展现了一幅幅南国画卷，描摹这块非同寻常的土地上孕育的非同寻常的事物，终于造就了龙蟠虎踞、霸王基趾的吴都。

《吴都赋》最精彩的部分当为对古代南京有声有色的描绘：四野的沃土、乡间的富裕、辉煌的宫殿、巍峨的楼台、长干横塘的民巷、官府衙门的建筑、市街轻车、水巷楼船、万商云集、市声熙攘，一派独有的南国水城风光。城里活跃着非凡气派的高门大姓、豪杰任侠、商贾士女……古代南京城生动地凸现出来，织成一幅光华闪烁的都市胜景图，使读者有身临其境之感。

《吴都赋》继承了汉代大赋的艺术传统，但未能摆脱模拟之风，故何焯评《吴都赋》:“太涉杌㑯,似有冗长散缓之失。”但毕竟左思才高学博,能在模拟中取得一定成就。

东吴王孙辴然而咍曰①:“夫上图景宿②,辨于天文者也;下料物土,析于地理者也③。古先帝代④,曾览八纮之洪绪⑤,一六合而光宅⑥。翔集遐宇⑦,鸟策篆素⑧,玉牒石记⑨,乌闻梁岷有陟方之馆⑩,行宫之基欤!而吾子言蜀都之富⑪,禺同之有⑫;玮其区域⑬,美其林薮⑭;矜巴汉之阻⑮,则以为袭险之右⑯;徇蹲鸱之沃⑰,则以为世济阳九⑱。龌龊而筭⑲,顾亦曲士之所叹也⑳;旁魄而论都㉑,抑非大人之壮观也㉒。何则?土壤不足以摄生㉓,山川不足以周卫㉔。公孙国之而破㉕,诸葛家之而灭㉖。兹乃丧乱之丘墟㉗,颠覆之轨辙㉘,安可以俪王公而著风烈也㉙!玩其碛砾而不窥玉渊者㉚,未知骊龙之所蟠也㉛;习其弊邑而不睹上邦者㉜,未知英雄之所躔也㉝。

【注释】

①东吴王孙:作者虚构的人物。辴(chǎn)然:笑的样子。咍(hāi):讥笑。此句上承《蜀都赋》,西蜀公子盛称山川险阻,而东吴王孙不以为然,故讥笑之。

②图:与下句“料”同义,度。景宿(xiù):星宿。

③天文、地理:始见《文子·上德》:“天道为文,地道为理。”

④帝代:指虞舜之世。

⑤览:通“揽”,经营。八纮(hóng):大地的极限,犹言八极。洪绪:大业。

⑥六合:四方上下。光宅:占有,统。《尚书序》:“光宅天下。”

⑦翔：飞。遐宇：远方。

⑧鸟策：用古文字将古代帝王的业绩刻在竹简上。鸟，如鸟迹一样的古文字。策，竹简。篆素：用篆文记在白帛上。素，帛。

⑨牒：五臣本作“谍”。胡克家曰：“牒”当作“谍”。胡绍煐亦谓正文当作“谍”。谍，谱记。

⑩乌：何，哪里。梁、岷：梁州和岷山，都为蜀地。此处以梁、岷指称蜀国。陟方：见《尚书·舜典》：“五十载，陟方乃死。”舜在位五十年，巡行南方，死在苍梧之野，并葬在那里。陟，升。方，道。依孔安国说。后遂指王者巡视。

⑪吾子：对西蜀公子的尊称。

⑫禺（yú）、同：指禺山、同山，其址不详。

⑬玮（wěi）：美，赞赏。

⑭薮（sǒu）：湖泽。这里泛指蜀地川流。

⑮矜：矜夸，自尊自大地夸耀。巴汉之阻：巴东和汉中险阻。此指蜀之险要扞关。刘渊林注：“巴汉之阻，巴郡之扞关也。”

⑯袭险：重险。右：首位。高步瀛《文选李注义疏》曰：“此言袭险之右者，谓蜀地为重险之首。”

⑰徇（xùn）：炫耀。刘渊林注：“亡身从物曰徇，夸物示人亦曰徇。”蹲鸱（chī）之沃：此句化用《史记·货殖列传》卓王孙语：“吾闻汶山之下，沃野，下有蹲鸱，至死不饥。”蹲鸱，老芋头。因状如蹲伏的鸱，故称。

⑱世济阳九：世世代代可以靠沃野中盛产的芋头度过荒年。阳九，指灾难之年或厄运。语出《汉书·律历志》。

⑲龌龊（wò chuò）：气量狭窄，拘泥小节。筭（suàn）：同“算”，计量。

⑳曲士：乡曲之士，见寡识陋之人。

㉑旁魄：即磅礴。都：胡克家《文选考异》以为衍文，涉注误加。胡绍煐、高步瀛说皆同。

㉒壮观：远见。

㉓摄生：养生。

㉔周卫：四周防卫。

㉕公孙：指公孙述。《后汉书·公孙述传》记载，公孙述于王莽末年称王西蜀，为汉光武将吴汉所灭。国之：以之为国。之，指蜀地。

㉖诸葛：指诸葛亮。汉末诸葛亮辅助刘备建立蜀国。诸葛亮卒，蜀不久被魏将邓艾平灭。

㉗丘墟：废墟。

㉘轨辙：车轮行过留下的痕迹。比喻以往曾有人走过的道路或做过的事。

㉙俪：附着。著：胡克家曰，当作“奢”。奢，张大。风烈：功业。

㉚碛砾（qì lì）：浅水中现出的沙滩。玉渊：产玉的深渊。

㉛骊龙：黑龙。蟠（pán）：龙栖息时作盘曲之状。

㉜弊邑：对蜀都的贬称。弊，通“敝”。上邦：对吴都的美称。

㉝所躔（chán）：居住的地方。躔，居。

【译文】

东吴王孙讥笑说：“上观天象形分野，下析物土分区域。古代英明帝王曾经营伟大宏业，居临天下。飞巡远方，游幸所至，留下的鸟迹篆帛古简，封禅的玉刻石碑遗迹，又何曾在巴蜀见到陟方之馆，行宫遗址！您却赞美蜀都富足，畐、同富有；称赏它的地区宽广，颂扬它的森林湖泽；矜夸巴山蜀水的险峻，叹为天下重险之冠；炫耀满山遍野的芋头，以资度过灾荒之年。计量地域，拘泥小节，只是见寡识陋的腐儒眼界；把地区与都城混同评论，也算不得睿智大家的高见。道理何在？土壤不足以养生，山川不足以防卫。公孙述在蜀建国而国亡，诸葛亮在蜀立家而家破。这都是丧乱的废墟，覆灭的陈迹，何能使王公依附蜀地张大功业！所以只玩赏沙石浅滩、不见藏玉深渊的人，哪知黑龙栖息之处；只熟悉穷乡僻壤、不见富庶上邦的人，不知英雄建功之地。

“子独未闻大吴之巨丽乎[①]？且有吴之开国也[②]，造自太伯[③]，宣于延陵[④]。盖端委之所彰[⑤]，高节之所兴[⑥]。建至德以创洪业[⑦]，世无得而显称[⑧]。由克让以立风俗[⑨]，轻脱蹝于千乘[⑩]。若率土而论都[⑪]，则非列国之所觖望也[⑫]。

【注释】

①大吴：对吴国的美称。巨丽：壮丽。

②有吴：吴国。有，衬音词。

③造自太伯：吴国创始于太伯。造，开始。太伯，周太王的长子。据《史记·吴太伯世家》记载，太伯的弟弟季历贤，为了把王位让给季历，太伯同二弟仲雍一起出走，到达荆蛮，自号勾吴，开创了吴国。

④宣于延陵：显威于延陵。宣，显露。延陵，指季札。曾封于延陵，人称延陵季子，春秋时著名的吴国公子。《春秋左传》《史记》记他的事迹有出入。据《史记》载，吴王寿梦欲立季札，季札不可，遂把王位让给诸樊。

⑤端委之所彰：此句赞美太伯的功业。《春秋左传·哀公七年》："太伯端委以治周礼。"记太伯一到吴地，身穿礼服，推行周礼。端，玄端之衣。委，委貌之冠。皆周统一前礼服，其后仍之。

⑥高节之所兴：此句赞扬延陵季子礼让的高风。高节，高尚的节操。李善注："端委至德，太伯也。高节克让，延陵也。"

⑦至德：最高尚完美的德行。

⑧世无得而显称：《论语·泰伯》孔疏引郑注：太伯三以天下让，"三让之美，皆隐蔽不著，人无得而称焉"。对太伯的至德，人们找不到恰当的语言来称扬。

⑨克让：克己让人。

⑩脱蹝(xǐ)：脱鞋。比喻吴太伯、季札舍弃王位如脱敝鞋，轻易无所

顾。蹝,草鞋。千乘:春秋时以拥有车乘数量来衡量诸侯国实力。较大的诸侯国可拥战车千乘左右,故称千乘之国。古代一车四马七十二甲士为一乘。

⑪率土:“率土之滨”的省语,语出《诗经·小雅·北山》。四海之内、普天之下之意。

⑫非列国之所觖(kuì)望:高步瀛《文选李注义疏》曰:“列国臣下时有觖望,吴重礼让,与彼异也。”觖,冀,企望。

【译文】

“您难道没有听说大吴的壮丽雄伟吗?大吴开国,肇始于太伯,显威于季札。太伯彰明礼义,延陵发扬高风。建树崇高至德,创立大业,黎民找不到言语颂扬。克己让人蔚成风俗,舍弃王位易如脱鞋。以天下之大来评价都城,大吴使列国望尘莫及。

“故其经略①,上当星纪②。拓土画疆,卓荦兼并③。包括干越④,跨蹑蛮荆⑤。婺女寄其曜⑥,翼轸寓其精⑦。指衡岳以镇野⑧,目龙川而带坰⑨。

【注释】

①经略:规划疆土。

②上当星纪:吴地以天上的星纪为分野。古人划分星空区域和地理区域时,把天上的星宿与地上的州国对应相配,称为分野。吴越地区的分野是斗、牛、女三宿。古人又把黄道附近一周天分为十二次,每个位次都有二十八宿中的某些星宿作为标志。星纪是十二次之一,以斗、牛、女三宿为标志,所以吴越的分野又是星纪。

③卓荦(luò):特出,超出一般。此指吴的强盛非他国可比。

④干:古国名。本作“邗”。被吴并吞为邑。

⑤跨蹑:占有。蛮荆:指春秋楚地。春秋中原华夏各国鄙视楚为南方落后民族,贬称为荆蛮或蛮荆。三国时,吴占有楚地零陵、桂阳、长沙、武陵四郡。

⑥婺(wù)女寄其曜(yào):婺女,即女宿。女宿光芒寄寓吴地。女宿本是春秋越国的分野,三国时,东吴辖有越地,故言寄其明。曜,光耀。

⑦翼轸(zhěn)寓其精:翼、轸,二十八宿中的两宿。本是春秋楚国的分野,三国时,东吴辖有楚地四郡,故以翼、轸两星的光彩寄寓吴地。以上二句皆喻大吴疆域开拓。

⑧衡岳:指南岳衡山。镇野:镇定南方之野。

⑨龙川:地名。在今广东惠州。坰(jiōng):远郊,野外。

【译文】

"天子规划土地,吴国上配星纪。开拓疆域,划分边界,恃强兼并。包举干越,囊括蛮荆。婺女寄光芒于吴地,翼、轸寓精华于吴境。指点衡岳镇边境,瞻望龙川绕边野。

"尔其山泽[1],则嵬嶷峣屼[2],巊冥郁岪[3];溃渱泮汗[4],滇瀰淼漫[5]。或涌川而开渎[6],或吞江而纳汉[7]。磈磈磈磈[8],滮滮淢淢[9],嵚崟乎数州之间[10],灌注乎天下之半[11]。

【注释】

①尔其:句首语气词。

②嵬嶷(wéi nì)、峣屼(yáo wù):山势高大,雄伟险峻。

③巊(yǐng)冥、郁岪(fú):山气晦暗隐约不明,山势曲折。刘渊林注:"山气暗昧之状。"

④溃渱(hóng)、泮(pàn)汗:水势广大貌。刘渊林注:"谓直望无崖也。"

⑤滇瀰(tián miàn)、淼(miǎo)漫：刘渊林注："山水阔远无崖之状。"

⑥或涌川而开渎(dú)：刘渊林注："钱唐县，武林水所出龙川，故曰'涌川'。九江经庐山而东，故曰'开渎'。"渎，沟渠。

⑦或吞江而纳汉：刘渊林注："《禹贡》曰：三江既入，震泽底定，故曰'吞江'。又曰：汉水东为沧浪，南入于江，故曰'纳汉'。"江，指长江。汉，指汉水。

⑧磈磈(kuǐ)巍巍(lěi)：怪石堆积的样子。张铣注："皆山石貌。"

⑨滮滮(biāo)、㵄㵄(hàn)：江河奔腾之貌。刘良注："皆水流貌。"

⑩嵚崟(qīn yín)：山高大险峻貌。

⑪灌注乎天下之半：吴地江河流经天下一半区域。

【译文】

"吴地山水，山则雄伟险峻，曲折幽深；水则辽阔广大，无边无涯。武林喷涌出钱塘，九江奔腾走庐山，吞长江，纳汉水，滔滔汩汩，一泻千里。重峦复岭，峭拔连绵数州之间，浩浩荡荡流经大半天下。

"百川派别[①]，归海而会[②]。控清引浊[③]，混涛并濑[④]。濆薄沸腾[⑤]，寂寥长迈[⑥]。濞焉汹汹[⑦]，隐焉磕磕[⑧]。出乎大荒之中，行乎东极之外[⑨]。经扶桑之中林[⑩]，包汤谷之滂沛[⑪]。潮波汩起，回复万里[⑫]。歊雾漨浡，云蒸昏昧[⑬]。泓澄奫潫[⑭]，澒溶沆瀁[⑮]。莫测其深，莫究其广。澶湉漠而无涯[⑯]，总有流而为长。瑰异之所丛育[⑰]，鳞甲之所集往[⑱]。

【注释】

①派别：水的支流。

②会：合。

③控清引浊：言清水、浊流汇合一处奔涌向前。

④濑(lài):急流在沙石上流过引起的波澜。

⑤湓(pēn)薄:即澎湃,波浪激荡。

⑥寂寥长迈:水在两岸辽阔处无声无息地远逝。李周翰注:“言众水混合,既入广大之处,无沸腾之声,澹然长行也。”寂寥,寂静无声。迈,行。

⑦濞(pì):水暴发的声音。汹汹:波涛声。

⑧隐焉:高步瀛《文选李注义疏》曰:“此‘隐焉’亦言水声之盛。”磕磕(kē):水声。

⑨“出乎”二句:大荒,最荒远的地方。东极,东方的尽头。大荒、东极,李善等均采《尔雅》说为国名,高步瀛《文选李注义疏》曰:“大荒、东极,皆极言之,不必泥定《尔雅》之文。”高说可取。

⑩扶桑:古代传说中的神树,日出其下。据说此树叶似桑,树长数千丈,大二千围,两两同根生,更相依倚,故名。

⑪汤谷:传说中日出之处。《淮南子·天文训》:“日出于旸(汤)谷,入于咸池。”刘渊林注:“言大荒、东极、扶桑、汤谷者,谓海外弥广,无所不连也。”此极言吴国东方之遥远宽广。

⑫“潮波”二句:潮波涨则逆流上进,退则须臾万里。汩(yù),水流迅疾。

⑬“歊(xiāo)雾”二句:刘渊林注:“水雾之气,似云蒸,昏暗不明也。”湓浡(péng bó),浓厚昏暗貌。

⑭泓(hóng)澄:水广大清深貌。奫潫(yūn wān):水波回旋貌。高步瀛《文选李注义疏》曰:“《说文》曰:‘渊,回水也。’奫,疑即‘渊’之俗字。”

⑮澒(hòng)溶、沆瀁(hàng yǎng):皆水势深广貌。

⑯澶湉(chán tián)漠:高步瀛谓三字连读,即“澶漫”之衍声。地广大谓之澶漫,水广大亦谓之澶漫。

⑰瑰异:珍奇之物。丛育:群居水中,生长繁育。

⑱鳞甲：指水中鱼鳖类动物。

【译文】

“百川支流，同归大海。清流浊流奔赴一起，狂涛急流汇合一处。时而怒腾激荡，时而寂静远逝。大水暴涨，潮音汹汹，涛声隆隆。渊源于荒远无边之处，流向东方极远之地。穿越扶桑林中，涵容浩浩汤谷。潮波迅猛疾进，须臾万里复返。水雾蒸腾，云气昏暗。碧波深旋，汪洋渺茫。莫测其深，莫知其广。壮阔无限，无边无际；百川总汇，不尽长流。瑰奇之族群居繁育，水中万类聚集畅游。

“于是乎长鲸吞航①，修鲵吐浪②。跃龙腾蛇③，鲛鲻琵琶④，王鲔鯸鲐⑤，䲕龟鱕䱜⑥，乌贼拥剑⑦，鼅鼊鲭鳄⑧，涵泳乎其中⑨。葺鳞镂甲⑩，诡类舛错⑪，泝洄顺流⑫，噞喁沉浮⑬。

【注释】

①长鲸：巨鲸。航：船。

②修：长。鲵：雌鲸。

③腾蛇：《大戴礼记·劝学》曰：“腾蛇，无足而腾。”

④鲛：海鱼，皮可饰刀。今谓之鲨鱼。鲻(zī)：形如鲵，大者长二尺，小者仅数寸。琵琶：琵琶鱼，一种海鱼。形如琵琶，无鳞。

⑤王鲔(wěi)：鲟鱼。鯸鲐(hóu yí)：河豚，有毒但肉质极鲜嫩。

⑥䲕(yìn)：长三尺许，无鳞。鱕(fān)䱜(cuò)：鲛鱼类。

⑦乌贼：墨鱼。拥剑：蟹类动物的螯利如剑，故名蟹类为拥剑。

⑧鼅鼊(gōu bì)：龟类。鲭(qīng)：青鱼。

⑨涵泳乎其中：指河海万类潜沉在水中游来游去。涵，沉没。泳，潜行。

⑩葺(qì)鳞：鱼鳞重叠。镂甲：雕镂甲壳。均形容水族美丽的外形。

⑪诡类：奇异的水族。舛(chuǎn)错：互相错杂。

⑫溯(sù)洄：逆流而上。

⑬喁喁(yǎn yóng)：群鱼出水仰口呼吸的样子。

【译文】

“于是巨鲸吞航船，长鲵吐波浪。龙腾蛇跃，鲛鲻琵琶，王鲔河豚，鲫龟鲨鱼，乌贼螃蟹，鼋鼍鲭鳄，数不尽的水族沉没荡漾于江海。叠积鳞片，雕饰甲壳，奇族异类交互错杂，时或逆流而上，时或顺流而下，时或漂浮呼吸，时或潜伏翔泳。

“鸟则鹍鸡鸀鳿[①]，鹴鹄鹭鸿[②]。鶢鶋避风[③]，候雁造江[④]。鸂鶒鷛鶏[⑤]，鶄鹤鹙鸧[⑥]，鹳鸥鹢鸬[⑦]，泛滥乎其上[⑧]。湛淡羽仪[⑨]，随波参差[⑩]。理翮整翰[⑪]，容与自玩[⑫]。雕啄蔓藻[⑬]，刷荡漪澜[⑭]。

【注释】

①鹍(kūn)鸡：鸟名。似鹤，黄白色。鸀鳿(zhú yù)：鸟名。似鸭而大，长颈红目。

②鹴(shuāng)：鹔鹴，雁的一种。鹄(hú)：天鹅。似雁而大，颈长，羽毛纯白，飞翔甚高。鹭(lù)：水鸟名。又名白鹭，俗称鹭鸶。脚高颈长而喙强，栖息水边。鸿：大雁。

③鶢鶋(yuán jū)：海鸟。亦作“爰居”。

④候雁造江：雁为候鸟，季节一到，便飞来吴江。造，到。

⑤鸂鶒(xī chì)：水鸟名。俗称“紫鸳鸯”。鷛鶏(yóng qú)：水鸟。似鹜，灰色而鸡足。

⑥鶄(jīng)：鸟名。又称“䴔鶄”。似凫，脚高，顶有红毛似冠。鹙(qiū)：水鸟。秃鹙。鸧(cāng)：鸟名。黄莺。又名鸧鹒。

⑦鹳(guàn)：鹳雀。鹢(yì)：形似鹭而大。鸬(lú)：鸬鹚。以上皆水

鸟名。

⑧泛滥乎其上：言众多水鸟在此涵泳翱翔。

⑨湛淡：摇荡。此指随波摇荡。羽仪：此指水鸟外形之美观。羽，鸟美丽的羽毛。仪，仪容。

⑩随波参差：由于波浪翻飞，水鸟高下不齐。

⑪理翮((hé)整翰：整理羽毛。翮、翰，俱指鸟羽。

⑫容与：悠闲自得的样子。

⑬雕、啄：均指鸟啄食。雕，用同“叼”，用嘴夹住食物。

⑭刷荡漪(yī)澜：指鸟翅滑过水面产生波纹。刷，刮。此指鸟翅刮过水面。漪澜，水波。

【译文】

“鸟有鵾鸡鸓鸹，鸘鹄鹭鸿。爰居避风吴水，候雁飞来吴江。㶉鶒鷫鸘，鹄鹤鹙鸧，鹳鸥鹢鸬，群居遨游在水上。飞禽羽毛美丽，随波上下摇荡。展翅整理羽衣，悠闲自在嬉戏。有时含啄水草，有时振翅扇波。

“鱼鸟聱耴[①]，万物蠢生[②]。芒芒黖黖[③]，慌罔奄欻[④]，神化翕忽[⑤]，函幽育明[⑥]。穷性极形[⑦]，盈虚自然[⑧]。蚌蛤珠胎[⑨]，与月亏全[⑩]。巨鳌赑屃[⑪]，首冠灵山[⑫]。大鹏缤翻，翼若垂天[⑬]。振荡汪流[⑭]，雷抃重渊[⑮]，殷动宇宙[⑯]，胡可胜原[⑰]？

【注释】

①聱耴(yóu yì)：鱼鸟众声欢叫。

②蠢：动。

③芒芒黖黖(xì)：昏暗不明的样子。

④慌罔：模糊不清。奄欻(xū)：来去不定。

⑤神化：自然的变化。翕(xī)忽：变化神速。

⑥函幽育明：包容黑暗，孕育光明。

⑦穷性极形：万类的物性和形状得到充分的发展。

⑧盈虚自然：万类的消长、盈虚合于自然。

⑨蚌蛤(bàng gé)珠胎：蚌蛤体内所含珍珠。蛤，贝壳类动物。

⑩与月亏全：古人认为蚌蛤之珠与月的盈虚有关。《吕氏春秋·精通》："月望则蚌蛤实，群阴盈；月晦则蚌蛤虚，群阴亏。"亏，月不圆。全，月圆。

⑪巨鳌：传说中的灵龟。《列子·汤问》："帝恐……乃命禺彊使巨鳌十五举首而戴之。"赑屃(bì xì)：猛壮有力。

⑫灵山：指仙山。

⑬"大鹏"二句：《庄子·逍遥游》："北溟有鱼，其名为鲲……化而为鸟，其名为鹏，鹏之背，不知其几千里也。怒而飞，其翼若垂天之云。"极言大鹏奋飞直上云天时的奇观。缤翻，翻飞。

⑭汪流：水又大又深。

⑮雷：通"擂"，击。抃(biàn)：击。重渊：深渊。

⑯殷动：震动。

⑰胡可胜原：谁能料尽奥秘。原，度，探究。

【译文】

"鱼鸟众声欢鸣，万物蠕动而生。迷茫朦胧，晦暗不明，来去无形；出神入化，迅捷无穷；珠玉之光，幽暗之中，孕育光明。万类物性自由发展，盈虚消长，任其自然。蚌蛤怀珠，随月变化，月亏珠缺，月满珠圆。巨鳌猛武，头顶灵山。大鹏奋飞，翼如垂天之云。振荡汪洋，搏击深渊，震撼宇宙，谁能料度天地奥秘？

"岛屿绵邈[①]，洲渚冯隆[②]。旷瞻迢递[③]，迥眺冥蒙[④]。珍怪丽[⑤]，奇隙充[⑥]。径路绝，风云通[⑦]。洪桃屈盘[⑧]，丹桂灌丛[⑨]。琼枝抗茎而敷蕊[⑩]，珊瑚幽茂而玲珑[⑪]。增冈重阻[⑫]，列真之宇⑬。玉堂对溜⑭，石室相距⑮。蔼蔼翠幄⑯，袅袅素女⑰。江斐于是往来⑱，海童于是宴语⑲。斯实神妙之响象⑳，嗟难得而觑缕㉑。

【注释】

①绵邈：遥远。

②洲：水中可居之陆地曰洲。渚：小洲。冯（píng）隆：高大貌。

③旷瞻：远望。迢递：遥远。

④迥（jiǒng）眺：远望。冥蒙：迷蒙，模糊不清。

⑤珍怪丽：珍奇之物依附在岛上。丽，附着。

⑥奇隙充：珍异之物充满岛屿。张铣注："隙，异也。"

⑦"径路绝"二句：刘渊林注："人道断绝、风云通者，唯风云能交通也。"

⑧洪桃屈盘：传说中的一种巨大桃树，盘屈而生，达三千里。

⑨丹桂灌丛：丹桂丛生。

⑩琼枝：玉树。抗茎：枝干挺拔。敷蕊：花蕊开放。

⑪珊瑚：海中珍物，赤色，有枝无花。幽茂：隐蔽而繁茂。玲珑：透明。

⑫增（céng）冈：层层山冈。增，通"层"。重阻：重重险阻。

⑬列真：指众多神仙。真，神仙。道家称神仙为真人。

⑭玉堂：神仙所居。溜（liù）：屋檐下接水长槽。

⑮石室：神仙所居。

⑯蔼蔼：多貌，盛貌。翠幄（wò）：绿色帷幕。

⑰袅袅素女：轻盈而纤长之仙女。

⑱江斐：一作"江妃"，传说中女神。据《列仙传》记载，江妃曾解佩赠郑交甫。此泛指美丽的女神。

⑲海童：海神。据《神异记》记载，西海有神童，乘白马而出，则天下

大水。宴语:闲谈。

⑳响象:想象。言仙道至微,未能明审。

㉑覙(luó)缕:委曲详尽,原委。

【译文】

"岛屿遥远,洲渚高耸。极目远眺,渺茫不清。布满珍奇之物,充斥奇异之宝。人径断绝,风云相通。巨桃盘屈,丹桂丛生。玉树枝干挺拔,花蕊怒放;珊瑚繁茂玲珑,明澈剔透。层层山冈,重重险阻,神仙所居。玉堂石屋,宇溜相对,庭院相连。翠帐重重叠叠,仙女袅袅婷婷。江妃在此往来相乐,海神在此相聚闲谈。叹神妙幽微,惜详情难明。

"尔乃地势坱圠[①],卉木镺蔓[②]。遭薮为圃[③],值林为苑[④]。异荂蓲蘛[⑤],夏晔冬蒨[⑥]。方志所辨[⑦],中州所羡[⑧]。草则藿、蒳、豆蔻[⑨],姜汇非一[⑩]。江蓠之属[⑪],海苔之类[⑫]。纶组紫绛[⑬],食葛香茅[⑭],石帆水松[⑮],东风扶留[⑯],布濩皋泽[⑰],蝉联陵丘[⑱],夤缘山岳之岊[⑲],幂历江海之流[⑳]。扤白蒂[㉑],衔朱蕤[㉒]。郁兮茷茂[㉓],晔兮菲菲[㉔]。光色炫晃[㉕],芬馥肸蚃[㉖]。职贡纳其包匦[㉗],《离骚》咏其宿莽[㉘]。

【注释】

①尔乃:段落间常用以承上启下。坱圠(yǎng yà):亦作"坱轧",地势高低不平。

②镺(ǎo)蔓:草木蔓延繁盛貌。

③遭薮为圃:遇到长草的地方,就开辟成园地。薮,草。圃,菜园。此指园圃。

④值林为苑:碰到树林,就围植成园林。苑,养禽兽、植树木的园林,一般为贵族享用。

⑤荂(fū):花。苃蕍(fū yú):花盛开貌。苃,通"敷",开。蕍,花开貌。

⑥夏晔(yè)冬蒨(qiàn):草木夏荣冬不凋。晔,光华灿烂。蒨,草木繁盛。

⑦方志:地方志,记载四方土物、风俗、人情、地理等的书籍。所辨:吴地植物繁杂,方志须详加辨析。

⑧中州所羡:中原地带羡慕吴地的特产丰富。

⑨藿(huò):藿香,香草。蒳(nà):蒳子。棕榈科槟榔属的一种。豆蔻(kòu):芳草名。

⑩姜汇:姜类。汇,类。

⑪江蓠:香草。又名蘼芜。

⑫海苔:海水中的水藻,青色,状如乱发。

⑬纶(lún):绶,古代系印用的青丝带。这里指形如纶的海中水藻。组:丝织阔带。这里指形如组的海带。紫:紫菜。绛:绛草。一种海草。

⑭食葛:葛根,多年生植物,块根可食。香茅:一种茅草。

⑮石帆:一种石上藻类,紫色。水松:水草,叶如松。

⑯东风:草名。生岭南。扶留:藤,缘木而生,可食。

⑰布濩(hù):散布。皋(gāo):水边的高地。

⑱蝉联:连绵不绝。

⑲夤(yín)缘:攀附上升。岊(jié):山高曲折处。

⑳幂(mì)历:分布覆盖。

㉑扤(wù):摇动。白蒂:白色花蒂。

㉒朱蕤(ruí):下垂的红花。

㉓郁:草木茂盛。茷(ruì):草木初生,又细又小的样子。

㉔晔:光彩明亮。菲菲:芳香美丽的花草。

㉕炫晃:光芒闪耀。

㉖芬馥（fù）：芳香浓郁。肸蠁（xī xiǎng）：弥漫。

㉗职贡：古代属国按时向宗主国纳贡称职贡。包匦（guǐ）：包扎缠结。指成捆的菁茅。周王朝时，楚国须向周天子进贡包茅，以备祭祀时缩酒。匦，匣子。

㉘宿莽：冬生不枯的草，江汉间称宿莽。即卷施草，拔其心而不死。屈原《离骚》曰："朝搴阰之木兰兮，夕揽洲之宿莽。"

【译文】

"地势高高低低，草木繁盛而蔓延。遇原野，开辟成田园；逢树木，围植成林苑。奇花开放，夏季欣欣向荣，冬季草木常青。方志详尽记载，中原艳羡称叹。草类有藿、蒳、豆蔻，姜类非一种。山上的香草多，海中的水藻全。纶组、紫绛，食葛、香茅，石帆、水松，东风、扶留，撒遍山冈水泽，蔓延到丘陵，攀附上山湾，覆盖在水面。白色花蒂摇动，朱红花朵垂挂。绿草丰茂，芳草葱茏。光华交辉，浓香四溢。还有诸侯纳贡的菁茅，《离骚》吟咏的宿莽。

"木则枫柙櫲樟①，栟榈枸桹②，绵杬杶栌③，文欀桢橿④。平仲桾櫏⑤，松梓古度⑥。楠榴之木⑦，相思之树⑧，宗生高冈⑨，族茂幽阜⑩。擢本千寻⑪，垂荫万亩⑫。攒柯挐茎⑬，重葩殗叶⑭，轮囷虬蟠⑮，埇塓鳞接⑯。荣色杂糅⑰，绸缪缛绣⑱。宵露霮䨴⑲，旭日晻時⑳。与风飖飏㉑，飀飀飕飗㉒。鸣条律畅㉓，飞音响亮，盖象琴筑并奏㉔，笙竽俱唱㉕。

【注释】

①枫：枫香树。柙（jiǎ）：树名。亦香木。櫲（yù）樟：或作"豫章"。櫲，即钓樟，樟之小者。樟，乔木，四时不凋。

②栟榈（bīng lǘ）：棕榈树。枸桹（gōu láng）：树名。

③绵：木棉树。杬(yuán)：高大乔木，实似栗。杶(chūn)：椿树。栌(lú)：黄栌树。

④文：文木，木质坚硬如水牛角。欀(xiāng)：杪树。桢：冬青。橿(jiāng)：一名檍树，木质坚硬。

⑤平仲：银杏树。桾櫏(jūn qiān)：也叫樗枣、软枣，实小而长，可食，也可入药。

⑥古度：树名。不花而实，子皆从皮中出，大如安石榴，可食。

⑦楠榴：瘿木。

⑧相思之树：指红豆树。

⑨宗生：同类繁生。

⑩族茂：同类繁茂。与宗生同义。皐：土山。

⑪擢(zhuó)本：高耸的样子。寻：古代长度单位，八尺为一寻。千寻言树之高。

⑫垂荫万亩：言树木婆娑覆盖万亩之地。

⑬攒(cuán)：聚拢。柯：树枝。挐(rú)：乱。

⑭重葩(pā)：花朵重重叠叠开得很繁盛。葩，花。殗(yè)：李善注："重也。叶重叠貌。"

⑮轮囷(qūn)：屈曲的样子。虬(qiú)蟠：指木形屈曲如龙之盘踞。

⑯埼壥(qì zhí)：枝条重叠。鳞接：相重叠如鱼鳞相接。

⑰荣色杂糅：花色万紫千红。

⑱绸缪(chóu móu)：花朵千千万万，紧凑在一起，色彩浓密。缛(rù)绣：李善注："言草木花光似绣文。"缛，繁茂。

⑲宵露：夜露。霮䨴(dàn duì)：露珠下垂。

⑳晻(yǎn)：昏暗不明。暳(bèi)：暗。

㉑飖飏(yáo yáng)：飘荡。

㉒飗飗(yǒu liú)、飕飗(sōu liú)：皆指风声。

㉓鸣条律畅：风摇林木之声如音乐一样和谐。

㉔筑：古代的一种乐器。形如筝。

㉕俱唱：合奏。

【译文】

“树木有枫柙豫章，棕榈枸桹，绵杬椿栌，文欀桢橿。银杏桾梃，松梓古度。楠榴、红豆，个个聚生在高峻山冈，种种丛生在幽僻山岭。树干挺拔高耸千寻，枝叶婆娑遮阴万亩。树枝攒聚，引茎牵枝，繁花朵朵，绿叶层层，弯弯曲曲如虬龙盘绕，重重叠叠如鱼鳞接连。花色交融，繁如锦绣。夜露重重垂，晓日光依稀。随风飘荡，风声飚飗飕飗。风吹树枝鸣，鸣声似音乐，音声响亮传四方，好似琴筑共协奏，又如竽笙齐和鸣。

“其上则猿父哀吟[①]，猑子长啸[②]。狖鼯猓然[③]，腾趠飞超[④]。争接县垂[⑤]，竞游远枝[⑥]，惊透沸乱[⑦]，牢落翚散[⑧]。其下则有枭羊麡狼[⑨]，猰貐䝙象[⑩]。乌菟之族[⑪]，犀兕之党[⑫]。钩爪锯牙[⑬]，自成锋颖[⑭]。精若耀星[⑮]，声若震霆。名载于《山经》[⑯]，形镂于夏鼎[⑰]。

【注释】

①猿父：即猿。高步瀛《文选李注义疏》曰：“猿称猿父，犹玃称玃父。”

②猑(huī)子：传说中怪兽。猿身人面，见人则长啸。

③狖(yòu)：长尾猿。鼯(wú)：俗称飞鼠，别名夷由，形似蝙蝠，能在树林中滑翔。猓(guǒ)然：猿类。色青赤有文。

④腾趠(tiào)：腾跃。超：越。

⑤争接县垂：树上的动物争相交接悬垂的植物。县，同“悬”。

⑥竞游远枝：争着向远处的枝头跳跃游玩。

⑦透(shū):惊慌。沸乱:乱如水沸。

⑧牢落:稀疏零落。翚(huī)散:散落。翚、挥同义。

⑨枭(xiāo)羊:狒狒。麖(qí)狼:兽名。状如鹿,角向前,入林挂角。

⑩猰貐(yà yǔ):食人怪兽。貙(chū):同"貙",大如狗,文如狸。

⑪乌菟(tú):春秋时期楚人称虎名。

⑫兕(sì):古代犀牛类动物名。独角,角长。党:族类。

⑬钩爪锯牙:其爪如钩,其牙如锯。

⑭锋颖:锋利尖锐。颖,东西末端的尖锐部分。

⑮精:眼珠之光芒。

⑯《山经》:指《山海经》。

⑰形镂于夏鼎:夏鼎上刻镂着它们的形状。《春秋左传·宣公三年》曾记载夏代有九鼎,上面刻着各种精怪异兽的形态,让老百姓辨别。

【译文】

"树上猿父哀吟,猝子长啸。狖鼯猓然,翻腾蹦跳。争接悬挂的枝藤飞来荡去,竞攀高扬的枝条游戏玩乐,蓦地受惊吓,乱如沸水滚。四处逃散,枝乱叶落,稀疏纷乱。树林中有狒狒麖狼,猰貐貙象。老虎往来,犀兕出没。爪如钩,牙如锯,尖锐锋利。目光明耀如星,吼声震动如雷。物名记载《山海经》,形状刻铸在夏鼎。

"其竹则筼筜箖箊[①],桂箭射筒[②]。柚梧有篁[③],篻簩有丛[④]。苞笋抽节[⑤],往往萦结[⑥]。绿叶翠茎,冒霜停雪[⑦]。橚矗森萃[⑧],蓊茸萧瑟[⑨]。檀栾蝉蜎[⑩],玉润碧鲜[⑪]。梢云无以逾[⑫],嶰谷弗能连[⑬]。鹙鹭食其实[⑭],鹓鸰扰其间[⑮]。

【注释】

①筼筜(yún dāng):大竹。生水边,长数丈,一节相去六七尺。箖箊(lín yū):竹名。叶薄而阔。

②桂:桂竹。高四五丈,阔叶节大。箭:箭竹。浙江产最佳,质坚实,可以作箭。射筒:竹名。细长,无节,可作射筒。

③柚(yóu)梧:竹名。长三四丈,可作屋柱。有篁(huáng):竹丛。有,衬音词。

④篻簩(piǎo láo):竹名。坚实劲利,可作矛。

⑤苞笋:冬笋。味鲜美。

⑥往往:处处。萦结:盘绕丛生。

⑦冒霜停雪:竹为绿叶四季常青植物,即严冬亦傲霜雪而长。

⑧梀矗(sù chù):直长貌。森萃(cuì):繁茂丛聚。

⑨蓊茸(wěng róng):草木茂盛。萧瑟:风吹草木声。

⑩檀栾(tán luán)、蝉蜎(juān):吕向注:"檀栾、婵娟皆美貌。"李善注:"婵娟,言竹妍雅也。"蜎,通"娟"。

⑪玉润碧鲜:竹色如碧玉般鲜润美丽。碧,亦指玉。

⑫梢云:山名。逾:超越。

⑬嶰(xiè)谷:山名。据说为昆仑北谷。

⑭鸑鷟(yuè zhuó):传说中的神鸟。《国语·周语》:"周之兴也,鸑鷟鸣于岐山。"实:竹实。

⑮鹓鸰(yuān chú):凤凰之属的鸟。《庄子·秋水》:"夫鹓鸰……非梧桐不止,非练实不食。"扰:言鹓鸰乱处竹间。

【译文】

"竹子有筼筜箖箊,桂箭射筒。柚梧成林,篻簩丛聚。冬笋抽芽,处处盘结。绿叶青茎,傲霜笑雪。修长耸直,一栊栊、一丛丛,清荫郁茂,风吹萧瑟。妍雅如婵娟,鲜润如碧玉。使梢云之佳竹低首,嶰谷之美竹逊色。凤凰翔舞衔竹实,鹓鸰栖息处竹丛。

“其果则丹橘、馀甘[①]，荔枝之林。槟榔无柯[②]，椰叶无阴[③]。龙眼橄榄[④]，棎榴御霜[⑤]。结根比景之阴[⑥]，列挺衡山之阳[⑦]。素华斐[⑧]，丹秀芳[⑨]。临青壁[⑩]，系紫房[⑪]。鹧鸪南翥而中留[⑫]，孔雀绛羽以翱翔[⑬]。山鸡归飞而来栖，翡翠列巢以重行[⑭]。

【注释】

①丹橘：水果名。红橘。馀甘：水果名。金柑，大小如弹丸。

②槟榔无柯：槟榔树无枝，顶端有叶，叶下结实。柯，树枝。

③椰叶无阴：椰子树没有枝条，叶生于顶端，故无树荫。

④龙眼：桂圆。橄榄：树身高耸，深秋结子，实为橄榄。

⑤棎(chán)：棎子树，实如梨，味酸。榴：榴子树，实亦如梨，核坚，味酸。

⑥比景：古地名。在衡山之南。阴：北。

⑦列挺：排列挺立。衡山之阳：衡山南面。

⑧素花斐(fěi)：白花美丽。

⑨丹秀芳：红花芳香。以上二句，斐、芳互文见义，言红白花朵各美而芬芳。

⑩青壁：山间石壁长满青色植物，故曰青壁。

⑪系紫房：悬紫色果实。

⑫鹧鸪(zhè gū)：鸟名。多分布于南方。南翥(zhù)：南飞。翥，鸟向上飞。

⑬绛(cuì)羽：五色羽毛。

⑭翡翠：鸟名。属珍贵鸟禽。重行(háng)：言巢之多，排列成行。

【译文】

“水果有丹橘、馀甘，荔枝成林。槟榔树笔直无枝条，椰子树椰叶不成荫。龙眼橄榄味美，棎、榴经霜成熟。扎根比景之北，挺列衡山以南。红白果花，又美又香。青青峭壁，垂挂紫果。鹧鸪南飞，中留忘返；五彩孔雀，展翅翱翔。山鸡飞归，栖宿息居；翡翠筑巢，密密行行。

“其琛赂则琨瑶之阜①，铜锴之垠②。火齐之宝③，骇鸡之珍④。赪丹明玑⑤，金华银朴⑥。紫贝流黄⑦，缥碧素玉⑧。隐赈崴裹⑨，杂插幽屏⑩。精曜潜颖⑪，硩陊山谷⑫。碕岸为之不枯⑬，林木为之润黩⑭。隋侯于是鄙其夜光⑮，宋王于是陋其结绿⑯。

【注释】

①琛(chēn)赂：珍宝财物。琨(kūn)瑶：美玉。阜：山。

②铜锴(kǎi)之垠(yín)：出产铜铁的边野。锴，好铁。垠，边际。

③火齐(jì)：玫瑰珠石。

④骇鸡：珍贵的犀牛角。古人认为这种角有红色纹路，盛米喂鸡，鸡惊吓却退，故名。

⑤赪(chēng)丹：红色丹砂。赪，红色。玑(jī)：珍珠。

⑥金华：有华彩的金。银朴：银矿石。

⑦紫贝：贝色紫者。流黄：即硫黄。

⑧缥(piǎo)碧素玉：淡青色的玉。缥碧，淡青色。

⑨隐赈(zhèn)：言珍宝之多。李周翰注：“多也。”崴裹(wēi huái)：崎岖不平。

⑩杂插幽屏：杂生于幽谷之中。

⑪精曜潜颖：宝玉之光，虽在幽僻之处，仍然放射异光。颖，五臣本作“颎(jiǒng)”，当作“颎”，光辉。

⑫硩陊(chè duò)：擿落。宝玉生于山谷，年深月久，暴露于山石间。

⑬碕(qí)岸为之不枯:长岸因珠玉深藏,草木为之不枯。见《荀子·劝学》:"玉在山而草木润,渊生珠而崖不枯。"碕岸,曲折的河岸。

⑭润黩(dú):形容树林繁茂昌盛。

⑮隋侯于是鄙其夜光:此句言,看到吴地的奇珍异宝,隋侯会鄙薄自己的夜光珠。

⑯宋王于是陋其结绿:宋王宝玉结绿,在吴地所产奇珍异宝面前黯然失色,故宋王以结绿为陋物。结绿,一种美玉。

【译文】

"奇珍异宝有琨瑶之山,铜铁之矿。火齐宝石,犀角闪光。丹砂珠玑,金放华彩,银光闪烁。紫贝流黄,青碧素玉。盛产于起伏峰峦,杂生于幽静山嶂。珠宝藏深,光辉犹熠熠;土石毁崩,珠玉露山坳。水岸曲折草长青,林木滋润无穷碧。于是隋侯贱弃夜光明珠,宋王鄙视结绿宝玉。

"其荒陬谲诡①,则有龙穴内蒸②,云雨所储。陵鲤若兽③,浮石若桴④。双则比目⑤,片则王馀⑥。穷陆饮木⑦,极沉水居⑧。泉室潜织而卷绡⑨,渊客慷慨而泣珠⑩。开北户以向日⑪,齐南冥于幽都⑫。

【注释】

①荒陬(zōu):荒远边陲。陬,角落。谲(jué)诡:怪异。

②龙穴内蒸:古代传说湘东有龙洞,天旱以水灌注,便有暴雨倾注。《太平寰宇记》引《湘州记》曰:"傍有穴,天旱以水灌之,辄致暴雨,即《吴都赋》云所谓'龙穴内蒸,零雨所储'也。""零"为"云"字之误。内蒸,谓洞穴内水汽蒸腾。

③陵鲤:亦作"鲮鲤",四足而有鳞甲,俗名穿山甲。

④浮石：比重轻，能浮出水面，状如钟乳石。亦称浮岩。桴(fú)：竹木编的筏子，小者称桴，大者称筏。

⑤双则比目：双双游行的比目鱼。比目鱼，又名鲽鱼。据说只一目，须双双并行方能游动。

⑥片则王馀：只有半身的是王馀。片，半身。王馀，鱼名。传说吴王食鱼，有余，弃江中，化而为鱼，名王馀。

⑦穷陆：极其荒远的高地。饮木：其地无水，仰树汁为饮。刘渊林注："朱涯海中有渚……无水泉，有大木，斩之，以盆瓮承其汁而饮之。"

⑧极沉水居：在最深的水下有鲛人居住。极沉，海底。

⑨泉室潜织而卷绡(xiāo)：传说鲛人潜水泉室织绡，出于人间卖之。绡，丝织品。

⑩渊客：指鲛人。慷慨而泣珠：传说鲛人寄居人间，临别依依，泣珠相赠主人。

⑪开北户以向日：古代传说居住太阳以南的人向北开门以向阳。

⑫齐南冥于幽都：李善注："日既在北，则南冥与幽都同。"把南冥、幽都等同起来。齐，等量齐观。南冥，南海。幽都，北方。语出《尚书·尧典》："申命和叔，宅朔方，曰幽都。"

【译文】

"荒远边陲地，奇异诡怪多；湘东龙洞，水蒸汽腾，藏云储雨。鲮鲤形如兽，浮石漂似舟。成双始游比目鱼，身才半边名王馀。荒远高地饮树汁，海底深深鲛人居。鲛人水宫织绡卖，渊客泪落珠满盘。门北开却向阳，南海竟是北方。

"其四野则畛畷无数[①]，膏腴兼倍[②]。原隰殊品[③]，窊隆异等[④]。象耕鸟耘[⑤]，此之自与[⑥]；穱秀菰穗[⑦]，于是乎在[⑧]。煮海为盐，采山铸钱。国税再熟之稻[⑨]，乡贡八蚕之绵[⑩]。

【注释】

①畛畷(zhěn zhuì):阡陌间路径。

②膏腴(yú):肥沃的土地。兼倍:言吴地土地肥沃,收获倍于他都。兼,亦倍义。

③隰(xí):低湿的土地。品:类。

④窊(wā)隆异等:高低不等。窊,低洼地。隆,隆起的土地,高地。

⑤象耕鸟耘:象耕地,鸟耘田。古代传说舜葬于苍梧,象为之耕;禹葬于会稽,鸟为之耘。事见《越绝书》。

⑥此之自与(yú):即自此与。指象耕鸟耘是在这里发生的。与,表疑问的语气词。

⑦穱(zhuō)秀菰(gū)穗:麦草开花抽穗。穱,麦中早熟者。菰,其籽可食的草。

⑧于是乎在:就在这里。

⑨国税再熟之稻:向郡国交纳的税贡有一年两熟的稻米。再,二。

⑩乡贡八蚕之绵:乡里进贡一年八熟的蚕丝。绵,丝绵。

【译文】

"田野布满道路,土地肥沃,收获倍增。平原沼泽品种多样,高低湿润各不相同。象耕鸟耘曾在此发生,麦子菰米就在这里成长。煮海成盐,采山铸钱。郡国税征两熟稻,四乡进贡八熟丝。

"徒观其郊隧之内奥[1],都邑之纲纪[2],霸王之所根柢[3],开国之所基趾[4]。郛郭周匝[5],重城结隅[6]。通门二八[7],水道陆衢[8]。所以经始,用累千祀[9]。宪紫宫以营室[10],廓广庭之漫漫[11]。寒暑隔阂于邃宇[12],虹蜺回带于云馆[13],所以跨跱[14],焕炳万里也[15]。造姑苏之高台[16],临四远而特建[17]。带朝夕之浚池[18],佩长洲之茂苑[19]。窥东山之府[20],则瑰宝溢目[21]。覜海陵之仓[22]，则红粟流衍[23]。起寝庙于武昌[24]，作离宫于建业[25]，阐阖闾之所营，采夫差之遗法[26]。抗神龙之华殿[27]，施荣楯而捷猎[28]。崇临海之崔巍[29]，饰赤乌之韡晔[30]。东西胶葛，南北峥嵘[31]。房栊对栊[32]，连阁相经[33]。阍闼谲诡[34]，异出奇名[35]。左称弯碕，右号临硎[36]。雕栾镂楶[37]，青琐丹楹[38]。图以云气，画以仙灵。虽兹宅之夸丽[39]，曾未足以少宁[40]。思比屋于倾宫[41]，毕结瑶而构琼[42]。高闱有闶[43]，洞门方轨[44]。朱阙双立[45]，驰道如砥[46]。树以青槐，亘以绿水[47]；玄荫耽耽[48]，清流亹亹[49]。列寺七里[50]，侠栋阳路[51]。屯营栉比[52]，解署棋布[53]。横塘查下[54]，邑屋隆夸[55]。长干延属[56]，飞甍舛互[57]。

【注释】

①郊隧(suì)：泛指郊区之地。隧，通"遂"，远郊之地。内奥：内部，里面。内、奥义近。

②都邑之纲纪：言吴都为天下都邑之楷模。

③霸王之所根柢(dǐ)：霸王大业的根基。根、柢同义，根基，基础。

④开国之所基趾：开创国家的基础。基趾，地基，基础。趾，基础。

⑤郛(fú)郭：外城。周匝：环绕。

⑥重城：城墙重重。结隅：城角相对。

⑦通门二八：城内水门八，陆门八，有十六座门通达。《越绝书·吴地传》："水门八，陆门八。"

⑧陆衢(qú)：陆路。

⑨"所以"二句：吴都开始经营建造的时候，就有千年万代的计划。刘渊林注："言经营造作之始，使子孙累代保居也。"

⑩宪紫宫以营室：仿效紫微星垣而营建宫室。宪，法，效仿。紫宫，

指紫微垣。以紫微垣比喻皇帝的居处。

⑪廓(kuò)广庭：开阔拓宽庭院。漫漫：宽大的样子。

⑫寒暑隔阂于邃(suì)宇：指庭院深深，寒暑阻隔在外，宫殿内冬夏宜人。

⑬蜺(ní)：雨后天空中与虹同时出现的彩色圆弧。回带：环绕。云馆：华馆高耸入云。

⑭跨跱(zhì)：屹立。跱，同“峙”。

⑮焕炳(bǐng)：光芒照耀。

⑯造姑苏之高台：李善注引《越绝书》曰：“吴王夫差起姑胥之台，五年乃成，高见三百里。”姑苏，台名。李善注里的姑胥台即姑苏台。

⑰临四远：于姑苏台居高临下，眺望四方。特建：台高而孤立。

⑱带朝夕之浚(jùn)池：朝夕池环绕姑苏城。全句谓以朝夕深池为吴都之带。吕延济注：“浚，深也。吴有朝夕池，谓潮水朝盈夕虚，因为名焉。”带，水流如带。

⑲佩长洲之茂苑：以长洲茂苑为佩饰。长洲茂苑，为汉时名苑。吴王阖闾游猎处。据《汉书·枚乘传》云，长洲之苑胜过天子之上林苑。长洲，在太湖北边。

⑳东山：地名。府：贮藏财物的府库。

㉑瑰宝溢目：珍宝满目。以上二句谓奇珍异宝，积满东山府库。

㉒觌(lì)：索视。海陵：地名。

㉓红粟：仓中之粮食，储久而变质，色红腐烂。

㉔寝庙：古代帝王的宗庙。武昌起庙事，不知赋何所据，不详。

㉕离宫：帝王巡行时临时居住的宫室。建业：地名。在今江苏南京。

㉖“阐阖(hé)闾”二句：刘渊林注：“阖闾造吴城郭宫室，其子夫差嗣，增崇侈靡。孙权移都建业，皆学之，故曰‘阐阖闾之所营，采

夫差之遗法’。”阐，开发，扩大。

㉗抗神龙之华殿：华丽的神龙殿巍峨高耸。抗，高耸。神龙，建业吴宫正殿名。

㉘施荣楯（shǔn）而捷猎：宫殿装饰华美的荣楯，排列整齐。荣，屋翼，屋檐两头翘起的部分。楯，栏槛。捷猎，依次排列貌。

㉙崇：使高大。临海：吴都宫殿名。崔巍：高峻的样子。

㉚赤乌：吴宫殿名。据《三国志·吴书·吴主传》记载，孙权以赤乌现，遂改元赤乌，赤乌殿或亦造于此时。韡（wěi）晔：光明灿烂。

㉛胶葛、峥嵘：李善注：“胶葛，长远貌。峥嵘，深邃貌。”

㉜栊（lóng）：有雕花的窗户。櫎（huǎng）：同“幌”，遮窗户的帷幔。

㉝连阁：阁相连。相经：相通。

㉞阍闼（hūn tà）：宫室门户。

㉟异出奇名：宫室门户都有奇异的名称。

㊱弯碕（qí）、临硎（xíng）：皆为宫门名。李善注：“吴后主起昭明宫于太初之东，开弯碕、临硎二门。弯碕，宫东门；临硎，宫西门。”承上“异出奇名”句。

㊲栾：柱首承梁的曲木。楶（jié）：柱头斗拱。

㊳青琐：古代宫门上的一种装饰。丹楹（yíng）：红色的殿前柱子。

㊴夸丽：华丽。

㊵曾未足以少宁：竟没有一点儿感到满足。少，稍。

㊶思比屋于倾宫：想与夏桀的倾宫比美。倾宫，据《竹书纪年》记载，桀筑倾宫，饰瑶台，纣作琼室，立玉门，故下句言“毕结瑶而构琼”。

㊷毕结瑶而构琼：全用美玉筑宫建台，言华丽无比。

㊸闱（wéi）：宫中之门称闱。闶（kàng）：高大的门限。

㊹洞门方轨：宫门之高大可并车而过。洞，通过。

㊺朱阙（què）：古代宫殿门前的楼台，左、右各一座，故曰“朱阙双

立”。

㊻驰道：秦汉时天子专用的道路。砥(dǐ)：磨刀石。

㊼亘(gèn)：李善注：“引也。”

㊽玄荫：浓荫。耽耽：树荫浓密的样子。

㊾亹亹(wěi)：清水慢慢向前流去的样子。

㊿寺：古代官署称寺。

51侠栋阳路：房屋多、密，夹在向南的路的两边。侠，通“夹”。阳路，吕向注：“向南之道。”

52屯营：兵营。栉(zhì)比：像梳齿那样紧接排列。

53解(xiè)署：官署。解，通“廨”。

54横塘、查下：皆古代建业百姓所居区名。

55隆夸：奢盛。此地民居亦竟相夸侈，房屋精美高大。

56长干：地名。庶民杂居的著名里巷，在古建业。延属：相连。

57飞甍(méng)：屋脊高耸欲飞。舛(chuǎn)互：相互交错。极言栋宇之盛。

【译文】

“只要考察一下城郊的状况，吴都正是天下都城的楷模，王霸之业的基础，开创国家的根柢。城郭四围，外城围内城，城角相对望。城门十六，水道、陆路，畅通四方。开始经营，规划千秋万代安居。兴造宫室，参照紫微星垣式样，庭院开阔，气势宏大。宫殿森森，寒暑隔绝，馆高入云，虹回蜿绕，雄踞屹立，光照万里。建筑姑苏高台，平地突起，临眺远方。朝夕池如带缠城垣，长洲苑犹名城装饰。看东山府库，珍宝满目。探海陵仓廪，粟红腐朽。武昌起宗庙，建业造离宫，发展阖闾的规模，采用夫差的雄图。神龙华殿拔地而起，玉檐金栏整齐密集。雄伟临海宫，巍巍矗立；辉煌赤乌殿，晶莹光明。东西宽长，南北深幽。窗格帷幔相对，楼阁连接相通。门户样式新，个个取奇名。左侧宫门称穹碕，右侧宫门号临硎。斗拱梁顶，镂刻精致，门户两旁，琐纹青青；宫中楹柱，朱红流彩。殿内壁画，祥云朵朵，神灵飘飘。此宫之伟丽，无与伦比，吴王之心意，未足为奇。尚思与桀之倾宫一比高低，必欲琼楼玉宇，方称心愿。宫门高大宽广，两车并驾通行。双双对峙朱阙门，坦荡如砥驰道直。道旁树绿槐，浓荫密层层；引来清清水，绵绵流向前。官署衙门，罗列无数，向南路上，夹道七里。兵营驻扎如梳齿，公廨密布如棋子。横塘、查下，民居华丽高敞。长干里巷，飞甍绵延交错。

“其居则高门鼎贵①，魁岸豪杰②。虞魏之昆，顾陆之裔③。岐嶷继体④，老成弈世⑤。跃马叠迹⑥，朱轮累辙⑦。陈兵而归⑧，蘭锜内设⑨。冠盖云荫⑩，闾阎阗噎⑪。其邻则有任侠之靡⑫，轻訬之客⑬。缔交翩翩⑭，傧从弈弈⑮。出蹑珠履⑯，动以千百。里讌巷饮⑰，飞觞举白⑱。翘关扛鼎⑲，拚射壶博⑳。鄱阳暴谑㉑，中酒而作㉒。于是乐只衎而欢饫无匮㉓，都辇殷而四奥来暨㉔。水浮陆行，方舟结驷㉕。唱棹转毂㉖，昧旦永日㉗。

【注释】

①居：居宅。高门鼎贵：均指富贵显盛之家。

②魁岸：魁梧，高大雄伟。

③“虞魏”二句：虞魏、顾陆均为东吴贵姓，高门世家的后裔。昆、裔，指后代。

④岐嶷(qí nì)：年少聪慧。《诗经·大雅·生民》：“诞实匍匐，克岐克嶷。”刘渊林注：“谓有识知也。”继体：继承祖业。

⑤老成：老成有德。弈(yì)世：世代相承。

⑥跃马：策马驰骋腾跃。喻富贵得志。叠迹：马蹄之迹相重叠，以喻大姓得志者多。

⑦朱轮累辙:朱轮车辙相重叠。朱轮,古代高官乘坐的车,车轮朱红。累辙,亦以明高门做高官者之多。

⑧陈兵而归:言高门大族出入陈兵,地位显赫。

⑨蘭锜(yǐ):兵器架。蘭,通“阑”。

⑩冠盖云荫:冠盖多得如云遮蔽了太阳。冠,礼帽。盖,车盖。

⑪闾阎(yán)阗噎(tián yē):刘渊林注:“言人物遍满之貌。”闾阎,里巷之门。这里泛指闾里。

⑫任侠:仗义专打不平的人。任,以义示人,人皆信之曰任。侠,轻死重义曰侠。靡:美。

⑬轻訬(chāo)之客:从上句“任侠之靡”来判断,当无贬意,为轻捷意。

⑭缔:结交。翩翩:往来。

⑮傧:迎接客人的人。从:侍从。弈弈:即奕奕,指仪容堂堂。

⑯出蹑珠履:出门时足穿饰有珍珠的鞋。

⑰讌(yàn):同“宴”,宴饮。

⑱觞(shāng):酒杯。白:指酒杯。

⑲翘关扛鼎:指高门大族所结交者皆为壮士。翘关,扛起闭门的门闩。关,门闩。扛鼎,力大扛鼎。

⑳拚:手搏为拚。徒手搏斗,一种体育游戏。射:射箭。壶:投壶。古人饮酒时借投壶助兴,向壶口投箭,以投中多少决胜负,负者饮酒。博:游戏名。互赌输赢以掷采判分。

㉑鄱(pó)阳暴谑:据说古时鄱阳人,性格急躁,酒半酣之时,好戏弄人。暴谑,谓恶作剧。

㉒中酒而作:饮酒至半酣发作。

㉓乐只:欢乐。只,语气助词。衎(kàn)而:亦作“衎尔”,和适自得貌。欢饫(yù):宴饮饱足。匮(kuì):缺乏。

㉔都辇:指京都。辇,帝王车乘,故京邑之地通曰辇。殷:殷盛,富

裕。四奥:四方边远地区。来暨(jì):来到。暨,至,到。

㉕方舟:并船。结驷:车马相连。驷,一车套四马。这里泛指车马。

㉖唱棹(zhào):边划船,边唱歌。棹,船桨。毂(gǔ):车轮中心的圆木,周围与车辐一端相接,中有圆孔,可以插轴。这里借指车轮。

㉗昧旦:清晨。永日:从旦至暮,终日不断。

【译文】

"居住者都是高门贵族,雄伟豪杰。虞魏、顾陆,世家后裔。年轻有为,克继祖业,才德兼备,世代因爵。人人显贵,骏马蹄迹相重;个个得志,朱轮轨迹交错。出入陈兵器,堂设阑锜架。冠盖如云遮盖,闾里喧哗拥挤。左邻侠义士,右舍豪爽客。嘉宾贵客,往来不绝;司宾侍从,神采奕奕。出门穿珠鞋,动辄千百人。里巷设宴,飞杯痛饮,举酒高欢。扛门闩,举大鼎,角力射箭比高低,投壶掷采赛输赢。鄱阳人,恶作剧,酒至半酣发酒疯。宾客欢聚,其乐融融,山珍海味,应有尽有,京都繁华,四方之客届临。水道舟船并进,陆路车马相连,船歌嘹亮,车轮飞转,从早到晚,一刻不停。

"开市朝而并纳①,横阛阓而流溢②。混品物而同廛③,并都鄙而为一④。士女伫眙⑤,商贾骈坒⑥。纻衣绨服⑦,杂沓傱萃⑧。轻舆按辔以经隧⑨,楼船举帆而过肆⑩。果布辐凑而常然⑪,致远流离与珂珹⑫。𩏑贿纷纭⑬,器用万端⑭。金镒磊砢⑮,珠琲阑干⑯。桃笙象簟⑰,韬于筒中⑱。蕉葛升越⑲,弱于罗纨⑳。儸譶𥻘㺎㉑,交贸相竞㉒。喧哗喤呷㉓,芬葩荫映㉔。挥袖风飘而红尘昼昏㉕,流汗霡霂而中逵泥泞㉖。富中之甿㉗,货殖之选㉘,乘时射利㉙,财丰巨万㉚。竞其区宇㉛,则并疆兼巷㉜。矜其宴居㉝,则珠服玉馔㉞。

【注释】

①市朝:市场。市场之行列排列如朝廷,故称市朝。并纳:各种货物容纳在市。

②横阛阓(huán huì)而流溢:货物涌入市场如水流横溢,遍地都是。阛阓,市场。阛,市场的墙。阓,市场的门。这里借指市区。

③混品物而同廛(chán):商铺堆满不同品种的货物。廛,市廛,商铺集中之地。《礼记·王制》:"市廛而不税。"郑注:"廛,市物邸舍也。"

④并都鄙而为一:都市及郊区之人,互通货物,并在一处贸易。

⑤士女伫(zhù)眙(chì):市场上男男女女停立张望。伫,久立。眙,长视。

⑥商贾(gǔ):商贩。骈坒(bì):并列相接。坒,相连接。

⑦纻(zhù)衣:纻麻布质地的衣服。絺(chī)服:细葛布质地的衣服。

⑧杂沓(tà):众多杂乱的样子。从(sǒng)萃:密集行走貌。依刘良说。从,行走的样子。

⑨轻舆:轻车。按辔(pèi):缓行。经隧:经过市场道路。隧,市中道路。

⑩楼船举帆而过肆:楼船扬帆穿过市肆。言市场有水道贯通。江南水城处处有河道,连市场亦有水道。

⑪果布辐(fú)凑而常然:果、布之类商品会集在一起是常事。辐凑,车轮的辐条汇集于毂。喻吴都为各种物品的集散地。

⑫致远:使远方的稀罕物品来到吴都。流离:又作"琉璃",一种有色半透明的美石。珂(kē):一种似玉的美石。珬(xù):美石,珂属。

⑬绁(jié)贿:集合货物。依高步瀛说。绁,聚合,混杂。贿,财物。

⑭器用万端:各种货物达万余种。

⑮金镒(yì):泛指黄金。镒,古代的重量单位。二十两为一镒。一

说二十四两为一镒。磊砢(luǒ):众多的样子。

⑯琲(bèi):珠串子。珠十贯为一琲。阑干:纵横。形容珠串之多,到处都是。

⑰桃笙:桃枝竹编的精美席子。象簟(diàn):象牙饰的竹席。

⑱韬(tāo):弓袋。引申为收藏。筒中:细布。《晋书·王戎传》:"筒中细布五十端。"

⑲蕉葛:用甘蕉茎中提取的丝纺织而成的细布。《太平御览》卷九百七十五引《异物志》:"芭蕉,叶大如筵席,其茎如芋,取镬煮之为丝,可纺绩。女功以为絺绤,今交阯葛也。"蕉可为絺绤,故谓之蕉葛。升越(huó):一种细布。升越以升数得名,至数十升,其布极细,故下文云"弱于罗纨"。

⑳弱于罗纨:比罗纨还要细薄。

㉑㒊䜚(sè tà):说话声音纷杂而快。哓譊(xiào nǎo):纷扰。

㉒交贸相竞:互相贸易又互相竞争。

㉓喤呷(huáng xiá):声音洪亮。

㉔芬葩荫映:指卖主展示货物,相互辉映。李善注:"谓舒张贸物使覆映。"

㉕挥袖风飘而红尘昼昏:人们挥袖成风,尘土飞扬白昼竟变昏暗。

㉖流汗霡霂(mài mù)而中逵泥泞:人们流汗像雨,使道路泥泞。霡霂,小雨。中逵,四通八达的道路中。以上二句,皆言人多。

㉗富中之甿(méng):肥沃土地中的村民。甿,老百姓。

㉘货殖之选:抓住经商的时机。货殖,经商。

㉙乘时射利:利用时机,获取利益。

㉚财丰巨万:财富数以巨万。

㉛竞其区宇:在他经商的领域中竞利。

㉜并疆兼巷:兼并土地和里巷。

㉝矜(jīn)其宴居:自夸其富裕。指闲居安逸。

㉞珠服：珠襦之服，衣服用珍珠装饰。玉馔（zhuàn）：珍贵的食物。玉喻珍贵。

【译文】

“市区繁华，百货汇集，涌入市场，如水流通。各种商品堆满店铺，贸易延伸到市郊。男男女女，久立观看，坐商行贾，并列相接。身穿麻葛衣裳，来来去去忙碌。轻车缓行，驰过市中街道；楼船扬帆，穿过市肆水路。水果、布匹聚拢一处是常事，琉璃、珂珹，来自远方。货色纷呈，器物万种。黄金一堆堆，珍珠一串串。桃笙竹席、象牙簟席，细密筒布包装收藏。蕉葛、升越布，轻细胜罗纨。生意交谈无休止，声音纷杂相交错，贸易频繁争逐利。人声喧哗，鼎沸嘈杂，展示珍奇物，熠熠相辉映。挥袖成风，尘土蔽日；汗滴成雨，大道泥泞。富裕田家农，经商选有利，乘时获盈余，财富达巨万。竞争领域中，兼并土地扩据里巷。闲居自夸富裕，享受珠衣玉食。

“赽材悍壮①，此焉比庐②。捷若庆忌③，勇若专诸④。危冠而出⑤，竦剑而趋⑥。扈带鲛函⑦，扶揄属镂⑧。藏鍦于人⑨，去骸自闾⑩。家有鹤膝⑪，户有犀渠⑫。军容蓄用⑬，器械兼储⑭。吴钩越棘⑮，纯钩湛卢⑯。戎车盈于石城⑰，戈船掩乎江湖⑱。

【注释】

①赽（qiáo）材悍壮：轻捷勇武之士。悍壮，勇武强壮。

②此焉比庐：这里一家挨一家。

③捷若庆忌：敏捷如庆忌。庆忌，吴王僚之子。据说吴公子光欲杀王子庆忌，奔马追之而不能及，飞矢加之不能中，可见其敏捷。事见《吕氏春秋·忠廉》。

④勇若专诸:勇敢如专诸。专诸,吴国勇士。据《春秋左传》记载,专诸为公子光刺杀吴王僚,藏剑鱼腹中而进,抽剑遂杀吴王僚。

⑤危冠:高高的帽子。

⑥竦剑:执剑。竦,执,持。

⑦扈(hù)带:披带。鲛函:鲛鱼皮制作的铠甲。

⑧扶揄:高举。属镂:剑名。

⑨鍦(shī):矛。吴越方言称短矛为鍦。

⑩去(jǔ)瞂(fá)自闾:里巷中藏有盾。去,同"弆",收藏。瞂,盾。

⑪鹤膝:矛。因矛骹(qiāo)如鹤胫,上大下小,故名鹤膝。

⑫犀渠:盾。用犀牛皮所制。

⑬军容:军之容表。指矛剑之类,即军队的武器装备。蓄用:储备待用。

⑭器械:亦指武器。兼储:全面储备。

⑮吴钩:古代吴国制造的一种弯刀。越棘:越国制造的戟。

⑯纯钧、湛卢:剑名。据《越绝书》等记载,越王勾践有五把宝剑,这是其中两把。

⑰戎车盈于石城:兵车布满石城。石城,石头城,本名金陵城,孙权迁都建业时重筑此城而改名。故址在今江苏南京清凉山。

⑱戈船:专载武器的船只。掩:遮住。江湖:指长江太湖。

【译文】

"轻捷勇武的壮士,这里家家都有。敏捷如庆忌,勇敢似专诸。头戴高冠,出入执剑。鲛鱼铠甲披在身,属镂宝剑擎在手。人人持矛,闾里藏盾。家家有鹤膝,户户拥犀渠。武器蓄用足,兵械储备全。吴钩、越棘锋利无比,纯钧、湛卢削铁如泥。戎车布满石头城,戈船覆盖太湖水。

"露往霜来①,日月其除。草木节解②,鸟兽腯肤③。观鹰隼④,诫征夫⑤。坐组甲⑥,建祀姑⑦。命官帅而拥铎⑧,将校猎乎具区⑨。乌浒狼𦡆,夫南西屠,儋耳黑齿之酋⑩,金邻象郡之渠⑪。䝟虓䖤豨⑫,鞞霅讋捷⑬,先驱前涂⑭。俞骑骋路⑮,指南司方⑯。出车槛槛⑰,被练锵锵⑱。吴王乃巾玉辂⑲,轺骕骦⑳。旂鱼须㉑,常重光㉒。摄乌号㉓,佩干将㉔。羽旄扬蕤㉕,雄戟耀芒㉖。贝胄象弭㉗,织文鸟章㉘。六军袀服㉙,四骐龙骧㉚。峭格周施㉛,罿罻普张㉜。罼罕琐结㉝,罠蹄连纲㉞。陆以九疑㉟,御以沅湘㊱。辖轩蓼扰㊲,彀骑炜煌㊳。袒裼徒搏㊴,拔距投石之部㊵。猿臂骿胁㊶,狂趭犷猤㊷。鹰瞵鹗视㊸,趁䞭狿猭㊹。若离若合者,相与腾跃乎莽罠之野㊺。干卤殳铤㊻,旸夷勃卢之旅㊼。长殺短兵㊽,直发驰骋㊾。儇佻坌并㊿,衔枚无声[51]。悠悠旆旌者[52],相与聊浪乎昧莫之坰[53]。钲鼓叠山[54],火烈熛林[55]。飞焰浮烟,载霞载阴[56]。菈擸雷硠[57],崩峦弛岑[58]。鸟不择木[59],兽不择音[60]。虤䖘䴥[61],颓麋麖[62]。蕍六驳[63],追飞生[64]。弹鸾鵔[65],射猱狿[66]。白雉落[67],黑鸩零[68]。陵绝嶛嶕[69],聿越巉险[70]。跇逾竹柏[71],獑猢杞楠[72]。封狶葹[73],神螭掩[74]。刚镞润[75],霜刃染[76]。

【注释】

①露往霜来:秋露消失,田野打霜,以季节变换喻时光变化。

②节解:凋零。

③腯(tú)肤:肥壮。

④隼(sǔn):一种凶猛的鸟。

⑤诫征夫:告诫出征之人。这里是整顿队伍的意思。

⑥坐组甲:坐在组甲上。组甲,用丝绳连结皮革或金属片而制成的

铠甲。甲,临敌则披之于身,未战则坐之于地,故曰“坐组甲”。

⑦建:树立,举起。祀姑:春秋时吴国军队使用的大旗。又作“肥胡”“幡胡”。

⑧官帅:军官。帅,依王引之等人考证,当作“师”。拥铎(duó):抱铎。铎,用来传达命令的大铃。

⑨校猎:作木栅栏,围禽兽而猎取称校猎。具区(ōu):古代吴地大泽。

⑩乌浒、狼𦢊(huǎng)、夫南、西屠、儋(dān)耳、黑齿:中国古代西南地区六个少数民族部落。酋:酋长。

⑪金邻:古国名。象郡:古郡名。渠:首领。

⑫骉虠(biāo xuè)䮿矞(xiū xù):众马奔腾的样子。

⑬靸雪(sǎ shà)警捷:众马奔腾的样子。

⑭先驱前涂:蛮夷酋长为吴王做先驱前导。涂,同“途”。

⑮俞骑:先导之骑。骋路:在路上驰骋。

⑯指南司方:指南车掌握方向。

⑰槛槛(jiàn):车行发出的声音。

⑱被(pī)练:身披练甲的士兵。被,同“披”。练,这里指用练连缀的甲。锵锵(qiāng):亦作“跄跄”,队伍行进整齐而有节奏。

⑲巾:车衣。这里用作动词。玉辂(lù):用美玉装饰的车。

⑳轺(yáo):轻便马车。此处作动词用。骕骦(sù shuāng):良马名。

㉑旂(qí):一种旗帜。鱼须:鲨鱼皮。这里指鲨鱼皮装饰的旗杆。须,实为“颁”之讹字,“颁”通“斑”。鱼皮有斑,故为旗杆装饰。

㉒常:绘日月图形的旗。重光:旗上画的日月之形。

㉓摄:持。乌号:古代有名的良弓。

㉔干将:传说为吴王阖闾的宝剑。

㉕羽旄:旗帜。扬蕤(ruí):旗子上的羽饰飘扬。

㉖雄戟:三面有刃的戟。

㉗贝胄(zhòu):用贝壳装饰的头盔。象弭(mǐ):弓末端装饰象牙。弭,弓末端弯曲处的装饰。

㉘织文鸟章:旗帜上织着鸟形图画。织,丝洗染而后织成的丝织品。章,凡旗上的画皆称为章。

㉙六军:春秋时周天子拥有六军。袀(jūn)服:戎服君臣一律。又指军服均为黑色。《国语·吴语》:"右军亦如之,皆玄常、玄旗、黑甲、乌羽之矰,望之如墨。"

㉚骐(qí):青黑色花纹有如棋盘格的马。龙骧(xiāng):马像龙一般昂首腾跃的样子。

㉛峭格:捕兽笼子。周施:到处布置。

㉜罿(tóng):捕鸟网。罻(wèi):较小的捕鸟网。普张:全部张设。

㉝罼(bì):同"毕",长柄网。罕(hǎn):同"罕",长柄小网,似毕。琐结:如锁链连结。形容架设的网多。琐,通"锁"。

㉞罠(mín):捕兽网。蹄:兔网。连纲:网上的纲绳相连。形容网的布设很密。

㉟阹(qū)以九疑:以九嶷山为狩猎圈。阹,围猎的圈子。九疑,九嶷山,在今湖南境内。

㊱御以沅湘:以沅水、湘水阻止野兽逃窜。沅,沅江。湘,湘江。均在今湖南。

㊲輶(yóu)轩:一种轻便车。蓼(liǎo)扰:散乱的样子。

㊳彀(gòu)骑:张弓射目的物的骑兵。炜(huī)煌:骑兵疾驰发出闪亮的光辉。

㊴袒裼(xī):脱去上衣,裸露肢体。

㊵拔距:跳得又高又远。部:指队伍。

㊶猿臂骿(pián)胁:兵士长臂如猿,肌肉壮健。骿胁,本指肋骨连成一片。这里指肌肉发达,看不到肋骨。

㊷狂趭(jiào):狂奔。犷猤(guì):雄悍强壮。

㊸鹰瞵(lín)鹗(è)视:勇士的目光如鹰鹗般锐利。瞵,瞪眼看。鹗,鹰类猛禽。

㊹趻踔(càn tán):即参谭,连续不断貌。拉𨇨(lā tà):相跟随奔驰追逐的样子。

㊺莽罠(làng):开阔广大的原野。

㊻干:小盾。卤(lǔ):通"橹",大盾。殳(shū):古代竹制兵器。铤(chán):铁柄短矛。

㊼旸(yáng)夷:铠甲名。勃卢:矛名。

㊽长殺(xù):长矛。

㊾直发:头发都竖起来。喻勇士的气概。

㊿儇佻(xuān tiào):疾行。坌(bèn)并:犹言纷至沓来。

51衔枚:古代行军为防止言语喧哗,命士兵口中衔枚。枚,形如筷,横衔口中,有带可系于颈上。

52悠悠:旗帜随风飘舞貌。旆(pèi):旗的总称。旌(jīng):用羽毛装饰的旗。

53聊浪:放旷。这里指尽情游猎。昧莫之坰(jiōng):广阔的野外。坰,郊野。

54钲(zhēng)鼓:古代行军时的两种乐器。钲,形似钟而狭长,有柄,用铜制成。以槌击敲,行军时用以节止步伐。叠:震撼。刘渊林注:"振叠也。"

55烈:火烧得很旺盛。熛(biāo):火焰闪动。

56载霞载阴:火焰有时明如彩霞,有时烟气满山浓如阴云。载,语气助词。

57菈擸(lā liè)雷硠(láng):崩裂之声。

58崩峦弛岑(cén):山崩峦裂。岑,小而高的山。

59鸟不择木:情景危急,鸟不择树。《春秋左传·哀公十一年》:"鸟则择木,木岂能择鸟。"这里反用其典。

⑥⑩兽不择音：兽处困境，狂吼乱叫。

⑥①虣(bào)：同“暴”，徒手与虎搏斗。虪(hán)：白虎。虪(shù)：黑虎。

⑥②狘(xū)：同“缬”，绊住野兽前足。麋(mí)：麋鹿。麖(jīng)：大鹿。

⑥③騀(mò)：骑上马。六驳(bó)：兽名。

⑥④飞生：兽名。

⑥⑤鸾、䴖(jīng)：均为鸟名。

⑥⑥猱(náo)猴(tíng)：猿猴类动物。

⑥⑦白雉：白色野鸡。

⑥⑧黑鸩(zhèn)：一种毒鸟。

⑥⑨陵绝：超越。嶚嶕(liáo jiāo)：山势高峻。

⑦⑩聿(yù)越：刘渊林注：“豹走貌。”飞快地穿越。巉(chán)险：山势高峻。

⑦①跇(yì)逾：超越。

⑦②獑猭(lián chuàn)：奔走的样子。杞(qǐ)、楠：均为树名。

⑦③封豨(xī)：大野猪。豧(hè)：猪叫声。

⑦④神螭(chī)：古代传说中的动物。掩：隐蔽。

⑦⑤刚镞(zú)润：坚利的箭头被野兽的鲜血浸润。

⑦⑥霜刃染：雪白如霜的利刃被野兽鲜血染红。

【译文】

“秋露尽，冬霜临，时光流逝。草木凋零，鸟兽肥壮。观望鹰隼，整饬士兵。稍息坐组甲，高举祀姑旗。命司马振铎施号令，令将校围猎到具区。乌浒、狼腨，夫南、西屠，儋耳、黑齿，蛮夷酋长；金邻、象郡，小国首领。坐骏马，风驰电掣，为吴王走马前导。先导之骑驰骋路上，指南车掌握方向。兵车响声隆隆，甲士步伐锵锵。吴王大驾登宝车，骕骦良马驾轻车。鲨鱼皮，蒙旗杆，重光旗，画日月。手持乌号弓，腰佩干将剑。旌旗羽饰飘，雄戟光芒耀。贝盔华丽，弓镶象牙，旗上织鸟形。六军服色齐,四骐如龙齐昂首。捕兽笼子,四周密布,大小鸟网,全部张开。长柄短柄网,架设如锁链,兔网遍地,纲绳交叉。九嶷山借作围猎墙,沅湘水权为挡兽网。轻车疾驰,四散追猎,飞骑弯弓,如电闪光。脱衣露体,徒手搏击,蹦跳腾跃,举石投掷。长臂如猿,胸肌发达,雄悍强壮,飞跑狂奔。目光锐利如鹰隼,你追我赶紧相随,奔驰追逐不停歇。时离时合多迅疾,大家一道腾跃在这无边的旷野。军旅武器精良,有干卤盾、殳铤、旸夷甲、勃卢矛。长矛短剑,用来顺手,怒发上冲,纵横飞驰。集合急行,衔枚无声。旌旗飘舞,尽情游猎在这广漠的郊野。钲鼓声声,山岳摇动;纵火于山,森林燃烧。烈火熊熊,灿如霞光;浓烟盖日,暗如阴云。高岑崩裂,峰峦堕塌;轰轰隆隆,声如雷震。鸟禽吓得乱飞乱窜,野兽惊得狂吼乱叫。搏彪䝙,绊麋麖。骑六驳,追飞生。弹鸾鵕,射猱铤。中白雉,落黑鸩。攀登崇山峻岭,疾行陡壁悬崖。穿越竹柏林,奔走杞楠间。野猪惊吼,神螭藏匿。坚利的箭头鲜血淋淋,雪白的霜刃腥红一片。

“于是弭节顿辔[①],齐镳驻跸[②]。徘徊倘徉[③],寓目幽蔚[④]。览将帅之拳勇[⑤],与士卒之抑扬[⑥]。羽族以觜距为刀铍[⑦],毛群以齿角为矛铗[⑧],皆体著而应卒[⑨],所以挂扢而为创痏[⑩],冲踤而断筋骨[⑪],莫不衄锐挫芒[⑫],拉捭摧藏[⑬]。虽有石林之岞崿[⑭],请攘臂而靡之[⑮];虽有雄虺之九首[⑯],将抗足而跐之[⑰]。颠覆巢居[⑱],剖破窟宅[⑲]。仰攀鵔鸃[⑳],俯蹴豺獏[㉑]。劫剞熊罴之室[㉒],剽掠虎豹之落[㉓]。猩猩啼而就禽,䴙䴙笑而被格[㉔]。屠巴蛇[㉕],出象骼,斩鹏翼,掩广泽[㉖]。轻禽狡兽[㉗],周章夷犹[㉘],狼跋乎纭中[㉙]。忘其所以睒睗[㉚],失其所以去就[㉛]。魂褫气慑而自蹈跌者[㉜],应弦饮羽[㉝];形偾景僵者[㉞],累积而增益,杂袭错缪[㉟]。倾薮薄,倒岬岫[㊱],岩穴无豜狘[37],翳荟无麢鹨[38]。思假道于丰隆[39],披重霄而高狩[40]。笼乌兔于日月[41],穷飞走之栖宿[42]。

【注释】

①弭(mǐ)节:驻车。弭,止。节,行车进退之节。一说,"节"训"策",马鞭。顿辔(pèi):停止驾驭。

②齐镳(biāo):调齐车马。镳,马嚼子的两端露出口外的部分。这里代指车马。跸(bì):帝王出入,禁止行人通道。

③徜徉(cháng yáng):犹徘徊,来回走动。

④寓目:入目,即看。幽蔚:草木茂密。

⑤拳勇:勇力,武勇。

⑥抑扬:进退。这里指军容进退有节。

⑦羽族:指鸟禽类。觜(zuǐ):鸟嘴。距:指禽的附足骨。铍(pī):短剑。

⑧毛群:兽类。铗(jiá):剑。

⑨体著:长在身上。刘渊林注:"著体而生也。"应卒(cù):应急,对付紧急情况。卒,仓促。

⑩所以挂扢(gǔ)而为创痏(wěi):禽兽用长在它们身上的角、爪、嘴等作为武器挂钩、刮磨,给对方造成创伤。扢,磨。痏,皮破流血。

⑪冲踤(zú):冲踢抵触。踤,撞。

⑫衄(nù)锐挫芒:挫折锋芒。衄,挫折。

⑬拉捭(bǎi):摧折打击。摧藏:摧伤,挫伤。

⑭石林:或说地名。高步瀛《文选李注义疏》曰:"石林不过喻山林之深险耳,不必泥定所在之地。"岞崿(zuò è):同"岝崿",山高深险貌。

⑮攘(rǎng)臂:捋起袖子,伸出胳膊。靡:通"磨"。

⑯雄虺(huǐ):凶险的毒蛇。

⑰抗足:举足。跐(cǐ):践,踏。

⑱巢居:鸟巢。

⑲窟宅:野兽的洞穴。

⑳鵕鸃(jùn yí):有纹彩的赤雉。

㉑貘(mò):同"貘",一种哺乳动物。

㉒劫剞(jī):劫夺。劫、剞同义。熊罴(pí)之室:熊罴的巢穴。

㉓剽(piào)掠:劫掠。落:亦指巢穴。

㉔䝟䝟(fèi):兽名。即狒狒。䝟,同"狒"。格:杀。

㉕巴蛇:能吞象的大蛇。《山海经·海内南经》:"巴蛇食象,三岁而出其骨。"

㉖"斩鹏翼"二句:鹏翼被斩断后竟能盖满大泽,极言大鹏翅翼之大。

㉗轻禽:敏捷的飞禽。狡兽:凶暴的野兽。

㉘周章夷犹:恐惧不知所措,彷徨不定。夷犹,即犹豫。

㉙狼跋:进退两难,困顿窘迫。纮:"纮"的古字,罗网。

㉚睒睗(shǎn shì):疾视,迅速地看。

㉛失其所以去就:惊吓得不知何去何从。

㉜魂褫(chǐ):魂被夺去。指吓得魂出窍。褫,夺去。气慑:气色恐惧而屈服。踣(bó):崩。

㉝饮羽:中箭很深,埋没了其箭羽。饮,隐没。

㉞形偾(fèn)景(yǐng)僵:身体跌倒僵直。偾,仆倒。景,"影"的古字。

㉟杂袭错缪(miù):禽兽倒伏重叠交错,杂乱众多。杂袭,重叠。错缪,杂乱。

㊱倾薮(sǒu)薄,倒岬(jiǎ)岫(xiù):把禽兽从薮薄、岬岫中全部翻倒出来。薮,有水草的湖泽。薄,草木茂盛的地方。岬,山谷。岫,

山洞。

㊲豜豵(jiān zōng)：大小野兽。豜，大兽。豵，小兽。

㊳翳荟(yì huì)：草木茂密的地方。麢(nuàn)：同“麛”，小鹿。鹨(liù)：鸟名。

㊴假道：借道。丰隆：历来有二说，或为古传说中云神，或为雷神。高步瀛《文选李注义疏》曰：“二说均可通。然上文有‘假道’字，则当从云师之说。”现从高说。

㊵披重霄：冲上九霄云天。高狩：到无穷的高处去打猎。

㊶笼乌兔：把日月中的乌、兔关进兽笼。乌，传说中太阳里居住的三足神乌。兔，传说中住在月亮中的玉兔。

㊷穷：搜遍。飞走：“飞”指鸟类，“走”指兽类。栖宿：栖息的所在。

【译文】

“部队车乘缓缓停下，吴王车驾中途暂息。悠闲自在，信步徘徊，草木葱茏，齐寓目中。巡视威武雄壮的将帅，检阅军容严正的士卒。飞禽的嘴距是刀枪，走兽的齿角是剑矛，天赋武装，应急自卫，钩拉刮磨创残对手，冲撞顶抵裂断筋骨莫不削弱锐气，挫其锋芒。何惧石林深又险，勇士捋起袖子，伸出胳臂粉碎它；猛禽野兽，难逃厄运，雄虺九首毒无比，举脚践踏不放松。颠覆飞禽巢，捣毁野兽窟。上抓鵕鸃，下踢豺獏。洗劫熊罴窝，扫荡虎豹窠。猩猩哀啼被擒，狒狒痴笑被杀。宰杀吞象巴蛇，取出巨象骨骼，斩断大鹏翅膀，双翼遮满大泽。轻捷的飞禽，凶猛的野兽，彷徨不定，惊恐万状，困顿窘迫，进退两难，罗网之内，垂死挣扎。眼不能见，方向不辨。惊魂出窍，自伏仆地，弦张弓发，深埋箭羽；猎物毙命，躯干僵直，尸体堆积如山，层层重叠交错。搜遍林泽，翻倒岬岫，岩洞兽类都打尽，丛林鹿鸟一扫光。想借道云神上九天，苍苍重霄去狩猎。日月乌兔，在劫难逃，飞禽走兽，一网打尽。

“嶰涧阒[1]，冈岵童[2]。罾罘满[3]，效获众[4]。回靶乎行邪睕⑤,观鱼乎三江⑥,泛舟航于彭蠡⑦,浑万艘而既同⑧。弘舸连舳⑨,巨槛接舻⑩。飞云盖海⑪,制非常模⑫。叠华楼而岛跱⑬,时仿佛于方壶⑭。比鹢首而有裕,迈馀皇于往初⑮。张组帏⑯,构流苏⑰。开轩幌⑱,镜水区⑲。槁工楫师⑳,选自闽禺㉑。习御长风㉒,狎玩灵胥㉓。责千里于寸阴,聊先期而须臾㉔。棹讴唱㉕,箫籁鸣㉖。洪流响,渚禽惊㉗。弋磻放㉘,稽鷦鹏㉙。虞机发㉚,留鸡鹊㉛。钩饵纵横㉜,网罟接绪㉝。术兼詹公㉞,巧倾任父㉟。筌鲉鳍㊱,鲕鲿鲂㊲,罩两魪㊳,罺鰝鰕㊴。乘鲎鼋鼍㊵,同罛共罗㊶,沉虎潜鹿㊷,馽熊僒束㊸。徽鲸辈中于群犗㊹,搀抢暴出而相属㊺。虽复临河而钓鲤,无异射鲋于井谷㊻。结轻舟而竞逐㊼,迎潮水而振缗㊽。想萍实之复形㊾,访灵夔于鲛人㊿。精卫衔石而遇缴(51),文鳐夜飞而触纶(52)。北山亡其翔翼(53),西海失其游鳞(54)。雕题之士,镂身之卒(55),比饰虬龙,蛟螭与对(56)。简其华质(57),则亄费锦缋(58);料其虓勇(59),则雕悍狼戾(60)。相与昧潜险(61),搜瑰奇(62),摸蝳蝐(63),扪觜蠵(64)。剖巨蚌于回渊(65),濯明月于涟漪(66)。毕天下之至异,讫无索而不臻(67)。谿壑为之一罄,川渎为之中贫(68)。哂澹台之见谋(69),聊袭海而徇珍(70)。载汉女于后舟(71),追晋贾而同尘(72)。汩乘流以砰宕(73),翼飕风之飕飕(74)。直冲涛而上濑(75),常沛沛以悠悠(76)。汔可休而凯归(77),揖天吴与阳侯(78)。

【注释】

①嶰(xiè):山谷。涧:山夹水,溪。阒(qù):寂静。

②岵(hù):草木茂盛的山。童:无草木,光秃秃的山。

③罾(zēng)、罘(fú):均为罗网。

④效获众:收获众多。

⑤回靶:调转马头。靶,马缰绳。行邪睨(nì):一面行走,一面随意观看。睨,斜视。这里指已经把天地之间的猎物一网打尽,故不经意地随意观看,不正视。

⑥三江:泛指吴地江河湖泊。

⑦舟航:船。彭蠡:鄱阳湖的古名。

⑧浑万艘而既同:万艘同航,混杂湖面。极言鄱阳湖之开阔。

⑨弘舸(gě):大船。舳(zhú):船后持舵处。指船尾。

⑩巨槛:大船。槛,即艦。舻:船头。

⑪飞云盖海:刘渊林注:"飞云、盖海,吴楼船之有名者。皆雕镂采画,有轩栊华槛之船也。"

⑫制非常模:飞云、盖海的形制与众不同,超群不凡。

⑬叠华楼而岛跱(zhì):华丽楼船众多,重重叠叠,像岛屿一般耸立湖中。跱,同"峙",耸峙。

⑭时仿佛于方壶:时时如方壶山的宫阙一般依稀可见。方壶,东海中的仙山名。

⑮"比鹢首"二句:鹢首、馀皇,皆船之极丽者。《春秋左传·昭公十七年》:"楚师继之,大败吴师,获其乘舟馀皇。"(依张铣说。)有裕,多。迈,超过。

⑯张组帏(wéi):张设彩色丝绸制成的帷幕。

⑰构流苏:用色彩缤纷的丝线制成的穗子点缀。

⑱开轩幌:敞开门窗,拉开帷帐。

⑲镜水区:水面明如镜。

⑳槁工楫师:划船的水手。槁,通"篙",撑船长竿。楫,划船桨。

㉑闽:地名。在今福建。禺(yú):地名。在今广东。

㉒习御长风:善于在风波中运行。长风,大风。

㉓狎(xiá)玩:戏弄。灵胥:伍子胥神。吴地传说吴王杀子胥后,沉

其尸于江，后为神，江上水手无不畏尊子胥神，唯此水手艺高胆大，敢戏弄子胥神。

㉔“责千里”二句：求千里之远于一刹那间，先于所期，从容而至。此形容篙工楫师驾驭之精。聊，姑且。须臾(yú)，从容。

㉕棹(zhào)讴唱：鼓棹而歌。棹，划船工具。短的叫槛、楫，长的叫棹。

㉖箫、籁(lài)：皆为管乐器。此处泛指各种乐器。

㉗渚(zhǔ)禽：水中小岛上的鸟类。

㉘弋(yì)：弋射。用绳系箭，射中猎物后，收绳即得。磻(bō)：拴在箭绳上的石头。

㉙稽：留住。此指射中。鷮鹏(jiāo míng)：鸟名。传说中的神鸟，状似凤凰。

㉚虞：主管畋猎场地的人。机：弩弓上控制发箭的机关。

㉛鸡鹊(jiāo jīng)：水鸟名。

㉜钩铒：鱼钩和钓饵。铒，通“饵”。纵横：言其多。

㉝网罟(gǔ)接绪：渔网的总绳交叉相接。形容所撒渔网之多。

㉞术兼詹公：捕鱼的技术胜过詹公。詹公，詹何。古代传说中的善钓者。据《列子·汤问》记载，他以独茧丝做纶，芒针为钩，荆竹为竿，米粒为饵，在百仞之渊垂钓，得盈车之鱼。

㉟巧倾任父：技巧超过任父。任父，即任公子，古代传说中的人物。《庄子·外物》记载，说他用巨钩大缯，以五十头牛为饵，在东海中钓鱼，海水为之震荡。

㊱筌(quán)：捕鱼器。这里指用筌捕鱼。鮔鳢(gèng méng)：也作“鮔鳢”，鲟类鱼。

㊲鲡(lí)：据孙志祖、胡克家考证，“鲡”为“𦈢(sǎ)”之误。𦈢，一种网，如箕形，后狭前广。鲿(cháng)：鱼名。鲨(shā)：同“鲨”。

㊳罩：捕鱼工具。两鲋(jiè)：即比目鱼。

㊴罺(cháo):捕鱼工具。这里用作动词。鰝(hào):一种特大的虾。鰕(xiā):同“虾”。

㊵乘鲎(hòu):介类动物。十二足,似蟹。鼋(yuán):一种背有甲壳的爬行动物。鼍(tuó):即扬子鳄。

㊶同罛(gū)共罗:同入罗网。罛,大渔网。

㊷沉虎潜鹿:深藏水中的虎鱼、鹿鱼。虎鱼,头身似虎。鹿鱼,有角似鹿。

㊸䭾(zhí):绊马索。此处指羁绊。䩬(lǒng):牵制。僒(jǔn):困窘。束:束缚。

㊹徽(huī)鲸辈中于群犗(jiè):强健巨大的鲸鱼群被牛饵钓住。徽,强大有力的鱼。犗,阉过的牛。这里指用阉过的牛做钓饵。

㊺搀抢暴出而相属:彗星疾出而相互连接。《淮南子·览冥训》:“画随灰而月运阙,鲸鱼死而彗星出,或动之也。”古人认为鲸鱼死,彗星出,是将有兵祸之兆。

㊻“虽复”二句:在江海中经历如此惊心动魄的捕钓,即使再临大河钓鲤,亦无异于井谷中射鲋,微不足道。鲋,小鱼,常附水而行。

㊼结轻舟而竞逐:轻舟相连,竞渡比赛。结,吕向注:“结,谓两舟并系。”竞逐,竞争比赛。

㊽迎潮水而振缗(mín):逆潮水而上挥缗钓鱼。缗,钓鱼用的丝线。

㊾想萍实之复形:向往楚昭王渡江、萍实入舟这样吉祥之事复现。《孔子家语·致思》载,楚昭王渡江,江中一物圆而红,大如斗,直触王舟。王使人问于孔子,孔子告诉使者,这就是萍实,可剖而食之,象征着吉祥,唯有霸者才能得到它。楚昭王就吃了萍实。

㊿夔(kuí):古代传说中的一种怪兽。据《山海经·大荒东经》记载,此种野兽如牛,黑色,无角,一足。但能在水中生存,入水产生巨风,声振如雷。鲛人:见前注。因夔又能水居,故曰“访灵夔于鲛人”。

(51)精卫衔石：精卫鸟衔石填海。古代传说炎帝的女儿游东海，溺水而死，化为精卫鸟，常衔西山树枝及石头去填海。传说记载于《山海经·北山经》。缴(zhuó)：系在箭上的丝绳。这里泛指弋。

(52)文鳐(yáo)：一名飞鱼。产南海，有翅与尾，一群群在水上翻飞滑翔。纶(lún)：钓鱼用的丝绳。这里也用来指弋。

(53)翔翼：飞鸟。这里指精卫。

(54)游鳞：游鱼。这里指文鳐。

(55)"雕题之士"二句：额上与身上画有各种花纹图形的士卒。《春秋左传·哀公七年》记载古代南方有些国家断发文身以为习俗。题，额。

(56)"比饰虬龙"二句：士卒雕额镂身，其色彩花纹可与虬龙蛟螭相比。虬、龙、蛟、螭(chī)，都为龙的别名。

(57)简其华质：检阅华美的身躯。简，检阅。

(58)亄(yì)费：美丽而有光彩。亄，通"懿"，美。费，斐，有光彩。锦缋(huì)：锦绣。

(59)料：估量。虓(xiāo)勇：勇猛。

(60)雕悍狼戾：凶猛暴戾如雕似狼。

(61)相与：一起。昧：胡绍煐曰"昧"当作"眛(mò)"，高步瀛《文选李注义疏》曰："此赋正当作'眛'，莫佩切，如胡氏之说矣。"眛，指冒险。潜险：潜入深险水中。

(62)瑰奇：珍奇之宝。

(63)蝳蝐(dài mào)：即玳瑁。海中龟类动物，有美丽光滑的甲壳。

(64)觜蠵(zuǐ xī)：一种大龟。

(65)剖巨蚌：剖开大蚌摘取明珠。回渊：深渊。

(66)明月：明月珠，珍珠中最明亮者。涟漪(yī)：和风吹拂水面所起之水波。

(67)讫：竟。臻(zhēn)：至，到。

⑱贫:穷,尽。

⑲哂(shěn)澹(tán)台之见谋:笑澹台的玉璧被河神谋劫。《博物志》记澹台子羽持玉璧渡河,河伯欲得玉璧,起风波,使两龙夹舟,澹台子羽奋剑斩龙,登岸投璧于河,河伯三归玉璧,子羽毁璧而去。

⑳聊:姑且。袭海:入海。徇珍:寻求珍宝。

㉑汉女:传说中的神女,居汉水边,拥有两颗大如荆鸡之卵的珍珠。典出《韩诗内传》:郑大夫交甫到楚国去,途经汉水,遇见汉水神女佩着大如鸡卵的明珠。汉水神女赠珠于郑交甫,郑交甫受而怀之,离去后才十步,明珠、汉女均已不见。此句言吴王竟能载汉女于后船。

㉒晋贾:晋国大夫。《春秋左传·昭公二十八年》记其事:贾大夫貌丑但娶美妻,妻三年不言不笑。贾大夫带妻皋泽射雉,猎获,显示了才能,其妻才开始说笑。同尘:同蒙尘垢。以上二句意谓带汉女入海求宝如同贾大夫与妻皋泽射雉。

㉓汩:水流急疾。砰宕(pēng dàng):船行击水发出的声音。

㉔翼飔(sī)风:急疾如鸟之两翼,凭借疾风之势。飗飗(liú):风声。

㉕直冲涛而上濑(lài):舟船冲破浪涛勇往直前。濑,急流。

㉖沛沛、悠悠:漂流远行貌。

㉗汔(qì):庶几。休:休息。凯:欢乐。

㉘揖:礼揖,辞别。天吴:传说中的水神。《山海经·海外东经》有载,朝阳之谷神为天吴,是水伯。又载,有神人,八首,人面,虎身,十尾,名曰天吴。阳侯:阳国侯。传说他溺水而死,化为波涛之神。

【译文】

"溪谷空寂静,山冈草木尽。罗网装满,猎物丰盈。回马缓行,随意观赏,三江去捕鱼,鄱阳可泛舟,湖面聚万艘。宏舸巨舟,衔接相连。飞云、盖海，规模形制超群非凡。华楼重重如岛屿耸立湖中，依稀隐约似方壶仙山宫阙。华丽辉煌，压倒名船鹢首号；楼阁精致，盖过当年馀皇舟。张设彩绸帷幕，上结丝线流苏。门窗帐幔敞开，映入如镜水面。船工水手，选自闽、禺。狂风恶浪，等闲视之，艺高胆大，戏弄灵胥。千里之遥一刹那，从容不迫先期到。鼓棹歌唱，箫管齐鸣。洪波涛响，渚鸟惊魂。施放弋磻，射中鹪鹏。虞人箭发，鸡鹄毕命。水中钩饵，纵横密布，网罟纲端，处处交接。捕鱼技巧胜詹公，巨钩垂钓超任父。筌获鲌鳍，网打鲿鲨，罩困比目，罴收龙虾。乘鲎鼋鼍同入罗网，虎鱼鹿鱼一齐就擒。巨鲸成群吞牛饵，彗星疾出不停歇。经历如此捕捞大场面，即使再临大河钓鲤鱼，无异井谷射小鲋。轻舟并系，比赛竞渡，逆浪前进，挥出钓钩。希望萍实祥瑞能再现，且向鲛人访灵夔。精卫衔石遇弋箭，文鳐夜飞触钓竿。北山于是飞鸟尽，西海由此游鱼无。画额文身之士卒，色彩仿虬龙，图案效蛟螭。检阅他们的彩绘身体，美丽有光彩；估量他们勇猛强悍，凶狠如雕狼。一起冒险潜入海，搜寻奇珍，摸索玳瑁，捉住觜蠵。沉沉深渊剖巨蚌，水波清丽洗明珠。天下一切稀罕物，没有一件求不到。溪壑被搜索精光，川渎被扫荡干净。笑澹台玉璧，见取河伯，姑且海上再觅珍宝。后船乘坐汉水女神，如同晋贾载妻射雉。水流急疾，涛声如响雷，飕飕如飞，乘风如添翼。惊涛骇浪，直冲向前，漂漂荡荡，悠悠远去。打猎已尽兴，庶几可休息，凯旋而归，其乐无穷，向天吴、阳侯，礼揖告辞。

“指包山而为期①，集洞庭而淹留②。数军实乎桂林之苑③，飨戎旅乎落星之楼④。置酒若淮泗，积肴若山丘⑤。飞轻轩而酌绿醽⑥，方双辔而赋珍羞⑦。饮烽起⑧，釂鼓震⑨。士遗倦，众怀欣⑩。幸乎馆娃之宫⑪，张女乐而娱群臣⑫。罗金石与丝竹⑬，若钧天之下陈⑭。登东歌，操南音⑮，胤《阳阿》[16],咏《韎》《任》[17],荆艳楚舞[18],吴愉越吟[19]。翕习容裔[20],靡靡愔愔[21]。若此者,与夫唱和之隆响[22],动钟鼓之铿耾[23]。有殷坻颓于前[24],曲度难胜[25],皆与谣俗汁协[26],律吕相应[27]。其奏乐也,则木石润色[28];其吐哀也,则凄风暴兴[29]。或超《延露》而《驾辩》[30],或逾《绿水》而《采菱》[31]。军马弭髦而仰秣[32],渊鱼竦鳞而上升[33]。酣湑半[34],八音并[35]。欢情留,良辰征[36]。鲁阳挥戈而高麾[37],回曜灵于太清[38]。将转西日而再中[39],齐既往之精诚[40]。

【注释】

①指包山而为期:指定包山作为约会的地点。包山,山名。在今江苏苏州西南太湖中,即洞庭西山。

②洞庭:吴中太湖,一名洞庭。淹留:时间较长地停留。

③数(shǔ)军实:清点军队游猎的成绩收获。军实,古代本指各种军事物资。这里指游猎收获。桂林之苑:桂林苑,苑名。据《太平寰宇记》,江南道上元县(今江苏南京江宁区)桂林苑,吴立,在县北四十里落星山之阳。

④飨(xiǎng)戎旅:用酒食犒劳部队。落星之楼:落星楼,楼名。在桂林苑,三层楼,吴主游猎憩息地。

⑤“置酒”二句:典出《春秋左传·昭公十二年》:“穆子曰:‘有酒如淮,有肉如坻。’”酒如淮泗,酒多如淮水和泗水。肴(yáo)如山丘,鱼肉堆积如山。

⑥飞轻轩而酌绿酃(líng):轻车载酒以向众人敬渌酃名酒。绿酃,古代湘州衡阳酃湖所产名酒。绿,当作“渌”。桂馥《札朴》卷四曰:“《西京杂记》邹阳《酒赋》:‘其品类,则沙洛渌酃。’”

⑦方双辔:两匹马拉的车并列而行,即四马并行。赋珍羞:遍送精

美菜肴。古军中用车骑分送酒肉。亦见《西京赋》。

⑧饮烽起:饮酒时举烽火示众。

⑨釂(jiào)鼓震:饮酒尽则击鼓。釂,饮干杯中酒。

⑩"士遗倦"二句:士卒忘记了疲倦,大家满怀欣喜。

⑪幸:帝王驾临。馆娃之宫:馆娃宫,春秋吴国宫殿。《太平寰宇记》卷九十一引《越绝书》:"吴人于砚石山置馆娃宫。"吴地美女称娃,因有此称。

⑫张女乐:安排美女歌舞。

⑬罗:罗列。金石、丝竹:谓钟磬、丝弦、竹管等乐器。这里指音乐。

⑭钧天:钧天广乐,指天上仙乐。《史记·扁鹊仓公列传》:"(赵简子)语诸大夫曰:'我之帝所甚乐,与百神游于钧天,广乐九奏万舞,不类三代之乐,其声动心。'"

⑮"登东歌"二句:演奏东方的歌曲和南方音乐。

⑯胤(yìn)《阳阿》:演奏名曲《阳阿》。胤,演奏。

⑰《韎(mèi)》:古代东方乐曲。《任》:古代南方乐曲。

⑱荆艳:楚歌。《初学记·乐部》引梁元帝《纂要》:"齐歌曰讴,吴歌曰歈,楚歌曰艳。"高步瀛《文选李注义疏》曰:"艳,疑即后世之所谓盐。"盐,曲之别名。盐、艳相通。

⑲吴愉:吴歌。愉、歈古通用,吴愉,亦作"吴歈"。《广雅·释乐》:"歈,吟歌也。"

⑳翕(xī)习:盛貌。指音乐丰富多彩。容裔:即容与。指音乐节奏起伏不平,变化多端。

㉑靡靡:柔美。指音乐歌曲柔美动听。愔愔(yīn):和谐。指乐曲节奏和谐悦耳。以上二句出自《楚辞·招魂》:"翕习容裔,靡靡愔愔。"

㉒与夫:王念孙《读书杂志》考证,"与夫(與夫)"二字乃"举(舉)"字之误。举,亦动也,与下句"动"字相对。隆响:高昂响亮。

㉓铿玹(kēng hōng):犹铿锵,指音乐声音宏大,如雷震耳。

㉔有殷坻(dǐ)颓于前:音乐之声宏大如山丘旁塌崩落之声。殷,声音宏大。坻颓,山丘崩裂堕落曰坻崩,即坻颓。坻崩之声,可传数百里,故以为喻。于前,据王念孙《读书杂志》考证,“于前”两字当为衍文,后人以李周翰注误入正文。删去“于前”,刚好与下句四字相对。

㉕曲度难胜:乐曲的节度难以穷尽。

㉖谣俗:通俗民间歌曲。汁(xié)协:和协。《方言》:“自关而东曰协,关西曰汁。”

㉗律吕相应:与乐律相应。律吕,乐律的统称。阴律、阳律各六,合为十二律。阳六为律,阴六为吕,合称“律吕”。

㉘“其奏乐也”二句:音乐感人,树为之繁荣,石为之生色。

㉙“其吐哀也”二句:音乐声怨,则凄风突起。极言音乐之惊天动地。

㉚《延露》《驾辩》:皆古曲名。

㉛逾:超过。《绿水》《采菱》:皆古曲名。

㉜弭(mǐ)髦(máo):军马之毛皆顺和。仰秣(mò):马仰头含草以听音乐。弭髦、仰秣,均形容音乐之声使战马陶醉。秣,牲口饲料。

㉝渊鱼竦鳞而上升:深潭之鱼被音乐吸引,冒出水面来听。

㉞湑(xǔ):过滤的酒。

㉟八音并:八音和鸣。八音,古代称金、石、丝、竹、匏、土、革、木为八音,皆为制作乐器之材料。故钟为金,磬为石,琴瑟为丝,箫管为竹,笙竽为匏,埙为土,鼓为革,柷敔为木。

㊱“欢情留”二句:欢悦长留,良辰飞逝。征,行,逝去。

㊲鲁阳挥戈而高麾(huī):鲁阳文子挥戈指挥西沉的太阳转回。《淮南子·览冥训》载,楚平王孙鲁阳文子与韩人战正酣,红日西沉,文子挥戈使太阳转回,日果返回。

㊳曜灵:指太阳。太清:指天空。

㊴再中：太阳一日之内两次到中天。

㊵齐既往之精诚：像鲁阳文子一样，心志精诚，使丽日驻影。既往，指古代。

【译文】

“约定包山相逢，会集洞庭停留。桂林苑中检阅战果，落星楼旁犒劳军士。美酒流淌如江河，佳肴堆积如山丘。轻车飞驶，传送渌酃酒，双车并驾，布陈珍奇馐。燃起烽火畅怀饮，干杯击鼓助酒兴。军士疲倦一扫光，人人欣喜乐满怀。吴王驾幸馆娃宫，安排女乐娱群臣。金石丝竹齐罗列，恰似飘飘仙乐降人间。唱东歌，操南音，奏《阳阿》，咏《秣》《任》，楚地歌舞看不厌，吴越吟唱令人醉。丰富多彩，变化万状，优美柔顺，和谐悦耳。如此美妙之歌舞，唱和高亢嘹亮，钟鼓铿锵齐鸣。响如山崩裂，婉转难穷尽，与通俗歌谣相应，与六律六吕相协。乐曲欢，木石润色；转哀音，凄风突起。雄壮胜过《延露》《驾辩》，柔和超过《绿水》《采菱》。战马动心，仰首鬃顺，渊鱼耸升，水面出听。饮酒半酣，八音齐奏。欢情长留，良辰易逝。学鲁阳挥戈返夕阳，红日照太空。心志精诚齐古人，感落日再升中天。

“昔者夏后氏朝群臣于兹土，而执玉帛者以万国[①]，盖亦先王之所高会[②]，而四方之所轨则[③]。春秋之际，要盟之主[④]，阖闾信其威[⑤]，夫差穷其武[⑥]。内果伍员之谋[⑦]，外骋孙子之奇[⑧]。胜强楚于柏举[⑨]，栖劲越于会稽[⑩]。阙沟乎商、鲁[⑪]，争长于黄池[⑫]。徒以江湖崄陂[⑬]，物产殷充[⑭]，绕溜未足言其固[⑮]，郑白未足语其丰[⑯]。士有陷坚之锐[⑰]，俗有节概之风[⑱]。睚眦则挺剑[⑲]，喑呜则弯弓[⑳]。拥之者龙腾，据之者虎视[㉑]。麾城若振槁[㉒]，搴旗若顾指[㉓]。虽带甲一朝，而元功远致[㉔]，虽累叶百叠[㉕]，而富强相继。乐滑衎其方域[㉖]，列仙集其土地[27]。桂父练形而易色[28]，赤须蝉蜕而附丽[29]。中夏比焉，毕世而罕见[30]。丹青图其珍玮[31]，贵其宝利也[32]。舜、禹游焉，没齿而忘归[33]，精灵留其山阿[34]，玩其奇丽也。

【注释】

①“昔者”二句：从前夏禹曾经在这里会见群臣，万国诸侯执玉帛前来朝见。此传说载《春秋左传·哀公七年》：“禹合诸侯于涂山，执玉帛者万国。”兹土，涂山在吴地，故云。

②高会：盛会。

③轨则：法则。

④要盟之主：诸侯要约的盟主。要，约。

⑤阖闾信其威：阖闾伸张他的威力。信，通“伸”。

⑥穷其武：穷兵黩武。

⑦内：内务。果：决断。

⑧外骋孙子之奇：对外战争中用孙子兵法出奇制胜。孙子，孙武。据《史记·孙子吴起列传》：“孙子武者，齐人也……阖闾知孙子能用兵，卒以为将。西破强楚，入郢。北威齐、晋，显名诸侯。”孙子本是齐人，入吴后教吴王阖闾兵法。

⑨胜强楚于柏举：鲁定公四年（前506），吴王阖闾之弟夫槩王率吴军在柏举大败楚军。柏举，楚邑。据《读史方舆纪要》：“（湖广黄州府，龟山在）县东六十里。山势嵯峨，上有白、黑二龙井，即举水之源也。一名龟头山。又县东北三十里有柏子山……盖合柏山、举水而名。”

⑩栖劲越于会（kuài）稽：鲁哀公元年（前494），吴王夫差在夫椒大败越国。遂入越，越王及残余部队困于会稽。劲越，强越。会稽，古地名。在今浙江绍兴一带。

⑪阙（jué）沟乎商、鲁：吴王夫差在宋、鲁之间挖掘深沟以通向北水

路。阙，通"掘"。商，宋国。此据《国语·吴语》："（吴王夫差）起师北征。阙为深沟，通于商、鲁之间。"

⑫争长于黄池：据《春秋左传·哀公十三年》，夫差在黄池大会诸侯，吴、晋争为盟主，故曰"争长"。黄池之会，《春秋左传》记载晋为长，《国语·吴语》叙事与《春秋左传》异，云"吴公先歃，晋亚之"。《春秋公羊传》谓"吴主会"。黄池，在今河南。

⑬徒：只，单。崄陂（xiǎn bēi）：险阻。崄，同"险"。

⑭殷充：丰盛充足。以上二句言吴国单凭江湖险阻、物产丰盛即可与其他地区较量。

⑮绕溜未足言其固：同吴地险阻相比，绕溜不足以称要隘。绕溜，古代险阻之处。《汉书·王莽传》颜师古注曰："谓之绕溜者，言四面塞阸，其道屈曲，谿谷之水，回绕而溜也。其处即今商州界七盘十二绕是也。"在今陕西境内。

⑯郑白未足语其丰：郑、白地区的富裕不足以称道。郑、白，郑渠、白渠。天下言富裕者数关中，此尤关中最富之地。

⑰陷坚之锐：攻克强敌的锐气。

⑱节概：节操、气概。

⑲睚眦（yá zì）：本为怒目而视。引申为小怨小忿。《史记·范睢蔡泽列传》："一饭之德必偿，睚眦之怨必报。"

⑳喑（yīn）呜：愤恨声。

㉑"拥之"二句：言吴地险固可致强，丰沃可致富，天下之美归于吴，可成霸王之业，故言占有吴地可龙腾虎视。龙腾虎视形象比喻吴君主之气势。

㉒麾（huī）城若振槁：攻城之易，如摧枯拉朽。麾城，指挥军士攻城。

㉓搴（qiān）旗：夺取敌方军旗。顾指：以目示意而指挥之，义同"颐指"。刘渊林注："顾指，喻疾且易也。"

㉔"虽带甲"二句：虽雄勇带甲，一朝而立大功，可远垂万代。

元,大。

㉕累叶百叠:累世百代。

㉖乐湑:胡绍煐曰:"湑,当为'胥'。"乐胥指君子。语出《诗经·小雅·桑扈》:"君子乐胥,受天之祜。"以乐胥为君子,乃词家割裂成文,并非偶见。此处"君子"正与下句"列仙"相对。衎(kàn):喜爱。方域:指吴地。

㉗列仙集其土地:众仙亦会合于吴地。以上二句皆言吴地之胜吸引君子、神仙荟萃。

㉘桂父:传说中的仙人。据《列仙传》,桂父,象林人。常服桂及葵,以龟脑和之,颜色如童子。脸色时变,时黑时白时赤,故曰"桂父练形而易色"。练形而易色:修炼身体,改变颜色。

㉙赤须:即赤须子,传说中的仙人。据《列仙传》,赤须子为秦穆公主鱼吏,食松实、石脂,不食五谷。齿落更生,堕发复出。后到吴地。蝉蜕:赤须子长生不老如蝉之脱壳。附丽:赤须子本非吴人,寄居吴地,故曰"附丽"。

㉚"中夏"二句:中原各国与吴国相比较,吴地之珍宝中原永世罕见。毕世,永世。

㉛丹青图其珍玮(wěi):中原各国以吴地珍宝为贵,只能用丹青描绘图像,以解思慕之情。

㉜贵其宝利也:看重吴地珍宝的贵重奇异。

㉝"舜、禹"二句:英明圣君舜、禹巡幸吴地,贵吴地之奇丽而淹留,一直到死都未返回故地。舜葬苍梧九疑,自秦汉已相传,《山海经·海内经》:"南方苍梧之丘,苍梧之渊,其中有九疑山焉。舜之所葬。"相传禹葬会稽,先秦《墨子·节葬》《吕氏春秋·安死》等都持此说,两汉《史记·夏本纪》等及《汉书·地理志》等均无异说。没齿,尽年寿,犹言终身。

㉞精灵:列仙神灵。山阿:山曲,山的转弯曲折处。

【译文】

"从前夏后氏在这里召见群臣，万国诸侯执玉帛进见，真是先王盛会的胜地，四方效法的模范。春秋之际，吴为盟主，阖闾扬威四方，夫差穷兵天下。国内取决伍员谋略，国外善用孙子奇兵。战胜强楚于柏举，困居劲越于会稽。开掘深沟，北通宋、鲁，黄池盟会，与晋争长。江湖险阻之固，物产丰盛充足，绕溜要隘不足道，郑、白之富不足语。军士锐气不可阻挡，民风节概不能冒犯。睚眦之怨，立时刀剑出鞘，恨声未绝，即刻弯弓鸣镝。拥据吴地，真如龙腾虎视。攻城疾如摧枯拉朽，拔旗易如目示手指。雄勇带甲，一朝立功垂后世，累叶万代，王霸富强永相继。君子眷恋此方域，列仙云集斯疆土。桂父练形善变色，赤须蝉蜕客居吴。中原与吴地怎能相比，吴地珍宝，永生难见。渴慕贵重的奇珍异宝，只能描摹图像空艳美。舜、禹游吴，终身不再返故地，永住山谷，神灵玩赏瑰宝珍丽。

"剖判庶士①，商榷万俗②，国有郁鞅而显敞③，邦有湫阨而踡跼④。伊兹都之函弘⑤，倾神州而韫椟⑥。仰南斗以斟酌⑦，兼二仪之优渥⑧。繇此而揆之⑨，西蜀之于东吴，小大之相绝也⑩。亦犹棘林萤耀⑪，而与夫桪木龙烛也⑫，否泰之相背也⑬。亦犹帝之悬解⑭，而与桎梏疏属也⑮。庸可共世而论巨细⑯，同年而议丰确乎⑰？暨其幽遐独邃⑱，寥廓闲奥⑲，耳目之所不该⑳，足趾之所不蹈㉑，倜傥之极异㉒，谲诡之殊事㉓，藏理于终古㉔，而未寤于前觉也㉕。若吾子之所传㉖，孟浪之遗言㉗，略举其梗概，而未得其要妙也！"

【注释】

①剖判庶士：剖析众士。

②商榷(què)万俗:研讨各种风俗。

③郁鞅:繁盛。又可作"泱郁",双声联绵词。显敞:高大宽敞。

④湫阨(jiǎo ài):同"湫隘",低下狭小。踡跼(quán jú):屈曲不伸。

⑤伊:句首语气助词。函弘:义同"含弘",宽大。

⑥倾神州:使神州倾斜。吴国在东南地势倾斜处。神州,指中国。韫(yùn)椟:藏在柜子里。极言吴地之大,能包容中国。

⑦仰南斗以斟酌:仰取南斗星,用以酌酒。南斗,星名。即斗宿,同北斗星比,位置在南方,俗称南斗。南斗六星,连起来像勺子。

⑧二仪:指天地,即《周易·系辞》所指两仪。孔疏:"不言天地而言两仪者,指其物体,下与四象相对,故曰'两仪',谓两体容仪也。"优渥(wò):丰厚优裕。

⑨繇(yóu):通"由"。揆(kuí):推测揣度。

⑩小大之相绝:小大之不相同。

⑪亦犹棘林萤耀:西蜀像荆棘之丛和萤火虫之光。喻其微不足道。

⑫杓(xún)木:高大的树木。龙烛:神龙所衔巨烛。《山海经·大荒北经》记载神龙名烛龙,人面蛇身,红色,直目,其瞑乃晦,其视乃明。又云其含烛照太阴。

⑬否(pǐ)、泰:本为《周易》两卦名。否,指天地不交,万物不通,反映在政治上为世道衰微。泰,指天地交,万物通,政治上则世道昌盛。后泛喻命运的好坏、事物的顺逆等。相背:相反。

⑭帝之悬解:语出《庄子·大宗师》:"且夫得者,时也,失者,顺也;安时而处顺,哀乐不能入也。此古之所谓县(悬)解也。"帝,此处指天。刘渊林注:"人生禀命于天,受拘俗之性,忧虞终身不解。此乃自终执缚,为天所系。夫安时处顺,忧乐不能入,此自然放肆,为天所解也。"意谓人能解除人间束缚,达到无拘无束、逍遥自在的境界。

⑮桎梏(zhì gù)疏属:典出《山海经·上〈山海经〉表》:"贰负杀窫窳,帝乃梏之疏属之山,桎其右足,反缚两手。"以喻西蜀之拘束

执缚，不能解脱。疏属，山名。又名雕龙山，在今陕西绥德。

⑯庸：岂。

⑰确：贫瘠。

⑱暨（jì）：及。幽遐独邃（suì）：深远宽广之处。独邃，最深远处。

⑲闲奥：幽深。

⑳耳目之所不该：耳目不及之处。该，全、备。

㉑足趾之所不蹈：人们足迹未到之处。

㉒倜傥（tì tǎng）：卓越突出。

㉓诡（qū）诡之殊事：不同寻常的诡异事物。

㉔理：孙志祖校“理”改作“埋”。终古：永世。

㉕寤：醒寤，察觉。前觉：语出《孟子·万章》：“天之生此民也，使先知觉后知，使先觉觉后觉也。予，天民之先觉者也。”

㉖若吾子之所传：如我所讲的这些。吾，东吴王孙自称。据王念孙《读书杂志》考证，此句当为“若吾之所传”，“吾”下之“子”字乃后人妄加。吕向注“如我所传”，则“吾”下原无“子”则明矣。

㉗孟浪：粗略。与下句“梗概”意同，均为总括之词，故刘渊林注：“孟浪，犹莫络也。不委细之意。”遗言：流传下来的话。

【译文】

“评判人物，研讨风俗，有的国家繁荣昌盛，显要宽广；有的疆土低湿狭小，局促难舒。巍巍吴都，辽阔广大，迫使神州东南倾斜，包举中原如藏柜中。仰取南斗，命其酌酒，吴都兼容，天地厚遇。由此推度，西蜀与东吴，小大不能提。蜀如荆棘之丛，萤虫之光，而吴如万里高木，神龙巨烛。蜀否吴泰，背道而驰。天予东吴，处顺适时纵自由，帝禁西蜀，关押枷锁疏属山。岂可共世论大小，哪能同时较贫富？至于东吴幽深遥远区域，开阔纵深地带，视听未及之处，人迹未至之境，卓越不凡之物，珍奇怪异之事，深藏永世，未能发现。至于我上述所言，只是粗略传言，略微列举了东吴的轮廓，尚未道出其精妙绝伦的大观！”

京都下

左太冲

见卷第四《三都赋序》作者介绍。

魏都赋一首

【题解】

《三都赋》三篇以虚拟人物彼此夸耀的方式，极言三都的盛况。《蜀都赋》侧重山川风物，《吴都赋》侧重广阔繁华，《魏都赋》则侧重于魏的规模制度：造宫室兼“文质之状，商丰约而折中”，人们“遐迩悦豫而子来”，市场繁荣而商贾纯朴，处处熔铸中原优良历史传统，故四方悦服，颂声载路，顺天应人。经左思的铺排，体现一派天子上国、仁义治邦的气象。赋中流露着古代封建的正统思想，但同时也交织着反对分裂割据、要求祖国统一的民族精神。

左思创作《三都赋》，创作态度严谨，但刘大杰先生说：“在体制上，仍是沿仿着汉赋的典型，一无改革。无论他用了多少气力心血，《三都》只是班、张的末流，汉赋的余响。”（见中华书局1958年版《中国文学发展史》）可谓确评。

魏国先生有晬其容[①]，乃盱衡而诰曰[②]："异乎交、益之士[③]！盖音有楚夏者[④]，土风之乖也[⑤]；情有险易者[⑥]，习俗之殊也。虽则生常[⑦]，固非自得之谓也[⑧]。昔市南宜僚弄丸，而两家之难解[⑨]。聊为吾子复玩德音[⑩]，以释二客竞于辩囿者也[⑪]。

【注释】

①魏国先生：赋中虚构的人物。有：衬音词，无义。晬(suì)其容：容貌温和润泽。

②盱(xū)衡：睁目扬眉。盱，张目。衡，眉上曰衡。诰：告诫。

③交：交州。郡治番禺(今属广东)，三国时属吴国。益：益州。郡治成都(今属四川)，三国时属蜀国。士：刘良注："人通称也。"

④音：语音。这里指语言。楚：楚地。夏：指中原地区。

⑤土：土壤。风：风俗。乖：违，不同。

⑥险：性情不平和。易：性情平和。

⑦生常：性情之常。生，通"性"。

⑧自得：天生。指先天形成的性格。

⑨"昔市南宜僚"二句：语出《庄子·徐无鬼》。市南宜僚，姓熊，字宜僚，居于市南，号市南子，楚国勇士。善作弄丸杂技。难解，当指两家结难者言。此二句魏国先生以宜僚自居，为互相夸竞的吴、蜀两都之客释和。

⑩玩：品味，展玩。德音：善言。

⑪辩囿(yòu)：辩者善于辞令，语辞丰富。比喻辩者丰富的语言如苑囿中之多姿多彩的草木。

【译文】

魏国先生容貌温润，扬眉举目劝告说："吴、蜀两国的人是不同啊！

语言有南方和中原之别，那是不同的水土和风俗形成的；人性有平和与险恶之殊，那是不同的积习风尚造成的。虽则人有一定的性格，但并非与生俱来，天赋所致。古代市南宜僚善于弄丸之戏，消除了两家仇敌的怨恨。现在让我为尊驾重温嘉言德音，来分解两位巧舌如簧的争论。

"夫泰极剖判①，造化权舆②。体兼昼夜③，理包清浊④。流而为江海，结而为山岳。列宿分其野，荒裔带其隅⑤。岩冈潭渊⑥，限蛮隔夷⑦，峻危之窍也⑧。蛮陬夷落⑨，译导而通⑩，鸟兽之氓也⑪。正位居体者⑫，以中夏为喉⑬，不以边垂为襟也⑭。长世字甿者⑮，以道德为藩⑯，不以袭险为屏也⑰。而子大夫之贤者⑱，尚弗曾庶翼等威⑲，附丽皇极⑳，思禀正朔㉑，乐率贡职㉒，而徒务于诡随匪人㉓；宴安于绝域㉔，荣其文身㉕，骄其险棘㉖。缪默语之常伦㉗，牵胶言而逾侈㉘；饰华离以矜然㉙，假倔强而攘臂㉚。非醇粹之方壮㉛，谋踳驳于王义㉜，孰愈寻靡蓱于中逵㉝，造沐猴于棘刺㉞？剑阁虽嵘㉟，凭之者蹶㊱，非所以深根固蒂也㊲；洞庭虽浚㊳，负之者北㊴，非所以爱人治国也㊵。彼桑榆之末光㊶，逾长庚之初辉㊷，况河冀之爽垲㊸，与江介之湫湄㊹？故将语子以神州之略㊺，赤县之畿㊻，魏都之卓荦㊼，六合之枢机㊽。

【注释】

①泰极：即太极。古人指原始混沌之气。《周易·系辞》："易有太极，是生两仪。"剖判：开辟。指天地剖分。

②造化：指自然的创造化育。权舆：起始。

③体兼昼夜：体式兼有昼夜。体，体式。

④理包清浊：法则包含天地。清浊，清指天，浊指地。《列子·天瑞》："夫有形者生于无形……清轻者上为天，浊重者下为地。"

⑤"列宿"二句：言中夏、夷狄之大势，故以列宿分野定中夏，荒裔带隅别夷狄。列宿，星宿。分其野，古代把天上十二星宿的位置与地上各区域相对应，就天文说称分星，就地理说称分野。如参宿七星（今之猎户星座）为秦地的分野，井宿（今之双子星座）为蜀地的分野等。荒裔，边远地区。带，衣带。这里指如衣带一样连接。隅，角落。

⑥岩冈：指山脉。潭渊：指江湖。

⑦限：隔断。蛮、夷：古代泛指华夏中原民族以外的少数民族。

⑧峻危之窍：高山峻岭的洞穴。危，高。窍，洞穴。

⑨陬（zōu）：聚居为陬，即聚落、村落。与下"落"字同义。

⑩译导而通：靠语言的翻译相引导才与中原相通。

⑪鸟兽之氓：不开化的居民。氓，民。

⑫正位居体：语见《周易·坤·文言》："正位居体，美在其中，而畅于四支。"这里指处天子之位，居国君之体。李周翰注："正宝位，居君体。"

⑬中夏：中原地区。喉：指咽喉要地。

⑭垂：通"陲"。襟：衣之交领。襟为衣服之要，以喻形势险要之地，相当于上句中之"喉"。同为比喻，一以身为喻，一以衣为喻。

⑮长（zhǎng）世：领导社会。字甿（méng）：养民。字，养育。甿，泛指百姓。

⑯以道德为藩：以道德为藩篱。

⑰袭险：重重险阻。袭，重叠。

⑱子大夫之贤者：魏国先生对西蜀公子与东吴王孙的尊称。刘良注："（魏国）先生谓客为'子大夫之贤者'，主客之义也。"

⑲庶翼：语出《尚书·皋陶谟》："庶明厉翼。"孔传："众庶皆明其教

而自勉励,翼戴上命。”众庶皆勉力拥戴君主。翼,佐,拥戴。等威:《春秋左传·宣公十二年》:士会曰:“贵有常尊,贱有等威。”杜预注:“威仪有等差。”此指吴、蜀与魏威仪等差有别。

⑳附丽:附着。丽,附着。皇极:《尚书·洪范》:“建用皇极。”孔传:“皇,大。极,中也。凡立事当用大中之道。”这里喻魏主。

㉑禀:受。正朔:一年的第一天。正,一年的开始。朔,一月的开始。古代改朝换代,必重定正朔,故亦通指正统帝王新颁之历法。

㉒率:率领人民。贡职:依身份职别,或附庸国进献贡赋于朝廷。

㉓徒:仅。诡随:欺诈虚伪的人。《经义述闻》卷七:“诡随,叠韵字,不得分训……诡随,谓谲诈谩欺之人也。”匪人:本指非亲人而言,《周易·比》:“六三,比之匪人。”后指行为不正当的人。

㉔宴:安。绝域:指偏僻遥远的地区。

㉕荣其文身:吴以文身断发为荣。古代吴越之地其民在身体上刺有图案花纹,截短头发,称文身断发。《汉书·地理志》:“少康之庶子云,封于会稽,文身断发。”

㉖骄其险棘:指蜀以险阻为骄。棘,荆棘丛生处,犹险阻。

㉗缪:犹昧,不明。默语:《周易·系辞》:“子曰:‘君子之道,或出或处,或默或语。’”默,不说话。语,说话。常伦:常理。伦,指道理、次序。

㉘牵:引。胶言:诡辩而不合于义的言论。逾侈:过度奢侈。此指吴、蜀两客过分夸赞两地,语不符实。

㉙华(kuā)离:地形不齐貌。李周翰注:“华离,地形也。言蜀都之地小狭,华离斜角不正,徒夸饰以为沃壤也。”矜然:自得的样子。

㉚假:借。倔强:吴地士卒强暴性情。攘臂:捋衣出臂。喻强暴之性情。

㉛醇粹:即纯粹,精纯不杂。方壮:壮大。

㉜谋:想方设法。踳(chuǎn)驳:也作“踳驳”,乖乱。王义:王者之义。

㉝孰愈:哪个更甚。愈,在此有比较的意思。靡蓱(píng):漂流的浮萍。蓱,同“萍”,浮萍。中逵:九通之道交错的路口。泛指大路。此句言吴、蜀两客所为犹如九通大道上寻找水生植物萍草。

㉞造沐猴于棘刺:于棘之刺端雕刻沐猴之义。事见《韩非子·外储说》:燕王喜巧术,有人请为燕王在棘刺尖端雕刻母猴。后来燕王要求观看此人的雕刻工具,骗术才被揭穿。此句指吴、蜀两客所言谬误如棘之刺尖能雕母猴。沐猴,楚人称猕猴为沐猴。棘刺,棘木之刺。棘,丛生灌木。

㉟剑阁:栈道名。在今四川剑阁北,大剑山和小剑山之间,又名剑门关。嶚(liáo):高耸险峻。

㊱凭:据。蹶:败。

㊲非所以深根固蒂:不是国家长治久安之道。深根固蒂,以喻国家长治久安。

㊳洞庭:指吴地太湖。其中包山,有石穴,其深洞无知其极者,名洞庭。高步瀛《文选李注义疏》言:“窃疑汉以前言洞庭,皆指今湖南之洞庭……自汉以后,言洞庭者,往往以江浙之太湖当之。”按,此洞庭当指太湖。浚:深。

㊴负:恃。北:败走谓北。

㊵非所以爱人治国:不是爱民治国之道。

㊶桑榆之末光:日将西斜。

㊷长庚:指金星,古人称为太白星。在黄昏时出现于西方,称为长庚星;在黎明时出现于东方,称为启明星。以上二句言,即使是落日的余晖,也胜过了长庚星初升时的光辉。

㊸河冀:指中原地带。河,黄河流域。冀,古九州之一,包括今山西、河北西北部、河南北部等地。爽垲(kǎi):明亮高敞干燥。

㊹江介：指沿长江一带。介，边界，疆界。湫（jiǎo）湄：低下的水、草相交处，岸边。

㊺神州：指中原地区。略：界。

㊻赤县：亦指中原地区。畿（jī）：王畿，近国都之地。

㊼卓荦（luò）：超然俊异。

㊽六合：四方上下。枢机：枢为户枢，机为门阃，枢主开，机主闭，故以“枢机”喻事物的关键部分。

【译文】

“当混沌之气分化为阴阳之后，大自然就开始创造化育。兼有昼夜的体式，包融天地的法则。流动的汇为江海，凝聚的结成山岳。天空星宿相配大地分野，荒远的角落如衣带般连接着。山脉江湖隔断蛮夷与华夏，崇山峻岭随处有洞穴。分布着蛮夷的村落，经过语言翻译、向导带路才与中原往来，他们真如鸟兽之民。处天子之位者，据有中原为咽喉要地，而不以下裳之边角为上衣之前襟。统治天下养育百姓者，讲究道德为立国之本，不凭山河的重重天险。而你们两位贤者，不是和众庶一起勉力拥戴大魏，又不明魏与吴、蜀的威仪等差有别，也不臣服大魏皇帝，接受大魏正统的历法，心悦诚服地率领百姓向大魏进贡，却甘心追随欺诈虚伪行为不端的顽民；或安然自得于荒远偏僻之地，或炫耀断发文身的陋俗为荣，或显示山岳险阻为骄傲的本钱。又不能辨别该说不该说的常理，引用诡辩夸大其词；或美化偏邪的地盘以自负，或张扬暴烈的民性以自强。这不是精纯伟大的言论，而是千方百计违背王者之义，这比大道上觅浮萍、棘刺尖雕母猴的荒唐事又高明多少呢？剑阁虽高，光凭它国家就破败，这不是根深蒂固的巩固之道；洞庭再深，全仗它国家就灭亡，这不是爱民治国的长久之计。即使落日的余晖也胜似长庚星的初升光芒，更何况大魏所处明敞宽广的中原大地，长江沿岸的狭仄低温之岸怎能与之同日而语呢？所以我将向你们介绍大魏的疆域，中国的京畿，首善天下的中心——卓然特异的魏都。

“于时运距阳九[1]，汉网绝维[2]。奸回内奰[3]，兵缠紫微[4]。翼翼京室[5]，眈眈帝宇[6]，巢焚原燎[7]，变为煨烬[8]，故荆棘旅庭也[9]。殷殷寰内[10]，绳绳八区[11]，锋镝纵横[12]，化为战场，故麋鹿寓城也[13]。伊、洛榛旷[14]，崤、函荒芜[15]。临菑牢落[16]，鄢郢丘墟[17]。而是有魏开国之日，缔构之初[18]，万邑譬焉[19]，亦独犨麋之与子都[20]，培塿之与方壶也[21]。且魏地者，毕昴之所应[22]，虞夏之余人[23]，先王之桑梓[24]，列圣之遗尘[25]。考之四隈[26]，则八埏之中[27]，测之寒暑，则霜露所均[28]。卜偃前识而赏其隆[29]，吴札听歌而美其风[30]。虽则衰世，而盛德形于管弦[31]。虽逾千祀[32]，而怀旧蕴于遐年[33]。

【注释】

①运：时运，气数。距：至。阳九：厄运。详见《吴都赋》注。

②网：法网。这里喻汉室。维：纲。系物之大绳。以喻汉政权。

③奸回：奸邪小人。指汉末祸乱朝廷的宦官外戚。内奰(bì)：内部强行作乱。张载注：“汉室之乱，起于阉官，故曰‘内奰’也。”

④兵缠紫微：张载注：“紫微宫在南城下，于时兵所围绕。”紫微，帝王宫殿。

⑤翼翼：庄严雄伟貌。京室：王室。

⑥眈眈：屋宇深邃之貌。帝宇：与“京室”均指帝王宫殿。

⑦巢焚原燎：指汉末大乱，洛阳宫殿在战火中被毁，如焚鸟巢，如燎原草，破坏殆尽。《后汉书·灵帝纪》载袁术攻宦者时烧东、西宫。《后汉书·孝献帝纪》载董卓焚洛阳宫庙，挟汉帝迁长安(今陕西西安)。

⑧煨(wēi)烬：灰烬。

⑨旅：寄生。高步瀛《文选李注义疏》曰：“《后汉书·光武帝纪》上

曰:‘野谷旅生。’李贤注曰:‘旅,寄也。不因播种而生,故曰旅。今字书作“穭”,音吕,古字通。’案,此赋旅生即此义。”庭:宫廷。此指宫室废墟。

⑩殷殷:众多的样子。寰内:京都周围千里以内。

⑪绳绳(mǐn):众多的样子,绵绵不绝貌。八区:八方。

⑫锋镝(dí):锋,武器尖利处。镝,矢锋。泛指武器。这里用“锋镝”喻战火。

⑬麋鹿寓城:京都化为战场,故麋鹿旅居于城邑。

⑭伊、洛:伊水、洛水。榛旷:荒芜空旷。榛,树木丛生。

⑮崤(xiáo)、函:崤山和函谷关。此亦指西京一带。

⑯临菑(zī):齐之故都,在今山东。此指东方一带。牢落:寥落,荒废。

⑰鄢(yān)郢(yǐng):楚之故都。鄢、郢,皆在今湖北。此指南方一带。

⑱缔构:缔造。指魏开国建都。

⑲譬:譬说,用比喻说明。

⑳犨(chōu)麋:人名。据说相貌丑陋不堪。事见《吕氏春秋·遇合》。子都:人名。相传为美男子。见《诗经·郑风·山有扶苏》。

㉑培塿(pǒu lǒu):小土山。方壶:传说中的蓬莱、瀛洲、方丈三神山,方丈即方壶。注见《吴都赋》。

㉒毕昴(mǎo)之所应:地与天上星宿毕、昴相应,为毕、昴分野之地。

㉓虞夏之余人:虞夏的余民。魏地为舜、禹所都之地。余人,指后代。

㉔桑梓:桑树、梓树为古代住宅旁常栽之树木,东汉以后遂用以喻故乡。

㉕列圣:与上句先王皆指舜、禹。遗尘:遗土。

㉖隈(wēi):隅,角落。

㉗八埏(yán):八方。埏,大地的边际。中:中央。指魏地处地之中央。

㉘"测之寒暑"二句:指魏地亦处天之中央,因此测之气候,寒暑均衡。

㉙卜偃前识而赏其隆:卜偃,春秋时晋人,善卜筮。据《国语·晋语》记载,晋献公封大夫毕万于魏地。卜偃说,毕万的后代一定兴旺发达。前识,预见。隆,兴盛。

㉚吴札听歌而美其风:鲁襄公二十九年(前544),吴公子季札聘鲁,并观乐,歌魏风时,季札十分赞赏说:"大而婉,险而易行。以德辅此,则明主也。"事见《春秋左传·襄公二十九年》。

㉛"虽则"二句:指君王之盛德可在音乐中反映出来。衰世,衰微之时。指春秋时代。形,现。管弦,指乐曲。

㉜千祀:千年。

㉝怀旧:怀古。指继承优良之传统。蕴:积。遐年:遥远的年代。

【译文】

"当初,灾难厄运降临汉室,法网松弛,纲纪断绝。奸邪阉宦,祸乱宫廷。强兵围困皇宫,巍巍帝宇,深深殿院,如焚鸟巢,如火燎原,付诸一炬,化为灰烬,宫廷内外,荆棘寄生。繁华的京畿,富裕的八方,兵刃交错,变成战场,空城残邑,麋鹿游荡。伊、洛流域,榛木丛生,崤山、函谷,残破荒芜。齐地空寂肃杀,楚地荒墟凄凉。当此之时,大魏开国,缔造立基之始,列邦万国比于大魏,正如犨麋比于子都,土丘比于方壶那样天差地远。再说大魏分野对应毕、昴两星,舜、禹后裔在此繁衍生息,是英明先王的旧都,列代圣贤的故土。考查大魏四周,兹土稳处八方中央,观察其气候,天赐寒暑均衡。古有卜偃,预言魏地必将兴隆;季札观乐,赞叹魏风明君之音。当时虽逢末世,但高行盛德却流露在乐曲中。历史已飞逝千年,而悠远年代积聚的优良遗风犹存。

"尔其疆域，则旁极齐、秦[①]，结凑冀、道[②]。开胸殷、卫[③]，跨蹑燕、赵[④]。山林幽峡[⑤]，川泽回缭[⑥]。恒碣碪碍于青霄[⑦]，河汾浩汗而皓溔[⑧]。南瞻淇澳，则绿竹纯茂[⑨]；北临漳滏[⑩]，则冬夏异沼[⑪]。神钲迢递于高峦，灵响时惊于四表[⑫]。温泉毖涌而自浪[⑬]，华清荡邪而难老[⑭]。墨井盐池[⑮]，玄滋素液[⑯]。厥田惟中，厥壤惟白[⑰]。原隰畇畇[⑱]，坟衍斥斥[⑲]。或嵬垒而复陆[⑳]，或黀朗而拓落[㉑]。乾坤交泰而絪缊[㉒]，嘉祥徽显而豫作[㉓]。是以兆朕振古[㉔]，萌柢畴昔[㉕]。藏气谶纬[㉖]，闷象竹帛[㉗]。迥时世而渊默[㉘]，应期运而光赫[㉙]。暨圣武之龙飞[㉚]，肇受命而光宅[㉛]。

【注释】

①极：极尽。

②结凑：结聚。冀、道：李善注："冀、道，亦二国名也。"

③开胸：敞开于前。胸，前，在人体之前。

④跨蹑：跨有。蹑，踩。亦据有之义。

⑤幽峡（yǎng）：幽远深邃。峡，深邃。

⑥回缭：回绕。

⑦恒：恒山，北岳。自汉以来，祠北岳皆在今河北曲阳西北。至北魏太延元年（435），立北岳于山西浑源南二十里恒山上。此赋当指前者。碣：碣石山，古山名。书传但云海畔山，不详在何地。《汉书·地理志》云在右北平郡骊城县西南，即今河北地。碪碍（ǎn è）：高峻的样子。

⑧汾：汾水。《水经注·汾水》记载汾水出太原汾阳北管涔山。浩汗（hàn）：水势浩大。皓溔（yǎo）：水无边无际貌。即灏溔。

⑨"南瞻淇澳（yù）"二句：《诗经·卫风·淇奥》："瞻彼淇奥，绿竹猗

猗。”淇,淇水,在今河南北部。澳,水边之地。纯,美。

⑩漳:漳水。在今河北、河南两省交界外,入卫河。滏(fǔ):滏水,即今滏阳河。源出河北磁县西北滏山。泉奋涌,其水冬温夏凉,故名。又《山海经·北山经》:“滏水……入于漳,其水热。”

⑪冬夏异沼:滏水既热,故与漳水相比,犹如冬夏寒热之异。沼,水的通称。

⑫“神钲”二句:据《冀州图经》载,邺城西有石鼓,鼓自鸣,即有兵事。李周翰注:“邺西北有鼓山,上有石鼓之形,俗云时时自鸣,故称灵响惊警也。”石鼓称神钲者,如《诗经·小雅·采芑》:“钲人伐鼓。”《水经注·沔水》:“洞庭南口有罗浮山,高三千六百丈,浮山东石楼下有两石鼓,叩之清越,所谓神钲者也。”可见石鼓即为神钲。钲,铜锣。迢递,高远。灵响,指鼓自鸣。表,外。

⑬毖(bì):通“泌”,涓涓狭流,泉水涓流貌。自浪:水急速流动,自起波浪。

⑭华清:水华美而洁净。荡邪:祛除疾病。难老:洗浴温泉去疾,使人延年益寿。

⑮墨井:煤矿。李周翰注:“墨井,井中有石如墨。”盐池:在今山西运城境,以出石盐著名。张载注:“河东猗氏南有盐池,东西六十四里,南北七十里。”

⑯玄滋:指墨井中的黑液。素液:指盐池中白色盐水。

⑰“厥田惟中”二句:语见《尚书·禹贡》:“(冀州)厥土惟白壤,厥赋惟上上错,厥田惟中中。”据孔传:冀州之田高下肥瘦在九州之中处第五(次于上上、上中、上下、中上),冀州之土壤色白。

⑱原:平地。隰(xí):低湿之地。畇畇(yún):平坦的样子。

⑲坟:高地。衍:低平之地。斥斥:广大的样子。斥,胡刻本作“斥”,高步瀛《文选李注义疏》曰:“《说文》‘㡿’从广,或作‘斥’。作‘斥’作‘斥’,皆俗字耳。”

⑳嵬(wéi)垒:或作“磈垒”“磈磊”,高低不平的样子。复陆:联绵词,重叠。

㉑爌(kuàng)朗:光明。拓落:即廓落、宽广。

㉒乾、坤:《周易》八卦中的两卦名。《周易·说卦》:“乾,天也,故称乎父;坤,地也,故称乎母。”故乾坤即指天地。交泰:《周易·泰》:“天地交,泰。”意谓天地之气交接融合贯通。絪缊(yīn yūn):见《周易·系辞》:“天地絪缊,万物化醇。”意谓天地的阴、阳二气交融,万物普遍化生。

㉓嘉祥徽显而豫作:祥瑞微露早显。此句言大魏之兴早已有祥瑞预现。李周翰注:“谓汉桓之时,有黄龙星现于楚、宋之间。识者云:后五十年当有真人起于梁、沛,其锋不可当也。时果太祖应焉,故云嘉祥豫作也。”嘉祥,祥瑞。徽,毛本作“微”。高步瀛《文选李注义疏》曰:“《易·系辞》:微显而阐幽。赋语当本此。”故微显即显微,此时祥瑞在微细时即显露。豫作,早就显现。

㉔兆朕(zhèn):能预见事物或事机发生时的微小迹象。朕,征兆。振古:自古,往昔。振,自。

㉕萌:始。柢(dǐ):本。畴昔:往昔。与上句“振古”具言大魏之祥瑞早现。吕向注:“言魏都兆迹之本自于往古,谓卜偃、吴札之赏美者。”

㉖藏气谶(chèn)纬:气象藏于谶纬。谶,吕向注:“谶书,预言王者之兴亡也。”纬,纬书。

㉗闷(bì)象竹帛:气象藏于竹帛。闷,藏。象,征兆。竹帛,竹简帛素。指书籍。

㉘迥(jiǒng):旷远。渊默:沉静。

㉙期运:运数,气数。指大魏之开国乃运数,为天所授。光赫:光大赫盛。光,大。赫,盛。

㉚暨:至。圣武:指魏武帝曹操。《三国志·魏书·武帝纪》载,太

祖武皇帝沛国谯(今安徽亳州)人。姓曹,名操。为丞相,封魏王。文帝受禅,追尊曰武皇帝。龙飞:比喻魏武帝即位,圣人之兴。典出《周易·乾》:"飞龙在天,利见大人。"孔疏:"若圣人有龙德,飞腾而居天位。"

㉛肇:始。受命:受天命而为帝。光宅:充满,覆被。见《吴都赋》注。

【译文】

"魏国疆域,两旁尽据齐、秦故土,腹地结集冀、道古国。前拥殷、卫封地,北跨燕、赵山河。山林茂密深邃,川泽曲折回绕。恒、碣高峻,直刺青天;河、汾浩荡,无边无际。南望淇水河边,绿竹秀美又丰茂;北临漳、滏二水,漳冷滏热如冬夏。山峦上的神锣,既高又远,灵音鸣响,天下震惊。温泉涌疾流,自生波浪,清澈华美,祛邪延寿。墨井起黑液,盐地生素水。田质处中等,土壤呈白色。原野和低地,平平整整,丘陵起伏处,开阔广大。有的地势高低不平,有的地方明亮宽广。当天地之气交接,融合贯通,嘉美祥瑞微露端倪之时,早就预示魏祚。自古显征兆,往昔有萌芽。王者之气记载于谶纬之中,帝王之象刻著于竹帛之上。经过历史长河的沉默,终于气数应时运而发扬昌盛。到魏武帝时,开始龙飞受禅,应天命而君临天下。

"爰初自臻[①],言占其良[②],谋龟谋筮[③],亦既允臧[④]。修其郛郭[⑤],缮其城隍[⑥]。经始之制[⑦],牢笼百王[⑧]。画雍豫之居[⑨],写八都之宇[⑩]。鉴茅茨于陶唐[⑪],察卑宫于夏禹[⑫]。古公草创而高门有闶[⑬],宣王中兴而筑室百堵[⑭]。兼圣哲之轨[⑮],并文质之状[⑯],商丰约而折中[⑰],准当年而为量[⑱]。思重爻[⑲],摹《大壮》[⑳],览荀卿[㉑],采萧相[㉒]。偫拱木于林衡[㉓],授全模于梓匠[㉔]。遐迩悦豫而子来[㉕],工徒拟议而骋巧[㉖],阐钩绳之筌绪[27]，承二分之正要[28]。揆日晷[29]，考星耀[30]，建社稷，作清庙[31]。筑曾宫以回匝[32]，比冈隒而无陂[33]。造文昌之广殿[34]，极栋宇之弘规[35]。崶若崇山崛起以崔嵬[36]，髣若玄云舒蜺以高垂[37]。瑰材巨世[38]，埇塄参差[39]。枌橑复结[40]，栾栌叠施[41]。丹梁虹申以并亘[42]，朱桷森布而支离[43]。绮井列疏以悬蒂[44]，华莲重葩而倒披[45]。齐龙首而涌溜[46]，时梗概于滮池[47]。旅楹闲列[48]，晖鉴抰振[49]。榱题黮黕[50]，阶陏嶙峋[51]。长庭砥平[52]，钟簴夹陈[53]。风无纤埃，雨无微津[54]。岩岩北阙[55]，南端逌遵[56]。竦峭双碣[57]，方驾比轮[58]。西辟延秋[59]，东启长春[60]。用觐群后[61]，观享颐宾[62]。

【注释】

①爰：语首助词。臻（zhēn）：至。

②言：语助词。良：吉祥。

③谋龟谋筮：求于龟筮占卜都城。龟，以龟甲卜。筮，用蓍草占吉凶。

④允：信，诚。臧：善。

⑤郛（fú）郭：外城。

⑥城隍：城壕。有水为城，无水为隍。

⑦经始：经营之始。制：法度。

⑧牢笼百王：包罗历代帝王之制。牢笼，包罗。

⑨画：模仿。与下句“写”同义。雍：指西京长安。豫：指东都洛阳。

⑩八都：八方之都。指天下所有都城。

⑪鉴：观察以为法则，借鉴。茅茨（cí）：茅草屋顶。传说尧所居十分简陋，茅茨不剪。陶唐：尧。尧初居于陶，后封于唐，为唐侯，故称。《史记·五帝本纪》：“帝尧为陶唐。”

⑫卑宫:《论语·泰伯》:“(禹)卑宫室而尽力乎沟洫。”禹住得很简陋,却把力量用于沟渠水利,故言“卑宫”。卑,低劣。

⑬古公:周之先祖古公亶父。草创:指古公亶父率周人迁居岐山之下,草创都邑。闶(kàng):门高的样子。此句本自《诗经·大雅·绵》“皋门有伉(高貌)”。

⑭宣王中兴而筑室百堵:宣王中兴,复修宫室,筑城墙百堵。宣王,周宣王,继厉王而立,法文、武、成、康之遗风,是为中兴。事见《史记·周本纪》。堵,土墙长、高各一丈为堵。《诗经·小雅·斯干》:“似续妣祖,筑室百堵,西南其户。”

⑮轨:法则。

⑯并文质之状:具有朴实与文采相兼的形状。并,兼有。

⑰商:商度。丰约:富丽堂皇和简约俭朴。

⑱当年:昔年,从前。量:量其人力、物力而使用。

⑲重爻:指《周易》。

⑳摹:模仿,取出。《大壮》:《周易》卦名。《周易·系辞》:“上古穴居而野处,后世圣人易之以宫室,上栋下宇以待风雨,盖取诸大壮。”大壮卦,乾下震上,乾为天,野外的天似穹庐,比房屋;震比雷雨,象房屋可避风雨。

㉑览荀卿:阅读《荀子》。《荀子·富国》:“为之宫室台榭,使足以避燥湿、养德、辨轻重而已,不求其外。”荀卿提倡宫室不尚浮华。

㉒采萧相:采取汉丞相萧何修建未央宫的做法。《史记·高祖本纪》:“萧丞相营作未央宫,立东阙、北阙、前殿、武库、太仓。”

㉓僝(zhuàn):具备。拱木:两手合抱之树曰拱木。林衡:主山林之官。

㉔模:规范,法则。梓匠:木工。

㉕遐迩悦豫而子来:魏宫室动工,远近百姓皆欢悦并如子承父事而来。

㉖工徒:工匠之辈。拟议:考虑,设计。骋巧:施展技巧。

㉗阐钩绳之筌绪:吕延济注:"言述此钩绳将次古良工之遗绪。"阐,说明。钩绳,木工工具。钩,曲尺。绳,用以量直。筌,通"铨",次。绪,遗绪。

㉘二分:春分、秋分。分春之半、秋之半、昼夜长短等。昼夜中分百刻,故春秋之半,称春秋分,二分即指此。正要:吕延济注:"取春秋分之日日景(影)以定南北也。"

㉙揆(kuí):测度。日晷(guǐ):日影。

㉚考星耀:观察星宿。《周礼·考工记》:"匠人建国……昼参诸日中之景,夜考之极星,以正朝夕。"故星耀当指北极星。

㉛"建社稷"二句:《周礼·小宗伯》:"右社稷,左宗庙。"清庙,宗庙。

㉜曾(céng):通"层",高。回匝:回绕。

㉝隒(yǎn):崖,岸。陂(bēi):山坡。这里指高峻的宫室特立而出,无山坡之倾斜。

㉞文昌:魏宫室正殿。《南齐书·礼志》:"魏武都邺,正会文昌殿,用汉仪。"

㉟弘规:宏伟规模。

㊱嶵(duì):高峻。崛(jué)起:高起,突出。崔嵬:高峻。

㊲髧(dàn):头发下垂的样子。引申为下垂。玄云舒蜺:指宫殿色彩鲜丽如乌云中展开的虹霓自高下垂。

㊳瑰:珍奇。巨世:巨于世,世之巨者。

㊴堉堮(qì zhí):连接,重叠。

㊵枌(fén):通"棼",重屋的梁。橑(lǎo):屋椽。复结:重复而结聚。

㊶栾:柱首承梁的曲木,在栌头上。栌(lú):大柱柱头承梁的方木,即斗拱。

㊷虹申:如霓虹伸展。申,伸展。亘:横。

㊸桷(jué):方形的椽子。森:众多。支离:分散。

㊹绮井：藻井，天花板上凸出为覆井形，饰以花纹图案。列疏：行列疏布。悬蒂：绮井向下行布，花纹倒悬。

㊺华莲重葩（pā）而倒披：井中所画莲花及重重花饰如倒着散开，乃自下向上所观藻井的花饰所呈的姿态。葩，草木的花。引申为华丽。

㊻齐龙首而涌溜：整齐的龙首上承屋檐雨水，椽头上画为龙首，故如龙首承水。吕延济注："殿屋上四角皆作龙形于椽头，雨水注入于龙口中，泻之于地。"溜，屋檐水。

㊼梗概于滮（biāo）池：言涌溜之水势如滮池北流。梗概，犹仿佛。滮池，水名。在今陕西西安西北。

㊽旅：《尔雅·释诂》："旅，陈。又，众也。"言陈列则必众矣。楹（yíng）：厅堂的前柱。

㊾晖鉴：楹柱光辉远照。抰振：即柍（yāng）振，谓半檐。抰，通"央"。

㊿榱（cuī）：椽。题：头。黕黮（dǎn duì）：深黑。

51楯（shǔn）：台阶。嶙峋：形容台阶重重高叠。

52砥（dǐ）平：平如磨刀石。砥，磨刀石。

53簴（jù）：悬挂钟鼓的架子。夹陈：相对布陈于长庭。

54"风无"二句：言长庭虽风无尘，虽雨不润。津，润，湿。

55岩岩：高耸的样子。北阙：北城楼。

56南端：指正南门。凡南方正门，皆谓之端。逌（yóu）：同"攸"，所。遵：沿，效法。此指端门效北阙之式。

57竦峭：高峻。双碣：双双对立。碣，立。

58方驾比轮：两车并行。方，比。

59西辟延秋：西开延秋门。

60长春：门名。

61觐：诸侯朝见天子。群后：列侯。

㊷享颐：享宴颐养。

【译文】

“开初，谋及龟筮，占卜嘉美之地作为都城，实是大吉。于是修筑外城，整治城隍。经营之始，详考历代帝王的都城制度。效仿长安、洛阳的宫院，比照天下都城的殿堂。借鉴唐尧的茅茨不剪，细究夏禹的俭约卑宫。古公亶父草创都邑，始建高门；周宣王中兴修都，土墙百堵。魏都遵循圣明帝王的法度，选择文质兼备的准则，在富丽堂皇和简约朴实之间慎取折中，按照当年先圣经营为衡量标准。遵《周易》，不忘《大壮》遗训，读《荀子》，记取不尚浮华之教，学萧何，营造汉宫未央。于是山林之官采伐合围巨木，教授工匠雕削模式。远近百姓，闻讯欢欣喜悦，真如子营父业，都来效力，工匠施展才能，尽心献议，继承古代良工的传统技艺。春分、秋分之日，正南北方位，测量日影，观察星宿，右建社稷，左建宗庙。修筑巍峨宫殿，曲折回绕，有如山崖特立，而无倾危。文昌大殿，栋宇恢宏，规模空前。高峻如崇山崛起，崔嵬耸峙；宫殿色彩鲜丽，如玄云中一道虹蜺舒展，从高处飘然下垂。珍奇之材，举世无双。错落参差，交叉复结，栾栌层叠。红色大梁如长虹伸展横亘，朱椽排列众多而四处分散。大殿顶端，藻井行列稀疏，花蒂倒悬向下，莲花华美，枝叶倒披散开。椽头画有龙首，齐承雨水，涌溜水势，仿佛滮池流淌。殿堂前柱排列，光辉远照半殿。椽头漆黑，台阶高耸。长庭平如砥石，钟架两相对立。风吹无细尘，雨淋不湿润。巍然挺立的北城楼，门的式样如同南门。南北城楼，双双对峙，城门开阔，两车并驾齐驱。西建延秋门，东开长春门。诸侯在此朝觐天子，天子在此享宴群侯。

“左则中朝有赩[①]，听政作寝[②]，匪朴匪斫[③]，去泰去甚[④]。木无雕锼[⑤]，土无绨锦[⑥]。玄化所甄[⑦]，《国风》所禀[⑧]。于前则宣明显阳，顺德崇礼[⑨]。重闱洞出[⑩]，锵锵济济[⑪]，珍树猗猗[⑫]，奇卉萋萋[⑬]。蕙风如薰[⑭]，甘露如醴[⑮]。禁台省中[⑯]，连闼对廊[17]。直事所繇[18]，典刑所藏[19]。蔼蔼列侍[20]，金蜩齐光[21]。诘朝陪幄[22]，纳言有章[23]。亚以柱后[24]，执法内侍[25]，符节谒者，典玺储吏[26]。膳夫有官[27]，药剂有司[28]，肴醳顺时[29]，腠理则治[30]。于后则椒、鹤、文石[31]，永巷壶术[32]。楸梓、木兰[33]，次舍甲乙[34]。西南其户[35]，成之匪日[36]。丹青焕炳[37]，特有温室[38]。仪形宇宙[39]，历像贤圣[40]，图以百瑞[41]，綷以藻咏[42]。芒芒终古[43]，此焉则镜[44]。有虞作绘[45]，兹亦等竞[46]。

【注释】

①中朝：内朝。赩（xì）：赤色。

②听政：殿名。张载注："文昌殿东有听政殿，内朝所在也。"寝：李周翰注："正殿也。"

③朴、斫（zhuó）：李善注："《尚书》曰：'既勤朴斫。'孔传：'朴，治。斫，削也。'"则朴、斫为治理之义。

④去泰去甚：语出《老子》。李周翰注："言此殿非朴非斫，去泰去甚，言取中法，不以奢侈为务。"

⑤锼（sōu）：镂，雕刻。

⑥土无绨（tì）锦：此处指土工不修饰花纹。土，土工，如筑墙壁等。绨，粗厚丝织品。锦，有花纹的丝织品。

⑦玄化：至德的教化。甄（zhēn）：陶工制作瓦器谓甄。这里指圣化所成。

⑧《国风》所禀：张铣注："谓俭约禀于《国风》也。《国风》，《诗》所以美俭也。"《春秋左传·襄公二十九年》所歌《魏风》曰："美哉！大而婉，险而易行。以德辅此，则明主也。"《史记·吴太伯世家》作"俭而易行"，故谓"俭约禀于《国风》"，又与上文"匪朴匪斫"句语意相连。

⑨宣明、显阳、顺德、崇礼：皆门名。张载注："听政殿听政殿门，听政门前升贤门，升贤门左崇礼门，崇礼门右顺德门，三门并南向。升贤门前宣明门，宣明门前显阳门。"

⑩闱：宫中之门。洞：通。

⑪锵锵济济：《礼记·曲礼》："大夫济济，士跄跄，庶人僬僬。"故"锵锵济济"谓衣冠盛貌。锵锵，行步貌，即跄跄。济济，众多。

⑫猗猗(yī)：茂盛的样子。

⑬萋萋：茂盛的样子。

⑭蕙风：李善注云"蕙"当作"惠"。高步瀛《文选李注义疏》曰："五臣本铣注云：蕙，香草。是五臣改为'蕙'，而各本乱之。"惠风，和风，一名景风，祥风。薰：香草。全句谓风至如香草之薰。

⑮甘露如醴：露降如甜酒之醴。醴，甜酒，酒性平和。

⑯禁：禁中。秦汉制，皇帝宫中称禁中，言门户有禁，非侍卫及通籍之臣不得入内。台：官署名。应劭《汉官仪》："汉因秦置之。故尚书为中台，谒者为外台，御史为宪台。"省中：高步瀛《文选李注义疏》曰："《独断》上曰：禁中者，门户在禁，非侍御者不得入，故曰禁中。孝元皇后父大司马阳平侯名禁，当时避之，故曰省中。今宜改，后遂无言之者。是禁中、省中为一。"

⑰连闼(tà)：《淮南子·齐俗训》："广厦阔屋，连闼通房，人之所安也。"可见连闼为房共用门。闼，门。

⑱直事：若今之当值、当班。《后汉书·舆服志》："春秋上陵，尤省于小驾，直事尚书一人从。"故此直事谓直车驾之事。繇：五臣本作"由"，所由，指由此出入。

⑲典：典章。刑：法制，刑法。

⑳蔼蔼：多而盛的样子。侍：侍中，官名。李善注："建安十八年，始置侍中、中尚书、御史、符节、谒者。"

㉑金蜩(tiáo)：金蝉，帽饰。李善注引蔡邕《独断》曰："太尉以下，及

侍中、常侍,皆冠惠文冠,侍中、常侍加貂蝉。”

㉒诘朝:平旦,清早。此指早朝。陪幄:陪侍天子于帷幄之中。

㉓纳言:官名。天子喉舌,掌出纳王命。听下言纳于上,受上言宣于下。

㉔亚:次。柱后:御史官所戴的一种帽子,又称惠文冠。用𫄨(方目纱)作展筒,后面有两根上端卷曲的铁柱,故称柱后。此指御史官。

㉕内侍:宫廷供皇帝使唤的官员。

㉖“符节”二句:李善注:“符节掌玺,故云典玺。汉有尚符玺,谒者受事,故曰储吏。”符节,这里指尚符玺者。据《汉书·百官公卿表》记载,这种官有印绶,相当于二百石以上。谒者,官名。《汉书·百官公卿表》曰:“谒者掌宾赞受事,员七十人,秩比六百石。”

㉗膳夫:掌食之官。

㉘有司:官吏。

㉙肴:鱼肉之类荤菜。醳(yì):醇酒。

㉚腠(còu)理:指皮肤的纹理和皮下肌肉之间的空隙。此指病于初起则治。

㉛椒:皇后所居称椒房。《后汉书·皇后纪》注引《汉官仪》曰:“皇后称椒房,取其蕃实之义也。”鹤:听政殿后有鸣鹤堂。文石:文石室。亦在听政殿后,为后宫所止。

㉜永巷:皇宫中嫔妃住地,即后宫。壸(kǔn)术:宫中道路。术,亦道。

㉝楸梓、木兰:楸梓坊、木兰坊,均在听政殿后。

㉞次舍甲乙:汉制,宫中舍宇以甲乙分上下等。次,等第。吕延济注:“宫舍次序有甲乙之次,言其有大小也。”

㉟西南其户:宫舍之门或西向或南向。

㊱成之匪日:不日而成之。指宫殿建成之速。匪,不。

㊲丹青焕炳:指温室殿图画鲜明华美。

㊳特:与众不同。温室:殿名。鸣鹤堂前、听政殿之后,东、西二坊之中央,有温室殿,殿内有画像赞。古宫殿每有图画,如汉明光殿画古烈士,重行书赞。

㊴仪形宇宙:画天地之形。仪形,形状。这里指描绘。

㊵历像:画出历代贤圣之图像。

㊶百瑞:各种吉祥之物。

㊷綷(cuì):汇合。藻咏:即书赞、画像赞,文藻颂咏。藻,辞藻。

㊸芒芒:邈远貌。终古:久远。

㊹此焉则镜:李周翰注:"使人主见之,以知安危之理,可以为古之镜,视于身也。"以藻咏画像为镜,人主可对照自身。

㊺有虞作绘:舜作画以为鉴戒。《尚书·益稷》:"舜曰:'予欲观古人之象,日、月、星辰、山、龙、华虫,作会。'"

㊻兹亦等竞:温室殿亦可分有虞齐竞。

【译文】

"左边是内朝辉映红光的宫殿,听政殿为大殿,此殿崇尚俭约,洗净浮华。楹柱去除雕镂,阶陛不着文饰。这是至德教化所致,也禀受了《国风·魏风》俭朴的教导。听政殿前,为宣明、显阳、顺德、崇礼四门。宫门重重,贯穿通达;聚集尊贵大臣,济济多士;珍贵树木茂密,奇花异草繁生。和风宛如芳草薰香,甘露好似平和美酒。禁台省中,各种官署,通房连门,高廊相对。值班官吏,由此出入,典章文献,收藏在此。侍从官员,众多如云,冠饰金蝉,齐放光芒。纳言之官,早朝之时,陪侍天子于帷幄,出纳王命,文采可观。其次是佩戴惠文冠的御史大臣,执堂法令的内侍,掌玺的符节令,掌赞受事的谒者。还有膳食之官,调理佳肴醇酒,顺乎时令;医药之官,防患于初始,医治疾病。听政殿后,则有皇后椒房、鸣鹤堂、文石室、永巷、壶术,后妃居住其中。还有楸梓坊、木兰坊，宫舍依甲、乙次序分等。宫舍之门，或西向而设，或南向而开，修建迅速，不日而成。与众不同的温室殿，殿中图画鲜明华美。描天地宇宙之形，绘历代圣贤之像，画各种祥瑞景象，再合以文藻赞颂。一直追溯到茫茫远古，天子视之，以此为镜。古代虞舜作画彝器，以为鉴戒，温室堪与之比试高下。

“右则疏圃曲池[①]，下畹高堂[②]。兰渚莓莓[③]，石濑汤汤[④]。弱蓌系实[⑤]，轻叶振芳[⑥]。奔龟跃鱼，有瞭吕梁[⑦]。驰道周屈于果下[⑧]，延阁胤宇以经营[⑨]。飞陛方辇而径西[⑩]，三台列峙以峥嵘[⑪]。亢阳台于阴基[⑫]，拟华山之削成[⑬]。上累栋而重溜[⑭]，下冰室而沍冥[⑮]。周轩中天[⑯]，丹墀临猋[⑰]，增构峨峨[⑱]，清尘彯彯[⑲]。云雀踶甍而矫首[⑳]，壮翼摛镂于青霄[㉑]。雷雨窈冥而未半[㉒]，皦日笼光于绮寮[㉓]。习步顿以升降[㉔]，御春服而逍遥[㉕]。八极可围于寸眸[㉖]，万物可齐于一朝[㉗]。长涂牟首[㉘]，豪徼互经[㉙]。晷漏肃唱[㉚]，明宵有程[㉛]。附以蘭锜[㉜]，宿以禁兵[㉝]，司卫闲邪[㉞]，钩陈罔惊[㉟]。

【注释】

①疏：这里有开阔义。五臣本作“蔬”，故刘良注：“蔬圃，菜园也。”曲池：张载注：“文昌殿西有铜爵（雀）园，园中有鱼池堂皇。”

②畹（wǎn）：《说文解字》：“田三十晦（亩）曰畹。”高堂：刘良注：“园中亭也。”

③莓莓：即每每，草茂盛生长的样子。

④石濑：石上湍急的水流。汤汤（shāng）：水急流的样子。

⑤弱蓌（zōng）：树木的细枝。

⑥轻叶振芳：风吹嫩叶，芳香阵阵。

⑦瞭(qì):视,看。吕梁:地名。古代解者意见甚分歧。高步瀛认为指泗水之上之石梁。《水经注·泗水》:"(泗水)又东南过彭城县东北,又东南过吕县南。"《列子》称孔子观于吕梁,即此。按,此处疑指池中有石高耸处。

⑧驰道:皇帝车马所行之道。周屈:弯弯曲曲。果下:马中珍品。高三尺,乘之可行果树之下,故谓之"果下"。《三国志·魏书·东夷传》云:"涉……乐浪檀弓出其地。其海出班鱼皮,土地饶文豹,又出果下马,汉桓时献之。"

⑨延阁胤宇:阁道栋宇相连接。延,连绵,连续。胤,接,续。经营:张载注:"直行为经,周行为营。"或直道,或周旋。

⑩飞陛:高高的宫殿台阶。飞,极言其高。方辇:可并辇而行。径西:径直向西。

⑪三台:张载注:"铜爵(雀)园西有三台。中央有铜爵(雀)台,南则金虎台,北则冰井台。"即著名的邺中三台。

⑫亢:高。阴基:地基。

⑬拟华山之削成:三台似华山削成一般。

⑭重溜:屋承溜。以木为之,承于屋,溜入此木中,又从木中而溜于地,谓重溜。(见《礼记·檀弓》孔疏。)

⑮冰室:藏冰之所。冱(hù)冥:寒冷清阴。

⑯周轩:长廊有窗而回环。轩,有窗的长廊。中天:言长廊之高耸入云。

⑰丹墀(chí):宫殿用丹漆成红色的台阶。猋(biāo):旋风,狂风。

⑱增:通"层"。构:李周翰注:"屋也。"峨峨:高貌。

⑲清尘彯彯(piāo):屋宇深净无浊尘,故曰"清尘彯彯"。彯,飘卷。

⑳云雀:即凤。此指屋顶之装饰。踶(dì):踏。甍(méng):屋脊。矫首:举首。此句言铜雀作于楼巅,舒翼若飞。

㉑壮翼:振翅。壮,大。摛(chī)镂:舒展翅如雕镂的花纹。

㉒窈（yǎo）冥：阴暗。未半：指台之高，雷雨之阴暗只能笼罩下部，其上尚明光灿烂。

㉓曒（jiǎo）日：明亮的太阳。绮寮（liáo）：雕花窗。此句承上，日光既然在上，故曰“光于绮寮”。

㉔习步顿以升降：台高楼危，登临悚惧，故登临或下降须步顿而踏实。习，反复，以示谨慎。

㉕御：服。逍遥：闲乐。

㉖八极可围于寸眸：八方极远处，可会合于径寸之眸子。

㉗万物可齐于一朝：万物齐一在此时。依李周翰说。

㉘长涂牟首：长长的阁道上有许多楼阁。牟首，阁道有室，供长途中宿。

㉙豪：长也。徼（jiào）：徼道，徼循之道，巡行警戒之道。互经：互相经过，交错。

㉚晷（guǐ）漏：日晷与漏刻。皆为古代测时器。肃唱：严格按时报唱。

㉛明宵：白天曰明，夜晚曰宵。程：指准则。

㉜蘭锜（yǐ）：兵器架。蘭，通“阑”。

㉝禁兵：保卫皇帝的军队。

㉞司卫：卫尉官。闲邪：防恶。

㉟钩陈：星名。在紫微垣内。古书中用以指后宫。罔：无。

【译文】

“右边是开阔的园圃和曲折的池水，低平的田地上筑有园亭。池中小洲，兰草茂密，石上清水，湍流迅疾。细枝头上垂果实，嫩叶摇动吐芳气。龟奔鱼跃，池中断石处，真如悬挂瀑布的吕梁。回环曲折的驰道上，行走着名贵的果下马，它们在连绵不绝的阁道楼宇间来回周旋。又高又宽的殿阶两驾并驱，径直向西，铜雀、冰井、金虎三台列峙峥嵘。巍峨的三台建在坚实的地基上，平地突起如华山之陡崖。栋梁累累，檐溜重重，下有冰室，清阴寒凝。长廊有窗，高可及云，回旋半空；红色殿阶，直插重霄，狂飙腾起；层楼高峻，清风无尘。铜雀踏于楼巅，翘首欲飞，在青天中展开镂花翅翼。半楼之下，乌云密布，雷雨倾盆；半楼之上，阳光明媚，笼罩花窗。高台危楼，登临悚惧，一步一顿；穿上春服，在此逍遥。八方极远处齐收于径寸之目，万物齐一于此时。阁道楼宇，蔓延相连，巡行之道，交叉相通。晷漏准时报唱，昼夜界限分明。内设兵器插架，住有天子禁兵，卫尉防邪止恶，后宫安然不惊。

"于是崇墉浚洫①，婴堞带涘②。四门輣輣③，隆厦重起④。凭太清以混成⑤，越埃壒而资始⑥。藐藐标危⑦，亭亭峻趾⑧。临焦原而不怳⑨，谁劲捷而无猓⑩？与冈岑而永固，非有期乎世祀⑪。阳灵停曜于其表⑫，阴祇蒙雾于其里⑬。菀以玄武⑭，陪以幽林⑮。缭垣开囿⑯，观宇相临。硕果灌丛，围木竦寻⑰。篁篠怀风⑱，蒲陶结阴⑲。回渊漼⑳，积水深，蒹葭赞㉑，雚蒻森㉒。丹藕凌波而的皪㉓，绿芰泛涛而浸潭㉔。羽翮颉颃㉕，鳞介浮沉㉖。栖者择木㉗，雊者择音㉘。若咆渤澥与姑馀㉙，常鸣鹤而在阴㉚。表清籞㉛，勒虞箴㉜。思国恤㉝，忘从禽㉞。樵苏往而无忌㉟，即鹿纵而匪禁㊱。腜腜坰野㊲，奕奕菑亩㊳。甘荼伊蠢㊴，芒种斯阜㊵。西门溉其前，史起灌其后㊶，墱流十二，同源异口㊷。畜为屯云㊸，泄为行雨。水澍粳稌㊹，陆莳稷黍㊺。黝黝桑柘㊻，油油麻纻㊼。均田画畴㊽，蕃庐错列㊾。姜芋充茂，桃李荫翳㊿。家安其所，而服美自悦[51]，邑屋相望，而隔逾奕世[52]。

【注释】

①崇：高。墉：城墙。浚：深。洫：城沟，即池。

②婴：绕。堞(dié)：女墙，城上呈齿形的矮墙。涘(sì)：水涯。

③巘巘(niè)：高貌。

④隆厦：高大的房屋。重起：重叠而起。

⑤凭太清以混成：楼观高峻而依天，若天然自成。太清，指天。

⑥越埃壒(ài)而资始：超越大地借混然之气而成。埃壒，尘土。这里指地。以上二句李周翰注："谓楼观高峻而凭天，若混然而自成也。超越尘昏之所资，混然之气，以为造作之始也。"

⑦藐藐：远貌。标危：绝顶。标，尖端部分。危，高。

⑧亭亭：高远貌。峻趾：高高的基础。趾，基础。

⑨临焦原而不恍：面对焦原毫不逊色。焦原，山名。亦名横山，又名峥嵘谷。乃一巨石生成。据《尸子》记载，焦原广寻，长五十步，临百仞之溪，莒国莫敢近。恍，心神不安。

⑩谁劲捷而无猥(xǐ)：哪个强劲之辈登临能不害怕？猥，同"葸"，心神不定，畏惧之貌。

⑪"与冈岑"二句：李周翰注："言长坚固如山，岂可论年代之近远乎？"有期，有期限。

⑫阳灵：太阳神。指日。停曜：阳光笼罩。

⑬阴祇：地之神。以上二句极言楼台高峻。

⑭苑：园囿名。玄武：玄武苑，在邺城西。苑中有鱼梁、钓台、竹园、葡萄等果园。

⑮陪：附。幽林：茂密的树林。

⑯缭垣：围墙缭绕。囿：即苑。

⑰围木：巨树。寻：古长度单位。八尺为一寻。引申为高度。

⑱篁篠(xiǎo)：篁，为竹林，篠，小竹，细竹。这里总指竹。怀风：含风。指风吹竹林。

⑲蒲陶：葡萄。结阴：葡萄架叶茂蔓衍，故多荫。

⑳漼(cuǐ)：澄清。

㉑蒹葭(jiān jiā):荻,芦苇,皆水草。贙(xuàn):强有力争地而出。《尔雅·释兽》:"贙,有力。"指猛兽。蒹葭乃众草中强而有力者,故言"贙"。

㉒雚(huán):芦苇。即蒹葭,古作"萑",隶变作"雚"。蒻(ruò):嫩蒲。

㉓丹藕:指红莲。的皪(lì):光亮鲜艳。

㉔芰(jì):菱角。叶浮水上,花黄白色,花落而实生。浸潭:即浸淫。又写作"浸寻"。

㉕羽翮(hé):指鸟类。颉颃(xié háng):鸟飞上飞下的样子。

㉖鳞介:指水中鱼龟之类。

㉗栖者:指飞鸟。

㉘雊(gòu)者:鸣雉。以上二句指各种小动物个个自得其乐。

㉙咆:鸣。渤澥(bó xiè):海名。即今渤海。姑馀:吴山名。

㉚常鸣鹤而在阴:《周易·中孚》:"鸣鹤在阴,其子和之。"

㉛表:标志。籞(yù):亦作"御",古代帝王的禁苑。吕向注:"籞,谓池沼草木有屋庇禽兽之处,表而不禁任人取之。"

㉜虞箴:虞人之箴。《春秋左传·襄公四年》记载,周武王的太史辛甲命百官各为箴辞,虞人因以田猎为箴,后称虞箴。其辞亦载《春秋左传》中。

㉝国恤:国忧。

㉞忘从禽:不从禽兽之乐。此言戒猎。

㉟樵:打柴。苏:取草。

㊱即鹿:逐鹿。

㊲腜腜(méi):肥美。坰(jiōng):郊野。

㊳奕奕:茂盛貌。菑(zī):本指初耕的农田。这里泛指田地。

㊴荼:苦荼。泛指野菜。伊:语助词。蠢:生长。

㊵芒种:稻麦。阜:多。

㊶“西门”二句：据《太平寰宇记》卷五十五引《邺中记》曰：魏文侯时，西门豹为邺令，修堤堰引漳水灌邺，以富魏之河南。后史起为邺令，引潭水十二渠，灌溉魏田数百顷。二句即指此。西门豹、史起，皆战国时魏人。

㊷“墱(dèng)流”二句：据《太平寰宇记》卷五十五：河北道相州邺县紫陌桥“之下有天井堰，二十里内作十二墱。墱相去三百步，令相灌注，即《魏都赋》云‘墱流十二，同源异口’”。墱流，有台阶的排水系统。

㊸畜：指蓄水。屯云：如云聚。

㊹澍(shù)：沾，润。粳(jīng)：稻类作物。稌(tú)：稻。

㊺陆：指高地。莳(shì)：种植。

㊻黝黝：即油油，禾黍之苗光悦貌。下句“油油”同。

㊼纻(zhù)：纻麻。

㊽均田：据《汉书·王嘉传》注引孟康曰：“自公卿以下至于吏民，名曰均田，皆有顷数，于品制中令均等。”画畴：划定田界。

㊾蕃：屏障。庐：舍。错列：错杂而布。

㊿荫翳(yì)：繁盛貌。

51服美：甘其食，美其服。

52隔逾：隔绝。奕世：累代。吕延济注：“言太平安无事，虽邑屋相望而阻绝，终世不相往来。”

【译文】

“于是筑高城，挖深沟，城上女墙，城下池水围绕。四门高大雄伟，楼观大厦，重重叠叠。高峻依天，如天然生成；又似超越大地，浑然自成。绝顶邈远，基址高耸。即与百仞焦原相比亦不逊色，哪个强劲之辈登临能不心惊？永远坚固如山，岂可以年代计其久远。阳光停照在上，云雾迷漫其中。玄武苑，背靠丛林。墙垣缭绕，殿宇相望。灌木中硕果累累，大树高达千寻。风吹竹园，葡萄荫浓。池水曲折，又清又深，蒹葭争地而出，蒲苇茂密而生。红莲鲜艳，凌波水上；绿菱滋润，漂浮湖面。鸟儿上下翻飞，游鱼水中沉浮。飞禽择木栖息，雉鸟鸣声动听。皆汇集苑中而自得，犹如在大海高山吟啸，又如仙鹤舞鸣在树荫。苑囿有标记，取猎不禁止，虞箴古训，君主警戒。常思国事之忧，不为田猎之乐。樵夫苑中砍柴打草无所忌，猎人追逐麋鹿不干涉，真如文王之囿，与民同之。郊野多肥沃，土地又富饶。野草甘美，稻麦丰盈。西门豹引漳入邺于前，史起完善水利于后，共修墱流十二渠，水源灌注不同渠口。蓄水时，如乌云堆聚；排水时，如暴雨倾泻。水田稻谷润，高地植稷黍。桑柘光黝黝，纻麻绿油油。吏民田土，个个按等分赐，划定界限；房屋藩篱，交错排列。生姜白芋，丰富充裕，桃李枝繁，树荫密布。家家安居乐业，甘其食，美其服，人人满怀喜悦；太平盛世，邑屋相望，隔绝终世，不相往来。

“内则街冲辐辏[①]，朱阙结隅[②]。石杠飞梁[③]，出控漳渠[④]。疏通沟以滨路[⑤]，罗青槐以荫涂。比沧浪而可濯[⑥]，方步榈而有逾[⑦]。习习冠盖[⑧]，莘莘蒸徒[⑨]。斑白不提[⑩]，行旅让衢[⑪]。设官分职，营处署居。夹之以府寺[⑫]，班之以里闾[⑬]。其府寺则位副三事[⑭]，官逾六卿[⑮]。奉常之号[⑯]，大理之名[⑰]。厦屋一揆[⑱]，华屏齐荣[⑲]。肃肃阶阂[⑳]，重门再扃[㉑]。师尹爰止[㉒]，毗代作桢[㉓]。其闾阎则长寿吉阳，永平思忠[㉔]，亦有戚里[㉕]，寘宫之东[㉖]。闬出长者[㉗]，巷苞诸公[㉘]。都护之堂[㉙]，殿居绮窗[㉚]。舆骑朝猥[㉛]，蹀敝其中[㉜]。营客馆以周坊[㉝]，饬宾侣之所集[㉞]，玮丰楼之闬闳[㉟]，起建安而首立[㊱]。葺墙幂室[㊲]，房庑杂袭[㊳]。剞劂罔掇[㊴]，匠斫积习[㊵]。广成之传无以畴[㊶]，槀街之邸不能及[㊷]。

【注释】

①冲:要冲,四通八达之道。辐辏(fú còu):车辐集中于轴心。喻向中心集中。

②朱阙结隅:张载注“邺城内诸街,有赤阙里。阙正当东、西、南、北城门”,故曰“朱阙结隅”。隅,指城隅。

③石杠:石桥。指石窦桥,在宫东面。飞梁:飞架。

④出控漳渠:漳渠在邺西十里,东入邺城,经宫中东出,经石窦桥,故云“出控漳渠”。

⑤滨:水边。

⑥沧浪:水青色。《孟子·离娄》及《楚辞·渔父》有辞曰:“沧浪之水清兮,可以濯吾缨;沧浪之水浊兮,可以濯吾足。”

⑦方:比。步櫩(yán):檐下长廊。櫩,同“檐”。逾:逾越,超过。

⑧习习:盛貌。冠盖:冠冕车盖。指高官。

⑨莘莘:众多。蒸:众。

⑩斑白:指老人。不提:不提挈器物。

⑪让衢:让路。衢,大路。

⑫夹之以府寺:据张载注:“当司马门南出,道西最北东向相国府,第二南行御史大夫府,第三少府卿寺。道东最北奉常寺,次南大农寺。出东掖门宫正东道南西头太仆卿寺,次中尉寺。出东掖门,宫东北行北城下,东入大理寺,宫内大社西郎中令府。”可见当时官寺盛况。

⑬班:次,排列。

⑭位副三事:汉魏相国、御史大夫,即辅于三公,故云“位副三事”。又李周翰注:“三事:正德、利用、厚生也。正德以率下,利用以阜财,厚生以养人。”可参考。

⑮官逾六卿:高步瀛《文选李注义疏》谓:“魏初置太仆、大理、大农、少府、太常、宗正、卫尉,九卿置七,故云‘官逾六卿’也。”

⑯奉常：官名。主宗庙事。秦名奉常，汉初曰太常，建安中又名奉常。

⑰大理：官名。主断刑狱之事。秦称廷尉，汉景帝中元六年（前144）更名大理，魏承袭之。

⑱揆（kuí）：尺度。

⑲华屏：饰有花纹的门墙。齐：相等。

⑳肃肃：严整貌。闳（xiàng）：两阶之间。

㉑扃（jiōng）：门闩。

㉒师尹：主管国事的高级官员。爰止：于此居止。

㉓毗：辅助。桢（zhēn）：筑土墙时夹板两端的支柱。引申为支柱。

㉔长寿、吉阳、永平、思忠：四里名。长寿、吉阳在宫东，中当石窦桥。吉阳南入，长寿北入，皆贵里。

㉕戚里：外戚所居之里坊。与君主有姻亲者居之，故名戚里。

㉖寘（zhì）：放置，安置。

㉗闬（hàn）：里门。

㉘巷苞诸公：巷亦包括公侯之宅。苞，通"包"，包括。

㉙都护：官名。吕向以为官殿名。采此说。

㉚殿：堂之高大者。古代屋之高严通呼为殿，不必宫中称殿。

㉛舆骑朝猥（wěi）：朝贡车马众多。猥，多。

㉜蹀敧（dié qī）：累积。其中：指都护官内。

㉝营：营造。馆：客舍。这里指诸侯来往所止息之客舍。周坊：遍及里巷。

㉞饬（shì）：同"饰"。所集：指客舍。

㉟玮：美。丰：大。闬闳（hàn hóng）：高步瀛《文选李注义疏》曰："此云高其闬闳，俱谓门耳，于义自通。"又云："此赋营客馆以下，暗用《传》语。"

㊱起建安而首立：建安之中初立。

㊲葺(qì):修葺,补治。幂(mì):涂。

㊳庑:屋檐。依李周翰说。

㊴剞劂(jī jué):曲刀,用以刻镂。掇(chuò):通"辍",中止。

㊵匠斫:工人。积习:逐渐积累反复治理。

㊶广成之传:广成传舍,战国时秦之客馆。秦曾让蔺相如住于广成传。传,驿舍。畴:俦。

㊷稾(gǎo)街:汉时长安街名。也作"藁街""稁街"。各属国使者邸第皆在此街。

【译文】

"魏都街道四通八达,像车辐一样向中心集中,红色阙里与城隅会合。石窦桥犹如飞梁,下控漳渠之水。水边路畔,沟渠畅通;长街两旁,青槐罗列。渠水清清,好比沧浪之水可濯缨;林荫浓密,胜过长廊可遮凉。达官贵人,往来其中,黎民百姓,熙熙攘攘。世风淳朴,斑白老人不提重物,行旅之人互让路。设立官司,分配职务,营造官署部门。夹杂在府寺之间,分布在里闾之中。府寺内,相国、御史大夫位比三公;设置官职,超过六卿。有名奉常,有号大理。各处大厦房庑同一规格,雕花屏墙,齐放光彩。台阶层层,肃然严整,府门重重,门锁两道。最高长官,在此主事,辅助王政,可谓国家栋梁。都中里坊,有长寿、吉阳、永平、思忠,也有君主姻亲居住的戚里,安置在皇宫东面。出入尽是长者,巷居都是公侯。都护宫内大殿,装有刻花窗户。朝贡的车马繁多,停息累积其中。营造的客舍遍及里坊,精心装饰的宾馆,楼宇华美,高门宏伟,建安年间,始为首倡。墙室加工精美异常,房檐错杂相互掩映。兴修土木,从未停息,反复修缮,更加完善。秦代广成驿传怎能相比,汉代稾街之邸难以企及。

"廓三市而开廛①,籍平逵而九达②。班列肆以兼罗③,设阛阓以襟带④。济有无之常偏⑤,距日中而毕会⑥。抗旗亭之峣薛[7],侈所頫之博大[8]。百隧毂击[9],连轸万贯[10]。凭轼捶马[11],袖幕纷半[12]。壹八方而混同[13],极风采之异观[14]。质剂平而交易[15],刀布贸而无筭[16]。财以工化[17],贿以商通[18]。难得之货[19],此则弗容,器周用而长务[20],物背窳而就攻[21],不鬻邪而豫贾[22],著驯风之醇酞[23]。白藏之藏[24],富有无隄[25]。同赈大内[26],控引世资[27]。賨幏积埔[28],琛币充牣[29]。关石之所和钧[30],财赋之所厎慎[31]。燕弧盈库而委劲[32],冀马填厩而驵骏[33]。

【注释】

①廓:开。三市:谓大市、朝市、夕市。《周礼·司市》:"大市,日昃而市,百族为主;朝市,朝时而市,商贾为主。夕市,夕时而市,贩夫贩妇为主。"廛(chán):市中道。依李周翰说。

②籍:通"藉",凭借。平逵:平路,大道。九达:到处可通。

③班:布。列:陈列。肆:铺子。

④阛阓(huán huì):古代市道即在垣与门之间,故称市肆为阛阓。此处似指市中巷。吕向注:"阛阓,市中巷。绕市如衣之襟带然。"阛,市垣。阓,市之外门。

⑤济:调剂。常偏:吕向注:"有无常偏谓多少二者,或至巨万,或至贫无,此为常偏也。"

⑥距:至。

⑦抗:高。旗亭:市楼。峣薛:高峻。

⑧侈:吕向注:"美。"頫(tiào):眺。博大:指市场富博广大。

⑨隧:路。毂击:车毂相击。言车之多。

⑩连轸万贯:车与车相连以万计。轸,车厢底部后边的横木。这里指车后。

⑪轼：戴震《释车》："舆前卑于较者谓之式（轼）。"轼与较皆卑，皆车栏上之木，周于舆外，非横在舆中。轼的作用，以便车前射御执兵，亦因之伏以轼敬。捶：击。指鞭马。

⑫袖幕：连袖成幕。言市街上人之多。见《史记·苏秦列传》："临菑之途，车毂击，人肩摩，连衽成帷，举袂成幕，挥汗成雨，家殷人足，志高气扬。"纷半（pàn）：繁乱、繁盛貌。半，大片。《汉书·李陵传》颜师古注曰："半，读曰判。判，大片也。"

⑬壹八方而混同：八方混同，归于一所。四面八方的人和货物都集中此地。

⑭风采：风俗。风，风俗。采，采事。

⑮质剂：贸易券契。《周礼·质人》："凡卖偿者质剂焉，大市以质，小市以剂。"

⑯刀、布：皆古钱币名。筭：同"算"。

⑰财：胡克家曰："财，当作'材'。"材，指物之成其材用。工化：由工匠制作而成。

⑱贿：财货。

⑲难得之货：指远方异物、宝玉等物。

⑳周用：用途广泛。周，备。长务：常用。指物在于经常使用。长，常。

㉑背窳（yǔ）：不粗制滥造。窳，滥。就攻：讲究坚固耐用。

㉒鬻（yù）：出卖。邪：劣质物品。豫贾：不变价。豫，预先，事先。

㉓驯风：风，别本作"致"。《周易·坤》："驯致其道。"意谓逐渐达到道。这里驯致即为逐渐达到的意思。醇酿：喻政风淳厚。

㉔白藏：库名。在西城下，有屋一百七十四间。《尔雅·释天》曰："秋为白藏。"固以为名。

㉕富有无隄：富有无限。隄，限。

㉖赈：丰富，充实。大内：国家宝库。

㉗控引世资：调控天下资财。

㉘賨幏(cóng jià)：即賨布。賨，古代巴人赋税之称。此则指巴人所贡。幏，据《风俗通》，古西南廪君之巴氏所织之布。墆(zhì)：囤积，堆积。

㉙琛：珠玉。币：布帛。牣(rèn)：满。

㉚关石：衡器，指秤。《尚书·五子之歌》孔疏云："关者，通也。名石而可通者，惟衡量之器耳。"钧：平。

㉛厎(dǐ)慎：致慎，谓采取慎重态度。《尚书·禹贡》："庶土交正，厎慎财赋，咸则三壤成赋。"厎，定，规定。

㉜燕弧：燕地之弓。委：堆积。劲：指弓之劲硬者。

㉝冀马：冀北之名马。厩：邺城西下有乘黄厩。驵(zǎng)骏：指良种壮马。

【译文】

"都内市道上，一日开三市；沿着大路，可通八方。商铺林立，百货罗列，市中巷道之多犹如带之绕襟。调剂通融货物，既不缺少，也不积滞，时至中午，商贾云集。市楼高高耸立，登楼眺望，市场广大无比。成百条路上，车毂相击，车如鱼贯，数以万计。驾车人凭轼鞭马，衣袖一挥成帷幕。四面八方的人会合一处，奇风异俗，蔚为大观。契券贸易，公平方便，钱币交易，不计其数。市场供应器物，都由工匠制造，各种货物由商业流通。市场不容奢侈无用之物，提供器物，用途广泛，经久耐用，杜绝粗制滥造，追求坚固结实。不能虚抬物价和推销伪劣货物，处处显示淳厚的政风和民情。白藏大库，无限充裕。国内宝库，同样富足，调控天下资财。南蛮賨幏，堆积如山，珠玉布帛，充满府库。衡量贡赋，非常公平，所致贡赋，定有等级。燕地强弓堆满库，冀北良马充满厩。

"至乎勍敌纠纷①，庶土罔宁②。圣武兴言③，将曜威灵④。介胄重袭⑤，旍旗跃茎⑥。弓珧解檠⑦，矛鋋飘英⑧。三属之甲[9]，缦胡之缨[10]。控弦简发[11]，妙拟更嬴[12]。齐被练而铦戈[13]，袭偏裻以谟列[14]。毕出征而中律[15]，执奇正以四伐[16]。硕画精通[17]，目无匪制[18]。推锋积纪[19]，铓气弥锐[20]。三接三捷，既昼亦月[21]。克翦方命[22]，吞灭咆烋[23]。云撤叛换[24]，席卷虔刘[25]。祲威八纮[26]，荒阻率由[27]。洗兵海岛，刷马江州[28]。振旅輷輷[29]，反旆悠悠[30]。凯归同饮，疏爵普畴[31]。朝无刓印[32]，国无费留[33]。丧乱既弭而能宴[34]，武人归兽而去战[35]。萧斧戢柯以柙刃[36]，虹旍摄麾以就卷。斟《洪范》[37]，酌典宪[38]。观所恒[39]，通其变[40]。上垂拱而司契[41]，下缘督而自劝[42]。道来斯贵，利往则贱[43]。囹圄寂寥[44]，京庾流衍[45]。

【注释】

①勍(qíng)敌：强敌。纠纷：乱，纷乱。

②庶土：指天下。罔：无。

③圣武：指魏武帝曹操。张载注："建安十九年五月，立魏公，位诸侯王上。赤绂，远游冠。二十一年，进爵为王。二十二年，得设天子旍旗，出警入跸。赐朱冠，冕十二旒，金根车，驾六马，建太常，设五时副车。"故下云"介胄重袭，旍旗跃茎"云云。

④曜(yào)：照耀。

⑤介：甲。胄：头盔。重袭：重而衣之。

⑥旍(jīng)旗：旌旗。跃：举。茎：旗杆。

⑦珧(yáo)：弓名。珧本为小蚌，饰弓两端，因以为名。檠(qíng)：矫弓的工具。李善注引《金匮》曰："良弓非勍檠不张。"

⑧铤(chán)：小矛。英：矛上的羽饰。

⑨三属(zhǔ)之甲：古代战士的铠甲。《汉书·刑法志》："魏氏武卒，衣三属之甲。"属，联。

⑩缦胡:又作“曼胡”,言无文饰。曼,无。依胡绍煐说。

⑪控弦:引弦。简发:谓择处而发。简,择。

⑫更羸:古善射者。据《战国策·楚策》记载,更羸能虚发而射中雁。

⑬齐被练而铦(xiān)戈:兵士齐披练,执铦戈。被,服。练,白色熟绢。古以练为甲里。铦,锋利。

⑭袭:穿着。偏裻(dú):戎衣名。遗(huì)列:或止或列。遗,中止。

⑮中律:言中克胜之法。依吕向说。

⑯奇正:古时用兵,以对阵交锋为正,设计邀截袭击为奇。《孙子兵法·势》:“奇正相生,如循环之无端。”

⑰硕画:远大的谋划。

⑱目光匪制:张铣注:“目见所为,皆合宜制。”

⑲推锋:举锋刃。指作战。推,举。积纪:十二年为一纪。谓武帝初平年起兵至建安二十五年(220)积一纪。

⑳铓(máng)气:锋芒之气。铓,刃端。

㉑“三接”二句:此指战斗频繁,屡战屡胜。李周翰注:“言一日三接战于敌人,一月三捷。”三,言其多。

㉒克:胜。翦:同“剪”,剪除。方命:违命,抗命。此指违抗王命者。

㉓咆烋(xiāo):咆哮。指自矜不服者。

㉔云撤:如云之消散。撤,除。判换:即跋扈。

㉕虔刘:杀戮。指劫掠杀戮凶残之徒。

㉖祲(jìn):盛。八纮(hóng):八方极远处。

㉗荒阻:蛮荒险阻之地。亦极言其远。率由:率从。

㉘“洗兵”二句:随手钩带二都。海岛暗指吴,江州暗指蜀。江州,古代巴国首都,在今重庆。

㉙振旅:吕向注:“兵还曰振旅。”軥軥(tián):众车声。又,高步瀛谓此赋语,盖即《诗经·小雅·采芑》之“振旅阗阗”。“阗”与“軥”

字异而义同。

㉚反旆(pèi):返军的旗帜。悠悠:旌旗飞舞。

㉛疏爵:分爵。普畴:指普遍衡量军功,按等赏赐。畴,种类,等级。

㉜朝无刓(wán)印:朝无印角磨刓之印。指朝廷对该赏的、该封的毫不犹豫,决不会有功不赏。刓印,棱角磨损之印。事见《汉书·韩信传》:"(项王)使人有功,当封爵,刻印刓,忍不能予。"

㉝费留:有功不赏为费留。《孙子兵法·火攻》:"夫战胜攻取,而不修其功者,凶,命曰费留。"

㉞弭:平。宴:安乐。

㉟归兽:将马牛放归山野。意谓偃武修文。

㊱萧斧:古代兵器斧钺。萧,通"肃"。因斧钺用于刑罚,故取严肃之义。戢(jí):收敛,收藏。柙刃:将利刃收于匣中。

㊲《洪范》:《尚书》篇名。相传为箕子所作,内容为向周武王陈述政术。

㊳典宪:典章制度。

㊴恒:常理。

㊵通其变:变而通之,适合变化的形势。

㊶垂拱:指顺应天下,无为而治。司契:古者无文书法律,刻契合符以为信。此喻在上位者掌握法律。

㊷缘督:顺守中道。缘,顺。督,中。

㊸"道来"二句:人伦关系重道贱利。喻民风之纯朴。

㊹囹圄(líng yǔ):牢狱。

㊺京:大。庾:仓。流衍:堆积多。

【译文】

"至于群雄混战,天下动荡不宁。圣明的魏武帝兴兵讨伐,圣灵威武照耀天下。将士披甲戴胄,士卒高举旗杆,旌旗迎风飘舞。调整好饰有贝壳的强弓,长短铁矛上挂着羽饰。身披三属铠甲,战盔配上武士红缨。引满弓，射中的，射艺不比更羸差。甲里齐缝白绢，手执锋利长矛，穿上戎服出征。队伍行止有列，军威严正，师行征战尽合兵法，战争的奇正之术了如指掌。画谋奇策，精通妙理，所作所为，皆合兵法。战争持续整一纪，士气越战越猛锐。战事频繁，一日与敌三接战，经常一月三捷报。剪除违抗王命之徒，吞灭凶残不服之臣。飞扬跋扈之辈如烟消云散，烧杀掳掠之寇被席卷而去。威震八方极远处，蛮荒险阻来宾服。洗兵东方海岛，刷马西南江州。胜利班师，战车隆隆，军旗飘飘。凯旋归来，大宴将士，有军功者按等级封爵。朝无不忍予人之印，国无迟迟不赏之功。丧乱已平定，天下为安乐，军人归马放牛不再战。战斧收其柄，利刃归于匣，描虹战旗被卷藏。斟酌《洪范》政术，参考典章大法。不违常理，精通权变。明主执法，无为而治，百姓遵教，勉励中道。以修养道德为贵，以见利忘义为耻。监狱冷冷清清，大仓囤积丰裕。

“于时东鳀即序①，西倾顺轨②，荆南怀憓③，朔北思韪④。绵绵迥涂⑤，骤山骤水⑥。襁负贶贽⑦，重译贡篚⑧。髽首之豪⑨，镰耳之杰⑩，服其荒服⑪，敛衽魏阙⑫。置酒文昌⑬，高张宿设⑭。其夜未遽⑮，庭燎晳晳⑯。有客祁祁⑰，载华载裔⑱。岌岌冠縰⑲，累累辫发⑳。清酤如济㉑，浊醪如河㉒，冻醴流澌㉓，温酎跃波㉔。丰肴衍衍㉕，行庖皤皤㉖。愔愔醧讌㉗，酣湑无哗㉘。延广乐㉙，奏九成㉚。冠《韶》《夏》㉛，冒《六》《茎》㉜。僣响起㉝，疑震霆，天宇骇，地庐惊，亿若大帝之所兴作㉞，二嬴之所曾聆㉟。金石丝竹之恒韵㊱，匏土革木之常调，干戚羽旄之饰好㊲，清讴微吟之要妙㊳。世业之所日用㊴，耳目之所闻觉。杂糅纷错㊵，兼该泛博㊶。鞮鞻所掌之音㊷，韎昧任禁之曲㊸，以娱四夷之君，以睦八荒之俗。

【注释】

①东鳀(tí):国名。据《汉书·地理志》:“会稽海外有东鳀人,分为二十余国,以岁时来献见。”即序:就序。指归顺、依附。

②西倾:国名。《尚书·禹贡》:“织皮西倾,因桓是来。”顺轨:归顺正道。

③荆南:指荆南的蛮夷。憓(huì):同“惠”,顺。

④朔北:指朔北的戎狄。韪(wěi):善。

⑤绵绵:遥远。迥(jiǒng):长。

⑥骤:奔驰。

⑦襁(qiǎng):以背带系物。赆(jìn):送行时所赠礼品。贽(zhì):初见所执之礼物。

⑧重译:辗转翻译。《汉书·平帝纪》颜师古注曰:“译谓传言也。道路绝远,风俗殊隔,故累译而后乃通。”篚(fěi):竹筐。

⑨髽(zhuā)首:用麻结发。古代南方一带少数民族的装饰。

⑩镰(qú)耳:穿耳戴金银首饰。镰,以金银为耳饰。

⑪服其荒服:穿其本族服饰。

⑫敛衽魏阙:指各国悦服,归顺大魏。敛衽,整理衣服。表示敬意。

⑬文昌:殿名。

⑭高张宿设:夜未降临,音乐先演奏起来。李周翰注:“高张其乐,先夜而设。”

⑮遽(jù):尽,完。

⑯庭燎晢晢(zhé):语见《诗经·小雅·庭燎》。庭燎,庭中照明用的火炬。古人早朝,庭上燃着麻稭等扎成的火炬。晢晢,火光明亮貌。

⑰祁祁:众多的样子。

⑱载:语助词。华:华夏之臣。裔:指四裔之人,边远地区的少数民族。

⑲岌岌：高的样子。纚(xǐ)：同“缅”，古代用来束发的黑帛。据孙诒让《周礼正义》曰：“惟周时凡冠必先著缅，而后以冠加其上。”

⑳累累：接连成串、长而不绝的样子。

㉑酤：酒。

㉒浊醪(láo)：浊酒。

㉓冻醴：冷酒。澌(sī)：解冻时流动的水。这里指冷酒凝滞的样子。

㉔温酎(zhòu)：暖酒。酎，醇酒。亦称双套酒。

㉕衎衎(kàn)：丰饶。各本误作“衍衍”。胡克家曰：“据善注，当作‘衎衎’。”据改。

㉖行庖(páo)：主行食之厨工。皤皤(pó)：丰富貌。

㉗愔愔(yīn)：和悦安适的样子。醧(yù)谳：私宴。

㉘酣湑(xǔ)：畅饮欢乐。湑，乐。

㉙延：陈。广乐：指钧天广乐。钧天，上帝所居。广乐，广大之乐。传说秦穆公与赵简子均聆听过此乐。《史记·扁鹊仓公列传》：“简子寤，语诸大夫曰：‘我之帝所甚乐，与百神游于钧天，广乐九奏万舞，不类三代之乐，其声动心。’”张衡《西京赋》：“昔者大帝说秦缪公而觐之，飨以钧天广乐，帝有醉焉。”

㉚九成：多次演奏。音乐奏完一曲叫一成。《尚书·益稷》：“《箫韶》九成，凤皇来仪。”孔疏：“成，犹终也。每曲一终，必变更奏。故经言九成，传言九奏，周礼谓之九变。”

㉛冠《韶》《夏》：李周翰注：“言数奏乐，皆首出《韶》《夏》。”冠，首。《韶》《夏》，均为乐曲名。《韶》，舜乐。《夏》，禹乐，指乐曲《大夏》。

㉜冒：笼，包括。《六》《茎》：指《六英》与《五茎》。相传《六英》为帝喾时的乐曲，《五茎》为颛顼时的乐曲。《礼记·乐记》孔疏引《乐纬》曰：“帝喾曰《六英》，颛顼曰《五茎》。”又《白虎通·礼乐》引《礼记》曰：“颛项乐曰《六茎》，帝喾乐曰《五英》。”与前说相反。

高步瀛《文选李注义疏》曰:“似《五茎》《六英》之说较古矣,善注引《动声仪》,又引《汉志》,殆两存其说欤?”

㉝傮(cáo):高步瀛《文选李注义疏》曰:“此以‘傮’为‘曹’耳。”曹,群,众。

㉞亿若:高步瀛《文选李注义疏》曰:“亿,读为‘抑’,语词也。”大帝:天帝。相传天帝作钧天广乐。

㉟二嬴:指秦穆公与赵简子。《史记·赵世家》:“赵氏之先,与秦共祖。”秦、赵同姓嬴,故曰“二嬴”。所曾聆:听到的乐曲。指钧天广乐。

㊱金石丝竹:与下文的“匏土革木”为古代制作乐器的材料,遂指乐器,称八音。其中金指钟镈,石指磬,丝指琴瑟,竹指管箫,匏指笙,土指埙,革指鼓鼗,木指柷敔。

㊲干戚羽旄之饰好:干戚羽旄,歌舞者所执之物。干,盾。戚,斧。羽,雉羽。旄,旄牛尾。饰好,打扮美丽。

㊳讴(ōu):歌唱。要(yào)妙:美妙。

㊴世业:世代相传之事业。这里指王者之业。

㊵杂糅纷错:各种舞曲纷呈展现。极言舞乐之盛。

㊶兼该:兼容。泛:广大。

㊷鞮鞻(dī lóu):即鞮鞻氏,周乐官名。掌管四方少数民族音乐。

㊸韎(mèi)昧:古代东方少数民族之乐。任:古代南方少数民族之乐。禁:古代北方少数民族之乐。李善注引《孝经》曰:“东夷曰昧,南夷曰任,西夷之乐曰株离,北夷之乐曰禁。”

【译文】

“此时海外东鳀依附听命,西倾之国归顺正道,荆南蛮夷怀惠思报,朔北戎狄心念大魏之好。跋涉于迢迢长路之上,奔驰于高山流水之间。背负礼物,筐盛特产,通过辗转翻译向大魏进贡。以麻束发的道领,耳垂金饰的酋长,身穿边远地区的异服,敛起衣襟拜于大魏宫廷。摆宴文昌殿,欢聚诸君长。长夜未央,高奏音乐,庭中火炬,光明辉煌。宾客如云,既有华夏,又有四夷。华夏之臣高冠压黑帛,四夷之人发辫一串串。清酒清如济水,浊醪浑如河水,冷醴凝滞,暖酒泛波。华宴菜肴丰盛,品种多样,主管行食的厨工成列成行。宾主和悦安适,畅饮欢乐,饮酒至酣,绝无喧哗。陈设天帝之《广乐》,反复演奏,百听不厌。首先奏响舜禹乐曲《韶》与《大夏》,还包括帝喾之乐《六英》、颛顼之乐《五茎》。众多和鸣,真如雷霆声声,惊天动地,确似秦穆公、赵简子在梦中聆听到的钧天广乐。八音奏出雅韵,乐器弹起曲调,舞蹈者手擎干戚,或执羽旄,打扮装饰美丽动人,清歌优美,微吟精妙。真是王者大业所拥有的音乐,又能满足耳目的享受。各种乐曲纷呈交错,兼容并蓄,广博浩大。乐官执掌四夷音乐,东方的韎昧、南方的任、北方的禁,丰富多彩,可欢娱四夷君长,协和八方之民。

“既苗既狩[1],爰游爰豫[2]。藉田以礼动[3],大阅以义举[4]。备法驾[5],理秋御[6]。显文武之壮观[7],迈梁驺之所著[8]。林不槎枿,泽不伐夭[9]。斧斨以时[10],罾罛以道[11]。德连木理,仁挺芝草[12]。皓兽为之育薮[13],丹鱼为之生沼。矞云翔龙[14],泽马亍阜[15]。山图其石,川形其宝。莫黑匪乌,三趾而来仪[16];莫赤匪狐[17],九尾而自扰[18]。嘉颖离合以蓴蓴[19],醴泉涌流而浩浩[20]。显祯祥以曲成[21],固触物而兼造[22]。盖亦明灵之所酬酢[23],休征之所伟兆[24]。旼旼率土[25],迁善罔匮[26]。沐浴福应[27],宅心醰粹[28]。余粮栖亩而弗收[29],颂声载路而洋溢。河洛开奥[30],符命用出[31]。翩翩黄鸟,衔书来讯[32]。人谋所尊,鬼谋所秩[33]。刘宗委驭[34],巽其神器[35]。窥玉策于金縢[36],案图箓于石室[37]。考历数之所在[38],察五德之所莅[39]。量寸旬[40],涓吉日[41]。陟中坛[42],即帝位。改正朔[43],易服色。

继绝世,修废职[44]。徽帜以变,器械以革。显仁翌明[45],藏用玄默[46]。菲言厚行[47],陶化染学[48]。雠校篆籀[49],篇章毕觌[50]。优贤著于扬历[51],匪孽形于亲戚[52]。

【注释】

①苗、狩:夏猎曰苗,冬猎曰狩。

②爰:语助词。游、豫:天子春出曰游,秋出曰豫。

③藉田:古代帝王于春耕前,亲自率人耕田,举行仪式,以奉祀宗庙,并有劝农之意。《礼记·祭义》:"天子为藉千亩。"《三国志·魏书·武帝纪》:"(二十一年)三月壬寅,公亲耕籍田。"籍、藉通。

④大阅:《春秋公羊传·桓公六年》:"大阅者何?简车徒也。"检阅兵马并讲武。义:指合于礼法。

⑤法驾:蔡邕《独断》:"天子有法驾。"天子的车驾,也称法车。大辂,驾六马,天子出行必依此规格。

⑥秋御:驾车之法。李善注引《庄子》逸篇:"尹需学御三年而无所得,夜梦受秋驾于其师。明日往朝其师,其师望而谓之曰:'吾非独爱道也。恐子之未可与也,今将教子以秋驾。'"

⑦文武:张铣注:"文谓习礼乐也,武谓田猎讲武也。"

⑧迈:超过。梁驺:张载注:"《鲁诗传》曰:'古有梁驺。梁驺,天子猎之田也。'"故梁驺乃天子田猎处。又高步瀛引姜皋说,以梁驺为天子田猎之乐曲。高步瀛《文选李注义疏》曰:"此说与以梁驺作地名解者迥异。然亦言之成理,故存之。"所著:张铣注:"今则过古书之所著也。"谓超过了古书的记载。

⑨"林不槎(zhà)枿(niè)"二句:语本《国语·鲁语》:"山不槎蘖,泽不伐夭。"槎,砍伐。枿,树木砍伐后新生的枝条。夭,未长成的动物。

⑩斨(qiāng):方孔的斧。

⑪罾(zēng):渔网。此指以网捕鱼。罡:同“网”。

⑫“德连木理”二句:张载注:“延康元年,木连理,芝草生于乐平郡,白鹿、白麞见于郡国,赤鱼见于太原郡。”白鹿、白麞即下文之皓兽,赤鱼即下文之丹鱼,皆兆祥瑞物。

⑬薮:泽。

⑭矞(yù)云:彩色瑞云。翔龙:张载注:“黄初元年十一月,黄龙高四五丈,出云中,张口,正赤。”翔龙亦祥瑞之物。

⑮泽马:泽中神马,祥瑞之物。亍(chù):小步而行。

⑯“莫黑匪乌”二句:《诗经·邶风·北风》:“莫赤匪狐,莫黑匪乌。”张载注:“延康元年,三足乌、九尾狐见于郡国。”莫黑匪乌,指三足乌,亦祥瑞之物。来仪,降临,来临。

⑰狐:指九尾狐,瑞兽。《春秋元命苞》曰:“天命文王以九尾狐。”王褒《四子讲德论》:“昔文王应九尾狐而东夷归周。”

⑱扰:柔,驯顺。

⑲嘉颖:张铣注:“嘉颖为嘉禾合穗。”亦为祥瑞之物。离合:偏义复词,合。蕣蕣(zǔn):丛生貌。

⑳醴泉:甘泉。

㉑祯祥:吉祥之兆。曲成:《周易·系辞》:“曲成万物而不遗。”多方曲折成就魏祚。

㉒触物而兼造:张铣注:“触类兼造化而出伟大兆示也。”触物,事物相感应。造,创造化育。

㉓明灵:神灵。酬酢:本指宾主俱饮,主人敬酒于客曰酬,客酌主人酒曰酢。此喻魏行道统,宇神明,祥瑞皆至,乃神灵感应之理。

㉔休征:吉利的征兆。伟兆:大兆。指上述众瑞并出,皆帝王受命之符。

㉕旼旼(mín):和乐的样子。率土:所有的土地。

㉖迁善罔匮:迁善去恶而不止。

㉗沐浴：置身其中。福应：吉兆之应。

㉘宅心醰（tán）粹：醇厚之教化居于人心。宅，居。醰粹，纯美醇厚。喻民心仁爱。

㉙余粮栖亩而弗收：《淮南子·缪称训》："昔东户季子之世，道路不拾遗，耒耜余粮宿诸畮，使君子小人各得其宜也。"喻太平盛世道不拾遗，人仁物丰。

㉚河洛开奥：《周易·系辞》："河出图，洛出书，圣人则之。"奥，奥秘，即指《河图》《洛书》。传说《易》出黄河，《书》出洛水，是帝王圣者受天命的吉兆。

㉛符命：天赐祥瑞与大魏，以为受命的凭证。

㉜"翩翩黄鸟"二句：传说魏将立国，有黄鸟衔书出现。张载注："黄初元年，黄鸟衔丹书昼见河尚台。"讯，梁章钜《文选旁证》云：当作"谇"，告。

㉝"人谋"二句：《周易·系辞》："人谋鬼谋，百姓与能。"李周翰注："人谋所尊，谓歌谣也。鬼谋所序，谓祥瑞也。""人谋"即上文所言"颂声载路而洋溢"。"鬼谋"指上述种种吉祥之兆。秩，序，依次出现。

㉞刘宗：指汉朝。委驭：放弃统治。

㉟巽（xùn）：谦让。神器：喻帝位。

㊱玉策：秘籍，即玉牒，记载帝王之迹。金縢（téng）：金匮，帝王藏书之金属箱匣。

㊲案：查。图箓（lù）：即图谶，汉代宣扬符命占验的书。

㊳历数：天道。指朝代更替的次序。谓天道历运之数，帝王易姓而兴，故言历数为天道。

㊴五德：五行。秦汉方士以金、木、水、火、土五行相生相克的道理来附会王朝的命运，称五德。刘良注："察五行之行，所临相生也。"

㊵寸旬：短暂的光阴。旬，时间。

㊶涓：择。

㊷陟：登。中坛：祭坛。《三国志·魏书·文帝纪》载，曹丕，字子桓，武帝太子，为魏王。汉帝以众望在魏，遂禅位，乃为坛于繁阳（今属河南）。

㊸改正朔：古时改朝换代，新王朝表示“应天承运”，须重定正朔。

㊹“继绝世”二句：张铣注：“王侯有绝嗣者命而继之，士有失职者复之，皆王者初受位之体也。”

㊺翌明：显示仁明之德。翌，明，显示。《周易·系辞》：“显诸仁，藏诸用。”

㊻藏用玄默：《淮南子·主术训》：“君人之道……俨然玄默，而吉祥受福。”指魏文帝藏用于内，守玄默不言，而德化以著。藏用，隐藏功用。玄默，沉静无为。

㊼菲言：薄言，寡言。

㊽陶化染学：言文帝陶冶而成其学。陶化，陶冶。染，化成。

㊾雠校：校对文字。篆籀（zhòu）：指以篆籀文字所写的经史书籍。

㊿篇章毕觌（dí）：篇什文章，莫不尽览。以上皆言魏文帝好学好书。

(51)优贤著于扬历：吕向注：“优其贤才，明其搜扬而历试之。”

(52)匪孽形于亲戚：言文帝待诸侯以礼，不以私情见于亲戚。匪，非。孽，忤逆，不孝顺。形，现。

【译文】

“帝王夏猎冬狩，春日出游，秋日巡行。遵守礼制，藉田躬耕，依循礼法，讲武阅兵。天子出行备大辂、驾六马，熟习驾车技能。显示太平盛世文治武备的壮观场面，超过古书记载的天子田猎梁驺。入林不砍伐新生枝条，进泽不猎取幼小禽兽。伐木合于时节，捕鱼合于养育之理。有德则树生连理枝，怀仁则芝草挺而出。薮泽内祥瑞白兽繁育，池沼中吉兆丹鱼畅游。彩云黄龙飞，山阜神马驰。山出宝石，水献珍宝。

乌黑的三足神乌，神往飞来；红色的九尾神狐，柔顺驯服。嘉颖合穗，茂盛生长；甘美泉水，浩浩通流。这正是显示吉祥瑞庆之兆，多方曲成大魏受祚。事物相互感应，万物创造化育，是神灵对大魏施行仁德的回报，吉祥瑞和的征兆大示天下。王土处处欢乐，迁善去恶，无所匮乏。置身在吉祥预兆的气氛中，仁爱醇厚的教化深入民心。余粮安置地亩边，不须收回，道路上洋溢着歌颂之声。黄河洛水献出奥秘，天赐大魏符命之凭证。黄鸟翩翩而来，口衔丹书来告。百姓欢歌齐颂扬，神灵依次现吉兆。刘家王朝委弃驭世之辔，禅让帝位给大魏。考察秘籍于金匮，查阅图谶于石室。考察天道历运之数，观察五行相生之律。度量时间，选择吉日，登上祭坛，魏文即位。改定岁首，变易服色。使绝代继嗣，失职者复立。变更旗帜，改革兵器。魏文帝虽示仁明之德，藏功不露，沉静而治。寡言实干，陶冶染化其学。校对篆籀经史之文，篇什文章莫不尽览。重用的贤才，居官确有政绩，文帝的亲戚，没有忤逆和不顺。

"本枝别干，蕃屏皇家。勇若任城[1]，才若东阿[2]。抗旍则威唅秋霜[3]，摛翰则华纵春葩[4]。英喆雄豪[5]，佐命帝室。相兼二八[6]，将猛四七[7]。赫赫震震[8]，开务有谧[9]。故令斯民睹泰阶之平[10]，可比屋而为一[11]。筭祀有纪[12]，天禄有终[13]。传业禅祚[14]，高谢万邦。皇恩绰矣[15]，帝德冲矣[16]。让其天下，臣至公矣[17]。荣操行之独得[18]，超百王之庸庸。追亘卷领与结绳[19]，眷留重华而比踪[20]。尊卢赫胥[21]，羲农有熊[22]，虽自以为道洪化以为隆[23]，世笃玄同[24]。奚遽不能与之踵武而齐其风[25]？是故料其建国[26]，析其法度，谘其考室[27]，议其举厝[28]，复之而无斁[29]，申之而有裕[30]。非疏粝之士所能精[31]，非鄙俚之言所能具[32]。

【注释】

①任城:任城王曹彰,魏文帝曹丕之兄,以勇武著名。《三国志·魏书·任城威王彰传》:"任城威王彰,字子文。少善射御,膂力过人。"

②东阿:东阿王曹植,魏文帝曹丕之弟,以文才著名。

③抗:举。崦(yǎn):猛烈。

④摛(chī)翰:执笔为文。纵:发。

⑤喆:同"哲"。

⑥兼:过。二八:八元、八恺。《春秋左传·文公十八年》:"昔高阳氏有才子八人:苍舒、隤敳、梼戭、大临、龙降、庭坚、仲容、叔达,齐圣广渊,明允笃诚,天下之民谓之八恺。高辛氏有才子八人:伯奋、仲堪、叔献、季仲、伯虎、仲熊、叔豹、季狸,忠肃共懿,宣慈惠和,天下之民谓之八元。"

⑦四七:指汉光武帝刘秀的二十八将。

⑧赫赫:盛貌。震震:壮貌。

⑨开务:开创事物,成就天下之务。《周易·系辞》:"夫《易》,开物成务。"谧(mì):安宁。

⑩泰阶:星名。即三台。上台、中台、下台共六星,两两并排而陡上,如阶梯,故名。古人认为上阶上星为男主,下星为女主。中阶上星为诸侯、三公,下星为卿大夫。下阶上星为元士,下星为庶人。三阶平,则阴阳和,风雨时,岁大登,民人息,天下平,是谓太平。

⑪比屋:每家每户。此指每家每户都可受封赏。《尚书大传》:"尧舜之民可比屋而封。"为一:天下一家。

⑫筭(suàn)祀:计算所传的年代。筭,同"算"。纪:纪度,法则。此指期限。

⑬天禄:天赐的福禄。此指魏氏帝位。

⑭传业:指传大业于晋。禅(shàn)祚:亦指传皇位于晋。

⑮绰:宽绰。

⑯冲:深。

⑰臣至公矣:自退为臣,实至公矣。《三国志·魏书·三少帝纪》记载,陈留王曹奂禅位于晋嗣王。

⑱荣:美。独得:言魏主有让德,可谓美操高行,独得于此。

⑲亘:超过。卷领:《荀子·哀公》:"古之王者,有务而拘领者矣。"拘领即卷领、曲领。此指古代王者的服式。结绳:指远古时代。此亦指远古之君主。

⑳眷(juàn):顾。留:留意。重华:虞舜号曰重华。比踪:可与舜并列业绩。舜让禹,大魏让晋,同为善举。

㉑尊卢、赫胥:均为传说中帝王名。见《庄子·胠箧》。

㉒羲、农:伏羲与神农,均为传说中帝王名。有熊:黄帝号有熊。《白虎通·号》:"黄帝有天下,号曰有熊。"

㉓道洪化以为隆:道大化盛。化,指教化。

㉔笃:厚。玄同:大同。又《老子》河上公注曰:"玄,天地。人能行此上事,是谓与天同道也。"

㉕奚遽(jù):何遽。表示反问。踵武:继承前人事业。踵,踏着前人足迹。武,足迹。

㉖料:计。国:国都。

㉗谘(zī):谋,咨询。

㉘厝(cuò):举出而安置之,措施。厝,通"错"。

㉙复:反复。斁(yì):厌。

㉚申:重复,一再。

㉛疏粝:本指粗食,此指代低贱之人。

㉜鄙俚之言:乡曲之言。具:备。

【译文】

“魏帝同体本根的诸侯，分封藩国保卫皇室。勇武如任城王曹彰，高才如东阿王曹植。任城举旗，威严猛比秋霜；东阿执笔，华丽艳如春花。英才雄豪，辅佐帝室。文臣之才超过高阳氏八元八恺，武将之略胜于汉光武二十八将。人才赫赫，盛况空前，将士震震，威武雄壮，开创事物，成就天下之务，率土安宁。所以百姓仰视泰阶之平，一派盛世景象；家家户户可受封赏，天下大同。传祀有期限，天禄亦有终。于是传业让位于大晋，魏帝辞谢万国。皇恩浩荡，帝德深厚。禅让天下，自退为臣，至公之德。崇高操行，魏帝独具，超过历代百王的平庸。追越卷领结绳时代的君主，缅怀大舜让贤的圣举，魏帝可与之并驾齐驱。远古的明主尊卢氏、赫胥氏、伏羲、神农和黄帝，他们都自以为尊崇大道，推隆教化，世风笃厚，与天玄同。魏帝难道就不能追随古圣的足迹，与他们的高风齐同？因此计量他们修建的国都，考析其都邑制度，咨询其宫室奢俭，评议其废置与擢用，反复而不厌倦，用之而充分有余。这不是低贱之士所能精通，鄙俚之言所能说明的。

“至于山川之倬诡[①]，物产之魁殊[②]，或名奇而见称，或实异而可书。生生之所常厚[③]，洵美之所不渝[④]。其中则有鸳鸯、交谷[⑤]，虎涧、龙山[⑥]，掘鲤之淀[⑦]，盖节之渊[⑧]。狋狋精卫[⑨]，衔木偿怨。常山平干[⑩]，钜鹿河间[⑪]，列真非一[⑫]，往往出焉。昌容练色，犊配眉连[⑬]。玄俗无影，木羽偶仙[⑭]。琴高沉水而不濡，时乘赤鲤而周旋[⑮]。师门使火以验术，故将去而林燔[⑯]。易阳壮容[⑰]，卫之稚质[⑱]。邯郸蹶步[⑲]，赵之鸣瑟[⑳]。真定之梨[㉑]，故安之栗[㉒]。醇酎中山，流湎千日[㉓]。淇洹之笋[㉔]，信都之枣[㉕]。雍丘之粱[㉖]，清流之稻[㉗]。锦绣襄邑[㉘]，罗绮朝歌[㉙]。绵纩房子[㉚]，缣总清河[㉛]。若此之属，繁富夥够[32]，非可单究[33]，是以抑而未罄也[34]。盖比物以错辞[35]，述清都之闲丽[36]。虽选言以简章，徒九复而遗旨[37]。览大《易》与《春秋》，判殊隐而一致[38]。末上林之隤墙，本前修以作系[39]。其军容弗犯[40]，信其果毅[41]，纠华绥戎[42]，以戴公室，元勋配管敬之绩[43]，歌钟析邦君之肆[44]，则魏绛之贤，有令闻也[45]。闲居隘巷[46]，室迩心遐[47]，富仁宠义[48]，职竞弗罗[49]。千乘为之轼庐，诸侯为之止戈，则干木之德，自解纷也[50]。贵非吾尊，重士逾山[51]，亲御监门，嗛嗛同轩[52]。搦秦起赵[53]，威振八蕃[54]，则信陵之名，若兰芬也。英辩荣枯[55]，能济其厄[56]，位加将相，室隙之策[57]。四海齐锋[58]，一口所敌[59]，张仪张禄[60]，亦足云也。

【注释】

①倬(zhuō)诡：卓绝奇异。

②魁殊：丰富独特。

③生生：孳息不绝，进化不已。常厚：谓适生生之情以自重。

④洵：信，诚然。渝：变更，违背。

⑤鸳鸯：水名。在今河北境内。交谷：水名。在今河北临漳南。

⑥虎涧：山涧名。在今河南安阳北。龙山：山名。在今河北涉县。

⑦掘鲤之淀：掘鲤淀，水淀名。约在今河北河间。

⑧盖节之渊：盖节渊，湖名。约在今山东德州。

⑨翄翄(chì)：鸟飞的样子。精卫：据《山海经·北山经》记载，炎帝小女儿游于东海，溺而不返，化为精卫鸟，不断衔取西山木石以填东海，故下句言"衔木偿怨"。

⑩常山：即恒山传说中的仙人昌容，号常山道人。据《列仙传》记载，她自称殷王女，食蓬藁根；二百余年而容貌如二十许人，故下

文言“昌容练色”。平干:指仙人师门。师门的师傅啸父,为冀州人,曾在曲周市上。曲州属广平郡,汉武帝时,曾以广平郡为平干国,而师门是啸父的弟子,所以此指师门出于平干。

⑪钜鹿:指仙人木羽。木羽为钜鹿(今属河北)人。河间:指仙人玄俗。玄俗自言河间人,卖药于市,九丸一钱,治百病。

⑫列真:列仙。

⑬犊配眉连:据《列仙传》记载,邺人犊子,有时年轻有时年老,有时很美有时奇丑,人遂知其为仙。又有阳都女,两眉相连,耳细而长,人也以为仙人。后二人相遇,互悦而结为夫妇。出门时两人共牵牛犊而行,没有人能追赶上。

⑭木羽偶仙:《列仙传》载,木羽母贫贱,曾助产妇,产妇儿生,儿自下唼母,母大怖。晚梦戴大冠赤帻者守在儿旁说:“此儿司命君也。当报汝恩,使子与木羽俱仙。”母暗记于心。后生儿,取名木羽。木羽十五岁时,夜有车马来迎接,大呼:“木羽!木羽,为我御来!”于是一 起离开。

⑮“琴高”二句:琴高,仙人。据《列仙传》记载,琴高,战国人。浮游冀州两百余年。后入涿水中取龙子,与弟子期某日返。至时,琴高果乘赤鲤而出,留一月余,复入水而去。濡,浸,湿。

⑯“师门”二句:据《列仙传》记载,师门能使火,后被孔甲所杀,埋在野外。一日风雨过后,周围山林被烧为灰烬。

⑰易阳壮容:易水之阳,中多美女。壮容,少女美丽容颜。

⑱卫之稚质:卫地娇容。稚质,童颜。亦指少女容貌之美。

⑲邯郸躧(xǐ)步:邯郸少女轻快优雅的步伐。

⑳鸣瑟:弹瑟。

㉑真定:古县名。治所在今河北正定。

㉒故安:古县名。今河北固安。

㉓“醇酎中山”二句:中山,中山郡,地名。在今河北唐县、定州一

带。相传中山出美酒。据干宝《搜神记》记载，有一个叫刘玄石的人，从中山酒家沽得千日酒，归家而醉，家人不知，以为死，棺葬三年，酒家来，使破冢开棺，刘玄石才醉醒。流湎，饮酒而醉。

㉔淇(qí)：淇园，地名。古时以产竹著名，在今河南淇县附近。洹(huán)：洹水，即流经今山西、河南之安阳河。

㉕信都：郡名。治所为今河北冀州。

㉖雍丘：地名。在今河南杞县。

㉗清流：地名。在今河北临漳西。

㉘襄邑：地名。在今河南睢县。

㉙朝歌：殷都城。在今河南淇县。

㉚绵纩(kuàng)：丝绵絮。房子：地名。在今河北高邑西。据载房子城出白土，细滑膏润，可以濯锦，可致鲜洁。

㉛缣(jiān)总：轻细丝绢。缣，《释名·释采帛》："兼也，其丝细致，数兼于绢，染兼五色，细致，不漏水也。"总，丝数名。古代丝八十根为一总。清河：郡名。在今河北清河。

㉜夥(huǒ)：多。够：多。

㉝单究：一一而究。

㉞抑：抑制、控制感情。依张铣说。罄(qìng)：尽。

㉟比物以错辞：排比事物，遣词为文。

㊱清都：指魏都。闲丽：雄伟壮丽。闲，大貌。

㊲"虽选言"二句：李周翰注："先生言以其土地物杂，错文辞，述魏都之闲丽，然虽择选章句，徒至九变回复而终遗其美。"选言，即遣词为文。简章，文章。九复，多次反复。旨，美。

㊳判殊隐而一致：王念孙《读书志馀》曰："言《易》与《春秋》虽有隐显之分，而其致一也。"一致，合德若一。

㊴"末上林"二句：李周翰注："《上林赋》云颓墙填堑者，为汉氏苑囿之大，方欲颓之，使山泽之人得至。而我无苑囿之大，山川万物

皆符自然,故以颓墙为末事也。守古人贤圣之道而系袭之,以为本也。”末,以为末事。指不足取。隤(tuí)墙,倒塌的墙。前修,前贤。系,系袭,继承。

⑩其军容弗犯:指春秋时晋大夫魏绛事。《国语·晋语》:“公以魏绛为不犯,使佐新军。”韦昭注:“不犯,不可犯以非法也。”

⑪信:通“伸”。果毅:果敢刚毅。

⑫纠华绥戎:纠察华夏,使不为非;抚安戎狄,使不为乱。

⑬元勋配管敬之绩:管仲相齐桓公,九合诸侯,魏绛辅晋悼公,七合诸侯,故谓“元勋配管敬之绩”。元勋,大功。管敬之绩,管敬仲,敬,管仲之谥号。

⑭歌钟析邦君之肆:据《国语·晋语》记载,春秋时,郑伯进献晋悼公女乐十六人,歌钟二肆,晋悼公赐魏绛女乐八、歌钟一肆。歌钟,乐器名。即编钟。邦君,晋悼公。肆,悬钟十六为一肆。

⑮令闻:好名声。令,美。

⑯闲居隘巷:指段干木身处穷陋之巷。

⑰室迩心遐:居室虽近而心远大。

⑱富仁宠义:富有仁德,尊崇道义。宠,推崇。

⑲职竞弗罗:心中不列仕途之争。职,职掌。此指出仕。

⑳“千乘”几句:事见《吕氏春秋·期贤》。段干木为战国魏人,其人隐士。魏文侯十分敬重段干木,乘车经过段干木的住房,凭轼以表敬意。驾车人不解,魏文侯对他说:“段干木不趋流俗,怀君子之道,隐处陋之巷,而名声驰于千里之外,不肯为寡人之臣。我虽有势,但段干木富于义,势不如德可贵,财不如义高尚,吾不能不对段干木凭轼致敬。”后来秦欲攻魏,司马康谏道:段干木是贤人,魏王十分尊重他,天下都知道这件事,恐怕不能加兵于魏。秦王听从了司马康的劝阻,遂止兵。千乘,此指魏文侯。轼庐,乘车经过某人住处,凭轼以表敬意。

⑤1“贵非”二句：吕向注：“魏公子无忌，封信陵君。不以贵自尊，重天下贤士逾于丘山。”

⑤2“亲御”二句：事见《史记·魏公子列传》。魏公子无忌大会宾客，众客坐定，使车骑随从，空左位，亲自驾车迎接大梁夷门监者侯嬴。后来侯嬴为无忌设计夺大将晋鄙军权以救赵，退秦军。监门，看管城门的人。此指侯嬴。嗛嗛(qiè)，谦逊貌。轩，车。

⑤3搦(nuò)秦起赵：信陵君救赵，击破秦军，邯郸遂存。搦，按抑。

⑤4威振八蕃：威震列国。

⑤5英辩荣枯：李周翰注：“英雄辩说，荣枯在于一朝。”荣枯，喻政治上的得志和失意。指战国魏人张仪、范雎，他们出身贫贱，困厄一时，但凭他们的雄辩高才，先后在秦国为相。范雎助秦王抑制消除内部贵族势力，使秦昭王大权在握；张仪游说诸侯，破坏合纵，皆有功于秦。

⑤6能济其厄：能渡过厄运。据《史记·范雎列传》，范雎欲事魏王，无门乃事魏中大夫须贾，须贾阴怨范雎，使魏将魏齐笞击之。范雎装死，后改名张禄先生，遂入秦。张仪尝随楚相饮酒，楚相亡璧，楚相门下猜疑张仪，执张仪掠笞数百，张仪不服，释放后赴秦。

⑤7窒隙：堵塞空隙。言轻而易举，如以一物塞小穷。依李周翰说。

⑤8四海齐锋：言诸侯连横，联合攻秦。

⑤9一口所敌：言范雎、张仪以言说挡得上诸侯齐锋。

⑥0张禄：即范雎。见上注。

【译文】

“说到大魏山川奇异卓绝，物产丰盛独特，有的因名号出奇而闻名，有的因实体特异而传颂。人类自强自重，生生不息，确实美好而永远不变。这中间有驾鸯、交谷二水，还有虎涧、龙山，有掘鲤淀、盖节渊。展翅飞翔的精卫鸟，衔木填海报仇怨。常山仙人昌容，师门学于平干，钜鹿之仙木羽，河间真人玄俗，一个个列仙，随处修炼成道。昌容殷王后，练色如少女；犊子配偶阳都女，两眉相连耳细长。玄俗日中有形无影，木羽偕母双双成仙。琴高入涿水，一月再出不湿衣，时乘赤鲤鱼，常来常往仙俗间。师门善使火，大显神灵术，离开人世后，山林尚化灰。易水之北，少女美颜，卫之淑女，稚质俏丽。邯郸婵娟，姿态优雅，赵人酷爱音乐。真定产梨，故安产栗。中山美酒，一醉三年。淇、洹的嫩笋，信都的红枣。雍丘的谷子，清流的稻米。襄邑的锦绣，朝歌的罗绮。房子的丝绵，清河的细绢。诸如此类，实在繁富丰盛，不能一一道尽，只好抑制情怀，难以尽情细说。假如铺排文辞，描述魏都的雄伟壮丽。即使精选语言，妙成章句，反复咏诵，也难以说尽。阅读大《易》与《春秋》，措辞隐显有区别，合于道义却一致。至于《上林赋》所自豪的“隤墙填堑”，真乃小道，大魏尊奉继承前贤业绩。前贤有魏绛，军容严整不可犯，伸张果敢刚毅；纠察华夏，安抚四夷，拥戴王室，大功可比管仲，君分歌钟赐一肆，魏绛贤明传美名。又有段干木，居住在陋巷，室近俗世，理想远大，富有仁德，推崇道义，心中不存仕途之争。魏文侯过其住宅，停车致敬，秦王闻其大名，止戈息武，段干木德义平纠纷。又有信陵君，不以高贵而自尊，敬待贤士比山重，亲自驾车迎侯嬴，监门同车更谦谦。却秦救赵，威震列国，信陵美名，芬芳若兰。又有范雎和张仪，雄辩得志，几经困厄，将相加身，运筹划策，度时济世，轻而易举，如塞小孔。诸侯合纵，齐锋攻秦，二张一言，能敌四海之师，张仪、张禄，也值得称扬呵。

“榷惟庸蜀与鸲鹊同窠[①]，勾吴与蛙黾同穴[②]。一自以为禽鸟，一自以为鱼鳖。山阜猥积而踦跂[③]，泉流迸集而映咽[④]。隰壤瀸漏而沮洳[⑤]，林薮石留而芜秽[⑥]。穷岫泄云[⑦]，日月恒翳[⑧]。宅土熇暑[⑨]，封疆障疠[⑩]。蔡莽螫刺[⑪]，昆虫毒噬[⑫]。汉罪流御，秦余徙帑[⑬]，宵貌蕞陋[⑭]，禀质遳脆[⑮]，巷无杍首，里罕耆耋[16]。或魋髻而左言[17]，或镂肤而钻发[18]。或明发而嬥歌[19]，或浮泳而卒岁[20]。风俗以韰果为婳[21]，人物以戕害为艺[22]。威仪所不摄[23]，宪章所不缀[24]。由重山之束阨[25]，因长川之裾势[26]。距远关以阚阓[27]，时高樔而陛制[28]。薄戍绵幂[29]，无异蛛蝥之网[30]；弱卒琐甲[31]，无异螳蜋之卫[32]。与先世而常然[33]，虽信险而剿绝。揆既往之前迹[34]，即将来之后辙。成都迄已倾复[35]，建业则亦颠沛。顾非累卵于叠棋[36]，焉至观形而怀怛[37]。权假日以余荣[38]，比朝华而菴蔼[39]。览《麦秀》与《黍离》[40]，可作谣于吴会[41]。

【注释】

①榷(què)惟：大抵、大凡之意。庸：古国名。在汉水以南，属楚之小国。

②句吴：吴太伯始所居之地名曰句吴。此指东吴。蛙黾(měng)：即蛤蟆。

③山阜猥积：山高曲折幽深。猥，曲。积，深。踦踽(qī qū)：即崎岖，险而不平。

④迸集：喷涌聚集。泱(yǎng)咽：水流不通。

⑤隰(xí)壤：低湿的地方。瀸(jiān)：浸润。沮洳(jù rù)：地低而湿。

⑥石留：喻土地多石。芜秽：荒秽。

⑦穷岫(xiù)：远山。泄：出。

⑧翳(yì)：掩翳。

⑨熇(xiāo)暑：酷热。

⑩封疆：指吴、蜀两地边界。障：即瘴，瘴气。疠：严酷的瘟疫。

⑪蔡莽：野草。螫刺：毒草刺人。

⑫昆虫：各种虫类。昆，众。

⑬“汉罪”二句：两句互文见义，指秦汉之时，流放罪人到吴、蜀之地，以御魑魅，及流放者传下的后裔。劙（lì），余。据《史记·货殖列传》：秦破赵，迁卓氏于蜀。汉时日南、比景、合浦、九真亦皆有徙者。

⑭宵：通“肖”。高步瀛《文选李注义疏》曰：“（刘）良注训‘宵’为‘小’，与‘蕞（zuì）陋’义复。”

⑮遳（cuō）脆：遳、脆同义，脆弱。《集韵》：“脞，脆也。”

⑯“巷无杼首”二句：巷无长寿人，里少年长者。杼首，长首。古人以为长寿之相。耆耋（dié），六十以上的长者，为年老之称。

⑰魋（chuí）髻：一撮发结，其形如椎，故谓之椎结，又作“魋结”。魋，通“椎”。左言：谓与中原语言相左。

⑱镂肤：文身。钻发：断发。

⑲明发：黎明。发，晓。《诗经·小雅·小宛》：“明发不寐，有怀二人。”朱熹《诗集传》：“明发，谓将旦而光明开发也。”嬥（tiǎo）歌：古代巴蜀少数民族歌唱时，手牵手相连而跳。

⑳或浮泳而卒岁：指吴地多水，以浮泳度日。

㉑鼜（xiè）果：即鼜倮（guǒ），狭隘果敢。婳（huà）：快。胡绍煐曰：“婳，犹快也。”

㉒人物以戕害为艺：刘良注：“人物以残忍杀害为能也。”

㉓威仪所不摄：《诗经·大雅·既醉》：“朋友攸摄，摄以威仪。”威仪，庄严的仪容举止。摄，王引之《经义述闻》曰：“即佐也。”

㉔宪章：典章制度。缀：连，约束。

㉕束阨：群山相聚而形成的要隘。

㉖裾势：依据形势。裾，通“据”。高步瀛《文选李注义疏》曰：“善本自当作‘据’。”

㉗距远关以阚阚（kuī yú）：李周翰注：“距守远关，阚阚中国。”阚、阚，皆窥视、偷看义。引申为觊觎。

㉘时:高步瀛《文选李注义疏》曰:"时,疑当作'跱'。"跱,踞。高樔:高巢。这里喻吴、蜀地势山川险要。陛制:高步瀛《文选李注义疏》曰:"陛,盖'陛(bī)'之借字。《说文》:'陛,牢也。所以拘罪人。'陛制,犹言拘制也。"

㉙薄戍:微弱的守卫。绵幂:弱小。

㉚蝥(máo):虫名。

㉛琐:碎。

㉜螳蜋(láng)之卫:事见《庄子·人间世》:"汝不知夫螳蜋乎?怒其臂以当车辙,不知其不胜任也,是其才之美者也。"

㉝与:数。或谓语助词。先世:先代。指春秋吴王夫差据吴地而败,东汉公孙述割据蜀地而亡。

㉞揆:度。

㉟成都:三国蜀都,今属四川。下文建业,三国吴都,今江苏南京。

㊱累卵于叠棋:据《说苑》,晋灵公造九层台,凡谏者斩。荀息求见灵公说:"我能把十个棋子叠起来,上面再累上九只鸡蛋。"于是荀息如是而作。晋灵公说:"危险啊!"荀息说:"这不危险!九层台更是危险,三年造不成,邻国必然兴兵,社稷灭亡,君欲何望?"公乃罢台。

㊲怛(dá):惧。

㊳权:苟且。假日从余荣:借太阳的余晖。

㊴比朝华而菴(yǎn)蔼:犹如盛开的朝花。菴蔼,繁盛貌。

㊵《麦秀》:李善注:"《尚书大传》曰:"微子将朝周,过殷之墟,见麦秀之蔪蔪,曰:'此父母之国,宗庙社稷所立也。'志动心悲欲哭,则为朝周。"《黍离》:《诗经·王风》有《黍离》,毛序谓西周亡后,周大夫过宗庙宫室,尽为禾黍,彷徊不能去,乃作《黍离》。以上皆言亡国之痛。

㊶可作谣于吴会(kuài):指东吴亦可作《麦秀》《黍离》之歌。喻东吴

即亡。何焯曰："四句以吴后亡言，吴虽假日余荣，终于《黍离》《麦秀》也。"

【译文】

"总之蜀汉居山林，与鸲鹊同一窠；东吴处水泽，与蛙黾同一穴。蜀人自以如禽鸟，吴人自以为鱼鳖。一是山冈曲折幽深、崎岖险峻，一是泉流聚集、堵塞不通。一是土壤渗水，地势低湿，一是山林石多，贫瘠荒芜。重山阴云飞，日日常不见。宅土酷热，僻地生瘴气。毒草丛生，利刺螫人，毒虫遍地，飞袭咬人。秦汉流放罪犯地，传下后代在此居，这些人相貌丑陋，身材矮小，秉性懦弱，巷中没有长寿人，里中不见年老者。巴蜀人头梳椎髻，口操夷语；勾吴人身刺花纹，剪断头发。一是黎明破晓即歌舞，一是游浮江湖度岁月。风俗以狭隘果敢为痛快，人物以残忍刺杀为技艺。庄严威容全不需，宪章制度无约束。靠着崇山峻岭险阻，依凭川江大河成形势。拒守远关，窥伺上国，据踌高巢，拘制其民。其守卫之薄弱，如同蜘蛛所结之网；兵单甲敝，无异螳螂以臂挡车。两地先代就如此，即使地势险要，终归灭绝。考察历史，吴王夫差和公孙述的灭亡，正是吴、蜀的下场。成都业已倾覆，建业也分崩离析。危危乎犹如累卵于棋上，不待观形惊心。暂借太阳的余晖，苟延残喘，正如木槿，朝华夕落。听听微子《麦秀》歌，看看东周《黍离》诗，东吴将唱亡国恨，为期已不远。"

先生之言未卒，吴、蜀二客矆焉相顾①，䁆焉失所②，有靦瞢容③，神惢形茹④，弛气离坐⑤，慔墨而谢⑥。曰："仆党清狂⑦，怵迫闽濮⑧。习蓼虫之忘辛⑨，翫进退之惟谷⑩。非常寐而无觉⑪，不睹皇舆之轨躅⑫。过以仍剽之单慧⑬，历执古之醇听⑭。兼重性以贴缪⑮，偭辰光而罔定⑯。先生玄识⑰，深颂靡测⑱。得闻上德之至盛⑲，匪同忧于有圣⑳。抑若春霆发响[21],而惊蛰飞竞[22];潜龙浮景[23],而幽泉高镜[24]。虽星有风雨之好[25],人有异同之性,庶觌蔀家与剥庐[26],非苏世而居正[27]。且夫寒谷丰黍,吹律暖之也[28]。昏情爽曙[29],箴规显之也[30]。虽明珠兼寸[31],尺璧有盈[32],曜车二六,三倾五城。未若申锡典章之为远也[33]。”

【注释】

①矆(huò):惊视貌。

②睎(tī):失意而视的样子。

③覥(tiǎn):惭愧。指面有愧色。瞢(méng):羞愧。

④惢(ruǐ):心情沮丧的样子。

⑤弛:释。

⑥惧(tiǎn)墨:因羞愧而面色发黑。惧,惭愧。

⑦仆党:我们这帮人。清狂:无疾而迷。依刘良说。

⑧怵(xù)迫:被利诱而驱迫。此指被逼居于吴、蜀。依刘良说。闽:越地。秦曾以其地为闽中郡,约在今浙江、福建一带。此指吴。濮:古国名。在今汉水之南。此指蜀。

⑨蓼(liǎo)虫:食蓼草之虫。蓼,蓼草,其叶有辣味。《楚辞·七谏·怨世》:“蓼虫不知徙乎葵菜。”王逸注:“蓼虫处辛烈,食苦恶,不能知徙于葵菜,食甘美,终以困苦而癯瘦也。”喻吴、蜀如蓼草之虫,食辛而不知其苦。

⑩翫(wàn):习惯。进退之惟谷:《诗经·大雅·桑柔》:“人亦有言,进退维谷。”进退两难之义。

⑪非常寐而无觉:吕延济注:“是非常寐而不觉悟,盖习俗使然。”

⑫皇舆:君之所乘,以喻国家。此指魏。轨躅(zhuó):轨迹。

⑬过:误。伆(fàn)剽:轻薄。单慧:小才。

⑭历：逢。执古：秉承古道。《老子》十四章："执古之道，以御今之有。"醇听：醇厚之道，入于我听。依张铣说。

⑮怌（pī）：用心错误。貤（yì）：重复。缪：谬言。依张铣说。

⑯偭（miǎn）：面向。罔：无。

⑰玄识：卓见，高见。

⑱深颂：高深。颂，深宽。

⑲上德之至盛：喻魏德至盛。

⑳匪同忧于有圣：吕向注："匪同，谓岂非同也。有圣，圣人也。夫圣人以天下为忧，今先生见我吴、蜀之危，喻以上皇之盛德，使去危就安，岂非同圣人之忧乎！"按，疑"匪"同"非"，语气词。孙经世《经传释词补》："非，发声也。"可参考。

㉑抑若：即抑，转折连词。春霆：春雷。

㉒惊蛰飞竞：蛰虫皆纷然竞飞。

㉓潜龙浮景：如潜龙升天，飞游于日影。景，"影"的古字。

㉔幽泉高镜：刘良注："我于幽泉之中，但涵照于其容晖也。"镜，照。

㉕虽星有风雨之好：《尚书·洪范》有"庶民惟星，星有好风，星有好雨"，喻人心之不同。

㉖庶觌蔀（bù）家与剥庐：李善注："言已因此幸见蔀家剥庐之凶，非谓悟世而居正道也。"庶，幸。蔀家，用席覆盖之屋。指阴暗之处。剥庐，《周易·剥》："小人剥庐。"指小民贫困之居所。

㉗苏世：明悟时事。苏，醒悟。居正：居于正道。

㉘"且夫"二句：据刘向《别录》，燕地有寒谷，不生五谷。邹衍吹律，暖气至，遂生黍。律，古代定音仪器。此指音乐。

㉙昏情：茫然无知。爽曙：明晓。

㉚箴规：规诫。

㉛明珠兼寸：指径寸之珠。事见《史记·田敬仲完世家》。齐威王会见魏惠王，魏惠王问齐威王可有珍宝，齐威王说没有。魏惠王

说："我虽是小国君主，还有可以光照前后十二辆车的径寸之珠十枚，你们万乘之国会没有珍宝吗？"下文"曜车二六"即指此事。

㉜尺璧有盈：指和氏璧。事见《史记·廉颇蔺相如列传》。赵惠文王得楚和氏璧，秦昭王表示愿以十五城交换。下文"三倾五城"即指十五城。本当云"倾三五"，盖倒文以就韵也。

㉝申锡(cì)：申明教赐。锡，赐。刘良注："二客言虽此珠璧可贵，不如先生申赐教戒为远大也。"

【译文】

魏国先生话音未绝，吴、蜀两客惊惧，相顾而视，灰心失意，满脸羞愧，神情沮丧，面色憔悴，丧气离座，惭愧得脸色转黑。道歉说："我们简直是白痴，迫处吴、蜀。如蓼虫食蓼，不知苦辣，如处深谷，进退两难。是非颠倒，还不觉悟，竟无视天子上国的丰功伟业。错误地耍弄轻薄小聪明，恭听先生秉承的醇厚古道。自思用心之误，再加上前面的谬言，面对先生，正如目视耀眼日光，心神惊恐。先生高见，深不可测。先生忧天下之心如同圣人，使我们聆听到魏德之盛，吴蜀之危的道路。正如春雷一声响，蛰虫竞纷飞；又如潜水蛟龙升九天，飞游于日影；好比焕然照容于清澈深泉。星有好风，星有好雨，人心各不同，现在我们有幸看到如居幽暗陋室的处境，不能明晓世事而趋于正道的状况。正如燕山寒谷，邹衍吹律始转暖，五谷丰登。我们迷茫昏昧，先生规诫才明晓，顿开茅塞。明珠虽兼寸，光照十二车；盈尺和氏璧，可倾十五城。明珠尺璧诚珍贵，哪及先生申赐教诫的真理伟大！"

亮曰①："日不双丽，世不两帝②。天经地纬③，理有大归④。安得齐给⑤，守其小辩也哉？"

【注释】

①亮:信。

②“日不”二句:见《礼记·坊记》:“天无二日,土无二王。”丽,附着。《周易·离》:“日月丽乎天,百谷草木丽乎土。”

③天经地纬:天地之道。

④大归:指天人归心。张铣注:“天经地纬,犹覆育万物也。王者法之而行帝位。所立,归于天人心矣。”

⑤齐给:辩说。

【译文】

吴、蜀两客心悦诚服地说:“天上没有二日同辉,世间岂能两帝并立。这是天地之道,理所当然,天人归心。我们何能一味诡辩,拘泥而守此小道呢?”

郊祀

扬子云

扬雄(前53—18),一作杨雄,字子云,蜀郡成都(今属四川)人。西汉著名辞赋家、哲学家及语言学家。博览,口吃不能剧谈,好默而深思。年四十余始游京师,以文知名。侍从成帝祭祀游猎,乃作《甘泉》《河东》《羽猎》《长杨》四赋奏进,任为郎,历成、哀、平三朝,未得晋升。王莽篡汉,雄作《剧秦美新》之文,得校书于天录之阁。后为刘歆事所累,投阁几死,复召为大夫。

扬雄早年心壮司马相如之赋,"常拟之以为式",作赋十二篇,使辞赋创作走入模拟道路。至晚年乃云:"诗人之赋丽以则,辞人之赋丽以淫",以为赋乃"雕虫篆刻",无补于人心世道,"壮夫不为",便转而研究哲学及语言。

甘泉赋一首　并序

【题解】

《甘泉赋》被誉为扬雄四大名赋之冠。此赋作于成帝之时。此前,扬雄常拟司马相如"弘丽温雅"之赋而为之,大司马车骑将军王音奇其文雅，召以为门下史，荐雄待诏。永始四年(前13)春正月，帝幸甘泉，郊祀泰畤。雄以待诏从帝甘泉助祭。目睹宫观殿阁，如云气水波之变幻，奇伟崔巍；视其华艳，可与天神所居之悬圃比美；论其威严神奇，可同泰壹之所齐观。雄乃有感于夏桀造琁室之美，殷纣建倾宫之丽，而汉以此"珍台闲馆"相承袭，"登高眇远"，亡国之象，令人肃惧，如临深渊。祭毕回归之后，乃以"甘泉"为题，讽之以赋。

孝成帝时①，客有荐雄文似相如者②。上方郊祀甘泉泰畤③，汾阴后土④，以求继嗣⑤，召雄待诏承明之庭⑥。正月⑦，从上甘泉还⑧，奏《甘泉赋》以风⑨。其辞曰：

惟汉十世⑩，将郊上玄⑪，定泰畤⑫，雍神休⑬，尊明号⑭。同符三皇⑮，录功五帝⑯。恤胤锡羡⑰，拓迹开统⑱。于是乃命群僚，历吉日⑲，协灵辰⑳，星陈而天行㉑。诏招摇与太阴兮㉒，伏钩陈使当兵㉓。属堪舆以壁垒兮㉔，捎夔魖而抶獝狂㉕。八神奔而警跸兮㉖，振殷辚而军装㉗。蚩尤之伦㉘，带干将而秉玉戚兮㉙，飞蒙茸而走陆梁㉚。齐总总以撙撙㉛，其相胶輵兮㉜，猋骇云迅㉝，奋以方攘㉞。骈罗列布㉟，鳞以杂沓兮㊱，柴虒参差㊲，鱼颉而鸟䀢㊳。翕赫曶霍㊴，雾集而蒙合兮㊵。半散昭烂㊶，粲以成章㊷。

【注释】

①孝成帝：即汉成帝。《汉书·惠帝纪》颜师古注曰："孝子善述父之志，故汉家之谥，自惠帝已下皆称孝也。"

②客：指蜀人杨庄。《汉书·扬雄传》："大司马车骑将军王音奇其文雅，召以为门下史，荐雄待诏。"盖杨庄所荐者为《成都城四隅铭》等文，王音所荐者或其赋篇。

③郊祀：祭天曰郊，祭地曰祀。甘泉：宫名。秦始皇时建其前殿，汉武帝增广之，并于元鼎五年（前112）十月立泰畤（zhì）于甘泉。在今陕西淳化西北。泰畤：祭祀天神泰壹的祠坛，在甘泉宫南。

④汾阴：《汉书·郊祀志》："元鼎四年十一月甲子，始立后土于汾阴。"后土：古时对地神或土神的敬称。此指后土之祀。

⑤继嗣：此指可继承帝位者。

⑥待诏：等候皇帝诏命。在汉代，凡以才技被征召，而又尚无职任者，皆待诏于指定之所。承明之庭：即未央宫的承明殿。

⑦正月：《汉书·成帝纪》："四年春正月，行幸甘泉，郊泰畤。"

⑧从上：指随从成帝。

⑨奏：献。风：讽谏。在下者不敢对上正言，借事言之谓之讽。

⑩惟汉：有汉。十世：即十代。由汉高祖至汉成帝，正好十代。

⑪上玄：谓天。《周易·坤》："天玄而地黄。"

⑫定泰畤：确定郊祀于泰畤。

⑬雍神休：使神灵保佑其吉祥美善。雍，护祐。休，吉祥美善。

⑭尊明号：明号者，明神之号，尊而祝之。

⑮同符三皇：谓符契同于三皇。符契，指上天赐给皇帝的瑞应，以为受命于天的凭证，又称符命。三皇，古代有多种说法。一说指伏羲、神农、黄帝。

⑯五帝：具体所指，各说不同。《周易·系辞》说是伏羲、神农、黄帝、尧、舜。《大戴礼记》和《史记》说指黄帝、颛顼、帝喾、尧、舜。

⑰恤胤（yìn）：忧虑继嗣。恤，忧。胤，后代。锡羡：赐予福祥。锡，赐予。羡，丰饶，福祥。

⑱拓：拓广。开统：展开统绪。

⑲历：选择。

⑳协灵辰：相合美善之时。

㉑星陈：谓群僚如星之陈列。天行：像天体之运行。此谓天子命群臣举行祭祀的盛况。

㉒招摇：星名。太阴：星名。

㉓伏：通“服”，服从。钩陈：星名。当兵：领兵。

㉔属：托付。堪舆：指天神地祇。壁垒：星名。状若城墙壁垒，故名，有守卫之义。

㉕捎：同“梢”。夔魖（kuí xū）：两种鬼怪之名。木石之怪曰夔。魖是能使人财物虚耗的恶鬼。抶（chì）：鞭打。獝（xù）狂：恶鬼。

㉖八神：八方之神。警跸（bì）：在帝王左右侍卫为警，为帝王车驾开路清道，禁止通行为跸。

㉗振：奋进貌。殷辚：众多貌。

㉘蚩尤：黄帝之臣。此指武卫之士。

㉙干将：古时利剑名。相传为春秋时吴国匠人干将所铸。秉玉戚：持着以玉为饰之斧。

㉚飞蒙茸：谓飞驰奔跳相乱貌。陆梁：乱走貌。

㉛撙撙（zǔn）：聚集貌。

㉜胶轕（gé）：纷然错杂貌。

㉝猋（biāo）骇云迅：暴风大起，流云飞驰。

㉞奋：迅疾。方攘：半散。

㉟骈罗：并列。

㊱鳞：鱼鳞相次。杂沓：纷杂貌。

㊲柴虒（cī zhì）：参差不齐。

㊳颉（xié）：指鱼向下游动。㤚（háng）：颉颃之颃的借字。指鸟向上飞翔。颉、颃分用，其义均为颉颃，指鱼或鸟上下游动。

㊴翕（xī）赫：开合之貌。曶（hū）霍：形容疾速。

㊵雾集：谓卫士聚集，如雾流动之速。蒙合：谓地气聚合。

㊶半散：离散。昭烂：昭明灿烂。

㊷粲：光彩夺目。章：色彩绚丽。此指卫士们分散时显示的状貌，与“雾集蒙合”的状况相对。

【译文】

汉成帝之时，有位乡客以为我的文章近似司马相如，因而把我推荐给朝廷。皇上将去甘泉宫南的泰畤祠和汾水南的后土祠，恭祭天神与地祇，以求子嗣，当时，我正在未央宫的承明殿等诏命。永始四年正月，我幸得侍从皇上前往助祭，事毕返回之后，乃献《甘泉赋》一篇，以之为讽。其辞曰：

汉之十世，将祭上天，乃定郊祀于泰畤之坛，祈神庇祐吉祥美善，故明叙众神之号，祷告垂怜。上天赐给汉主的符命与三皇相等，汉主总领的功业与五帝一般。唯其忧心的是尚无继嗣，渴望上天多多赐予福祥，使汉之伟业得以拓展，使皇帝的统绪得以永传。于是命令百官选择吉日，协和良辰，群臣列队如繁星，行步若天体。招摇、太阴之宿听其诏命，钩陈之星服服帖帖，典领以兵。嘱托天神地祇与壁垒之星，鞭打夔、魑恶魔与獝狂妖精。八方之神或在玉驾之前清道开路，或在天子左右护卫警行。纷纷人马，踊跃奋进；众星煌煌，军装着身。蚩尤般的武士，腰佩利剑，手提玉斧，飞驰攘攘，奔走纷纷。部伍集聚，密密层层，行列严整；继而错综交混，势如风疾云迅，乍然而离分。排列布阵，如鳞甲相形；参差差池，如鱼潜而鸟升。其聚散之速，如流雾之浓缩，似地气之凝合。一离一散之际，光明灿烂，异彩闪烁。

于是乘舆，乃登夫凤皇兮而翳华芝①。驷苍螭兮六素虬②，蠖略蕤绥③，漓虖襂纚④。帅尔阴闭⑤，霅然阳开⑥，腾清霄而轶浮景兮⑦。夫何旟旐郅偈之旖旎也⑧！流星旄以电烛兮⑨，咸翠盖而鸾旗⑩。敦万骑于中营兮⑪，方玉车之千乘⑫。声骈隐以陆离兮⑬，轻先疾雷而驭遗风⑭。凌高衍之嵱嵷兮[15]，超纡谲之清澄[16]。登椽栾而狃天门兮[17]，驰闾阖而入凌兢[18]。

【注释】

①凤皇：此处指车饰。翳(yì)：蔽。华芝：华盖。

②驷(sì)：一车所套的四马。此指拉车用的马。苍螭(chī)：即苍龙。螭，传说中无角的龙。素虬(qiú)：白龙。虬，传说中无角的龙。螭与虬，代指良马。

③蠖(huò)略：谓行步进止，如蠖虫之有尺度。蕤(ruí)绥：犹葳蕤。鲜丽。

④漓虖(hū)襂纚(shān xǐ)：车饰貌。

⑤帅尔：犹言倏尔。阴闭：云遮雾蔽。

⑥霅(shà)然：忽然。形容时间极短。阳开：豁然清朗。

⑦腾：乘，升。清霄：清云。霄，微云。轶(yì)：越过。浮景：指穿云投下的流影。

⑧旟旐(yú zhào)：旗幡。旟，绘有鸟隼图像的旗。旐，画有龟蛇图案的旗。郅偈(zhì jié)：指旗杆矗立之状。旖旎(yǐ nǐ)：言旗幡随风飘扬舒卷婀娜貌。

⑨流星旄：谓流动的星旗上饰以牦牛尾。

⑩翠盖：以翠羽装饰的车盖。鸾旗：以鸾鸟图像为装饰的旗帜。天子出行，前驱有鸾旗车。

⑪敦：通“屯”，聚集。中营：天子所居之营。

⑫方：并列。玉车：以玉为饰之车。

⑬骈(pēng)隐：车马声。陆离：车辆甚多，声音不齐。

⑭轻先疾雷：言车骑之速过于迅雷。馺(sà)：马速很快。遗风：急风。

⑮嵱嵷(yǒng sǒng)：高低众多貌。

⑯纡谲(jué):曲折。

⑰椽栾(chuán luán):山名。甘泉南山。羾(gòng):到达。

⑱阊阖(chāng hé):天门。凌兢:形容寒冷。

【译文】

于是天子登上以凤凰为饰、华盖为蔽的御驾。四匹苍螭般的烈驹,六匹白龙似的良马,行步进止,节度不差,青苍素白之色,鲜明相杂,鬃鬣纷披应节飘洒。车马聚散,忽如阴云闭锁,倏如春阳开朗,升腾入青霄,驰骋超流光。鸟隼、龟蛇之旗,高高矗立,从风舒卷,何其婀娜轻扬!旄尾星旗,猎猎飘荡,流光如电,烛昭通亮,翠羽车盖,鸾饰之旗,无不清清爽爽。在天子所居的中营里,屯集着骑士万人,并列着兵车千辆。车声隆隆,先后起行,轻快驱驰,迅雷不及,疾风难逮。凌跨高广耸峙的群山,纵越蜿蜒曲折的青川。登上甘泉南面的椽峦之山,便可上扪天帝的阊阖之门,驰过阊阖之关,便能到达九天寒冽之境。

是时未臻夫甘泉也①,乃望通天之绎绎②。下阴潜以惨廪兮③,上洪纷而相错④。直峣峣以造天兮⑤,厥高庆而不可乎弥度⑤。平原唐其坛曼兮⑦,列新雉于林薄⑧。攒并闾与茇葀兮⑨,纷被丽其亡鄂⑩。崇丘陵之駊騀兮⑪,深沟嵚岩而为谷⑫。迣迣离宫般以相烛兮⑬,封峦、石关施靡乎延属⑭。

【注释】

①臻(zhēn):同“臻”,到达。

②通天:台名。在甘泉宫中,建于武帝之时,以高故名。绎绎(yì):光盛貌。

③下阴潜:指通天台下阴暗不明。惨廪(lǐn):寒貌。

④洪纷:洪大纷杂。

⑤峣峣(yáo):山高耸貌。造:至。

⑥庆(qiāng):通“羌”,发语词。弥度(duó):测度到终极的程度,即高不可测。

⑦唐:广大之貌。坛曼:平博广大。

⑧新雉:香草名。即辛夷。林薄:丛木曰林,草木交错曰薄。

⑨攒:积聚。并闾(lǘ):即栟榈。茇葀(bá kuò):草名。即薄荷。

⑩被丽:分散貌。亡鄂:言其多不可涯际。

⑪崇:言其高。驳骇(pǒ ě):高耸特立貌。

⑫嵚(qīn)岩:深险貌。

⑬迬迬:处处。迬,古“往”字。离宫:帝王在正宫之外所建的行宫。般:通“班”,遍布。烛:映照。

⑭封峦、石关:二观名。在甘泉苑内,建于汉武帝建元中。石关亦作“石阙”。施(yì)靡:相连貌。即绵延伸展。延属:延续不断。

【译文】

当此之时,车驾尚未到达甘泉,而通天之台灿烂可见。台下阴晦潜隐,令人顿生寒战;台上宏阔伟岸,色彩缤纷相乱。其高终不可测,高耸直刺天穹。平原广袤而无垠,辛夷长满林间。棕榈、薄荷丛生,相杂披离而无边。丘陵高耸而特立,深沟峡谷甚艰险。行宫遍布,交相辉映;封峦、石阙,连属绵延。

于是大厦云谲波诡[①],摧嗺而成观[②]。仰挢首以高视兮[③],目冥眴而亡见[④]。正浏滥以弘惝兮[⑤],指东西之漫漫[⑥]。徒徊徊以徨徨兮[⑦],魂眇眇而昏乱[⑧]。据軨轩而周流兮[⑨],忽坱圠而亡垠[⑩]。翠玉树之青葱兮[⑪],璧马犀之瞵瑞[⑫]。金人仡仡其承钟虡兮[⑬],嵌岩岩其龙鳞[⑭]。扬光曜之燎烛兮[⑮],垂景炎之炘炘[⑯]。配帝居之县圃兮[⑰],象泰壹之威神[⑱]。

【注释】

①大厦云谲(jué)波诡:谓大厦如云气、水波之变幻奇伟。谲、诡,变幻莫测。

②摧嗺(zuǐ):林木崇积貌。成观:言大厦之高而成观阙。

③挢(jiǎo):伸举。

④冥眴(xuàn):昏乱貌。

⑤浏滥:今作"浏览",回观四周。弘惝(chǎng):即弘敞,言其高大宽阔。

⑥漫漫:无涯际之貌。

⑦徊徊徨徨:忧思彷徨貌。

⑧魂眇眇(miǎo):谓心灵惊惧、神智迷惑之状。

⑨据:凭靠。軨(líng)轩:有窗棂的栏杆。軨,窗之棂的借字。轩,殿前栏杆。周流:指周视流看。

⑩忽:模糊貌。坱圠(yǎng yà):广大貌。

⑪翠:碧玉,以为玉树之叶。青葱:玉树的颜色。

⑫璧:即璧玉,以之为马犀。瞵瑞(lín bīn):玉的文采缤纷。瞵,通"璘"。

⑬仡仡(yì):高大勇壮。钟虡(jù):悬钟的架子。

⑭嵌:言其鳞甲开张,若真龙之形。岩岩:高耸貌。龙鳞:似龙之鳞,层层相依。

⑮扬光曜:放射出光辉。燎烛:点燃蜡烛。

⑯垂景炎:下照的光焰。景,日光。炎,通"焰"。炘炘(xīn):光盛貌。

⑰配:匹配,媲美。帝居:天皇大帝所居之处。县圃:仙境,在昆仑山上。

⑱泰壹:即皇天大帝之号,乃天神之贵者,也作"太一"。

【译文】

于是甘泉广厦,如云气水波之变幻,奇伟崔巍,以成奇观。抬起头来仰视高处，眼花缭乱而无所见。当其浏览之际，觉得高大而宽敞；径往东边或南边看去，都不见其涯岸。只是令人忧惧彷徨，神智迷惑而昏乱。凭栏周流远看，广阔无垠，茫茫一片。宫内翠色的玉树青葱玲珑，壁饰的马犀文采璀璨。高大勇壮的金人承受着洪钟吊架，铠甲犹若龙鳞灿烂。光芒四射，好似青烛燎燃；日影下照，辉映出刺眼的光线。甘泉宫观之华艳，可与天神所居的县圃比攀；其威严神奇，可同泰壹之所齐观。

洪台崛其独出兮①，樴北极之嶟嶟②。列宿乃施于上荣兮③，日月才经于柍桭④。雷郁律于岩窔兮⑤，电倏忽于墙藩⑥。鬼魅不能自逮兮⑦，半长途而下颠⑧。历倒景而绝飞梁兮⑨，浮蠛蠓而撇天⑩。左欃枪而右玄冥兮⑪，前熛阙而后应门⑫。荫西海与幽都兮⑬，涌醴汩以生川⑭。蛟龙连蜷于东崖兮⑮，白虎敦圉乎昆仑⑯。览樛流于高光兮⑰，溶方皇于西清⑱。前殿崔巍兮⑲，和氏玲珑⑳。炕浮柱之飞榱兮㉑，神莫莫而扶倾㉒。闶阆阆其寥廓兮㉓，似紫宫之峥嵘㉔。骈交错而曼衍兮㉕，峻嶂隗乎其相婴㉖。乘云阁而上下兮㉗，纷蒙笼以棍成㉘。曳红采之流离兮㉙，飏翠气之宛延㉚。袭琁室与倾宫兮㉛，若登高眇远㉜，亡国肃乎临渊。

【注释】

①洪台：高大之台。崛：特出貌。

②樴(zhì)：至。嶟嶟(zūn)：谓高台若大山耸立陡峭。

③宿：星座。施(yì)：延及。上荣：最高的屋檐。荣，屋檐两端上翘部分。

④柍桭(yāng chén)：半檐。柍，通“央”。桭，屋檐。

⑤郁律：雷声。岩窔(yào)：山岩幽冥之处。

⑥倏忽：指电光疾闪。墙藩：墙垣。

⑦鬼魅：指鬼怪。逮：及。

⑧下颠：颠坠。

⑨历：超越。倒景：即倒影。绝：横渡。飞梁：凌空飞架的桥。

⑩浮蠛蠓(miè měng)：高浮于空中的尘气。蠛蠓，虫名。

⑪欃(chán)枪：彗星。玄冥：北方主冬之神。

⑫熛(biāo)阙：赤色之阙。熛，赤色。应门：此指甘泉宫之正门。

⑬荫：蔽。西海：西极之海。幽都：山名。

⑭涌醴：醴泉涌出。汩(yù)：疾行。

⑮连蜷(quán)：卷曲貌。东崖：东边，指甘泉宫东面。

⑯白虎：与上文蛟龙皆为甘泉宫中装饰之兽。敦圉(yǔ)：盛怒貌。

⑰樛(jiū)流：曲折。高光：宫名。

⑱溶：闲暇貌。方皇：此指其往来不定之状。西清：西厢清净之处。

⑲前殿：正殿。诸宫皆有之。崔巍：高貌。

⑳玲珑：指和氏等璧玉光彩闪烁之状。

㉑浮柱：指檐下悬浮之短柱。飞榱(cuī)：檐边翘起的椽子。

㉒莫莫：言众神自勉强扶持。

㉓闶(kàng)：高门貌。阆阆(làng)：空旷。寥廓：广远貌。

㉔紫宫：天帝之宫。峥嵘：深邃。

㉕骈：并列。曼衍：言宫室台观相连不绝。

㉖崣(tuī)：即安闲延伸之状。嶂隗(gāo wěi)：言宫室、台观互相环绕。

㉗乘云阁：谓登上凌云高阁。上下：与甘泉宫相上下。

㉘蒙笼：即相连交错。棍成：言众楼阁自然混成一体。棍，同"混"。

㉙曳(yè)：拖曳，飘扬。红采：因宫室台观宏大高耸，在阳光照射下呈现出彩虹般的翠气。流离：光彩纷繁貌。

㉚宛延：绵延弯曲状。

㉛袭：承袭，继续。琁(xuán)室：夏桀建造的宫室。倾宫：殷纣所建宫室。

㉜眇远：远望。

【译文】

宏伟的通天之台，特出崛起，若山峰耸峙、峭立，直达北极星辰。众星仿佛延列于高翘的檐翼之上，横绝中天的日月才行经其屋宇之际。隐隐作响的雷声，若从山腰中发出；迅疾的闪电，如自藩墙间兴起。鬼怪不能到达绝顶，行至中途而坠地，台顶穿过空中倒影，度越悬天飞梁；高浮于青霄尘气之中，上拂于九天苍穹。左面彗星，右面冬神，前乃赤色之阙，后为甘泉正门。远蔽西极之海，阻绝幽都之山，醴泉从中涌出，流疾而川生。蛟龙卷曲饰于宫东，白虎怒踞于昆仑。环绕观览于高光之殿，悠闲往还于西厢之庭。正殿高峻崔巍，璧玉雕饰玲珑。短柱浮悬，檐椽飞举，犹有众神勉力扶持而不倾。高门空旷而广远，若紫微宫之深邃。并列的宫室台观，交织相连，安然延伸，既巍峨雄伟，又环绕以成形。登上凌云之阁，高与甘泉上下，纷然交错，浑然天成。宫观相映，色若虹生，曳红飘碧，绚丽纷盛，翠气飞扬，宛延其形。夏桀曾起琁室，殷纣建造倾宫，今以甘泉而相承，如若登高远望，亡国形势之严峻，使人如履薄冰！

回猋肆其砀骇兮[①]，翍桂椒而郁移杨[②]。香芬茀以穹隆兮[③]，击薄栌而将荣[④]。芗呹肸以棍批兮[⑤]，声駍隐而历钟[⑥]。排玉户而飏金铺兮[⑦]，发兰蕙与芎䓖[⑧]。帷弸彋其拂汩兮[⑨]，稍暗暗而靓深[⑩]。阴阳清浊穆羽相和兮[⑪]，若夔、牙之调琴[⑫]。般、倕弃其剞劂兮[⑬]，王尔投其钩绳[⑭]。虽方征侨与偓佺兮[⑮]，犹仿佛其若梦。

【注释】

①回猋(biāo):旋风,或疾风。猋,通"飙"。肆:放肆。砀(dàng)骇:动荡。

②骳(pī):分散,披散。桂、椒:指香木肉桂、花椒。郁:与"披"相对,皆使动用法。栘(yí):唐棣。

③芬苐(fú):芬芳馥郁。苐,本义为草之盛。引申为香之盛,故合言芬苐。穹隆:高大貌。天形穹隆而高大。

④击:拂击。薄栌:又称斗拱。是一种垫在立柱顶上用以承接横梁的建筑结构。将:送。

⑤芗(xiǎng):通"响"。呹肸(yì xī):疾散之意。棍批:形容混同排击之貌。

⑥骈(pēng)隐:风声。历:超过。钟:钟声。

⑦排:开。玉户:以玉为饰之门户。飏:掀起。金铺:以铜为兽面(兽首),口中衔环,安于大门之上,既是装饰,又可上锁。

⑧芎䓖(xiōng qióng):香草名。其茎叶细嫩之时叫蘼芜,长大之后叫江蓠。

⑨帷:帐。弸彋(péng hóng):风吹帷帐鼓起貌。拂汨(pì mì):风吹鼓动之貌。

⑩暗暗:深空之貌。即幽暗。靓(jìng):通"静"。

⑪阴阳清浊:都是指声调而言。古人定出黄钟、大吕等十二个标准音,叫十二律。又把十二律分为奇偶两类,奇数的六律为阳律,偶数的六律为阴律。穆羽相和:指变音与正音相和。《文选李注义疏》引王引之曰:"穆,变音也,羽,正音也……穆在变音之末,言穆而和可知矣。羽在正音之末,言羽而宫、商、角、徵可知矣。变声与正声相应,故曰穆羽相和。"

⑫夔、牙:古代两位琴师。相传夔是舜时乐官,伯牙是楚国琴手。

⑬般、倕(chuí):指鲁般与工倕,都是古时的能工巧匠。剞劂(jī

jué)：曲刀与曲凿，巧匠制器的工具。

⑭王尔：亦为古代巧匠之名。钩绳：取曲直的工具。钩，画圆之规。绳，取直之线。

⑮方：且。征侨、偓佺(wò quán)：皆古时仙人之名。征侨，司马相如《大人赋》谓之征伯乔，《汉书·郊祀志》作"正伯乔"。偓佺，食松实，形体生毛数寸，能飞，行逮走马。

【译文】

旋风肆威，当之宕骇，椒桂披散，唐杨郁蔼。馨香馥馥，充满穹隆，上拂梁柱，穿越檐荣。回飙迅疾散离，与树排击混同，骈骈隐隐之声，胜过长鸣洪钟。吹开玉饰闭户，掀起金铺门环；兰蕙因风扬举，江蓠受气翩翻。罗帐鼓动，朋宏作响，飘拂漫卷。唯其稍稍深幽之处，才显得较为寂静。阴阳清浊相协，正音变音相应，若夔师之抚琴，似伯牙之调音。宫室台观之巧构，即使鲁般、工倕在世，也不敢妄动其刀凿；纵有王尔般的技艺，也将弃其钩绳。就是征侨与偓佺众仙置身于宫内，也将仿佛在瑰奇的梦境。

于是事变物化，目骇耳回①。盖天子穆然②，珍台闲馆，琁题玉英③，蜵蜎蠖濩之中④。惟夫所以澄心清魂⑤，储精垂恩⑥，感动天地，逆釐三神者⑦，乃搜逑索偶⑧。皋、伊之徒⑨，冠伦魁能⑩，函甘棠之惠⑪，挟东征之意⑫，相与齐乎阳灵之宫⑬。靡薜荔而为席兮⑭，折琼枝以为芳⑮。吸清云之流瑕兮⑯，饮若木之露英⑰。集乎礼神之囿⑱，登乎颂祇之堂⑲。建光耀之长旓兮⑳，昭华覆之威威㉑。攀琁玑而下视兮㉒，行游目乎三危㉓。陈众车于东阬兮㉔，肆玉轪而下驰㉕。漂龙渊而还九垠兮㉖，窥地底而上回。风泭泭而扶辖兮㉗，鸾凤纷其衔蕤㉘。梁弱水之濎濙兮㉙，蹑不周之逶蛇㉚。想西王母欣然而上寿兮[31],屏玉女而却宓妃[32]。玉女亡所眺其清胪兮[33],宓妃曾不得施其蛾眉[34]。方揽道德之精刚兮[35],侔神明与之为资[36]。

【注释】

①目骇耳回:谓眼视起惊异,耳听生疑惑。骇,惊起貌。回,犹回皇,疑惑不定貌。

②穆然:静默深思貌。穆,通“默”。

③琁题:指玉饰的椽椽之头。琁,美玉名。题,头。玉英:玉的英华之色。

④蜵蜎(yuān yuān):曲折深远貌。蠖濩(huò huò):体态屈曲貌。形容珍台闲馆之上栩栩如生的玉饰图案。

⑤惟:想。澄心清魂:使意识清静。

⑥储精垂恩:蓄积精神,希望神灵降下恩惠。

⑦逆釐(xī):迎接福祥。釐,福。三神:指天、地、人。

⑧搜逑(qiú):选择匹配。搜,择。索偶:寻求对象。

⑨皋、伊:指皋繇与伊尹。相传皋繇是尧帝之臣,伊尹是汤王之臣。

⑩冠伦魁能:谓冠于群伦,魁于才士。冠与魁皆为“首”义。

⑪函:包含。甘棠之惠:《诗经·召南》有《甘棠》一篇。其内容是赞美邵伯之德。毛传曰:“召伯听男女之讼,不重烦劳百姓,止舍小棠之下而听断焉。国人被其德,说其化,思其人,敬其树。”惠,恩惠。

⑫挟:怀藏,拥有。东征:指周公东征。《诗经·豳风·东山》毛序曰:“周公东征,三年而归,劳归士大夫美之,故作是诗也。”意:指“劳归”士人之意。

⑬齐(zhāi):同“斋”,斋戒。古礼,凡祭祀,事前必须沐浴更衣,不饮酒食荤,不与妻妾同居,虔诚洗心。阳灵:宫名。

⑭靡:偃伏。薜荔:香草名。

⑮琼枝:玉树枝。芳:花草,用以装饰衣服。

⑯清云:青云。流瑕:即流霞。

⑰若木:神话中的树木,生于西极,其花照下地。露英:露水,露珠。

⑱礼神之囿:祭天神的苑囿,或曰处所。

⑲颂祇(qí):歌颂以祭地祇。

⑳建:竖起。长旓(shāo):长长的旗旒。旓,旗上的飘带。

㉑昭华覆:即华覆昭,谓车盖色彩昭明。威威:犹葳蕤。谓华盖上装饰的羽毛纷披鲜丽貌。

㉒琁玑(xuán jī):星名。北斗星的第二颗叫天琁,第三颗叫天玑。

㉓行:将。游目:转动目光。三危:山名。一说在今甘肃敦煌东南,一说在今甘肃渭源、临潭西南,一说在今云南丽江北。诸说纷纷,当阙疑为是。

㉔东阬(gāng):东边的大阜。阬,大土坡,土冈。

㉕肆:放纵。玉轪(dài):以玉饰的车子。轪,车辖(xiá)。

㉖龙渊:赋家设词,不宜确指其所在。还(xuán):往来貌。九垠:九重。

㉗浟浟(sǒng):迅疾貌。扶辖:即扶轮。

㉘衙蕤(ruí):言其鸾凤纷纷,表现出种种鲜丽的色彩。

㉙梁弱水:即架桥于弱水。弱水,神话中常言之水名,确切地点难定。濎濙(tìng yíng):小水貌。

㉚蹑:登上。不周:神话中山名。其山缺坏,不能周全,故名不周。逶蛇(yí):弯曲而延续不断之状。

㉛想:遥想。西王母:神话中人物,介乎人神之间。上寿:祝寿。

㉜玉女:指仙女。却:退去。宓妃:洛水女神。传说伏羲氏之女,溺死于洛水,遂为洛水之神。此处代指美色。

㉝清胪(lú):谓清澈的瞳子。

㉞蛾眉：古作“娥眉”，谓美好之眉。

㉟方：且。精刚：指精微刚强之理。

㊱侔（móu）：相等。神明：犹神灵。与之为资：即以之（神明）为咨询者。

【译文】

于是事变物化，视之奇异，听之生疑。在琁玉所饰，英花耀眼，雕镂成形，图案屈曲的珍贵之台、闲静之馆中，天子居之，默然而沉思。他想着用以净化心智，澡雪灵性，储聚精神，祈求垂恩，感天动地，迎福于三神，于是精心寻觅，遴选良偶。皋繇、伊尹之类，皆为贤能魁首，心存召公之仁德，力具周公东征之意，君臣洁心斋戒，齐集阳灵之宫。披散薜荔以为席，折取琼枝以饰衣。吮吸青霄之流霞，畅饮若花之露。汇集于礼祭天神的苑囿，同登赞颂地祇的殿堂。竖起光艳闪烁的旌旗，显耀华盖的灿烂色彩。攀上北斗之星向下看，极目于三危之高岗。将众车陈列于东丘，放任玉饰之车往下奔驰。漂浮龙渊而绕道九重，窥探地底而驱车上归。风劲吹而推扶轮毂，车上鸾凤皆鲜丽而葳蕤。跨越弱水犹如小溪，迈过不周山如步曲径。遥想西王母欢欣为之祝寿，屏去玉女退却宓妃。致使玉女无处递送其秋波，宓妃不能施展其蛾眉。将揽取道德的精深刚强之旨，与神灵同趣而以之为咨。

于是钦柴宗祈[①]，燎薰皇天[②]，皋摇泰壹[③]。举洪颐[④]，树灵旗[⑤]，樵蒸昆上[⑥]，配藜四施[⑦]。东烛沧海[⑧]，西耀流沙[⑨]，北爌幽都[⑩]，南炀丹崖[⑪]。玄瓒觩𩩮[⑫]，秬鬯泔淡[⑬]。肸蚃丰融[⑭]，懿懿芬芬[⑮]。炎感黄龙兮[⑯]，熛讹硕麟[⑰]。选巫咸兮叫帝阍[⑱]，开天庭兮延群神[⑲]。傧暗蔼兮降清坛[⑳]，瑞穰穰兮委如山[㉑]。于是事毕功弘[㉒]，回车而归。度三峦兮偈棠黎[㉓]，天阃决兮地垠开[㉔]，八荒协兮万国谐[㉕]。登长平兮雷鼓磕[㉖]，天声起兮勇士厉[27]。云飞扬兮雨滂沛[28]，于胥德兮丽万世[29]。

【注释】

①钦柴：恭敬地焚柴。钦，敬。柴，谓烧柴焚燎以祭天神。宗祈：以示尊崇而祈福。

②燎薰：燎者，聚柴薪，置璧与牲于上而燎之，升其烟气。薰，火烟上出。

③皋摇：神名。泰壹：指天神。

④洪颐：旌旗之名。

⑤灵旗：灵验之旗。

⑥樵蒸：炬火，火把。昆：通"焜"，盛明貌。

⑦配藜：四散之貌。四施：向四方散去。

⑧烛：照亮。沧海：东海别称。

⑨流沙：地名。因其沙受风吹而如水流行故名。

⑩爌(huǎng)：同"晃"，照耀。幽都：指北方极远之地。旧说日没于此，万象阴暗，故名幽都。

⑪炀(yàng)：烘烤。丹崖：当指极南之地的山边或水边。

⑫玄瓒(zàn)：用黑玉装饰其柄的礼器，即祭祀时盛灌鬯酒的勺子。觩觵(qiú liú)：本言牛羊角弯曲貌。此指玄瓒的把子像弯曲的角状。

⑬秬鬯(jù chàng)：古人用黑黍和郁金香草酿造的酒，以为祭祀之用。鬯，香草。即郁金香。泔(hàn)淡：盛满。

⑭肸蚃(xī xiǎng)：芬芳的秬鬯酒散发出香味。丰融：醇厚味长。

⑮懿懿：芳香浓郁。芬芬：美盛。

⑯炎：与"焰"同。黄龙：龙之一类。

⑰熛(biāo)：火焰。讹(é)：动。

⑱巫咸：古神巫之通名。帝阍(hūn)：指天门。此喻君门。

⑲天庭:天帝宫廷。延:延引,导引。

⑳傧(bìn):接待宾客。暗蔼:众盛貌。此指群神毕至之情状。清坛:静肃的祭坛。

㉑瑞:指众神所至带来的祥和瑞气。穰穰(rǎng):众多貌。委:积。

㉒功弘:谓祭神的功绩弘伟。

㉓三峦:观名。偈(qì):通"憩",休息。棠黎:宫名。

㉔天阃(kǔn)决:谓天门开启。阃,门限。决,开。垠:边际,界限。

㉕八荒:八方极远之地。

㉖长平:坂名。在池阳南。它是幸甘泉途经之所,故赋叙回车而归,言登长平。雷鼓礚(kē):犹言礚礚,鼓声。

㉗天声:比喻雷声洪亮。厉:猛。

㉘滂沛:形容雨水盛大。

㉙于胥:言君臣皆以德相辅佐。丽:光华。

【译文】

于是恭敬焚柴,燎薰皇天,尊崇祈福,遥叩皋摇与泰壹。高举洪颐之旌,扬起灵验之旗,粗木细柴,烟焰同升,火光披离往四方辐射。东边烛照沧海,西面明耀流沙,北面照彻幽都,南边烧灼丹崖。玄玉之勺,其柄如角;黑黍之酒,尽杯斟酌。其香四溢,醇美味多,懿馨浓郁,芳不可说。樵蒸之焰,感动黄龙、麒麟。从而选派神巫,去叫天帝门阍,打开天上宫廷,延请众神。迎来神灵如云,降临祭坛纷纷,瑞气委积如山,普天祥和兴盛。于是事毕功著,回车而归。途经封峦之观,憩息棠黎之宫,天门启,地界通,八极谐,万国同。登上长平之坂,鼓鸣如雷隆隆,其声依天而起,激励众士奋勇。彤云飞扬,时雨施降,君臣皆仁德,光华万年长。

乱曰[①]:崇崇圜丘[②],隆隐天兮[③]。登降峛崺[④],单埢垣兮[⑤]。增宫嵾差[⑥],骈嵯峨兮[⑦],岭巆嶙峋[⑧],洞无崖兮。上天之绎[9]，杳旭卉兮[10]。圣皇穆穆[11]，信厥对兮[12]。徕祇郊禋[13]，神所依兮[14]。徘徊招摇[15]，灵迟迡兮[16]。光辉眩耀[17]，降厥福兮[18]。子子孙孙，长无极兮。

【注释】

①乱：在赋末尾归纳全篇旨意，总撮其大要。

②崇崇：高貌。圜丘：即圆丘。此指祭天之大坛。

③隆隐天：言其隆高隐蔽了天。

④登降：即上下。峛崺(lǐ yǐ)：山势曲折连绵。

⑤单(chán)：大貌。埢垣(quán yuán)：圆形。

⑥增宫：重层的宫观。嵾差(cēn cī)：不齐之状。嵾，同"参"。

⑦骈(pián)：并列。嵯峨：高貌。

⑧岭嶒(yíng)：深幽貌。嶙峋：深而无涯。

⑨绎(zài)：事情。

⑩杳：深远。旭卉：幽昧之貌。

⑪圣皇：指圣明天子。穆穆：庄严伟大貌。

⑫信：诚然，实在。厥：其，语助词。对：配。能与天相对配。

⑬徕：招来，使之来。祇(qí)：恭敬。郊禋(yīn)：谓在郊外燃柴升烟以祭天。

⑭神：指上文所言众神。依：依附，依托。

⑮招摇：彷徨。

⑯灵：神灵。迟迡(qī chí)：游息。

⑰光辉：指郊禋火光。

⑱降厥福：祈降福祥。福，指继嗣。

【译文】

总撮全赋大要说：崇高的祭天坛，隆突蔽日遮天。上下与周广，高大而体圆。层层叠叠的宫殿，或参差错落，或并列耸峙，或深幽无极，或台阶峭立。上天之事，冥昧易逝。圣明天子，庄重严肃，诚可与天相匹。到此虔心祭祀，众神前来托依。徘徊彷徨，众神栖息。光辉照耀，降福成帝。子子孙孙，长嗣无极。

耕藉

潘安仁

潘岳(247—300),字安仁,荥阳中牟(今属河南)人。晋代文学家。少以辩惠才颖,号为"奇童",故早辟于司空太尉府。举秀才后,因"才名冠世,为众所疾,遂栖迟十年",其后出任河阳令等职。杨骏辅政,引为太傅主簿。骏为贾后所诛,岳被除名。后又干谒权臣贾谧为其"二十四友"之首。贾失势伏诛,赵王伦辅政,孙秀为中书令,为报早年挞辱之仇,遂诬潘岳谋反,被诛。潘岳一生"性轻躁,趋世利",虽负其才,却不得志。"自弱冠涉于知命之年",曾"八徙官而一进阶,再免,一除名,一不拜职,迁者三"。

在文学上,潘岳工于诗赋,与陆机齐名。有《悼亡诗》三首,情意真挚笃厚,是其代表之作。赋多名篇:状物写情,细致入微的有《射雉》《笙》;写志抒情,恬淡安适的有《闲居》《秋兴》;记述见闻,文清旨诣的有《西征赋》。潘岳的作品,皆以辞藻华丽、才思妍巧名世。

藉田赋一首

【题解】

藉田,谓古代天子躬秉耒耜,耕于千亩王田。自汉文帝开始,乃于孟春之月丁亥日,率其百官,藉于公田,举行开耕仪式。其目的一是通过自己之力,以奉宗庙粢盛;二是劝率天下,使务农耕。西晋泰始四年(268)正月,晋武帝遵昭古礼,亲率命臣,车驾浩荡,风尘仆仆,前往王田，隆重举行耕藉典礼。作者乃为斯赋。在赋中，潘岳以儒家的政治观点看待武帝的治国方略，肯定他藉田是“固尧汤之用心，而存救之要术也”，既能“展三时之弘务，致仓廪于盈溢”“以足百姓”“以固本也”，又使“庙祧有事”“以供粢盛”“所以致孝也”。晋虽初建，即“能本而孝，盛德大业至矣哉！”赋中虽多溢美之词，但能明确告诫统治者，必须注意“高以下为基，民以食为天”的治国之道，表现了鲜明的民本思想。

伊晋之四年①，正月丁未②，皇帝亲率群后③，藉于千亩之甸④，礼也。于是乃使甸帅清畿⑤，野庐扫路⑥，封人壝宫⑦，掌舍设枑⑧。青坛蔚其岳立兮⑨，翠幕黕以云布⑩。结崇基之灵趾兮⑪，启四涂之广阼⑫。沃野坟腴⑬，膏壤平砥⑭。清洛浊渠⑮，引流激水⑯。遐阡绳直⑰，迩陌如矢⑱。緫犗服于缥轭兮⑲，绀辕缀于黛耜⑳。俨储驾于廛左兮㉑，俟万乘之躬履㉒。百僚先置㉓，位以职分。自上下下㉔，具惟命臣㉕。袭春服之萋萋兮㉖，接游车之辚辚㉗。微风生于轻幰㉘，纤埃起于朱轮。森奉璋以阶列㉙，望皇轩而肃震㉚。若湛露之晞朝阳㉛，似众星之拱北辰也㉜。

【注释】

①晋之四年：指西晋建国的第四年，即268年。

②丁未：当为“丁亥”之误。自汉文帝后，天子藉田多用亥日，《晋书·武帝纪》即作“丁亥”。

③群后：诸侯。

④藉：也作“籍”。高步瀛《文选李注义疏》曰：“圣人制法为此籍田者，万民之业，以农为本。五礼之事，唯祭为大。以天子之贵，亲执耒耜，所以劝农业也。祭之所奉，必用己力，所以敬神明也。”

千亩：古代天子藉田之数。甸：同“田”。

⑤甸帅：原为甸师，率领其属官，耕耨藉田。清畿（jī）：清理京城辖区。

⑥野庐：即野庐氏，上古官名。掌通达道路，以便往来。

⑦封人：古官名。掌守护帝王社壝及京畿疆界。壝（wěi）宫：天子出行宿于平地时，筑坛，四周筑以庳垣，称为壝宫。壝，坛外四边矮墙。

⑧掌舍：主管馆舍官。《周礼·天官》有掌舍属官，掌王室行道及馆舍之职。枑（hù）：即梐枑，又称行马。用木条相连交互为之而成的栅栏，置于官署前以截人马。

⑨青坛：青色的祭坛。蔚（yù）：谓色彩浓郁。岳立：如高山之挺立。

⑩翠幕：翠色的帷幕。黕（dǎn）：黑色。

⑪崇基：坛。灵趾：神坛之基。

⑫四涂：指坛之四面。阼（zuò）：主阶。

⑬沃野：利于浇灌的肥美田野。坟腴：土质肥沃。

⑭膏壤：肥美的土壤。砥：平直的磨刀石。此取其平。

⑮洛：指洛水。浊渠：引流于河的灌渠。

⑯激水：急疾之水。

⑰遐阡：长远的田间小路。

⑱如矢：如矢之平直。

⑲緫犗（cōng jiè）：青色犗牛。緫，青色。犗，犗牛，指帝耕之牛。服：驾。缥轭：青白色的轭具。

⑳绀（gàn）：深青而显赤色。缀：连结。黛：青色。耜（sì）：古代翻土农具，类似于犁头。

㉑俨储驾：俨然备驾待耕。廛（chán）左：指藉田百亩位于民居区域之左。

㉒万乘：本意为万辆战车。此指拥有万乘之权的天子，表示国力强

大。躬履：亲身服牛耕地。

㉓百僚：即百官。先置：先于天子到场，按其职分排列以待。

㉔自上下下：谓从最高的官下至最低的官。

㉕命臣：指受天子赏赐玉圭或服饰的大臣。

㉖袭：穿上。萋萋：茂盛貌。春穿青色之服，人多衣盛。

㉗游车：指天子出游所从之车。辚辚：众车之声。

㉘轻幰（xiǎn）：轻薄的凉篷，用在车前与车顶齐平，以之御热。

㉙森：盛貌。奉璋：手捧圭璧。指臣下手捧圭璧随从天子。阶列：谓诸臣按其爵位高低而排列。

㉚皇轩：即皇帝之车。肃震：敬肃而惊惧。

㉛湛露：浓厚的露珠。晞（xī）：干。

㉜拱：拱卫。北辰：北极。

【译文】

西晋建国四年，正月丁亥之日，武帝亲率诸侯，前往东郊王田开耕，这是符合古礼的仪式。于是即派管理藉田的甸师清理郊区，使管理交通的官员扫净道路，命守护社坛的官员筑起壝宫，让掌管皇室馆舍的官员设置路障禁人出入。青郁郁的祭坛如五岳之挺立，翠油油的帷幕像乌云密布。落成了神灵降临的高高坛基，启用面向四方的宽阔登坛石阶。藉田是一片利于灌溉的沃野，土质肥美，地势平坦。洛水清澈，引河黄浊，流急盈渠，自由浇灌。阡陌纵横，或近或远，条条舒展，如矢直绳牵。青青的犗牛驾着缥色的轭具呵，青而显红的辕把连结在黑色的犁上。备好的耕牛农具俨然立于藉田之左呵，等待着皇上亲临现场。百官早已到齐恭候，按职任定位置以夺下上。由高而下，都是天子赐爵赏物之良臣。他们尽着春服春意浓盛，属车不绝辚辚之声不停。轻薄的车幔荡起微风，朱红的车轮扬起纤尘。百官们手捧圭璧排列阶前，凝望着皇上车驾肃然震惊。其敬畏之情犹如晶莹清露晞于朝阳，其拥戴之心即如拱卫北斗之众星。

于是前驱鱼丽①，属车鳞萃②，阊阖洞启③，参涂方驷④，常伯陪乘⑤，太仆秉辔⑥，后妃献穜稑之种⑦，司农撰播殖之器⑧。挈壶掌升降之节⑨，宫正设门闾之跸⑩。天子乃御玉辇⑪，荫华盖⑫，冲牙铮枪⑬，绡纨綷縩⑭。金根照耀以炯晃兮⑮，龙骥腾骧而沛艾⑯。表朱玄于离坎⑰，飞青缟于震兑⑱。中黄晔以发挥⑲，方彩纷其繁会⑳。五辂鸣銮㉑，九旗扬旆㉒，琼钑入蕊㉓，云罕晻蔼㉔。箫管嘲哳以啾嘈兮㉕，鼓鞞硡隐以砰礚㉖。筍簴嶷以轩翥兮㉗，洪钟越乎区外㉘。震震填填㉙，尘鹜连天㉚，以幸乎藉田。蝉冕颎以灼灼兮㉛，碧色肃其千千㉜。似夜光之剖荆璞兮㉝，若茂松之依山巅也。

【注释】

①前驱：在前导引。鱼丽：古时用兵的布阵方法之一。前布二十五乘战车，后跟二十五人，以备车间之缝隙。

②属车：随从的车辆。鳞萃：如鱼鳞层层相因而聚集。

③阊阖：洛阳门名。即宫城之正门，在宫城之正南。洞启：如岩洞般张开着。

④参涂：即三条大道。参，通“三”。方驷：并列车马之车。方，并。

⑤常伯：周官之名。陪乘：即骖乘。

⑥太仆：官名。秦汉时为九卿之一，掌天子之舆马及牧畜之事。

⑦穜(tóng)：种得早而熟得晚的谷类。稑(lù)：晚种而先熟的谷类。

⑧司农：即大司农，管理太仓、藉田等事的官。撰：具备。播殖：播种。播，布。殖，种。

⑨挈(qiè)壶：即挈壶氏，掌刻漏，军行即从之。升降之节：指掌握计时器中盛水多少的节度。

⑩宫正：官名。即宫之长。闾：里门。跸(bì)：警戒。

⑪玉辇:指天子所乘之车。

⑫华盖:华丽的车盖。

⑬冲牙:佩玉。《礼记·玉藻》曰:“凡带必有佩玉,唯丧否。佩玉有冲牙。”孔疏曰:“凡佩玉,必上系于衡,下垂三道,穿以蠙珠。下端前后以悬于璜,中央下端悬以冲牙,动则冲牙前后触璜而为声。所触之玉,其形似牙,故曰冲牙。”铮(zhēng)枪:玉声。

⑭绡(xiāo):薄纱或绢类。纨:白色生绢。綷縩(cuì cài):衣动所发之声。

⑮金根:即金根车。在先秦之时,谓祥瑞之车为金根。自秦汉以降,以金饰车,以为乘舆,谓之为金根车。炯晃:明亮。

⑯龙骥:如龙似的良马。腾骧:奔驰腾越。沛艾:马疾行时昂首摇动貌。

⑰表:标。表现出不同的标识。朱玄于离坎:是指随天子前往的仪仗队,车马旗帜为红色、黑色者,站在南面和北面。《周礼·考工记》曰:“东方谓之青,南方谓之赤,西方谓之白,北方谓之黑。”古人常将五方、五色、八卦相配对,借以喻物。离,南方之卦。坎,正北方之卦。

⑱青缟(gǎo)于震兑:指车马旗帜为青色、白色者,列于东方和西方。震,东方之卦。兑,西方之卦。缟,细白。

⑲中黄:四方之内为中央,其色取土之黄。晔(yè):光灿貌。发挥:飞扬。

⑳彩纷:谓色彩缤纷。繁会:众盛合聚。

㉑五辂:指天子所用的五种车辆。鸣銮:鸣声悦耳的铃铛,系于马之镳勒之上。

㉒九旗:不同图像的九种旗帜。旆(pèi):形如燕尾之旗。此指九旗的垂旒。

㉓琼鈒(sà):玉饰的小矛。入蕊(ruǐ):谓车中载戟丛聚貌。

㉔云罕：指帝王的仪仗队。晻蔼：盛貌。

㉕嘲哳(zhā)：大鸟鸣。此言箫声与管声宏细相杂。啾嘈：指洪音与细音。

㉖鞞(pí)：同“鼙”，小鼓。硡(hōng)隐：鼓鞞沉宏之声。砰磕(kē)：鼓鞞洪亮之声。

㉗筍簴(jù)：泛指钟架。横木为筍，立柱曰簴。嶷：高貌。轩翥(zhù)：飞举之势。

㉘区外：钟声之大超越了京城区域之外。

㉙震震填填：谓众车群行所发出的盛大之声。

㉚尘骛：指车队扬起的灰尘如雾。

㉛蝉冕：侍中官员所戴帽子。颎(jiǒng)：光亮。灼灼：鲜艳夺目貌。

㉜碧色：碧玉之色。肃其千千：言碧玉之色庄肃而深绿。

㉝夜光：珠名。此指夜里放光之珠。荆璞：即荆山之玉璞。

【译文】

于是，皇上的大驾前以鱼丽军阵为导引，其后从车似鱼群相随，宫城正门洞然开启，三条大道上车马并驱，侍中陪乘护卫，太仆把缰为御，后妃们进献谷物良种，管农大臣备好了播种器具。计时之官掌握着铜壶盛漏的节度，护宫之官为禁人出入门闾设置警跸。天子便乘着玉饰舆辇，上有华盖遮阴蔽雨，博带玉佩铿锵作响，薄纱细绢相摩有声。金根之车闪闪灼亮，骏马腾越首尾低昂。以红黑之色为标志的仪仗列于南北，青色白色的仪仗伫立东西之方。中央金黄而灿烂生辉，四面缤纷而奇彩多样。五种辂车鸾铃共鸣，九图旌旗旒旆并扬，玉饰矛戟密如丛林，仪仗之盛如云布张。长箫短笛啾啾嘈嘈而相和呵，大鼓小鼓隐隐砰砰声洪亮。钟架高耸而飞举，洪大的钟声响彻九霄之上。车马起动震震填填，尘土高扬遮日蔽天，皇上莅临藉田而躬耕。侍中们头戴金蝉之冠光亮而灼目，手执碧玉之版貌甚庄严。显出光辉似荆璞中剖出的良玉，又如成林的茂松倚贴在山巅。

于是我皇乃降灵坛[1]，抚御耦[2]，坻场染履[3]，洪縻在手[4]。三推而舍[5]，庶人终亩[6]。贵贱以班[7]，或五或九[8]。于斯时也，居靡都鄙[9]，民无华裔[10]，长幼杂遝以交集[11]，士女颁斌而咸戾[12]。被褐振裾[13]，垂髫总发[14]，蹑踵侧肩[15]，掎裳连袵[16]。黄尘为之四合兮[17]，阳光为之潜翳[18]。动容发音，而观者莫不抃儛乎康衢[19]，讴吟乎圣世。情欣乐于昏作兮[20]，虑尽力乎树艺[21]。靡谁督而常勤兮[22]，莫之课而自厉[23]。躬先劳以说使兮[24]，岂严刑而猛制之哉[25]！

【注释】

①降灵坛：亲临藉田时祭祀之坛。灵坛，祭神的坛台。

②抚御耦：持着耒耜之柄做出耕地的样子。御耦，天子专用的犁具。耦，并。二耜并用。

③坻（chí）：浮土。

④縻：牵牛的绳子。

⑤三推：按古礼，天子藉田，扶犁三推。

⑥终亩：耕完千亩藉田。

⑦以班：按照等级分班次。

⑧或五或九：谓扶犁之次数。《礼记·月令》："三公五推，卿、诸侯九推。"

⑨靡：无。都鄙：谓京邑与边邑。

⑩华裔：古指我国中原和边远地区。华，华夏。裔，边鄙之地的少数民族。

⑪杂遝（tà）：众多貌。

⑫颁斌：相杂貌。咸戾：尽至，全到。

⑬被褐：外穿粗布短衣。振裾：整理衣襟。

⑭垂髫(tiáo):谓垂发。指童年之时。总发:即总角,谓结发为角之式,指人至青年之时。

⑮蹑踵:追逐接踵。言其人多鱼贯之貌。侧肩:即侧着肩膀,亦言人多密集之状。

⑯掎(jǐ)裳:从后牵住衣裳。连袘(yì):谓衣袖相连。袘,衣袖。

⑰四合:从四面腾起而聚合。

⑱潜翳:谓太阳被黄尘所遮蔽。

⑲抃儛(biàn wǔ):欢欣鼓舞。欢欣而鼓掌曰抃,喜极而舞蹈曰儛。儛,舞蹈,跳舞。康衢:大道。

⑳昬(mǐn)作:勉力劳作。昬,勉力,尽力。

㉑树艺:种植。

㉒督:察。

㉓课:试。厉:同“励”。

㉔躬:亲自。先劳:率先从事劳动。说使:即“悦使”,谓百姓乐于役使。说,同“悦”。

㉕猛制:严酷的法制。

【译文】

于是我大晋皇帝,亲临藉田之坛,躬扶犁头,脚踏浮土,牛绳在手。扶犁三推而舍,百姓代耕其亩。宫官们按其职位高低,或作五推,或作九推。在此之时,无论家住城邑与边鄙,族系华夏与胡夷,老幼纷纷交集,男女相杂毕至。他们身穿粗服,扎起裙子,有的垂发披离,有的总发为结,接踵相随,侧肩而立,前后裳衣相挂,左右广袖相制。震起黄尘弥漫四野呵,阳光也为之掩翳。观看的人们莫不开颜而欢歌,起舞于康庄之长衢,讴吟于圣明之清世。老百姓欣乐而勉力劳作呵,各自都思虑着尽力于耕植。即使无人督促也常勤奋呵,无人考功也各自勉力。由于大晋天子率先劳动,故众庶都愿受其役使,这绝非严刑重法,猛酷手段强制之所能致!

有邑老田父[1]，或进而称曰[2]："盖损益随时[3]，理有常然。高以下为基[4]，民以食为天[5]。正其末者端其本[6]，善其后者慎其先。夫九土之宜弗任[7]，四人之务不壹[8]，野有菜蔬之色[9]，朝靡代耕之秩[10]。无储稸以虞灾[11]，徒望岁以自必[12]。三季之衰[13]，皆此物也[14]。今圣上昧旦丕显[15]，夕惕若栗[16]。图匮于丰[17]，防俭于逸[18]。钦哉钦哉[19]，惟谷之恤[20]。展三时之弘务[21]，致仓廪于盈溢[22]。固尧汤之用心[23]，而存救之要术也[24]。"若乃庙祧有事[25]，祝宗诹日[26]。簠簋普淖[27]，则此之自实。缩鬯萧茅[28]，又于是乎出。黍稷馨香，旨酒嘉栗[29]，宜其民和年登[30]，而神降之吉也[31]。古人有言曰："圣人之德，无以加于孝乎[32]！"

【注释】

①邑老：谓乡邑老人。

②或：有人。

③损益随时：是损是益都顺乎时间季节。

④高以下为基：《老子》三十九章曰："贵必以贱为本，高必以下为基。"高，指在上之贵者。基，指在下之庶民。

⑤天：指赖以为生之物。《汉书·郦食其传》曰："王者以民为天，而民以食为天。"

⑥正其末：谓摆正末业的位置。端其本：使其本业得以端正。言治国之道，以商为末，而农为本。

⑦九土：九州之土。宜：地宜。谓不同的土质适宜于不同作物的生长。任：凭依，使用。

⑧四人：指士农工商。

⑨菜蔬之色：年饥馑，人饥饿，脸呈菜黄色。

⑩朝靡代耕之秩：言年饥，则朝无俸禄。
⑪稸(xù)：同“蓄”。虞：度。
⑫望岁：渴望岁功。自必：枉自坚意于。
⑬三季：此言夏、商、西周的末代帝王桀、纣、幽。
⑭皆此物：都是舍本逐末之物。
⑮昧旦：天未全明之时。丕显：大明。
⑯夕惕若栗：戒慎恐惧，不敢怠慢。
⑰图：谋划，考虑。匮：缺乏。
⑱俭：缺少。逸：奢逸。
⑲钦哉：告诫之辞，表慎重之义。
⑳谷：代指粮食。
㉑三时：指春、夏、秋。弘务：大事，指农事。
㉒致：使。仓廪：此处泛指囤积粮食的地方。
㉓固：确实。用心：指治国忧民的用心所在。
㉔存救：存问与救济。
㉕庙祧(tiāo)：泛指祖庙。
㉖祝：接神的男巫。宗：宗人，官名。掌宗祀之礼。诹(zōu)日：商定吉日。
㉗簠簋(fǔ guǐ)：簠与簋。两种盛黍、稷、稻、粱之礼器。普淖(zhào)：黍稷。
㉘缩鬯(chàng)：即缩酒。束茅立之，祭前沃酒其上，酒渗下，若神饮之，故谓之缩。萧茅：即秋蒿，因其有香气，故祭祀以脂爇之为香。茅，以为缩酒之用。
㉙旨酒：美酒。嘉栗：谓其上下皆有嘉德，而无违心，态度谨敬。
㉚登：成熟，丰收。
㉛神降之吉：犹言神降之福。
㉜“圣人之德”二句：《孝经·圣治章》曾子曰：“敢问圣人之德，无以

加于孝乎?"子曰:"天地之性,人为贵,人之行莫大于孝……夫圣人之德,又何以加于孝乎?"

【译文】

于是城乡父老之中,有人进言称颂说:"或耕或否,顺乎农时,这个道理长久不变。正如高必以下为基础,人必以粮食为生存条件。注意摆正工商末事,而农桑这一根本就可正当发展。要使货殖丰盛美善,就必须慎重对待粮食生产。如果九州之内不能因地制宜进行耕种,士农工商四民所务多不专一,那么乡野百姓就会饿得面黄肌瘦,朝廷官员便没有薪俸之资。国家无储备之粮度过灾荒,只得空望着秋后岁功以继食。夏桀、商纣与周幽三个末代皇帝的衰灭,都是属于上述一类之事。当今圣明天子起早贪黑,戒慎忧惧,形若战栗。在丰年之岁便想到匮乏,处奢逸之时即提防枯竭。慎之又慎,唯粮是恤。开展春夏秋三季之农务大事,致力于大小仓廪满装充溢。这很像唐尧、商汤治世那样的用心,也是抚慰和救助百姓的重要之计。"至于有宗庙祭祀之事,巫祝与宗人择定吉日,祭器中所供的黍稷,也由此重农之举而自然得到充实。奠沃香蒿白茅的美酒,亦由此而出自地利。馨香的黍稷,敬献的酒醴,宜致百姓和顺,年成丰登,神降大吉。古人有言说:"圣人的美德,没有一样可以超过孝悌。"

夫孝,天地之性,人之所由灵也。昔者明王以孝治天下,其或继之者,鲜哉希矣[1]。逮我皇晋[2],实光斯道[3],仪刑孚于万国[4],爱敬尽于祖考[5]。故躬稼以供粢盛[6],所以致孝也[7];劝穑以足百姓[8],所以固本也[9]。能本而孝,盛德大业至矣哉[10]!此一役也[11],而二美具焉[12],不亦远乎?不亦重乎?敢作颂曰[13]:

【注释】

①鲜:少。

②逮:至。皇晋:大晋。

③光:显明。斯道:谓孝道。

④仪刑:此指善用其法,为方国所信。

⑤爱敬尽于祖考:《孝经·天子章》:"子曰:爱敬尽于事亲,而德教加于百姓。"祖考,指先祖与先父。

⑥躬稼:指亲自参与农事。粢盛:祭品。粢,谷类总称。谓盛在祭器内的黍稷。

⑦致孝:表达孝心。

⑧穑:与上"稼"互文,种谷曰稼,收谷曰穑,泛指耕作。

⑨固本:使国家的根基得到巩固。本,指国家的根基与主体。

⑩盛德大业至矣哉:语见《周易·系辞》。

⑪役:此指藉田。

⑫二美:谓能本而孝。

⑬敢:冒昧。颂:赞美之文。

【译文】

孝心是天地自然的本性,人由此而成为万物之灵。古代的圣明君主以孝治理天下,其后继承这一点的却少得可怜。至我大晋王朝,真格光显孝道,善于用法治世,取信万国称好,仁爱孝敬之性,尽用于先祖父考。所以皇上亲耕以黍稷供祭用以表示崇尚孝敬,劝农稼穑以富百姓,以此强化国家的根本。一举而能强化根本,又能彰显孝敬,晋之美德大业,超古独今。通过藉田这一劳动,能使本、孝两美,显扬于世,其影响之深远,意义之重大,无与伦比!于是便冒昧作此颂扬之辞:

思乐甸畿[①],薄采其茅[②]。大君戾止[③],言藉其农[④]。其农三推,万方以祗[⑤]。耨我公田[⑥],实及我私。我簠斯盛[⑦],

我篚斯齐[8]。我仓如陵，我庾如坻[9]。念兹在兹[10]，永言孝思[11]。人力普存[12]，祝史正辞[13]。神祇攸歆[14]，逸豫无期[15]。一人有庆[16]，兆民赖之。

【注释】

①思乐：欢乐。思，语助词。甸畿：古九畿之一。畿，边界。古代天子京都以外的地方，按距离远近分为九等，称为九服。方千里之地称王畿。此外方五百里叫侯服，又其外方五百里叫甸服，又其外方五百里叫男服，依此向外推移，有采服、卫服、蛮服、夷服、镇服和藩服。

②薄采：即采取。

③大君：天子。戾止：来到。戾，来。止，至。

④言：语助词。藉其农：即藉田劝农。

⑤万方：即"万国"。祗（zhī）：敬。《礼记·月令》曰："耕藉然后诸侯知所以敬。"

⑥耨（nòu）：除草农具。公田：由庶民代耕之田。《孟子·滕文公》曰："方里而井，井九百亩，其中为公田，八家皆私百亩，同养公田；公事毕，然后敢治私事，所以别野人也。"

⑦斯：语气助词。盛：谓装入祭器中。

⑧齐（zī）：泛指黍稷等六谷。

⑨庾（yǔ）：指露天谷仓。坻（chí）：水中小块陆地。

⑩念兹在兹：语出《尚书·大禹谟》。兹，当指上文粢盛之事。

⑪永言孝思：谓永远尽其孝道。言与思，皆语气助词。

⑫人力：指民力。祝告民间的人力、物力与财力普遍得到保全。

⑬祝史正辞：《春秋左传·桓公六年》季梁止隋侯曰："所谓道，忠于民而信于神也。上思利民，忠也；祝史正辞，信也。"孔疏曰："在上位者，思利于民，欲民之安饱，是其忠也。祝官史官正其言辞，

不欺诳鬼神,是其信也。”祝,巫祝。史,史官。

⑭神祇(qí):天神地祇。攸:助词,是。歆:享。

⑮逸豫无期:《诗经·小雅·白驹》曰:“尔公尔侯,逸豫无期。”高步瀛《文选李注义疏》:“此诗因贤人既去,犹望其来,言尔公邪侯邪,何为亦逸乐,无期以反也。此赋断章取义,犹言安乐无极耳。”

⑯一人:指天子。庆:指致孝、固本,人和年登。

【译文】

欢乐甸服臣,采茅缩酒醴。天子来到此,藉田劝农事。其犁只三推,万民服敬之。先除公田草,毕矣始耨私。方簠粢盛满,圆簋黍稷实。仓廪谷成山,粮囤如岛屿。丰收祭祖先,永远尽孝思。民力普保全,祝史辞不虚。天神地祇享,安乐无穷极。天子有德政,万民皆仰赖。

畋猎上

司马长卿

司马相如(? —前118),字长卿,蜀郡成都(今属四川)人。西汉著名文学家。因仰慕蔺相如而更名司马相如。他少好读书击剑,景帝时为武骑常侍。景帝不好辞赋,乃称病去职,客游于梁,与邹阳、枚乘等扈从,作《子虚赋》传世。后梁孝王死,长卿还家,至临邛,以善琴而结识卓文君,结为夫妻,卖酒营生。武帝读《子虚赋》,赏其才学,召入京师,殊多信任。唐蒙通夜郎、僰中,“诛其渠帅”,引起矛盾,长卿受遣出使西南夷,晓以道义,抚以德惠。

司马长卿赋,承骚体而加以发展,成为有韵而散化的正宗时文,为扬、班、张衡等人所模仿,且对尔后的赋作影响甚大。除本文外,尚有《上林》《大人》《长门》等篇,亦为上乘之作。

子虚赋一首

【题解】

此赋为作者早年之作。虚设楚国使臣子虚出使于齐,在造访乌有先生之时,二人相互问答,子虚以其大国之使自矜,盛夸楚王云梦之猎的壮举,故名曰《子虚赋》。子虚夸言楚有大泽者七,云梦仅七泽中之“小小者耳”,方圆九百里。其中山则隆崇蔽日,土则众色炫耀,石则赤玉玫瑰,水则广泽清池。珍禽怪兽,瑶草奇花,不可胜图。作者在篇中极尽铺张扬厉之能事,充分显示其宏阔神奇的想象力。最后借乌有先生之口批评子虚说:“今足下不称楚王之德厚,而盛推云梦以为高,奢言淫乐而显侈靡,窃为足下不取也。”这即是于“其卒章归之于节俭,因以讽谏”的汉赋创作原则的具体体现。此赋写成之后,辗转传至宫中,武帝读了叹美道:“朕独不得与此人同时哉!”杨得意侍于帝侧,对曰:“臣邑人司马相如自言为此赋。”武帝惊喜,即召相如入京,任之为郎。

楚使子虚使于齐①。王悉发车骑②,与使者出畋③。畋罢,子虚过姹乌有先生④,亡是公存焉。坐定,乌有先生问曰:“今日畋,乐乎?”子虚曰:“乐。”“获多乎?”曰:“少。”“然则何乐?”对曰:“仆乐齐王之欲夸仆以车骑之众⑤,而仆对以云梦之事也⑥。”曰:“可得闻乎?”子虚曰:“可。王车驾千乘⑦,选徒万骑⑧,畋于海滨。列卒满泽,罘网弥山⑨;掩兔辚鹿⑩,射麋脚麟⑪。骛于盐浦⑫,割鲜染轮⑬。射中获多,矜而自功⑭。顾谓仆曰:‘楚亦有平原广泽,游猎之地,饶乐若此者乎?楚王之猎,孰与寡人乎?’仆下车对曰:‘臣,楚国之鄙人也⑮,幸得宿卫⑯,十有余年。时从出游,游于后园,览于有无⑰,然犹未能遍睹也,又焉足以言其外泽乎⑱?’齐王曰:‘虽然,略以子之所闻见而言之。’仆对曰:‘唯唯⑲。’”

【注释】

①子虚:赋中虚拟人物。《史记·司马相如列传》曰:“相如以‘子虚’,虚言也,为楚称。‘乌有先生’者,乌有此事也,为齐难。‘无是公’者,无是人也,明天子之义。故空藉此三人为辞,以推天子诸侯之苑囿。”

②王:《史记》《汉书》皆作“齐王”。

③畋(tián):打猎。

④过：过访。奼(chà)：夸耀，夸示。

⑤仆：自谦之称。

⑥云梦：楚国著名的大泽。相传在今湖北中部，跨越长江南北。北为云，南为梦，方圆八九百里，后堙为平地，今不复存。

⑦乘(shèng)：古时以四马共驾一车，称为乘。

⑧徒：指士卒。骑：古以一人一马为骑。

⑨罘(fú)：兔罟。凡捕兽之网，亦称为罟。弥：遍及。

⑩掩：即用网覆罩兔子。辚：车轮。

⑪麋(mí)：兽名。鹿属，似鹿而小。脚麟：持其一脚。

⑫骛(wù)：奔驰。盐浦：盐滩。

⑬鲜：生肉。染轮：此谓割生，血污于车轮，盛言中获之多。

⑭矜(jīn)：夸耀。自功：自以为功多。

⑮鄙人：指地位低下的人。

⑯宿卫：在宫中值宿警卫。

⑰览于有无：有与无是相反的概念，有则可见，无则不见。不能“有所见”，又“或复无”。从前后意思来看，“有无”是作偏义复词用，主要是言“有所见”，用其“有”，“无”则补足字数，没有实际意义。

⑱外泽：指宫外薮泽。如云梦等。

⑲唯唯：恭应之辞。

【译文】

楚国派遣子虚出使到齐国。齐王出动其全部兵车人马，与使节们同去打猎。结束后，子虚过访乌有先生，向他夸耀一通，当时亡是公也在那里。子虚坐定之后，乌有先生问道：“今日打猎快乐吗？”子虚回答说：“快乐。”又问：“猎获多吗？”回答：“不多。”乌有先生诘问道：“既然不多，那么有何可乐呢？”子虚回答说：“我感到颇有乐趣的是：齐王想以兵车人马之多，向鄙人炫耀，而我却以楚王游猎云梦泽的壮举回敬他。”乌有先生征询道：“我可以听听你和齐王的对话吗？”子虚说：“可以。齐王动用了上千辆车子，精选出上万名骑士，到东海之滨大行围猎。士卒遍泽薮，网罗布满山谷；网罩野兔，车碾逃鹿；箭穿驰麋，手逮麟足。车骑并逐，驰骋海滨盐浦；猎获盈车，鲜血染红轮毂。箭发必中，所获甚富，齐王志满意得，自炫战功卓著。他得意地回头问我：‘楚国也有这样的平原广泽，游猎场合，以及如此饶有乐趣的畋猎丰获吗？楚王的出猎与我相比，谁更壮观？’我忙下车回答：‘微臣只是楚国的鄙陋之人，却幸得以在宫中宿卫执勤十多年了。有时候也随楚王出猎，但所到之处，不过宫内园亭，虽然见过一些景观，可是连后园也未看得周全，又怎能述说京城之外、大泽之中的游猎场面？’齐王坚意不舍说：‘即使如此，请就你之所见所闻，简略谈谈。’我只好答应：‘遵命！’”

“臣闻楚有七泽，尝见其一，未睹其余也。臣之所见，盖特其小小者耳，名曰云梦。云梦者，方九百里。其中有山焉。其山则盘纡茀郁[1]，隆崇嵂崒[2]。岑崟参差[3]，日月蔽亏[4]。交错纠纷，上干青云[5]。罢池陂陀[6]，下属江河[7]。其土则丹青赭垩[8]，雌黄白坿[9]，锡碧金银[10]，众色炫耀，照烂龙鳞[11]。其石则赤玉玫瑰[12]，琳瑉昆吾[13]，瑊玏玄厉[14]，碝石碔砆[15]。其东则有蕙圃[16]：衡兰芷若[17]，芎䓖菖蒲[18]，茳蓠蘪芜[19]，诸柘巴苴[20]。其南则有平原广泽，登降陁靡[21]，案衍坛曼[22]。缘以大江，限以巫山[23]。其高燥则生葴菥苞荔[24]，薛莎青薠[25]。其埤湿则生藏莨蒹葭[26]，东蘠雕胡[27]，莲藕觚卢[28]，菴闾轩于[29]。众物居之，不可胜图。其西则有涌泉清池[30]，激水推移[31]。外发芙蓉菱华[32]，内隐巨石白沙。其中则有神龟蛟鼍[33]，玳瑁鳖鼋[34]。其北则有阴林[35]，其树楩楠豫章[36]，桂椒木兰[37]，檗离朱杨[38]，楂梨梬栗[39]，橘柚芬芳。其上则有鹓鸰孔鸾[40],腾远射干[41];其下则有白虎玄豹,蟃蜒貙犴[42]。

【注释】

①盘纡(yū):回旋盘曲。茀郁:指络山结聚貌。

②隆崇:高峻貌。嵂崒(lù zú):高危险绝貌。

③岑崟(yīn yín):山势高峻。

④蔽亏:指日月或蔽或亏。蔽,全隐。亏,半缺。

⑤干:犯。此是触及之意。

⑥罢池(pí tuó):山倾斜貌。陂陀(pō tuó):绵延不断貌。

⑦下属:下连。

⑧丹:朱砂。青:一种青色矿石,又名杨梅青。赭(zhě):赤土。垩(è):白土。

⑨雌黄:又名石黄,与雄黄同类,而稍有区别,可制颜料。白坿:白石英。

⑩锡:青金。碧:青石。

⑪照烂:光辉灿烂。龙鳞:如龙之鳞彩。

⑫玫瑰:火齐珠。

⑬琳瑉(mín):琳,珠,玉。瑉,同“珉”,石之似玉者。昆吾:石次玉者。

⑭瑊玏(jiān lè):石之次玉者。玄厉:黑石。

⑮碝(ruǎn)石:白中带赤之石。碔砆(wǔ fū):赤地白彩之石。

⑯蕙圃:指香草丛生之地。蕙,蕙兰,举以代芳草。

⑰衡:杜衡。芷:白芷。若:杜若。均为香草名。

⑱芎䓖(xiōng qióng):香草名。根可入药。菖蒲:水边草本植物,其味辛,可入药。

⑲茳蓠:水边香草名。蘪(mí)芜:香草名。生于水边。

⑳诸柘(zhè):一名甘蔗。柘,通“蔗”。巴苴(jū):一名巴蕉。

㉑登降：犹言升降，或上下。陁(yǐ)靡：山势倾斜绵延貌。

㉒案衍：渐次下平。案，通“按”，次第。衍，下平貌。坛(dàn)曼：平坦宽广。

㉓巫山：又名阳台山，在云梦泽中。

㉔葴(zhēn)菥(sī)苞荔：四种草名。葴，马蓝。菥，似燕麦。苞，与茅相类，可织席。荔，即马荔。形似蒲而小，根可制刷子。

㉕薛：草名。即“赖蒿”。莎(suō)：草根名。即香附子。青薠(fán)：与莎相似，故书多并举。

㉖埤(bēi)：与“卑”通。藏莨(zāng láng)：即苞莨，狼尾草。蒹葭(jiān jiā)：泛指芦苇。

㉗东蘠(qiáng)：似蓬，其实如葵子。子色青黑，可食。雕胡：即菰米，俗名茭白。可食。

㉘觚(gū)卢：即葫芦。

㉙菴闾(ān lǘ)：又名菴闾子，叶似菊而薄，面背皆青，茎白色，开细花。轩于：草名。又名莸于。生水中，茎似蕙而臭，马喜吃。

㉚涌泉：奔涌的流泉。

㉛推移：指涌泉激水，抑扬推移前流。

㉜外：与下句的“内”分指水表水里。菱华：谓角所开之花。

㉝神龟：龟为四灵之一，古以龟壳卜问吉凶，故称龟为神龟。蛟鼍(tuó)：指鲛鱼与鼍鱼。

㉞玳瑁(dài mào)：海产动物，形似龟，甲片可作装饰品，亦可入药。鳖鼋(yuán)：二者相似，只有大小之分。大者为鼋，通称之甲鱼，俗名团鱼。小者为鳖。

㉟阴林：北山之林。古以山之北、水之南为阴。

㊱楩(pián)楠：两种木名。即黄楩木与楠木。豫章：即樟木。

㊲桂椒：指桂树与花椒树。木兰：又名杜兰，状似楠树，皮辛香似桂，可食。或为今之肉桂。

㊳檗离：指黄檗与山梨。黄檗，干高数丈，叶类茱萸，经冬不凋。朱杨：一种落叶乔木。

㊴楂梨：今名山楂，果圆形而小，红色，甘甜。梬(yǐng)栗：似柿而小。

㊵鹓鸰(yuān chú)：传说中与鸾凤同类的鸟。孔：即孔雀。鸾(luán)：具有"神灵之精"的鸟。

㊶腾远：猿猴类动物，极善腾跳远纵故名。射(yè)干：动物名。形似狐而小，能缘木而行。

㊷蟃蜒：大兽，似狸。貙犴(chū hān)：貙和犴，皆猛兽。

【译文】

"微臣听说楚国有大泽七个，所见者只是其一，其余概未见识。而且我所见者，是其最最小的而已，名叫云梦。这云梦泽，方圆九百里。其中有山。山则盘曲回旋，簇拥紧聚，高峻险绝。峭立参差，经天日月，为山所蔽，或为亏缺。高峰如林，交错纷列，冲天而上，与青云相接。山麓绵延，远接江岸。云梦之土，有朱红青石，赤泥白土，石黄白附，锡玉金银，色彩耀目，如龙鳞般灿烂。云梦之石，有赤玉、玫瑰之玉石，琳、珉、昆吾之美石，瑊玏之类的次玉石，黝黑锃亮的玄厉石，赤白参半的碝石，赤地白彩的碔砆石。云梦之东，是香草丛生的花圃：有杜衡、春兰、白芷、若木、菖蒲、芎䓖、江蓠、蘼芜、巴蕉、甘蔗，芬芳馥郁。云梦之南，乃是平原大泽，地势由高而低，绵延倾斜，袤广平博，望之无极。大江、巫山为其边界。在那隆凸干燥的地方，生长着马蓝、菥、苞茅、马荔、籁萧、香附、青薠。在那低凹潮湿之处，则有苞茛、蒹葭、东蘠、菰、莲藕、葫芦、菴闾、蔓芋。众物杂居，不胜其计。云梦之西，则有涌泉清池，泉流与池水相激，荡漾推移。芙蓉菱花，竞放于水面；巨石白沙，沉隐于池底。深水之中，有神龟、蛟、鼍、玳瑁、鳖、鼋。云梦之北，则是阴林，树有黄楩、楠木、豫章、桂树、花椒、木兰、黄檗、山梨、赤柳、山楂、梬栗、橘、柚，芳香四季。树上鹓鸰栖息，孔鸾巢居，猿猱腾跳，射干攀枝；树下则白虎潜身，黑豹隐迹，蟃蜒藏形，貙犴蔽翳。

“于是乎乃使刬诸之伦[1]，手格此兽[2]。楚王乃驾驯驳之驷[3]，乘雕玉之舆[4]，靡鱼须之桡旃[5]，曳明月之珠旗[6]，建干将之雄戟[7]，左乌号之雕弓[8]，右夏服之劲箭[9]。阳子骖乘[10]，孅阿为御[11]，案节未舒[12]，即陵狡兽[13]。蹴蛩蛩[14]，辚距虚[15]，轶野马[16]，穗陶駼[17]，乘遗风[18]，射游骐。倏眒倩浰[19]，雷动猋至[20]，星流霆击[21]。弓不虚发，中必决眦[22]。洞胸达掖[23]，绝乎心系[24]。获若雨兽[25]，掩草蔽地。于是楚王乃弭节徘徊[26]，翱翔容与[27]，览乎阴林。观壮士之暴怒[28]，与猛兽之恐惧，徼𠷎受诎[29]。殚睹众物之变态[30]。

【注释】

①刬(zhuān)诸：也作“专诸”。春秋时著名的刺客。

②手格：谓空手击之。

③驯：谓经过教练，使之顺服。驳(bó)：也作“駮”。本为猛兽名。《山海经·西山经》曰：“(中曲之山)有兽焉，其状如马，而白身黑尾，一角，虎牙爪，音如鼓音，其名曰驳。是食虎豹，可以御兵。”因骏马似驳，虎豹等野兽见而畏之，故谓骏烈之马曰驳。驷：四马共驾一车。此指车驾。

④雕玉：刻玉以饰车。

⑤鱼须：旌旗上之饰物。桡(náo)：弯曲的旗柄。旃(zhān)：曲柄之旗，一名曲旃。

⑥曳(yè)：摇动。明月：即明月之珠，旗上之饰。

⑦干将：古代良剑名。相传春秋时吴人干将与其妻莫邪善铸剑。铸有干将、莫邪二剑，锋利无比。故后世便以干将、莫邪为利剑代称。戟：古兵器，合戈矛为一体，可刺可击。

⑧乌号：柘名。柘桑坚劲，乃制弓之良材。

⑨夏服：相传夏后氏有良弓，其矢亦精良。装此良矢之袋，称夏服。

⑩阳子：伯乐字。秦穆公臣，姓孙，名阳。以善相马著称。骖(cān)乘：即陪乘护卫。古时乘车，尊者左，御者正中，护卫在右。

⑪孅(xiān)阿：古之善御者。

⑫案节：控制车马行走的速度节奏。未舒：未尽意尽力驱驰。

⑬陵：通"凌"，威逼。

⑭蹴(cù)：以脚踢或踩。蛩蛩(qióng)：青兽，状如马，善跑。

⑮辚(lín)：此极言车马迅疾，虽至捷之兽，亦能蹴践之也。距虚：野马之善走者。

⑯轶：侵轶。

⑰轊(wèi)：蹋。陶駼(tú)：兽名。《山海经·海外北经》曰："北海内有兽，其状如马，名曰陶駼。"

⑱遗风：千里马名。

⑲倏眒(shēn)：疾速貌。倩浰(liàn)：迅疾貌。

⑳雷动：比喻车马之声，如雷震响。猋(biāo)：暴风，旋风。比喻车骑奔驰之速。

㉑霆击：比喻威猛。

㉒决眦(zì)：射破眼眶。

㉓洞：作动词，洞穿。掖：同"腋"，胳肢窝。

㉔心系：系于心脏的血管经络。

㉕雨兽：如下雨般多的野兽。

㉖弭(mǐ)节：犹案节，即案辔徐行。徘徊：此谓缓辔徐行貌。

㉗翱翔：谓鸟之羽翼上下自如。容与：放纵自由。

㉘暴怒：凶恶与愤怒。

㉙徼(yāo)𠞰(jù)受诎：言禽兽有劳倦已极者，拦截之；力尽者，受取之。徼，拦截。𠞰，通"屈"，尽。

㉚殚：尽。变态：谓变化的情态。

【译文】

“于是，楚王乃派专诸一类的勇士，徒手格杀猛兽。自己驾驭训练有素的烈马，乘坐雕玉所饰的车子，挥举鱼须为旒的曲旃，舞动明珠装点的旗帜，擎起锋利无敌的长戟，左佩雕饰精美的良弓，右挎夏服盛装的劲箭。伯乐陪乘，孅阿御辇，按辔节行，尚未驰驱，即已威凌着矫健的兽群。脚踢蛩蛩，轮碾距虚，侵突野马，踏毙騊駼，乘坐千里之驹，追射出游野骐。逐猎的车马真神速，犹如迅雷疾飙，一似星流电射。弓不虚发，中必破眦。洞穿胸脯，矢透胁腋，断绝血管，心脏停息。获兽多若雨洒，掩草盖地。于是楚王按辔缓行，听其翱翔，自由任情，纵览于阴林。观看壮士格兽之狂怒，目睹猛兽临危之惊惧，对劳倦已极之禽，拦截之；对力竭难行之兽，收取之。但凡鸟兽挣扎的种种情态，一一得以见识。

“于是郑女曼姬[1]，被阿缌[2]，揄纻缟[3]，杂纤罗[4]，垂雾縠[5]。襞积褰绉[6]，纡徐委曲[7]，郁桡溪谷[8]。衯衯裶裶[9]，扬袘戌削[10]。蜚襳垂髾[11]，扶舆猗靡[12]，翕呷萃蔡[13]，下靡兰蕙[14]，上拂羽盖[15]。错翡翠之威蕤[16]，缪绕玉绥[17]。眇眇忽忽[18]，若神仙之仿佛。

【注释】

①郑女：为当时美女恒称，不必果出郑地。曼姬：美妇。

②被（pī）：同“披”。阿缌（xī）：细布。阿，细缯。缌，细布。

③揄（yú）：拖曳。纻缟（zhù gǎo）：指麻布衣与绢帛服。

④纤罗：轻薄的绫罗。

⑤雾縠（hú）：薄雾般的轻纱。

⑥襞（bì）积：谓裙腰折叠处。褰（qiān）绉：缩蹙，指衣裙上褶子密而且多。

⑦纡徐委曲：谓褶痕婉曲貌。

⑧郁桡(náo)溪谷：谓衣裙褶痕深曲如溪谷。郁桡，深曲貌。

⑨衯衯(fēn)裶裶(fēi)：皆衣长貌。

⑩扬袘(yì)：飘起裳缘。袘，衣缘。戌削：指行时裳缘之整齐。

⑪蜚纖(xiān)：飞动的服饰。髾(shāo)：缀双带于袿衣之前，饰其下为垂丝。

⑫扶舆：此言衣裳称美之貌。猗靡：与"扶舆"同义，皆谓郑女曼姬的衣服合身、体态婀娜之貌。

⑬翕呷：衣起张貌。萃蔡：衣声。

⑭靡：与下句"拂"为同义对文，谓"垂髾"下与兰蕙相摩。

⑮上拂羽盖：谓飞纖飘扬，上拂车顶。羽盖，饰以羽毛的车盖。

⑯错：杂。翡翠：两种不同颜色的鸟羽。翡鸟之羽深红，翠鸟之羽墨绿。因其色泽鲜美，以为饰物。威蕤(ruí)：此指女子头上饰物色彩鲜艳貌。

⑰缪(liáo)绕：即缭绕。缪，通"缭"。绥：指郑女曼姬之冠缨。一说指车上让人攀登的绳索。

⑱眇眇忽忽：飘忽微茫貌。

【译文】

"于是美女艳姬身披细缯细布之衣，拖拽麻纻素绢之裙，内服细软绫罗，外穿如雾轻纱。裙褶密而且多，纡徐委曲下垂，皱深犹如溪谷。长衣衯裶，因风扬举，行走轻盈，裳缘整齐。长带飘飞，燕尾垂挺，裳裙合度，体态称匀，举手投足，翕呷有声，下摩兰蕙香草，上拂羽饰车顶。头插翡翠，色泽鲜明；玉绥绕结，艳美绝伦。飘飘忽忽，仿佛神仙降临。

"于是乃相与獠于蕙圃[①]，媻姗教窣[②]，上乎金堤[③]。掩翡翠，射鵔鸃[④]。微矰出[⑤]，孅缴施[⑥]，弋白鹄[⑦]，连驾鹅[⑧]，双鸧下[⑨]，玄鹤加[⑩]。怠而后发[⑪]，游于清池[⑫]。浮文鹢[⑬]，扬旌栧[14],张翠帷,建羽盖[15]。罔玳瑁[16],钩紫贝[17]。摐金鼓[18],吹鸣籁[19]。榜人歌[20],声流喝[21]。水虫骇[22],波鸿沸[23],涌泉起,奔扬会[24]。礧石相击[25],硠硠礚礚[26],若雷霆之声,闻乎数百里之外。将息獠者,击灵鼓[27],起烽燧[28]。车按行,骑就队,纚乎淫淫[29],般乎裔裔[30]。

【注释】

①獠:猎。

②媻姗(pán shān):盘旋,回旋。教窣(bó sù):缓行之貌。

③金堤:坚固的堤岸。

④鵕鸃(jùn yí):鸟名。似山鸡而小,冠背毛黄,腹下赤,项绿色,其尾毛红赤,光彩鲜明。

⑤微矰(zēng):短小的箭。

⑥孅缴(zhuó):系在箭上的细生丝绳,用于射鸟。孅,同"纤",细小。缴,拴在箭尾上的丝绳,以此代箭。施:放出。

⑦弋(yì):以绳系箭而射。白鹄(hú):一种水鸟。

⑧连:与"弋"对言,则亦弋之别名。此指连射。驾(gē)鹅:野鹅,即鸿雁。

⑨鸧(cāng):鸟名。即鸧鸹(guā)。体大如鹤,其色青苍。

⑩玄鹤:黑鹤。加:射中之意。

⑪怠:倦。发:据前后文义,此谓离开"蕙圃",前往"清池"。

⑫游:指游猎。清池:此即西之涌泉清池。

⑬文鹢(yì):代指龙舟。鹢,水鸟名。

⑭旌栧(yì):树旌于上。栧,船舷。与上文"文鹢",下文"翠帷""羽盖"相偶,皆夸饰之辞。

⑮"张翠帷"二句:谓以翠羽饰帷盖。帷,指船帷。盖,指龙舟顶盖。

⑯罔：同“网”，即网捕。

⑰钩：高步瀛《文选李注义疏》云：“盖古人谓钓为钩，故亦谓钩为钓也。”紫贝：水中介虫动物，因其壳紫色而显黑纹故名。

⑱摐(chuāng)：撞。金鼓：钲，其形似鼓，故名金鼓。

⑲鸣籁：言其声音清脆明亮。籁，箫。

⑳榜人：划船的人。

㉑流喝：此指其歌含悲凄楚。

㉒水虫：指鱼虾之类水中动物。骇：惊散。

㉓鸿沸：大涌。

㉔奔扬会：言水奔流涌腾，波浪相激而汇合。

㉕礧(lèi)石：众石。

㉖硠硠(láng)礚礚(kē)：石声。

㉗灵鼓：六面鼓。

㉘烽燧(suì)：告警烽火。

㉙纚(lǐ)：人马群行，相继不绝貌。淫：渐进。

㉚般：以次相连而行。裔裔：流行貌。

【译文】

于是，楚王偕同美女曼姬，宵猎于东面之兰圃，盘桓纡进，涌上金堤。网捕翡翠之鸟，射杀五彩鵕鸃。短箭离弦，缴矢长曳，仰中白鹄，连下野鹅，鸧鸹双坠，黑鹤陨落。兴尽困疲，乃发龙舟，游于西面之清池。泛起文鹢所饰之舟，举起桂树所制之楫，张起翠色的船帷，架起羽盖似的船篷。网捞玳瑁，钩钓紫贝。撞击铙钹金鼓，吹奏箫管芦笙。船夫应节而歌，一片欸乃之声。鱼鲛为之惊骇，波涛因之沸腾，涌泉以之喷扬，奔浪激扬分合。磊石随流，相撞相碰，硠硠礚礚，响如雷霆，数百里外，亦闻其声。行猎将息，紧擂灵鼓，点燃烽火。战车按列驱动，骑士就队集合，人马相连渐进，依次涌动而行。

“于是,楚王乃登云阳之台[1],怕乎无为[2],憺乎自持[3]。勺药之和具[4],而后御之[5]。不若大王终日驰骋,曾不下舆[6],脟割轮焠[7],自以为娱。臣窃观之,齐殆不如[8]。于是齐王无以应仆也。”

【注释】

①云阳之台:应作“阳云之台”,在云梦之中。

②怕(bó):同“泊”。指心地泰然,顺应自然。

③憺(dàn):恬淡,清静。“憺乎”与“怕乎”,互文同义。自持:保持宁静的心绪。

④勺药:即芍药。药草名。其根主和五脏,又辟(避)毒气,故和之于兰桂五味,以助诸食,因呼五味之和为芍药耳。具:备。

⑤御之:进献给王饷用。

⑥曾:竟,简直。

⑦脟(luán)割:将肉切成碎块。轮焠(cuì):谓将切割的肉块持于火上翻烤熟而食之,以此为乐。轮,翻动。焠,炙烧,烧灼。

⑧殆:大概。

【译文】

“于是,楚王登临阳云之台,神情恬适而无为,心绪淡泊而泰然。五味调和齐备,而后入座进餐。不像您齐王,终日驰骋,身不离车,饥则脔割生肉,火炙翻烤而食,还自以为娱。在微臣看来,齐国怕是不如楚!于是,齐王默然,无话回复。”

乌有先生曰:“是何言之过也!足下不远千里,来贶齐国[1]。王悉发境内之士,备车骑之众,与使者出畋[2],乃欲戮力致获[3],以娱左右[4],何名为夸哉?问楚地之有无者,愿闻大国之风烈[5]，先生之余论也[6]。今足下不称楚王之德厚[7]，而盛推云梦以为高[8]，奢言淫乐而显侈靡[9]，窃为足下不取也。必若所言，固非楚国之美也；无而言之，是害足下之信也[10]。彰君恶[11]，伤私义[12]，二者无一可，而先生行之，必且轻于齐而累于楚矣[13]。且齐东陼巨海[14]，南有琅邪[15]；观乎成山[16]，射乎之罘[17]；浮渤澥[18]，游孟诸[19]。邪与肃慎为邻[20]，右以汤谷为界[21]。秋田乎青丘[22]，徬徨乎海外[23]。吞若云梦者八九于其胸中[24]，曾不蒂芥[25]。若乃俶傥瑰玮[26]，异方殊类，珍怪鸟兽，万端鳞崪[27]，充牣其中[28]，不可胜记。禹不能名，卨不能计[29]。然在诸侯之位，不敢言游戏之乐[30]，苑圃之大，先生又见客[31]，是以王辞不复[32]。何为无以应哉？”

【注释】

①贶(kuàng)：赐给，赐教。

②畋：打猎。

③戮(lù)力：勉力，协力。致获：使畋多获。

④左右：此作敬辞，指子虚。

⑤风烈：指美好的风范业绩。

⑥先生：此指子虚。余论：犹言宏富的高论。

⑦德厚：仁德厚重。

⑧高：高傲，或高谈。

⑨奢言：侈谈。淫乐：过分长久的游乐。侈靡：淫奢浪费。

⑩信：信誉。

⑪恶：罪过。

⑫私义：自己的信义。

⑬必且：势必将要。累于楚：受到楚国责难或问罪。

⑭陼(zhǔ):同“渚”。此指东边巨海。

⑮琅邪(yá):琅琊,山名。在今山东诸城东南海滨。邪,同“琊”。

⑯成山:在今山东荣成东。

⑰之罘(fú):山名。在今山东烟台北。今为“芝罘”。

⑱渤澥(xiè):即渤海。

⑲孟诸:古泽薮名。在今河南商丘东北、虞城西北。

⑳邪:同“斜”,指东与北相接之地。肃慎:古国名。在今辽、吉、黑三省境内。

㉑右:古以西为右,东为左。

㉒青丘:传说中的海外国名。

㉓傍徨:悠游貌。

㉔吞若云梦者八九于其胸中:像云梦这样的薮泽,吞八九个也不过如芥草一般。吞,犹言容纳。

㉕曾:竟。蒂芥:本指花朵或果子的蒂柄与小草,以喻微小之物。

㉖若乃:至于。俶傥(tì tǎng):不平凡。瑰玮:珍奇。

㉗万端:各种各样。鳞崪(cuì):如鳞之集,言其多。

㉘充牣(rèn):充满。牣,满盈。其中:齐境之中。

㉙卨(xiè):传说中的商代始祖。也作“契”。计:计数。

㉚游戏:高步瀛《文选李注义疏》引吴先生曰:“此‘戏’亦当作‘猎’。《羽猎赋》亦以苑囿与游猎并言,皆其证。”

㉛见客:被视为贵客。

㉜王辞不复:齐王对子虚之言不作回答。此段以释上文子虚所说“齐王无以应仆也”的原因。

【译文】

乌有先生听后说:“你的话为何说得如此过分?你不以千里为远而来,对我齐国必有赐教。齐王调动全国的士卒,准备众多的车骑,与各国使节一同游猎,是想共同努力,猎取多多的野味山珍,让你的左右开心地娱乐娱乐，何以说是向你夸耀呢？齐王问楚国有无这样壮观的狩猎场面，是想听听泱泱大国的高风雅尚，辉煌业绩，以及先生的宏博高论。可是你却不称美楚王的厚德高义，而大肆推崇楚王的云梦之猎，侈谈其淫乐，张扬其奢靡，我以为你的行为实在不足取。假若楚王果真像你说的那样，这本来就不是楚国的美事；如果楚王不是你说的那样，而是你无端虚构的谎言，定将损害你的信誉。上彰君王的过失，下损个人的德义，两者无一可取，你却自以为是，势必受到齐人的轻蔑，而遭到楚国的问罪。况且齐国东临大海，南据琅琊；可往成山游览，可去之罘狩猎；可泛舟于渤海之中，可游猎于孟诸之泽。北与肃慎为邻，西以汤谷为界。秋天可行猎于青丘之上，悠然漫游于大海之外。如此辽阔的齐国，吞纳八九个云梦，也不足为蒂芥。至于那些非凡奇观，异域殊品，珍怪鸟兽，各种各样之物，犹如鱼鳞会聚，充满齐国境内，真是不可胜记。即使聪明博识的夏禹，也不能尽呼其名；就是擅长会计的卨，亦不能尽计其数。可是，由于齐王身处诸侯之位，不便畅谈游猎之乐，苑囿之博，且视先生为贵宾，故不想在言辞上回敬于你，这怎么能说是‘无言以对’呢？”

畋猎中

司马长卿

见卷第七《子虚赋》作者介绍。

上林赋一首

【题解】

上林，帝王园林名。位于长安西，本为秦王朝所辟，后汉武帝予以扩建，南傍终南山，北滨渭水，周广三百里，内建离宫七十座，可容千乘万骑游猎取乐。司马相如因《子虚赋》获汉武帝称赏，受召入宫，相如说《子虚》"乃诸侯之事，未足观也。请为天子游猎赋"。于是以《子虚赋》中的亡是公为主要人物，借他之口盛夸上林苑的奇山异水，草木虫鱼，名兽珍禽，离宫别馆，以及天子校猎的稀世壮举。其奢侈铺张，前所未见。最后作者总结说，乐则乐矣，然"务在独乐，不顾众庶，忘国家之政，贪雉兔之获，则仁者不由也"。与《子虚赋》比较，此赋并无新奇独到之处，唯虚拟夸张，铺采摛文的特点更甚而已。

此赋录于《史记》《汉书》本传中，都与《子虚赋》连成一篇，后至萧统选入《昭明文选》，才别为二篇。这两篇赋，虽非同时所作，但人物与故事,则是在相同基础上的变化与发展,属于同一母题的连续之作。

亡是公听然而笑[①],曰:“楚则失矣[②],而齐亦未为得也[③]。夫使诸侯纳贡者[④],非为财币,所以述职也[⑤];封疆画界者[⑥],非为守御,所以禁淫也[⑦]。今齐列为东藩[⑧],而外私肃慎[⑨],捐国逾限[⑩],越海而田[⑪],其于义固未可也[⑫]。且二君之论[⑬],不务明君臣之义[⑭],正诸侯之礼[⑮],徒事争于游戏之乐[⑯],苑囿之大,欲以奢侈相胜[⑰],荒淫相越[⑱]。此不可以扬名发誉,而适足以贬君自损也[⑲]。

【注释】

①听(yǐn)然而笑:指张口大笑之状。

②楚则失:楚失,指楚王不惜靡费,游猎取乐,是其失与非。

③齐亦未为得:谓齐王“悉发境内之士,备车骑之众,与使者出畋……以娱左右”之举,也不可谓得与是。

④纳贡:指诸侯向天子交纳贡物。

⑤述职:指诸侯定期向天子陈述所辖地区的政教得失情况。

⑥封疆:垒土为界。此谓标明诸侯辖区的界限。

⑦禁淫:即禁绝诸侯过分的放纵行为。

⑧东藩:齐为诸侯,当是天子在东边的护卫屏障。藩,藩屏,屏障。

⑨外私:与外族私通。肃慎:古代居住在我国东北地区的少数民族,即满族的祖先,当时被排斥在汉人统治之外,故言“外私”。

⑩捐国逾限:谓离开本国,超越齐国境界。指齐王“秋田乎青丘”之事。

⑪田:同“畋”。

⑫义:指封建的事理。固:犹言“根本”。

⑬二君:指《子虚赋》中的子虚与乌有先生。

⑭务:致力。君臣之义:此谓君与臣之间的正确关系。齐王"外私",违背了臣对君的忠诚之义。

⑮诸侯之礼:谓诸侯对天子的礼法准则。

⑯徒事:只作。游戏:游猎。

⑰相胜:互争胜负。

⑱相越:争相超越。

⑲适:恰好。

【译文】

亡是公张口大笑说:"楚王是有过失,然而齐王的举动也不能算是对的。天子要诸侯交纳贡物,并非为了财币,而是要他们按时来朝,陈述国内的政教得失;在侯国之间垒土为界,标明各自的辖区,并非防备他国入侵,而是为了禁绝诸侯们的奢欲。现在齐国已是天子的东方屏障,却与外面的肃慎私通来往,离弃本土,逾越国界,跨过大海,猎于青丘,这样的行为,对于封侯建邦之义,则是根本不能相就。况且子虚与乌有两位先生的言论,都不是致力于阐明君臣之间的正确关系,端正诸侯对待天子的礼节法纪,而是只就游猎之乐、苑囿之大展开辩论,双方都想以奢侈相胜,荒淫相争。如此争论,不但不能使自己的国家扬其名声,显其荣誉,而是恰恰相反,既贬毁了国君的威望,也损害你们的诚信。

"且夫齐楚之事①,又乌足道乎?君未睹夫巨丽也②,独不闻天子之上林乎?左苍梧③,右西极④,丹水更其南⑤,紫渊径其北⑥。终始灞浐⑦,出入泾渭⑧;酆镐潦潏⑨,纡余委蛇⑩,经营乎其内⑪。荡荡乎八川分流⑫,相背而异态。东西南北,驰骛往来⑬,出乎椒丘之阙⑭,行乎洲淤之浦⑮,经乎桂林之中[16]，过乎泱漭之野[17]。汩乎混流[18]，顺阿而下[19]，赴隘狭之口[20]。触穹石[21]，激堆埼[22]，沸乎暴怒[23]，汹涌彭湃[24]，滭弗宓汩[25]，逼侧泌㳍[26]。横流逆折[27]，转腾潎洌[28]，滂濞沆溉[29]。穹隆云桡[30]，宛潬胶盭[31]。逾波趋浥[32]，莅莅下濑[33]，批岩冲拥[34]，奔扬滞沛[35]，临坻注壑[36]，瀺灂陨坠[37]。沉沉隐隐[38]，砰磅訇磕[39]，潏潏淈淈[40]，湁潗鼎沸[41]，驰波跳沫，汩急漂疾[42]。悠远长怀[43]，寂漻无声[44]，肆乎永归[45]。然后灏溔潢漾[46]，安翔徐回[47]，翯乎滈滈[48]，东注太湖[49]，衍溢陂池[50]。

【注释】

①且夫：况且。夫，语气助词。

②巨丽：谓比"云梦"更广大壮丽的上林苑。

③左苍梧：高步瀛《文选李注义疏》曰："吴先生曰：此皆上林中所为以象苍梧、西极者，犹昆明也。"苍梧，在今广西东南。

④右：指西面。西极：泛指西面极远之地。

⑤丹水：水名。更（gēng）：经历。

⑥紫渊：为上林北之水名。径：经过，通过。

⑦终始：即始终。灞：灞水，源出长安以东的蓝田南山谷中，北流，在长安北霸陵与浐水会合，注入渭水。浐：浐水，亦源于蓝田南山谷中，北流过长安，与灞水相汇。

⑧出入：指泾、渭二水从苑来，又出苑外去。泾：泾水，源于甘肃东部，入陕东南斜流，汇于渭水。渭：渭水，亦源于甘肃，东流，横贯陕西，进入河南。

⑨酆（fēng）：水名。源出陕西秦岭，北流经今西安西，汇入渭水。镐（hào）：水名。源出长安之南，北入渭水。潦（lǎo）：水名。《说文解字》曰："涝水出户县北，入渭。"潏（jué）：水名。源出秦岭，北流

入渭水。

⑩纡余：河流曲折延伸之状。委蛇(yí)：即逶迤，蜿蜒貌。

⑪经营：周旋往来。

⑫八川：指上述灞、浐、泾、渭、酆、镐、潦、潏八水，又称关中八川。

⑬驰骛：谓各水驰纵奔流。

⑭椒丘：高丘名。丘上有椒。阙：指山的两峰对峙，如宫阙。

⑮洲淤：即洲。水中可居者曰洲，长安一带的方言称洲为淤。

⑯桂林：桂树之林。

⑰泱漭(yǎng mǎng)：谓水广远而无边际。

⑱汩(yù)：谓八川并流，水量丰盈，流势迅疾。

⑲阿：指高大的丘陵。

⑳隘狭：两岸间相迫近者。

㉑穹石：大石。

㉒堆埼(qí)：谓沙壅成的曲岸。

㉓沸：水声。

㉔汹涌：谓水之上腾。彭湃：谓水滂溢。

㉕滭(bì)弗：盛貌。宓汩(mì yù)：谓水流迅疾。

㉖逼侧(bī zě)：迫近，相迫。逼，迫近，靠近。侧，通"仄"。泌㴋(bì zhì)：谓水急出相击。

㉗逆折：旋回。

㉘转腾：谓回流相越。潎洌(piē liè)：谓回波相击之声。

㉙滂濞(pì)：水声。沆溉(hàng gài)：皆水流声。

㉚穹隆：充溢腾涌貌。桡(ráo)：弯曲。此言水势起伏。

㉛宛潬(shàn)：水流蜿蜒盘曲之状。胶盭(lì)：水流纠结貌。盭，弯曲。

㉜逾波：后波凌前波。逾，超越。浥(yà)：此谓注入低洼之处。

㉝莅莅(lì)：水声。下濑：谓水下趋，在沙滩石碛之上形成急流。

濑,急湍。

㉞批岩:反击。拥:谓堤岸弯曲处。

㉟滞沛:指水流奔泻飞扬,铺散洒落之状。

㊱临坻(chí):临越水中小山岛。坻,谓水中隆高处。

㊲瀺灂(chán zhuó):水小声。

㊳沉沉:水深貌。隐隐:言水声殷然。

㊴砰磅(pēng pāng)、訇礚(hōng kē):皆水声。

㊵潏潏(yù):水涌流貌。淈淈(gǔ):水涌流貌。

㊶湁潗(chì jí)鼎沸:言水涌动翻腾,如鼎沸一般。湁潗,水涌动貌。

㊷汩急(xī):指水急转貌。漂疾:同"剽疾",指水势猛烈迅疾。

㊸长怀:即"长归",指水流远归于湖泽。

㊹寂漻:同"寂寥",安然之状。

㊺肆:言水奔放而长归于渊海。

㊻灏溔(hào yǎo)潢漾:皆水无涯际貌。

㊼安翔徐回:此言苑中诸水安然而缓缓地迂回流逝。

㊽翯(hè):谓洁白有光泽貌。滈滈(hào):水泛白光貌。

㊾太湖:指昆明池(在上林苑东南)。

㊿衍溢:水满溢出。衍,盛,满。陂池:湖旁小池。

【译文】

"况且,齐楚侯国的游猎之事,又有什么值得夸耀的?两位先生虽不曾见过更浩大的林苑,更壮美的场面,难道未听说过天子的上林苑吗?上林之大,东迄苍梧,西至西极,丹水由其南面流过,紫渊与其北面通连。灞水、浐水的源流,始终都在苑中;泾水、渭水西来,并驰穿苑向东;酆、镐、潦、潏四水,曲曲折折,蜿蜒错综,周旋于苑中。八川竞流,浩浩荡荡,所向各异,变态无方。东西南北,往来奔流,从椒丘的山谷缺口冲出,从水中陆地的旁边流过,穿过桂树丛生的茂林,淌过无边无际的原野。浑水疾流,顺着高丘泻下,奔赴狭窄的峡口。触撞着巨石,拍打着沙堆构成的曲岸，汹涌澎湃，后浪催促前浪。疾流受阻后横出形成漩涡，波涛翻腾着发出巨响。水势一会儿向上翻卷，一会儿如云一般徐徐下垂，盘旋萦绕。后浪凌越前浪，流向洼处，越过河底的沙石，拍岸激岩，冲出曲岸，急水奔腾，势不可挡，流过小洲，注入山谷，水声渐小，注入深潭。潭深水急，水波翻腾涌出，如鼎中热水沸腾，白沫飞溅，水势猛烈迅疾。寂寥无声，安然长往。然后众川汇聚，无边无涯，缓缓流淌，水势浩大泛着白光，向东注入大湖，湖面涨满溢出，又旁入于其他小池。

"于是乎蛟龙赤螭①，鲠鳢渐离②，鰅鰫鳒魠③，禺禺魼鳎④，揵鳍掉尾⑤，振鳞奋翼，潜处乎深岩。鱼鳖欢声，万物众夥⑥。明月珠子⑦，的皪江靡⑧。蜀石黄碝⑨，水玉磊砢⑩，磷磷烂烂⑪，采色澔汗⑫，藂积乎其中。鸿鹔鹄鸨⑬，驾鹅属玉⑭，交精旋目⑮，烦鹜庸渠⑯，箴疵䴔卢⑰，群浮乎其上。泛淫泛滥⑱，随风澹淡⑲；与波摇荡，奄薄水渚⑳；唼喋菁藻㉑，咀嚼菱藕。

【注释】

①赤螭(chī)：一名绛螭。

②鲠鳢(gèng méng)：鱼名。今名鲟鱼，似鳢而背无甲，色青碧，口在颔下，长者丈余。渐离：鱼名。

③鰅(yú)：鱼名。皮有文。鰫(yōng)：当作"鳙"，鱼名。头大，似鲢而黑，故也叫黑鲢。鳒(qián)：《广雅·释鱼》："大鲽谓之鳒。"王念孙《疏证》："鲽为鲜鱼，鳒为鳗鲡鱼。鳒似鲽而大，故云大鲽谓之鳒。"魠(tuō)：一名黄颊。黄颊鱼，尾微黄，大者长七八寸许。

④禺禺(yóng)：鱼名。鱼皮有毛，黄底黑文。魼(qū)：比目鱼。鳎(tǎ)：鲵鱼。

⑤揵(qián)鳍:扬起背鬣。揵,举。掉:摇。

⑥夥(huǒ):众多,盛多。

⑦明月:大珠。珠子:指小珠。

⑧的皪(lì):光彩照耀。江靡:水与草交处,即江边。

⑨蜀石:石次于玉者。黄碝(ruǎn):石次于玉者。

⑩水玉:即水晶石。磊砢(luǒ):石累积貌。

⑪磷磷烂烂:即彩色辉映。

⑫澔(hào)汗:光彩焕发貌。

⑬鸿:鸟名。大雁。鹔(sù):即鹔鹴(shuāng),古代鸟名。鸨(bǎo):鸟名。似雁而大,无后趾。

⑭驾鹅:野鹅,即鸿雁。属玉:鸟名。似鸭而大,长颈赤目,紫绀色者。绀,深青而透红。

⑮交精:水鸟名。似凫而脚高,有毛冠。旋目:水鸟名。

⑯烦鹜:鸭属。庸渠:即今之水鸡。

⑰箴疵(zhēn cī):水鸟名。其色苍黑。鵁(jiāo)卢:水鸟名。

⑱泛淫泛滥:皆鸟任风波自纵飘貌。

⑲澹淡:浮动貌。

⑳奄薄:言奄集渚上而游戏。

㉑唼喋(zā dié):鸟食之声。菁(jīng):水草名。藻:亦水草名。泛指生长在水中的绿色植物。

【译文】

"于是乎蛟龙、赤螭、䱭䲛、渐离、鰅、鳙、鰬、魠、禺禺、魼、鳎,都竖鳍摇尾,张鳞奋翼,潜处深渊岩穴之中。鱼鳖欢游而有声,万物众多,大珠小珠,光耀灿烂于江滨。蜀石、黄碝、水晶,灿烂夺目,丛积其中,相映生辉。鸿鹄、鹔鹴、鸨、驾鹅、交精、旋目、烦鹜、庸渠、箴疵、鵁卢,一群群漂浮在水面上。凭水势而游荡,随轻风而漂泊;与涌波齐摇荡,掩草渚共嬉乐;啄菁藻而吮咂有声,食菱角而不停咀嚼。

“于是乎崇山矗矗[1]，巃嵸崔巍[2]，深林巨木，崭岩嵾嵳[3]。九嵕𡾊嶭[4]，南山峨峨[5]。岩陁甗锜[6]，摧崣崛崎[7]。振溪通谷[8]，蹇产沟渎[9]。谽呀豁閜[10]，阜陵别隝[11]。崴磈嵔廆[12]，丘虚堀礨[13]。隐辚郁壘[14]，登降施靡[15]。陂池貏豸[16]，沇溶淫鬻[17]；散涣夷陆[18]，亭皋千里[19]，靡不被筑[20]。掩以绿蕙[21]，被以江蓠[22]，糅以蘪芜[23]，杂以留夷[24]。布结缕[25]，攒戾莎[26]，揭车衡兰[27]，槁本射干[28]，茈姜蘘荷[29]，葴持若荪[30]，鲜支黄砾[31]，蒋芧青薠[32]，布濩闳泽[33]，延曼太原[34]。离靡广衍[35]，应风披靡[36]，吐芳扬烈[37]。郁郁菲菲[38]，众香发越[39]，肸蚃布写[40]，晻薆咇茀[41]。

【注释】

①矗矗：王念孙《读书杂志》：“‘矗矗’二字，《汉书》《文选》皆无音义，其为后人所加无疑。”

②巃嵸（lóng sǒng）：高峻貌。

③崭岩：高峻貌。嵾嵳：同“参差”。

④九嵕（zōng）：今陕西礼泉东北有九峰高耸，山的南麓，即洛阳北坂。𡾊嶭（jié niè）：高峻貌。

⑤南山：即终南山，在长安之南，属秦岭山脉。峨峨：高峻貌。

⑥岩：险峻。陁（yǐ）：倾斜貌。甗（yǎn）：指山岭上大下小。锜（qí）：古代有足的釜。此指山之嵌空玲珑，有若锜然。与甗对文，甑釜相类之物，故举以为喻。岩、陁、甗、锜四字各为一义，言或岩而峻，或陁而下，或如甗而𡾊嶭，或如锜而嵌空。

⑦摧崣（wěi）：即崔巍。谓山势高险。崛崎：陡峭貌。

⑧振溪：此言山石收敛溪水，而不分泄。

⑨蹇（jiǎn）产：曲折貌。渎（dú）：沟渠。

⑩谽(hān)呀：山谷空旷貌。豁闲(xiǎ)：空虚。

⑪阜：丘。陵：大丘。隝(dǎo)：同“岛”，水中山。

⑫崴磈(wěi wěi)：指众山错落不平貌。嵔廆(wěi huì)：皆高峻貌。

⑬丘虚：堆垄不平貌。堀礨(lěi)：起伏不平貌。

⑭隐辚郁𡾰(lǜ)：皆谓山不平貌。

⑮登降：犹高下。施(yì)靡：倾斜。

⑯陂(pō)池：谓山势倾斜貌。貏豸(bǐ zhì)：渐平貌。

⑰沇(yǎn)溶淫鬻(yù)：皆状水缓流貌。

⑱散涣：即涣散。陆：广平。此言山势渐平，形成广大的平野。

⑲亭皋：即平皋。

⑳被筑：言其平整如筑之使然。

㉑掩：覆。绿蕙：言蕙草色绿。

㉒江蓠：香草名。

㉓糅：间杂。蘼芜：香草名。

㉔留夷：香草名。

㉕布：分布。结缕：草名。蔓生，着地方处皆生细根，如线相结，故名结缕。

㉖攒：聚。戾莎：草名。可以染色。

㉗揭车：香草名。衡：即香草杜衡。

㉘槁本：即陵苕，俗名凌霄。射干：香草名。

㉙茈(zǐ)姜：生姜之皮呈紫色，故谓紫姜。茈，通“紫”。蘘(ráng)荷：草名。

㉚葴(zhēn)持：即苦登。若：即杜若。荪(sūn)：香草名。

㉛鲜支：即燕支。叶似蓟，花如蒲公英。出西方，土人以染，名为“燕支”，中国谓之“红蓝”，以染粉为面色，谓为燕支粉。黄砾：草名。

㉜蒋：孤蒲草，俗名茭，实为孤米。苎(zhù)：橡子。青薠：草名。

㉝布濩(hù):此言草普遍布散于大泽之中。闳:大,宏大。

㉞延曼:即蔓延。太原:谓广大的原野。

㉟离靡:谓相连不绝。广衍:谓平美广阔之地。衍,无涯岸。

㊱披靡:谓草随风倒伏貌。

㊲扬烈:飘散出浓烈的香气。

㊳郁郁:形容香气浓郁。菲菲:谓盛貌。

㊴发越:香气射散。

㊵肸蠁(xī xiǎng):指香气弥漫,沁人心脾。布写:犹言四布。

㊶晻薆(ǎn ài):香气盛。咇茀(bì fú):香气盛。

【译文】

"于是乎,崇山矗立,山势峻峭,既有深林巨木,又有高低不齐的险峻山峰。九嵕之峰摩天,终南之山接云。挺拔险峻,山斜陡峭,或似甑之上大下小,或如釜之嵌空玲珑。巍巍险绝,陡峭殊伦。溪水流经山谷,曲折注入沟渠。大谷空旷,开宇广阔,阜陵别岛,傍水错落。山堆垄而起伏,岭连延而升降。地倾斜而渐平,水缓流而抑扬。山涣散而成平陆,皋原野而广千里,皆为人力之所筑。绿色的蕙草遮覆,芳香的江蓠披扶,间以蘼芜,杂以留夷。绿莎丛聚成片,结缕四处分布。还有揭车、杜衡、兰草、槁本、射干、紫姜、蘘荷、葴持、杜若、荪、鲜支、黄砾、孤蒲、蒋芧、青薠,长满大泽,遍布原野。连绵广阔,应风起伏,吐放清芬,香气浓烈。众多花草散发的香气四处弥漫,沁人心脾。

"于是乎周览泛观,缜纷轧芴[①],芒芒恍忽[②]。视之无端,察之无涯。日出东沼[③],入乎西陂[④]。其南则隆冬生长[⑤],涌水跃波[⑥]。其兽则㺎旄貘犛[⑦],沉牛麈麋[⑧],赤首圜题[⑨],穷奇象犀[⑩]。其北则盛夏含冻裂地,涉冰揭河[⑪]。其兽则麒麟角端[⑫],騊駼橐驼[⑬],蛩蛩驒騱[⑭],駃騠驴骡[⑮]。

【注释】

①缜纷：众盛貌。轧芴（wù）：致密，不可分貌。

②芒芒恍忽：即眼花缭乱貌。

③东沼：指上林苑东面的池沼。

④西陂：在上林苑西面。

⑤隆冬生长：此处说上林苑的南面温暖，即使在隆冬，草木也还在生长。

⑥涌水：即踊水。跃波：腾波。

⑦㺎（róng）：即犝牛，领有肉堆，高二尺许，状如肉鞍一般，产于疏勒国，又名犎牛，或峰牛。旄：牦牛，背、膝、尾皆有长毛。貘（mò）：古籍中的兽名。其状似熊。犛（máo）：犛牛，黑色，出于西南夷，体比牦牛小。

⑧沉牛：水牛。一名潜牛。麈（zhǔ）：鹿属。似鹿而尾大，一角。麋（mí）：似鹿而大。

⑨赤首：未详。圜题：即圆题。

⑩穷奇：兽名。

⑪揭（qì）：提起衣摆。

⑫麒麟：古代兽名。雄曰麒，雌曰麟。角端：未详。

⑬騊駼（táo tú）：兽名。橐（luò）驼：即骆驼。

⑭蛩蛩（qióng）：兽名。驒騱（tuó xí）：一种野马。

⑮駃騠（jué tí）：良马。

【译文】

“于是乎，周详广泛地观览，所见实在众盛难于细加分辨，迷离恍惚，眼花缭乱。视之不见端倪，察之不明涯岸。日月从其东沼升起，落入其西面之陂池。南面气候温和，隆冬草木犹长，水涌流而波扬。兽有犝、牦、貘、犛、沉牛、麈、麋、赤首、圜题、穷奇、象、犀。上林之北，虽值盛夏，犹有寒冻，地裂物杀，卷起衣摆，踏冰而涉。兽有麒麟、角端、騊駼、骆驼、蛩蛩、驒騱、駃騠、驴、骡。

“于是乎离宫别馆，弥山跨谷。高廊四注[①]，重坐曲阁[②]。华榱璧珰[③]，辇道纚属[④]。步櫩周流[⑤]，长途中宿[⑥]。夷嵕筑堂[⑦]，累台增成[⑧]，岩突洞房[⑨]。頫杳眇而无见[⑩]，仰𣚍橑而扪天[⑪]。奔星更于闺闼[⑫]，宛虹拖于楯轩[⑬]。青龙蚴蟉于东箱[⑭]，象舆婉僤于西清[⑮]。灵圄燕于闲馆[⑯]；偓佺之伦[⑰]，暴于南荣[⑱]。醴泉涌于清室，通川过于中庭[⑲]。盘石振崖[⑳]，嵚岩倚倾[㉑]。嵯峨嶕嶫[㉒]，刻削峥嵘[㉓]。玫瑰碧琳[㉔]，珊瑚丛生[㉕]。瑉玉旁唐[㉖]，玢豳文鳞[㉗]。赤瑕驳荦[㉘]，杂臿其间[㉙]。晁采琬琰[㉚]，和氏出焉[㉛]。

【注释】

①四注：廊堂下四周屋。

②重坐：廊庑，上级下级皆可坐，故曰重坐。上级下级即上层下层。曲阁：回曲的阁道。

③华榱（cuī）：有华彩的椽皮。榱，椽皮。璧珰（dāng）：以璧玉装饰的瓦珰（屋脊筒瓦的前端）。一说以璧为饰的椽头。

④辇道：指辇车所行的阁道。辇，原谓人力所拉的车，自汉以后特指帝王之乘。纚（lǐ）属：连续不断。

⑤步櫩（yán）：步廊。犹今之长廊。櫩，古“檐”字。周流：指在长廊上周回游走。

⑥中宿：中途投宿。

⑦夷嵕（zōng）：谓削平山峰。

⑧增：重。成：一重为一成。

⑨岩突（yào）洞房：皆言其幽深。

⑩頫(fǔ):同“俯”。杳眇(miǎo):远视貌,深邃貌。

⑪𠬡:古“攀”字。橑(liáo):椽皮。扪:摸。

⑫奔星:流星。更:经过。闺闼(tà):宫中小门。

⑬宛虹:屈曲之虹。扡(tuō):指申加于上。楯(shǔn)轩:栏槛与窗户。

⑭蚴蟉(yǒu liú):龙曲行貌。箱:陕室前堂。

⑮象舆:即象之驾车者。婉僤(shàn):蜿蜒行动貌。西清:此指西堂清净之所。

⑯灵圉(yǔ):众仙之号。闲馆:谓清闲之馆。

⑰偓佺(wò quán):槐里采药父。食松,形体生毛数寸,方眼,能行追走马。

⑱暴(pù):显露,暴露。南荣:屋檐两头突出如翼部分叫荣,与梁之两端平行,只是梁端在上,屋檐在下而已。

⑲“醴泉”二句:言醴泉于室中涌出,通流为川,从中庭而过。

⑳盘石:大石。振崖:以盘石密致其崖。

㉑嵚(qīn)岩:深险貌。倚倾:参差不齐貌。一说攲斜倾侧。

㉒嵯峨(cuó é):高大貌。嶕嶫(qì yè):山石高峻貌。

㉓刻削:言山石的自然形态若雕刻刀削而成。峥嵘:高峻。

㉔玫瑰、碧琳:皆玉名。

㉕珊瑚:由珊瑚虫外骨骼聚集而成之物,状如树枝,多为红色,亦有白色、黑色,为珍奇的装饰品。

㉖珉:石之次玉者。旁唐:广大盘礴貌。

㉗玢豳(bīn bān):言文理很盛。文鳞:言文理鲜明绚丽如鳞。

㉘赤瑕:赤玉。驳荦(luò):文采交错貌。

㉙杂臿(chā):言杂厕崖石中。

㉚晁采:美玉。每旦有白虹之气,光彩上出,故曰朝采。犹言夜光之璧矣。琬琰(wǎn yǎn):美玉名。

㉛和氏：即和氏璧，传世之美玉。

【译文】

“于是乎，离宫别馆，满山跨谷。高高的游廊，四通八达，相互连接；重叠的宫室，逶迤相连。屋椽雕刻着花纹，瓦当装饰着美玉，帝王所行之道，犹如织丝相连。徒步檐廊，周游而还，经日难至，必会投宿。削平山峰，构筑堂室，累台层层，山下有条幽深的通道，可以直通山顶宫殿。俯视其下，不见其地；举手摸椽，几乎可以触天。流星经过宫门，弯虹架在窗上。青龙曲行于东箱，象车蜿蜒于西堂。灵圄众仙，燕寝清闲之馆；偓佺之伦，曝于南檐之前。醴泉从清室中涌出，通流由中庭过路。以盘石修固其川涯，深岸参差而倾仄。高处嵯峨而峥嵘，如雕如削而峭直。中有玫瑰、碧琳，珊瑚之树丛生。珉玉、旁唐、玢豳遍地，文彩灿烂若鳞。赤玉光耀斑驳，杂在诸玉之间。朝采琬琰之玉，荆山和氏之璧于此亦有出产。

“于是乎卢橘夏熟[①]，黄甘橙楱[②]，枇杷橪柿[③]，亭柰厚朴[④]，梬枣杨梅[⑤]，樱桃蒲陶，隐夫薁棣[⑥]，荅遝离支[⑦]，罗乎后宫，列乎北园。貤丘陵[⑧]，下平原，扬翠叶，扤紫茎[⑨]，发红华，垂朱荣[⑩]，煌煌扈扈[⑪]，照耀巨野[⑫]。沙棠栎槠[⑬]，华枫枰栌[⑭]，留落胥邪[⑮]，仁频并闾[⑯]，欃檀木兰[⑰]，豫章女贞[⑱]。长千仞[⑲]，大连抱[⑳]，夸条直畅[㉑]，实叶葰茂[㉒]。攒立丛倚[㉓]，连卷欐佹[㉔]。崔错癸骫[㉕]，坑衡閜砢[㉖]。垂条扶疏[㉗]，落英幡缅[㉘]。纷溶萷蔘[㉙]，猗狔从风[㉚]。莿莅芔歙[㉛]，盖象金石之声[㉜]，管籥之音[㉝]。偨池茈虒[㉞]，旋还乎后宫[㉟]。杂袭累辑[㊱]，被山缘谷[㊲]，循阪下隰[㊳]。视之无端，究之无穷。

【注释】

①卢橘:皮厚,大小如甘酢。

②黄甘:即黄柑。榛(còu):橘类的一种。

③枇杷(pí pá):水果。常绿乔木,果淡黄色,其味甘甜。橪(rǎn):酸枣。

④亭:即棠梨。柰(nài):为林檎之一种。厚朴:果名。亦可入药。

⑤楟(yǐng)枣:即丁香柿。又名牛乳柿。

⑥隐夫:即棠棣。薁(yù)棣:即郁李。

⑦荅遝(dá tà):木名。其果似李,其花朱色。离支:即荔枝。

⑧驰(yì):犹"延"。

⑨扤(wù):动摇不定貌。

⑩"发红华"二句:华,草之花。荣,木之花。

⑪煌煌扈扈:言其光彩之盛。

⑫巨野:广大的原野。

⑬沙棠:果树名。俗称沙果。栎(lì):俗名橡子树。槠(zhū):常绿乔木,花黄绿色。

⑭华:即桦树,落叶乔木。枫:即枫香树。枰(píng):即银杏树。栌(lú):落叶乔木,实扁圆而小,可采蜡。

⑮留落:即石榴。胥邪:即椰子树。

⑯仁频:即槟榔。并闾:即栟榈。

⑰欃(chán)檀:檀木的别名。木兰:香木名。又名杜兰、林兰,状如楠树。

⑱豫章:即樟树,常绿乔木。女贞:冬青树。

⑲仞:古代长度单位。七尺为一仞,也有认为八尺为一仞。

⑳连抱:指多人合抱。

㉑夸条:此言树木的花朵与枝条都长得很舒展。

㉒葰(jùn)茂:言果实及叶子肥大茂密。葰,大。

㉓攒立：从聚相立在一起。丛倚：即相互依傍。

㉔连卷：此言枝柯连接卷曲。欐佹（lì guǐ）：此谓枝柯重累，相依相托。

㉕崔错：交杂。癹骫（bá wěi）：指枝条盘纡。

㉖坑衡：形容枝柯高举而横出。閜砢（ě luǒ）：言树壮大，枝柯相扶相持。

㉗扶疏：谓大树枝柯四布。

㉘落英：落花。幡纚（sǎ）：飞扬貌。

㉙纷溶：繁大貌。箾蔘（xiāo shēn）：谓树木萧疏耸立貌。

㉚猗狔：形容树枝摇曳之状。

㉛蔛莅（liú lì）：林木鼓动之声。芔歙（huì xī）：形容风吹树发出的声音。

㉜金石：谓钟磬。

㉝管籥（yuè）：箫、笛之类乐器。

㉞偨（cī）池：参差。茈虒（cǐ zhì）：不齐。

㉟旋还：环绕。

㊱杂袭：相因。累辑：同“累积”。

㊲被山：覆盖山顶。缘谷：沿着山谷。

㊳循阪：顺着山坡。隰（xí）：低湿之地。

【译文】

“于是乎，有夏熟之卢橘，亦有黄柑、橙、楱、枇杷、酸枣、柿、棠梨、柰、厚朴、梬枣、杨梅、樱桃、葡萄、棠棣、郁李、荅遝、荔枝，罗列于后宫，遍布于北园。延至于丘陵，下及于平原，高扬其翠叶，摇曳其紫干，红花盛开，朱荣垂悬，众彩鲜丽缤纷，照耀巨野广原。还有沙棠、栎、槠、桦、枫、银杏、栌、石榴、椰子、槟榔、棕榈、檀木、木兰、樟树、冬青常绿。高者千仞，大者多人合抱，花朵、枝条舒展，果实、翠叶肥大茂密。攒聚丛立而相倚，枝柯连卷而相支。或交错而盘曲，或抗直而横出。垂条扶疏，落花飞扬;挺拔萧疏,随风摇曳。树风相激,鼓动作响,如钟如磬,如笛如箫。参差不齐,后宫尽绕。杂树相因,枝柯重积,覆蔽山巅,缘跨谷底,顺着斜坡,下至湿地。视之不见端涯,探究而无穷极。

"于是乎玄猿素雌①,蜼玃飞蠝②,蛭蜩玃猱③,獑胡豰蛫④,栖息乎其间。长啸哀鸣⑤,翩幡互经⑥,夭蟜枝格⑦,偃蹇杪颠⑧。隃绝梁⑨,腾殊榛⑩,捷垂条⑪,掉希间⑫。牢落陆离⑬,烂漫远迁。若此者数百千处,娱游往来,宫宿馆舍⑭。庖厨不徙,后宫不移,百官备具⑮。

【注释】

①玄猿:指猿之雄者黑色。玄,黑色。素雌:猿之雌者素色。素,白色。

②蜼(wèi):今呼长尾猴。玃(jué):似猕猴而大。飞蠝(lěi):鼯鼠。毛紫赤色,飞且生,一名飞生。

③蛭(zhì):兽名。蜩(tiáo):传说中的兽名。玃猱(jué náo):兽名。

④獑(chán)胡:兽名。豰(hù):兽名。蛫(guì):兽名。

⑤哀鸣:怜爱的鸣叫。

⑥翩幡:即翩翻,指以上所言猿类动物在林间腾越飞纵。互经:言其追逐戏游的动物彼此腾越,互换位置。

⑦夭蟜(jiǎo):此指猕猴在树共戏的姿态。枝格:木长貌。

⑧偃蹇(yǎn jiǎn):谓猕猴在树或蹲或卧。杪(miǎo)颠:指树之顶端。

⑨隃(yú):通"逾"。此言能由此凭空飞跃至彼。

⑩殊:异。榛(zhēn):草木丛生貌。

⑪捷垂条:谓由此枝跃到彼。

⑫掉：谓以身投向枝条稀疏的空隙之间。

⑬牢落：稀疏貌。陆离：参差。

⑭舍：住宿。

⑮“庖厨”几句：言离宫别馆中都有供奉天子的庖厨、宫女和臣僚，不须从朝廷迁来。

【译文】

“于是乎，群猿共处，雄者毛黑，雌者毛素，另有蜼、玃、飞蠝、飞蛭、蜩、蠼猱、獑胡、豰、蛫等栖息林间。或长啸怜呼，或翻滚腾换，或嬉戏柯枝，或蹲卧树之顶端。或凭空而飞跃，或腾跳于大榛，或接持于垂条，或纵身疏叶间。彼此分散，任意奔走。像此类离宫别馆，上林苑中有成百上千处，天子游猎归来，在此休憩。庖厨无须迁移，宫女不用随去，百官一应俱全。

“于是乎背秋涉冬[1]，天子校猎[2]。乘镂象[3]，六玉虬[4]；拖蜺旌[5]，靡云旗[6]；前皮轩[7]，后道游[8]。孙叔奉辔[9]，卫公参乘[10]；扈从横行[11]，出乎四校之中[12]。鼓严簿[13]，纵猎者[14]。河江为阹[15]，泰山为橹[16]。车骑雷起[17]，殷天动地[18]。先后陆离[19]，离散别追[20]。淫淫裔裔[21]，缘陵流泽[22]，云布雨施[23]。生貔豹[24]，搏豺狼，手熊罴[25]，足野羊[26]。蒙鹖苏[27]，绔白虎[28]，被班文[29]，跨野马[30]。凌三嵕之危[31]，下碛历之坻[32]，径峻赴险[33]，越壑厉水[34]。椎蜚廉[35]，弄獬豸[36]，格虾蛤[37]，铤猛氏[38]，羂騕褭[39]，射封豕[40]。箭不苟害[41]，解脰陷脑[42]；弓不虚发，应声而倒。

【注释】

①背秋：离别秋天。涉冬：进入冬季。

②校猎:贯木为栏谓之校,以之圈围野兽,然后猎取之。

③镂象:此指以象牙装饰天子之车。

④玉虬(qiú):谓驾六马,以玉饰其镳勒,有似虬龙也。虬,龙属而无角。

⑤拖:曳。蜺旌:析羽毛,染以五彩,缀缕为旌,有似虹蜺之气。

⑥靡:同"麾",挥。云旗:画熊、虎于旒为旗,似云气。

⑦皮轩:以皮画虎文为饰之车。

⑧道:即道车,供天子朝夕出入之车。游:即游车。古时,天子出,有道车五乘,游车九乘,次皮轩之后。

⑨孙叔:一说指汉武帝时太仆公孙贺。其字子叔。一说指古时善御者孙阳。奉辔:执缰为御。

⑩卫公:此指大将军卫青。参乘:在尊者之右陪乘。参,通"骖"。

⑪扈从:百官从驾,谓之扈从。横行:谓军士分校就列天子周回,按部不由中道行而旁出。

⑫四校:即屯骑、步兵、射声、虎贲四校尉,皆天子行猎必当随从者。

⑬鼓严簿:此谓"严"不是言鼓,而是形容天子仪卫之森严。簿,指卤簿。

⑭纵猎者:放纵从猎的士卒。

⑮阹(qū):围猎禽兽的栏圈。

⑯泰山:大山。

⑰雷起:言车骑始猎,声震如雷而起。

⑱殷:犹"震"。

⑲陆离:分散。

⑳别追:言各有所追逐。

㉑淫淫裔裔:部伍分列行进貌。

㉒缘陵:沿着山陵。流泽:顺着大泽。

㉓云布雨施:比喻行猎的车骑卒徒遍山盈泽之状。

㉔生：即活捉。貔(pí)：猛兽名。似虎。一名白狐。
㉕手：言击杀之。罴(pí)：俗名人熊。
㉖足：谓蹴踏而获之。
㉗蒙：犹“戴”。鹖(hé)苏：用鹖尾装饰的帽子。鹖，鸟名。鹖似雉，斗死不却。故用以装饰武士之冠。冠尾下垂，故谓之苏。
㉘绔(kù)：穿着白虎文绔。
㉙被：犹“着”。班文：斑衣。
㉚跨：骑。野马：喻骏捷之马。
㉛凌：上。三嵕(zōng)：三成之山。成即重或层。危：山之最高处。
㉜碛(qì)历：谓山阪不平。坻(chí)：山阪。
㉝径峻：经过高峻(之地)。
㉞厉水：涉水。
㉟蜚廉：龙雀。鸟身，鹿头。
㊱獬豸(xiè zhì)：兽名。似鹿而一角。
㊲格：搏斗。虾蛤：兽名。
㊳铤(chán)：铁柄短矛，此用作动词。猛氏：兽名。状如熊而小，毛浅有光泽。
㊴羂(juàn)：谓罗击之。騕褭(yǎo niǎo)：古骏马，赤喙玄身，日行一万五千里。
㊵封豕：大猪。
㊶害：伤害。
㊷解：分裂。脰(dòu)：颈项。

【译文】

“于是乎，每年秋天过去，进入肃杀冬季，天子即行校猎。乘坐象牙镂饰之车，驾用玉饰镳勒之马；五彩羽饰旌幡招展，熊虎图饰云旗挥舞；皮画为饰之车开路，道游之辂后扈。孙叔把缰御马，卫公参乘同驾；护从横行于旁，选自四校精良。仪仗森肃击鼓，激纵行猎士卒。江河为其栅栏，大山为其望楼。车骑如雷乍起，震天动地声吼。士卒争先恐后，自行分散，各自为战，逐其所见。部伍分别驱进，或沿陵而上，或顺泽而下，如密云广布，如时雨淋洒。活捉貔豹，搏击豺狼，手格熊罴，脚踢野羊。武士们头戴鹖尾之冠，下穿白虎文裤，上着斑纹单衫，身跨骏捷烈马。攀登重重山巅，俯冲诘屈长陂，径赴险峻，越过溪壑，跨过深堑，徒步涉河。椎击龙雀，戏弄獬豸，格杀虾蛤，矛刺猛氏，网捕騕褭，射获封豕。箭不随便放射，射则裂颈穿脑；弓不随便虚发，发则应声物倒。

"于是乘舆弭节徘徊①，翱翔往来②。睨部曲之进退③，览将帅之变态④。然后侵淫促节⑤，倏夐远去⑥。流离轻禽⑦，蹴履狡兽⑧；轊白鹿⑨，捷狡兔⑩。轶赤电⑪，遗光耀⑫。追怪物⑬，出宇宙⑭。弯蕃弱⑮，满白羽⑯。射游枭⑰，栎蜚遽⑱。择肉而后发⑲，先中而命处⑳。弦矢分㉑，艺殪仆㉒。然后扬节而上浮㉓，凌惊风㉔，历骇猋㉕。乘虚无㉖，与神俱。躏玄鹤㉗，乱昆鸡㉘，遒孔鸾㉙，促鵕䴊㉚，拂翳鸟㉛，捎凤凰㉜，捷鹓鸰㉝，掩焦明㉞。道尽途殚，回车而还。消摇乎襄羊㉟，降集乎北纮㊱。率乎直指㊲，晻乎反乡㊳。蹶石阙㊴，历封峦㊵，过鳷鹊㊶，望露寒。下棠梨㊷，息宜春㊸。西驰宣曲㊹。濯鹢牛首㊺。登龙台㊻，掩细柳㊼。观士大夫之勤略㊽，均猎者之所得获㊾。徒车之所轥轹㊿，步骑之所蹂若[51]，人臣之所蹈籍[52]，与其穷极倦㲊[53]，惊惮詟伏[54]，不被创刃而死者，他他籍籍[55]，填坑满谷[56]，掩平弥泽[57]。

【注释】

①弭节：徐行貌。徘徊：萦绕周旋。

②翱翔:悠闲自得貌。

③睨(nì):斜视。部曲:此谓从猎的卒徒。

④变态:各种姿态。

⑤侵淫:渐进之貌。促节:迫促其行走的节奏。

⑥倏敻(xiòng):倏忽。

⑦轻禽:飞鸟。

⑧蹴履:践踏。

⑨轊(wèi):车轴头。这里用作动词。以车轊冲触。

⑩捷:猎。

⑪轶:超过。

⑫遗:遗留,犹言丢在后面。

⑬怪物:奇禽。

⑭宇宙:宇宙有空间、时间双重意义。此处仅指空间。

⑮弯:拉弓待发。蕃弱:夏后氏良弓之名。

⑯满:引弓尽箭镝为满。白羽:以白羽装饰的箭,省言白羽。

⑰游枭:怪兽名。

⑱栎:谓旁击头项。蜚遽:兽名。鹿头,龙身,神兽。

⑲择肉:此指选其可射之所。

⑳命处:谓射前指明要射的部位。

㉑弦矢分:谓弓弦与箭矢分离,即箭离弦。

㉒艺:所射准的为艺。殪(yì):谓矢发即死。仆:顿仆,倒毙。

㉓扬节:举起旌节。上浮:向上空游。

㉔凌惊风:凌驾疾风。

㉕历骇猋(biāo):越过飙风。

㉖乘:登上。虚无:太空。

㉗躏(lìn):踩,踏。玄鹤:黑色之鹤。

㉘乱:乱其行伍。昆鸡:似鹤,黄白色。

㉙遒(qiú):追捕貌。孔:孔雀。鸾:鸾鸟。

㉚鵕䴊(jùn yì):传说中的鸟名。

㉛拂:击。翳鸟:凤凰别名。

㉜捎:拂,掠。

㉝捷:迅疾接获。鹓鸰:一种高洁之鸟。

㉞焦明:鸟名。产于南方。

㉟消摇:同"逍遥"。襄羊:谓自由自在地行走。

㊱集:停止。北纮(hóng):指极北之地。

㊲率乎直指:率然直去意。

㊳晻乎反乡:忽然疾归貌。晻,通"奄",犹奄忽,疾遽貌。

㊴蹶:踏上。石阙:与下文"封峦""鳷鹊""露寒"皆观名。此四观,武帝建元中作,在云阳甘泉宫外。

㊵历:经历。

㊶鳷(zhī)鹊:楼观名。

㊷棠梨:甘泉苑南有棠梨宫。

㊸宜春:宫名。在杜县东。

㊹宣曲:宫名。在昆明池西。

㊺濯:通"棹",用作动词。鹢:即鹢首,古人以之饰舟。鹢首之舟,谓绘鹢鸟之首为饰的龙舟。牛首:池名。在上林苑西头。

㊻龙台:观名。在丰水西北近渭。

㊼掩:止息。细柳:观名。在昆明池南。

㊽勤略:谓辛勤与智略。

㊾均:谓平其多少。猎:夜猎。

㊿徒:谓步行于车前之士兵。轥轹(lìn lì):谓人徒所蹂践,车乘所碾压。

51步骑:指步兵与骑士。蹂若:践踏。

52蹈籍:践踏。

㊾倦𠜱(jù)：指禽兽疲惫不堪貌。

㊿惊惮：恐惧。詟(zhé)伏：慑伏。

55他他籍籍：谓尸体交横枕藉。

56填：满。

57掩：蔽。平：平原。弥：满。

【译文】

“于是乎，车驾按节徐行，周旋徘徊，悠然自得，或往或来。观队伍之进退，览将帅之变态。然后车速渐快，倏忽远远而去。飞鸟为之惊散，狡兽受其脚踢；车辖冲触白虎，士卒捷获狡兔。其驱驰之迅速，超越赤色闪电，甩掉灼灼光注。追逐奇禽怪兽，越出领空领土。拉开蕃弱之弓，引满白羽之箭。射中游荡枭羊，旁击怪兽蜚遽。选定部位而后射，命中皆为先所指。矢离弓弦飞去，禽兽致命仆毙。然后扬举旌节，浮游青霄，凌驾疾风，超轶狂飙。升临太空，与仙同调。蹸践玄鹤，冲散昆鸡，追捕孔鸾，逼网赤雉，扑落翳鸟，竿击凤凰，接获鹓鸰，网罩焦明。道尽途穷，回车而还。逍遥优游，停留在上林苑最北的地方。径直向前，忽然掉转方向。登临石阙观，历经封峦观，越过鳷鹊宫，瞭望露寒宫。下至棠梨之宫，憩自宜春宫。向西驰去，至宣曲宫。划着绘有鹢鸟的龙舟，泛游牛首之池。攀登龙台之观，细柳之观小憩。观看士大夫辛勤智略之所获，评估猎者们尽力追捕之成绩。至于徒车所撞压，步骑所蹂践，臣下所蹈籍，与其困顿疲惫，恐惧慑伏，不受创伤而死者，尸体纵横而相枕，填坑塞谷，覆盖平原，弥漫泽湖。

“于是乎游戏懈怠，置酒乎颢天之台[①]，张乐乎胶葛之宇[②]，撞千石之钟[③]，立万石之虡[④]，建翠华之旗，树灵鼍之鼓[⑤]，奏陶唐氏之舞[⑥]，听葛天氏之歌[⑦]，千人唱，万人和，山陵为之震动，川谷为之荡波。巴渝宋蔡，淮南《干遮》[⑧]，文成颠歌[9],族居递奏[10],金鼓迭起[11],铿枪闛鞈[12],洞心骇耳[13]。荆、吴、郑、卫之声[14],韶、濩、武、象之乐[15],阴淫案衍之音[16],鄢郢缤纷[17],《激楚》《结风》[18],俳优侏儒[19],狄鞮之倡[20],所以娱耳目,乐心意者,丽靡烂漫于前[21]。靡曼美色[22],若夫青琴宓妃之徒[23],绝殊离俗[24],妖冶娴都[25],靓妆刻饰[26],便嬛绰约[27],柔桡嫚嫚[28],妩媚孅弱[29]。曳独茧之褕绁[30],眇阎易以恤削[31],便姗嫳屑[32],与俗殊服[33]。芬芳沤郁[34],酷烈淑郁[35]。皓齿粲烂[36],宜笑的皪[37];长眉连娟[38],微睇绵藐[39],色授魂与[40],心愉于侧[41]。

【注释】

①颢天之台:言台极高,上干于天。颢,博大貌。

②胶葛:寥廓貌。

③千石:十二万斤。

④虡(jù):兽名。立二虡形以为钟鼓支架。

⑤灵鼍(tuó):鳄鱼的一种。

⑥陶唐氏:尧有天下之号。

⑦葛天氏:古之王者。

⑧“巴渝”二句:巴渝,舞名。《汉书·司马相如传》颜师古注曰:“巴俞之人,刚勇好舞。初,高祖用之克平三秦,美其功力。后使乐府习之,因名巴俞舞也。”宋、蔡、淮南,先秦时国名。其人皆好音乐,有宋音、蔡讴、淮南鼓之称。《干遮》,曲名。

⑨文成:汉时辽西县名。其县人善歌。颠歌:益州颠县,其人能作西南夷歌。颠,与“滇”同。今之云南。

⑩族居:王念孙《读书杂志》曰:“‘居’读为‘举’。族举者,具举也。迭奏者,更奏也。”递:依次更迭。

⑪金鼓：钲。其形似鼓，故名金鼓。

⑫铿(kēng)枪：即铿锵，钟声。闛鞈(tāng tà)：钟鼓声。

⑬洞心骇耳：谓共音响彻灵腑，震耳悦听。洞，彻。骇，惊。

⑭荆、吴、郑、卫：皆先秦时国名。此指这些国家原在地区，善淫哇之声。

⑮韶、濩、武、象：皆古代帝王之乐。韶，舜乐。濩，汤乐。武，武王乐。象，周公之乐。

⑯阴淫案衍：谓其过而无节。淫，放滥。衍，溢。

⑰鄢(yān)、郢(yǐng)：均为楚地名。鄢在今湖北宜城，郢在今湖北江陵。鄢、郢为楚主要都会，举以代楚。缤纷：形容楚国的舞姿飘洒，舞容艳盛。

⑱《激楚》：歌曲名。指"促迅"之乐。《结风》：舞曲名。

⑲俳优：指古代擅长唱歌演戏的人。侏儒：短小之人。此指能俳优的矮人。

⑳狄鞮(dī)：西戎乐名。狄鞮在河内，出善倡者。倡：指演奏歌唱的乐人。

㉑丽靡烂漫：此谓歌舞之声音姿容。

㉒靡曼：犹言细嫩润泽。此指女人容色。

㉓青琴：古神女。宓妃：洛水之神女。

㉔绝殊：绝然出众。

㉕妖冶：美好。娴都：雅丽。

㉖靓妆：谓以粉黛艳妆。刻饰：以胶刷鬓，使就理如刻画然。

㉗便嬛(pián xuān)：轻丽。绰约：形容女子体态婉约袅娜。

㉘柔桡(ráo)：女子体态婉柔多姿貌。嫚嫚：柔美貌。

㉙妩媚：体态妖媚动人。孅弱：谓容体纤细柔弱。

㉚曳(yè)：拖，拽。独茧：言其绸衣丝色之纯。褕绁(yú yì)：襜褕之袖。褕，襜(chān)褕。罩在外表的直襟单衣。绁，袖。

㉛眇:细看。阎(yàn)易:衣长大貌。恤削:谓衣裾边沿整齐貌。

㉜便姗:言其行步安详。嫳(bié)屑:衣服婆娑貌。

㉝与俗殊服:言其服饰异于常人。

㉞沤郁:谓香气浓郁。

㉟酷烈淑郁:谓香气强烈而清澈。

㊱粲烂:言其皓齿光洁铿亮。

㊲宜笑:甜美的笑。一说露齿而笑。的皪(lì):鲜明。

㊳连娟:谓眉毛弯曲而细长。

㊴微睇:微视貌。绵藐:好视貌。谓看视的行为得当。

㊵色授魂与:谓女以眼色表情投人,人以心神往接。

㊶心愉:指女子心情愉悦。侧:指天子身边。

【译文】

"于是乎,游猎倦怠,置酒宴于摩天高台,张雅乐于寥廓广宇,撞千石之洪钟,立万石之巨虡,树翠羽为饰之旗,架鼍皮蒙制之鼓,吹奏唐尧时之舞曲,聆听葛天氏之乐歌,千人领唱,万人相和,山陵为之震动,川谷为之荡波。巴渝之妙舞,宋蔡之名讴,淮南之《干遮》,辽西之新咏,云南之滇歌,诸乐并举递奏,金鼓之声迭起,铿锵闛鞈成韵,令人彻心震耳。楚吴郑卫之新声,韶濩武象之雅乐,淫靡放滥的抒情之音,缤纷飘逸的鄢郢之舞,激越轻快的《激楚》之曲,清柔荡魂的《结风》之咏,俳优精彩的表演,狄鞮绝妙的歌声,凡是可以娱悦耳目,赏心悦意的乐舞,美丽烂漫的表演,全都进献于跟前。细腻光润的歌舞之女,如神女青琴宓妃再现,绝俗异众,美容雅丽,粉黛艳妆,胶鬓刻饰,体态轻盈绰约,柔婉嫚娟多姿,妩媚以动人,纤弱而恰意。身披一色丝绸之单衣,看似长大而实则整齐,步行端庄而安详,衣裾婆娑以应体,服饰与俗殊异,美容绝代无比。芬芳浓郁,沁心彻脾。皓齿闪银光,甜笑尤俏丽;长眉弯细,睇视得宜,授人眼色以传情,使人魂销而神驰,以此之魅力,取悦于君侧。

“于是酒中乐酣[1]，天子芒然而思[2]，似若有亡[3]，曰：‘嗟乎，此大奢侈[4]。朕以览听余闲[5]，无事弃日[6]，顺天道以杀伐[7]，时休息于此[8]。恐后叶靡丽[9]，遂往而不返[10]，非所以为继嗣创业垂统也[11]。’于是乎乃解酒罢猎，而命有司[12]，曰：‘地可垦辟[13]，悉为农郊[14]，以赡萌隶[15]。陨墙填堑[16]，使山泽之人得至焉[17]。实陂池而勿禁[18]，虚宫馆而勿仞[19]。发仓廪以救贫穷[20]，补不足，恤鳏寡[21]，存孤独[22]。出德号[23]，省刑罚[24]，改制度[25]，易服色[26]，革正朔[27]，与天下为更始。’

【注释】

①酒中：饮酒中半。乐酣：奏乐酣畅。

②芒然：同“茫然”，怅惘貌。

③似若有亡：如有所失。亡，失。

④大：同“太”。

⑤览听：指览卷听政，即处理政务。

⑥弃日：言闲居无事，是虚弃此日。

⑦顺天道：指顺应天时。古人打猎必于秋后，此即顺天道。

⑧时：犹趁此时。

⑨后叶：后世。靡丽：谓奢靡。

⑩往而不返：谓往奢靡方向继续下去，不能回头。

⑪继嗣：继承人。创业垂统：开创事业，将祖上传统传给后代。

⑫有司：指主管上林苑的官吏。

⑬可垦辟：可以垦辟。

⑭农郊：变园林为郊野之田。

⑮赡：赡养。萌隶：犹百姓。萌，通“氓”，百姓。

⑯陨（tuí）：摧毁。堑：壕沟。

⑰山泽之人:指乡野人民。得至:谓其可以恣意放牧樵采。

⑱实陂池而勿禁:言充实陂池之物,任采捕所取。实,满。

⑲虚宫馆而勿仞:言离宫别馆,勿令人居止,并废罢。仞,满。

⑳仓廪(lǐn):贮藏米谷的仓库。

㉑恤:救济。鳏(guān):鳏夫,指老而无妻者。寡:寡妇,老而无夫者。

㉒存:抚养。孤:幼而丧父者。独:老而无子者。

㉓德号:有德于民的号令。

㉔省:减轻。

㉕制度:指上文所言"大奢侈"的朝章国策。

㉖易服色:改变宫里"与俗殊服"的鲜丽之色。

㉗革正朔:谓改革历法以利农时。正,指岁首正月。朔,指每月初一。以之代表历法。

【译文】

"于是酒至中半,乐舞正酣,天子怅惘而思,似乎心有所失,乃对臣下说:'唉,这样过于奢侈。我于听览政务之余,闲空无事之时,顺应天时季节,而出游打猎,时或来到此处,以作离宫休息。担心后世之君,承此奢靡风气,遂往不知其止,无法返回清世,不能发扬先世传统,穷其原因就在于此。'于是乎解除酒宴,停止行猎,命令上林主管,说:'苑内土地可以垦辟的,通通作为农耕郊区,用它养活庶民百姓。推倒苑墙,填平壕堑,让山泽之人入内生产。充实池塘鱼鳖,勿禁乡民捞取;空出离宫别馆,勿令百官占据。打开谷仓米廪,拯救贫穷之民,补助困苦之家,救济鳏寡之人,抚养孤儿独老。发布益民之号令,减轻惩民之毒刑,改变太奢之制度,更替殊俗之衣裙,革除乱农之历法,使朝廷同百姓协力而更新。'

"于是历吉日以斋戒①,袭朝服②,乘法驾③,建华旗④,鸣玉鸾[5]。游于六艺之囿[6]，驰骛乎仁义之涂[7]，览观《春秋》之林[8]，射《狸首》[9]，兼《驺虞》[10]，弋《玄鹤》[11]，舞干戚[12]，载云罕[13]，掩群雅[14]。悲《伐檀》[15]，乐"乐胥"[16]。修容乎礼园[17]，翱翔乎书圃[18]，述《易》道[19]，放怪兽[20]。登明堂[21]，坐清庙[22]，次群臣，奏得失。四海之内，靡不受获[23]。于斯之时，天下大说[24]，乡风而听[25]，随流而化[26]，芔然兴道而迁义[27]，刑错而不用[28]。德隆于三王[29]，而功羡于五帝[30]。若此故猎[31]，乃可喜也。若夫终日驰骋，劳神苦形，罢车马之用[32]，抏士卒之精[33]，费府库之财，而无德厚之恩。务在独乐，不顾众庶；忘国家之政，贪雉兔之获，则仁者不繇也[34]。从此观之，齐楚之事，岂不哀哉？地方不过千里，而囿居九百[35]。是草木不得垦辟，而人无所食也。夫以诸侯之细[36]，而乐万乘之侈[37]，仆恐百姓被其尤也[38]。"

【注释】

①历：选择。斋戒：古人于祭祀前，要沐浴更衣，不饮酒吃荤，不近女色，净洁身心，以示虔诚。

②袭：穿戴。朝服：指朝会时常穿的礼服。

③法驾：天子车驾。天子出，车驾次第谓之卤簿（即仪仗队）。有大驾、小驾和法驾。

④华旗：彩旗。

⑤玉鸾（luán）：法驾上装饰的玉制铃铛。形容其声如鸾鸟之鸣，故名鸾铃。

⑥六艺：即《诗》《书》《礼》《乐》《易》《春秋》六经。也有说为礼、乐、射、御、书、数。囿：苑囿。

⑦驰骛（wù）：驰骋。

⑧《春秋》:指褒贬善恶,足观成败,知其得失,可为政治借鉴的《春秋经》。《春秋》义理繁茂,故比之于林薮。

⑨《狸首》:此古逸诗篇名。古代诸侯行射礼时,奏《狸首》乐章为节。狸,兽名。

⑩《驺(zōu)虞》:本为兽名。据说其性仁慈,不食生物,有至信之德。《诗经·召南》有诗以之名篇,因其有仁义之德,故天子举行射祭之时,乃奏《驺虞》乐章以为节度。

⑪弋:系有丝线的箭。用作动词。玄鹤:黑色的鹤。相传舜时舞曲亦名《玄鹤》。

⑫舞干戚:干戚既是兵器,又是舞具。

⑬载:以车装运。云罕(hǎn):网。

⑭掩:捕。群雅:指《诗经》中的大小雅。二雅合计百余篇,故曰群雅。借喻文雅贤俊之士。

⑮《伐檀》:《诗经·国风》篇名。其诗刺贤者不遇明王。

⑯乐:心喜。乐胥:言汉帝心喜得才智之士。胥,有才智之名。

⑰修容:修整威仪。礼园:泛指古代礼制法规。

⑱翱翔:遨游。书圃:指《尚书》经义。

⑲述《易》道:讲述《易经》阴阳变化之道。

⑳放怪兽:放弃苑中奇怪之兽不复猎。

㉑明堂:古代帝王宣明政教的地方。

㉒清庙:即明堂之正室,非祭祀祖宗之太庙。

㉓"次群臣"几句:言任群臣奏得失之事,故海内无不受其恩泽。

㉔大说:即大悦。

㉕乡风:谓向往美好风教的人。听:听从。

㉖随流:顺随社会发展潮流的人。化:教化,感化。

㉗芔(huì)然:犹忽然、勃然。兴道:实行仁义之道。迁义:迁入礼义之境。

㉘错:通"措",放置。

㉙德隆于三王:谓汉天子之德,比三王还崇高。三王,指夏、商、周三代的开国之君,即夏禹、商汤与周之文武。

㉚羡:超过。五帝:一说指黄帝、颛顼、帝喾、尧与舜。

㉛若此故猎:言汉天子能达到"德隆于三王,而功羡于五帝",因此而猎。

㉜罢:使……疲。

㉝抏(wán):损。精:锐气。

㉞繇(yóu):通"由",用。

㉟囿:指楚之云梦泽。居:占据。

㊱细:指诸侯国小位卑。

㊲万乘:指天子。

㊳被:犹言身受。尤:过。

【译文】

"于是选择吉日良辰虔诚斋戒,而后身着朝服,乘用法驾,侍中陪乘,奉车御马,彩旗飘扬,鸾铃叮当。游览于六艺之囿,奔驰于仁义之路,观赏《春秋》之林,演奏射祭之乐《狸首》,兼奏《驺虞》,舞起《玄鹤》之曲呈祥,挥举干戚之兵,车载云罕之网,广罗群雅,掩取众芳。悲悯《伐檀》者之不遇,心悦'乐胥'者之逢时。按礼法以正容仪,在经典中翱翔,述《易》理以明阴阳,释放奇禽怪兽。登涉朝觐明堂,端坐太室之上,听群臣之上奏,陈政教之得失。四海之内,莫不获益,受其恩光。当此之时,天下欢欣,向往美好风教,听其召命,随其发展潮流而接受教化。圣明之道勃然而兴,人民归向仁义,弃刑法不用。天子恩德比三王都高,功业超越五帝。若此为仁义德教而游猎乃可喜。如果终日驰骋游猎,劳其精神,苦其形体,车马疲惫不堪,士卒锐气耗完,府库财物耗费殆尽,而无恩于百姓。此是只求个人之独乐,不顾人民大众之疾苦;忘怀国家之治理,贪图野味之口福,仁德之君是不会做这种事情的。以此看来，齐楚游猎之事，怎不可悲可哀？齐楚之地，不过千里，苑囿就占了九百里。于是，草木之野不能垦辟，广大人民无粮可食。而以诸侯之微弱地位，却享受天子奢侈的游猎，我实在担心齐楚两国之民将有灾难降临。”

于是二子愀然改容[①]，超若自失[②]。逡巡避席曰[③]：“鄙人固陋[④]，不知忌讳[⑤]。乃今日见教，谨受命矣[⑥]。”

【注释】

①二子：指楚使子虚、齐人乌有先生。愀(qiǎo)然：变色貌。

②超若：犹怅然。

③逡巡：却退。避席：谓离开座席。

④鄙人：小人。自谦之辞。

⑤忌讳：谓其言行避忌。

⑥受命：接受命教。

【译文】

于是子虚、乌有惆然变色，怅然若失。退而离开座席，说：“小人鄙陋，妄言不知避忌。今日幸获教诲，谨受先生指教。”

扬子云

见卷第七《甘泉赋》作者介绍。

羽猎赋一首

【题解】

《羽猎赋》是扬雄早年赋篇的代表作。雄为郎，跟随成帝出猎，见狩猎之宏阔场面，便想到上古时的“二帝三王，宫馆台榭，沼池苑囿，林麓薮泽……不夺百姓膏腴谷土桑柘之地”，故“国家殷富，上下交足”。成汤、文王虽然好田，却不夺民，而汉武负盛，广开上林，周袤数百里，游观侈靡，穷妙极丽。其“尚泰奢丽夸诩，非尧舜成汤文王三驱之意也”，雄“恐后世复修前好，不折中以泉台”之例，故为此赋，以讽成帝。赋虽仿制《上林》，但并非依样画葫芦，而在想象、结构与修辞等方面，都有所创新。

孝成帝时羽猎[①]，雄从。以为昔在二帝三王[②]，宫馆台榭[③]，沼池苑囿，林麓薮泽[④]，财足以奉郊庙[⑤]，御宾客[⑥]，充庖厨而已[⑦]，不夺百姓膏腴谷土桑柘之地[⑧]。女有余布，男有余粟[⑨]，国家殷富[⑩]，上下交足[⑪]。故甘露零其庭[⑫]，醴泉流其唐[⑬]，凤凰巢其树，黄龙游其沼，麒麟臻其囿，神爵栖其林[⑭]。昔者禹任益虞[⑮]，而上下和[⑯]，草木茂。成汤好田，而天下用足[⑰]。文王囿百里，民以为尚小；齐宣王囿四十里，民以为大。裕民之与夺民也[⑱]。武帝广开上林[⑲]，东南至宜春、鼎湖[⑳]，御宿、昆吾[㉑]，旁南山[㉒]。西至长杨、五柞[㉓]，北绕黄山[㉔]，滨渭而东[㉕]，周袤数百里[㉖]。穿昆明池[㉗]，象滇河[㉘]。营建章、凤阙[㉙]，神明驱娑[㉚]。渐台泰液[㉛]，象海水周流方丈、瀛洲、蓬莱。游观侈靡[㉜]，穷妙极丽[㉝]。虽颇割其三垂[㉞]，以赡齐民[㉟]，然至羽猎，甲车戎马[㊱]，器械储偫[㊲]，禁御所营[㊳]，尚泰奢丽夸诩[㊴]，非尧舜成汤文王三驱之意也[㊵]。又恐后世复修前好[㊶]，不折中以泉台[㊷]。故聊因校猎[㊸]，赋以风之[㊹]。其辞曰：

【注释】

①羽猎:负羽狩猎。羽,古代箭尾上羽毛,以助平衡远飞,故以羽为箭之代称。

②二帝:指尧、舜。三王:指夏、殷、周三代之王。

③榭:建筑在高土台上的房屋。

④林麓:山林脚下。薮(sǒu)泽:水少而草木茂盛的湖泽。

⑤财:今作"才",犹言"仅仅"。奉:供奉。郊:指郊祀,祭天之仪。庙:指庙祀,祭祀祖先之仪。

⑥御:招待。

⑦充庖厨:充实宫中膳食之用。

⑧膏腴:肥沃。谷土:指生谷之土。柘(zhè):木名。桑属,叶可喂蚕。

⑨"女有余布"二句:《孟子·滕文公》:"以羡补不足,则农有余粟,女有余布。"此指衣食有余。

⑩殷富:殷实富足。

⑪交:交相。

⑫甘露:甘美的露水。零:降落。

⑬醴泉:甘甜的泉水。唐:通"塘",池塘。

⑭"凤凰"几句:凤凰、黄龙、麒麟、神爵,皆祥瑞之物。臻,至。

⑮任益虞:委任益为主管山林川泽之官。据《尚书·舜典》记载,舜荐举益为虞官。益,古人名。佐禹治水。

⑯上下和:谓山泽和谐。上,谓山。下,谓泽。

⑰"成汤"二句:成汤,商朝开国之君。因夏桀无道,起而革命,改国号曰商,是为成汤。田,即畋猎。此言成汤虽然好畋,但并不穷尽其物,故而天下之用充足。

⑱"文王"几句:文王,周文王姬昌,殷时西方诸侯之长,称为西伯。他以笃仁、敬老、慈少、礼贤著称。《孟子·梁惠王》曰:"齐宣王

问曰:'文王之囿,方七十里,有诸?'孟子对曰:'于传有之。'曰:'若是其大乎?'曰:'民犹以为小也。'曰:'寡人之囿,方四十里,民犹以为大,何也?'曰:'文王之囿方七十里,刍荛者往焉,雉兔者往焉,与民同之。民以为小,不亦宜乎?……臣闻郊关之内有囿方四十里,杀其麋鹿者如杀人之罪,则是方四十里为阱于国中。民以为大,不亦宜乎?'"囿,古代畜养草木禽兽的园林,有围墙的叫"苑",无围墙的叫"囿"。

⑲武帝:指汉武帝刘彻,促成前汉的极盛之世。

⑳宜春:宫名。《三辅黄图》:"宜春宫,在长安城东南杜县东,近下杜。"鼎湖:宫名。在蓝田。

㉑御宿:宫苑名。《三辅黄图》:"御宿苑,在长安城南御宿川中。"汉武帝为离宫别馆,禁御人不得出入往来,游观止宿其中,故曰御宿。昆吾:即昆吾亭,在蓝田东。

㉒旁:靠近。

㉓长杨、五柞(zuò):皆宫名。因宫有杨、柞之树而得名。

㉔黄山:汉之离宫名。在兴平西南,渭水之北。

㉕滨渭:濒临渭水。

㉖周袤(mào):周围纵横。

㉗穿:犹"凿"。昆明池:汉武帝欲通身(yuān)毒,于元狩三年(前120)发谪吏,于长安西南凿昆明池,以习水战。

㉘滇河:此泛指滇国之河,非专指滇池。

㉙营:治。谓建造。建章:宫名。凤阙:宫名。在建章之东。

㉚神明:台名。《水经注·渭水》曰:"(神明台)高五十余丈,皆作悬阁,辇道相属焉。"馺(sà)娑:宫殿名。

㉛渐台:汉台名。泰液:即太液池。池中有蓬莱、方丈、瀛洲三山,以象海中仙山。

㉜侈靡:奢侈淫靡。

㉝穷妙极丽：言其穷极妙丽。

㉞三垂：指囿之三面，非三边之谓。

㉟赡：供给。齐民：平民。

㊱甲车：兵车。戎马：军马。

㊲储偫(zhì)：谓储物以待用。

㊳禁御：谓禁止往来宫禁之地。营：此言兵车、军马和储备的其他器械，陈列起来，将宫禁之地围守周匝。

㊴夸诩(xǔ)：夸大，夸耀。

㊵三驱：《汉书·扬雄传》颜师古注曰："三驱，古射猎之等也。一为笾豆，二为宾客，三为充君之庖也。"

㊶修：遵循。前好：上代的嗜好。此指汉武帝好奢之事。

㊷不折中以泉台：此指汉成帝对汉武帝时期宫馆台观"穷妙极丽"的好尚，采取既不遵循又不毁弃的态度。

㊸聊因：姑且凭借。校猎：即把鸟兽栏围起来猎取。

㊹赋以风之：做《羽猎赋》以讽喻成帝。

【译文】

汉成帝率领士卒负羽狩猎，我得以随从前往。自以为从前唐尧、虞舜及夏、商、周之时，虽也修建宫馆台榭，开辟沼池薮泽，营造山林苑囿，但他们的出猎，只是为了满足祭祀天神、祖宗，招待宾客，充实宫中膳食而已，决不侵夺百姓种谷植桑的肥沃之地。因此，那时候妇女织出的布匹，供穿有余；男人种出的粮食，管吃有余，国家殷实充足，上下都很富裕。所以甘露降落中庭之内，醴泉涌流池塘之中，凤凰来巢树颠，黄龙来游沼边，麒麟来到苑囿，神爵来栖林间。从前，大禹任命伯益为虞官，山林川泽，和谐成片，木茂而草繁。成汤虽好打猎，然而网开三面，并不穷尽野鲜，故天下丰足，百姓欢乐。周文王辟置苑囿，方圆百里，而人民却以为小；齐宣王所辟苑囿，方圆不过四十，而人民却以为太大。这大与小的标准，关键在于是为"裕民"还是"夺民"。汉武帝广开上林，东南迄于宜春、鼎湖、御宿、昆吾,贴近终南山麓。西至长杨、五柞之宫,北绕黄山之馆,顺着渭水而东延,周广数百里。凿昆明池,象征滇河,以习水战。修造建章、凤阙之宫,神明之台,驳娑之殿。渐台高、泰液广,中垒三山,象征方丈、瀛洲与蓬莱。所设游观之物,奢侈淫靡,穷极妙丽。虽然也在上林三面多少划些边角作为恩惠,赐予平民,可是等到武帝行猎之时,甲士车马云集,器械备物运至,仍归宫禁经营,大讲华丽奢靡,远非尧、舜、成汤与周文王时仅为祭祀、宴客和宫膳所需的三驱之意。我更担心后世之君继续前王好尚,不能以鲁文公拆毁泉台为鉴戒,在奢、简之间取中和之态。为此,我姑且借从猎机会,创作《羽猎赋》,以为讽谏之词。其文曰:

或称羲农①,岂或帝王之弥文哉②?论者云③:否。各以并时而得宜④,奚必同条而共贯⑤?则泰山之封⑥,焉得七十而有二仪⑦?是以创业垂统者⑧,俱不见其爽⑨。遐迩五三⑩,孰知其是非?遂作颂曰:丽哉神圣⑪,处于玄宫⑫,富既与地乎侔訾⑬,贵正与天乎比崇⑭。齐桓曾不足使扶毂⑮,楚严未足以为骖乘⑯,狭三王之厄僻⑰,峤高举而大兴⑱。历五帝之寥廓⑲,涉三皇之登闳⑳。建道德以为师㉑,友仁义与之为朋㉒。于是玄冬季月㉓,天地隆烈㉔,万物权舆于内㉕,徂落于外㉖。帝将惟田于灵之囿㉗,开北垠受不周之制㉘,以奉终始颛顼、玄冥之统㉙。乃诏虞人典泽㉚,东延昆邻㉛,西驰阊阖㉜。储积共偫㉝,戍卒夹道。斩丛棘,夷野草。御自汧、渭㉞,经营酆、镐㉟,章皇周流㊱,出入日月㊲,天与地沓㊳。尔乃虎路三嵕㊴,以为司马㊵,围经百里㊶,而为殿门㊷。外则正南极海㊸,邪界虞渊㊹。鸿濛沆茫㊺,揭以崇山㊻。营合围会[47],然后先置乎白杨之南[48],昆明灵沼之东[49]。贲育之伦[50],蒙盾负羽[51],杖镆邪而罗者以万计[52]。其余荷垂天之罼[53],张竟野之罘[54]。靡日月之朱竿[55],曳彗星之飞旗[56]。青云为纷[57],红蜺为缳[58],属之乎昆仑之虚[59]。涣若天星之罗[60],浩如涛水之波[61]。淫淫与与[62],前后要遮[63],欃枪为闉[64],明月为候[65],荧惑司命[66],天、弧发射[67]。鲜扁陆离[68],骈衍佖路[69]。徽车轻武[70],鸿絧缇猎[71],殷殷轸轸[72],被陵缘岅[73]。穷夐极远者[74],相与列乎高原之上。羽骑营营[75],昈分殊事[76]。缤纷往来,轠轳不绝[77]。若光若灭者[78],布乎青林之下[79]。

【注释】

①或称:谓有人称颂。羲农:指伏羲与神农。

②或帝王之弥文:迷惑于后世帝王之日益文饰。或,通“惑”。弥,日渐。

③论者:设为答者。

④并时而得宜:此言帝王文质各自并时得宜,皆与其时势相适应。

⑤同条而共贯:传统制度相同,为条贯相同。

⑥封:设坛祭天。

⑦七十而有二仪:此言有七十二种仪式。有,又。

⑧创业垂统者:谓开创王业及延续其传统的贤能之君。

⑨俱不见其爽:言其各随时宜而立制,不分优劣差错。爽,差。

⑩遐迩五三:谓远者五帝,近者三王。

⑪神圣:赞美成帝之词。

⑫玄宫:清静。

⑬侔訾(zī):等齐物资。侔,等齐。訾,通“赀”,钱财。

⑭贵:位尊。崇:高。

⑮齐桓:即齐桓公。扶毂:推扶车驾。

⑯楚严:即楚庄王,春秋时五霸之一。骖乘:陪乘,居车右,执行护卫。

⑰狭:狭隘,狭小。厄僻:陋小。

⑱峤(qiáo):举步貌。

⑲寥廓:空旷高远。

⑳涉:到达。闳(hóng):高远,高大。

㉑建:树立。

㉒友仁义与之为朋:言亲仁义以为朋。

㉓玄冬季月:深冬腊月。

㉔隆烈:指阴气寒冽。

㉕万物权舆于内:言草木萌芽,始生于内。权舆,草木发芽。

㉖徂落于外:言草木枝叶凋毁,死伤于外。

㉗帝:即汉成帝。灵之囿:即灵囿。

㉘北垠:指北方边陲。不周:风名。制:法则。

㉙奉:遵循。颛顼(zhuān xū)、玄冥:冬帝颛顼、冬神玄冥,皆主北方冬天与杀戮。

㉚虞人:掌管山泽的人。典泽:主管山泽。

㉛延:延伸。昆邻:东至昆明之边。

㉜阊阖:门名。

㉝偫(zhì):具备。

㉞御:禁。汧(qiān):水名。渭水支流。渭:即渭水。源于甘肃,经陕西流入黄河。

㉟经营:指规划围猎。酆、镐:皆关中水名。

㊱章皇:言戍卒围猎往来于汧、渭、酆、镐之间。

㊲出入日月:言其广大,日月似在其中出入。

㊳天与地沓:言天与地合会。

㊴尔乃:犹言这样。虎路(luò):围猎野兽的篱笆。路,通“落”,以绳周绕。三嵕(zōng):谓藩落三重。嵕,成,重。

㊵司马:指司马门,此谓虎落外门。

㊶围经:虎路包围的直径。

㊷殿门:围篱内门。

㊸外:指司马门外。极海:至南海。

㊹邪界:左面的边界。虞渊:即日入之所。

㊺鸿濛沆(hàng)茫:水草广大貌。

㊻揭:表着之意。

㊼营合围会:即营围会合。营,围绕。

㊽先置:先置供具于前。白杨:观名。在昆明池东。

㊾灵沼:在昆明池中。

㊿贲(bēn)育:古代勇士孟贲与夏育。

51蒙盾:蔽身之盾。负羽:背着羽箭。

52杖镆(mò)邪:持着镆邪之剑。罗:列遮禽兽。

53荷:肩扛。垂天之罼(bì):言罼之大,垂及天边。罼,田网。

54张:撒开。竟野:覆满山野。罘(fú):捕兔猎具,名曰幡车网。

55靡:同“麾”,挥动。日月:旗旒上所饰之图像。朱竿:王建太常之旗,其竿朱色。

56曳:飘曳飞动貌。彗星:旗旒之上饰以彗星。

57纷:旗上的飘带。

58缳(huán):旗穗。

59属:连接。虚:同“墟”,大山。

60涣:光彩流散貌。天星之罗:言布列。

61浩:水盛势大貌。

62淫淫与与:指围猎士卒争相驱进貌。

63要遮:拦截。

⑭欃枪：彗星。闉(yīn)：此指狩猎围篱之门。

⑮候：即候望敌情的哨所。

⑯荧惑：星名。即大火星，古人以荧惑为御史之象，主禁令刑罚。司命：主管号令。

⑰天、弧：星名。即天弓与弧星。

⑱鲜扁(piān)：轻疾貌。陆离：谓逐猎者参差分散貌。

⑲骈衍：指士卒散聚连绵貌。佖(bì)路：满路。

⑳徽车：有徽帜之车。轻武：轻快敏捷。

㉑鸿絧(dòng)：相连貌。緁(qiè)猎：依次前进貌。

㉒殷殷轸轸：车骑众盛貌。

㉓被陵：覆蔽丘陵。缘岅(bǎn)：沿着斜坡。岅，同坡、阪。

㉔穷夐(xiòng)：幽深。夐，远。

㉕羽骑：背负羽箭的骑士。营营：往来貌。

㉖昈(hù)分：谓羽骑明白分别。殊事：各殊其事。

㉗辌轳(léi lú)：环转相连。

㉘若光若灭：犹乍明乍暗。

㉙青林：指茂郁的山林。

【译文】

有人称扬伏羲、神农俭朴，恐怕是有惑于后世帝王日渐文饰，而欲以俭朴矫正它的缘故吧！可有论者认为不然。俭朴之与奢丽，它与各帝王所处的时势是相适应的，何必强求后世帝王定与其前人的好尚制度同其条贯呢？假如后人必须因袭前人的所作所为，那么封于泰山，禅于梁父之举，又怎么会有七十二种不同仪式呢？因此，自古以来，凡开创大业，弘扬传统的帝王，都是各随时宜而立其制度的，但人们也看不出他们有何差错。再则远之五帝，近之三王，都为后人所称颂，可是他们有的好尚俭朴，有的求其奢丽，又有谁知其是与非呢？于是乃作颂词道：壮丽啊，神圣之君！优处玄宫之中，富，可同大地比财资；贵，可与九天较高低。齐桓公不足以为您推车扶轮,楚庄王不足以为您保驾陪乘,您视三王在位狭隘而鄙陋,乃矫举创制而大兴。超越五帝之高旷,远胜三皇之宏丽。树道德准则为规范自己的良师,以仁义之道作行己为政的亲朋。于是严冬腊月,阴气寒冽,万物萌生于内,凋落其形。帝乃开辟北陲之地,因袭隆冬肃杀之则,将游猎于禽兽麇集的茂园青林,以使冬帝颛顼、冬神玄冥的主杀传统终有奉行。即诏掌管山川薮泽的官员,明确划定出猎的地段,东边延至昆明之湄,西面抵达阊阖之门。行猎所需的物资均已备齐,参狩部卒夹道并驰。芟除沿途丛生的杂树,铲掉前进挡路的野草。汧水、渭水一带,全都禁守起来,酆水、镐水之地,也被划作猎场,戍卒周旋往来,所围地面广袤无际,日月从中升起,而又入乎其里,天地相连,猎场环宇。于是,篱栅围遍三重,外设司马之关,内设殿后之门,篱栅之内,纵行直径,长达百里整。篱栅之外,正南至于南海;左面斜出,而以虞渊为界。莽莽苍苍,而以崇山为标。行猎部伍,结营合围,然后先置供具于白杨观之南,昆明灵沼之东。孟贲、夏育一类骁勇之士,臂托大盾,身负羽箭,执持大戟,长队列站,计数以万。其余,有的扛着如垂天之云的巨网,撒之盖满山野。有的挥举着日月为饰、朱竿为柄的太常之旗,有的摆动着彗星为饰、飘飘曳曳的飞旗。旗旒如青云,旗穗如虹蜺,旌旗横陈,西与昆仑之丘相接。光彩流散,犹如天星之排列;浩浩瀁瀁,如似波翻浪激。围猎士卒争相驱进,前后拦截,彗星旗处是营门,日月旗处为哨所,荧惑之星发号令,天、弧二星主射获。部伍轻疾奔进,士卒散聚满路。背着徽帜的猎车,轻快而灵敏;前后互相连属,依照次序前进。骑马纷纷,缘坂而行;车辆众盛,覆蔽山陵。去到最深最远之地的人们,在那高原上相与列阵。背负羽箭的骑手们,来来去去,各行其事,区分鲜明。纷去沓来,环转不停。点点星星,乍暗乍明,乃是骑兵遍布茂林。

于是天子乃以阳晁①,始出乎玄宫②。撞鸿钟③,建九旒[4]，六白虎[5]，载灵舆[6]。蚩尤并毂[7]，蒙公先驱[8]。立历天之旂[9]，曳捎星之旃[10]。霹雳烈缺[11]，吐火施鞭[12]。萃傱沆溶[13]，淋离廓落[14]，戏八镇而开关[15]。飞廉云师[16]，吸嚊潚率[17]。鳞罗布烈，攒以龙翰[18]。啾啾跄跄[19]，入西园，切神光[20]，望平乐[21]，径竹林[22]，蹂蕙圃[23]，践兰唐[24]。举燧烈火[25]，辔者施技[26]，方驰千驷[27]，狡骑万帅[28]。虓虎之陈[29]，从横胶輵[30]。猋拉雷厉[31]，驞駍聆礚[32]，汹汹旭旭[33]，天动地岋[34]。羡漫半散[35]，萧条数千里外[36]。若夫壮士慷慨[37]，殊乡别趣[38]。东西南北，骋耆奔欲[39]。拕苍豨[40]，跋犀犛[41]，蹶浮麋[42]，斫巨狿[43]，搏玄猿[44]，腾空虚，距连卷[45]，踔夭蟜[46]，娭涧间[47]。莫莫纷纷[48]，山谷为之风猋[49]，林丛为之生尘。及至获夷之徒[50]，蹶松柏，掌蒺藜[51]，猎蒙茏[52]。辚轻飞[53]，履般首[54]，带修蛇[55]，钩赤豹[56]，摼象犀[57]，䟞峦坑[58]，超唐陂[59]。车骑云会，登降暗蔼[60]。泰华为旒[61]，熊耳为缀[62]。木仆山还[63]，漫若天外[64]。储与乎大浦[65]，聊浪乎宇内[66]。

【注释】

①阳晁：即阳朝，谓日出之朝。晁，古“朝”字。

②玄宫：北方之宫。

③鸿钟：大钟。

④九旒(liú)：龙旗之饰。旒，旗上为饰的飘带。

⑤白虎：马名。指天子所用之马。

⑥灵舆：即天子之车驾。

⑦蚩(chī)尤：上古之时部落酋长名。并毂(gǔ)：谓乘舆扈从于大驾。

⑧蒙公:髦头。

⑨立:竖起。历天:此言触及上天,极言其高。旂(qí):同"旗"。

⑩曳:飘扬。捎星:拂星。旃(zhān):红色曲柄旗。

⑪霹雳:雷。烈缺:闪电。

⑫吐火:雷鸣时放出的火光。施鞭:闪电流动如甩鞭。

⑬萃傱(sǒng):犹萃聚。沇(wěi)溶:盛多貌。

⑭淋离:亦盛貌。廓落:松散。

⑮戏(huī):通"麾",挥动。八镇:四方四隅为八镇。一镇在中,天子居之,指挥八镇,使之散聚。

⑯飞廉:风伯,即风神。云师:云神丰隆。

⑰吸嚊(pì):喘息声,开张。潚(sù)率:吸嚊之貌。

⑱"鳞罗"二句:《汉书》颜师古注曰:"言布列则如鱼鳞之罗,攒聚则如龙之豪翰。"攒,聚集。翰,毛之长大者。

⑲啾啾:众声。跄跄:行动腾骧之状。

⑳切神光:近于神光之宫。

㉑平乐:馆名。在上林中。

㉒径竹林:径直穿过竹林。

㉓蹂蕙圃:踏过蕙草之圃。

㉔践兰唐:踩过丛兰之塘。唐,通"塘"。

㉕举熢:燃起烽火。烈火:与"举烽"相对,谓四布烽火。

㉖辔者:执辔御车的人。施技:谓施展其驾车御马的技术。

㉗方驰:并驱。方,并。千驷:犹言上千的车驾。

㉘狡骑:矫健之骑。万帅:谓师旅之众。

㉙虓(xiāo)虎:谓勇士奋怒,状如猛兽。陈:俗作"阵",行阵。

㉚胶轕(gé):相互交错。

㉛猋(biāo):暴风。拉:风声。雷厉:雷声猛烈。

㉜骈骈駖磕(pīn pēng líng kē):皆谓声响众盛。

㉝汹汹旭旭：鼓动之声。
㉞岋（è）：摇动貌。
㉟羡漫：散漫貌。半散：分散。
㊱萧条：萧散寂静貌。
㊲慷慨：意气盎然，奋勇向前。
㊳殊乡：即殊向。别趣：即“别趋”，与“殊向”对文，意思相同。趣，趋向。
㊴骋者奔欲：言随其所欲，而各驰骋取之。者，即“嗜”之借字。
㊵拕（tuō）：同“拖”，牵引。苍狶（xī）：兽名。
㊶跋：蹋。犀犛（máo）：兽名。即犀牛和犛牛。
㊷蹶：蹴踏。浮麋：即游麋。
㊸斫（zhuó）：斩。巨狿（yán）：大兽名。
㊹玄猿：黑猿。
㊺距：跃。连卷：指木长曲貌。此言猿飞腾于虚空，跳跃于曲树之间。
㊻踔（chuō）：跳跃。夭蟜（jiǎo）：屈伸自如。形容猿在树枝上戏跃姿态。
㊼娭（xī）：嬉戏。涧间：溪涧之间。
㊽莫莫：尘埃弥漫貌。纷纷：烟尘乱起貌。
㊾风猋：即风暴。
㊿获夷：盖能获执及格杀禽兽，皆谓有勇力者也。
51掌：以手击物。蒺藜：草名。布地蔓生，细叶，子有三角，刺人。
52蒙茏：草木所蒙蔽处。
53辚：即辚轹，以车轮辗压。轻飞：犹言轻禽。
54屦（jù）：谓践履之。般首：即斑首，虎之头。般，通“斑”。
55带：以之为带使。修：长。
56钩：钩镶一类的兵器，以之钩杀猎物。

(57)挫(qiān):古"牵"字。即用粗绳打成活套,匿于野兽行经之道,以系其脚,牵扯而不能脱走。

(58)跇(yì):超逾。峦坑:山峦与土冈。

(59)唐陂(bēi):即陂唐,有堤岸的池塘。唐,通"塘"。

(60)暗蔼:暗淡貌。

(61)泰华:即泰山与华山。旒:旗上飘带。

(62)熊耳:山名。缀:旌旗上的装饰。

(63)木仆:树木顿仆,倾倒。山还:山在旋转。

(64)漫:遍及,连绵不尽貌。

(65)储与:漫游。浦:水边地。

(66)聊浪:游荡。

【译文】

于是选择清朗的早晨,天子从北宫出发。撞击声音洪亮的大钟,竖起九旒飘卷的龙旗,六匹龙腾虎跃的白马,驾着天子专用的车子。蚩尤并驾护卫,蒙公导引先驱。高举遮天蔽日的龙旗,扬起拂星扫月的红旃。雷鸣电闪,喷火甩鞭。士卒时而聚集如林,时而淋离散涣,天子身处中央,指挥四面八方,或聚或散。风神云师,上下奔波,累得张口喘息。士卒布列,整如鱼之鳞片;行阵攒聚,密如龙之豪翰。众声啾啾,步趋腾骧,拥入西园,切近神光宫旁,朝向平乐之馆,径直穿过竹林,踏进蕙草之圃,踩过丛兰之塘。点燃烽燧,顿时四周火光熊熊,把辔御车者,施展特有的绝技,使千乘战车,竞相驰骋;万骑猎手,矫健并进。勇士如虎,行阵严整,纵横交错,各显本领。如飙风呼号,若惊雷炸响,众声喧闹,天动地摇。巨声消散,静寂隐没于数千里外。壮士斗志激越,人自殊向各趋。东西南北,随其所欲,驰而取之。或逮住苍色的野猪,放倒犀牛、犛牛,或踢翻游散的麋鹿,斩杀巨猛凶兽,或搏斗黑猿,跳跃腾空,奔突于盘曲的树林之间,追逐于深涧两岸。黄埃弥漫,山谷因之而狂风起,丛林为之而烟尘生。至于擅擒获、长格斗的勇力之徒,踢翻松柏,击倒蒺藜，深猎于茂林蒙茏之区。驰车碾轻禽，飞腿踢猛虎，带子系长蛇，钩镶引赤豹，巨绳牵象、犀，飞越山峦、土冈，横跨高堤、池塘。轻车健骑，会集如云，或升或降，蔼蔼天阴。泰山华岳，逶迤远去，好似旗上飘带，熊耳群山，参差排列，犹如旗边旒缀。树木颠仆倾倒，丘山不断转旋，茫荡无际，宛如天外。徜徉于漫漫的大水边，神游于寥廓的宇宙间。

于是天清日晏①，逢蒙列眦②，羿氏控弦③。皇车幽辐④，光纯天地⑤，望舒弥辔⑥，翼乎徐至于上兰⑦。移围徙陈⑧，浸淫蹴部⑨。曲队坚重⑩，各按行伍⑪。壁垒天旋⑫，神抶电击⑬。逢之则碎，近之则破。鸟不及飞，兽不得过。军惊师骇⑭，刮野扫地⑮。及至罕车飞扬⑯，武骑聿皇⑰。蹈飞豹，羂嘄阳⑱，追天宝⑲，出一方⑳，应骍声，击流光㉑。野尽山穷㉒，囊括其雌雄㉓。沇沇溶溶㉔，遥噱乎纮中㉕。三军芒然㉖，穷尤阏与㉗。亶观夫剽禽之绁隃㉘，犀兕之抵触㉙，熊罴之挐攫㉚，虎豹之凌遽㉛。徒角抢题注㉜，蹴竦詟怖㉝。魂亡魄，触辐关脰㉞。妄发期中㉟，进退履获㊱。创淫轮夷㊲，丘累陵聚㊳。

【注释】

①天清：即天际清朗。日晏：日无云蔽。

②逢蒙：古时善射者，相传为羿之徒。列眦(zì)：即眦裂，眼眶张裂。形容注视之用力。列，同“裂”。眦，眼眶。

③羿氏：即后羿，古之善射者。控弦：拉引弓弦而待发。

④皇车：君车。幽辐(gé)：车盛貌。

⑤光纯天地：犹言光照天地。

⑥望舒：神话中为月驾车的神。弥辔：放松马缰，缓缓而行。

⑦翼乎：闲暇之貌。上兰：即上兰观，在上林中。

⑧移围徙陈：转移围猎之阵。陈，同“阵”。

⑨浸淫：渐进。蹴（cù）部：使部伍聚促靠拢。蹴，同“蹙”，迫近。

⑩曲队：即部曲队伍。坚重（zhòng）：坚阵庄重。

⑪行伍：行列。

⑫壁垒：星座。天旋：在天空回旋。极言其壁垒之高绝。

⑬神抶（chì）电击：言部卒进击之迅猛激烈。神抶，即神笞。

⑭军惊师骇：队伍行动起来。惊，动。骇，起。

⑮刮野扫地：言杀获皆尽，野地似乎扫刮。

⑯罕车：毕罕车。毕罕，捕鸟的网，故谓运载毕罕的车为毕罕之车。

⑰聿皇：轻疾貌。

⑱罥（juàn）：意谓用网套取。噭（jiāo）阳：即狒狒。其状如人，被发迅走，食人。

⑲天宝：一种怪兽。

⑳方：指天宝来的东南方。

㉑“应骈（pēng）声”二句：骈然有声，又有流光。应，回应。击，回击。

㉒野尽山穷：即穷尽山川天地之间。

㉓囊括其雌雄：犹言网尽其雌雄。

㉔沇沇（yǎn）溶溶：谓禽兽众多之状。

㉕遥噱（jué）：此言众多的天宝之兽落入网中惊倦已极，乃张口动唇喘息之状。纮（hóng）：捕兽之网。

㉖三军：此指步、车、骑三军。芒然：犹茫茫然。

㉗穷冘（yín）：犹言穷追。阏（yù）与：言追逐无遗之意。

㉘亶（dàn）：但。剽禽：轻疾之禽。绁踰（xiè yú）：超逾。

㉙兕（sì）：雌犀牛。

㉚罴（pí）：如熊，黄白文。拏玃（rú jué）：言熊罴与猎者抓扯搏斗。

㉛凌遽：言百兽惊惧。

㉜徒：但。角抢：兽以角触地。题注：头额由上注下。题，额角。

㉝蹴（cù）竦：兽恐惧貌。蹴，惊悚不安貌。竦，恐惧貌。詟（zhé）怖：慑惧。詟，恐惧貌。

㉞辐：车轮中连接车毂与轮圈的一条条木棍。关脰（dòu）：关颈而死。关，谓颈项陷入辐条之中挟着。

㉟妄发：不按规矩随意发矢。期中：必中所期之物。期，期望。

㊱进退履获：《汉书》颜师古注曰："进则履之，退则获之。"履，践履。

㊲创淫轮夷：此谓有因刃而伤者，有因轮轹而伤者。

㊳丘累陵聚：言积兽之多，累聚如丘如陵。

【译文】

于是，天际清朗无云，逢蒙张目搜视，后羿控弦待射。众车煌煌，光耀天地，月御望舒，按辔徐行，优游自在，缓缓而至上兰之观。转移围阵，渐次促聚。部伍整齐，各按行列而不变。围阵转移，犹如壁垒星座在天回旋，部伍迅猛，似若天神甩鞭电劈雷击。遇之则粉身碎骨，近之则体无完肤。鸟不及飞而触矢，兽不及逃而呜呼！军师起动，刮野扫地，鸟兽无遗。及至载网之车飞驰而至，勇武之骑轻捷出击。脚踏飞豹，网套噪阳，追猎异兽天宝，皆出一个方向，势如天神降临，骍然有声回应，似流星而曳光。穷搜山野，网尽雌雄。大大小小，残喘网中。车、骑、步卒三军之士，无论兽逃与止，一直穷追不舍。但见那轻疾之兽乱蹦乱窜，犀牛狂怒而触入，熊罴抓拉相搏斗，虎豹惶惧而战栗。只得额题抢地，惊惶恐慑。亡魂失魄，见车便触，头陷辐条之间，关颈卡脖而气咽。士卒随意发矢，亦中所期之物。或进或退，举足即获。或被兵刃所伤，或为车轮辗毙，如山如陵，纵横累积。

于是禽殚中衰[①]，相与集于靖冥之馆[②]，以临珍池[③]。灌以岐梁[④]，溢以江河[⑤]。东瞰目尽[⑥]，西畅无崖[⑦]。随珠和氏[8]，焯烁其陂[9]。玉石嶜崟[10]，眩耀青荧[11]。汉女水潜[12]，怪物暗冥[13]，不可殚形[14]。玄鸾孔雀[15]，翡翠垂荣[16]，王雎关关[17]，鸿雁嘤嘤，群娭乎其中，噍噍昆鸣[18]。凫鹥振鹭[19]，上下砰礚[20]，声若雷霆[21]。乃使文身之技[22]，水格鳞虫[23]。凌坚冰[24]，犯严渊[25]，探岩排碕[26]，薄索蛟螭[27]。蹈猿獭[28]，据鼋鼍[29]，抾灵蠵[30]。入洞穴，出苍梧[31]。乘巨鳞[32]，骑京鱼[33]，浮彭蠡[34]，目有虞[35]，方椎夜光之流离[36]，剖明月之珠胎[37]。鞭洛水之宓妃[38]，饷屈原与彭、胥[39]。

【注释】

①禽殚：禽兽被猎杀殆尽。殚，尽。中（zhòng）衰：言中的机会减少。

②靖冥之馆：深闲之馆。靖，娴静。冥，幽深。

③珍池：言其贵重。

④岐梁：指岐山和梁山。

⑤溢以江河：谓珍池中水满，溢注江河之中。

⑥瞰：视。目尽：犹极目而望。

⑦畅：达。无崖：广远貌。

⑧随珠：即随侯之珠。相传的宝珠。和氏：即和氏之璧。春秋时楚人卞和得于荆山之宝玉。

⑨焯（zhuō）烁：光耀。其陂：指珍池堤岸。

⑩嶜崟（jīn yín）：言山之高锐。

⑪青荧：言色青而有光荧。荧，微光。

⑫汉女：相传是汉水神女。

⑬暗冥：暗藏于幽深之处。

⑭殚形：尽显其形。

⑮玄鸾:青色的神鸟。

⑯翡翠:鸟名。垂荣:发出光彩。

⑰王雎:即雎鸠鸟。关关:王雎鸣叫声。

⑱嚛嚛(jiū):鸣声。昆:众。

⑲凫鹥(yī):野鸭与鸥鸟。振鹭:扇动翅翼的鹭鸶。

⑳砰磕(kē):象声词,描写宏大的声音。

㉑声若雷霆:言凫鹥与鹭鸶上下扇动羽翼,发出雷霆般的声音。

㉒文身之技:越人入水取物之技能。

㉓水格鳞虫:在水中格杀鱼鳖鼋鼍之类鳞甲动物。

㉔凌坚冰:谓冒着坚厚的冰。

㉕犯:闯入。严渊:可怕的深渊。

㉖探岩:进入水下岩洞之中探取物。排碕(qí):挨次收索曲折的岸边。

㉗薄索:与“摸索”音义亦近。蛟螭(chī):传说中的龙类动物。蛟似蛇而有脚,螭似龙而无角。

㉘猨獭(bīn tǎ):獭属,居水中,食鱼。

㉙据:执持,抓举。鼋鼍(yuán tuó):大鳖与扬子鳄。

㉚抾(qū):执取。灵蠵(xī):大龟。

㉛“入洞穴”二句:是说由珍池水下洞穴潜入,出于苍梧之所,陂池潜演,湖脉通连。苍梧,山名。在湖南宁远。

㉜巨鳞:龟鳖鼋鼍之类。

㉝京:大。

㉞彭蠡:大泽名。今日鄱阳湖,在江西境内。

㉟有虞:即有虞氏大舜。舜南巡狩,死葬九嶷山(即苍梧山)。

㊱方:且。椎:击。夜光之流离:凡珠玉夜中有光者,皆谓之夜光。故流离亦曰夜光。

㊲明月之珠胎:蚌子珠。为蚌所怀,故曰胎。

㊳宓妃：即洛神。

㊴饷：馈赠，即以美食饷人。屈原：战国中后期楚国贤臣。因遭佞臣陷害，自投汨罗江而死。彭：即彭咸，屈原心目中的殷代贤人，亦投水而死。胥：即伍子胥，楚平王时能臣，遭平王残害而去楚，后投水而死。

【译文】

于是，鸟兽猎杀殆尽，发矢命中衰减，君臣会集于幽闲之馆，而临珍池赏玩。由岐、梁二山下注之水，不断流入池中，池盈漫溢，便往江河排灌。放眼东望，广远无边；举目西眺，平无崖岸。随侯之珠，和氏之璧，辉耀珍池之岸。玉璞美石，竦立高峻；青荧微光，眩目长神。汉女水中潜藏，怪物幽栖于暗冥，不可观其全形。玄鸾神鸟，孔雀斑烂，翡翠发采，王雎关关，鸿雁嘤嘤，群嬉池中，噍噍相鸣。野鸭搏水，银鸥扇翅，鹭鸶振羽，上下砰磕，声若雷击。于是便令潜水技高之人，入池手格鳞甲之物。他们冒坚冰，入深渊，探索水下岩洞，搜视曲折池岸，长蛟龙螭，一应探取。脚踏大小水獭，手捉龟、鳖、鳄鱼，捧起神异大龟。人从池中洞穴潜入，而至苍梧山下钻出。乘巨鳞，骑大鱼，浮游彭蠡之大湖，目睹九嶷之舜墓，椎击夜光之流离于璧中，剖取明月之大珠于蚌腹。鞭杀洛水之宓妃，饷祭屈子、彭咸与子胥。

于兹乎鸿生巨儒①，俄轩冕②，杂衣裳③。修唐典④，匡雅颂⑤，揖让于前⑥，昭光振耀⑦，蠁曶如神⑧。仁声惠于北狄⑨，武谊动于南邻⑩。是以旃裘之王⑪，胡貉之长⑫，移珍来享⑬，抗手称臣⑭，前入围口，后陈卢山⑮。群公常伯阳朱墨翟之徒⑯，喟然并称曰⑰：“崇哉乎德⑱。虽有唐虞大夏成周之隆⑲，何以侈兹⑳？夫古之觐东岳㉑，禅梁基㉒，舍此世也㉓，其谁与哉㉔？”上犹谦让而未俞也㉕。方将上猎三灵之流㉖，下决醴泉之滋[27]。发黄龙之穴，窥凤凰之巢，临麒麟之囿，幸神雀之林[28]。奢云梦，侈孟诸[29]，非章华[30]，是灵台[31]。罕徂离宫[32]，而辍观游[33]。土事不饰[34]，木功不雕[35]。丞民乎农桑[36]，劝之以弗怠[37]。侪男女[38]，使莫违[39]。恐贫穷者不遍被洋溢之饶[40]，开禁苑[41]，散公储[42]，创道德之囿[43]，弘仁惠之虞[44]。驰弋乎神明之囿[45]，览观乎群臣之有亡[46]。放雉兔[47]，收罝罘[48]。麋鹿刍荛[49]，与百姓共之。盖所以臻兹也[50]。

【注释】

①于兹乎：即于是乎。鸿生巨儒：即大儒。鸿与巨，皆大意。生与儒，皆言儒生。

②俄：高貌。轩冕：古时大夫以上官员的车乘和冕服。轩，车有蕃曰轩。冕，大冠。

③杂衣裳：言衣裳殊色。

④修唐典：遵循尧典。唐，尧帝之号。尧典，《尚书》首篇。

⑤匡雅颂：匡正《诗经》中赞扬美政的雅颂部分。

⑥揖让：作揖谦让，古代礼节，以喻文德。

⑦昭光振耀：显出光彩，扬其荣耀。

⑧蚃曶（xiǎng hū）：言如声响与回应之迅速。蚃，同“响”。曶，同“忽”。

⑨仁声：仁德的声誉。惠：惠爱。北狄：北方少数民族。

⑩武谊：言在仁义指导下的武事，以仁义之师征讨不义之兵。动于南邻：使南方邻族深受感动。

⑪旃（zhān）裘：毡制之衣。旃，通“毡”。代指逐水草徙居的游牧民族。

⑫胡貉（hé）：古人对东北方异族的称谓。

⑬移珍:移动珍宝,即从胡貉之地把珍宝送到汉朝。来享:前来进献。

⑭抗手:举手揖拜。抗,举。

⑮“前入”二句:言“抗手称臣”的人很多,前头入了营门,后犹列于卢山。围口,猎营之门。卢山,单于庭南山。

⑯群公:犹言百官,指汉成帝朝官员。常伯:官名。在周朝称常伯,到汉代称侍中。阳朱:阳子,战国时魏人,其学说的核心是“贵己”,拔一毛以利天下之事,亦不为也。墨翟(dí):春秋战国间墨家学派创始人。主张兼爱、尚贤、非攻等。此句是取古贤以喻当朝贤德之士。

⑰喟然:叹息貌。

⑱崇哉乎德:崇高呵,成帝之仁德! 哉乎,表感叹语气的助词。

⑲唐:唐尧。虞:虞舜。大夏:大禹。成周:指周代最隆盛的成王与康王时期。以上所举诸王之时,皆为历史上的隆兴盛世。

⑳侈兹:超过成帝之朝。

㉑觐东岳:指天子登泰山祭祀上天。觐,朝拜圣地。

㉒禅:天子祭祀山川的仪式。梁基:梁父山,因梁父山在泰山之下,故曰“基”。

㉓此世:指成帝之世。

㉔其谁与哉:谁能与此相比呢?

㉕未俞:未然。并不以为是这样。

㉖方将:且将。上猎:上取。三灵:日月星垂象之应。流:受福流。

㉗决:疏通壅塞。醴泉:甘美的泉水。滋:漫流。

㉘“发黄龙”几句:黄龙、凤凰、麒麟、神雀,皆祥瑞之物。言成帝修德以致之感应。幸,指皇帝亲临。

㉙“奢云梦”二句:以为云梦、孟诸之事为奢侈,非之而不为。云梦,楚之大泽。孟诸,宋之薮泽。楚穆王欲伐宋,昭公导以田孟诸。

㉚章华:楚国章华台,最为华美,故而非之。

㉛灵台:西周观台,王化所行,似神之精明,故曰灵台。

㉜罕徂(cú):极少去。离宫:供天子游幸所住的宫殿。

㉝辍:停止。

㉞土事:即土建之事。如版筑墙垣。不饰:谓墙不粉饰。

㉟木功:即木质构架门窗。不雕:不加雕饰彩绘。

㊱烝民乎农桑:此言提高人们对农桑的兴趣。

㊲怠:懈怠。

㊳侪(chái):使为配偶。

㊴莫违:不要违背当婚之时。

㊵遍被洋溢之饶:普遍享受充裕的富饶。

㊶开禁苑:开放天子专用的苑囿。

㊷散公储:发放国家仓廪中的储蓄。

㊸创道德之囿:开创以道德为游乐的苑囿。

㊹弘仁惠之虞:弘扬光大仁德惠爱为掌管山林的虞官。

㊺驰弋:驰骋打猎。弋,带丝线的箭,借指射猎。神明:如神之明察。希望成帝了解臣民之事异常精细深微。《淮南子·兵略训》曰:"见人所不见,谓之明;知人所不知,谓之神。"

㊻有亡:指有无事功。

㊼雉(zhì):山鸡。

㊽罝罘(jū fú):捕兔子和雀的网。

㊾麋鹿:泛指野兽。刍荛(chú ráo):泛指柴草。借喻砍柴割草的人。

㊿盖:大概。所以:用所,指上文所言非奢侈,是朴素的各项举措。臻:达到。兹:指上文所言的道德、仁惠的崇德。

【译文】

于是乎德高望重的鸿生大儒,头戴峨峨高冠,乘坐藩屏轩车,身穿异色衣裳。他们遵循唐尧之典章，匡正雅颂之疑文，使文德礼让兴于前，光彩昭明发于后，犹声音之与回响，迅随如神。仁爱之德，使北方异族享其恩惠；武义之师，使南国诸族深受感动。因之，北狄之王，东夷之长，前来进献珍宝，揖拜称臣者，排头到了围口，后尾尚在卢山。汉宫文武百官，侍中近臣，及如杨朱、墨翟之类的贤德之士，无不感戴而称美："崇高啊，汉王之德！纵有唐尧、虞舜和成王、康王的隆兴之世，也不能超过当今之繁荣昌盛。古代，封泰山、禅梁父的圣王很多，舍弃当今皇帝，有谁能与为伍呢？"尽管如此，当今皇上仍然谦让而不以为然，并将上取日月星辰之福泽，下通甘美清泉之漫流，发掘黄龙之洞窟，窥探凤凰之巢穴，监临麒麟之苑囿，巡幸神雀之茂林。以楚王云梦之猎为奢靡，以宋公孟诸之游为侈淫，斥章华台观过于华美，赞西周灵台合于王化精神。离宫少往，游观停止。土建不加粉饰，木构不用雕绘。鼓励人们耕织，劝导百姓勤奋。教令男女娶嫁，莫违当婚适龄。唯恐贫穷之人，不能普遍富足，乃开放天子专用的禁苑，发放国家库藏的储蓄，开创以道德为乐的新囿，弘扬以仁爱为任的管教。驰猎于深微之区，以观群臣事功之有无。放逸雉兔，收起网罗。大凡麋鹿等野兽，刍荛等草木，天子都与百姓共获。这一切，都是用来达到仁德惠爱之政的举措。

于是醇洪鬯之德[①]，丰茂世之规[②]。加劳三皇[③]，勖勤五帝[④]，不亦至乎[⑤]！乃祗庄雍穆之徒[⑥]，立君臣之节[⑦]，崇贤圣之业，未遑苑囿之丽[⑧]，游猎之靡也[⑨]。因回轸还衡[⑩]，背阿房[⑪]，反未央[⑫]。

【注释】

①醇(chún)：指精纯不杂，即提纯之意。洪鬯(chàng)：大畅。犹言无所不至。鬯，通"畅"。

②茂世：繁荣昌盛之世。规：法度，准则。

③加劳三皇：功绩胜过三皇。加，胜过。劳，功绩。

④勖（xù）勤五帝：勤勉超过五帝。

⑤至：极致。

⑥祗（zhī）：恭敬。庄：严肃。雍：温和。穆：壮美。

⑦节：节度。

⑧未遑：无暇。丽：光华。犹言讲究华丽。

⑨靡：奢侈。

⑩回轸还衡：回转车驾，改辙异行。轸，车后横木。衡，车辕前横木。以二者代指车驾。假车为喻，言其改旧图新。

⑪阿房（ē páng）：秦王宫名。此以阿房代指奢侈之事。

⑫未央：汉高祖七年，萧何主持营建之汉宫。

【译文】

于是精纯洪畅之德惠，完善茂世之法规。功绩超过三皇，勤勉胜于五帝，这不是达到了极致吗？于是便有恭敬、严肃、温和、壮美之徒，确立君臣恪守的法度，崇尚贤人圣人的伟业，使君臣们无暇追求苑囿的奢丽，游猎的淫靡。因之，成帝便回转车辆，离开阿房之宫，返回汉之未央。

卷第九·赋戊

畋猎下

扬子云

见卷第七《甘泉赋》作者介绍。

长杨赋一首 并序

【题解】

此赋写于汉成帝元延二年(前11),正值西汉从极盛走向衰败的转折时期。国家虽然还笼罩着繁荣昌盛的回光,但政治腐朽,官风败坏,贪污公行,贫富悬殊。扬雄见社会危机日益严重,而成帝仍荒淫恣肆,故借长杨之猎,以婉曲手法写了这篇寓意深刻的讽赋。

本篇在表达上的第一个特点是正意反说。明明是成帝极端腐朽,却说为"朝廷纯仁",明明失道昧义,却颂为"遵道显义",明明"妨贤人路",却颂为"并包书林",明明奢淫恣肆,却颂为"圣风云靡"。由于成帝所为与所颂之词相去天壤,故一看即知意在反面。第二个特点是巧用对比,以先君来对比成帝,详述高祖、文帝、武帝的文治武功,以对比成帝在德行、施政、理财、国防和礼乐教化各方面与先君之间的巨大差距,暗示应立即洗心革面,继承中断已久的先君传统,使西汉王朝长治久安。全赋主题重大,思想深刻,技巧精湛,不愧为扬雄之代表作品。

明年[①],上将大夸胡人以多禽兽。秋,命右扶风发民入南山[②]。西自褒斜[③],东至弘农[④],南驱汉中[⑤],张罗罔罝罘[⑥],捕熊罴豪猪[⑦],虎豹狖玃[⑧],狐兔麋鹿,载以槛车[⑨],输长杨射熊馆[⑩]。以网为周阹[⑪],纵禽兽其中,令胡人手搏之,自取其获,上亲临观焉。是时,农民不得收敛。雄从至射熊馆,还,上《长杨赋》。聊因笔墨之成文章[⑫],故藉翰林以为主人[⑬],子墨为客卿以风[⑭]。其辞曰[⑮]:

【注释】

①明年:指扬雄作《羽猎赋》的第二年,即汉成帝元延二年(前 11)。

②右扶风:郡名。与京兆、左冯翊(píng yì)为三辅。在今陕西长安以西。南山:终南山。

③褒斜:古通道名。也称褒斜谷,在今陕西西南,是沿褒水、斜水所形成的河谷。

④弘农:郡名。治所在今河南灵宝东北。

⑤驱:直达。汉中:郡名。治所在今陕西安康。

⑥罔:同“网”。罝罘(jū fú):捕兽的网。《礼记·月令》:“田猎罝罘、罗网。”郑玄注:“兽罟(gǔ)曰罝罘。”

⑦罴(pí):熊的一种,俗称人熊。豪猪:即箭猪。

⑧狖(yòu):长尾猿。玃(jué):大猴。

⑨槛(jiàn)车:装载猛兽或囚禁罪犯的车子。《释名·释车》:“槛车,上施栏槛,以格猛兽,亦囚禁罪人之车也。”

⑩输:运输。长杨:长杨宫,行宫名。因宫有长杨树而名。故址在今陕西周至东南。《三辅黄图·秦宫》:“长杨宫,在今盩厔(zhōu zhì)县东南三十里，本秦旧宫，至汉修饰之，以备行幸。宫中有垂杨数亩，因为宫名。”射熊馆：即射熊观。《三辅黄图·观》：“射熊观，在长杨宫。”

⑪阹(qū)：射猎者利用天然地形，围猎禽兽，亦即指围猎之圈。

⑫聊：姑且。之：语助词，无义。

⑬藉：假托。翰林：文词之士集中之处。李善注：“翰林，文翰之多若林也。”此处与下文子墨皆为假设之人名。翰，毛笔。引申为文词。

⑭风(fěng)：讽谏，用含蓄的语言劝告。

⑮辞：此指赋的正文。

【译文】

在我写《羽猎赋》的第二年，皇上将向胡人大肆夸耀我国禽兽之多。于秋天命令右扶风郡的官吏，发动人民进入终南山捕兽。西边从褒斜谷起，东边到达弘农郡，南边到达汉中郡，普遍张开捕兽的罗网，捕取熊、罴、箭猪、虎、豹、猿猴以及狐、兔、麋鹿，用槛车装运，送到长杨宫的射熊馆。在那儿用巨网布成猎圈，放各种野兽在里面，让胡人亲手与之搏斗，猎获的野兽归他们所有，皇上还亲临观看。这时农民无法进行收获。我跟随皇上到射熊馆观猎，回来以后，写了这篇《长杨赋》献给皇上。因为文章由笔墨写成，所以借用“翰林”一词作主人的名字，“子墨”一词作宾客的名字，通过他们的对话以表达讽谏的意思。其辞为：

子墨客卿问于翰林主人曰：“盖闻圣主之养民也，仁沾而恩洽①，动不为身。今年猎长杨，先命右扶风，左太华而右褒斜②，椓巀嶭而为弋，纡南山以为罝③，罗千乘于林莽，列万骑于山隅，帅军踤阹，锡戎获胡④。扼熊罴⑤，拖豪猪，木拥枪累⑥，以为储胥⑦，此天下之穷览极观也。虽然，亦颇扰于农人。三旬有余，其廑至矣[8]，而功不图[9]。恐不识者外之则以为娱乐之游[10]，内之则不以为干豆之事[11]，岂为民乎哉？且人君以玄默为神[12]，澹泊为德[13]，今乐远出以露威灵[14]，数摇动以罢车甲[15]，本非人主之急务也。蒙窃惑焉[16]。"翰林主人曰："吁[17]！客何谓之兹耶？若客所谓知其一未睹其二，见其外不识其内也。仆尝倦谈，不能一二其详[18]，请略举其凡[19]，而客自览其切焉[20]。"客曰："唯唯。"

【注释】

①仁沾(zhān)：以仁爱滋润人民。沾，滋润。恩洽：以恩德沾润人民。洽，沾润。

②太华：华山。

③"椓(zhuó)巀嶭(jié niè)"二句：刘良注："言椓巀嶭为系网橛，取南山周屈为网，明猎场广远也。"椓，敲击，捶筑。巀嶭，山名。又名嵯峨山。在今陕西三原、泾阳、淳化三县交界处。弋(yì)，小木桩。纡(yū)，围绕。一作迂回曲折貌。

④"帅军"二句：吕向注："帅军士聚为围阵，胡人所获禽兽，皆以赐之。"踤(cuì)，通"萃"，聚集。锡，赐。获胡，使胡人获得，让胡人猎获并归其所有。

⑤扼(è)：捉住。

⑥木拥：用木栅栏关拦野兽。枪累(lěi)：吕延济注："枪累，作木枪相累为栅也，藩篱也，拥禽兽使不得出也。"

⑦储胥：储备待用。

⑧廑(qín)：同"勤"，辛勤，劳苦。

⑨功不图：无所图。

⑩不识者：不了解情况的人。外之：从外边看来。与下文"内之"

（从里面看来）相对。

⑪干豆：干肉和祭器。古代祭祀时把干肉放在豆中祭祀天地祖先。《礼记·王制》："天子诸侯无事，则岁三田：一为干豆，二为宾客，三为充君之庖。"为以上三种目的而进行有限度的田猎是合乎规范的。豆，古代食器，形似高脚盘，用以盛食物。

⑫玄默：沉静无为，不生事扰民。《汉书·刑法志》："及孝文即位，躬修玄默，劝趣农桑，减省租赋。"神：此指素质与信念。

⑬澹泊：恬静寡欲，不贪求享乐。

⑭远出：指远出游猎。露：炫耀。威灵：声威，武力。

⑮摇动：指田猎时兴师动众。罢：同"疲"。车甲：指将官与士卒。车，战车。甲，士卒所服之铠甲。此代指士卒。

⑯蒙窃：自称之谦辞。蒙，蒙昧无知。窃，暗地，私下。惑：迷惑，疑惑。

⑰吁（xū）：叹词。

⑱一二其详：一件两件地详谈。

⑲凡：大概。

⑳其切：其实况。

【译文】

客人子墨问主人翰林："听说圣君养民，尽量施仁加恩，他的一切行动都不是为了个人。今年狩猎长杨可不一样，先命右扶风的百姓为之奔忙，左起华山右至褒斜，在巀嶭山、终南山打系网桩，在终南山、巀嶭山系捕兽网，成千战车列于林莽，上万骑兵布满山岗，将帅领着士卒，在猎场上聚为围阵，胡人所击毙的野兽，就作为对他们的奖赏。他们猎获了熊罴，拖走了箭猪，用木制栅栏将它们圈养，储备起来等候使用，这真是天下极为壮观的景象。虽然行猎无比热闹，农民可是深受骚扰。捕捉活兽三旬有余，无限辛劳毫无酬报。恐怕不明真相的人们，觉得这事看现象纯粹是出于个人游兴，查内情也不是为神灵猎取祭品，难道能说是为了广大人民？并且为君的重要素质是深远恬默，重要品德是澹泊宁静，如今乐于远游以显露威重位尊，频繁行猎而疲敝车马甲兵，这根本不是人君重要的事情。愚昧的我对此无限纳闷。”主人翰林说道：“哎！你怎么说出这样的话来呢？像你就是所谓知其一不知其二，看现象不分析本质啊。我不善于谈论，不能把道理一一说清，只能讲个大概，希望你自己去体会实情。”客人道：“好吧。”

主人曰：“昔有强秦，封豕其土①，窫窳其民②，凿齿之徒相与摩牙而争之③。豪俊麋沸云扰④，群黎为之不康⑤。于是上帝眷顾高祖⑥，高祖奉命，顺斗极⑦，运天关⑧，横巨海，漂昆仑⑨，提剑而叱之。所过麾城搉邑⑩，下将降旗，一日之战，不可殚记⑪。当此之勤，头蓬不暇梳，饥不及餐，鞮鍪生虮虱⑫，介胄被沾汗⑬，以为万姓请命乎皇天。乃展人之所诎⑭，振人之所乏⑮，规亿载⑯，恢帝业⑰，七年之间而天下密如也⑱。

【注释】

①封豕：大野猪。此喻强秦横暴地统治全国。

②窫窳（yà yǔ）：神话传说中的怪兽。形丑可怕，声如婴儿啼，行走很快，以人为食。此喻强秦暴虐地伤害人民。

③凿齿：神话传说中的怪兽。齿长三尺，其形如凿，亦食人。此喻秦之君臣。一说，喻六国统治者。争之：指争先恐后地残害百姓。一说，争霸天下。

④麋沸云扰：混乱貌。麋，通“糜”。糜沸，像糜粥一样沸腾。

⑤群黎：广大百姓。不康：不安。

⑥眷顾：关照。高祖：指汉高祖刘邦。

⑦顺斗极：顺应北斗星与北极星。指高祖顺应上天之命。

⑧运天关：运行如天关。天关，北极星。一说牵牛神。李善注："《天官星占》：'北辰，一名天关。'《星经》曰：'牵牛神，一名天关。'"指高祖讨暴秦如天关运行一样，合乎天意。

⑨漂：摇撼。

⑩麾：这里是招降之意。搟(chàn)：芟除。引申为攻取。

⑪殚记：尽记。

⑫鞮鍪(dī móu)：头盔。

⑬介胄：铁甲与头盔。被沾汗：被汗所沾湿。

⑭展：申诉。此作使动用法。诎：同"屈"，冤屈。

⑮振：救济。乏：缺乏，困乏。

⑯规：规划。

⑰恢：恢宏，发扬光大。

⑱密如：安定的样子。这里指天下安宁。密，《尔雅·释诂》："静也。"安静，安宁。如，此为形容词尾，无义。

【译文】

主人说："过去那无比残暴的秦君，像野猪一样践踏土地，像窫窳一样吞食人民，秦国的大臣也像凿齿一般凶狠，磨利爪牙争相残害百姓。豪杰奋起如粥沸云滚，天下百姓因此不得安宁。于是上帝对高祖无比信任，高祖奉天命高举义旗，顺应天意，执行天命，横渡巨海，摇撼昆仑，手提利剑叱咤暴君。他所经过的地区，招抚通都攻陷大邑，迫使敌将竖起降旗，一天战斗次数，多得难以数计。在这艰苦阶段，头蓬无暇梳理，腹饥无暇进餐，头盔生出虮虱，甲胄浸透热汗，为广大百姓请命于皇天。使受屈的人民能够伸冤，使受穷的百姓得到饱暖，为亿代树立规范，使帝业弘扬发展，前后不过七年，天下趋于大安。

"逮至圣文①，随风乘流②，方垂意于至宁③。躬服节俭[4]，绨衣不弊[5]，革鞜不穿[6]，大厦不居，木器无文[7]。于是后宫贱玳瑁而疏珠玑[8]，却翡翠之饰，除雕琢之巧；恶丽靡而不近[9]，斥芬芳而不御；抑止丝竹晏衍之乐[10]，憎闻郑卫幼眇之声[11]。是以玉衡正而太阶平也[12]。

【注释】

①逮：及。圣文：汉文帝。高祖子刘恒，在位二十三年（前179—前157）。为政清静无为，自奉俭朴，以息民力。重视农耕，免租税十二年，故经济恢复，政局稳定。

②随、乘：顺应。风、流：此指高祖的遗风流泽，即汉家的优良传统。

③垂意：注意，留意。至宁：长治久安。

④躬服：亲自实行，以身作则。

⑤绨（tì）：厚实粗糙的丝织品。不弊：意为不破败就不另制。

⑥革鞜（tà）：兽皮做的鞋。不穿：意为不穿破就不更新。

⑦无文：不加彩绘雕镂。

⑧玳瑁（dài mào）：一种形状似龟的爬行动物。这里指用其甲壳制成的装饰品。

⑨丽靡：华丽。

⑩抑止：制止。晏衍：李善注：“邪声也。”指怪腔异调等邪恶之声。

⑪郑卫：此指艳词淫曲。本指春秋时期郑卫两国的民间歌谣。因《诗经》中的《郑风》《卫风》等篇，多为男女相悦之词，思想保守者以为是淫曲而憎恶之。幼眇：微妙曲折。

⑫玉衡：北斗星。正：位置端正。太阶：也作“泰阶”，即三台星。分为上台、中台、下台，共六星，两两相对，并排斜上如阶梯。六星各有象征意义，上阶上星为天子，下星为皇后；中阶上星为诸侯三公，下星为卿大夫；下阶上星为士，下星为庶人。三阶平与玉衡正均象征国泰民安。

【译文】

"等到文帝继续为君,继承先君的传统精神,一心使天下高度安宁。他躬行节俭,绨衣不破旧不再制,皮靴不磨穿不更新,不住高楼大厦,木器不绘花纹。因此内庭的后妃美人,把玳瑁珍珠都看得很轻,不戴翡翠玉石等首饰,不用精雕细琢的物品;不穿华装艳服,不薰浓香清芬;不吹奏怪邪的管弦乐曲,不爱听郑卫的靡靡之音。因此政治清明,人民安定。

"其后熏鬻作虐[1],东夷横畔[2],羌戎睚眦[3],闽越相乱[4],遐氓为之不安[5],中国蒙被其难[6]。于是圣武勃怒[7],爰整其旅[8],乃命骠卫[9],汾沄沸渭[10],云合电发[11],猋腾波流[12],机骇蜂轶[13],疾如奔星,击如震霆。碎轒辒[14],破穹庐[15],脑沙幕[16],髓余吾[17]。遂躐乎王庭[18],驱橐驼[19],烧熐蠡[20],分剺单于[21],磔裂属国[22]。夷阬谷[23],拔卤莽[24],刊山石[25],蹂尸舆厮[26],系累老弱[27]。吮铤瘢耆[28],金镞淫夷者数十万人[29],皆稽颡树颔[30],扶服蛾伏[31],二十余年矣,尚不敢惕息[32]。夫天兵四临,幽都先加[33],回戈邪指[34],南越相夷[35],靡节西征[36],羌僰东驰[37]。是以遐方疏俗[38],殊邻绝党之域[39],自上仁所不化,茂德所不绥[40],莫不跻足抗首[41],请献厥珍[42]。使海内澹然[43],永亡边城之灾,金革之患[44]。

【注释】

①熏鬻(xūn yù):匈奴原名。

②东夷:指东越。畔:通"叛"。

③羌戎:皆我国古代西部少数民族。睚眦(yá zì):怒目而视。

④闽越:皆我国古代南方少数民族。分布在今江苏、浙江、福建、两

广一带。

⑤遐氓(méng):边远地方的人民。氓,原作“眠”,据五臣本改。

⑥中国:指汉朝中央地区,即中原一带。

⑦圣武:汉武帝。勃怒:勃然大怒。

⑧爰(yuán)整其旅:语出《诗经·大雅·皇矣》,意为整饬军队。爰,句首语气助词,无义。旅,军队。

⑨骠卫:骠指骠骑将军霍去病,卫指大将军卫青。

⑩汾沄(yún):形容军队众多。沸渭:形容士卒振奋。

⑪云合电发:形容军队出动的声势如云层聚拢,如闪电突发。

⑫猋(biāo)腾波流:形容军队进出的威猛。猋,通“飙”,暴风。

⑬机骇蜂轶(yì):形容军队冲锋的迅疾。机,弩机,弓弩上的发射机关。骇,形容羽箭如受惊而疾飞。轶,越过。

⑭镄辒(fén wēn):古代兵车的一种,用于攻城。《孙子兵法·谋攻》杜牧注:“镄辒,四轮车,排大木为之,上蒙以生牛皮,下可容十人,往来运木填堑,木石所不能伤。今所谓木驴是也。”

⑮穹庐:古代游牧民族所住的毡帐。

⑯脑沙幕:使敌人脑浆涂于沙漠之上。幕,通“漠”。

⑰髓余(xú)吾:使敌人骨髓流入余吾水中。余吾,古代水名。即今蒙古境内的鄂尔浑河。

⑱躐(liè):践踏。王庭:匈奴之王庭。

⑲橐(tuó)驼:骆驼。

⑳熐蠡(mì lǐ):匈奴人聚集居住之部落。一说,干酪。

㉑分剺(lí):分割,分化。剺,同“𠠧”,割,划开。

㉒磔(zhé)裂:分裂。属国:降汉的匈奴,保留原国号,作汉之属国。

㉓夷:平。阬(gāng):大土山。

㉔卤莽:荒地野草。

㉕刊:削。

㉖蹂尸:践踏敌人尸体。舆厮:以车轮碾死敌军中的厮徒。舆,此指车轮。厮,古代奴隶中的一类。此指敌军中原为奴隶的士兵。
㉗系累:束缚,捆绑。
㉘吮(shǔn):箭括。即箭的尾端,此代箭。铤(yán):铁柄短矛。瘢(bān):伤疤。耆(qí):通“鬐(qí)”,马鬃。此为喻体,形容伤疤之多,密如马鬃。
㉙淫:过度。夷:伤。
㉚稽颡(qǐ sǎng):叩头。树颔(hé):李善注引如淳曰:“叩头时,项下向,则颔树上向也。”颔,构成口腔上部和下部的骨头和肌肉组织叫做颌。上部的叫上颌,下部的叫下颌。此指下颌。
㉛扶(pú)服:同“匍匐”,伏地而行。蛾(yǐ):“蚁”的古字。
㉜惕:疾,快。息:呼吸。一说,喘息。
㉝幽都:北方极远的地方。旧称日没于此,万象阴暗,故名幽都。此指匈奴所居之地。先加:汉朝先加兵于匈奴。
㉞回戈:调转部队。戈,武器,此代指部队。邪指:侧转前进方向,向南方进击。邪,偏斜。
㉟南越:古国名。在今广东、广西一带。相夷:自相残杀而夷灭。东越王郢侵南越,南越求救于汉,汉兴兵讨东越,东越王弟馀善杀郢而降汉。事见《史记·东越列传》。
㊱麾(huī)节:旗帜与符节。代指将帅的指挥。麾,同“摩”,俗写作“麾”。古代用以指挥军队的旗帜。节,符节,将领掌兵的凭证。
㊲羌:我国西部少数民族之一。僰(bó):古代少数民族,住在今云南、四川一带。东驰:西部各族在汉军进攻之下,皆来东方向汉朝进贡。
㊳遐方:远方。疏俗:异俗。
㊴殊邻绝党之域:极远之处。殊,断绝,离绝。《汉书·宣帝纪》:“盖闻象有罪,舜封之,骨肉之亲粲而不殊。”颜师古注:“殊,绝

也，当明于仁恩不离绝也。”邻、党均为古代基层组织，五家为邻，五邻为里，五百家为党。殊邻绝党，即相隔很远，不互为邻党。

㊵绥：安抚。

㊶跻（jiǎo）足抗首：心悦诚服貌。跻足，举足。抗首，抬首。

㊷厥珍：其珍宝。

㊸澹然：安宁貌。

㊹金革：武器和甲胄。

【译文】

“其后匈奴肆残，东夷背叛，羌戎为敌，闽越骚乱，边民为之不安，中原也受灾难。于是武帝盛怒填膺，把精锐部队整顿，授命霍、卫两将军，率领大军去远征，部队众多，士卒振奋，如云合长空电发天庭，如飙风飞腾巨流翻滚，如弩机突发狂蜂飞行，快速有如流星，轰击胜似雷霆。粉碎轒辒车，冲破穹庐营，使敌将肝脑把大沙漠染腥，使敌军骨髓在余吾河浮沉。进而践踏匈奴王庭，驱赶成群骆驼，焚烧各个部落，分化单于，招降属国。夷平山谷，拔除草木，削平山石，践踏敌人的尸体，碾压当兵的奴隶，老幼者一律以加以捆系。重伤于戈矛箭镞的顽敌，多以数十万计，全都以头叩地，匍匐有如蝼蚁，直到二十年以后，还不敢轻快呼吸。天兵从边塞四出，先攻阴冷的北都；接着回戈南下，又把南越征服；然后挥师西征，羌僰向东归附。从此异俗之域，绝远之处，原来至仁所不能感化，盛德所不能安抚，而今都举足抬首，把特产珍品献出。使海内安静太平，永无边境之灾、兵戈之苦。

“今朝廷纯仁①，遵道显义②，并包书林③，圣风云靡④，英华沉浮⑤，洋溢八区⑥。普天所覆，莫不沾濡⑦。士有不谈王道者，则樵夫笑之。意者以为事罔隆而不杀，物靡盛而不亏，故平不肆险⑧，安不忘危。乃时以有年出兵⑨，整舆竦戎[10]，振师五柞[11]，习马长杨，简力狡兽[12]，校武票禽[13]。乃萃然登南山[14]，瞰乌弋[15]，西厌月窟[16]，东震日域[17]。又恐后代迷于一时之事，常以此为国家之大务，淫荒田猎，陵夷而不御也[18]。是以车不安轫[19]，日未靡旃[20]，从者仿佛，骫属而还[21]；亦所以奉太尊之烈[22]，遵文武之度[23]，复三王之田[24]，反五帝之虞[25]。使农不辍耰[26]，工不下机，婚姻以时，男女莫违。出凯弟[27]，行简易[28]，矜劬劳[29]，休力役[30]，见百年，存孤弱[31]，帅与之同苦乐[32]。然后陈钟鼓之乐，鸣鼗磬之和[33]，建碣磍之虡[34]，拮隔鸣球[35]，掉八列之舞[36]。酌允铄[37]，肴乐胥[38]，听庙中之雍雍[39]，受神人之福祜[40]。歌投颂，吹合雅，其勤若此，故真神之所劳也。方将俟元符[41]，以禅梁甫之基，增泰山之高[42]，延光于将来[43]，比荣乎往号[44]。岂徒欲淫览浮观[45]，驰骋粳稻之地，周流梨栗之林[46]，蹂践刍荛[47]，夸诩众庶[48]，盛狖玃之收，多麋鹿之获哉！且盲者不见咫尺，而离娄烛千里之隅[49]。客徒爱胡人之获我禽兽[50]，曾不知我亦已获其王侯[51]。"

【注释】

①纯仁：纯厚仁爱。

②遵道：遵行道义。

③书林：文人学者之群。

④圣风：仁圣之风。云靡(mǐ)：如云广布。

⑤英华沉浮：指皇帝恩泽优渥。李善注："英华，草木之美者，故以喻帝德焉。沉浮，言多也。"

⑥八区：八方。

⑦沾濡(rú)：滋润。

⑧肆险:放心于危险。肆,放。

⑨时:有时候。有年:丰收之年。

⑩整舆:整顿战车。竦(sǒng)戎:劝勉士兵。竦,通"怂",劝说。戎,此指士兵。

⑪振师:整顿部队。五柞:宫名。因宫中有五柞树,故名。在今陕西周至。

⑫简:选拔。力:有勇力的战士。狡:健壮。

⑬校:考。票禽:轻疾之飞禽。

⑭萃(cuì):聚集。

⑮乌弋:古西域国名。《汉书·西域传》:"乌弋山离国,王去长安万二千二百里。不属都护。户口胜兵,大国也……乌弋地暑热莽平。"

⑯厌(yā):通"压",倾覆。这里指威服。月窟(kū):传说月所生处,极西之地。窟,原作"蜎",据五臣本改。

⑰日域:日所出之处,极东之地。

⑱陵夷:衰微。御:止。

⑲安轫(rèn):停车。安,安放。轫,支轮木。

⑳靡旃(mǐ zhān):旗影倒地,指日已偏西。旃,赤色曲柄之旗。

㉑骫(wěi)属而还:委弃田猎,部队连续返回。李善注:"委释其事,连属而回还也。"骫,古"委"字。

㉒所以:根据行为进而揭示其目的。太尊:指汉高祖。烈:功业,业绩。

㉓遵:遵守。文武之度:周文王和周武王的制度。一说,指汉文帝和汉武帝。

㉔三王之田:李善注:"文王三驱是也。"所谓"三驱",根据《礼记·王制》的解释是:"天子诸侯无事,则岁三田,一为干豆,二为宾客,三为充君之庖。"

㉕五帝:黄帝、颛顼(zhuān xū)、帝喾(kù)、尧、舜。虞:山泽之官。

㉖辍(chuò):停止。耰(yōu):农具名。形如榔头,用来击碎土块,平整土地。这里指耕种。
㉗出:表现出。凯弟:和乐善良貌。
㉘行简易:行动平易近人。
㉙矜:同情。劬(qú)劳:辛勤劳苦。
㉚休力役:停止徭役。
㉛存孤弱:慰问孤儿和病弱的人。
㉜帅:同“率”。率先。
㉝鼗(táo):有柄的小鼓。磬(qìng):古代乐器。以玉石或金属为之。悬于架上,击之发声。
㉞猰㺄(yà xiá)之虡(jù):雕有猛兽的钟架。猰㺄,猛兽发威貌。
㉟拮隔(jiá gé):敲击。鸣球:玉磬。
㊱掉:摇动。八列:即“八佾”。古代天子专用的舞乐。佾,舞列。天子用八列,每列八人,共六十四人。
㊲允铄(shuò):李善注引张揖曰:“允,信也。铄,美也。”
㊳乐胥:指礼乐。胥,语助词,无义。
㊴雍雍:和谐之声。
㊵福祜(hù):福禄。
㊶元符:封建统治者自称受命于天,天上就会出现相应的祥瑞,也叫符应,元符即重大的符应。
㊷“禅梁甫”二句:指封禅,为帝王祭天地之盛典。在泰山上筑土为坛祭天,报天之功,称封;在泰山下梁父山上辟场祭地,报地之功,称禅。
㊸延光:绵延光辉业绩。
㊹往号:指三皇五帝。
㊺淫、浮:均为过度之意。
㊻梨栗之林:果树林。

㊼刍荛(ráo):此指割草采薪之民。刍,喂牲口的草。荛,柴草。

㊽诩(xǔ):夸耀。

㊾离娄:人名。又名离朱。古之明目者,《孟子·离娄》赵岐注称他“能视于百步之外,见秋毫之末”。隅(yú):小角落。

㊿爱:吝惜。

51曾:竟,竟然。获其王侯:指胡人王侯朝奉汉室。

【译文】

“如今朝廷至爱纯仁,遵循道义,广纳才人,良风如长云飘扬,美德似大河流行,洋溢八方区域。天下所有百姓,莫不戴德沾恩。士林有不谈王道者,樵夫都以之为笑柄。大概是认为天下的一切事情,兴隆至极就会衰微,旺盛到顶就有亏损,因而平静时应警惕有危险产生,安定时不忘记有灾难降临。于是君王有时在丰收之年练兵,整饬战车激励士兵,在五柞宫训练步师,在长杨宫训练骑兵,比膂力于健壮的猛兽,考箭术于轻捷的飞禽。并率军登上终南山顶,俯瞰遥远的乌弋国境,威服西边月落之处,震慑东方日出之域。又怕后代为游猎所迷住,经常以此作为国家的要务,放纵田猎,没有限度。因而不让车马停于猎圈,不待旗影移过旗杆,隐约难辨的行猎大军,停止追捕整队回还;这才是继承高祖的功业,遵守圣君的法则,恢复三王的田猎之道,重归五帝的虞官之责。使农夫不停耕种,女工不离织机,婚姻不误年龄,男女谨遵无违。君主和蔼可亲,政策简便易行,矜悯劳苦辛勤,力役之事少兴,不时接见老人,孤弱经常慰问,率先与万民同辛苦,共欢颜。然后陈设黄钟、鼍鼓等乐器,演奏手鼓、玉器的和声,树起雕有猛兽的鼓架,敲击鸣球清音美妙,八列美女应节舞蹈。以真美为醇酒,用礼乐作佳肴,听庙堂之上钟声悠悠,受祖宗神灵赐予福寿。唱歌合乎“颂”的旋律,吹弹合乎“雅”的节奏,态度这样谦恭勤谨,真该得到神的保佑。等到天降更大的祥瑞,去梁甫和泰山举行封禅典礼,延光辉于无穷未来,比荣耀于三皇五帝。哪里只是为了尽情赏玩,驰骋稻田,周游果林,骚扰草民,向百姓夸耀，猎获的猿猴麋鹿多得无法计算呢？况且盲人连咫尺之地都看不见，而离娄能看清千里之远。你只心疼胡人猎取我们的野兽，却不知我们已震服他们的王侯。”

言未卒，墨客降席①，再拜稽首曰：“大哉体乎②！允非小人之所能及也③。乃今日发曚④，廓然已昭矣⑤。”

【注释】

①降席：从座席上退下，以示敬意。

②体：心胸，气度。一说，法规。李善注：“体，犹法也。”

③允：信，确实。

④发曚：启蒙。

⑤廓：清除迷惑。李善注：“廓，除貌。”昭：明白通晓。

【译文】

主人翰林谈话尚未结束，客人已离席叩首，心悦诚服，并且说道：“多么博大啊，君王的心胸和气度！决不是我所能想得到的。你今天的高论启发了愚蒙，使我的疑虑全消认识清楚。”

潘安仁

见卷第七《藉田赋》作者介绍。

射雉赋一首

【题解】

《射雉赋》原有自序曰：“余徙家于琅邪，其俗实善射，聊以讲肆之余暇，而习媒翳之事，遂乐而赋之也。”据《晋书》本传记载，潘岳之父潘芘曾为琅邪内史，则其“习媒翳之事”，当在此时。考《晋书·武帝纪》，265年，司马炎代魏称帝，封司马伦为琅邪王，则其父任琅邪内史，当在此后不久，此赋或作于此时。作者以生辉的笔触，描写出媒雉的美丽与效主义行，野雉的狡黠与凶悍特性，以及射者精心搭造掩翳，捧弓骋其绝技的种种情态。然后征引典故，说明人的内在智能技艺，可以改变其外在容貌的丑陋。作者于赋末指出，射雉充满乐趣，因而不仅下人差役常猎，就是君王也好此举。但若耽乐恣意，“乐而无节”，就将使“端操”亏损，而成祸国亡身之灾。此赋南朝宋徐爰曾有注，李善征引之。

涉青林以游览兮①，乐羽族之群飞②。聿采毛之英丽兮③，有五色之名翚④。厉耿介之专心兮，奓雄艳之姱姿⑤。巡丘陵以经略兮⑥，画坟衍而分畿⑦。于时青阳告谢⑧，朱明肇授⑨。靡木不滋⑩，无草不茂。初茎蔚其曜新⑪，陈柯槭以改旧⑫。天泱泱以垂云⑬，泉涓涓而吐溜⑭。麦渐渐以擢芒⑮，雉鷕鷕而朝鸲⑯。眄箱笼以揭骄⑰，睨骁媒之变态⑱。奋劲骹以角槎⑲，瞵悍目以旁睐⑳。莺绮翼而䞓挝㉑，灼绣颈而衮背㉒。郁轩翥以余怒，思长鸣以效能㉓。

【注释】

①涉：游历，经过。青林：青葱的树林。

②羽族：鸟类。群飞：徐爰注：“或群或飞，饮啄恣性也。”

③聿（yù）：徐爰注：“述也。”即陈述。采毛：即彩毛。英丽：杰出美丽。

④名翚（huī）：闻名的翚鸟。徐爰注：“翚，雉也。伊洛以南，素质五采皆备成章曰翚。”

⑤“厉耿介”二句：徐爰注：“言雉严整其不群之性，奋扬其雄艳之貌，见敌必战，不容他杂，此之谓英丽也。”厉，徐爰注：“严整也。”言其威重貌。耿介，徐爰注：“专一也。”奓(chǐ)，徐爰注：“丰也。”通“侈”，大，过分。雄艳，雄健美丽。姱(kuā)，徐爰注：“好也。”

⑥巡：巡行。经略：划分疆界。

⑦坟：徐爰注：“青幽之间，土高且大者，通之曰坟。”衍：低平之地。《周礼·大司徒》：“辨其山林川泽丘陵坟衍原隰之名物。”郑玄注：“下平曰衍。”畿：指某区域之内。多指天子领地，或京城辖区之内。此指翚鸟活动的区域。

⑧于时：指作者“涉青林以游览”之时，徐爰注：“四月也。”青阳：《尔雅·释天》：“春为青阳。”谓气清而温阳。告谢：退去。

⑨朱明：《尔雅·释天》：“夏为朱明。”因夏季气赤而光明，故为朱明。肇：《尔雅·释诂》：“始也。”授：还，回来。

⑩靡：无。滋：滋荣。

⑪初茎：新发的草木幼芽。蔚：茂盛而有光泽。曜新：徐爰注：“曜其新晖。”

⑫陈柯：旧枝。槭(sè)：树枝光秃貌。潘岳《秋兴赋》：“庭树槭以洒落兮，劲风戾而吹帷。”李善注：“槭，枝空之貌。”改旧：改变旧貌。即改变光秃秃的样子。徐爰注：“变其旧色，言新旧咸茂也。”

⑬泱泱(yīng)：同“英英”。《诗经·小雅·白华》：“英英白云。”毛传：“英英，白云貌。”李善注：“泱与英，古字通。”泱泱，有广大意。

⑭涓涓：细水缓流貌。溜：小股水。

⑮擢芒：抽穗出芒。芒，麦穗上的须芒。

⑯鷕鷕(yǎo)：徐爰注：“雉声也。”《诗经·邶风·匏有苦叶》：“有沵济盈，有鷕雉鸣。”毛传：“鷕，雌雉声也。”鸲(gòu)：同“雊”。《诗经·小雅·小弁》：“雉之朝雊，尚求其雌。”《说文解字》：“雊，雄雉鸣也。”

⑰眄(miǎn):斜视。箱笼:装鸟的笼子。徐爰注:“凡竹器,箱方而密,笼圆而疏。盛媒器笼形者,养鸟宜圆也。箱密者,不欲令见明也。”揭骄:纵心肆志。

⑱睨(nì):睥睨,斜视。骁媒:骁勇的媒雉。

⑲奋劲骹(qiāo)以角槎(chā):谓笼中媒雉,举起坚劲的爪距斜踢笼壁。骹,胫,小腿。角,徐爰注:“邪也。”槎,徐爰注:“斫也。”

⑳瞵(lín)悍目以旁睐(lài):谓媒雉瞪着刚戾之目,旁视笼外的野雉。瞵,瞪着眼看。悍,刚戾。睐,视。

㉑莺(yīng):鸟羽文采斑斓的样子。《诗经·小雅·桑扈》:“交交桑扈,有莺其羽。”毛传:“莺然有文章。”绮翼:色彩斑斓的翅膀。赪挝(chēng zhuā):红色的大腿。挝,髀(bì),大腿。

㉒灼绣颈而衮背:谓媒雉颈毛如绣,背如衮章,言五彩备也。灼,毛羽鲜亮的样子。绣颈,谓媒雉颈毛如绣锦。衮背,谓其背如衮章。衮,古代帝王及上公之绣龙礼服。衮章,指衮服上的文采。

㉓“郁轩翥(zhù)”二句:徐爰注:“郁然暴怒,轩举长鸣,思见野敌,效其才能也。以上言媒之形势。”郁,徐爰注:“暴怒也。”轩翥,仰望欲飞。轩,高仰。翥,飞举。

【译文】

走进青葱的森林游览,百鸟群飞最使人高兴。要说毛羽之鲜艳彩丽,只有五色之雉最富盛名。它有刚厉专一的品性,雄健艳丽之容形。巡行丘陵以为界,划分坟衍别其境。当此之时,春天刚刚过去,夏日开始来临。无树不繁荣,无草不茂盛。初生的茎芽蔚然闪曜新晖,陈宿的老枝容色已改旧貌。天上白云泱泱悬垂,地上山泉涓涓而流。麦苗渐渐抽穗吐芒,野鸡晨飞雌雄齐鸣。看箱笼而纵心肆志,睨骁媒而一改常姿。它奋起坚劲的脚爪斜踢笼壁,瞪着刚戾的双眼左右扫视。它有着色彩绚烂的双翅,赤红有力的股髀;鲜艳的脖颈如彩绣生辉,斑斓的背羽若华衮绚丽。勃然暴怒而仰首将飞,欲效才能而放声长鸣。

尔乃擎场拄翳[1]，停僮葱翠[2]。绿柏参差[3]，文翮鳞次[4]。萧森繁茂[5]，婉转轻利[6]。衷料戾以彻鉴，表厌蹑以密致[7]。恐吾游之晏起[8]，虑原禽之罕至[9]。甘疲心于企想[10]，分倦目以寓视[11]。

【注释】

①尔乃：于是。擎（pó）场：徐爰注："擎者，开除之名也。"谓开辟场地。拄翳（yì）：支起掩蔽之物，以便藏身射猎。翳，这里指用树枝搭建的掩体。

②停僮：徐爰注："翳貌也。"指用于搭建掩体的树枝分披覆盖的样子。葱翠：徐爰注："翳色也。"此谓枝叶搭建的掩体是青翠的。

③绿柏参差：指覆盖掩体的翠柏不齐貌。

④文翮（hé）：有纹理的羽毛。鳞次：谓物密布如鱼鳞。

⑤萧森：徐爰注："翳上加木枝。"此谓树枝错落耸立之状。

⑥婉转：谓随势委曲。轻利：谓人在掩体中转动方便。

⑦"衷料戾（lì）"二句：徐爰注："翳外观密致，与草木无别；内视洞彻，多所睹见也。此以上序翳之形饰。"衷，里面，即掩体里面。料戾，李周翰注："小窗隙也。"指掩体内用以观察外面野鸡活动情况的窗口。表，外面。厌蹑（yā niè），徐爰注："重而密也。"

⑧游：徐爰注："雉媒名。江淮间谓之游。游者，言可与游也。言既芟场拄翳，又恐媒起不早，野雉希至。"晏：晚。

⑨原禽：指野雉。徐爰注："雉不处下湿，故曰原禽也。"

⑩疲心：劳累其心。企想：企望有获。

⑪分（fèn）：与"甘"互文，谓甘愿以"倦目以寓视"为本分。倦目：使眼睛疲倦。寓视：寄托于目视。即观看。

【译文】

于是开辟场地支起掩翳，覆以茂密的枝叶，葱翠与丛林无异。绿色的柏枝参差不齐，可铺放得如彩羽般美丽，排列得如鱼鳞般有致。枝头耸起，叶片繁密；翳体随势婉转，轻快便利。透过缝隙可透彻观察外界，翳表翠叶看起来密密实实。唯恐媒雉晚醒迟鸣，又担心野雉很少来至。为了能够有所猎获，甘愿忍受心神的疲惫、眼睛的困倦。

何调翰之乔桀[①]，邈畴类而殊才[②]。候扇举而清叫[③]，野闻声而应媒。褰微罟以长眺[④]，已踉蹡而徐来[⑤]。摛朱冠之赩赫[⑥]，敷藻翰之陪鳃[⑦]。首药绿素[⑧]，身拖黼绘[⑨]。青鞦莎靡[⑩]，丹臆兰綷[⑪]。或蹶或啄[⑫]，时行时止。班尾扬翘[⑬]，双角特起。良游呃喔[⑭]，引之规里[⑮]。应叱愕立[⑯]，擢身竦峙[⑰]。捧黄间以密彀[⑱]，属刚罫以潜拟[⑲]。倒禽纷以迸落[⑳]，机声振而未已[㉑]。

【注释】

①调翰：徐爰注："谓媒也。媒性调良，故谓调翰。"调，调教，即畜养训练。翰，山鸡。乔桀（jié）：徐爰注："俊逸也。"乔，高俊。桀，特出。

②邈：远绝。畴类：同类。

③候：待，等。扇：徐爰注："布也，形如手巾……将欲媒雉，振布令有声，媒便清叫，野雉闻，即应而出也。"扇即引诱媒雉鸣叫的布巾。

④褰（qiān）：撩起。微罟（gǔ）：细网。盖在掩体窗隙的外面。

⑤踉蹡（liàng qiàng）：行走缓慢，偏侧不正的样子。徐爰注："乍行乍止，不迅疾之貌也。"此指应媒之野雉，小心翼翼地慢慢走出林来。

⑥摛（chī）：舒展，布散。赩（xì）赫：徐爰注："赤色貌。"

⑦敷:布。藻翰:徐爰注:“翰有华藻也。”即有纹彩的羽毛。陪鳃(sāi):同“毰毸(péi sāi)”,羽毛奋张的样子。

⑧首药绿素:谓野雉头上长着绿色与白色的毛。药,通“约”,缠绕。

⑨拖:拖曳。黼(fǔ):半白半黑的花纹。绘:彩绘,以各种颜色作的画。此谓野鸡身后拖着如黼如绘的尾巴。

⑩鞦(qiū):革带。徐爰注:“夹尾间也。”言青色的雉尾毛如同夹在尾下的一条革带。莎(suō)靡:像莎草那样披靡在地。莎,指莎草,叶成丝状伏生于地。

⑪丹臆:谓雉胸脯呈红色。臆,徐爰注:“膺也。”膺,即胸。兰綷(cuì):即綷兰,错杂秋兰之色于红毛之间。綷,谓五彩相杂。《史记·司马相如列传》:“綷云盖而树华旗。”《索隐》:“如淳曰:‘綷,合也,合五采云为盖也。’”

⑫蹶(guì):徐爰注引郑玄曰:“行遽貌。”山鸡警惕而出时,踶跳几步,便站着延颈环视。

⑬班:同“斑”。

⑭良游:很好的媒雉。呃喔:叫声。

⑮规里:选定的射击范围内。

⑯应叱愕立:谓野雉到了射程之内,射者叱呵一吼,雉即随叱呵之声,愕然而立。

⑰擢身:耸起身子。竦(sǒng)峙:指野雉闻声后挺立察看险情。

⑱捧:徐爰注:“举也。”黄间:徐爰注:“弩名也。”密彀(gòu):秘密张满弓弩。

⑲属:徐爰注:“谓注矢于弦也。”刚罫(guǎi):徐爰注:“弩矢镞也。以铁为之,形如十字,各长三寸,方似网罫。”罫,罗网的方孔。潜拟:暗地里比划、瞄准。

⑳倒禽:谓雉中箭跃起,反坠落地。迸(bèng):奔散貌。

㉑机声振而未已:弓弩振响之声还未停歇,雉却已经迸落,言其矢

出之速也。

【译文】

可喜媒雉多么俊特，其才能何其殊异，远非同类可比。它等候着布巾扇动，以便清脆长鸣；野雉闻其召唤，即将应声显形。忙撩起微网远远眺望，野雉畏怯地缓慢出林。朱色雉冠散发着红光，彩色羽毛布满了花纹。雉首好似缠绿裹素，鸡身犹如曳绘拖缯。青青的尾毛如同革带莎伏在地，红红的胸脯似有兰翠杂蕴。有时踶跳而行，有时伸喙啄地，时而迅疾趋进，时而立察动静。斑斓尾毛高高翘起，两撮角毛挺立头顶。优良媒雉呃喔啼叫，诱引野雉步入射程。射者叱呵一吼，野雉应声愕立，顿时挺直身体，站立寻看险情。射者暗中举起黄间之弓，秘密搭箭拉弓瞄准。野雉中箭纷然倒坠，弓弩振响尚犹未停。

山鷩悍害①，猋迅已甚②。越壑凌岑③，飞鸣薄廪④。鲸牙低镞⑤，心平望审⑥。毛体摧落⑦，霍若碎锦⑧。逸群之俊，擅场挟两⑨。栎雌妒异⑩，倏来忽往⑪。忌上风之餮切⑫，畏映日之傥朗⑬。屏发布而累息⑭，徒心烦而技懩⑮。伊义鸟之应敌⑯，啾擭地以厉响⑰。彼聆音而径进⑱，忽交距以接壤⑲。彤盈窗以美发⑳，纷首颓而臆仰㉑。

【注释】

①山鷩(bì)：《山海经·西山经》："小华之山……鸟多赤鷩。"郭璞注："山鸡之属，胸腹洞赤，冠金，皆黄头绿尾，中有赤，毛彩鲜明。"悍害：鷩性暴烈厉害。

②猋(biāo)：同"飙"，原指从下而上的暴风。此言鷩飞走迅疾如风。

③壑(hè)：沟壑山涧。岑(cén)：小而高的山。

④薄廪：进至放置逗食的地方。徐爰注："廪，翳中盛饮食处。"李善

注:“薄,至也。”

⑤鲸牙:徐爰注:“鲸,当作‘擎’,举也,举弩牙。”五臣本正作“擎”。举弩牙,即把弓弩上扣弦放箭的机关抬高,使射击目标放低。低镞:放低箭头近射。

⑥心平:用心和平。望审:看准目标。审,确定。

⑦毛体摧落:指山鹫被射中,体被摧坏,毛纷散落。

⑧霍:迅疾,突然。

⑨“逸群”二句:徐爰注:“逸群俊异之雉,不但欲擅一场而已,又挟两雌也。”逸群,超绝群类。擅场,专擅其场区。挟两,挟持、拥有两只雌雉。

⑩栎:徐爰注:“击搏也。”指攫取雌雉。

⑪倏来忽往:徐爰注:“倏忽往来,无时暂止也。”倏、忽,均指快速,忽然。

⑫上风:风向的上方。餮(tiè)切:徐爰注:“微动之声。”

⑬傥(tǎng)朗:徐爰注:“不明之状。”谓微弱之光。

⑭屏:除去,停止。发布:即上文“扇举”,振动巾布。累息:犹屏息。《后汉书·任延传》:“自是威行境内,吏民累息。”言其久久屏息。

⑮技懩(yǎng):擅长射技,急欲有所表现。元好问《论诗三十首》:“书生技痒爱论量。”懩,同“痒”。徐爰注:“欲射则纷纭不定,空心烦而技懩。”

⑯义鸟:徐爰注:“媒也,为人致敌,故名曰义媒。”应敌:谓媒雉回应野雉。

⑰啾(jiū):媒雉的叫声。擭(wò)地:徐爰注引《埤苍》:“爪持也。”张衡《西京赋》:“擭狒猬。”薛综注:“擭,谓掘取之也。”是知“爪持”,就是雉以爪抓地而鸣。

⑱彼聆音:徐爰注:“野雉闻媒声。”径进:徐爰注:“便径来斗。”

⑲交距:野雉与媒雉的爪子相触。接壤:雉鸡相格斗时,先跳而冲,

爪子相蹬，迅速落地，与土壤相接触。

⑳彤盈窗：谓两雉相斗，彩羽翩翩，呈现出一种红色映照到翳窗之上。美发：正好发射。

㉑首颓：雉头坠落。臆仰：胸腹后仰而毙。

【译文】

山中的锦鸡暴烈凶狠，来往迅猛比飙风还甚。飞越沟壑，升凌高岑，边飞边叫，迫近饵麇。猎者手擎弩牙，放低矢刃，心平体正，目标望准。劲箭速发，雉体摧分，羽毛散落，飘若碎锦。超群出类的俊异雄雉，总是挟两妻而独霸一方。搏击雌雉，妒异心强；倏焉而来，忽焉而往。它怕细声之乱耳，避风之上方，惧阳光之刺眼，现迷茫之状。猎者停扇布巾而歇气，待机骋射技徒自痒。媒雉挺身而出应战来敌，啾然两爪握地鸣声洪亮。野雉闻声径直奔进，爪距交击倏忽触壤。火红的毛色满映翳窗，正是发射的美好时光；且看那些中箭之鸟，头纷坠而身后仰。

或乃崇坟夷靡[①]，农不易垅[②]，稊菽蘘糅[③]，蘙荟菶茸[④]。鸣雄振羽，依于其冢[⑤]。捫降丘以驰敌，虽形隐而草动[⑥]。瞻挺穟之倾掉[⑦]，意淰跃以振踊[⑧]。噭出苗以入场[⑨]，愈情骇而神悚[⑩]。望麢合而翳皛[⑪]，雉胦肩而旋踵[⑫]。倣余志之精锐[⑬]，拟青颅而点项[⑭]。

【注释】

①崇坟：高大的堤岸。夷靡：徐爰注："颓弛。"即崩坏。

②农不易垅：徐爰注："此言田塘荒废也。"易，徐爰注："修也。"《孟子·尽心》："易其田畴，薄其税敛。"赵岐注："易，治也。"易垅，修治田埂。

③稊（tí）：稗米。菽：豆类。蘘糅（cóng róu）：谓草木丛生间杂。田

既荒废，故野草繁茂丛杂。蘩，丛生。

④翳荟(yì huì)：草木茂盛貌。《孙子兵法·行军》："山林翳荟者，必谨覆索之。"菶茸(běng róng)：茂密貌。

⑤"鸣雄"二句：徐爰注："言野之雄雉，振其羽翼，鸣雊高坟之上。"鸣雄，鸣叫的雄雉。依，凭借。冢，《尔雅·释山》："山顶，冢。"

⑥"㧐(shǎn)降丘"二句：徐爰注："言雉雊于高丘之顶，㧐然降下向敌，不见其形，而见草动也。"㧐，迅疾。

⑦挺穟(suì)：草茎。穟，同"穗"，禾黍茎端聚生的花实。草亦有挺拔的穗子。倾掉：偏斜摇摆。掉，摇摆，摆动。

⑧意淰(shěn)跃：谓心中惊跳。淰，鱼在水中惊走貌。振踊：跳动。

⑨暾(tūn)出苗：谓雉渐渐走出草丛。暾，渐出貌。场：射场。

⑩情骇而神悚：犹言心惊神惧。

⑪黶(yǎn)合：黑暗四合。翳皛(xiǎo)：谓掩翳显明。皛，明。

⑫胁(xié)肩：敛身。胁，通"胁"，把翅膀收紧。

⑬俽(xīn)：欣喜。精锐：精明锐思。

⑭拟青颅：比拟瞄准着雉的青色头颅。点项：射中颈之后部。

【译文】

在野雉活动的山前，高堤崩坏，田不治垅，豆稗丛杂，草木葱茏。雄雉振翅啼鸣，占据高丘顶峰。它疾驰下山冲向敌雉，形踪隐蔽而只见草动。看那挺立的草穗偏斜摇摆，心忍不住激动而跳踊。野雉露形草丛渐入射场，我更加神情紧张而惊恐。野雉张望四周暗然闭合，唯独掩翳之内皎然亮通；野雉收敛羽翼，反走草丛之中。可喜我思想精明敏锐，对准它青色之头射穿喉咙。

亦有目不步体①，邪眺旁剔②；靡闻而惊③，无见自鹫④。周环回复，缭绕磐辟⑤。戾翳旋把，萦随所历⑥。彳亍中辍⑦，馥焉中镝⑧。前则重膺⑨，傍截叠翮⑩。

【注释】

①目不步体：谓眼的注意力与身体行动不统一。

②邪眺旁剔：眼常斜视，惊惕着左右两边。李善注："剔与惕，古字通。"

③惊：恐惧。

④鹜(mò)：鸟惊视。

⑤"周环"二句：皆描述野雉回从往复之状。缭绕，回环旋转。磐(pán)辟，退缩旋回貌。

⑥"戾(liè)翳"二句：徐爰注："言转翳回旋，随雉所趋，取其便也。"戾，徐爰注："转也。"扭转。旋把，翳内所执的把柄。

⑦彳亍(chì chù)：慢步走路的样子。辍(chuò)：中止。李善注："今本并云'彳亍中辄'。张衡《舞赋》：'蹇兮宕往，彳兮中辄。'"

⑧馥(bì)：象声词。徐爰注："中镞声也。"即野雉中箭之声。镝(dí)：箭头。

⑨剠(liè)：徐爰注："割也。"割裂，裂开。《集韵》以"剠"为"列"之别体。重膺(yīng)：左右胸。雉前胸突起，胸骨中贯，将胸肌分为左右两部分。

⑩叠翮：指左右翅膀。

【译文】

也有惊疑的野雉，吓得目光与行动背离，双目斜视，左右惊惕；尚未听到声音就慌张，未曾见到踪影就疑悸。回环往复行动，旋转盘桓不已。射者扭动旋把转动翳体，围绕野雉的行动进行监视。野雉乍行乍止途中停步，嗤的一声身中鸣镝。体前摧裂胸脯，侧面穿透两翼。

若夫多疑少决①，胆劣心狷②，内无固守③，出不交战④，来若处子⑤，去如激电⑥。窥闯蘙叶⑦，幎历乍见⑧。于是算分铢⑨，商远迩⑩，揆悬刀⑪，骋绝技⑫。如镳如轩，不高不埤⑬。当咮值胸⑭，裂嗉破觜⑮。

【注释】

①多疑少决：言雉性多疑，少有贸然果断的行动。

②劣：小弱。狷（juàn）：急躁。

③内：指其内心。

④出不交战：徐爰注："外无斗志也。"

⑤来若处子：言来若处女之畏人。

⑥激电：迅猛的闪电。班固《答宾戏》："游说之徒，风扬电激。"

⑦窥闯（chān）：候望。闯，窥视，观测。藾（juān）：徐爰注："麦稍（juān）也。"稍，同"藾"，麦秆。

⑧幎（mì）历乍见：李周翰注："幎历然乍隐乍见。"幎历，迷离模糊状。幎，同"幂"，覆盖。

⑨分铢：分与铢，都是极小的计量单位。此指古代弓箭弩牙后面的刻度，用以计算矢射之远近。

⑩商远迩（ěr）：确定射程的远近。商，计量。

⑪揆（kuí）：徐爰注："度也。"测度。悬刀：徐爰注："弩牙后刀也，一名机。"《释名·释兵》："牙外曰郭，为牙之规郭也。下曰悬刀，其形然也。"弩牙是钩弦的部件，悬刀是弩牙下部如刀形的零件，犹手枪之扳机。

⑫骋：施展。

⑬"如轾（zhì）"二句：这二句是说弓弩瞄举得不高不低，至平宜射。轾，同"轾"，车前低后高叫轾。轩，车前高后低叫轩。《诗经·小雅·六月》："戎车既安，如轾如轩。"埤（bēi），通"卑"，低。

⑭咮（zhòu）：通"噣（zhòu）"，鸟嘴。值胸：当胸。

⑮嗉（sù）：徐爰注："喉受食处也。"鸟类消化器官的一部分，在食道的下部，像个袋子，用来储存食物，称嗉囊，也叫嗉子。觜（zuǐ）：

通“嘴”，特指鸟喙。

【译文】

雉性多疑而少果决，胆小而很躁急，在内无坚守之决心，外出无应敌之能力，来若羞羞答答的处女，去如激电迅疾流逝。潜藏在麦丛的野雉向外探望，时而隐没时而显现甚为迷离。于是射者精算弩牙之刻度，酌定射程之距离，控引弩臂之悬刀，欲骋必中之绝技。弓举前后恰到好处，高低适得其宜。对准雉口直至胸脯，一箭射中穿嗉破嘴。

夷险殊地①，驯粗异变②。昃不暇食，夕不告倦③。昔贾氏之如皋，始解颜于一箭④。丑夫为之改貌，憾妻为之释怨⑤。彼游田之致获⑥，咸乘危以驰骛⑦。何斯艺之安逸⑧？羌禽从其己豫⑨。清道而行⑩，择地而住⑪。尾饰镳而在服⑫，肉登俎而永御⑬。岂唯皂隶⑭，此焉君举⑮。若乃耽槃流遁⑯，放心不移⑰，忘其身恤⑱，司其雄雌⑲，乐而无节⑳，端操或亏㉑。此则老氏所诫㉒，君子不为。

【注释】

①夷险殊地：谓地势有平坦与险阻之不同。

②驯粗异变：谓雉有顺服与粗野的差异。此言媒雉与野雉的差异。

③“昃(zè)不”二句：言射雉之乐，让人忘记了饥饿与疲惫。昃，太阳偏西。夕不告倦，时至傍晚犹不知疲倦。

④“昔贾氏”二句：《春秋左传·昭公二十八年》：“昔贾大夫恶，娶妻而美，三年不言不笑，御以如皋，射雉获之，其妻始笑而言。”说贾大夫貌丑，娶了一位美妻，三年都不说不笑，贾大夫带她去沼泽地打猎，射中了野雉，才引得妻子一笑。如皋，谓贾大夫为妻驾车前往沼泽地射雉。皋，沼泽。解颜，开颜欢笑。

⑤“丑夫”二句：徐爰注：“妻所以愁恨者，怨其夫之丑也。今见获雉而言笑，则是斯艺能使丑夫变貌，恨妻释忿者。”丑夫，即贾大夫。憾，怨恨。释怨，消除怨恨，即“解颜”。

⑥游田：游猎。田，同“畋”，打猎。致获：得到收获。

⑦乘危：登上高险的地方。驰骛(wù)：奔驰追逐。徐爰注：“驰车骋马，飞鹰走犬。”

⑧何斯艺之安逸：为什么射猎有如此的快乐欢欣！

⑨羌(qiāng)：句首语气词，无义。禽从其已豫：谓野雉顺从于猎者的豫谋。李善注：“豫，言禽来就已，故豫不劳。”释“豫”为佚乐，亦通。

⑩清道而行：谓清除道上行走的人，以免惊走野雉。

⑪择地而住：谓选择好的地方为猎场。

⑫镳(biāo)：《说文解字》：“镳，马衔也。”即马嚼子。李善注引董巴《舆服志》：“马并以黄金为义髦，插以翟尾，先多用雉尾。”服：服饰的佩饰之物。

⑬肉：指雉肉，被列为山珍。俎：砧板。永御：长期进用。

⑭皂(zào)隶：此指差役之人。

⑮此焉：这种射猎之事。

⑯耽(dān)：酷好之意。槃：通“盘”。《诗经·卫风·考槃》：“考槃在涧。”毛传：“槃，乐也。”流遁：张衡《东京赋》：“若乃流遁忘反，放心不觉。”谓耽乐放纵。

⑰放心：放恣其心。不移：不改变。

⑱恤：徐爰注：“忧也。”《春秋左传·襄公四年》：“忘其国恤，而思其麀(yōu)牡。”言其但念于猎，不忧国事。故“忘其身恤”为忘记自身的忧患。

⑲司：主管掌握之意。

⑳乐而无节：张衡《东京赋》：“乐而无节，后离其戚。”言淫乐而无节

制，终将遭遇忧祸。

㉑端操：《楚辞·九叹·远游》："内惟省以端操兮，求正气之所由。"端，正。操，德操。

㉒老氏所诫：老子的告诫。张衡《归田赋》："感老氏之遗诫。"《老子》十二章："驰骋畋猎，令人心发狂。"

【译文】

出猎有地势平坦与险峻之不同，禽兽有粗野与驯服的差异。常是太阳偏西还无暇进食，月亮东升还没有倦意。从前贾大夫前往泽薮射雉，一箭射中才引得美妻欢喜。丑夫因之不丑，妻怨因此始释。畋猎之能够得到收获，全在乘危履险地驰骋追逐。为何射猎有如此的快乐欢欣？是因禽兽顺从于猎者的意图。射猎时行走要清空道路，猎场要选择得宜。雉尾可用于装饰马衔或衣服，雉肉登上鼎俎便永是美食。岂只下人差役常出猎，这种活动国君也好从事。至于沉溺游猎乐而忘返，放纵其心而不改变，忘记自身的忧患，一味醉心于射雉之事，乐此而不知节制，端正的德操必损无疑。关于这一点，老子早就有所告诫，君子不会沉湎于畋猎之事。

纪行上

班叔皮

班彪(3—54),字叔皮,扶风安陵(今陕西咸阳东北)人。东汉时期的史学家和文学家。性格沉静好学,博闻多识。年二十余,逢王莽之乱,时局动荡,乃避难于陇西。初从隗嚣,后知隗嚣必然失败,遂至河西依大将军窦融,建议窦融支持光武帝,并代为撰写归附奏章。深为光武帝刘秀所重,拜为徐令,不久以病免官。他才高而好著述,特别专心史籍,曾经采集前史遗事,旁贯异闻,作《后传》六十五篇,以补《史记》汉武帝太初元年以后之阙。其子班固、女班昭,即以《后传》为基础,写成著名的断代史《汉书》,深为史家所重。晚年任望都长,卒于官。严可均《全后汉文》收录班彪之赋论书记奏事共十八篇,赋有《览海赋》《冀州赋》等,《北征赋》为其代表作品。

北征赋一首

【题解】

新莽地皇四年(23)后,关中动乱,班彪远避凉州(今甘肃)。他从长安出发,经瓠谷、云阳县、郇邑、邠邑、赤须坂、义渠县、泥阳县、彭阳县,再沿长城西进,又经过朝那县,最后到达安定郡治所在地高平县。他将这次漫长奔波途中的所见所感,写成《北征赋》。全赋以北行的路程为顺序,通过写景与怀古,表达了对时局的关切,抒发了对人民苦难的同情。由于班彪自己也是颠沛流离中的一员,故感情深沉。赋中对古人古事的评论也都针对现实，有感而发。尤其是对途中景物的描写，渗透了他深沉的政治感情，苍凉悲怆，感染力强。不仅对班昭写《东征赋》深有启发，对后世同类作品也颇有影响。清人孙琮评此赋道："登山眺野，触目兴怀，虽铺叙寥寥，而哀音历落，具见《黍离》之感。唐人吊古诸作，仿佛似之。"评价颇为中肯。

余遭世之颠覆兮①，罹填塞之厄灾②。旧室灭以丘墟兮，曾不得乎少留。遂奋袂以北征兮③，超绝迹而远游。

【注释】

①颠覆：倾覆。指王莽篡汉，时局动荡。

②罹（lí）：遭，受。填塞：谓政治混乱，如道路填塞。厄：危困，苦难。

③奋袂（mèi）：犹举袖。形容奋发之状。袂，袖。

【译文】

我生逢时局动荡啊，深受乱世的灾殃。故园被夷为丘墟啊，已不能安居家乡。决心向北方出走啊，要远游杳无人迹的他方。

朝发轫于长都兮①，夕宿瓠谷之玄宫②。历云门而反顾③，望通天之崇崇④。乘陵冈以登降⑤，息郇邠之邑乡⑥。慕公刘之遗德⑦，及行苇之不伤⑧。彼何生之优渥⑨，我独罹此百殃⑩？故时会之变化兮⑪，非天命之靡常⑫。

【注释】

①发轫（rèn）：指开车出发。轫，用来制止车轮滚动的木头。长都：即长安。

②瓠（hù）谷：谷名。在长安西。玄宫：谓甘泉宫。在今陕西淳化西

北甘泉山。原为秦始皇所建,仅甘泉前殿。汉武帝扩建之,增建通天、高光、迎风诸殿。

③云门:云阳县城门。汉云阳县,秦代所置,治所在今陕西淳化西北。秦始皇三十五年(前212)筑直道,从九原(今内蒙古包头西北)至此,以加强关中与河套地区联系。汉武帝太始元年(前96)又迁各地豪强于此。

④通天:台名。在甘泉宫中,为汉武帝所建。崇崇:高而又高。

⑤陵冈:丘陵山冈。陵,大土山。

⑥郇(xún):同"栒(xún)",古县名。指栒邑县,汉属右扶风郡,今名旬邑,在陕西中部偏西。邠(bīn):同"豳",古都邑名。即今陕西旬邑西南的彬州。周族后稷的曾孙公刘由邰迁居于此。李善注:"《汉书》:右扶风栒县有豳乡。《诗》'豳国',公刘所治邑也。栒与郇同,邠与豳同。"

⑦公刘:周之远祖。相传为后稷的曾孙。《诗经·大雅》有《公刘》,毛传:"公刘居于邰而遭夏人乱,迫逐公刘,公刘乃……迁其民邑于豳焉。"

⑧行苇(háng wěi)之不伤:指公刘对草木都加以爱护,不忍伤害。行苇,道旁苇。此指草木。《诗经·大雅·行苇》:"敦彼行苇,牛羊勿践履。"

⑨优渥(wò):优厚。渥,厚。

⑩罹此百殃:《诗经·王风·兔爰》:"我生之初,尚无庸。我生之后,逢此百凶。"殃,灾难。

⑪时会:时运际会。此为时势之意。

⑫天命之靡常:《诗经·大雅·文王》:"侯服于周,天命靡常。"靡,无,没有。

【译文】

早上从长安启程啊,晚住瓠谷的甘泉宫旁。经过云门而回头看啊,望见通天台高高在上。登上了大土山又接着下降，投宿在郇县的邠乡。思慕公刘的仁慈心肠，不忍把路边的芦苇踩伤。它们生长的条件何等优越，我却偏遇到许多祸殃。原因是形势发生了变化啊，不是天道已不正常。

登赤须之长坂①，入义渠之旧城②。忿戎王之淫狡，秽宣后之失贞。嘉秦昭之讨贼，赫斯怒以北征③。纷吾去此旧都兮④，騑迟迟以历兹⑤。遂舒节以远逝兮⑥，指安定以为期⑦。涉长路之绵绵兮⑧，远纡回以樛流⑨。过泥阳而太息兮⑩，悲祖庙之不修。释余马于彭阳兮⑪，且弭节而自思⑫。日晻晻其将暮兮⑬，睹牛羊之下来⑭。寤旷怨之伤情兮⑮，哀诗人之叹时⑯。

【注释】

①赤须：坡名。即赤须坂，汉时属北地郡。约在今甘肃宁县一带。

②义渠：古西域国名。其都城亦称义渠。在今甘肃宁县附近。

③"忿戎王"几句：《史记·匈奴列传》："秦昭王时，义渠戎王与宣太后乱，有二子。宣太后诈而杀义渠戎王于甘泉，遂起兵伐残义渠。于是秦有陇西、北地、上郡，筑长城以拒胡。"刘良注："秦昭王母宣太后与戎王通，昭王杀之，起兵伐灭其国。言忿其淫乱，嘉其北伐也。"赫，盛怒貌。《诗经·大雅·皇矣》："王赫斯怒。"北征，北伐义渠。

④纷：心绪紊乱。去此旧都：离开长安。

⑤騑（fēi）：古代驾车的马，在中间的叫服，在两边的叫騑，也叫骖。历兹：经过此地。

⑥舒节：驰车。节，车行的节度。一说，舒展志节。

⑦安定：安定郡，治所在高平县（今宁夏固原）。期：目的地。

⑧绵绵：遥远漫长。

⑨樛（jiū）：曲折貌。

⑩泥阳：县名。汉置，属北地郡，以在泥水之阳而名。在今甘肃宁县东南。班彪的祖先班壹，在秦始皇末年避难于楼烦，故泥阳有班氏之庙。

⑪彭阳：古地名。故城在今甘肃镇原东南。

⑫弭（mǐ）节：缓行。

⑬晻晻（yǎn）：不明貌。

⑭牛羊之下来：《诗经・王风・君子于役》："日之夕矣，羊牛下来。君子于役，如之何勿思。"此借《诗经》句以抒行役之苦。

⑮寤：通"悟"。旷怨：男女成年而不得婚嫁的叫旷夫怨女。此指久役之夫与苦等之妇。

⑯诗人：此指《君子于役》之作者。叹时：感叹时局动荡，行役痛苦。

【译文】

登上了长长的赤须斜坡，进入了义渠这座旧城。愤恨当年的戎王狡诈荒淫，宣太后也淫秽而不贞。赞叹秦昭王能够讨贼，怀着盛怒而率军北征。我心绪紊乱离开了旧都啊，马慢慢地经过这座古城。我将纵辔奔驰而远去啊，直到安定郡的治所高平。遥望前面道路茫茫啊，迂回曲折而又漫长。经过泥阳而深深叹息啊，祖庙不修令我悲伤。我放马在边远的彭阳啊，放慢速度而深自思量。日光暗淡将近黄昏啊，见牛羊已经下了山岗。领会到旷夫怨女的痛苦啊，体会到诗人感时的悲伤。

越安定以容与兮[①]，遵长城之漫漫[②]。剧蒙公之疲民兮[③]，为强秦乎筑怨。舍高亥之切忧兮[④]，事蛮狄之辽患[⑤]。不耀德以绥远[⑥]，顾厚固而缮藩[⑦]。首身分而不寤兮[⑧]，犹数功而辞愆[⑨]。何夫子之妄说兮[⑩]，孰云地脉而生残。

【注释】

①容与:行进缓慢貌。

②漫漫:遥远。

③剧:甚,过分。此用如动词,意即埋怨蒙恬的行为太过分。蒙公:蒙恬。秦将,秦始皇命他修筑长城。人民疲于劳役,怨声载道。

④舍:抛开不顾。高亥:赵高、胡亥。赵高原为秦宦官,狡黠贪残。秦始皇死时,怂恿胡亥,拉拢丞相李斯,窜改秦始皇遗诏自立为帝,矫诏赐其兄扶苏死。胡亥篡位后,荒淫暴虐,秦国因而速亡。切忧:近忧。切,切近。

⑤辽患:远患。辽,遥远。

⑥耀德:显示德行。《国语·周语》:"先王耀德不观兵。"绥:安抚。远:远方异族。

⑦缮:修。藩:藩篱。指长城。

⑧首身分而不寤:《史记·蒙恬列传》载,秦始皇死时,赵高阴谋立胡亥为皇帝,遣使赐蒙恬死,"蒙恬喟然太息曰:'我何罪于天?无过而死乎!'良久,徐曰:'恬罪当固死矣。起临洮属之辽东,城堑万余里,此其中不能无绝地脉哉?此乃恬之罪也。'乃吞药自杀"。至死不悟死因。

⑨数(shǔ)功:数说自己之功。蒙恬死前曾历数自己的功劳。愆(qiān):罪过。

⑩夫子:指蒙恬。

【译文】

进入安定郡境慢慢前进啊,沿着那迢迢的长城。怨蒙恬过分地役使人民啊,为强秦积累了深重怨恨。不顾眼前赵高、胡亥的忧患啊,只去防卫辽远的蛮夷敌兵。不发扬恩德去安抚远方啊,只修筑高城厚墙来保卫边境。直到临死都不醒悟啊,还数说功劳不把错误承认。他把致死的原因说得多荒唐啊,竟以为是修城时挖断地脉的报应。

登鄣隧而遥望兮[①]，聊须臾以婆娑[②]。闵獯鬻之猾夏兮，吊尉印于朝那[③]。从圣文之克让兮[④]，不劳师而币加[⑤]。惠父兄于南越兮，黜帝号于尉他[⑥]。降几杖于藩国兮，折吴濞之逆邪[⑦]。惟太宗之荡荡兮[⑧]，岂曩秦之所图[⑨]？

【注释】

①鄣：险隘，关塞。隧：通“燧”。指塞上守候烽火的亭子。

②婆娑（suō）：徘徊，盘桓。

③“闵獯鬻（xūn yù）”二句：《史记·孝文本纪》：“十四年冬，匈奴谋入边为寇，攻朝那塞，杀北地都尉印。”闵，感念。獯鬻（xūn yù），匈奴。猾，乱。夏，华夏。印，人名。为北地都尉，姓孙。朝那（zhū nuó），县名。在今甘肃平凉西北。

④圣文：指汉文帝。克：能。

⑤币加：增加作为礼物的币帛。此谓以礼乐感化。

⑥“惠父兄”二句：《史记·孝文本纪》：“南越王尉陀自立为武帝。然上召尉陀兄弟，以德报之，佗遂去帝称臣。”惠，施加恩惠。

⑦“降几杖”二句：吴王刘濞为高帝兄刘仲之子，孝文帝时，渐失藩臣之礼，称病不朝。文帝赐几杖，准其年老不朝。事见《史记·吴王濞列传》。几，坐时可倚之小桌。杖，行时所持之手杖。均为老人恃以支持身体之工具。

⑧太宗：汉文帝之庙号。荡荡：《尚书·洪范》：“王道荡荡。”比喻汉文帝仁德之广大深厚。

⑨岂曩（nǎng）秦之所图：岂是当年秦王所能设想。一说，哪里像过去秦国那样只采用修藩御远的办法。曩，从前。图，谋。

【译文】

登上关塞的烽火亭而遥望啊，暂且在此徘徊片刻。追忆当年匈奴乱华啊，吊念都尉孙印阵亡于朝那。圣明的文帝能克制忍让啊，不兴师讨伐而以礼乐感化。给僭号的南越王以恩惠啊，让他自觉把帝号撤下。赏赐几杖给吴王刘濞啊，使他叛乱的阴谋难以猝发。想文帝的恩德广大无边啊，岂是过去的秦朝所能够到达。

陟高平而周览①，望山谷之嵯峨②。野萧条以莽荡③，迥千里而无家。风猋发以漂遥兮④，谷水灌以扬波。飞云雾之杳杳⑤，涉积雪之皑皑。雁邕邕以群翔兮⑥，鹍鸡鸣以哜哜⑦。游子悲其故乡，心怆悢以伤怀⑧。抚长剑而慨息，泣涟落而沾衣⑨。揽余涕以於邑兮⑩，哀生民之多故。夫何阴曀之不阳兮⑪，嗟久失其平度⑫。谅时运之所为兮⑬，永伊郁其谁诉⑭？

【注释】

①陟(jī)：升。高平：县名。西汉安定郡治所。其城险固，号称“第一城”。东汉初隗嚣将高峻拥兵据城，汉将耿弇等围攻一年不克。故城在今宁夏固原。

②嵯(cuó)峨：高峻貌。

③莽荡：旷远。

④猋(biāo)：劲疾。漂遥：飞扬。

⑤杳杳(yǎo)：幽深暗远貌。

⑥邕邕(yōng)：雁声。

⑦鹍(kūn)鸡：鸟名。似鹤，黄白色。哜哜(jiē)：象声词。群鸟齐鸣之声。

⑧怆悢(chuàng liàng)：悲伤。

⑨涟落：泪珠下滴的样子。涟，泪流不止的样子。

⑩於(wū)邑：因悲伤而抽噎。

⑪曀(yì):天阴沉。一说阴而有风。此喻时局昏乱。

⑫平度:正常的法度。

⑬谅:信,确实。

⑭伊郁:忧怨。

【译文】

登上了高平县而四面观看啊,望见山谷是多么崇高峻险。旷野萧条茫茫无边啊,千里之内都没有人烟。疾风劲吹飘飘于天空啊,溪水倾泻翻起了波澜。浓云密雾在动荡飞扬啊,皑皑的积雪在闪着寒光。群雁鸣叫着向南飞翔啊,鹍鸡在风中哜哜地悲唱。游子怀念故乡啊,内心充满悲伤。抚着长剑叹息啊,泪水沾湿衣裳。试揩眼泪而哽咽抽噎啊,痛心人民的苦难深长。为什么天空阴沉不见太阳啊,国家的法度长期都不能正常。是时运的变化造成了这种情况啊,向谁去倾诉这忧郁的衷肠?

乱曰[1]:夫子固穷[2],游艺文兮[3]。乐以忘忧,惟圣贤兮。达人从事[4],有仪则兮[5]。行止屈申,与时息兮[6]。君子履信,无不居兮。虽之蛮貊,何忧惧兮[7]。

【注释】

①乱:一篇的总结,乐歌的卒章。

②夫子:指孔子。固穷:于困苦中不失气节和抱负。《论语·卫灵公》:"子曰:'君子固穷,小人穷斯滥矣。'"

③艺文:指六艺。

④达人:通达道理的人。

⑤仪则:犹法则。

⑥"行止"二句:意为行为要适应时势的变化。可行则行,可止则止,应屈则屈,应伸则伸。与时息,即与时消息,息为生长之意。

⑦"君子"几句:《论语·卫灵公》:"子张问行,子曰:'言忠信,行笃

敬，虽蛮貊之邦，行矣。'"又《论语·子路》："樊迟问仁，子曰：'居处恭，执事敬，与人忠，虽之夷狄，不可弃也。'"履信，履行忠信之道。无不居，没有不可居住之地。蛮貊(mò)，边地少数民族。

【译文】

总之：孔子在困苦中能守节操而游心于艺文啊，能够乐而忘忧的只有圣贤啊。达人行事须按原则啊，一切行动适应形势啊。坚持忠信四海为家啊，虽到蛮荒有何忧惧啊。

曹大家

曹大家(gū，约49—120)，名昭，字惠班，一名姬，东汉史学家班彪之女，东汉知名的文学家。年十四，嫁与扶风曹世叔为妻。夫早卒，有节行。其兄班固为尊刘崇汉，潜精积思以著《汉书》，尚有八表及《天文志》未竟而卒，和帝诏她入就东观书阁，继踵乃兄之业，完成《汉书》百篇之规模。后和帝召她入宫，令皇后与诸贵人师事之，敬称为曹大家。于时有贡异物于宫廷，辄诏大家作赋称颂。后邓太后临朝，大家参与听政，以其出入之勤，特封其子为关内侯。

晚年，她惧诸女"失容它门，取耻宗族"，乃作《女诫》七章，成为封建妇女的行动准则。年七十余而卒。著有赋、颂、铭、诔、哀辞、书、论等凡十六篇。子妇丁氏为之撰集，已佚。今存《东征赋》《女诫》，载于《文选》及《后汉书·列女传》。

东征赋一首

【题解】

汉安帝永初七年(113)正月，曹成被擢为陈留郡长垣(今属河南)县长。为送儿子赴任,大家“随子东征”,便作此赋,以叙从洛阳至长垣的经历,并寄其心志。纪行见志,是此赋的突出特点。首叙东行的时间、原因,及其“去故就新”的怆悢情怀。继叙沿途观感,触景怀人。遥想孔子在匡之厄困,子路在卫之威神,蘧瑗在乡之得民,季札预言之有征。从古迄今,都贵道德与仁贤。只要仰高蹈景,正直不违,精诚可以感天动地,贞良忠信之人,定能得助于神灵。以此勉励曹成。最后总其要旨:说明效法先父之有作,是其写作此赋的思想动因。再次勉告其子:“正身履道,以俟时兮。”敬慎执事,寡欲少思。

惟永初之有七兮①,余随子乎东征②。时孟春之吉日兮③,撰良辰而将行④。乃举趾而升舆兮⑤,夕予宿乎偃师⑥。遂去故而就新兮,志怆悢而怀悲⑦。明发曙而不寐兮⑧,心迟迟而有违⑨。酌樽酒以弛念兮⑩,喟抑情而自非⑪。谅不登樔而椓蠡兮⑫,得不陈力而相追⑬。且从众而就列兮⑭,听天命之所归⑮。遵通衢之大道兮⑯,求捷径欲从谁⑰!

【注释】

①永初:汉安帝年号(107—113)。有(yòu):通“又”。

②子:大家之子曹成,字子穀。曹成早年举孝廉后,为长垣长。长垣在京城东面的陈留郡,大家随子至官,故曰“东征”。

③孟春之吉日:即言初春的好日子。

④撰:李善注:“犹择也。”辰:时。

⑤举趾:起步。升舆:登车。

⑥偃师:县名。李善注:“河南郡有偃师县,在洛阳东三十里。”因周武王伐纣,至此筑城休整,故名偃师。今属河南。

⑦怆悢(chuàng liàng):凄怆,伤悲。

⑧明发:《诗经·小雅·小宛》:“明发不寐。”毛传:“明发,发夕至明。”朱熹《诗集传》:“谓将旦而光明开发也。”

⑨心迟迟而有违:《诗经·邶风·谷风》:“行道迟迟,中心有违。”毛传:“迟迟,舒行貌。违,离也。”谓心中有离忧之思,故迟迟然舒行。迟迟有犹豫之意。

⑩酌樽酒:斟饮一杯酒。酌,以酒壶往酒杯中盛酒。樽,酒器名。弛念:丢开、忘却对故乡的思念。《汉书·东方朔传》:“销忧者莫若酒。”

⑪喟(kuì):叹息。抑情:控制悲伤之情。自非:自责为“去故而就新”悲伤。

⑫谅:诚然,委实。登橾(cháo):指攀树巢栖。橾,同“巢”。《礼记·礼运》:“昔者先王未有宫室,冬则居营窟,夏则居橧巢。”椓蠡(zhuó luó):敲开螺壳。蠡,通“蠃”,即螺。谓远古之时,人们茹草饮水,食蠃蚌之肉。

⑬陈力:犹言施展才力。《论语·季氏》:“孔子曰:‘求,周任有言曰:“陈力就列,不能者止。”’”相追:言其尽力追上前行的人。

⑭从众而就列:赶上众人的行列。

⑮听:任凭。

⑯遵:沿着。通衢(qú):四通八达的大道。

⑰捷径:近且邪僻的小路。欲从谁:即谁欲从。

【译文】

永初七年正月啊,我随儿子赴任东行。正值开春后的好时节,选择良辰吉日就将起程。早晨从洛阳登上马车,夜晚我就住宿在偃师城。由于离开故乡去新地啊,怀旧的心绪悲伤怆凄。直至天发曙光仍不能寐啊,离忧之思徘徊不已。借酒消愁以排解思念啊,喟然抑制情怀而责备自己。既不是去过巢居螺食的原始生活,又怎能不为追上众人而卖力气?姑且跟上队伍随众前往,听凭命运的安排而驱驰。沿着康庄大道行走啊，捷径崎岖有谁愿意？

乃遂往而徂逝兮[①]，聊游目而遨魂[②]。历七邑而观览兮[③]，遭巩县之多艰[④]。望河洛之交流兮[⑤]，看成皋之旋门[⑥]。既免脱于峻崄兮[⑦]，历荥阳而过卷[⑧]。食原武之息足[⑨]，宿阳武之桑间[⑩]。涉封丘而践路兮[⑪]，慕京师而窃叹[⑫]。小人性之怀土兮[⑬]，自书传而有焉[⑭]。

【注释】

①徂(cú)逝：往前去。

②游目：转动眼珠四处观看。遨魂：使精神得到畅游。曹植《怀亲赋》："情眷恋而顾怀，魂须臾而九反。"遨，遨游。

③历：经过。七邑：七个县城，即下文中列举的巩县、成皋、荥阳、卷县、原武、阳武、封丘。

④巩县：县名。在今河南巩义。

⑤河洛：指黄河与洛水。洛水由陕西洛南向东流，至河南巩义北汇入黄河。

⑥成皋：春秋时名虎牢，汉置为县。在今河南荥阳西。旋门：即洛阳东面的旋门坂，也称旋门关。张衡《东京赋》："西阻九阿，东门于旋。"薛综注："谓东有旋门，在成皋西南十数里，阪形周屈，故曰于旋。"

⑦免脱：离开，脱离。峻崄(xiǎn)：指旋门阪山高路险。

⑧荥阳：县名。在成皋东面。在今河南荥阳东北。卷(quān)：县名。在今河南原阳西。

⑨原武：县名。在荥阳东面。在今河南原阳。息足：即歇脚，稍事休息。

⑩阳武：县名。在原武之东。在今河南原阳东南。桑间：地名。《礼记·乐记》："桑间濮上之音，亡国之音也。"郑玄注："濮水之上，地有桑间者。"

⑪涉：经过。封丘：县名。在今河南封丘西南。践路：踏上去长垣的道路。长垣属陈留郡。

⑫京师：指京城洛阳。《诗经·大雅·公刘》："京师之野，于时处处。"京师之称始于此。《春秋公羊传·桓公九年》："京师者何？天子之居也。京者何？大也。师者何？众也。天子之居，必以众大之辞言之。"窃叹：暗自叹息。

⑬小人：作者谦称之辞。怀土：怀念故土。《论语·里仁》："君子怀德，小人怀土。"

⑭书传（zhuàn）：指古籍经传。此指《论语》。

【译文】

于是向着长垣而前去，聊且纵目而游神。历经七县纵情观览，至巩县而历尽艰辛。远望黄河与洛水交汇而流，近看成皋的旋门关。既已脱离旋门之险峻，便经荥阳而过卷县。在原武县里吃饭歇一歇脚，投宿在阳武县的桑间。过封丘而登上长垣之路，思念京都而暗自慨叹。小人物情重怀念故土，这话早在经传中就有。

遂进道而少前兮①，得平丘之北边②。入匡郭而追远兮③，念夫子之厄勤④。彼衰乱之无道兮，乃困畏乎圣人⑤。怅容与而久驻兮⑥，忘日夕而将昏⑦。

【注释】

①进道：行进在道路上。少前：稍有前进。言其进程缓慢。

②平丘：县名。李善注："陈留郡有平丘县。"在今河南封丘东。

③匡：即春秋时匡邑。《论语·子罕》："子畏于匡。"今河南长垣西

南十五里有匡城。郭：外城。追远：言作者到了匡邑的城郭之下，便追想到古代圣人孔子的事迹。《论语·学而》："慎终追远。"

④夫子之厄勤：言孔子在匡遭受到困厄和忧心。《史记·孔子世家》："孔子将适陈，过匡……匡人闻之，以为鲁之阳虎。阳虎尝暴匡人，匡人于是遂止孔子。孔子状类阳虎，拘焉五日。"厄勤，即指孔子被匡人拘囚五日之困厄，颜渊等弟子为之忧惧。

⑤困畏：围困拘囚。

⑥怅：惆怅，恼恨。容与：徘徊犹豫，踌躇不前的样子。驻：停留。

⑦昏：暮。

【译文】

行走在路上渐渐前进，便到了平丘县的北边。进入匡城而追思远古，想到孔子受囚拘之冤。那是社会衰乱无道的年月，竟使赫赫圣人也受困遇险。心惆怅游移而久驻匡城，便忘记了时辰已是傍晚。

到长垣之境界①，察农野之居民②。睹蒲城之丘墟兮③，生荆棘之榛榛④。惕觉寤而顾问兮⑤，想子路之威神⑥。卫人嘉其勇义兮，讫于今而称云。蘧氏在城之东南兮⑦，民亦尚其丘坟⑧。唯令德为不朽兮⑨，身既没而名存⑩。惟经典之所美兮⑪，贵道德与仁贤⑫。吴札称多君子兮⑬，其言信而有征⑭。后衰微而遭患兮⑮，遂陵迟而不兴⑯。

【注释】

①长垣：陈留郡属县。在今河南长垣东北。《后汉书·列女传》载曹大家《女诫》："恒恐子榖负辱清朝。"李贤引《三辅决录》注："曹成，寿之子也。司徒掾察举孝廉，为长垣长。"子榖，曹成之字。

②农野：犹言田野、乡野。

③蒲城：即蒲邑的城池。蒲是长垣县的边境小邑。丘墟：废墟。

④荆棘：泛指杂乱丛生的灌木与刺蓬。榛榛(zhēn)：《广雅·释木》："木藂生曰榛。"重言之，泛指草木丛生貌。

⑤惕觉寤：谓贸然醒悟。司马相如《长门赋》："惕寤觉而无见兮，魂迋迋若有亡。"惕，疾速。《国语·吴语》："一日惕，一日留。"韦昭注："惕，疾也。"寤，通"悟"。顾问：回头问仆从。

⑥子路：孔子弟子，名仲由，好勇力。《史记·仲尼弟子列传》载，子路为蒲邑大夫时，向孔子辞行，孔子说："蒲多壮士，又难治。然吾语汝：恭以敬，可以执勇；宽以正，可以比众。恭正以静，可以报上。"后又为卫大夫孔悝之邑宰。卫灵公太子蒉聩与孔悝作乱，赶走了卫出公。当时子路在外，闻之而驰往卫都，路遇子羔，子羔对子路说："出公去矣，而门已闭，子可还矣。毋空受其祸。"子路说："食其食者，不避其难。"子路入城质问蒉聩："君焉用孔悝，请得而杀之。"蒉聩不听，子路欲燔台。蒉聩就派人进攻子路，子路的帽缨被斩断，子路说："君子死而冠不免。"遂结缨而死。子路之威神，卫人嘉其勇义，即谓此事。

⑦蘧(qú)氏：即春秋时蘧瑗家。蘧瑗，卫人，字伯玉，为卫大夫，孔子在卫时曾住其家。《淮南子·原道训》："蘧伯玉年五十而有四十九年非。"故人知其贤。他求进甚急，善于改过。

⑧尚：尊崇。丘坟：指高隆的坟墓。此指蘧伯玉墓。

⑨令德：美德。不朽：古人有立德、立功、立言"三不朽"之说。

⑩没(mò)：同"殁"，死亡。

⑪经典：指典范性的经书。

⑫仁贤：谓德才兼美的人。

⑬吴札：即吴公子季札。称多君子：称道卫国多君子之人。《春秋左传·襄公二十九年》："(季札)适卫，说蘧瑗、史狗、史鰌、公子

荆、公叔发、公子朝,曰:'卫多君子,未有患也。'"

⑭其言信而有征:谓季札的话很切实,得到了验证。《春秋左传·昭公八年》:"君子之言,信而有征。"

⑮后衰微而遭患:《史记·卫康叔世家》载,吴公子季札适卫,过宿邑,孙林父为击磬,曰:"不乐,音大悲,使卫乱乃此矣。"自此之后,卫国废立频繁,内乱愈演愈烈,卫出公十二年(前481),太子蒯聩与孔悝作乱,卫成侯十六年贬号曰侯(前356),卫嗣君五年(前330),更贬号曰君,朝魏,秦二世废卫君角为庶人。

⑯陵迟:衰败。

【译文】

到达长垣县的境界,看到田野里住有居民。目睹蒲城尽成废墟,一片荒凉荆棘丛生。我猛然觉悟而顾问从人,想到子路在蒲的威武神情。卫国人赞美他勇敢的义举,直到今天仍然称道不停。蘧瑗之家就在蒲城东南,到现在人们还瞻仰其坟茔。这说明只有茂德之人才不朽,身虽早殁而万世留名。在经典中被赞美的,都是看重其道德与贤仁。季札曾说卫多君子终无患,他的预言得到历史的证明。后来废立频仍,屡遭变乱,国势日衰,一蹶不振。

知性命之在天①,由力行而近仁②。勉仰高而蹈景兮③,尽忠恕而与人④。好正直而不回兮⑤,精诚通于明神⑥。庶灵祇之鉴照兮⑦,祐贞良而辅信⑧。

【注释】

①性命在天:言人的生命是天生的。《周易·乾·彖》:"乾道变化,各正性命。"《礼记·中庸》:"天命之谓性。"

②力行而近仁:谓勉力行善,故近乎仁。《礼记·中庸》:"子曰:'好学近乎知,力行近乎仁,知耻近乎勇。'"

③仰高而蹈景：敬仰德高者，向往明行者。《诗经·小雅·车辖》："高山仰止，景行行止。"蹈，实行。景，大，明。

④忠恕：忠诚宽容，乃儒家"仁德"的两种表现，也是实践"仁"的两种方式。《论语·里仁》："曾子曰：'夫子之道，忠恕而已矣。'"《论语·卫灵公》："子贡问曰：'有一言而可以终身行之者乎?'子曰：'其恕乎！己所不欲，勿施于人。'"《礼记·中庸》："忠恕违道不远。"

⑤不回：正直，不行邪僻。《诗经·小雅·鼓钟》："淑人君子，其德不回。"毛传："回，邪也。"

⑥精诚通于明神：《文子·精诚》："精诚内形，气动于天。"意谓精诚可以通于神明。

⑦庶：希望。灵祇(qí)：即神祇。《尚书·微子》："今殷民乃攘窃神祇之牺牷牲。"《释文》："天曰神，地曰祇。"鉴照：犹言明察。

⑧祐：也作"佑"，佑助。贞良：正直而有节操之能臣。

【译文】

深知人的性命决定于天，但可努力以成仁人。勉力敬仰高德行走光明大道，尽量以忠恕之道对待别人。一心爱好正直而不邪僻，真心诚意可以感动神明。希望天神地祇明察几微，辅佑正直而守信的人们。

乱曰：君子之思，必成文兮①。盍各言志②，慕古人兮③。先君行止④，则有作兮⑤。虽其不敏⑥，敢不法兮⑦。贵贱贫富，不可求兮⑧。正身履道，以俟时兮⑨。修短之运⑩，愚智同兮。靖恭委命⑪，唯吉凶兮。敬慎无怠⑫，思嗛约兮⑬。清静少欲，师公绰兮⑭。

【注释】

①必成文：一定要写成文章。《法言·君子》："君子言则成文，动则成德。"

②盍各言志：《论语·公冶长》："颜渊季路侍，子曰：'盍各言尔志？'"谓何不谈谈各自的志向。盍，何不。

③慕古人：思慕古人言志之行为。吕向注："言我为此赋而言志者，慕古人也。"

④先君：子女对已死之父的称呼。此指班彪。行止：行动。这里指远行。

⑤有作：有所创作。班彪《北征赋》李善注引《流别论》："更始时，班彪避难凉州，发长安，至安定，作《北征赋》也。"

⑥不敏：不聪慧。《论语·颜渊》："回虽不敏，请事斯语矣。"

⑦敢不法：言不敢不效法其父而作此《东征赋》。

⑧不可求：不是凭人的愿望和努力能够得到的。亦"死生有命，富贵在天"之意。

⑨"正身"二句：谓端正自身，遵行正道，以待时机。《荀子·宥坐》："君子博学深谋，修身端行，以俟其时。"履道，遵循、行走正道。《周易·履》："履道坦坦。"俟(sì)，等待。

⑩修短：长短。此指寿命。运：即运命，亦曰命运。

⑪靖恭：谦恭。《诗经·小雅·小明》："靖共尔位，正直是与。"共，通"恭"。委命：顺应天命。

⑫敬慎：恭敬谨慎。《诗经·大雅·抑》："敬慎威仪，维民之则。"

⑬嗛(qiān)：通"谦"，谦恭。约：节俭。

⑭公绰：春秋时鲁国大夫孟公绰，孔子所尊敬的人。《论语·宪问》："子路问成人。子曰：'若臧武仲之知，公绰之不欲……'"不欲，即清静少欲。

【译文】

总之：君子有了情思，必然形诸文字。仰慕古人之行，何不撰文叙志！先父避难凉州，《北征》之赋问世。虽然我不聪慧，不敢不仿效为之。人生贵贱贫富，不可强求一致。但要修身行道，以此等待时机。人之生命各有短长，愚者智者并无差异。唯有恭顺对待天命，极力就吉避凶为是。敬慎执事不要懈怠，恭俭二字时时谨记。清静少欲不贪，当以公绰为师。

卷第十·赋戊

纪行下

潘安仁

见卷第七《藉田赋》作者介绍。

西征赋一首

【题解】

《晋书·潘岳传》云："杨骏辅政，高选吏佐，引岳为太傅主簿。骏诛，除名。"潘岳本当受连坐而治死罪，因得楚王司马玮长史公孙宏报德相救，才免于难。"未几，选为长安令，作《西征赋》，述所经人物山水，文清旨诣"。潘岳家在巩县，长安在西，故曰《西征赋》。

由于作者幸免于死，此次出为长安令，其心境亦忧亦喜。故赋一开始，即喟然叹曰："唯生与位，谓之大宝。生有修短之命，位有通塞之遇……嗟鄙夫之常累，固既得而患失。无柳季之直道，佐士师而一黜。"

作者在长赋中，除叙述自己出任长安的原因与心情之外，又以所经历的地方为线索，纵笔论述每一个地方的历史人物、政治得失，借以寄托其忧思与希望。最后表述到任所后以"既富而教"为施政方针，充分利用丰富的水陆资源，让"鳏夫有室，愁民以乐"，以诚信化下，使民风得以淳净。

岁次玄枵，月旅蕤宾，丙丁统日，乙未御辰[①]。潘子凭轼西征[②]，自京徂秦[③]。乃喟然叹曰：古往今来，邈矣悠哉[④]！寥廓惚恍[⑤]，化一气而甄三才[⑥]。此三才者，天地人道。唯生与位，谓之大宝[⑦]。生有修短之命，位有通塞之遇[⑧]。鬼神莫能要[⑨]，圣智弗能豫[⑩]。当休明之盛世，托菲薄之陋质[⑪]。纳旌弓于铉台[⑫]，赞庶绩于帝室[⑬]。嗟鄙夫之常累[⑭]，固既得而患失[⑮]。无柳季之直道，佐士师而一黜[⑯]。

【注释】

①“岁次”几句：此言潘岳西征日期，即晋元康二年壬子岁(292)五月十八日。李善注：“岳《伤弱子序》曰：‘元康二年五月，余之长安。’以历推之，元康二年，岁在壬子。乙未，五月十八日也。”元康，西晋惠帝年号(291—299)。岁，岁星，即木星。古人认为岁星运行十二年绕天一周。于是便按岁星运行速度，将黄道附近的周天，由西向东划为十二个等分，一曰星纪，二曰玄枵……岁星运行一个等分，便是一年。次，行次。岁星一年行走的距离，就是一次。玄枵(xiāo)，十二次之一。与十二地支相配为子。月旅蕤(ruí)宾，谓月份处在五月。旅，处。蕤宾，十二律之一。旧说古人用十二个长短不同竹管，吹出十二个高低不同的标准音，称为十二律。因其数与十二月相等，故古人常用之与十二月相配。蕤宾配仲夏之月。丙丁，火日之名。《吕氏春秋·仲夏纪》：“仲夏之月……其日丙丁。”高诱注：“丙丁，火日也。”御，李善注：“主也。”辰，即时辰。

②潘子：潘岳自称。凭：依靠。轼：车厢前的横木。

③京:指西晋都城洛阳。徂(cú):往。秦:指关中秦国本土,今之陕甘一带。晋惠帝元康二年(292),潘岳为长安令,从洛阳往长安任所,故曰"徂秦"。

④邈:远。悠:长久。

⑤寥廓:空旷貌。惚恍:同"恍惚",隐约不清。

⑥一气:道家思想中对天地万物构成物质及其变化的命名。《列子·天瑞》:"一者形变之始也。轻清者上为天,浊重者下为地,冲和气者为人。"甄(zhēn):李善注引《汉书音义》:"陶人作瓦器,谓之甄。"此为甄陶之义,犹言陶钧,化育,造就。

⑦"唯生"二句:《周易·系辞》:"天地之大德曰生,圣人之大宝曰位。"生,生命、寿命。位,禄位。

⑧通塞:李善注:"犹穷达也。"遇:遇逢。

⑨要(yāo):预约,约定。

⑩豫:预知,预期。

⑪菲薄:微薄。《楚辞·九叹·远游》:"质菲薄而无因兮,焉托乘而上浮?"陋质:谓鄙陋浅薄之才质。

⑫纳旌弓于铉(xuàn)台:此指潘岳被征召入司空太尉府事。《晋书·潘岳传》载其"早辟司空太尉府,举秀才"。纳旌弓,犹言招纳人才。旌旗与弓矢,都是招纳人才的信物。《春秋左传·昭公二十年》:"(虞人)辞曰:'昔我先君之田也,旃以招大夫,弓以招士,皮冠以招虞人。'"铉台,指三公官署。张铣注:"铉台,谓三公也。"铉,一种举鼎的工具。这里代指鼎。李善注:"郑玄《尚书》注曰:'鼎,三公象也。'《春秋汉含孳》曰:'三公在天,法三台也。'"故台鼎喻三公,铉台也喻三公。司空为三公之一。

⑬赞庶绩于帝室:此借皋陶赓歌事喻自己作《藉田赋》赞美晋武帝之事。庶绩,《尚书·皋陶谟》载皋陶"乃赓载歌曰:'元首明哉!股肱良哉!庶事康哉!'"帝室,王室。此指晋武帝。《晋书·潘

岳传》:“泰始中,武帝躬耕藉田,岳作赋以美其事。”所作即《藉田赋》。

⑭累(lèi):劳累,忧患。

⑮固:本来,已经。既得而患失:《论语·阳货》:“子曰:‘鄙夫可与事君也与哉?其未得之也,患得之。既得之,患失之。苟患失之,无所不至矣。’”

⑯“无柳季”二句:此借柳下惠免官之事言自己为廷尉评而被免职事。柳季,即柳下惠,姓展,名禽,字季,因食邑柳下,故称柳季。其谥曰惠,故又称柳下惠。柳下惠曾担任士师(法官)而被免职。《论语·微子》:“柳下惠为士师,三黜,人曰:‘子未可以去乎?’曰:‘直道而事人,焉往而不三黜?枉道而事人,何必去父母之邦?’”佐士师而一黜,据《晋书》本传,潘岳尝为廷尉评,后“以公事免”。魏晋之时,廷尉是最高司法官员,潘岳曾为廷尉评,为廷尉属官,故曰“佐士师”。

【译文】

岁星行至玄枵之间,恰值晋元康二年,蕤宾律应五月之间,乙未纪日十又八天。我潘岳凭轼西行,自京都洛阳去往长安。于是感慨叹息说:古往今来,时空久远。自那浩茫混沌之时起,“一气”演化成“三才”,“三才”便是天地人。唯有生命与官位,人们称之为“大宝”。寿命长短在命运,官位通塞在机缘。鬼神不能先得知,圣贤无法早预测。当今乃是政治修明的盛世,正好托依我微薄鄙陋之才质。幸蒙三公以旌弓招用,始得赞美帝王的盛事。可叹我像鄙夫那样忧心劳碌,本已得到禄位却又忧虑丢失。尽管并无柳季之正直情性,辅佐廷尉裁决狱事却遭革职。

武皇忽其升遐①,八音遏于四海②。天子寝于谅暗③,百官听于冢宰④。彼负荷之殊重⑤,虽伊周其犹殆⑥。窥七贵于汉庭[⑦]，祷一姓之或在[⑧]。无危明以安位[⑨]，只居逼以示专[⑩]。陷乱逆以受戮[⑪]，匪祸降之自天[⑫]。

【注释】

①武皇：晋武帝司马炎。升遐：即登遐，或作“登假”。对帝王去世的讳称。《礼记·曲礼》：“告丧，曰‘天王登假’。”郑玄注：“登，上也。假，已也。上已者，若仙去云耳。”

②八音：指八种乐器吹奏的乐音。即匏、土、革、木、石、金、丝、竹等八种材质的乐器。遏(è)：遏止。

③谅暗：也作“亮阴”“梁暗”“凉阴”，天子居丧之所。《礼记·丧服四制》：“《书》曰：‘高宗谅暗，三年不言。’”郑玄注：“暗，谓庐也。”庐，即凶庐，停放尸体的地方。

④冢宰：一称太宰，周官，为六卿之首。《尚书·周官》：“冢宰掌邦治，统百官，均四海。”此指太傅杨骏。李善注引干宝《晋纪》：“杨骏为太傅，百官总己，以听于骏。”

⑤彼：指冢宰辅臣。负荷：承担，担当。《春秋左传·昭公七年》：“其子弗克负荷。”杜预注：“荷，担也。”

⑥伊周：谓伊尹与周公。李善注：“伊尹之相太甲，致桐宫之师。周旦之辅成王，有流言之谤。”此言商初伊尹与周初周公辅佐君王之艰难。殆：危险。

⑦七贵：指西汉七家宠贵。即吕、霍、上官、丁、赵、傅、王七姓。均为外戚，后皆因权势过重而灭。

⑧祷(chóu)：通“畴”，谁。李善注：“《声类》曰：‘祷，亦畴字也。’”《尔雅·释诂》：“畴，谁也。”

⑨无危明以安位：李善注：“言无见危之明，以安其位。”言杨骏没有预知危机的明智来保全地位。

⑩只居逼以示专：李善注：“只为逼主，以示己专也。”言杨骏处于内

府尊位，逼迫其主，以显示其专横跋扈。

⑪乱逆：指杨骏在惠帝时以外戚为太傅，把持朝政，多树亲党，皆领禁兵，“公室怨望，天下愤然”，贾后谋废太后，密通宫中同党，出兵烧杨府之事。事详《晋书·杨骏传》。受戮（lù）：指杨骏被贾后同党残杀，并夷其三族。

⑫匪祸降之自天：并非天降灾祸。《诗经·大雅·瞻卬》：“乱匪降自天，生自妇人。”

【译文】

武皇忽然归西天，四海停止歌舞欢。天子寝息存尸间，百官听命杨太傅。杨太傅所承受的负担特别繁重，即使贤如伊尹、周公也会有风险。看一看西汉时的七家宠贵，有哪一姓至今还安然。没有察微之明来保全高位，只是优居内府迫君以专权。结果深陷叛逆而被诛，并非杀身之祸降自上天。

孔随时以行藏①，蘧与国而舒卷②。苟蔽微以缪章③，患过辟之未远④。悟山潜之逸士⑤，卓长往而不反⑥；陋吾人之拘挛⑦，飘萍浮而蓬转⑧。寮位儡其隆替⑨，名节漼以隳落⑩。危素卵之累壳⑪，甚玄燕之巢幕⑫。心战惧以兢悚⑬，如临深而履薄⑭。夕获归于都外⑮，宵未中而难作⑯。匪择木以栖集⑰，鲜林焚而鸟存⑱。

【注释】

①孔随时以行藏：言孔子根据时机选择出仕或退隐。《周易·随·彖》：“随时之义大矣哉！”《论语·述而》：“子谓颜渊曰：‘用之则行，舍之则藏，惟我与尔有是夫。’”其意是说有人用我，就干起来；没人用我，就隐藏起来。

②蘧(qú)与国而舒卷:指卫国大夫蘧伯玉随国家的治乱而选择仕隐。《论语·卫灵公》:"子曰:'君子哉蘧伯玉!邦有道,则仕;邦无道,则可卷而怀之。'"

③蔽微:蔽于隐微之事。缪章:缪于彰明之物,即把明显的事物也看错了。缪,通"谬"。

④过辟(bì):即罪过。辟,《尔雅·释诂》:"罪也。"未远:李善注:"不离其身也。"

⑤山潜之逸士:指潜隐在山中的有识之士。逸,退隐。

⑥卓:卓然,卓行,远去。反:同"返"。

⑦陋:见识很差。《荀子·修身》:"少见曰陋。"拘挛(jū luán):拘束,拘泥,局限。

⑧蓬转:李善注引《东观汉记》:"太史官曰:'票骇蓬转,因遇际会。'"谓像秋天的蓬草那样,随风飘流转动。

⑨寮(liáo):通"僚",同一官署的官吏。儡(léi):丧败。隆替:兴盛与衰败。

⑩漼(cuī):通"摧",破坏。隳(huī):毁坏。

⑪素卵:白色鸡蛋。

⑫玄燕:黑色的燕子。巢幕:在帷幕上做巢。《春秋左传·襄公二十九年》载吴公子季札谓卫孙林父曰:"夫子之在此也,犹燕之巢于幕上。"

⑬战惧:战栗恐惧。兢悚(sǒng):戒慎恐惧貌。

⑭临深而履薄:形容危惧小心之状。《诗经·小雅·小旻》:"战战兢兢,如临深渊,如履薄冰。"

⑮归于都外:归去京都之外。据《晋书·潘岳传》,杨骏被诛之时,"岳其夕取急在外",故得免。

⑯难作:指贾后等谋划的诛杨事变发生了。

⑰匪择木:谓潘岳在诛杨事变中幸免于难,不是他善于择木而栖。

⑱鲜(xiǎn):少。

【译文】

孔夫子善于根据时势的好坏而仕隐,蘧伯玉长于看国内有道无道而舒卷。如果不能明察各种或隐微或明显的迹象,那么祸患与罪过就将离你不远。由此领悟到山林隐逸之士,何以远去长往而不回归;也明白了我辈局限名利的鄙陋,像浮萍蓬草那样随风波漂转。随兴衰变化而宦海沉浮,名誉节操也摧毁败落。眼前处境危如重叠的鸡蛋,胜过玄燕做巢于飘动的帷幕。心中战栗恐惧而戒慎,如临深渊如履薄冰。傍晚我因急事去了城外,未到夜半而祸难就大作。并非是我专选大树栖身,少有森林被焚而鸟尚存。

遭千载之嘉会①,皇合德于乾坤②。弛秋霜之严威③,流春泽之渥恩④。甄大义以明责⑤,反初服于私门⑥。皇鉴揆余之忠诚⑦,俄命余以末班⑧。牧疲人于西夏⑨,携老幼而入关。丘去鲁而顾叹⑩,季过沛而涕零⑪。伊故乡之可怀,疚圣达之幽情⑫。矧匹夫之安土⑬,邈投身于镐京⑭。犹犬马之恋主,窃托慕于阙庭⑮。眷巩洛而掩涕⑯,思缠绵于坟茔⑰。

【注释】

①遭:遭逢。千载之嘉会:指千载难逢的国运昌盛之际。《三国志·吴书·韦曜传》:"诚千载之嘉会,百世之良遇也。"

②合德于乾坤:谓君之德与天地之德相合。《周易·乾》:"夫大人者,与天地合其德。"

③弛:废。秋霜:形容天子暴戾的脸色。《申鉴·杂言》:"(人主)怒如秋霜。"

④流:流布。春泽:春日雨露。汉乐府《长歌行》:"阳春布德泽,万

物生光辉。”渥恩(wò):厚恩。王褒《洞箫赋》:“蒙圣主之渥恩。”

⑤甄:审查,鉴别。

⑥初服:初始之服。屈原《离骚》:“退将复修吾初服。”私门:犹言家门。

⑦皇鉴揆(kuí):即屈原《离骚》“皇览揆余初度兮”之“皇览揆”。但此“皇”不是“皇考”之义,而是指皇帝。鉴,鉴察之义。揆,揣度。

⑧俄:即俄而,言时间短促。末班:李善注:“谓长安令也。”县令在百官班次之末,故曰末班。

⑨牧:对牲畜言,是放牧;对人言,是统治。疲人:指疲乏劳累的人民。西夏:泛指中原的西部。潘岳出为长安令,属于西夏之地。

⑩丘去鲁而顾叹:言孔子离开鲁国时,其情恋恋不舍,迟迟难行,顾望生叹。《韩诗外传》:“孔子去鲁,迟迟乎其行也。”丘,孔子名丘,字仲尼。

⑪季过沛而涕零:指刘邦晚年经过故乡沛县而落泪之事。《汉书·高帝纪》载,十二年(前195),“上还过沛,留,置酒沛宫……上乃起舞,慷慨伤怀,泣数行下,谓沛父兄曰:‘游子悲故乡。吾虽都关中,万岁之后,吾魂魄犹思沛。’”季,刘邦,字季,沛人。沛,沛县,今属江苏。零,落。

⑫疚:《尔雅·释诂》:“病也。”此谓内心痛苦。幽情:郁结、隐秘的感情。

⑬矧(shěn):况且。匹夫:庶人,指一般人。安土:安乐于故土。

⑭镐京:周朝京都。在今陕西西安西南。西汉都长安,镐为其辖区。

⑮窃:自谦之谓,私下。阙庭:朝廷。

⑯眷:怀念。巩:河南郡巩县,在今河南巩义。洛:都城洛阳,今属河南。

⑰坟茔:坟墓。李善注:“《河南郡图经》曰:‘潘岳父冢,巩县西南三

十五里。'"

【译文】

幸遇千载难逢的昌盛机会,皇上的大恩大德合乾配坤。他改变了厉若秋霜的威严,流布春雨般的厚恩。审查大是大非以明辨责任,我愿弃官回家继续修身。皇上明鉴测度我的忠诚,不多日又命我为长安令。我往西夏治理疲民,扶老携幼进入西秦。孔丘去鲁顾望长叹,刘邦回沛慷慨涕零。故乡实在令人怀念啊,就是圣人贤达也有郁结之情。何况我乐于故土的一介鄙夫,却要远远投身于周都镐京。正如犬马会留恋故主,我也寄深情于大晋朝廷。眷恋巩县洛阳而掩面流泪,情思缠绵牵挂祖上坟茔。

尔乃越平乐①,过街邮②。秣马皋门③,税驾西周④。远矣姬德⑤,兴自高辛⑥。思文后稷⑦,厥初生民⑧。率西水浒⑨,化流岐豳⑩。祚隆昌发⑪,旧邦惟新⑫。旋牧野而历兹⑬,愈守柔以执竞⑭。夜申旦而不寐,忧天保之未定⑮。惟泰山其犹危⑯,祀八百而余庆⑰。鉴亡王之骄淫⑱,窜南巢以投命⑲。坐积薪以待然⑳,方指日而比盛㉑。人度量之乖舛,何相越之辽迥㉒。

【注释】

①平乐:李善注:"馆名也。"

②街邮:古亭名。今地不详。

③皋门:《诗经·大雅·绵》:"乃立皋门,皋门有伉。"毛传:"王之郭门曰皋门。"王之郭门,则是王宫的外门。李善注:"皋门桥。"

④税(tuō)驾:停车休息。《史记·李斯列传》:"吾未知所税驾也。"《索隐》:"税驾犹解驾,言休息也。"税,通"脱",解脱。西周:指洛

阳,赧王都城。

⑤姬德:即周德。周王族为姬姓。

⑥兴自高辛:相传帝喾高辛氏元妃姜嫄,生子曰后稷,为周族始祖。高辛,高辛氏,即帝喾,五帝之一。《史记·五帝本纪》:"帝喾高辛者,黄帝之曾孙也……高辛生而神灵,自言其名。普施利物,不于其身。聪以知远,明以察微。顺天之义,知民之急。仁而威,惠而信,修身而天下服……其德嶷嶷。"

⑦思文后稷:《诗经·周颂·思文》:"思文后稷,克配彼天。"郑笺:"周公思先祖有文德者,后稷之功能配天。"后稷,周的始祖。《史记·周本纪》:"弃为儿时,屹如巨人之志。其游戏,好种树麻菽,麻菽美。及为成人,遂好耕农,相地之宜,宜谷者稼穑焉,民皆法则之。帝尧闻之,举弃为农师,天下得其利,有功……封弃于邰,号曰后稷,别姓姬氏。后稷之兴,在陶唐虞夏之际,皆有令德。"

⑧厥初生民:《诗经·大雅·生民》:"厥初生民,时维姜嫄。"郑笺:"言周之始祖,其生之者是姜嫄也。"生民,即生人,指后稷。

⑨率西水浒:《诗经·大雅·绵》:"古公亶父,来朝走马,率西水浒,至于岐下。"毛传:"率,循也。浒,水厓也。"谓周之祖先古公亶父在豳(bīn)地受狄人之侵,乃率领国人,从豳出发,沿着由西向东流的渭水岸边,迁徙至岐山(在今陕西岐山东北)之下。

⑩豳:古国名。相传为周之先人公刘所建,其址在今陕西彬州。

⑪祚(zuò):福运,国运。昌:周文王之名。发:周武王之名。文王、武王之时,周族开始兴盛,故曰"祚隆"。

⑫旧邦惟新:《诗经·大雅·文王》:"周虽旧邦,其命维新。"相传后稷建国于邰(tái,国名。故址在今陕西武功),后公刘避夏桀乱迁豳,古公亶父又迁岐。故邰与豳、岐都是周之旧邦名。至文王之时乃新受天命。维,通"惟",维新,乃新。

⑬旋:返回。牧野:地名。在今河南淇县南。周武王于此与商纣王

决战，遂灭商。事详《史记·周本纪》。兹：李善注："此也。谓此周也。"

⑭守柔：《老子》五十二章："守柔曰强。"执竞：《诗经·周颂·执竞》："执竞武王，无竞维烈。"孔疏："言有能持强盛之道者，维武王耳。此武王岂为无强乎？维克商之功业实为强也。"执，持。竞，强。

⑮"夜申旦"二句：言周武王灭商后，担心天命未定，忧心忡忡，夜不能寐。《史记·周本纪》："武王至于周，自夜不寐。周公旦即王所，曰：'曷为不寐？'王曰：'……我未定天保，何暇寐？'"申旦，《楚辞·九辩》："独申旦而不寐兮。"李周翰注："申，至。"旦，天明。天保，天祚安定。《诗经·小雅·天保》："天保定尔，亦孔之固。"郑笺："保，安。"

⑯泰山其犹危：李善注："言武王灭商，虽有泰山之固，尚以为危。"《史记·周本纪》载，武王灭纣，"诸侯毕从……商国百姓咸待于郊"。天下人心所向，是其泰山之固也。

⑰祀八百而余庆：指周朝延续八百余年。《史记·周本纪·集解》："皇甫谧曰：'周凡三十七王，八百六十七年。'"祀，祭祀，古人以无人主持祭祀为亡国。《史记·周本纪》："东西周皆入于秦，周既不祀。"《索隐》："言周祚尽灭，无主祭祀。"一说，祀，年。

⑱亡王：李善注："谓桀也。"

⑲南巢：地名。《尚书·仲虺之诰》："成汤放桀于南巢。"

⑳坐积薪以待然：坐在干柴上等着被烧。比喻形势之危急。贾谊《治安策》："夫抱火厝之积薪之下而寝其上，火未及燃，因谓之安，方今之势，何以异此！"然，同"燃"。

㉑指日而比盛：指夏桀曾自比太阳。李善注引《尚书大传》："伊尹入告于王曰：'大命之去有日矣。'王曰：'天之有日，犹吾之有人。日有亡哉？日亡，吾亦亡。'"郑玄注："自比于天，言常在也；比于

日，言去复来也。”

㉒“人度量”二句：谓武王有泰山之固，犹以为危，夏桀坐于积薪之上，还指日而比盛，其忖度思量形势的差别是何等的辽远。人，李善注：“谓武王与桀也。”乖舛（chuǎn），差错。相越，相互背离。辽迥，很远。迥，《尔雅·释诂》：“远也。”

【译文】

于是经越平乐馆，路过街邮亭。喂马于皋门，息驾于王城。姬周之德历史久远，自高辛之世发源。后稷文德配天，正是最初祖先。古公不忍北狄之侵扰，率民沿渭离豳至岐山。传至文武国运昌隆，古老侯邦新受天命。武王在牧野大败殷纣凯旋到此，更以怀柔之策而保持强盛。武王通宵达旦不曾合眼，忧虑王位尚不安稳。稳如泰山却居安思危，福泽余荫流传八百余年。亡国之君的骄纵奢淫值得借鉴，昏聩的夏桀流窜南巢而偷生。他本已坐在即将燃烧的干柴上，却指不亡之日来比喻其盛。人对事物形势估量之差错，为何相差得那么遥远分明。

考土中于斯邑①，成建都而营筑②。既定鼎于郏鄏③，遂钻龟而启繇④。平失道而来迁⑤，繄二国而是祐⑥。岂时王之无僻⑦，赖先哲以长懋⑧。望圉北之两门，感虢郑之纳惠⑨。讨子颓之乐祸⑩，尤阙西之效戾⑪。重戮带以定襄⑫，弘大顺以霸世⑬。灵壅川以止斗，晋演义以献说⑭。咨景悼以迄丐⑮，政凌迟而弥季⑯。俾庶朝之构逆，历两王而干位⑰。逾十叶以逮赧⑱，邦分崩而为二⑲。竟横噬于虎口⑳，输文武之神器㉑。

【注释】

①考：考察。土中：《尚书·召诰》：“王来绍上帝，自服于土中。”孔

传:“言地势正中。”成王在洛邑(即今河南洛阳)建东都成周,居于地势之中。斯邑:即洛邑。

②成:周成王。

③即定鼎于郏鄏(jiá rǔ):《春秋左传·宣公三年》:“成王定鼎于郏鄏。”鼎,传说夏禹铸九鼎以象征九州,历商至周,都为传国重器,置于京都。郏鄏,地名。即王城洛邑,在今河南洛阳。

④钻龟:古卜法。古人用龟腹甲占卜吉凶,先钻刺龟甲,然后用火灼钻刺的地方,通过龟甲被灼后产生的裂纹来判断吉凶。繇(zhòu):通“籀(zhòu)”,占卜时解释卦象的兆辞。

⑤平失道而来迁:指周平王东迁洛邑。《史记·周本纪》载,幽王无道,犬戎杀幽王骊山下,诸侯共立太子宜臼,是为平王。是时周室衰微,平王为避戎寇,东迁洛邑。

⑥繄(yī):李善注:“语助也。”二国:指晋、郑两国。《春秋左传·隐公六年》:“我周之东迁,晋、郑焉依。”祐:即佑,助。

⑦时王:李善注:“言周末之王。”无僻:无邪僻之行。

⑧赖先哲以长懋(mào):李善注:“但赖先圣之德,所以长茂也。”懋,同“茂”。

⑨“望圉(yǔ)北”二句:言看见周王城的圉、北二门,想起春秋时虢公、郑伯护送周惠王回王城事。据《春秋左传》记载,庄公十九年(前675),五大夫奉王子颓作乱,赶跑了周惠王。《春秋左传·庄公二十一年》:“夏,(郑、虢)同伐王城,郑伯将王自圉门入,虢叔自北门入,杀王子颓及五大夫。”

⑩讨子颓之乐祸:《春秋左传·庄公二十年》:“冬,王子颓享五大夫,乐及遍舞。郑伯闻之,见虢叔曰:‘寡人闻之,哀乐失时,殃咎必至,今王子颓歌舞不倦,乐祸也……奸王之位,祸孰大焉!临祸忘忧,忧必及之。盍纳王乎?’虢公曰:‘寡人之愿也。’”遂有纳惠之举。

⑪尤阙西之效戾：指责郑伯享惠王于阙西的做法。《春秋左传·庄公二十一年》载，郑伯纳惠王之后，“享王于阙西辟，乐备，原伯曰：‘郑伯效尤，其亦将有咎。’”李善注：“尤，过也。戾，罪也。”

⑫重(chóng)：晋文公重耳。戮带以定襄：杀太叔带以定襄王之位。据《春秋左传》记载，僖公二十四年(前636)，周襄王之弟太叔带(甘昭公)联合狄人作乱，赶跑了周襄王。僖公二十五年(前635)，晋文公出兵送周襄王回王城，处决了太叔带。

⑬弘大顺以霸世：指晋文公弘扬了诸侯大顺天子之德，终于成为一代霸主。

⑭“灵壅川”二句：指周灵王曾欲堵截河水，太子晋历数历代兴衰以劝谏之事。《国语·周语》：“灵王二十二年，谷、洛斗，将毁王宫。王欲壅之。太子晋谏曰：‘不可。晋闻古之长民者，不堕山，不崇薮，不防川，不窦泽……殷鉴不远，在夏后之世，将焉用饰宫？其以徼乱也……’王卒壅之。及景王，多宠人，乱于是乎始生。”灵，周灵王。晋，太子晋。演义，阐发道理。

⑮咨：叹词。景：周景王贵，灵王之子。悼：周悼王猛，景王之子。丐：周敬王丐，周悼王之弟。

⑯凌迟：同“陵迟”，逐渐下降，衰败。弥季：更加衰微。季，衰微。

⑰“俾庶朝”二句：指周景王庶子王子朝两次作乱争夺王位之事。周景王二十五年(前520)，周景王崩，周人立王子猛为王，是为周悼王。王子朝杀死周悼王，自立为王。后晋国出兵立王子丐为王，是为周敬王。周敬王十六年(前504)，王子朝再次作乱，赶跑了周敬王。次年，晋国再次出兵送周敬王回都。事详《史记·周本纪》。俾，使。庶朝，指周景王庶子王子朝。构逆，制造乱逆。两王，指周悼王和周敬王。干位，争夺王位。

⑱十叶：十代。据《史记·周本纪》，景王崩，子悼王立；崩，弟敬王立；崩，子元王立；崩，子定王立；崩，子哀王立；弟杀哀王自立，为

思王；弟杀思王自立，为考王；崩，子威烈王立；崩，子安王立；崩，子烈王立；崩，弟立，为显王；崩，子慎靓王立；崩，子赧王立。则自周景王至周赧王，共历十代十四王。

⑲邦分崩而为二：赧王是东周的最后一个王，周王室分为东西周，西周公居洛阳，东周公居巩邑（今河南巩义）。先后为秦昭王、秦庄襄王所灭。

⑳竟：终于。横噬于虎口：秦被视为虎狼之国，二周灭于秦，故云。

㉑文：指周文王。武：指周武王。神器：指天子符玺或宝座。《老子》二十九章："天下神器，不可为也。"

【译文】

周公考定洛邑为天下中心，成王在此营建都城。既将宝鼎安置在郏鄏，乃钻龟呈兆预测吉凶。平王失道而迁都王城，有赖晋郑二国辅佐东行。难道东周诸王没有邪僻之行？是赖先圣之德而繁荣昌盛。仰望洛阳之圉门与北门，有感于虢叔、郑伯归纳惠王之忠诚。他们虽以"乐祸"之罪讨平了子颓之乱，但在阙西宴享惠王之时却又效法其行。晋文公诛杀太叔带而还定襄王，弘扬了诸侯顺从天子之德而称霸于世。周灵王为保王宫而想堵截谷、洛二水，王子晋据理劝说顺其自然而不可逆。可叹啊周王朝从景悼迄敬王，政权逐渐变得更加衰微。致使王子朝长期制造叛乱，历悼敬二王两度夺位篡袭。此后相延十代传到赧王，东西并存而一分为二。悠悠周朝终为虎狼之秦吞并消灭，自文武传承下来的天子宝座转输于嬴氏。

澡孝水而濯缨①，嘉美名之在兹。夭赤子于新安，坎路侧而瘗之。亭有千秋之号，子无七旬之期②。虽勉励于延吴③，实潜恸乎余慈④。眄山川以怀古⑤，怅揽辔于中涂⑥。虐项氏之肆暴⑦，坑降卒之无辜⑧。激秦人以归德⑨，成刘后之来苏[10]。事回泬而好还[11],卒宗灭而身屠。

【注释】

①澡:李善注:“《水经注》作‘济’。”不如“澡”字之富有文味。孝水:在洛阳城西。濯缨:清洗冠缨。《孟子·离娄》:“沧浪之水清兮,可以濯我缨。”缨,结冠的带子。

②“夭赤子”几句:指潘岳幼子在西行途中不幸夭亡,遂葬于新安以西之千秋亭侧。李善注引潘岳《伤弱子序》:“三月壬寅,弱子生。五月之长安,壬寅,次于新安之千秋亭,甲辰而弱子夭。乙巳,瘗于亭东。”新安,地名。在洛阳西去渑池的中间,今属河南。坎,犹言挖坑。瘗(yì),埋葬。其幼子出生六十二天夭亡,故曰“无七旬之期”。

③延:即延陵季子。此谓延陵季子以礼葬子之事。《礼记·檀弓》:“延陵季子适齐,于其反也,其长子死,葬于嬴博之间……其坎深不至于泉,其敛以时服,既葬而封,广轮掩坎,其高可隐也。既封,左袒,右还其封且号者三,曰:‘骨肉复归于土,命也!若魂气则无不之也,无不之也。’”孔子称其合乎礼。吴:指东门吴。此指东门吴子死而不忧事。《列子·力命》:“魏人有东门吴者,其子死而不忧。其相室曰:‘公之爱子,天下无有。今子死不忧,何也?’东门吴曰:‘吾常无子,无子之时不忧。今子死,乃与向无子同,臣奚忧焉?’”

④潜恸:暗中伤心痛哭。慈:爱。

⑤眄(miǎn):看,望。

⑥揽辔(pèi):即把缰御车,以喻乘车赴任在途。涂:同“途”。

⑦项氏:指项羽。肆暴:极其暴虐。

⑧坑降卒之无辜:指项羽在新安城南坑杀二十余万秦国降兵之事。事详《史记·项羽本纪》。

⑨归德：归顺于有德的刘邦。

⑩刘后：指汉高帝刘邦。来苏：谓从疾苦之中获得新生。《尚书·仲虺之诰》："徯予后，后来其苏。"谓君王使民复生。

⑪回泬（jué）：同"回遹"。回，不正。遹（yù），邪辟。好还：《老子》三十章："其事好还。"此言事物容易走向反面。项羽以兵强天下，矜骄于世，最后惨败身亡。

【译文】

行至孝水，洗缨涤尘；可嘉可美，水以孝名。初生之子，新安丧命；掘坑路侧，就地埋魂。新安有亭号千秋，我子命促无七旬。虽有延陵、东门之事可自勉，但我爱子情深悲不自胜。目睹高山长河，勾起往事许多；把缰勒马踟躇，沿路惆怅不乐。想起项羽极其暴虐，坑杀无罪降卒众多。激怒秦人归于有德，成全刘邦恢复活力。坏事做绝必有报应，最终只能族灭身死。

经渑池而长想[①]，停余车而不进。秦虎狼之强国，赵侵弱之余烬[②]。超入险而高会[③]，杖命世之英蔺[④]。耻东瑟之偏鼓[⑤]，提西缶而接刃[⑥]。辱十城之虚寿[⑦]，奄咸阳以取俊[⑧]。出申威于河外[⑨]，何猛气之咆勃[⑩]。入屈节于廉公[⑪]，若四体之无骨。处智勇之渊伟，方鄙吝之忿悁[⑫]，虽改日而易岁[⑬]，无等级以寄言[⑭]。

【注释】

①渑池：地名。在千秋亭之西，今属河南。

②赵：指赵国。余烬：燃烧后剩下的残余部分。比喻大败之后的残存力量。

③超入：谓赵王怀着畏惧心理，冒着亡身的危险，进入会盟的渑池。

超，惆怅貌。高会：盛大的宴会。此指秦王、赵王相会于渑池。

④杖：依靠。命世：著名于世。命，《广雅·释诂》："名也。"英蔺：英才蔺相如。蔺相如以其卓绝的机智和勇气，挫败强秦，为弱赵争得很高的声誉。

⑤耻东瑟之偏鼓：指蔺相如以赵王单方面为秦王鼓瑟为耻。《史记·廉颇蔺相如列传》："秦王饮酒酣，曰：'寡人窃闻赵王好音，请奏瑟。'赵王鼓瑟。"东瑟，指赵国擅长的乐器。赵在秦东，故称"东瑟"。

⑥提西缶而接刃：指蔺相如拿着秦缶，以命相逼，胁迫秦王为赵王击缶。《史记·廉颇蔺相如列传》载，赵王鼓瑟后，"蔺相如前曰：'赵王窃闻秦王善为秦声，请奏盆缻秦王，以相娱乐！'秦王怒，不许。于是相如前进缻，因跪请秦王。秦王不肯击缻。相如曰：'五步之内，相如请得以颈血溅大王矣！'左右欲刃相如。相如张目叱之，左右皆靡。于是秦王不怿，为一击缻"。西缶，秦国所长的乐器。缶，同"缻"。接刃，指相如不惧秦王左右以刃相胁。

⑦辱十城之虚寿：因虚寿十城而受辱。《史记·廉颇蔺相如列传》："秦之群臣曰：'请以赵十五城为秦王寿！'"

⑧奄：同"掩"，覆盖。此为包括之义。咸阳：秦国都城。《史记·廉颇蔺相如列传》载，蔺相如听了秦之群臣侮辱赵王的话，亦曰："请以秦之咸阳为赵王寿！"取俊：取胜。这里指渑池会上，蔺相如始终没让秦国占到上风。《史记·廉颇蔺相如列传》："秦王竟酒，终不能加胜于赵。"

⑨出申威于河外：言蔺相如使赵国的雄威扩展到渑池以西的关内之地。申威，扩展威名。申，通"伸"。河外，即西河之外。

⑩咆勃：李善注："怒貌。"《史记·廉颇蔺相如列传》载，蔺相如奉璧西入秦，在秦章台上，"相如因持璧却立，倚柱，怒发上冲冠"；在渑池会上，"相如张目叱之，左右皆靡"。

⑪入屈节于廉公：指蔺相如避让廉颇事。《史记·廉颇蔺相如列传》："以相如功大，拜为上卿，位在廉颇之右。廉颇曰：'……吾羞，不忍为之下。'宣言曰：'我见相如，必辱之。'相如闻，不肯与会。相如每朝时，常称病，不欲与廉颇争列。已而相如出，望见廉颇，相如引车避匿。"从个人名誉地位看，乃是屈节的表现。

⑫"处智勇"二句：言以智勇渊博超群的蔺相如，比之偏激鄙吝的廉颇。渊伟，渊博。狷悁（juàn），即偏激。

⑬改日而易岁：把一日变成一年计算。

⑭无等级以寄言：不知将他们放在什么等级上来评说。

【译文】

途经渑池不禁遥想，停下车马不再行进。想起虎狼成性的强秦，赵国是它侵食弱小后的余烬。赵王心怀畏惧冒险会盟，全仗相如盖世精英。他有耻于赵瑟单独弹奏，乃进秦缶不惧秦人以刃相胁。又有辱于被强索十城为秦王祝寿，乃要求秦将咸阳献给赵王来占上风。相如出外能使赵国的雄威伸张到河外，他的勇猛何等豪气干云。可是回国却在廉颇面前委曲求全，就好像四体无骨之人。蔺相如活像处在智慧和勇气的渊薮之中那般伟大，较之鄙吝偏激且拘谨狭隘的廉将军，即使以短短一天比长长一年，还觉得不够表示等级之差别。

当光武之蒙尘[①]，致王诛于赤眉[②]。异奉辞以伐罪[③]，初垂翅于回溪[④]。不尤眚以掩德[⑤]，终奋翼而高挥[⑥]。建佐命之元勋[⑦]，振皇纲而更维[⑧]。

【注释】

①光武：东汉光武帝刘秀。蒙尘：被尘土所蒙，以喻帝王被迫流亡或受困辱。《春秋左传·僖公二十四年》："天子蒙尘于外。"此当泛指光武遭西汉末之乱世。

②致王诛于赤眉：此指光武帝讨伐赤眉军。王诛，指天子的讨伐。赤眉，李善注："《东观汉记》曰：'樊崇欲与王莽战，恐其众与莽兵乱，乃皆朱其眉，以相别识，由是号曰赤眉。'"

③异奉辞以伐罪：冯异奉光武之命讨伐暴乱。《后汉书·冯异传》载，建武二年(26)之时，"赤眉、延岑暴乱三辅，郡县大姓各拥兵众，大司徒邓禹不能定，乃遣异代禹讨之……敕异曰：'三辅遭王莽、更始之乱，重以赤眉、延岑之酷，元元涂炭，无所依诉。今之征伐，非必略地屠城，要在平定安集之耳。诸将非不健斗，然好掳掠。卿本能御吏士，念自修敕，无为郡县所苦。'异顿首受命，引而西，所至皆布威信。弘农群盗称将军者十余辈，皆率众降异"。

④初垂翅于回溪：指冯异败走回溪阪之事。《后汉书·冯异传》载，建武三年(27)春，光武帝拜冯异为征西大将军。邓禹、邓弘邀冯异共攻赤眉。冯异劝说邓禹二人从光武之计，共向西击，二人不从，结果为赤眉军大败，"死伤者三千余人。禹得脱归宜阳。异弃马步走上回溪阪，与麾下数人归营。复坚壁，收其散卒。招集诸营保数万人，与贼约期会战"。垂翅，折翼。比喻损兵折将。

⑤不尤眚(shěng)以掩德：《春秋左传·僖公三十三年》载秦伯曰："且吾不以一眚掩大德。"尤，责怪。眚，过错。此指光武帝不追究冯异兵败之事。

⑥终奋翼而高挥：指冯异大破赤眉军于渑池事。《后汉书·冯异传》："(异)使壮士变服与赤眉同，伏于道侧……贼遂悉众攻异，异乃纵兵大战。日昃，贼气衰，伏兵卒起，衣服相乱，赤眉不复识别，众遂惊溃。追击，大破于崤底，降男女八万人。余众尚十余万，东走宜阳降。玺书劳异曰：'赤眉破平，士吏劳苦，始虽垂翅回溪，终能奋翼黾池，可谓失之东隅，收之桑榆。'"奋翼，鼓起翅膀。挥，通"翚"，飞。

⑦佐命：古代建立新王朝的帝王，都自谓承天受命，故称辅助建立新王朝的功臣为佐命。李陵《报苏武书》："佐命立功之士。"元勋（xūn）：首功。《后汉书·冯异传》载光武诏书曰："方论功赏，以答大勋。"

⑧皇纲：封建帝王统治天下的纪纲。班固《答宾戏》："廓帝纮，恢皇纲。"维：《周礼·大司马》："建牧立监，以维邦国。"郑玄注："维，犹连结也。"纲与维，作名词，意义相同。

【译文】

想起汉光武曾受兵乱之苦，以天子之命出兵诛讨赤眉军。冯异捧着光武敕令兴师伐罪，开始时受挫败退居回溪岭。刘秀不咎其小过掩其功德，冯异终于展翅高飞获全胜。辅佐光武建立了头等功勋，使皇纲重振而法度更新。

登崤坂之威夷①，仰崇岭之嵯峨②。皋记坟于南陵，文违风于北阿③。蹇哭孟以审败④，襄墨缞以授戈⑤。曾只轮之不反，絷三帅以济河⑥。值庸主之矜愎，殆肆叔于朝市⑦。任好绰其余裕，独引过以归己⑧。明三败而不黜⑨，卒陵晋以雪耻⑩。岂虚名之可立，良致霸其有以⑪。

【注释】

①崤坂：即崤山的坡道。在河南洛宁北，东与渑池接壤。崤，也作"殽"。威夷：李善注："《韩诗》曰：'周道威夷。'薛君曰：'威夷，险也。'"谓坂道曲折险阻。

②嵯峨：高峻。

③"皋记坟"二句：《春秋左传·僖公三十二年》："殽有二陵焉：其南陵，夏后皋之墓也；其北陵，文王之所辟风雨也。"皋，夏代君主

名。记坟,五臣本作“托坟”,托体建坟。托与“讬”可通,“记”殆为“讬”之误。南陵,指崤的南山。文,即周文王。违风,避风。北阿,指崤之北山。

④蹇哭孟以审败:指《春秋左传·僖公三十二年》所载蹇叔哭师之事。僖公三十二年(前628),秦穆公派大将孟明视率军长途奔袭郑国,蹇叔料定秦军必败,故至国门哭送其子出征。蹇,指秦穆公时老臣蹇叔。孟,指秦将百里孟明视。审败,料定秦军必败。

⑤襄:指晋文公之子襄公。墨缞(cuī):黑色的麻制孝服。《春秋左传·僖公三十三年》:“子(晋襄公)墨衰绖,梁弘御戎,莱驹为右。夏四月辛巳,败秦师于殽……遂墨以葬文公。晋于是始墨。”当时正值晋国举哀之际,因此晋襄公穿着孝服以迎战。授戈:发给武器。此指调集军队出战。

⑥“曾只轮”二句:指偷袭郑国的秦军回国时在崤山遭受晋军的伏击,以致全军覆没,秦将孟明视、西乞、白乙均被晋军俘虏。曾,竟然,简直。只轮之不反,喻全军覆没,语本《春秋公羊传·僖公三十三年》:“晋人与姜戎要之殽而击之,匹马只轮无反者。”绁(xiè),同“绁(xiè)”,绳索。此指用绳子捆绑。河,指黄河。晋国在崤山的北面,黄河从中通过。故俘获秦国三帅后,便渡河北归。

⑦“值庸主”二句:此二句设想如果蹇叔碰到矜骄刚愎的君主,恐怕会因准确预见结果而让君主难堪,君主恼羞成怒,蹇叔将有杀身之祸。如三国时袁绍不听田丰之言,官渡兵败后,惧为田丰所笑,遂杀田丰。矜愎,矜骄刚愎。殆,几乎。肆,陈尸。《论语·宪问》:“子服景伯曰:‘吾力犹能肆诸市朝。’”李善注引郑玄曰:“陈其尸曰肆。”叔,指蹇叔,李善注似以为指孟明视。

⑧“任好”二句:指兵败后,秦穆公宽宏大度,不诿过于下属,主动承担责任。任好,秦穆公之名。绰其余裕,绰然宽裕。《孟子·公

孙丑》:“则吾进退,岂不绰绰然有余裕哉?”此指秦穆公度量大,犯了错误,不诿过于下属,主动承担责任。引过以归己,把过失引归于己。《春秋左传·僖公三十三年》载,孟明等三帅被释回秦,秦穆公自责曰:“孤违蹇叔以辱二三子,孤之罪也。”

⑨明三败:指孟明视与晋三战三败。据《春秋左传》,一战是僖公三十三年(前627)的崤之战,败而被俘;二战是鲁文公二年(前625)春的彭衙之战,秦师败绩;三战是同年冬晋联合宋、陈、郑伐秦,以报彭衙之役,取汪及彭衙而还。不黜:孟明视三次战败,秦穆公始终信任重用他,不加贬黜。

⑩陵晋以雪耻:侵晋以雪三败之耻。《春秋左传·文公三年》:“秦伯伐晋,济河焚舟,取王官,及郊。晋人不出,遂自茅津济,封殽尸而还。遂霸西戎,用孟明也。”雪耻,洗刷耻辱。

⑪致霸:达到称霸。有以:有原因的。

【译文】

登上险阻崎岖的崤山长坡,仰视崇山峻岭陡峭巍峨。夏朝帝皋之坟在山的南坡,文王避风之地在山的北坡。蹇叔哭送孟明料定秦军必败,晋襄公穿着黑色孝服领兵出征。秦军兵败一个轮子都没能回国,三位将领都被晋俘虏渡河。如果碰上一位骄矜刚愎的昏君,恐怕老臣蹇叔将暴尸闹市。秦穆公宽宏而大度,把崤山之败归咎于自己。孟明三次失利没被罢黜,终于打败晋国洗刷了三败之耻。难道虚名也可以成立,穆公称霸自有其道理。

降曲崤而怜虢①,托与国于亡虞②。贪诱赂以卖邻③,不及腊而就拘④。垂棘反于故府⑤,屈产服于晋舆⑥。德不建而民无援,仲雍之祀忽诸⑦。

【注释】

①曲峭:地名。属虢(guó)国。虢:周诸侯国名。其地在今河南三门峡陕州区与山西平陆之间。

②与国:相与友善之国。《战国策·齐策》:"韩、齐为与国。"姚宏注:"相与为党也,有患难相救助也。"虞:古国名。在今山西与河南交界的平陆北。虢与虞是唇齿相依的邻邦,虢托命于虞,结果连累虞国也亡了。《春秋左传·僖公五年》:"晋侯复假道于虞以伐虢。宫之奇谏曰:'虢,虞之表也。虢亡,虞必从之……'"僖公二年(前658),晋献公派大臣荀息以屈产之乘(马)、垂棘之璧向虞国借道,以讨伐虢国。到僖公五年(前655)冬,晋国灭掉了虢国。晋军回师途中,驻扎在虞国,又趁机偷袭灭掉了虞国。

③贪诱赂:指虞公接受晋国宝马、玉璧以借道的诱惑。

④腊:祭祀之名。即腊祭,岁终祭祀众神。晋国向虞国借道伐虢,宫之奇以唇亡齿寒的道理劝谏虞公拒绝答应。虞公不听。宫之奇曰:"虞不腊矣!"其意是说,虞国之亡,指日可待,年终的腊祭也不能举行了。宫之奇说此话时为初秋,八月晋攻虢都上阳,冬十二月灭虞,虞公被俘虏。详见《春秋左传·僖公五年》。

⑤垂棘:出产美玉的地方,以之代指璧玉。此指晋国用于向虞国借路的"垂棘之璧"。反:同"返"。

⑥屈产:屈地出产的良马。此指晋国用于向虞国借路的"屈产之乘"。

⑦"德不建"二句:语本《春秋左传·文公五年》:"臧文仲闻六与蓼灭,曰:'皋陶、庭坚不祀忽诸。德之不建,民之无援,哀哉!'"谓二国之君不能建德,结援大国,忽然而亡。与此虞君同。仲雍,虞国鼻祖。《史记·吴太伯世家》:"是时周武王克殷。求太伯、仲雍之后,得周章。周章已君吴,因而封之。乃封周章弟虞仲于周之北故夏墟,列为诸侯。"忽诸,刘良注:"雍之后忽然绝祀。"

诸，语助词，无义。

【译文】

我走下曲曲折折的崤坂，想到虢国真可怜，与虞国结为友邦互相支援。虞国贪图诱人的宝物而出卖邻国，还没到岁暮腊祭日就进了晋牢监。垂棘之璧重返其故府，屈产之马又驾晋车辕。不树恩德，人民无人援救，仲雍以来的祖祭突然中断。

我徂安阳①，言陟陕郛②。行乎漫渎之口③，憩乎曹阳之墟④。美哉邈乎⑤，兹土之旧也⑥。固乃周邵之所分⑦，二南之所交⑧。《麟趾》信于《关雎》⑨，《驺虞》应乎《鹊巢》⑩。愍汉氏之剥乱⑪，朝流亡以离析⑫。卓滔天以大涤⑬，劫宫庙而迁迹⑭。俾万乘之盛尊⑮，降遥思于征役。顾请旋于傕汜⑯，既获许而中惕⑰。追皇驾而骤战⑱，望玉辂而纵镝⑲。痛百寮之勤王⑳，咸毕力以致死。分身首于锋刃，洞胸腋以流矢㉑。有褰裳以投岸㉒，或攘袂以赴水㉓。伤桴楫之褊小㉔，撮舟中而掬指㉕。

【注释】

①徂：到。安阳：地名。指安阳城，在今河南三门峡陕州区东南硖石乡西。

②言：句首语助词。陟：进。陕：地名。周初为周公与召公分治处。《春秋公羊传·隐公五年》："自陕而东者，周公主之；自陕而西者，召公主之。"在今河南三门峡陕州区。郛(fú)：外城。

③漫渎：一名漫涧，又名橐水。源出今河南三门峡陕州区南，北流入黄河。

④憩(qì)：休息。曹阳之墟：俗名七里涧，在今河南三门峡陕州区，

因在曹水之阳而得名。后文所述李傕、郭汜追击汉献帝之事即发生于此处。

⑤美哉邈乎：很久以来就很美好。

⑥旧：指从前，过去。

⑦周邵：指周公、召公。邵，同“召”。周初，周、召二公相天子，周公主治陕以东之地，召公主治陕以西之地。

⑧二南：《诗经·国风》中之周南、召南两地。二南之地即以陕为界各自向南延伸。

⑨《麟趾》：《诗经·周南》诗的末篇。信：守信。《关雎》：《周南》诗的首篇。《毛诗序》：“哀窈窕，思贤才，而无伤善之心焉，是《关雎》之义也。”《麟之趾》毛序：“《麟之趾》，《关雎》之应也。《关雎》之化行，则天下无犯非礼，虽衰世之公子，皆信厚如麟趾之时也。”

⑩《驺虞》：《诗经·召南》之末篇。《鹊巢》：《召南》之首篇。毛序：“《鹊巢》，夫人之德也。国君积行累功，以致爵位，夫人起家而居有之，德如鸤鸠，乃可以配焉。”《驺虞》毛序：“《驺虞》，《鹊巢》之应也。《鹊巢》之化行，人伦既正，朝廷既治，天下纯被文王之化，则庶类蕃殖，蒐田以时，仁如驺虞，则王道成也。”

⑪愍(mǐn)：同“悯”，怜悯。剥乱：割裂而混乱。《春秋左传·昭公二十六年》：“今王室乱，单旗、刘狄，剥乱天下。”

⑫朝流亡：指汉末董卓徙天子都长安。

⑬大涤：浩劫。《后汉书·董卓列传》：“卓纵放兵士，突其庐舍，淫略妇女，剽虏资物。”

⑭劫宫庙：《后汉书·董卓列传》：“更铸小钱，悉取洛阳及长安铜人、钟虡、飞廉、铜马之属，以充铸焉……悉烧宫庙官府居家，二百里内无复孑遗。又使吕布发诸帝陵，及公卿已下冢墓，收其珍宝。”迁迹：徙其行迹，指徙献帝于长安。《春秋左传·宣公十二

年》："寡君使群臣迁大国之迹于郑。"

⑮俾：使。万乘：本指万辆战车。周制规定：天子地方千里，出兵车万乘；诸侯地方百里，出兵车千乘。故以万乘称天子。盛尊：极尊、至尊，指帝王地位。

⑯傕(jué)：指东汉末董卓部将李傕。汜：指董卓部将郭汜。李傕、郭汜杀了王允之后，与樊稠三人共秉朝政。但又互相猜疑，于是李傕便将汉献帝劫至本营。汉献帝想回旧京洛阳，多次派人向李傕请求东归，最终得允还至洛阳。事见《后汉书·董卓列传》。

⑰中惕：心中畏惧。指汉献帝虽得到李傕等允许返回洛阳，但心中仍惴惴不安。

⑱追皇驾：指李傕、郭汜等后悔让汉献帝东归，共同发兵追击汉献帝车驾。《后汉书·董卓列传》："张济与杨奉、董承不相平，乃反合傕、汜，共追乘舆，大战于弘农东涧。承、奉军败，百官士卒死者不可胜数，皆弃其妇女辎重，御物符策典籍，略无所遗……承、奉乃谲傕等与连和，而密遣间使至河东，招故白波帅李乐、韩暹、胡才及南匈奴右贤王去卑，并率其众数千骑来，与承、奉共击傕等，大破之，斩首数千级，乘舆乃得进……傕等复来战，奉等大败，死者甚于东涧。时残破之余，虎贲羽林不满百人。渡河争赴舡者，不可禁制，董承以戈击披之，断手指于舟中者可掬。同济唯皇后、宋贵人、杨彪、董承及后父执金吾伏完等数十人。其宫女皆为傕兵所掠夺，冻溺者甚众。"

⑲玉辂(lù)：玉饰的皇帝专用车。镝(dí)：箭头。这里指箭。

⑳勤王：为王事尽力。

㉑洞：洞穿。

㉒褰(qiān)：撩起，提起。《诗经·郑风·褰裳》："褰裳涉溱。"

㉓攘袂(mèi)：挽起衣袖。

㉔桴楫(fú jī)：小筏子和船桨。褊(biǎn)：狭窄。

㉕撮(cuō):聚起。掬(jū):两手捧起。《春秋左传·宣公十二年》:“中军、下军争舟,舟中之指可掬也。”另参见上引《后汉书·董卓列传》。

【译文】

我们来至安阳,进入陕邑外城。走过漫渎之口,憩息七里涧滨。多么美好的往昔啊,这片土地的过去!本是周公、召公所经营,周南召南由此划境。《麟趾》之人,因受《关雎》之化而守信;《驺虞》之仁,又与《鹊巢》之化相呼应。可怜汉室分裂混乱,朝廷流亡百官溃散。董卓构患如滔滔洪水大洗涤,劫掠宫庙官府而迁都于长安。使天子之至尊全然下降,行役在征途上遥思遐想。只好多次向李傕郭汜请求回去,已获许诺而心中依然畏惧。叛军追皇驾而与官军相激战,瞄准天子玉饰之车恣意放箭。可怜百官救驾护行之忠心,人人竭尽全力以致丧命。刀锋利刃之下身首相离,飞箭流矢如雨穿胸贯腋。有的人撩起衣裳投奔彼岸,有的人挽起衣袖扑入水里。可恨船窄桨小难于渡河,舟中断指可捧而可撮。

升曲沃而惆怅[①],惜兆乱而兄替[②]。枝末大而本披[③],都偶国而祸结[④]。臧札飘其高厉[⑤],委曹吴而成节[⑥]。何庄武之无耻[⑦],徒利开而义闭[⑧]。

【注释】

①曲沃:地名。在今山西闻喜。春秋时属晋国。

②兆乱而兄替:预兆晋必生乱,太子仇将衰替。《春秋左传·桓公二年》:“初,晋穆侯之夫人姜氏以条之役生大子,命之曰仇。其弟以千亩之战生,命之曰成师。师服曰:‘异哉!君之名子也……今君命大子曰仇,弟曰成师,始兆乱矣,兄其替乎。’”后来,太子仇即位,是为晋文侯。成师被封于曲沃,称曲沃桓叔。

最终曲沃桓叔的后代取代文侯的后代成为晋国的诸侯。

③枝末大而本披:《春秋左传·桓公二年》:“晋始乱,故封桓叔于曲沃……师服曰:‘吾闻国家之立也,本大而末小,是以能固……今晋,甸侯也,而建国。本既弱矣,其能久乎?’”枝末,喻桓叔。本,喻太子仇。披,披折。

④都偶国:谓桓叔封邑曲沃与国都相对等。《春秋左传·闵公二年》:“大都耦国,乱之本也。”

⑤臧札:指曹宣公之子子臧、吴公子季札让国之事。《春秋左传·襄公十四年》:“吴子诸樊既除丧,将立季札。季札辞曰:‘曹宣公之卒也,诸侯与曹人不义曹君,将立子臧。子臧去之,遂弗为也,以成曹君。君子曰:“能守节。”君,义嗣也,谁敢奸君?有国非吾节也。札虽不才,愿附于子臧,以无失节。’固立之。弃其室而耕。乃舍之。”厉:飞扬。

⑥委:放弃。

⑦庄武:指晋国曲沃桓叔之子庄伯和庄伯之子武公。《春秋左传·桓公二年》载,鲁惠公四十五年(前724),曲沃庄伯伐翼,弑孝侯。桓公三年(前709),曲沃武公伐翼,逐哀侯于汾隰。曲沃是成师封地,翼是太子仇之国都。庄伯、武公都是成师的后代,由曲沃兴师灭太子仇的后代,占有晋国。

⑧利开而义闭:《后汉书·李固传》:“夫义路闭则利门开,利门开则义路闭也。”

【译文】

上到曲沃心甚惆怅,惋惜晋国庶篡嫡长。枝梢壮大本干势将披折,曲沃与晋都对等必然祸结。曹臧、吴札让国而远走高飞,舍去君位而成就名节。为何庄伯与武公那么无耻?只顾利禄而忘却大义!

蹑函谷之重阻,看天险之衿带①。迹诸侯之勇怯②,筭嬴氏之利害③。或开关以延敌，竞遁逃以奔窜④。有噤门而莫启，不窥兵于山外⑤。连鸡互而不栖⑥，小国合而成大。岂地势之安危，信人事之否泰⑦。汉六叶而拓畿⑧，县弘农而远关⑨。厌紫极之闲敞⑩，甘微行以游盘⑪。长傲宾于柏谷，妻睹貌而献餐⑫。畴匹妇其已泰⑬，胡厥夫之缪官⑭！昔明王之巡幸⑮，固清道而后往。惧衔橛之或变⑯，峻徒御以诛赏⑰。彼白龙之鱼服，挂豫且之密网⑱。轻帝重于天下⑲，奚斯渐之可长⑳。

【注释】

①"蹑函谷"二句：谓函谷关的天险，看之如襟如带。蹑，踩，踏。衿(jīn)带，指衣服大襟与腰带。

②迹：遗迹。这里作动词，追寻遗迹。

③筭：盘算。嬴氏：指秦王朝。

④"或开关"二句：贾谊《过秦论》："秦人开关延敌，九国之师逡巡遁逃而不敢进也。"开关延敌，打开函谷关延进敌人。

⑤"有噤门"二句：《战国策·秦策》载范雎谓秦王曰："今反闭关而不敢窥兵于山东者，是穰侯为国谋不忠，而大王之计有所失也。"噤门，闭门。《楚辞·九叹·思古》："口噤闭而不言。"王逸注："闭口为噤也。"山外，崤山之外，指山东之地。

⑥连鸡互而不栖：谓连鸡相互牵制，不能一同止栖。《战国策·秦策》："诸侯之不可一，犹连鸡之不能俱上于栖亦明矣。"连鸡，缚在一起的鸡。

⑦"岂地势"二句：意谓崤函之险，未尝暂改，或开关延敌，或噤门莫启，明此不徒在地势，亦由人事。否(pǐ)泰，本是《周易》两卦名。引申为好坏之意。

⑧六叶：六代。从高祖奠基，至武帝而极盛，历经六代。拓畿：拓广王畿地区。

⑨县弘农而远关：《汉书·武帝纪》载，元鼎三年（前114）冬，“徙函谷关于新安，以故关为弘农县”。弘农，县名。在今河南灵宝西南。

⑩紫极：星名。王者为宫以象其形，故称皇宫为紫极。《三国志·魏书·文德郭后传》：“后崩于许昌。”裴松之注引《魏书》哀策：“龙飞紫极，作合圣皇。”闲敞：阔大空旷。

⑪微行：隐其尊贵身份，便装出巡。游盘：亦作“盘游”，安乐游玩。

⑫“长傲宾”二句：此谓汉武帝微行柏谷事。李善注：“《汉武帝故事》曰：‘帝即位，为微行，尝至柏谷，夜投亭长宿。亭长不纳，乃宿逆旅。逆旅翁要少年十余人，皆持弓矢刀剑，令主人妪出遇客。妇谓其翁曰：“吾观丈夫，非常人也。且有备，不可图也。”天寒，妪酌酒，多与其夫。夫醉，妪自缚其夫，诸少年皆走。妪出谢客，杀鸡作食。平旦，上去还宫，乃召逆旅夫妻见之，赐妪金千斤，擢其夫为羽林郎。’”长，亭长。柏谷，地名。

⑬畴：李善注：“犹酬也。”泰：过甚。

⑭胡厥夫之缪官：言逆旅男主人不怀好意，图财害命，不但不惩，反擢为官，岂不谬哉？缪官，错给其官位。缪，通“谬”。

⑮巡：周行视察。幸：帝王亲临为幸。

⑯衔橛（jué）：马口中所衔之横木，今为铁链。《史记·司马相如列传》：“且夫清道而后行，中路而后驰，犹时有衔橛之变。”《韩非子·奸劫弑臣》：“无捶策之威，衔橛之备，虽造父不能以服马。”衔橛有变，则马不可御。

⑰峻：峻法。徒御：指挽车者和御马者。《诗经·小雅·车攻》：“徒御不惊。”毛传：“徒，辇也。御，御马也。”

⑱“彼白龙”二句：张衡《东京赋》：“白龙鱼服，见困豫且。”薛综注：

“《说苑》曰：‘吴王欲从民饮，伍子胥曰：“昔白龙下清泠之渊，化为鱼，豫且射中目。白龙不化，豫且不射。君今弃万乘之位，而从于臣，恐有豫且之患。”’”鱼服，鱼形。豫且，古神话中的渔人。《史记·龟策列传》：“宋元王二年，江使神龟使于河，至于泉阳，渔者豫且举网得而囚之，置之笼中。”

⑲轻帝重于天下：李善注：“言轻帝位之重于天下。”

⑳奚斯渐之可长：李善注：“此乃陵上之渐，何可长乎？”渐，渐变。

【译文】

踏上层层阻绝的函谷关，俯视那如衿如带的天险。追寻古时诸侯们勇敢与怯懦的遗迹，盘算秦国历代的利害与得失。有时敞开雄关果敢迎敌，九国之师却反而奔窜逃逸。有时紧闭其门久久不开，不再窥探关东的军事实力。秦王以为山东各国是连鸡不能共同止栖，哪知小国联合为大体其势不可抵敌。难道地理形势就能决定国家的安危？其实全由人事的善恶决定其凶吉。汉朝建立经过六代才拓展王畿，徙函谷于新安改旧关为弘农县。武帝厌恶闲静宽敞的皇宫，宁愿便装出行到各地游玩。在柏谷受到亭长傲慢拒宿，客店主妇见貌非凡忙献餐。主妇得到的酬赏已经够多，为何其夫不善还得封官？古时圣明君王出外巡察，总是清道警戒而后前往。犹恐车马有失衔橛控制的变化，特以严峻的赏罚使徒御倍加提防。那白龙幻化成鱼的模样，难逃渔夫撒下的密网。在天下人面前轻忽帝王之尊，如何能使这种风气得以滋长。

吊戾园于湖邑①，谅遭世之巫蛊②。探隐伏于难明③，委谗贼之赵虏④。加显戮于储贰⑤，绝肌肤而不顾⑥。作归来之悲台⑦，徒望思其何补。

【注释】

①戾园：汉武帝戾太子的陵园。湖邑：地名。在今河南灵宝，戾太

子死于此。汉武帝末年，宠臣江充与太子刘据及卫氏家族有隙，怕太子即位后杀他，于是借巫蛊之狱发难，在太子宫挖出巫蛊用的桐木人。太子无以自明，遂斩江充，发兵与丞相刘屈氂战，兵败后，逃至湖邑，自缢而死。后车千秋为太子鸣冤，武帝怜悯太子无辜，就建了思子宫及归来望思之台。汉宣帝即位后，追谥太子曰戾，以湖邑阌（wén）乡为戾园。事详《汉书·戾太子传》。

②谅：委实。巫蛊：巫师使用邪术加祸于人。蛊，毒虫。武帝时，方术神巫多聚京师，女巫出入宫中，教宫人埋木偶祭祀免灾，以此加害于仇家。

③隐伏：指祸患。难明：指巫蛊之术。

④委：委任。赵虏：指江充。因其原为赵太子手下人，由于告密，得武帝信任，故戾太子骂他是"赵虏"。

⑤显戮：在市井之中公开杀戮。《尚书·泰誓》："功多有厚赏，不迪有显戮。"储贰：太子之称。此指戾太子。

⑥肌肤：指父子骨肉之亲。《汉书·戾太子传》载壶关三老茂上书曰："骨肉至亲，父子相疑，何者？积毁之所生也。"

⑦作归来之悲台：武帝建归来望思之台，以寄托对戾太子的思念。

【译文】

前去湖邑凭吊戾园，太子实受当时巫蛊之风的陷害。汉武帝想从难于说明的巫风中探知隐伏之患，便委派谗佞奸诡的小人江充穷治查办。竟将砍头示众的极刑强加太子身上，不顾父子之间的骨肉之情一刀两断。后虽悔而建"归来之悲台"，只"望思"又有何补救可言？

纷吾既迈此全节①，又继之以盘桓②。问休牛之故林③，感征名于桃园④。发阌乡而警策⑤，愬黄巷以济潼⑥。眺华岳之阴崖⑦，觌高掌之遗踪⑧。忆江使之反璧⑨，告亡期于祖龙⑩。不语怪以征异，我闻之于孔公⑪。愠韩马之大憝，阻关谷以称乱[12]。魏武赫以霆震，奉义辞以伐叛[13]。彼虽众其焉用，故制胜于庙筭[14]。砰扬桴以振尘[15]，缅瓦解而冰泮[16]。超遂遁而奔狄[17]，甲卒化为京观[18]。

【注释】

①迈：行。全节：地名。李善注："即《汉书》全鸠里，戾太子死处。《图经》曰：'全节，阌乡县东十里鸠涧西。'"《汉书·戾太子传》："太子之亡也，东至湖，臧匿泉鸠里。"全与泉，同声取用。

②盘桓：踌躇，前进不得貌。

③休牛之故林：指周武王伐商归来后，放马于华山，放牛于桃林，向天下展示偃武修文之心。《尚书·武成》："归马于华山之阳，放牛于桃林之野，示天下弗服。"李善注引《东征记》："全节，地名。其西名桃原，古之桃林也。"故林，即古之桃林。

④征：证验。

⑤阌乡：地名。汉时属湖县，今属河南灵宝。警策：即敕戒之以策，用鞭戒马。

⑥愬（sù）：通"溯"，向着。黄巷：地名。李善注："《述征记》曰：'河自关北东流，水侧有坂，谓之黄巷坂。'"潼：指潼水。李善注："《雍州图经》曰：'潼水在华阴县界。'"黄巷坂与潼水，均在陕西老潼关附近。

⑦华岳：指西岳华山，在今陕西华阴南。阴崖：华岳北面的山崖。山北水南皆曰阴。

⑧觌（dí）：见。高掌：华山高处的仙人掌印。张衡《西京赋》："缀以二华，巨灵赑屃（bì xì），高掌远跖，以流河曲，厥迹犹存。"薛综注："古语云：'此本一山，当河水过之而曲行，河之神以手擘开其上，足蹋离其下，中分为二，以通河流。手足之迹，于今尚在。'"

⑨江使之反璧：谓江之使者送还秦璧。《史记·秦始皇本纪》："（三

十六年)秋,使者从关东夜过华阴平舒道,有人持璧遮使者曰:‘为吾遗滈(hào)池君。’因言曰:‘今年祖龙死。’使者问其故,因忽不见,置其璧去。使者奉璧具以闻,始皇默然良久,曰:‘山鬼固不过知一岁事也。’退言曰:‘祖龙者,人之先也。’使御府视璧,乃二十八年行渡江所沉璧也。”

⑩祖龙:李善注引苏林曰:“祖,始也。龙,人君之象。谓始皇也。”

⑪“不语怪”二句:言孔子不谈怪异难明的事情。《论语·述而》:“子不语怪、力、乱、神。”孔公,指孔子。

⑫“愠(yùn)韩马”二句:指建安十六年(211),马超、韩遂等在关中作乱、屯兵潼关之事。事详《三国志·魏书·武帝纪》。愠,恼怒。韩马,指韩遂和马超。大憝(duì),大恶。阻,依仗,凭恃。关谷,李善注:“潼关、函谷也。”称乱,举乱。《尚书·汤誓》:“敢行称乱。”孔传:“称,举也。举乱,以诸侯伐天子。”

⑬“魏武”二句:指曹操领兵征讨马超等叛乱事。魏武,魏武帝曹操。霆震,疾雷,霹雳。义辞,正义的理由。伐叛,讨伐叛逆者。《春秋左传·宣公十二年》:“叛而伐之。”《三国志·魏书·武帝纪》载,建安十六年(211)三月,“马超遂与韩遂、杨秋、李堪、成宜等叛”。

⑭“彼虽众”二句:指曹操料定马超等难以成事。《三国志·魏书·武帝纪》裴松之注引《魏书》:“公谓诸将曰:‘战在我,非在贼也。贼虽习长矛,将使不得以刺,诸君但观之耳。’”制胜,取胜,战胜。《孙子兵法·虚实》:“水因地而制流,兵因敌而制胜。”庙算,在庙堂之上做好胜败的算计。《孙子兵法·计》:“夫未战而庙算胜者,得算多也。”

⑮砰(pēng):象声词,撞击声。桴(fú):鼓槌。

⑯(huà):破裂之声。瓦解、冰泮:形容韩马兵败之势。泮,裂开。

⑰狄:指西凉,即凉州(今甘肃)一带。《三国志·魏书·武帝纪》:

"遂、超等走凉州。"

⑱甲卒:此指战死的士卒。京观:大坟。《春秋左传·宣公十二年》:"收晋尸以为京观。"杜预注:"积尸封土其上,谓之京观。"

【译文】

我心绪纷乱地迈步全节之地,接着便陷入沉思盘桓不前。向人打听武王放牛的桃林,有感于桃园之名今可证验。离开阌乡而扬鞭跃马,取道黄巷而渡潼西进。眺望西岳的北崖,一睹仙人的掌印。想起江神遣使送还秦皇所沉的玉璧,因而告诉始皇即将死亡之期。不谈鬼怪也不征引奇异,我从孔子那里早已听取。可恨韩遂马超之元恶大罪,凭借潼关函谷而行逆举乱。曹操以显赫的震雷之势,据正义以兴师讨伐反叛。他们虽然人多势众又有何用?制胜敌人主要是靠运筹妙算。砰砰擂鼓,声震尘扬;哗然敌溃,瓦解冰泮。马超韩遂脱逃投命于西狄,士卒积尸累累成为大坟山。

倦狭路之迫隘①,轨崎岖以低仰②。蹈秦郊而始辟③,豁爽垲以宏壮④。黄壤千里,沃野弥望。华实纷敷,桑麻条畅⑤。邪界褒斜⑥,右滨汧陇⑦。宝鸡前鸣⑧,甘泉后涌⑨。面终南而背云阳⑩,跨平原而连嶓冢⑪。九嵕巀嶭⑫,太一巃嵸⑬。吐清风之飂戾⑭,纳归云之郁蓊⑮。南有玄灞素浐⑯,汤井温谷⑰。北有清渭浊泾⑱,兰池周曲⑲。浸决郑白之渠⑳,漕引淮海之粟㉑。林茂有鄠之竹㉒,山挺蓝田之玉㉓。班述陆海珍藏㉔,张叙神皋隩区㉕。此西宾所以言于东主㉖,安处所以听于凭虚也㉗。可不谓然乎?

【注释】

①倦:疲惫,倦怠。迫:狭。

②轨：车轮辙道。踦豗(qí qū)：同“崎岖”，险阻倾侧貌。低仰：犹上下之状。

③蹈：踏。辟：展开，开阔。

④豁(huò)：豁然，开阔。爽垲(kǎi)：爽朗而干燥的地方。《春秋左传·昭公三年》：“景公欲更晏子之宅，曰：‘子之宅近市，湫隘嚣尘，不可以居，请更诸爽垲者。’”宏：广博。

⑤“黄壤”几句：李善注：“杜笃《论都赋》：‘沃野千里，原隰弥望，保植五谷，桑麻条畅。’”黄壤，《尚书·禹贡》：“(雍州)厥土惟黄壤。”弥望，满眼。华实，花朵果实。纷敷，犹纷披，盛多的样子。条畅，滋长茂盛。

⑥褒斜：古通道名。也称褒斜道、褒斜谷，在今陕西西南。

⑦汧(qiān)：水名。渭河支流，今名千河。源出甘肃六盘山南麓，东南流经陕西陇县千阳注入渭河。陇：即陇山，六盘山南段的别称。

⑧宝鸡：地名。今属陕西。

⑨甘泉：原为山名。以山出甘泉而得名。在今陕西淳化西北。秦始皇开始在那里建造宫殿，即甘泉前殿，因此甘泉又成了宫殿名。

⑩终南：山名。即秦岭的主峰终南山，在陕西西安东南。云阳：县名。在今陕西淳化西北。

⑪平原：地名。在泾渭交汇处的北面，即渭河平原。嶓冢(bō zhǒng)：山名。在今甘肃天水与礼县之间。《尚书·禹贡》：“嶓冢导漾，东流为汉。”孔传：“漾水出嶓冢，在梁州。”

⑫九嵕(zōng)：山名。在陕西醴泉东北，有九峰高耸，山之南麓即咸阳北坂。巀嶭(jié niě)：高峻貌。

⑬太一：山名。张衡《西京赋》：“于前则终南太一。”薛综注：“盖终南，南山之总名。太一，一山之别号耳。”茏嵸(lóng zōng)：山势

险要。

⑭飂(liáo)戾:迅疾。此指风声。

⑮郁蓊(wěng):即蓊郁,谓云气浓厚集结。

⑯玄灞:深色的灞水。灞水源出长安东南蓝田南部山谷中,北流,在长安北霸陵与浐水会合,注入渭河。素浐(chǎn):白色的浐水。浐水亦源出蓝田南部山谷中,北流过长安,与灞水相汇。

⑰汤井:李善注:"温汤也。《雍州图》曰:'温汤在新丰县界。'"新丰在骊山北面,当为骊山温泉。温谷:李善注:"即温泉也。《雍州图》曰:'温泉在蓝田县界。'"蓝田在骊山之南。当为骊山温泉下注的山谷。

⑱清渭:清亮的渭河。源于甘肃,东流横贯陕西。浊泾:浑浊的泾水。源于甘肃东部,入陕,向东南斜流,汇于渭水。

⑲兰池:李善注:"《三辅黄图》曰:'兰池观在城外。'"是兰池本为池名,汉建宫观后,又名兰池观,或兰池宫。周曲:陂池名。李善注:"《长安图》曰:'周氏曲,咸阳县东南三十里,今名周氏陂。陂南一里,汉有兰池宫。'"

⑳浸决:《周礼·职方氏》:"其浸五湖。"郑玄注:"浸,可为陂灌溉者。"谓缺口引水灌入陂池中。郑白:指郑国渠与白渠。郑国渠为韩国水工郑国主持修建,在今陕西泾阳西北泾河北岸。白梁为汉武帝时赵中大夫白公倡议修建,关中地区的重要水利工程。

㉑漕:指转运粮食的漕渠。《史记·河渠书》载,汉武帝时,"令齐人水工徐伯表悉发卒数万人穿漕渠"。引淮海之粟:漕运淮海一带的粮食。班固《西都赋》:"东郊则有通沟大漕,溃渭洞河,泛舟山东,控引淮湖,与海通波。"

㉒鄠(hù):县名。在今陕西西安鄠邑区。

㉓挺:特出。蓝田:地名。在长安东面,今属陕西。

㉔班述陆海珍藏:班固《西都赋》:"陆海珍藏,蓝田美玉。"

㉕张叙神皋隩区：张衡《西京赋》："尔乃广衍沃野，厥田上上，寔惟地之奥区神皋。"李善注："《广雅》曰：'皋，局也。'谓神明之界局也。"神皋隩区，神仙世界，富饶的腹地。隩，同"奥"，深处，腹地。

㉖西宾、东主：即西都宾与东都主人，都是班固《西都赋》中设为问答的虚拟人物。

㉗安处、凭虚：即安处先生与凭虚公子，都是张衡《西京赋》中设为问答的虚拟人物。

【译文】

极其狭小的山路令人疲倦，车行崎岖险道上簸又下颠。踏入秦都郊区才感到开阔，豁然觉得爽朗干燥而壮观。黄土连绵千里之外，肥沃田野举目无边。花儿果实累累满枝，桑林麻园条长叶鲜。左以古道褒斜为界，右临汧水与六盘山。宝鸡在其前，甘泉涌后边。面向终南山，背靠云阳县；跨越渭河平原，蟠冢之山紧连。九嵕高峻，太一绝险。晨吐凛冽之清风，夕聚浓雾于山间。南有一黑一白的灞水与浐水，汤井温谷皆出骊山。北有一清一浊的渭河与泾河，兰池周曲两相萦环。引来郑渠白渠以灌陂池，漕转淮河沿海诸地粮谷。鄠县的竹林最茂盛，蓝田的美玉最特殊。班固描述说"陆海珍藏"，张衡叙述说"神皋隩区"。这便是西都宾请问于东都主，凭虚公子骋博于安处先生的缘故。可以说不是这样的吗？

劲松彰于岁寒①，贞臣见于国危②。入郑都而抵掌③，义桓友之忠规④。竭股肱于昏主⑤，赴涂炭而不移。世善职于司徒⑥，缁衣弊而改为⑦。

【注释】

①劲松彰于岁寒：《论语·子罕》："子曰：'岁寒，然后松柏之后凋也。'"

②贞臣见于国危:《老子》十八章:“国家昏乱有贞臣。”

③抵掌:拍掌。《战国策·秦策》:“(苏秦)见说赵王于华屋之下,抵掌而谈,赵王大悦。”谓交谈洽意投合。此指赞赏。

④桓友:西周末年之郑桓公,名友。《史记·郑世家》:“郑桓公友者,周厉王少子,而宣王庶弟也……友初封于郑……幽王以为司徒。和集周民,周民皆说。河洛之间,人便思之。为司徒一岁,幽王以褒后故,王室治多邪,诸侯或畔之……二岁,犬戎杀幽王于骊山下,并杀桓公。”

⑤股肱(gōng):本指大腿和胳膊,借喻辅佐君主的大臣。

⑥世善职于司徒:《诗经·郑风·缁衣》之毛序:“美武公也。父子并为周司徒,善于其职,国人宜之,故美其德,以明有国者善善之功焉。”桓公死,其子武公继为周之司徒。

⑦缁衣:黑色衣服。此为卿士听朝之正服。《诗经·郑风·缁衣》:“缁衣之宜兮,敝予又改为兮。”毛传:“有德君子,宜世居卿士之位焉。”谓桓公与武公,都是有德君子。桓公能竭忠规于幽王,武公又与晋文侯定平王于东都王城。继为周之司徒,是完全应该的。

【译文】

松树在寒冬腊月里更显得苍劲,忠臣在国家危急之时才看得分明。入郑都令我拍掌赞赏,推崇桓公规劝幽王竭尽忠诚。竭力匡辅昏主做好股肱之臣,哪怕走向泥涂火坑也不变心。父子相继为司徒善守职分,犹如黑色官服破旧而更新。

履犬戎之侵地①,疾幽后之诡惑②。举伪烽以沮众,淫嬖褒以纵慝③。军败戏水之上④,身死骊山之北。赫赫宗周,威为亡国⑤。又有继于此者,异哉!秦始皇之为君也,倾天下以厚葬,自开辟而未闻⑥。匠人劳而弗图⑦,俾生埋以报勤[8]。外罹西楚之祸[9]，内受牧竖之焚[10]。语曰："行无礼，必自及[11]。"此非其效与[12]？

【注释】

①犬戎：古戎族的一支，居住在我国西部地区，故称西夷犬戎。侵地：指周幽王十一年（前771）申侯引犬戎攻幽王所到达的骊山等地。

②疾：憎恨。幽后：褒姒。诡惑：诡诈迷乱。据《史记·周本纪》记载，周幽王即位后，宠爱褒姒，废掉原配申后及太子宜臼，改立褒姒为王后，立褒姒之子伯服为太子。褒姒不喜欢笑，周幽王就点燃告急的烽火，诸侯匆匆忙忙赶来，却发现没有紧急情况。褒姒看到诸侯被戏弄的狼狈样，就大笑起来。周幽王很高兴，此后多次点燃烽火，屡遭戏弄的诸侯不再相信。后来申后娘家的申侯不满申后及太子宜臼被废，就勾结犬戎攻打周幽王，在骊山杀死周幽王，俘虏了褒姒，将镐京洗劫一空，西周灭亡。

③"举伪烽"二句：指周幽王烽火戏诸侯事。沮（jǔ），沮丧。嬖（bì），宠爱。慝（tè），邪恶。

④戏（xī）水：在今陕西临潼东。源出骊山，北流过古戏亭东而入渭河。

⑤"赫赫"二句：《诗经·小雅·正月》："赫赫宗周，褒姒威之。"赫赫宗周，隆盛显耀的天子王都。威（miè），灭。

⑥自开辟而未闻：扬雄《剧秦美新》："配五帝，冠三王，开辟以来，未之闻也。"开辟，指天地初开之时。

⑦劳而弗图：李善注："言匠人劳苦，而不图谋其赏。"

⑧俾：使。生埋以报勤：李善注："谓反以生埋之事，以报其功勤也。"

⑨罹（lí）：遭遇。西楚：指西楚霸王项羽。《史记·项羽本纪》载项

羽“自立为西楚霸王，王九郡，都彭城”。

⑩牧竖之焚：被放牧儿童烧毁。《汉书·刘向传》载刘向奏疏曰：“秦始皇帝葬于骊山之阿，下锢三泉，上崇山坟，其高五十余丈，周回五里有余。石椁为游馆，人膏为灯烛，水银为江海，黄金为凫雁。珍宝之臧，机械之变，棺椁之丽，宫馆之盛，不可胜原。又多杀官人，生薶工匠，计以万数。天下苦其役而反之。骊山之作未成，而周章百万之师至其下矣。项籍燔其宫室营宇，往者咸见发掘。其后，牧儿亡羊，羊入其凿。牧者持火照求羊，失火烧其臧椁。自古至今，葬未有盛如始皇者也。数年之间，外被项籍之灾，内离牧竖之祸，岂不哀哉！”

⑪“行无礼”二句：《春秋左传·襄公四年》：“多行无礼，必自及也。”意谓行为不循礼，必然自遭恶报。

⑫效：应验。

【译文】

踏进犬戎入侵过的地方，憎恨褒姒之诡诈与惑乱。假举烽火使诸侯沮丧，宠幸褒姒而纵其邪念。周师败于戏水岸边，幽王被杀于骊山北麓。隆盛显赫的周室王朝，竟夷灭亡国受尽屈辱。然而却有人继此而作，真是奇怪啊！秦始皇做了中国之君，竭尽民资修建坟墓，其豪奢与靡费，开天辟地以来都未曾听过。工匠劳苦不拟酬报，将其活埋以为赏勤。由此外遭项羽捣毁，内被牧儿火焚。古语说：“行为不循礼，必将害自己。”秦墓之被毁，不就是其例？

乾坤以有亲可久①，君子以厚德载物②。观夫汉高之兴也，非徒聪明神武③，豁达大度而已也④。乃实慎终追旧⑤，笃诚款爱⑥。泽靡不渐⑦，恩无不逮⑧。率土且弗遗⑨，而况于邻里乎？况于卿士乎？于斯时也，乃摹写旧丰⑩，制造新邑[11]。故社易置[12]，枌榆迁立[13]。街衢如一[14]，庭宇相袭。浑鸡犬而乱放，各识家而竞入[15]。籍含怒于鸿门[16]，沛局蹐而来王[17]。范谋害而弗许[18]，阴授剑以约庄[19]。撙白刃以万舞[20]，危冬叶之待霜。履虎尾而不噬[21]，寔要伯于子房[22]。樊抗愤以卮酒[23]，咀彘肩以激扬[24]。忽蛇变而龙摅[25]，雄霸上而高骧[26]。曾迁怒而横撞，碎玉斗其何伤[27]？

【注释】

①乾坤以有亲可久：《周易·系辞》："乾以易知，坤以简能。易则易知，简则易从。易知则有亲，易从则有功。有亲则可久，有功则可大。可久则贤人之德，可大则贤人之业。"谓乾坤相亲，变化始生，事物以成，新陈代谢，便可以久。

②君子以厚德载物：《周易·坤·象》："地势坤，君子以厚德载物。"意谓君子应当效法大地，以宽厚的德行，负载万物。

③聪明神武：神明威武。《汉书·叙传》称高帝"实天生德，聪明神武"。

④豁达大度：器度开阔，气量宽宏。《汉书·高帝纪》称高祖"宽仁爱人，意豁如也，常有大度"。

⑤慎终追旧：谨慎对待父母的死亡，追念昔日旧情。《论语·学而》："曾子曰：'慎终追远，民德归厚矣。'"终，郑玄注："老死曰终。"

⑥款：《广雅·释诂》："诚也。"真挚。

⑦泽：恩泽。靡：无，没有。渐：浸入，流到。

⑧恩无不逮：《晏子春秋·内篇杂上》："今君爱老，而恩无所不逮。"逮，到达。

⑨率土：谓境域之内。《诗经·小雅·北山》："率土之滨，莫非

王臣。”

⑩丰：指沛县的丰邑。刘邦老家所在地。

⑪新邑：指新丰。李善注引《三辅旧事》：“太上皇不乐关中，思慕乡里。高祖徙丰沛屠儿、酤酒、煮饼、商人，立为新丰。”

⑫故社：原有的社庙。

⑬枌（fén）榆：即白榆树。据《汉书·郊祀志》，汉高祖起兵时，曾在枌榆社祈祷。因此，刘邦在关中建造新丰之后，便将故乡的枌榆也移植新邑。

⑭街衢：即街道。如一：与旧丰邑一样。

⑮“浑鸡犬”二句：李善注：“《西京杂记》曰：‘高祖既作新丰，并徙旧社，放犬羊鸡鸭于通途，亦竞识其家。’”浑，混同。

⑯籍：项羽之名。鸿门：地名。即鸿门坡，在今临潼与新丰之间。《汉书·项籍传》载，项羽至函谷关，“闻沛公已屠咸阳，羽大怒……至戏西鸿门，闻沛公欲王关中，独有秦府库珍宝，亚父范增亦大怒”。《史记·项羽本纪》无“亚父范增亦大怒”，而是“项羽大怒”。

⑰沛：指沛公。局蹐（jí）：弯腰小步。表示畏惧貌。指刘邦至鸿门向项羽谢罪之状。来王：前来称美项羽为王。《汉书·项籍传》：“明日沛公从百余骑至鸿门谢羽。自陈‘封秦府库，还军霸上，以待大王；闭关以备他盗，不敢背德’。”

⑱范谋害而弗许：指鸿门宴上，范增示意项羽杀刘邦，项羽不应。《史记·项羽本纪》：“范增数目项王，举所佩玉玦以示之者三。项王默然不应。”

⑲阴授剑以约庄：指范增授意项庄以舞剑为名，趁机杀死刘邦。《史记·项羽本纪》：“范增起，出召项庄，谓曰：‘君王为人不忍，若入前为寿，寿毕，请以剑舞，因击沛公于坐，杀之。’”约，邀结。

⑳撛（lín）：挺，举。万舞：古时用于祭祀的舞蹈。先是武舞，舞者手

持兵器;后是文舞,舞者手持鸟羽和乐器。《诗经·邶风·简兮》:“简兮简兮,方将万舞。”毛传:“以干羽为万舞,用之宗庙山川。”因项庄拔剑而舞,故称万舞。

㉑履虎尾:踩着虎尾。《周易·履》:“履虎尾,不咥人,亨。”是说踩到虎尾,不被咬伤,行事通达。虎喻项羽,履者喻刘邦。

㉒寔(shí)要伯于子房:指刘邦早已通过张良跟项伯结好,因而项伯在项庄舞剑时,拔剑与项庄对舞,处处保护刘邦。《史记·项羽本纪》载,项伯得知范增劝项羽“急击勿失”之言后,“乃夜驰之沛公军,私见张良,具告以事……良乃入,具告沛公……沛公曰:‘君为我呼入,吾得兄事之。’张良出,要项伯,项伯即入见沛公”。寔,同“实”。要,邀结。伯,项伯。子房,张良。

㉓樊:指樊哙。抗愤:高亢愤慨。《史记·项羽本纪》载,项伯与项庄在宴会上对舞,形势十分危急,“张良至军门见樊哙……哙即带剑拥盾入军门……披帷西向立,瞋目视项王,头发上指,目眦尽裂”。卮(zhī)酒:指樊哙进帐后,项羽“与之斗卮酒”,樊哙“立而饮之”。卮,古代盛酒的器皿。

㉔彘肩:《史记·项羽本纪》载,樊哙饮酒后,项羽又命“赐之彘肩”,左右给樊哙拿了一条生猪腿,“樊哙覆其盾于地,加彘肩上,拔剑切而啖之”。激扬:激愤高昂。

㉕蛇变:谓蛇化为龙。指刘邦在鸿门宴上及时逃脱后的变化。摅(shū):腾跃。

㉖霸上:即霸川之西的芷阳,在今陕西西安东。刘邦入关后,驻军于此。骧(xiāng):昂首。

㉗“曾迁怒”二句:指刘邦从鸿门脱逃后,范增愤怒地拔剑砸碎了刘邦所送的玉斗。《史记·项羽本纪》:“亚父受玉斗,置之地,拔剑撞而破之。”曾,通“增”,指范增。迁怒,谓移怒于物。

【译文】

宇宙万物的法则是“有亲可久”，正人君子的观点是“厚德载物”。考察汉高祖的兴起，不只是他聪明神武，豁达大度。而是他确能关心他人的生老病死，追念旧日的友好交情；真挚诚恳，宽厚爱人。恩泽处处滋润，德惠遍及万民。四境之内尚无遗漏，又何况亲故近邻！又何况卿士辅臣！就在刘邦坐镇长安之后，他还仿照家乡丰邑的模样，在京城附近建造了一座新丰城。旧丰的神社搬新家，故社的榆树迁入京。新丰的街道与旧丰一个样，庭院屋宇的建构也同形。各家的鸡犬虽混杂乱放，到晚来却争着自归其门。想当年项羽在新丰旁的鸿门坂大发雷霆，沛公惶恐万状前去陈情。鸿门宴上，范增阴谋害沛公而项羽默然不应，只好暗中授剑给项庄。想假借举剑万舞杀刘邦，形势危如冬叶之待霜。踩着老虎尾巴而不被吞食，只因项伯重义不忘张子房。樊哙抗愤闯宴会勇灌卮酒，大嚼生猪腿以示心情激扬。沛公脱身忽如蛇变为龙而腾跃，雄踞霸上昂首称汉王。范增迁怒拔剑而横击，玉斗双碎于沛公无伤。

婴罥组于轵涂，投素车而肉袒①。疏饮饯于东都，畏极位之盛满②。金墉郁其万雉③，峻嵃峭以绳直④。戾饮马之阳桥⑤，践宣平之清阈⑥。都中杂遝⑦，户千人亿。华夷士女，骈田逼侧⑧。展名京之初仪⑨，即新馆而莅职⑩。励疲钝以临朝⑪，勗自强而不息⑫。于是孟秋爰谢⑬，听览余日，巡省农功⑭，周行庐室⑮。街里萧条⑯，邑居散逸⑰。营宇寺署⑱，肆廛管库⑲，蕞芮于城隅者⑳，百不处一。所谓尚冠修成，黄棘宣明，建阳昌阴，北焕南平㉑，皆夷漫涤荡㉒，亡其处而有其名㉓。尔乃阶长乐㉔，登未央㉕，泛太液㉖，凌建章㉗。萦駊娑而款骀荡㉘，櫹枍诣而轹承光㉙。徘徊桂宫㉚，惆怅柏梁[31]。鹫雉雊于台陂[32]，狐兔窟于殿傍。何黍苗之离离[33]，而余思之芒芒[34]。洪钟顿于毁庙[35]，乘风废而弗县[36]。禁省鞠为茂草[37]，金狄迁于灞川[38]。

【注释】

①"婴罥(juàn)组"二句：指秦王子婴向刘邦投降事。《史记·高祖本纪》："秦王子婴素车白马，系颈以组，封皇帝玺符节，降轵道旁。"婴，即秦王子婴。罥，缠绕，捆绑。组，丝带。轵(zhǐ)涂，即轵道，亭名。在陕西西安东北。肉袒，脱去衣服露出上身。《春秋左传·宣公十二年》："郑伯肉袒牵羊以逆。"杜预注："肉袒牵羊，示服为臣仆。"

②"疏饮饯"二句：指汉宣帝时，疏广、疏受叔侄并为太子师傅，俱受器重，朝廷以为荣。疏广深明"知足不辱，功成身退"之道，及时请求告老还乡。获准后，亲朋故旧到东都门外为二人饯行，时人称赞"贤哉！二大夫"。事详《汉书·疏广传》。

③金墉(yōng)：金城。张衡《西京赋》："横西洫而绝金墉。"墉，城墙。郁：甚。雉：古时计算城墙面积的单位。《春秋左传·隐公元年》："都城过百雉。"杜预注："方丈曰堵，三堵曰雉。一雉之墙长三丈，高一丈。"万雉是极言其城之雄伟壮阔。

④嵃(yǎn)：险貌。峭：陡直。

⑤戾：《尔雅·释诂》："至也。"饮马之阳桥：李善注："《长安图》曰：'汉时七里渠有饮马桥，夏侯婴冢在桥南三里。'阳，桥之阳也。"

⑥宣平：长安城门。《三辅黄图·都城十二门》："长安城东出北头第一门曰宣平门。"清：李善注："谓华而且清也。"阈(yù)：门槛。

⑦杂遝(tà)：杂乱，众多纷杂。

⑧骈田逼侧：指街上的人，前后接踵，左右摩肩。张衡《西京赋》："麀(yōu)鹿麌麌(yǔ)，骈田偪仄。"薛综注："聚会之意。"骈田，连

属不断之意。逼侧，同“偪仄”，人相逼近。

⑨名京：闻名的京都。

⑩新馆：李善注：“潘子初临，故曰新馆。”莅(lì)职：到职。

⑪励：李善注：“勉也。”疲钝：软弱鲁钝。言其才智不高。

⑫勖(xù)：李善注：“勉也。”自强而不息：《周易·乾·象》：“天行健，君子以自强不息。”

⑬孟秋爰谢：谓孟秋承受离去的季夏而为时令。《楚辞·大招》：“青春受谢。”王逸注：“谢，去也。谢，一作‘谢’。”朱熹注：“言玄冬谢去而青春受之也。”潘引作“爰谢”，“爰”疑为“受”之误。谢，谢之本字。

⑭巡省：各地视察。

⑮庐：房屋。

⑯萧条：冷清。

⑰散逸：零散。

⑱营宇：营房。寺署：官署。

⑲肆廛(chán)：市场。管库：保管的库房。

⑳蕞芮(zuì ruì)于城隅：谓以上所言各种建筑，都很陋小，丛聚在城之一角。蕞芮，陋小丛聚的样子。

㉑“尚冠”几句：尚冠、修成、黄棘、宣明、建阳、昌阴、北焕、南平，皆为旧时长安之里巷名。

㉒夷漫：削平磨灭。

㉓亡其处：没有那些地方了。

㉔阶：到达，登上。长乐：即长乐宫。在长安故城西北。

㉕未央：即未央宫。在长安故城的西南角。

㉖太液：即太液池。皇宫中的名池。

㉗凌：逾越。建章：即建章宫。位于未央宫西面。

㉘萦：绕行。驳娑(sà suō)：建章宫之殿名。款：至。骀荡(dài

dàng):建章宫之殿名。

㉙躏(lìn):践,走到。枍(yì)诣:建章宫之殿名。轹(lì):车子经过。承光:建章宫之殿名。

㉚桂宫:在未央宫北,一名北宫。

㉛柏梁:即柏梁台。在未央宫的北阙。

㉜鷩(bì)雉:锦鸡,似山鸡而小冠,羽尤美,尾毛特长。雊(gòu):锦鸡的叫声。这里指鸣叫。

㉝离离:茂盛貌。《诗经·王风·黍离》:"彼黍离离,彼稷之苗。"

㉞芒芒:犹懵懵,不清之状。

㉟顿:停顿,停放。

㊱乘风:海鸟名。借指钟架。古钟架上作乘风鸟之形为饰,故以乘风指钟架。县:通"悬"。

㊲禁省:即禁中,对皇宫的专称。后因汉元帝皇后之父名禁,故改称省中。后世常以禁省连言。鞠(jū):通"鞫"。《诗经·小雅·小弁》:"踧踧周道,鞫为茂草。"毛传:"鞫,穷也。"即全部。

㊳金狄迁于灞川:李善注:"潘岳《关中记》曰:'秦为铜人十二,董卓坏以为钱,余二枚,魏明帝欲徙诣洛,载到霸城,重不可致,今在霸城次道南。'"金狄,铜人。灞川,即灞水。灞水,古曰滋水,秦穆公霸世,为显霸功,乃更名霸水,也写作"灞水"。源出蓝田山谷,北入渭河。

【译文】

秦子婴以丝带自缚其颈,手捧御玺前往轵道旁;他走出白色的降车,袒衣露体虔惧投降。西汉二疏曾在东都门外饮饯行酒,唯恐位高誉满而不免大辱奇耻。金城宏伟广万丈,险峻陡峭如绳直。我们来到饮马桥的南端,跨进华美清丽的宣平门槛。城里的事物甚为纷杂,户以千计而人以亿算。华夏、蛮夷的男士女子,前后接踵而左右摩肩。仅看了一下名都之初容,便到县衙门上任而就职。自励鲁钝疲弱之才性而临朝理事,自勉着要竭尽全力而自强不息。于是秋天来临,利用公事之余,视察农业生产,遍访各家各室。所见街里冷冷清清,城里住户散乱放逸。昔日的营房与官署,商店市场与库房,无不陋小丛积,僻在城隅,百不余一。于是所谓尚冠、修成,黄棘、宣明,建阳、昌阴,北焕、南平,这些里巷都被夷平,磨灭涤荡不见踪影,留存下来的只是空名。于是我便来到长乐,登上未央,泛舟太液,越过建章。环游驭娑,而至骀荡,进入枍诣,穿过承光。徘徊于桂宫,怅惘于柏梁。锦鸡在台观陂池间鸣叫,狐兔窟居在宫殿之旁。野生的黍苗何其茂盛,使我心忧而思绪茫茫。洪钟弃在破败的庙堂里,钟架废弃而乐器不悬。皇宫之内尽为野草,国宝铜人迁至灞川。

怀夫萧曹魏邴之相[①],辛李卫霍之将[②]。衔使则苏属国[③],震远则张博望[④]。教敷而彝伦叙[⑤],兵举而皇威畅[⑥]。临危而智勇奋,投命而高节亮[⑦]。暨乎秺侯之忠孝淳深[⑧],陆贾之优游宴喜[⑨]。长卿渊云之文[⑩],子长政骏之史[⑪]。赵张三王之尹京[⑫],定国释之之听理[⑬]。汲长孺之正直[⑭],郑当时之推士[⑮]。终童山东之英妙[⑯],贾生洛阳之才子[⑰]。飞翠緌[⑱],拖鸣玉[⑲],以出入禁门者众矣[⑳]。或被发左衽,奋迅泥滓[㉑];或从容傅会[㉒],望表知里;或著显绩而婴时戮[㉓],或有大才而无贵仕[㉔]。皆扬清风于上烈[㉕],垂令闻而不已。想佩声之遗响[㉖],若铿锵之在耳[㉗]。当音凤恭显之任势也[㉘],乃熏灼四方[㉙],震耀都鄙[㉚]。而死之日,曾不得与夫十余公之徒隶齿[㉛]。才难,不其然乎[㉜]?

【注释】

①萧:指汉初相国萧何。曹:指汉初代萧何为相的曹参。魏:指宣

帝时丞相魏相，字弱翁。邴(bǐng)：指宣帝时邴吉(《汉书》作“丙吉”)，代魏相为丞相。

②辛：指辛庆忌，字子真。仕汉元、成之时，官至执金吾、光禄勋、左将军。李：指李广。历汉文、景、武三代，官至太守，一生与匈奴大小七十余战，匈奴闻之丧胆，号曰“飞将军”。卫：指汉武帝时名将卫青。霍：汉武帝时名将霍去病。

③衔使：领受命令出使。《礼记·檀弓》：“衔君命而使。”苏属国：指苏武，字子卿。《汉书·苏武传》载，汉武帝天汉元年(前100)，苏武出使匈奴，因故被扣留，从此滞留匈奴十九年，至汉昭帝始元六年(前81)春，苏武回到长安，拜为典属国。典属国，官名。负责管理少数民族事务。属国，附属国，主要指归顺的异国。

④张博望：指博望侯张骞。《汉书·张骞传》载，汉武帝初年，张骞应募出使月氏，亲自到过大宛、大月氏、大夏、康居等西域国家，十三年后回国，被任命为太中大夫。元朔六年(前123)，“骞以校尉从大将军击匈奴，知水草处，军得以不乏，乃封骞为博望侯”。

⑤教敷：谓教化布行。萧何定天下法令，曹参等守职，遵而勿失。彝伦叙：《尚书·洪范》：“彝伦攸叙。”彝伦，指天地人伦之常法。叙，通“序”，次序。

⑥畅：通达。

⑦投命：舍命，拼命。《吴子·励士》：“是以一人投命足惧千夫。”

⑧暨：及。秺(dù)侯：金日磾(mì dī)。据《汉书·金日磾传》，金日磾字翁叔，本匈奴休屠王太子，以敬谨深得武帝宠信，常侍左右。莽何罗与其弟通及小弟安成造反，想行刺汉武帝，金日磾察觉其状，抱住莽何罗大叫：“莽何罗反！”得以将莽何罗擒住。金日磾因此以忠孝著称，被封为秺侯。秺，地名。在今山东武成。

⑨陆贾：西汉著名政治家，善辞令，常出使异国，武帝拜为太中大夫。曾与周勃、陈平共诛诸吕，陈平乃以奴婢百人、车马五十乘、

钱五百万赠陆贾，陆贾以此游汉廷公卿间，名声籍甚。著《新语》十二篇。优游：悠闲自得。班固《答宾戏》："近者陆子优繇，《新语》以兴。"繇，通"游"。

⑩长卿：司马相如，字长卿。汉武帝时著名大赋家。渊：王褒，字子渊，蜀人，善诗歌，工辞赋。云：扬雄，字子云，西汉末著名大赋家。

⑪子长：司马迁，字子长，武帝时著名史学家、文学家。政：刘向，字子政，西汉著名史学家。骏：刘歆，字子骏，西汉著名史学家。

⑫赵张三王之尹京：指西汉时治理过京兆地区的赵广汉、张敞、王尊、王章、王骏等名臣。《汉书·赵尹韩张两王列传赞》："自孝武置左冯翊、右扶风、京兆尹，而吏民为之语曰：'前有赵张，后有三王。'"

⑬定国释之之听理：指西汉时担任过廷尉，以断案廉明著称的于定国、张释之。《汉书·隽疏于薛平彭列传》称"张释之为廷尉，天下无冤民；于定国为廷尉，民自以不冤"。听理，指听取诉讼，处理案件。

⑭汲长孺之正直：指汉武帝时以正直著称的名臣汲黯。汲黯，字长孺，《史记·汲郑列传》称其"好学，游侠，任气节，内行修絜，好直谏，数犯主之颜色"。

⑮郑当时之推士：指汉武帝时以推贤荐士著称的名臣郑当时。郑当时，字庄，《史记·汲郑列传》称他"每朝，候上之闲，说未尝不言天下之长者。其推毂士及官属丞史，诚有味其言之也，常引以为贤于己……闻人之善言，进之上，唯恐后。山东士诸公以此翕然称郑庄"。

⑯终童：指终军。《汉书·终军传》："终军，字子云，济南人也。少好学，以辩博能属文闻于郡中。年十八，选为博士弟子。"后上书言事，武帝异其文，拜为谒者。死时年仅二十余，故世称"终童"。

⑰贾生：指贾谊。《汉书·贾谊传》："贾谊，雒阳人也，年十八，以能诵诗书属文称于郡中……文帝召以为博士。是时，谊年二十余，最为少。每诏令议下，诸老先生未能言，谊尽为之对，人人各如其意所出。诸生于是以为能。文帝说之，超迁，岁中至太中大夫。"

⑱翠緌(ruí)：谓翠色的冠缨。緌，冠缨下垂的部分。《礼记·内则》："冠緌缨。"孔疏："结缨颔下以固冠，结之余者，散而下垂，谓之緌。"

⑲鸣玉：谓服装上的玉佩鸣响。古代贵族服装，饰以玉佩，行走时玲玲作响。《礼记·玉藻》："君子在车则闻鸾和之声，行则鸣佩玉。"

⑳禁门：即禁省之门，言门户有禁，非侍卫及通籍之臣，不得入内。

㉑"或被发"二句：此指金日磾之事。被发左衽，披散头发，衣襟左开，夷狄之服。《论语·宪问》："子曰：'微管仲，吾其被发左衽矣。'"潘岳用之指金日磾。泥滓，指人处于卑贱地位。金日磾本匈奴人，又是没入官输养马的俘虏。

㉒或从容傅会：指陆贾之事。《汉书·郦陆朱刘叔孙传赞》："陆贾位止大夫，致仕诸吕，不受忧责，从容平、勃之间，附会将相以强社稷，身名俱荣，其最优乎。"傅会，同"附会"，协调和同。

㉓婴时戮：遭到现实的侮辱或杀害。如李广，自结发与匈奴大小七十余战，成为匈奴闻风丧胆的"飞将军"。六十多岁时，受大将军之害，遂引刀自刭。而赵广汉竟坐腰斩。婴，遭受。

㉔无贵仕：指贾谊等人，才高而无显贵的官职。

㉕上烈：最好的贞刚之士。

㉖佩声：即上面"拖鸣玉"的玉佩的鸣声。

㉗铿锵(kēng qiāng)：形容金玉或乐器声音洪亮。这里指上述人物名声流传，如雷贯耳。

㉘音:指王音。凤:指王凤。二人均为西汉末年专权的外戚。王氏家族在宣帝王皇后、元帝王皇后的庇荫下,前后有十人封侯,五人为大司马。王凤是元帝之舅,封平阳侯,成帝以为大司马大将军,领尚书事。天子不敢自是,公卿见之侧目。临死时,成帝提出由平河侯王谭代其职,而王凤荐从弟王音自代。因王音敬事王凤,卑恭如子。事见《汉书·元后传》。恭:指弘恭。显:指石显。均为汉元帝宠臣。弘恭为中书令,石显为仆射。元帝即位数年,弘恭死,石显代为中书令,专权,通明正直的重臣多受其害,使公卿以下在石显面前都战战兢兢,不敢错半步。事见《汉书·佞幸传》。

㉙熏灼:谓其权势之大,对人如烟熏火燎。《汉书·谷永传》:“建始、河平之际,许、班之贵,顷动前朝,熏灼四方。”

㉚都鄙:指城市与边乡。

㉛十余公之徒:指上文所列萧何、曹参等人。隶齿:相提并论。李善注:“张湛《列子》注曰:‘隶,犹群辈也。’……高诱《吕氏春秋》注曰:‘齿,列也。’”

㉜“才难”二句:《论语·泰伯》:“孔子曰:‘才难,不其然乎?’”谓人才难得。

【译文】

缅怀萧何、曹参、魏相、邴吉几位宰相,遥想辛庆忌、李广、卫青、霍去病几位名将。奉命出使异域边疆的苏子卿,致使邻国震慑顺服的张博望。或布行教化使社会秩序井然,或举兵征讨使华夏雄威远扬。或面临危难而智勇奋发,或舍身取义而风高节亮。以及金日磾之忠孝淳厚,陆贾之优游宴喜。相如、子渊、子云之雄文,马迁、子政、子骏之良史。赵广汉、张敞、三王为出色的京兆尹,于定国、张释之大小案件慎处理。汲长孺不怕犯上进直言,郑当时称人之美举贤士。终军是山东出众的精英,贾谊是洛阳著名的才子。颔下翠色的冠缨飘飞,身上拖曳的佩玉声脆，在宫门中进进出出的人多得很。有的人夷狄衣装与发式，乃从卑贱之中一跃而起；有的人协调和同于公卿，善于望表知里把握人事；有的人功绩卓著，却惨遭现实的残害；有的人大才大能，却无显贵之职可仕。他们都发扬清正之风，成为贞刚之士的佼佼者，垂留美好的名声于后世。臆想其佩玉发出的声音，好像还在耳际铿锵作响。当王音、王凤、弘恭、石显擅权之时，其权势如烈火燎灼四方，如雷电震耀城市与边乡。然而当其死亡之时，完全不能与上述十几位人士并列等量。人才难得，难道不是这样？

望渐台而扼腕①，枭巨猾而余怒②。揖不疑于北阙③，轼樗里于武库④。酒池鉴于商辛⑤，追覆车而不寤⑥。曲阳僭于白虎⑦，化奢淫而无度。命有始而必终，孰长生而久视⑧？武雄略其焉在⑨？近惑文成而溺五利⑩。侔造化以制作⑪，穷山海之奥秘。灵若翔于神岛⑫，奔鲸浪而失水⑬。爆鳞骼于漫沙⑭，陨明月以双坠⑮。擢仙掌以承露⑯，干云汉而上至⑰。致邛蒟其奚难⑱，惟余欲而是恣。纵逸游于角觝⑲，络甲乙以珠翠⑳。忍生民之减半㉑，勒东岳以虚美㉒。超长怀以遐念㉓，若循环之无赐㉔。较面朝之焕炳㉕，次后庭之猗靡㉖。壮当熊之忠勇㉗，深辞辇之明智㉘。卫鬒发以光鉴㉙，赵轻体之纤丽㉚。咸善立而声流，亦宠极而祸侈。

【注释】

①渐台：长安宫内太液池中高台。据《汉书·王莽传》，王莽在渐台被杀。扼腕：手把其腕，表示激愤。

②枭(xiāo)：悬首于木上。指砍头示众。巨猾：非常狡黠之徒。此指大奸贼王莽。

③不疑：指隽不疑。据《汉书·隽不疑传》，隽不疑字曼倩，昭帝时擢为京兆尹，为吏严而不残。北阙：古代宫殿北面门楼。上书奏事之所。《汉书·隽不疑传》载，始元五年（前82），有人来到北阙，自称是卫太子，围观者甚众，百官不辨真伪，不知所措。京兆尹隽不疑赶到后，援引《春秋》肯定卫出公拒不纳其父蒯聩之例，下令属下逮捕冒充卫太子者，送交诏狱。隽不疑因此得到汉昭帝和大将军霍光的赞赏，名重朝廷。

④轼：车厢前的横木。古人乘车站着，当表示敬意时，便低头抚轼，以示其敬。樗（chū）里：指樗里子。据《史记·樗里子甘茂列传》，樗里子为秦惠王异母弟，滑稽多智，秦人号曰“智囊”。樗里子死后，葬于渭南章台之东。他死前预言说：“后百岁，是当有天子之宫夹我墓。”至汉兴，长乐宫在其东，未央宫在其西，武库正当其墓。武库：汉代宫中储藏器物的仓库。此指樗里之墓。

⑤酒池：《史记·殷本纪》载纣王荒淫无道，“以酒为池，悬肉为林。使男女倮相逐其间，为长夜之饮”。鉴：借鉴。商辛：即商王辛，也即商纣王。《史记·殷本纪》：“帝乙崩，子辛立，是为帝辛，天下谓之纣。”

⑥覆车：翻车。这里指前人失败的例子。《三国志·蜀书·后主传》裴松之注引王隐《蜀记》：“隗嚣凭陇而亡，公孙述据蜀而灭，此皆前世覆车之鉴。”寤：醒悟。

⑦曲阳：指曲阳侯王根。王根为王莽庶弟，五兄弟同日封侯。白虎：指宫中白虎殿。据《汉书·元后传》，曲阳侯王根骄奢僭上，大修府第，赤墀青琐，园中起土山渐台，模拟宫中白虎殿的规制。

⑧长生而久视：《老子》五十九章：“长生久视之道。”指耳目不衰，形容长寿。

⑨武：指汉武帝。

⑩文成：指文成将军李少翁。《史记·孝武本纪》载，齐人李少翁以

方术招致汉武帝宠妃王夫人之亡魂，使武帝于帷中见之，于是被封为文成将军。五利：指五利将军栾大。《史记·孝武本纪》载，胶东宫人栾大对武帝说："黄金可成，而河决可塞，不死之药可得，仙人可致也。"当时，武帝"方忧河决而黄金不就"，乃拜栾大为五利将军。

⑪侔（móu）：相等。造化：指自然的创造化育之功。

⑫灵若：传说中的海神。《庄子·秋水》："望洋向若而叹。"成玄英疏："若，海神也。"神岛：太液池建于汉武帝时，周回十顷，中起三山，以象瀛洲、蓬莱、方丈三神山，还有金石刻成的鱼龙奇禽异兽之类。

⑬奔鲸：奔跑的鲸鱼。

⑭爆：烤干。漫沙：大的沙滩。

⑮陨明月以双坠：指奔鲸的眼睛，如陨坠的两个明月。

⑯擢仙掌以承露：班固《西都赋》："抗仙掌以承露。"言汉武帝听信方士之言，以铜铸仙人，双手托盘，承接露水。擢，举起。承露，指承接甘露。

⑰干云汉而上至：张衡《西京赋》："干云雾而上达。"干，触犯。云汉，云雾河汉。

⑱邛蒟（qióng jǔ）：指西南出产的邛竹杖和枸酱。《汉书·西南夷传》："使番阳令唐蒙风晓南粤，南粤食蒙蜀枸酱。"枸酱即蒟酱。枸树，其子形如桑椹，以之为酱，味美。又《汉书·西南夷传》："元狩元年，博望侯张骞言使大夏时，见蜀布、邛竹杖。"

⑲角觝（jué dǐ）：也作"角抵"，角力竞技的游戏，汉代最盛行。《汉书·武帝纪》载武帝"作角抵戏"，颜师古注："文颖曰：'名此乐为角抵者，两两相当角力，角技艺射御，故名角抵，盖杂技乐也。'"

⑳甲乙：帐幕名。《汉书·西域传赞》："于是广开上林，穿昆明池，营千门万户之宫，立神明通天之台，兴造甲乙之帐，落以随珠和

壁。"又《太平御览》卷六百九十九引《汉武故事》:"上以琉璃珠玉、明月夜光珠,杂错天下珍宝为甲帐,次为乙帐。甲以居神,乙以自居。"

㉑生民之减半:《汉书·昭帝纪赞》:"孝昭幼年即位……承孝武奢侈余敝师旅之后,海内虚耗,户口减半。"

㉒勒东岳以虚美:指汉武帝封禅泰山事。《汉书·武帝纪》载,元封元年(前110),武帝"登封泰山,至于梁父,而后禅肃然"。勒,刻石颂功。东岳,即泰山。

㉓遐念:想得很远。

㉔循环:李善注引《尚书大传》:"三王之统,若循连环,周则复始,穷则反本。"赐:穷尽,后多作"儩"。

㉕较:《广雅·释诂》:"明也。"了解。面朝:《周礼·匠人》:"面朝后市。"郑玄注:"面犹向也。"谓面向朝廷。焕炳:明亮,辉煌。

㉖后庭:指后宫。猗(yī)靡:婀娜貌。

㉗壮:夸美。当熊之忠勇:指汉元帝冯倢伃事。《汉书·外戚传》:"建昭中,上幸虎圈斗兽,后宫皆坐。熊佚出圈,攀槛欲上殿。左右贵人傅昭仪等皆惊走,冯倢伃直前当熊而立,左右格杀熊。上问:'人情惊惧,何故前当熊?'倢伃对曰:'猛兽得人而止,妾恐熊至御坐,故以身当之。'元帝嗟叹,以此信敬重焉。"

㉘辞辇之明智:指汉成帝班倢伃事。《汉书·外戚传》:"成帝游于后庭,尝欲与倢伃同辇载。倢伃辞曰:'观古图画,贤圣之君皆有名臣在侧,三代末主乃有嬖女。今欲同辇,得无近似之乎?'上善其言而止。"

㉙卫:指汉武帝皇后卫子夫。李善注引《汉武故事》:"卫子夫得幸,头解,上见其美发,悦之。"鬒(zhěn):发多而黑。光鉴:头发光彩照人。《春秋左传·昭公二十八年》:"昔有仍氏生女,黰黑而甚美,光可以鉴。"杜预注:"发肤光色可以照人。"

㉚赵：指成帝皇后赵飞燕。轻体：李善注引荀悦《汉纪》："赵氏善舞，上悦之，事由体轻。"

【译文】

仰望渐台愤慨而扼腕，枭元凶之首不足息怒。到北阙揖拜善识以假乱真的隽不疑，礼敬妙算未来如先知的樗里于武库。商纣王竟以酒为池骄奢淫逸，王根之流蹈其覆辙执迷不悟。王根僭拟皇宫白虎殿而造土山渐台，奢侈淫靡之风发展到了无穷的程度。人的生命有其始就必有其终，谁又能长生不死永远久视？汉武帝的雄才大略在哪里？晚近则迷惑沉溺于文成、五利之辈的神鬼妖计。建造土山台殿的巧构与天工相等，将山山水水的奥秘都集中于园庭府第。海若之神的造型翱翔在太液池的神岛上，奔浪而来的大鲸失水而搁浅在池旁。鳞片骨骼在沙滩上承受烈日烘烤，那对放射巨光的眼睛犹如坠落的月亮。金人挺举仙掌承接天降甘露，双手托盘穿过浮云上至河汉。购来蜀地的竹杖枸酱算何难事？只要能满足自己的欲望便纵情肆意。纵情游乐于观赏角觝竞技，人神所用的帷帐用明珠翠玉装饰。宁肯付出人口减半的代价，还要刻石吹嘘封禅于泰山。深深怀念治世而遥想中国历史，犹如一只连环周而复始无极无边。了解了朝请大殿的壮丽辉煌，再来看后宫椒房的婀娜美艳。冯倢伃直前当熊而立的忠勇行动，值得称美；班倢伃推辞同辇而游的明智之举，令人赞叹。卫子夫一头鬒发光华可鉴，赵飞燕玉体轻盈纤丽翩翩。虽然都想以善立功而流传声名，却也因受宠太甚而招致祸患。

津便门以右转①，究吾境之所暨②。掩细柳而抚剑，快孝文之命帅③。周受命以忘身④，明戎政之果毅⑤。距华盖于垒和⑥，案乘舆之尊辔⑦。肃天威之临颜⑧，率军礼以长揖⑨。轻棘霸之儿戏⑩，重条侯之倨贵⑪。

【注释】

①津:渡口,渡过。便门:《汉书·武帝纪》载,建元三年(前138)春,“初作便门桥”。颜师古注:“便门,长安城北面西头门,即平门也。古者平、便皆同字。于此道作桥,跨渡渭水以趋茂陵,其道易直,即今所谓便桥是其处也。”

②究:穷极,到底。暨:李善注:“至也。”

③“掩细柳”二句:言汉文帝任命周亚夫领兵驻细柳营事。掩,《方言》:“止也。”细柳,观名。《汉书·文帝纪》载,后元六年(前158)冬,以“河内太守周亚夫为将军,次细柳”。颜师古注引张揖曰:“(细柳)在昆明池南,今有柳市是也。”

④周:指周亚夫。《汉书·周亚夫传》:“上自劳军,至霸上及棘门军,直驰入,将以下骑出入送迎。已而之细柳军,军士吏被甲,锐兵刃,彀弓弩,持满。天子先驱至,不得入。先驱曰:‘天子且至。’军门都尉曰:‘军中闻将军之令,不闻天子之诏。’有顷,上至,又不得入。于是上使使持节诏将军曰:‘吾欲劳军。’亚夫乃传言开壁门。壁门士请车骑曰:‘将军约,军中不得驱驰。’于是天子乃按辔徐行,至中营,将军亚夫揖曰:‘介胄之士不拜,请以军礼见。’天子为动,改容式车。使人称谢:‘皇帝敬劳将军。’成礼而去。既出军门,群臣皆惊。文帝曰:‘嗟乎,此真将军矣!向者霸上、棘门如儿戏耳,其将固可袭而虏也。至于亚夫,可得而犯邪?’称善者久之。”

⑤戎政:军政。果毅:果断坚韧。《国语·周语》:“制戎以果毅。”韦昭注:“杀敌为果,致果为毅也。”

⑥华盖:帝王或贵官所用的伞盖。此借喻帝王。垒和:营门。李善注:“垒,营也。和,军营之正门也。”

⑦案:通“按”,连下末字为按辔,勒住马缰。乘舆:天子的车马。

⑧临颜:犹言当面。

⑨率:遵循。揖(yī):通“揖”。

⑩棘:指棘门。当时祝兹侯徐厉为将军领兵驻棘门。霸:指霸上。宗正刘礼为将军领兵驻霸上。

⑪条侯:指周亚夫。倨贵:傲慢矜贵。这里指周亚夫军纪严明,不因天子之尊而改变。

【译文】

经过便门桥而右转,即至长安县境之尽头。在细柳停息而抚剑,称道汉文命将之择优。周亚夫受诏统军而忘己,深明军政以果毅为首。拒皇上于军营之门外,屈尊按辔徐行以等候。面对严肃的天子之威,仅循军礼长揖而不叩。帝轻霸上、棘门之军如儿戏,器重周亚夫唯军纪之坚守。

索杜邮其焉在?云孝里之前号①。惘辍驾而容与②,哀武安以兴悼③。争伐赵以徇国,定庙筭之胜负④。扞矢言而不纳⑤,反推怨以归咎⑥。未十里于迁路,寻赐剑以刎首⑦。嗟主暗而臣嫉⑧,祸于何而不有?

【注释】

①“索杜邮”二句:杜邮、孝里,地名。原名杜邮,后更名孝里,有亭,在咸阳之西。秦将白起死于此地。

②惘:李善注:“犹罔罔,失志之貌也。”容与:犹豫貌。

③武安:指白起。白起善用兵,事秦昭王,因伐楚有功,被封为武安君。

④“争伐赵”二句:秦昭王四十九年(前258年),秦将王陵进攻邯郸失利,秦王让白起出兵攻邯郸,白起认为邯郸易守难攻,而且诸侯会出兵救赵,秦军必败,故称病不出。后秦军果然兵败。事见

《史记·白起王翦列传》。徇国，白起拒绝攻打赵国邯郸，是不让诸侯以故攻秦。他之死，是为保全秦国，故曰殉国。徇，通“殉”。定庙筭之胜负，指白起料定秦军必败。

⑤扞(hàn)矢言而不纳：指秦王不听白起的谏言。扞，亦作“捍”，保护。此为拒绝意。矢言，正直之言。《尚书·盘庚》：“率吁从戚，出矢言。”孔传：“出正直之言。”

⑥反推怨以归咎：指秦军失利，白起出言讥讽，秦昭王因而迁怒白起，将其免为士伍。咎，罪。

⑦“未十里”二句：指白起被赐死于杜邮事。《史记·白起王翦列传》：“秦王乃使人遣白起，不得留咸阳中。武安君既行，出咸阳西门十里，至杜邮……秦王乃使使者赐之剑，自裁。”白起遂自杀。迁路，被贬出咸阳的路上。寻，不久，接着。刎，割。

⑧主暗：指昭王昏暗。嫉：妒忌。秦相应侯范雎听信韩赵间使苏代之言，妒忌武安君可能为三公。

【译文】

寻访杜邮今在何处？有人说它是孝里的前号。心里惆怅停车而犹豫，为武安君白起心生哀悼。因伐赵事抗主而殉身，定胜负于筹算之精妙。拒绝忠直之言不听取，反推怨而归咎于白起不好。遣离咸阳行程不到十里，又赐剑令其就地自了。可叹秦主昏而相妒，祸败如何不会来到？

窥秦墟于渭城[①]，冀阙缅其堙尽[②]。觅陛殿之余基，裁岥岮以隐嶙[③]。想赵使之抱璧，浏睨楹以抗愤[④]。燕图穷而荆发，纷绝袖而自引[⑤]。筑声厉而高奋，狙潜铅以脱膑[⑥]。据天位其若兹[⑦]，亦狼狈而可愍[⑧]。简良人以自辅[⑨]，谓斯忠而鞅贤[⑩]。寄苛制于捐灰[⑪]，矫扶苏于朔边[⑫]。儒林填于坑阱[⑬]，

《诗》《书》炀而为烟[14]。国灭亡以断后[15]，身刑轘以启前[16]。商法焉得以宿[17]，黄犬何可复牵[18]。野蒲变而成脯，苑鹿化以为马[19]。假谗逆以天权[20]，钳众口而寄坐[21]。兵在颈而顾问，何不早而告我[22]？愿黔黎其谁听，惟请死而获可[23]。健子婴之果决，敢讨贼以纾祸[24]。势土崩而莫振[25]，作降王于路左[26]。萧收图以相刘，料险易与众寡[27]。羽天与而弗取，冠沐猴而纵火[28]。贯三光而洞九泉[29]，曾未足以喻其高下也。

【注释】

①秦墟：秦都咸阳废址。渭城：地名。在今陕西咸阳渭城区。

②冀阙：皇宫外公布法令的门阙。《史记·商君列传》："筑冀阙宫庭于咸阳。"缅：李善注："尽貌也。"全。堙：通"湮"，湮没。

③裁：削减。岥崺（pō tuó）：同"陂陀"，斜倾貌。李善注引司马相如《哀二世赋》："登岥崺之长岅。"隐嶙：李善注："绝起貌。"突起之意。

④"想赵使"二句：言蔺相如于秦廷抱璧倚柱之事。赵使，赵国使臣蔺相如。抱璧，持璧，捧璧。《史记·廉颇蔺相如列传》："王授璧，相如因持璧却立，倚柱，怒发上冲冠。"浏睨（nì），李善注："目清貌也。"谓蔺相如在危急之时，目光清明地注视着秦廷大柱。睨，斜视貌。楹，柱子。《史记·廉颇蔺相如列传》："相如持其璧睨视，欲以击柱。"

⑤"燕图"二句：言荆轲刺秦王事。《史记·刺客列传》："荆轲奉樊於期头函，而秦舞阳奉地图柙，以次进，至陛……轲既取图奏之，秦王发图，图穷而匕首见。因左手把秦王之袖，而右手持匕首揕之，未至身，秦王惊，自引而起，袖绝。"燕图，燕国督亢地图。

⑥"筑声"二句：言高渐离刺秦王事。《史记·刺客列传》载，荆轲死

后，好友高渐离因善击筑而得以接近秦始皇，“高渐离乃以铅置筑中，复进得近，举筑朴秦皇帝，不中，于是遂诛高渐离”。筑，古时击弦乐器。狙，李善注引《苍颉篇》：“伺候也。”臏，李善注引郭璞《三苍解诂》：“臏，膝盖。”又引王充《论衡》：“高渐离举筑击秦王，中臏，秦王病疮死。”

⑦据天位：占有天子之位。

⑧愍：哀怜，怜悯。

⑨简良人：谓挑选贤士。

⑩斯忠：谓李斯忠诚。李斯佐秦始皇统一天下，官室丞相，事详《史记·李斯列传》。鞅贤：谓商鞅贤能。商鞅在秦孝公支持下主持变法，使秦国富强，号为商君，事详《史记·商君列传》。

⑪苛制：指商鞅之法。捐灰：李善注：“商君之法，刑弃灰于道者。”言其法制之细密。

⑫矫扶苏于朔边：指秦始皇死后，赵高、李斯矫诏立胡亥为太子，赐死在上郡（今陕西榆林）监兵的长子扶苏。事详《史记·李斯列传》。矫，即矫诏。朔边，北方边境。当时公子扶苏在上郡监兵，正是秦朝北方边境。

⑬儒林填于坑阱（jǐng）：指秦始皇坑儒事。《史记·秦始皇本纪》载，卢生等为秦始皇求仙药无果，畏罪出逃，秦始皇大怒，“使御史悉案问诸生。诸生传相告引，乃自除。犯禁者四百六十余人，皆坑之咸阳。”儒林，指儒生。坑阱，埋人的大坑。

⑭诗书炀（yàng）而为烟：指秦始皇焚书事。《史记·秦始皇本纪》载丞相李斯议曰：“臣请史官非秦记皆烧之，非博士官所职，天下敢有藏《诗》《书》百家语者，悉诣守尉杂烧之。”秦始皇遂下令焚书。炀，焚烧。

⑮国：李善注：“商鞅、李斯各有食邑，故曰国也。”

⑯刑轘（huàn）：指酷刑车裂。《史记·商君列传》载，商鞅相秦十

年，宗室贵戚多怨望者，秦孝公卒，秦惠王立。公子虔之徒告商鞅谋反，秦惠王派人追杀商鞅，并将其尸体车裂示众。

⑰商法焉得以宿：指商鞅逃亡时，因为自己定的法令而无法投宿。《史记·商君列传》："商君亡至关下，欲舍客舍，客人不知其是商君也，曰：'商君之法，舍人无验者，坐之。'商君喟然叹曰：'嗟乎！为法之敝，一至此哉？'"

⑱黄犬何得复牵：指李斯临刑前慨叹不能再牵黄犬打猎。《史记·李斯列传》："二世二年七月，具斯五刑，论腰斩咸阳市。斯出狱，与其中子俱执，顾谓其中子曰：'吾欲与若复牵黄犬俱出上蔡东门逐狡兔，岂可得乎？'遂父子相哭而夷三族。"

⑲"野蒲"二句：言赵高专权，束蒲为脯，指鹿为马，以欺二世。李善注引《风俗通》："秦相赵高，指鹿为马，束蒲为脯，二世不觉。"野蒲，即香蒲，可供食用。脯，干肉。

⑳假谗逆以天权：指秦二世宠信赵高，政事全由赵高裁决，朝政大权归于赵高。《史记·李斯列传》："李斯已死，二世拜赵高为中丞相，事无大小，辄决于高。"天权，即皇权。

㉑钳众口：指秦二世用赵高之计，大肆杀人，使众人都噤口不言。《史记·秦始皇本纪》载，秦二世"乃行诛大臣及诸公子……宗室振恐，群臣谏者以为诽谤，故不敢言"。寄坐：指秦二世听信赵高之说，不与公卿在朝廷上处理政务，二世空有其名，而大权落入赵高之手。《史记·秦始皇本纪》载，赵高说二世曰："今陛下富于春秋，初即位，奈何与公卿廷决事？事即有误，示群臣短也。天子称朕，固不闻声。"于是二世常居禁中，与赵高决事。

㉒"兵在颈"二句：言秦二世在大祸临头之时，还执迷不悟，责怪侍者不早告诉他。《史记·秦始皇本纪》："郎中令与乐俱入，射上幄坐帏。二世怒，召左右，左右皆惶忧不斗。旁有宦者一人，侍不敢去。二世入内，谓曰：'公何不蚤告我？乃至于此！'宦者曰：

‘臣不敢言,故得全。使臣蚤言,皆已诛,安得至今?’”

㉓“愿黔黎”二句:言秦二世临死前向赵高乞求当普通百姓以苟活于世,赵高不许。《史记·秦始皇本纪》载,赵高派阎乐逼杀二世时,二世曰:“愿与妻子为黔首,比诸公子。”黔,即黔首,指庶民。《史记·秦始皇本纪》:“分天下以为三十六郡……更名民曰黔首。”黎,《诗经·大雅·桑柔》:“民靡有黎。”孔疏:“黎,众也。”黔黎,民众。

㉔“健子婴”二句:言赞赏子婴果断采取措施,除掉赵高这个祸害。《史记·秦始皇本纪》:“(赵高)令子婴斋,当庙见,受王玺。斋五日,子婴与其子二人谋曰:‘……今使我斋见庙,此欲因庙中杀我。我称病不行,丞相必自来,来则杀之。’……高果自往……子婴遂刺杀高于斋宫,三族高家以徇咸阳。”子婴,二世兄子。二世被逼自杀后,赵高立子婴为帝,为秦王四十六日,降于刘邦。果决,言其果断。纾,解除。

㉕土崩:喻形势之倾塌,如土之崩溃。振:挽救。

㉖作降王于路左:谓子婴在轵道旁向刘邦投降。《史记·秦始皇本纪》:“(刘邦)使人约降子婴。子婴即系颈以组,白马素车,奉天子玺符,降轵道旁。”

㉗“萧收图”二句:言萧何入咸阳后,收集秦朝中央政府的图书资料,得以了解天下各地的地势险易及人口多少,以助刘邦平定天下。《史记·萧相国世家》:“沛公至咸阳……何独先入收秦丞相御史律令图书藏之。沛公为汉王,以何为丞相……汉王所以具知天下阸塞,户口多少,强弱之处,民所疾苦者,以何具得秦图书也。”料,估量,预知。

㉘“羽天与”二句:言项羽纵火烧毁秦宫室,不在关中建都,放弃取天下的机会,执意衣锦还乡,被人讥为沐猴而冠。《史记·项羽本纪》:“项羽引兵西屠咸阳,杀秦降王子婴,烧秦宫室,火三月不

灭,收其货宝妇女而东。人或说项王曰:'关中阻山河四塞,地肥饶,可都以霸。'项王见秦宫室皆以烧残破,又心怀思欲东归,曰:'富贵不归故乡,如衣绣夜行,谁知之者?'说者曰:'人言楚人沐猴而冠耳,果然。'"天与而弗取,《史记·张耳陈余列传》:"客有说张耳曰:'臣闻天与不取,反受其咎。'"沐猴,猕猴。此指项羽,虽有王之衣冠,却无为王之心胸。

㉙三光:李善注引许慎曰:"日月星也。"九泉:九重之泉,极言地下深处。李善注引《邓析子》:"贤愚之相觉,若九地之下,与重天之颠。"此以三光之明喻萧何之聪,以九泉之暗喻项羽之昏。

【译文】

在渭城参观秦都旧址,宫廷与门阙全都堙没。寻找殿堂台阶之残基,垮成斜坡而嶙峋窿突。想到相如双手捧赵璧,目炯炯睨庭柱而发怒。燕图展尽而荆轲暴露,两斗纷起秦王挣断袖布。筑声凄厉中渐离奋起,暗藏铅块击碎秦王之膑骨。虽有王位遭遇竟如此,狼狈不堪可怜又可恶。挑选优良之士以自辅,夸说李斯忠而商鞅贤。寄望于抛灰必究之法,矫诏诛杀太子扶苏于朔边。儒生活埋于巨坑,诗书被烧成灰烟。封国灭亡而后断,身遭车裂开其先。商法峻严自逃难投宿,父子俱执叹黄犬不牵。蒲草变而成干肉,指鹿强作马儿看。把大权托给谗佞之臣,钳制众口而空坐帝座。兵刃在颈才左右顾问,竟责问何不早些禀说?求为黎民百姓谁肯听,唯有请求一死而方可。秦王子婴刚强而果决,勇敢讨逆贼以除祸殃。然国势已土崩而莫振,只好轵道旁边作降王。萧何尽收秦宫之图籍,相高祖而知天下情况;预知关隘形势之险易,户口多少力量之弱强。天与之利项籍全都不取,烧秦宫沐猴衣冠而还乡。萧相国之志上贯于三光,楚霸王之思下暗如九壤;尽管运用如此之譬喻,亦不能表明其高下差爽。

感市闾之菆井,叹尸韩之旧处[①]。丞属号而守阙[②],人百身以纳赎[3]。岂生命之易投[4]，诚惠爱之洽著[5]。讦望之以求直[6]，亦余心之所恶。思夫人之政术[7]，实干时之良具[8]。苟明法以释憾[9]，不爱才以成务[10]。弘大体以高贵，非所望于萧傅[11]。

【注释】

①"感市间"二句：言今日之卖麻秆的街市，乃是从前韩延寿弃市之处。《汉书·韩延寿传》："延寿竟坐弃市。吏民数千人送至渭城，老小扶持车毂，争奏酒炙。延寿不忍距逆，人人为饮，计饮酒石余。使掾史分谢送者：'远苦吏民，延寿死无所恨。'百姓莫不流涕。"菆(zōu)井，李善注："《说文》曰：'菆，麻蒸也。'……菆井即渭城卖蒸之市。"麻蒸，即麻秆做的火炬。尸韩，使韩为尸，即刑杀韩延寿。

②丞属号而守阙：指下属官员到皇宫门外号哭求情。《汉书·赵广汉传》载，赵广汉入狱后，"吏民守阙号泣者数万人"，潘岳大概将此误记为韩延寿之事。

③人百身以纳赎：即言人们愿以百人之身赎他。《诗经·秦风·黄鸟》："如可赎兮，人百其身。"《汉书·赵广汉传》载为赵广汉求情者说："臣生无益县官，愿代赵京兆死，使得牧养小民。"此亦误为韩延寿之事。

④生命之易投：谓丞属们的生命不珍贵，可以随便抛弃。

⑤洽著：普遍而显著。《汉书·韩延寿传》："延寿恩信周遍二十四县。"

⑥讦(jié)望之以求直：指韩延寿担任左冯翊时，升任御史大夫的前左冯翊萧望之忌妒韩延寿声望超过自己，让御史查问韩延寿担任东郡太守时"放散官钱千余万"之事，韩延寿也趁机弹劾揭发萧望之在左冯翊时"放散官钱百余万"之事，结果韩案查明属实，

萧案则查无实据,韩延寿因此被判弃市。事详《汉书·韩延寿传》。讦,揭发别人的隐私,或攻击别人的短处。《论语·阳货》:"恶讦以为直者。"何晏《集解》:"包曰:'讦谓攻发人之阴私。'"

⑦政术:指韩延寿为政的方法。《汉书·韩延寿传》:"延寿为吏,上礼义,好古教化,所至必聘其贤士,以礼待用,广谋议,纳谏争,举行丧让财,表孝弟有行。"长于以礼乐教化百姓。

⑧良具:良好的才具。

⑨苟明法以释憾:谓萧望之借申明法令来泄私愤。

⑩成务:成就事业。《周易·系辞》:"夫易开物成务。"

⑪萧傅:即萧望之,曾任太子太傅。

【译文】

眼前的麻秆市场使人兴感,刑戮韩延寿处令人生叹。吏民数千聚守宫门而号泣,愿以百人之身赎回韩冯翊。难道是百姓不惜其生命?实为韩延寿恩惠得民意。他揭发萧望之以表直率,这确是我所厌恶之一事。但想到他善理政而多术,又实为当时之栋梁才具。假如借申明法令以泄私愤,就是不爱惜人才而求功遂。想要宽宏大量顾全大体的高贵品格,实在不能寄希望于萧望之。

造长山而慷慨①,伟龙颜之英主②。胸中豁其洞开③,群善凑而必举④。存威格乎天区⑤,亡坟掘而莫御⑥。临掩坎而累抃⑦,步毁垣以延伫⑧。

【注释】

①长山:即长陵。李善注:"秦名天子冢曰长山,汉曰陵。"《汉书·高帝纪》载,高帝以十二年(前195)"五月丙寅葬长陵",颜师古注引臣瓒曰:"长陵在长安北四十里。"

②龙颜:刘邦的形象。《汉书·高帝纪》:"高祖为人,隆准而龙颜。"

③胸中豁其洞开:指刘邦胸襟宽广,宽容大度。《汉书·高帝纪》称高祖“宽仁爱人,意豁如也,常有大度”。

④群善:众多美好的人才。凑:聚合。

⑤格:至,感通。天区:天地之间。

⑥坟掘:指西汉帝陵被挖掘事。《后汉书·光武帝纪》:“赤眉焚西京宫室,发掘园陵。”御:阻止,捍卫。

⑦掩:覆盖。坎:墓穴。抃(biàn):击掌。

⑧延伫:延颈伫立。

【译文】

到长陵凭吊而情意激昂,龙颜之君真是英明伟大。他的胸怀豁达而开明,贤良群集都能展其才华。在世时威望遍及天地之间,可死后却墓地遭掘而无人护他。我站在墓穴边不禁击掌,漫步残垣断壁间伫望四下。

越安陵而无讥[①],谅惠声之寂寞[②]。吊爰丝之正义,伏梁剑于东郭[③]。讯景皇于阳丘[④],奚信谮而矜谑[⑤]。陨吴嗣于局下,盖发怒于一博[⑥]。成七国之称乱[⑦],翻助逆以诛错[⑧]。恨过听而无讨,兹沮善而劝恶[⑨]。

【注释】

①安陵:《汉书·惠帝纪》载,惠帝以七年(前188)“九月辛丑葬安陵”,颜师古注引臣瓒曰:“安陵在长安北三十五里。”无讥:无可指责。《汉书·惠帝纪赞》:“孝惠内修亲亲,外礼宰相……可谓宽仁之主。”故无讥。

②谅:委实,确实。惠声:指惠帝的声誉。

③“吊爰丝”二句:言凭吊爰盎被梁国刺客刺死处。据《汉书·爰盎

传》,爰盎字丝,文帝时为中郎将,景帝时曾任太常。梁王托爰盎向景帝进言,请求成为嗣君,未果,梁王因此恨爰盎,派刺客去刺杀爰盎。刺客来到关中,问起爰盎,人们都对他赞不绝口。刺客不忍杀害爰盎,反而提醒他防备。结果爰盎还是被梁国派来的其他刺客杀死在安陵郭门外。

④讯:问,问讯。阳丘:即阳陵。《汉书·景帝纪》载,景帝以后元三年(前141)“二月癸酉葬阳陵”,颜师古注引臣瓒曰:“阳陵在长安东北四十五里。”

⑤信谗:指景帝听信爰盎的谗言,杀死晁错以求平息七国之乱事。事见《汉书·爰盎晁错传》。矜谑:骄纵而出戏言。疑指景帝酒后戏言死后传位于梁王事。事详《史记·魏其武安侯列传》。

⑥“陨吴嗣”二句:指景帝为太子时,用棋盘砸死吴王太子事。《史记·吴王濞列传》:“孝文时,吴太子入见,得侍皇太子饮博。吴太子师傅皆楚人,轻悍,又素骄。博,争道,不恭,皇太子引博局提吴太子,杀之。”陨,通“殒”,死亡。吴嗣,即吴太子。局,棋盘。博,古代的一种棋戏。

⑦成七国之称乱:谓因太子事,吴王失藩臣礼,皇帝多所责问。此为造成七国之乱的远因。

⑧翻:反而。逆:指吴楚七国。错:晁错。

⑨“恨过听”二句:言景帝误信爰盎之言,错杀晁错,之后对爰盎的过错却不惩罚,这会抑善而扬恶。《汉书·爰盎晁错传》载,晁错死,邓公谓景帝曰:“夫晁错患诸侯强大不可制,故请削之,以尊京师,万世之利也。计画始行,卒受大戮。内杜忠臣之口,外为诸侯报仇。臣窃为陛下不取也。”

【译文】

越过安陵而无可讥谈,惠帝的名声实在寂寞。悼爰盎为正义而直言,被梁客剑杀于东城郭。到阳陵质问汉之孝景,为何信谗而骄纵戏谴？以棋局砸死吴国太子，发怒只是因为一博。七国借此而举兵叛乱，反助吴国要求诛杀晁错。恨景帝误信蛊言而不加惩罚，这样只能抑善而助恶。

呰孝元于渭茔[①]，执奄尹以明贬[②]。褒夫君之善行，废园邑以崇俭[③]。过延门而责成[④]，忠何辜而为戮[⑤]？陷社稷之王章，俾幽死而莫鞠[⑥]。忲淫嬖之匈忍，剿皇统之孕育[⑦]。张舅氏之奸渐，贻汉宗以倾覆[⑧]。剌哀主于义域[⑨]，僭天爵于高安[⑩]。欲法尧而承羞[⑪]，永终古而不刊[⑫]。

【注释】

①呰(zǐ)：通"訾"，诋毁，疵病。渭茔：即渭陵。《汉书·元帝纪》载，元帝以竟宁元年(前33)"秋七月丙戌葬渭陵"，颜师古注引臣瓒曰："渭陵在长安北五十六里也。"

②奄尹：即阉尹，主管宫室出入的宦官。汉元帝宠信宦官弘恭、石显。

③"褒夫君"二句：言对汉元帝罢废园邑的善举表示赞赏。《汉书·元帝纪》载，元帝于永光四年(前40)九月，罢卫思后园及戾园。同年冬十月，罢祖宗庙在郡国者，又下诏："今所为初陵者，勿置县邑，使天下咸安土乐业，亡有动摇之心。"又罢先后父母奉邑。褒，李善注："犹赞美也。"

④延门：指成帝墓延陵。《汉书·成帝纪》载，成帝以绥和二年(前7)"四月己卯葬延陵"，颜师古注引臣瓒曰："延陵在扶风，去长安六十二里。"

⑤辜：罪。

⑥"陷社稷"二句：指成帝时，京兆尹王章因得罪权臣大将军王凤而

屈死狱中之事。《汉书·王章传》载,成帝时大将军王凤辅政,王章虽为王凤所举,但不满王凤专权,上奏成帝称“凤不可任用,宜更选忠贤”,成帝开始同意王章的奏请,后又不忍斥退王凤。王章因此被王凤构陷为大逆之罪,屈死狱中。事又见《汉书·元后传》。俾,使。幽死,指王章下狱,死于狱中。鞠(jū),通“鞫”,审讯。

⑦“忲(tài)淫嬖”二句:指汉成帝过分宠幸赵飞燕姐妹,致使成帝与其他妃嫔所育子嗣被戕害。事详《汉书·外戚传》之孝成赵皇后传。忲,奢侈。淫嬖,此指赵飞燕姐妹。匈忍,即胸忍,谓心怀不义而残忍。剿(jiǎo),剿灭。孕育,指成帝御幸所怀之子女。

⑧“张舅氏”二句:谓成帝依靠王皇后家外戚,种下倾覆汉室的祸根。张,开。舅氏,指成帝舅舅王凤等人。贻,遗留,留下。

⑨哀主:即汉哀帝。义域:即义陵。《汉书·哀帝纪》载,哀帝以元寿二年(前1)“秋九月壬寅葬义陵”,颜师古注引臣瓒曰:“义陵在扶风,去长安四十六里。”

⑩僭(jiàn)天爵于高安:此指汉哀帝封其男宠董贤为高安侯,还对其一家滥施封赏。事见《汉书·佞幸传》。僭,在下者冒用在上者的职权行事。此指汉哀帝滥封。天爵,本指自然的爵位。《孟子·告子》:“仁义忠信,乐善不倦,此天爵也;公卿大夫,此人爵也。”此指天子所封的爵位。

⑪法尧:谓哀帝曾打算效法唐尧,把君位禅让给董贤。《汉书·佞幸传》:“上置酒麒麟殿,贤父子亲属宴饮,王闳兄弟侍中中常侍皆在侧。上有酒所,从容视贤笑曰:‘吾欲法尧禅舜,何如?’闳进曰:‘天下乃高皇帝天下,非陛下之有也。陛下承宗庙,当传子孙于无穷。统业至重,天子亡戏言。’上默然不说。”承羞:受到羞辱。

⑫刊:削除。

【译文】

来到渭陵参观，想到元帝的缺点；抓住宠信宦官一事，即可明确给予低贬。但是对其善行，亦应从好相看；譬如废除园邑，自动崇尚节俭。经过延陵之前，指责成帝糊涂；忠臣有何罪过？无端而被杀戮。奸佞陷害王章，社稷失去柱梁；王章囚死狱中，何罪无人清楚。过分宠爱女性，纵容赵氏姊妹残忍；致使皇统断绝，帝幸生子通通杀尽。开启外戚王氏篡权之阴谋，贻害刘汉宗室断绝而覆倾。来到义陵讥刺汉哀，滥封董贤赐爵高安。更欲法尧让国而蒙羞，终古之耻永为笑谈。

瞰康园之孤坟①，悲平后之专絜②。殃厥父之篡逆③，蒙汉耻而不雪④。激义诚而引决⑤，赴丹焰以明节⑥。投宫火而焦糜⑦，从灰熛而俱灭⑧。

【注释】

①康园：指平帝陵园。《汉书·平帝纪》载，元始五年(5)十二月，平帝崩于未央宫，后葬康陵。颜师古注引臣瓒曰："在长安北六十里。"孤坟：王皇后未与平帝合葬，故曰孤坟。

②哀平后之专絜(jié)：哀怜汉平帝王皇后品行专贞高洁。据《汉书·外戚传》，孝平王皇后是王莽之女，王莽篡汉后，她"常称疾不朝会"，王莽想让她改嫁，她"大怒，笞鞭其旁侍御，因发病，不肯起"，王莽只好作罢，"及汉兵诛莽，燔烧未央宫，后曰：'何面目以见汉家！'自投火中而死"。

③殃：祸。受其父篡位之害。

④汉耻：汉室羞耻。

⑤引决：自裁，自杀。

⑥焰(yàn)：同"焰"，火焰。

⑦焦糜：烧得焦烂。

⑧熛(biāo):火焰。

【译文】

观看康园那一座孤坟,悲叹平后的专一忠贞。父行篡逆殃及女身,蒙受汉耻洗雪不清。激于义诚而引决自尽,身赴烈焰使节操彰明。投身宫火烧成焦粉,随着灰焰一同飞泯。

骛横桥而旋轸[①],历敝邑之南垂[②]。门磁石而梁木兰兮[③],构阿房之屈奇[④]。疏南山以表阙[⑤],倬樊川以激池[⑥]。役鬼佣其犹否[⑦],矧人力之所为[⑧]。工徒斫而未息[⑨],义兵纷以交驰[⑩]。宗祧污而为沼[⑪],岂斯宇之独隳[⑫]。

【注释】

①骛(wù):奔驰,急速。横(guāng)桥:李善注:"潘岳《关中记》:'秦作渭水横桥。'横,音光。《雍州图》:'在长安北二里,横门外也。'"旋轸(zhěn):掉转行车方向。轸,古代车厢底部四周的横木。这里代指车。

②敝邑:指潘岳出任的长安县。南垂:南部边境。垂,通"陲"。

③门磁石:在门上安装吸铁石,以备暗带兵器的刺客混入。磁,同"磁"。梁木兰:以木兰树为梁。李善注:"《三辅黄图》曰:'阿房前殿以木兰为梁,磁石为门,怀刃者止之。'"

④阿房(páng):秦宫名。《史记·秦始皇本纪》:"作宫阿房,故天下谓之阿房宫。"屈(jué)奇:奇异。《汉书·广川惠王越传》:"谋屈奇,起自绝。"颜师古注:"屈奇,奇异也。"

⑤疏:犹分。《史记·黥布列传》:"上裂地而王之,疏爵而贵之。"《索隐》:"按裂地是对文,故知疏即分也。"南山:指终南山。表阙:标其城阙。《史记·秦始皇本纪》:"表南山之颠以为阙。"

⑥倬(zhuō):扩大。樊川:即秦川。李善注:“《三秦记》曰:‘长安正南秦岭,岭根水流为秦川,一名樊川。’”激池:阻遏其水,使之激流为池。

⑦鬼佣:受雇于人的鬼神。

⑧矧(shěn):况且。

⑨斫(zhuō):吹削。未息:犹言未完工。《史记·秦始皇本纪》:“阿房宫未成。成,欲择令名名之。”

⑩义兵纷以交驰:指陈胜等领导的农民起义风起云涌。《史记·秦始皇本纪》:“(二世元年)七月,戍卒陈胜等反故荆地,为‘张楚’,胜自立为楚王,居陈。遣诸将徇地。山东郡县少年苦秦吏,皆杀其守尉令丞反,以应陈涉,相立为侯王,合从西向,名为伐秦,不可胜数也。”

⑪宗祧(tiāo):祖庙。污:《礼记·檀弓》:“朱娄定公曰:‘臣弑君……杀其人,坏其室,洿其宫而猪焉。’”李善注:“污与洿古字通。”洿,低洼地。引申为深,此处为挖掘义。

⑫斯宇:指阿房宫。隳(huī):毁坏。贾谊《过秦论》:“一夫作难而七庙隳。”

【译文】

驰过渭水横桥而掉转行车方位,经过自辖县界的南部边陲。磁石为门,木兰作梁,构造奇异,宫在阿房。裁取终南,标其门阙;拓展秦川,遏流成池。如此宏伟工程,雇役鬼神尚且难成,何况全用百姓技能!工匠斫削还未竣工,起义大军交驰而至。宗庙塌陷沦为池沼,何止阿房毁灭无遗?

由伪新之九庙①,夸宗虞而祖黄②。驱吁嗟而妖临,搜佞哀以拜郎③。诵六艺以饰奸④,焚《诗》《书》而面墙⑤。心不则于德义,虽异术而同亡⑥。

【注释】

①伪新:指王莽所建之伪朝。《汉书·王莽传》载,王莽“即真天子位,定有天下之号曰新”。九庙:王莽听取张邯之言,乃起九庙。《汉书·王莽传》:“九庙:一曰黄帝太初祖庙,二曰帝虞始祖昭庙,三曰陈胡王统祖穆庙,四曰齐敬王世祖昭庙,五曰济北愍王王祖穆庙……六曰济南伯王尊祢昭庙,七曰元城孺王尊祢穆庙,八曰阳平顷王戚祢昭庙,九曰新都显王戚祢穆庙。”

②宗虞而祖黄:指王莽以黄帝、虞舜为远祖。《汉书·王莽传》:“惟王氏,虞帝之后也,出自帝喾……虞帝之先,受姓曰姚,其在陶唐曰妫,在周曰陈,在齐曰田,在济南曰王。予伏念皇初祖考黄帝,皇始祖考虞帝,以宗祀于明堂,宜序于祖宗之亲庙……姚、妫、陈、田、王氏凡五姓者,皆黄、虞苗裔,予之同族也。”

③“驱吁嗟”二句:言天下大乱后,王莽听信崔发之言,率众向上天呼告哭诉,作告天策自陈功劳,祈祷上天助其平乱除灾。众人中有能哭得哀切的,就拜为郎。《汉书·王莽传》:“析人邓晔、于匡起兵南乡百余人……西拔湖。莽愈忧,不知所出。崔发言:‘《周礼》及《春秋左氏》,国有大灾,则哭以厌之,故《易》称“先号咷而后笑”。宜吁嗟告天以求救。’莽自知败,乃率群臣至南郊,陈其符命本末,仰天曰:‘皇天既命授臣莽,何不殄灭众贼?即令臣莽非是,愿下雷霆诛臣。’因搏心大哭,气尽,伏而叩头。又作告天策,自陈功劳千余言。诸生小民会旦夕哭,为设飧粥,甚悲哀及能诵策文者,除以为郎,至五千余人。”吁嗟,忧叹呼唤。妖临,为除灾而哭泣。临,哭。佞哀,谓逢迎讨好,哭泣哀切的人。

④诵六艺:《汉书·王莽传》载,王莽为太子置师友各四人,秩以大夫。又置师友祭酒及侍中、谏议、《六经》祭酒各一人。凡九祭酒,秩上卿。琅邪左咸为讲《春秋》、颍川满昌为讲《诗》、长安国由为讲《易》、平阳唐昌为讲《书》、沛郡陈咸为讲《礼》、崔发为讲

《乐》祭酒。

⑤面墙:喻不学,如面墙而立,一无所见。《尚书·周官》:"不学墙面,莅事惟烦。"蔡沈注:"人而不学,其犹正墙面而立,必无所见,而举措烦扰。"

⑥异术而同亡:谓王莽改制,但仍与秦一样覆亡。《汉书·王莽传赞》:"昔秦燔《诗》《书》以立私议,莽诵六艺以文奸言。同归殊涂,俱用灭亡。"

【译文】

经由王莽新朝所建之九庙,尊黄帝为祖而奉虞舜为宗。临难时驱众哀号哭诉向天求救,搜求哭诉哀切者拜为郎。王莽假借讲诵六经,用以掩饰其狼子野心;始皇把《诗》《书》全都烧毁,使人如面墙不识一文。内心不以德义为准则,即使方法有别而速亡则同。

宗孝宣于乐游①,绍衰绪以中兴②。不获事于敬养③,尽加隆于园陵④。兆惟奉明⑤,邑号千人⑥。讯诸故老,造自帝询⑦。隐王母之非命⑧,纵声乐以娱神⑨。虽靡率于旧典⑩,亦观过而知仁⑪。

【注释】

①宗:宗祀,庙祭。孝宣:即汉宣帝。乐游:庙名。李善注引应劭曰:"宣帝庙曰乐游。"

②衰绪:衰败之业。《汉书·昭帝纪赞》:"孝昭幼年即位……承孝武奢侈余敝师旅之后,海内虚耗,户口减半。"中兴:汉宣帝被视为中兴之主。《汉书·宣帝纪赞》:"孝宣之治,信赏必罚,综核名实,政事文学法理之士咸精其能,至于技巧工匠器械,自元成间鲜能及之,亦足以知吏称其职,民安其业也……功光祖宗,业垂

后嗣，可谓中兴，侔德殷宗、周宣矣。”

③敬养：指孝敬赡养父母。汉宣帝是武帝曾孙，戾太子之孙。戾太子娶史良娣生史皇孙，史皇孙娶王夫人生宣帝。遭巫蛊事，太子、良娣、皇孙、王夫人皆遇害，故曰不获敬养。

④加隆：极力尊崇。园陵：指宣帝祖辈、父母的坟墓。

⑤兆：即兆域，墓地四面的界限。奉明：《汉书·武五子传》载，宣帝尊谥其父史皇孙曰悼，母曰悼后，广明成乡为悼园，后为奉明县。

⑥千人：奉明园，后又称千人乡。因宣帝曾聚集倡优杂伎千人于此，故名。

⑦帝询：汉宣帝名询，字次卿。

⑧隐：伤痛。王母：宣帝母王夫人。非命：死于非命。

⑨纵声乐以娱神：宣帝伤痛王母牵连巫蛊事而冤死，在祭祀时以国优杂伎千人歌舞，安慰亡灵。

⑩靡：不。率：即率由，遵循。

⑪观过而知仁：观察宣帝的这些做法，可知他的为人。《论语·里仁》：“观过，斯知仁矣。”

【译文】

来到祭祀宣帝的乐游殿，他虽承继衰势却能中兴。父母遇害无法孝敬赡养，便尽量加倍隆祀其园陵。园陵名“奉明”，邑号曰“千人”。讯问当地父老，都说宣帝建成。哀悼王母死于非命，故纵乐舞以娱亡灵。虽未循守旧日之典制，但由此行动足见其为人。

凭高望之阳隈①，体川陆之污隆②。开襟乎清暑之馆③，游目乎五柞之宫④。交渠引漕⑤，激湍生风⑥。乃有昆明⑦，池乎其中。其池则汤汤汗汗⑧，滉瀁弥漫⑨，浩如河汉⑩。日月丽天⑪，出入乎东西。旦似汤谷⑫，夕类虞渊⑬。昔豫章之名字[14],披玄流而特起[15]。仪景星于天汉[16],列牛女以双峙[17]。图万载而不倾[18],奄摧落于十纪[19]。擢百寻之层观[20],今数仞之余趾[21]。振鹭于飞[22],凫跃鸿渐[23]。乘云颉颃[24],随波澹淡[25]。瀺灂惊波[26],唼喋菱芡[27]。华莲烂于渌沼[28],青蕃蔚乎翠瀲[29]。

【注释】

①凭:李善注引《广雅》:“凭,登也。”高望:指高望堆,即土山。李善注引《长安图》:“高望堆,延兴门南八里。”阳隈(wēi):向阳的山边。李善注:“隈,厓也。”《说文解字》:“厓,山边也。”

②体:体察。污隆:也作“窊隆”,或“洼隆”,谓高下起伏之状。此指低处与高处。

③清暑之馆:李善注:“谓甘泉也。《西都赋》曰:‘九嵕甘泉,固阴冱寒,日北至而含冻,此焉清暑。’”

④五柞(zuò)之宫:汉之离宫,在盩厔(今陕西周至)东南,因有五柞树而得名。

⑤漕:可以运输粮食的河道。

⑥生风:言其湍急流速之状。

⑦昆明:即昆明池,武帝发谪戍所开之湖,用以训练水师。

⑧汤汤(shāng)汗汗:言水势广大无边之状。

⑨滉瀁(huǎng yàng):水深广貌。瀁,同“漾”。

⑩浩:水多貌。

⑪日月丽天:《周易·离·彖》:“日月丽乎天,百谷草木丽乎土。”丽,附着。

⑫汤谷:传说中的日出之地。《楚辞·天问》:“出自汤谷,次于蒙汜。”

⑬虞渊：传说中的日落之地。《淮南子·天文训》："日入于虞渊之汜，曙于蒙谷之浦。"

⑭豫章：指豫章观。《三辅黄图·观》："豫章观，武帝造，在昆明池中，亦曰昆明观。"宇：指屋宇。

⑮披：分散，覆盖。玄流：黑色的流水。

⑯仪：李善注："谓法象之也。"即模仿。景星：杂星名。也称瑞星和德星。《史记·天官书》："天精而见景星。景星者，德星也。"天汉：天河。

⑰牛女：二星名。指牛郎与织女。李善注引《汉宫阁疏》："昆明池有二石，牵牛织女象也。"

⑱图：图谋，企图。

⑲奄：忽然间。十纪：一百二十年。古以十二年为一纪。汉武帝元狩三年（前120）开凿昆明池，至王莽篡汉时（8），凡一百二十八年，今云十纪，言其整数而已。

⑳擢：耸起。寻：古代八尺曰寻。百寻，极言其高。

㉑仞：古代七尺曰仞。趾：通"址"，地基。

㉒振鹭于飞：言鹭鸶群起而飞。《诗经·周颂·振鹭》："振鹭于飞，于彼西雍。"毛传："振振，群飞貌。"

㉓凫（fú）：野鸭。鸿：水鸟名。渐：《周易·渐》："鸿渐于干。"《序卦》："渐者，进也。"即浸入水里。

㉔颉颃（xié káng）：鸟飞上下貌。《诗经·邶风·燕燕》："燕燕于飞，颉之颃之。"毛传："飞而上曰颉，飞而下曰颃。"

㉕澹淡：水摇荡貌。

㉖瀺灂（chán jué）：李善注："出入之貌。"谓鹭、凫、鸿等水鸟在惊波之中上下隐现之状。

㉗唼喋（shà dié）：鱼或水鸟吃食。司马相如《上林赋》："唼喋菁藻，咀嚼菱藕。"薩（líng）：同"菱"，菱角，一名芰。芡（qiàn）：又名鸡

头，种子名芡实，可食用或入药。

㉘烂：灿烂，指莲花盛开，花色明艳绚烂。渌(lù)沼：清澈的池沼。

㉙蕃(fān)：通“薠”，草名。《山海经·西山经》：“阴山，上多谷，无石，其草多茆、蕃。”郭璞注：“蕃，青蕃，似莎而大。”蔚：草木茂密的样子。潋(liàn)：李善注：“波际也。”指水边。

【译文】

登上高望堆的南边，体察川与陆的高低。站在清暑馆里开襟远眺，游动双目将五柞宫寻觅。漕渠交错环流，激湍带风飞泻。其中一湖，名曰昆明。汤汤滚沸，汗汗无极，滉瀁深湛，弥漫四野，浩如银汉，无边无际。日月丽天而运行，如出其东而入西。清晨好似汤谷，傍晚如同蒙汜。昔日最著名的豫章观宇，就在披分的玄流间突起。模拟天河边的德瑞星座，摆列牛女二星遥相对峙。图谋如此建构万年不倒，未曾料到忽然毁于十纪。高高耸立的百寻楼观，而今只剩数仞的残基。池里鹭鸶群飞，野鸭腾跃，鸿雁潜体。或乘云而翱翔，或随波而逸荡。或出没于惊波，或争食其菱角。莲花绚烂于渌沼之间，青薠蔚翠于昆池之岸。

伊兹池之肇穿①，肆水战于荒服②。志勤远以极武③，良无要于后福④。而菜蔬芼实⑤，水物惟错⑥。乃有赡乎原陆⑦，在皇代而物土⑧，故毁之而又复。凡厥寮司⑨，既富而教⑩。咸帅贫惰，同整楫棹⑪。收罟课获⑫，引缴举效⑬。鳏夫有室⑭，愁民以乐⑮。徒观其鼓枻回轮⑯，洒钓投网⑰。垂饵出入，挺叉来往⑱。纤经连白⑲，鸣桹厉响⑳。贯鳃罚尾㉑，掣三牵两㉒。于是弛青鲲于网钜㉓，解赪鲤于黏徽㉔。华鲂跃鳞㉕，素鲉扬鬐㉖。雍人缕切㉗，鸾刀若飞㉘。应刃落俎㉙，靃靃霏霏㉚。红鲜纷其初载㉛，宾旅竦而迟御㉜。既餐服以属厌㉝，泊恬静以无欲。回小人之腹，为君子之虑㉞。

【注释】

①肇(zhào):《尔雅·释诂》:"始也。"

②肄(yì):训练。荒服:五服之极远者。古代将王畿之外的地方,以五百里为等区,分为侯服、甸服、绥服、要服、荒服。

③志勤远:言志在征伐远方。《汉书·武帝纪》:"发谪吏穿昆明池。"颜师古注引臣瓒曰:"《西南夷传》有越巂、昆明国,有滇池,方三百里。汉使求身毒国,而为昆明所闭。今欲伐之,故作昆明池象之,以习水战。在长安西南,周回四十里。《食货志》又曰时越欲与汉用船战,遂乃大修昆明池也。"

④要:求取。福:李善注:"谓水物之利。"

⑤芼(mào):池沼中生长的一种水草,可作蔬食。

⑥错:相杂。

⑦赡(shàn):充足。原陆:泛指原野。《尔雅·释地》:"广平曰原,高平曰陆。"

⑧皇代:李善注:"晋代也。"物土:谓土宜于物。《春秋左传·成公二年》:"先王疆理天下,物土之宜,而布其利。"杜预注:"物土之宜,播殖之物各从土宜。"

⑨寮司:官府。

⑩既富而教:《论语·子路》:"(冉有)曰:'既富矣,又何加焉?'(孔子)曰:'教之。'"

⑪楫棹:均为船桨。

⑫罟(gǔ):此指渔网。课:考查,核查。

⑬缴(zhuó):带绳的箭。效:李善注:"谓其举所致多少。"即收获之多少。

⑭鳏(guān):老而无妻之人。室:指妻室。

⑮惸民:指贫穷之民。

⑯枻(yì):楫之短者。轮:此指钓竿上收绳的轮子。李善注:"旧说

轮，钓轮也，谓为车以收钓缗也。”

⑰钓：指钓钩。

⑱挺：李善注：“拔也。”叉（chā）：指鱼叉。

⑲纤经：指网。连白：以白羽连缀于网经之上，犹今之浮子。

⑳桹（láng）：拴在船舷上，用来敲打船舷作响以赶鱼入网的长木棍。

㉑罗（dì）：《集韵》：“系鱼也。”此谓鱼触网。

㉒掣（chè）：拉，拽。

㉓鲲：大鱼。网钜：大网与钩。

㉔赪（chēng）：红色。黏（nián）：粘着，附着。李善注：“言鱼粘于网。”徽：李善注：“大索也。”网之纲，以代指网。

㉕鲂（fáng）：鳊鱼。银灰色，味美。跃：与下文“扬”互文，张开或竖起之意。

㉖鲔（xù）：鲢鱼。《诗经·小雅·采绿》：“其钓维何？维鲂及鲔。”鬐（qí）：通“鳍”，鱼的运动器官，可分为胸鳍、腹鳍、背鳍和臀鳍、尾鳍。

㉗雍人：古代宫中掌烹调的人。雍，也作“饔”。《周礼·内饔》：“内饔掌王及后、世子缮羞之割亨煎和之事。”缕切：切成细丝。

㉘鸾刀：古代祭祀时用以割牲的刀。鸾，通作“銮”，铃。因刀有铃，故名銮刀。《诗经·小雅·信南山》：“执其鸾刀，以启其毛。”

㉙俎：砧板。

㉚霍霍（huò）霏霏：刘良注：“细净貌。”

㉛红鲜：指新杀而切好的鱼肉。李善注：“傅毅《七激》曰：‘脍其鲤鲂，积如委红。’张衡《七辩》曰：‘巩洛之鳟，割以为鲜。’”载：李善注引《韩诗章句》：“载，设也。”凡酒在罇，牲在俎，皆曰载。言放置餐桌之上。

㉜竦（sǒng）：震惊。迟御：等待进用。

㉝属厌：谓厌足，满足。《春秋左传·昭公二十八年》：“愿以小人之

腹为君子之心,属厌而已。”杜预注:“属,足也。言小人之腹饱,犹知厌足。”

㉞“回小人”二句:意为使小人之腹像君子之欲那样易为满足。

【译文】

追溯这昆明池之所以穿凿,是为边荒之地而训练水兵。目的是穷兵黩武以征远方,实在不是为了造福于后人。然而这里多有蔬菜与野果,水中之物更是繁盛而杂生。还有充足的平原与山地,而在今天大可因地种植;这片土地虽然被毁多时,但善利用又可恢复地利。凡我长安县大小官署成员,必须明确“既富而教”的方针。应先率领所有的贫惰之民,一同修理舟楫去湖里经营。收拢渔网评估所获,拉回纤缴检验收成。使鳏夫自此有其妻室,让忧愁之人得到欢欣。但观其举棹划船,收拢鱼纶,飞洒钓钩,投网湖心。垂饵引鱼出没,挺叉逐鱼驰骋。网纲缀上白羽,木棍叩舷声声。鱼受惊触网,有的贯着鳃鳍,有的挂着尾翼,有的一连三条,有的两条并制。于是从网钩上取来硕大的青鱼,从网眼里摘下红色的金鲤。花鲂竖起鳞片,白鲢扬起鳃鳍。膳夫细细切割,鸾刀飞舞不止。鱼肉应刀落俎,细匀纷纷案积。红嫩鲜美的鱼脍连连摆上餐桌,宾客们惊讶不已地等待进用。饱餐之后内心感到十分快意,淡泊恬静不再有何欲念萌动。扭转小人难于饱足的口腹之欲,使之亦如君子的心思恬而且冲。

尔乃端策拂茵①,弹冠振衣②。徘徊酆镐③,如渴如饥④。心翘勤以仰止⑤,不加敬而自祗⑥。岂三圣之敢梦⑦,窃十乱之或希⑧。经始灵台,成之不日⑨。惟酆及镐,仍京其室。庶人子来⑩,神降之吉。积德延祚⑪,莫二其一⑫。永惟此邦⑬,云谁之识⑭。越可略闻⑮,而难臻其极⑯。子嬴锄以借父,训秦法而著色⑰。耕让畔以闲田,沾姬化而生棘⑱。苏张喜而诈骋[19]，虞芮愧而讼息[20]。由此观之，土无常俗[21]，而教有定式[22]。上之迁下[23]，均之埏埴[24]。五方杂会[25]，风流溷淆[26]。惰农好利，不昏作劳。密迩猃狁[27]，戎马生郊[28]。而制者必割[29]，实存操刀[30]。人之升降，与政隆替[31]。杖信则莫不用情[32]，无欲则赏之不窃[33]。虽智弗能理，明弗能察。信此心也，庶免夫戾[34]。如其礼乐，以俟来哲[35]。

【注释】

①端策：举起马鞭。茵：车上用的垫子。

②弹冠振衣：弹去帽子上的灰尘，整装行动。《楚辞·渔父》："新沐者必弹冠，新浴者必振衣。"

③酆：地名。亦作"丰"，在今陕西西安鄠邑区东。本为商朝崇侯虎邑，文王灭崇作丰邑。武王封其弟为丰侯。镐：西周都城镐京。在今陕西西安西南，沣水东岸。

④如渴如饥：曹植《责躬诗》："迟奉圣颜，如渴如饥。"言其渴望心情之迫切。

⑤翘勤：特别殷勤恳切。仰止：向往。《诗经·小雅·车辖》："高山仰止，景行行止。"

⑥祇(zhī)：恭敬。

⑦三圣：指文、武、周公。李善注引《琴操》："崇侯谮文王于纣曰：'西伯昌，圣人也。长子发、中子旦皆圣，三圣合谋，将不利于君。'"敢梦：不敢梦。此意谓不敢追求做得像文王、武王、周公那样好。《论语·述而》："孔子曰：'甚矣，吾衰也！久矣，吾不复梦见周公。'"

⑧十乱：指十位乱臣。《尚书·泰誓》："予有乱臣十人。"乱臣，治理之臣。希：希望。

⑨"经始"二句:《诗经·大雅·灵台》:"经始灵台,经之营之。庶民攻之,不日成之。"文王受命在酆地建造灵台,在庶民的努力之下,没多久筑成了。

⑩子来:如子归父一般的前来。言其主动自觉。

⑪祚(zuò):福。

⑫莫二其一:李善注:"谓周祚延之长,唯有其一,莫能为二。"

⑬惟:思虑。

⑭谁之识:李善注:"言难识也。"意为有谁认识。

⑮越:发语词。《尚书·大诰》:"越予冲人。"

⑯臻:达到。

⑰"子赢锄"二句:谓受秦法教育的民众,儿子借锄头给父亲,脸上有施恩的得意之情。《汉书·贾谊传》:"商君遗礼义,弃仁恩,并心于进取,行之二岁,秦俗日败。故秦人家富子壮则出分,家贫子壮则出赘。借父耰鉏,虑有德色;母取箕箒,立而谇语……其慈子耆利,不同禽兽者亡几耳!"颜师古注:"言以耰及鉏借与其父,而容色自矜为恩德也。"赢,带着,拿着。训,顺从。著色,显出得意的神色。

⑱"耕让畔"二句:谓受周文王教化的民众,互相谦让,田地交界处空出来,长满了荆棘。《史记·周本纪》:"西伯阴行善,诸侯皆来决平。于是虞芮之人有狱不能决,乃如周。入界,耕者皆让畔,民俗皆让长。虞芮之人未见西伯,皆惭,相谓曰:'吾所争,周人所耻,何往为?只取辱耳。'遂还,俱让而去。"让畔,礼让界畔。闲田,空出交界处,互不去争的田。沾,浸濡。姬化,即周文王的教化。生棘,闲田生荆棘。

⑲苏:苏秦。战国时期著名政治活动家,制订合纵政策,联合六国,对抗秦国。张:张仪。战国时期著名政治活动家,制订连横政策,分别击破六国诸侯。诈骋:以其诈术骋其才。

⑳虞芮愧而讼息：见上注所引《史记·周本纪》。

㉑土：指各地的土风。

㉒教：指教化。定式：特定法式。

㉓迁：改变。

㉔均：制陶器的转盘。埏埴（shān zhí）：以水拌和粘土。《老子》十一章："埏埴以为器。"《荀子·性恶》："陶人埏埴而为器。"杨倞注："埏，击也。埴，粘土也。击粘土而成器。"制陶者手捧泥柱，轻轻拍击使匀，便于成形。

㉕五方：谓四方加中央。杂会：各地的人相杂会聚。

㉖风流：风俗教化。溷（hùn）淆：即混淆。溷，通"混"。

㉗密迩（ěr）：靠近，接近。《春秋左传·文公十七年》："以陈、蔡之密迩于楚而不敢贰焉。"猃狁（xiǎn yǔn）：亦作"猃狁"，匈奴在周代的称谓。

㉘戎马生郊：《老子》四十六章："天下无道，戎马生于郊。"谓贪欲引起争夺战争。

㉙制者必割：治理天下的人，一定要采取断然手段。

㉚操刀：获利的最好办法。《春秋左传·襄公三十一年》："子皮欲使尹何为邑……子产曰：'不可。人之爱人，求利之也。今吾子爱人则以政，犹未能操刀而使割也，其伤实多。'"

㉛隆替：谓兴隆与衰败。

㉜杖信则莫不用情：《论语·子路》："上好信，则民莫敢不用情。"言在上者守信，则百姓无不以诚相待。

㉝无欲则赏之不窃：《论语·颜渊》："季康子患盗，问于孔子，孔子对曰：'苟子之不欲，虽赏之不窃。'"言在上者无欲无求，则百姓不会有偷盗之举。

㉞"虽智"几句：李善注："言已虽无才能，然任其才信无欲之心，庶足以理。"庶，庶几。戾，罪过。

㉟"如其"二句:《论语·先进》:"如其礼乐,以俟君子。"潘岳到长安县,只能取信于民,使境内不出盗抢等乱子,至于兴礼作乐这些更高层次的事,以待来哲。如其,至于。

【译文】

于是举鞭拂车垫,弹冠振衣襟。徘徊酆镐路,饥渴思旧京。心情殷切而向往,心不加敬而自敬。岂敢梦想追步三圣,只求能够学习十能臣。文王筹建祭神之台,百姓齐心不日即成。只有酆城与镐城,还需扩大宫室。庶民如子纷纷来归,神降福祐大吉大利。积德深厚国运绵长,独一无二无人可比。常常想到这个国家,有谁真正了解其实。或者稍有所闻,也难了解彻底。儿子拿着锄头借给父亲,脸上竟有得意施恩的神色,这就是秦法教育的大弊。种田人互相谦让,空出的田界长满了荆棘,这就是周文王教化的效力。苏秦张仪最喜战乱,炫其诈术东奔西驰;虞芮之民愧于争端,诉讼之事销声匿迹。由此看来,地方风俗不会一成不变,然而教化却自有其定式。上层教化可以改变下情,犹如陶人抟粘土以为器。加之五方之人会聚相处,风情流俗自然相互混淆。懒惰的农民最好逐利,不愿夜以继日而作劳。长安这里接近匈奴,戎马相战就在近郊。治理此地,必须采取断然措施;保存自己,定要牢固掌握实力。人们的品行高低,与政治兴衰一致。治者讲究诚信,则老百姓无不诚挚;治者没有贪欲,即使嘉奖百姓也不行窃。虽然我的智慧不足以治理此地,我的眼力也不能洞察巨细。但我相信只要具备这种诚心,就有希望避免过错罪戾。至于大兴礼乐教化,则有待将来的贤达之士。